LA DIVISION MAUDITE

MICHEL PEYRAMAURE

LA DIVISION MAUDITE

roman-document

ÉDITIONS ROBERT LAFFONT
PARIS

ISBN 2-221-05302-8

L'homme est désormais sans illusion sur le fauve qui dormait en lui.

René Grousset

SOMMAIRE

Avant-propos

Ce livre n'est ni tout à fait un roman ni tout à fait un récit.

Du récit il relève par la recherche scrupuleuse de la vérité des événements et personnages ayant existé; du roman il a la part d'imaginaire, mais dans la mesure où cet imaginaire est vraisemblable, utile au mouvement du récit, où il ne produit pas de hiatus avec la réalité et où il investit les personnages d'une sensibilité que le document ne parvient que rarement à susciter.

Les personnages et les événements de ce roman sont pour la plupart réels; ceux qui sont nés de mon imagination, en vertu du droit imprescriptible du romancier, ont été créés pour accentuer une ambiance ou souligner un événement.

Les romans dits « historiques » (et celui-ci pourrait s'insérer dans ce genre) constituent une approche de l'histoire, de ses racines à son épanouissement. Ceux de nos lecteurs qui souhaiteraient aller plus profond dans la recherche de la vérité historique trouveront en annexe l'essentiel d'une documentation abondante concernant la « semaine sanglante » qui a précédé et suivi le débarquement allié, en juin 1944, en Normandie, dans cette « Petite Russie » qu'était la Région 5 (R5) de la Résistance.

Ce roman-document est animé par des contrastes : entre une ambiance provinciale à la Pagnol et la guerre qui surgit avec la « division maudite »; entre les moyens dérisoires de la Résistance et la formidable puissance de feu de la « Das Reich ». Par un crescendo entre l'atmosphère détendue, parfois idyllique, des premiers chapitres et le déchaînement barbare qui aboutit au fantastique holocauste d'Oradour.

Je ne saurais affirmer que ce livre est exempt de passion, encore que je me sois refusé à en faire un plaidoyer sans nuance pour la Résistance ou un réquisitoire aveugle contre les forces d'occupation. Je souhaite que mes lecteurs considèrent avant tout cet ouvrage comme un constat.

M. P.

1.

HEUREUX COMME DIEU EN FRANCE

Dimanche 4 juin 1944

LAURENT KLEIN
Oradour-sur-Glane.

J'aime la paix de ce village. Les mouvements et les bruits, dans la torpeur de ce début d'été, sont comme ralentis et feutrés. Tout est différent de ce que j'ai connu dans la localité de N..., en Moselle, où je suis né, où j'ai vécu avant que la tourmente de la guerre me rejette vers ces terres lointaines et profondes du Limousin.

« Profondes »... C'est bien le mot qui convient. J'ai parfois l'impression d'être enfoui dans une fosse marine, à une distance de la surface telle que je me sens à la fois perdu et protégé. Le silence me fait peur, la nuit surtout : il s'insinue en moi, m'oblige à respirer plus fort pour percevoir mon souffle, à bloquer ma respiration pour écouter, très loin, comme le bruit du ressac sur une plage de galets, le murmure de la Glane.

Avant de sombrer dans le sommeil, je me dis : « Ce village est parti à la dérive du temps; il a rompu les amarres avec sa province, son pays, son époque; il s'est installé dans un espace chimérique et se contente de jouer avec les réalités quotidiennes une sorte de théâtre aimable où l'on s'envoie des répliques par-dessus des murs de silence, sans se soucier d'être entendu. Et pourtant... »

Et pourtant la guerre est là, toute proche, mais chacun fait comme si elle n'existait pas.

Il suffit de lire le journal qui nous vient de Limoges, L'*Appel du*

Centre, pour constater que nous ne sommes pas parqués sur une île lointaine, abandonnés aux délices de la paix, mais qu'un raz de marée peut nous submerger sans que nous en ayons ressenti les prémices. Il n'est pas possible que cette guerre touche à son terme sans que nous en ayons subi les atrocités.

Cette idée, je ne puis la chasser de mon esprit. Elle me serre le cœur. J'aurais aimé que l'on pût, au milieu du grand cataclysme, préserver jusqu'à la fin cet espace témoin follement incongru, survivance en plein conflit d'une notion concrète de paix et de prospérité.

Le privilège que je partage avec les habitants de ce bourg, j'en ai parfois honte.

Ma qualité de professeur lorrain « replié », comme on dit en Limousin, dans ce sanctuaire du patriotisme et de la Résistance, devrait me faire un devoir d'entrer dans la clandestinité, de « prendre le maquis ». J'y ai songé ; j'ai hésité ; j'ai renoncé. Il est vrai que j'ai laissé ma main droite dans la guerre stupide que nous avons traversée sans y rien comprendre, sinon que nous avions été, nous, les combattants, floués par des généraux incapables et peut-être acoquinés avec les hommes politiques, les militaires français et les marchands de canons du Grand Reich. Lorsque je regarde le moignon rosâtre, d'une finesse de soie, qui termine mon bras, je me dis que cette mutilation, dont j'eus du mal à me remettre, mentalement surtout, m'a permis de vivre à l'écart du drame où tant d'autres sont plongés, m'a libéré de tout souci d'intégration aux organisations clandestines auxquelles participent ceux de mon peuple et de ma génération ; elle aurait dû m'exonérer de tout remords, mais ce n'est pas si simple.

Cette infirmité ne justifie pas entièrement ma passivité. En dépit de cet inconvénient, j'aurais pu devenir un résistant, me rendre utile, non les armes à la main mais par des actions de relais et de menus services.

Il y a quelques mois, alors que la Résistance, ayant assuré ses assises dans la province, se donnait des structures, s'ancrait dans la population, un ami lorrain, apprenant ma présence à Oradour, est venu à ma rencontre, les mains dans les poches, la cigarette aux lèvres.

– Pourquoi ne te joindrais-tu pas à nous? m'a dit « Roger ». Nous avons besoin de toutes les bonnes volontés.

Il s'est embourbé dans un pathos interminable sur les « petits gars d'Alsace et de Lorraine » qui ont rejoint l'armée clandestine : Armée Secrète ou francs-tireurs partisans, bien décidés au sacrifice de leur vie si la patrie l'exigeait. Ce genre de discours m'a toujours hérissé. Celui-ci, je l'ai écouté sans broncher, puis j'ai sorti de ma poche l'extrémité de mon bras mutilé. Il a hoché gravement la tête.

– Je sais ce que tu as souffert dans ta chair et dans ton cœur. C'est pourquoi nous ne te demandons pas de te battre avec nous mais de nous aider.

– En quoi pourrais-je bien vous être utile? Souhaites-tu que j'enseigne la philo aux jeunes recrues?

« Roger » a froncé les sourcils.

– Ne plaisante pas. A l'armée, tu étais aspirant. Ton expérience pourrait nous être très utile. Nous avons des armes et du matériel mais la plupart de nos hommes ignorent leur bon usage, les techniques de l'embuscade et du combat. Accepte et je te présenterai à notre chef, Georges Guingouin. C'est un enseignant comme toi, et un vrai patriote.

Sur le point d'accepter, j'ai demandé à réfléchir, prétextant mon piètre état de santé (je suis asthmatique) – et mon dégoût pour la guerre, fût-elle motivée par une cause juste. Je n'eus pas le front d'ajouter que la vie que je mène dans ce village tranquille me plaît, que j'y ai des attaches sentimentales dont je répugnerais à me détacher, et que j'ai appris à aimer une certaine forme d'oisiveté. « Roger » ne m'aurait pas compris; il m'aurait traité de lâche et n'aurait pas eu tort.

– Réfléchis, dit « Roger ». Cette guerre que nous menons est aussi la tienne. Nos petits gars...

Je coupai net son élan vers une nouvelle logorrhée patriotique.

– Je te promets de réfléchir, dis-je. Reviens d'ici quelques jours et ne me tiens pas rigueur de mes réserves. Ta visite est tellement inattendue...

« Roger » n'est pas revenu. Mes atermoiements lui ont paru suspects. Il a dû exposer mon cas à Guingouin qui se méfie même de son ombre et qui a dû lui recommander de cesser tout contact avec moi. Une action clandestine qui n'est pas spontanée mais suggérée est sujette à caution. Les résistants sont prudents et ont raison de l'être.

Le soir même j'ai parlé à Lucienne de la visite de Roger en lui demandant de garder le secret.

Elle venait me voir comme elle le fait chaque jour, après ses heures de classe – elle enseigne à l'école des petits Lorrains, située dans le bourg, près du cimetière, d'où parfois j'entends monter dans le silence du village le chœur des voix enfantines chantant *Auprès de ma blonde...* ou *En passant par la Lorraine...*

– Je n'ai pas de conseil à te donner, m'a dit Lucienne. Toi seul es juge.

– Que ferais-tu à ma place?

– Je partirais rejoindre la Résistance.

– Si j'accepte, nous ne nous verrons que rarement. Tu n'en souffrirais pas?

– C'est mon affaire.

Ses lèvres étaient moites d'émotion. Je goûtai aux commissures un discret goût de sucre – celui de la confiture de quatre heures – et cela me bouleversa. Je murmurai à son oreille :

– Te rends-tu compte? Vivre sans te voir, sans te toucher, sans faire l'amour avec toi...

– Je sais, Laurent. Pour moi aussi ce serait difficile, mais si tu peux te rendre utile, tu dois partir. Néanmoins, si tu restes, il n'y aura rien de changé entre nous. Tu es libre de ton choix et je t'aime.

Elle résista lorsque je la poussai vers le lit.

– Non, Laurent, pas ce soir. Nous ferions mal l'amour.

– Tu as raison. Je n'ai pas tellement envie, moi non plus.

Je mentais et elle devait le savoir.

Ce même soir, Lucienne s'attarda chez moi juste le temps de fouiller dans ma « bibliothèque » – une cinquantaine de livres rangés sur de vieilles planches supportées par des briques – faire un peu de rangement, nettoyer mon modeste intérieur de célibataire. Cette poussière qui se dépose chaque jour sur mon « bureau », mes paperasses, mes livres, elle ne la supporte pas.

– Pourquoi es-tu si maniaque? dis-je. C'est de la bonne poussière.

– Il n'y a pas de bonne poussière. Celle-ci est comme les autres : chargée de microbes. Avec cet infect tabac que tu fumes, c'est ce qui t'occasionne des crises d'asthme.

Elle montra le plafond qui sépare ma chambre du grenier où, jadis, les propriétaires entreposaient des céréales, des légumes secs, des fruits et quelques manoques de tabac. On y accède par une échelle et une trappe. Il n'y reste que quelques vieilleries.

– Tu devrais colmater ces rainures, dit-elle. C'est par là que tombe la poussière. Tu pourrais aussi chercher un logement plus convenable.

– Toutes les maisons habitables du bourg sont occupées par des réfugiés comme moi. D'ailleurs, ici, je suis bien. Vue sur le champ de foire, la Glane, le clocher... Et le boulanger Bourroux n'est pas exigeant quant aux conditions.

Lorsque j'ai commencé à bourrer ma pipe, son visage s'est durci.

– Tu devrais cesser de fumer, Laurent. C'est très mauvais pour ton asthme. De plus, ce tabac sauvage et toutes ces saloperies que tu y ajoutes empestent.

– Des saloperies? Des feuilles de menthe, du mélilot, de l'écorce de cacao, une pointe de miel...

– Ces mélanges te détruisent la santé. As-tu choisi de mourir prématurément?

– Ne sommes-nous pas libres de nos choix et maîtres de notre destinée? C'est ce que tu m'affirmais, il y a un instant.

Lucienne a haussé les épaules, découragée, tandis que j'allumais ma pipe. Je dois convenir qu'elle a raison. Cette mixture ne me vaut rien, mais elle m'est nécessaire. Les journées sont longues et je m'ennuie à l'attendre. La pipe me fait patienter et rêver; elle est pour moi une compagne chaleureuse; lorsque je la tiens dans ma main ou entre mes lèvres, je dialogue avec elle et, à travers sa fumée, avec Lucienne et quelques autres.

J'aime Lucienne. La regarder est une joie intense dont je ne me lasse jamais. Elle est si blonde, si frêle en apparence, si vive dans ses gestes et ses mouvements, si tendre lorsque je la tiens dans mes bras, si émouvante avec ces odeurs de classe que je respire dans son cou – l'odeur des plumiers... Sa seule présence suffit à peupler mon petit univers d'apparences multiples, à lui donner les dimensions et la densité d'un monde habité, à faire s'écarteler mes limites étroites, celles de mon horizon quotidien. Dès qu'elle apparaît dans mon galetas, elle superpose à la paix casanière de ce bourg une vie intense : celle de la multitude dans laquelle elle a baigné tout le jour : ses élèves, ses collègues des autres écoles, les commerçants – autant de personnages qui lui font cortège chaque jour, à la même heure, théâtre foisonnant qu'elle anime pour mon plaisir à moi, le solitaire.

Ce que je sais de ce village et de ses habitants, c'est surtout à elle que je le dois. Je n'ai que des rapports d'utilité ou de convenance avec ces gens; je reste avec eux courtois mais distant; c'est dans ma nature : avec les étrangers, je me sens gauche et j'ai horreur de parler de la pluie et du beau temps.

– Tu as tort de t'isoler, me dit Lucienne. On me pose des questions sur ton compte. On s'étonne que tu sortes si peu, que tu refuses de te mêler à la communauté. Certains se demandent même si tu n'es pas là pour espionner la Résistance...

J'éclate de rire.

– Voilà qui est nouveau! Il y aurait des résistants à Oradour? Tu sais bien que ces gens vivent en dehors du monde, comme si rien ne se passait autour d'eux. Ils ignorent les restrictions, n'ont jamais vu passer un Allemand en uniforme, parfois seulement un groupe de maquisards, se contentent de commenter les nouvelles de L'*Appel du Centre,* celles qu'ils entendent à Limoges National, entre deux airs d'accordéon, ou la radio de Londres. Pas de « collabos » non plus, sauf le curé Capel, mais, malgré ses rodomontades pétainistes, il se garderait bien de dénoncer un de ses paroissiens gaullistes. La guerre se terminera sans que nous nous en rendions compte. Ces gens sont des moutons et je suis moi-même un mouton parmi eux. Alors, que peut-on me reprocher?

Je n'aurai guère vu Lucienne aujourd'hui : elle fait réviser ses élèves pour le certificat d'études et doit assister à une réunion paroissiale. Dimanche prochain sera le jour des premières communions; il faudra préparer l'église et la fleurir.

– Tu nous aideras, me dit-elle d'un ton malicieux.

– Oh, tu sais, moi, le bon Dieu...

DIMANCHE 4 JUIN 1944

STURMMANN HANS ANGELMANN [1]
Montauban.

– Une cigarette, Hans? dit Jacques Moreau. Une Ibar allemande...

– Merci. Je ne fume pas. Surtout pas le tabac allemand, cette paille hachée.

– Nous t'écoutons, dit Laure.

Elle est assise à la table vermoulue qui sert à tous les usages, Hans en face d'elle, dans un fauteuil qui montre son crin, près de la fenêtre où palpite le jardin de l'été : un fouillis de verdure et de fleurs à demi sauvages qui domine le vallon de la Mandoune. En face, une citadelle de brique où s'accrochent des bouquets de fleurs violettes.

Jacques Moreau ne tient pas en place, fume cigarette sur cigarette.

– Comprenez-moi, dit Hans. Je veux bien répondre à vos questions, vous transmettre tous les renseignements que je pourrai collecter, mais je ne serai jamais complètement des vôtres. Cet uniforme, ces runes SS me collent à la peau.

– Ta tunique de Nessus... murmure Jacques.

Laure lui jette un regard désapprobateur – s'il pouvait s'abstenir de faire à tout bout de champ étalage de son pédantisme d'étudiant en lettres!... Elle passe la main, doigts écartés, dans ses cheveux raides et courts, humides encore du shampooing matinal. Aujourd'hui, elle n'ira pas au bureau, sous un prétexte quelconque : migraine ou fatigue. De toute manière, que Laure Novak soit là ou non, l'Office de placement franco-allemand de la rue du Greffe fonctionnera comme à l'accoutumée : il restera ouvert parce qu'il doit l'être, mais personne ne se présentera, sinon quelque milicien boutonneux cantonné au lycée Michelet ou un sbire de la Gestapo.

Laure suce le bout de son crayon-encre, lisse de la main la feuille blanche, sans cesser d'observer Hans, son profil aigu et froid d'adolescent sérieux, ses paupières lisérées de rouge par la

1. Voir en annexe les équivalences de grades entre SS et armée française.

fatigue de la dernière expédition à la recherche de dépôts d'armes parachutées.

– Je ne comprends pas ce qui peut t'empêcher d'être tout à fait des nôtres, dit Jacques. Tu es sujet alsacien, donc français. Ton devoir est de rejoindre nos rangs. Ton expérience de l'armée allemande pourrait nous être précieuse.

Hans soupire.

– J'ai été incorporé de force dans les SS, dit-il. Je m'appelle en réalité Jean, mais Hans sur mon livret d'incorporation. En Alsace, les Allemands ont tout bouleversé : les prénoms et les noms des habitants, ceux des rues et des places dans les villes et les villages. Ils ont prohibé l'usage de la langue française. C'est la germanisation à outrance. Le gauleiter Wagner sait ce qu'il fait. J'étais présent lorsque Hitler est venu visiter notre province. Tu sais ce qu'il a dit, en sortant de la cathédrale de Strasbourg?

– Je sais, dit Jacques avec une pointe d'impatience : « Devons-nous rendre cette merveille à la France? » Il a dit aussi à une autre occasion : « Si cette terre d'Alsace vous plaît, je vous la donne pour mille ans! »

– C'est bien ça. Il peut donner ce pays à qui lui plaît, puisqu'il en est maître, mais pas ses habitants.

Hans était présent avec son père, jadis, au milieu de la foule massée devant la tribune où pérorait Wagner. A la fin du discours, lorsque le gauleiter a voulu faire acclamer le nom du Führer bien-aimé, la foule strasbourgeoise a gardé le silence. C'est alors qu'on a entendu, de la terrasse d'un bistrot voisin où des hommes jouaient aux cartes, le cri du cœur : « Merde! »

– Tu peux déserter, dit Jacques. D'autres l'ont fait et sont passés en Suisse ou dans la Résistance.

– Certains ont réussi, c'est vrai. D'autres non : ils ont été pris, internés, fusillés. Des adolescents comme moi. Ce n'est pas le danger qui m'a retenu. Si tu penses que je suis un lâche, tu as tort. Une lâcheté apparente demande parfois du courage.

– Le courage d'être lâche? Je ne crois pas à ce paradoxe. Tu vas rétorquer que c'est pour protéger tes parents que tu refuses la désertion? Je connais la chanson!

Laure n'aime pas le ton sarcastique de Jacques. Elle en vient à regretter d'avoir organisé cette entrevue. Jacques est communiste, comme elle, mais de cette espèce fanatique qui sacrifie tout au

Parti – la pureté, la dureté du métal et de la glace... Elle estime Jacques Moreau; elle ne l'aime pas; ils se querellent fréquemment; un jour ou l'autre Jacques dénoncera cette brebis galeuse, la fera exclure du réseau, liquider peut-être; il n'aime pas les « filles qui ne sont que des ventres », comme il dit.

– Exact, dit Hans. C'est à cause de mes parents. Refuser l'incorporation ou déserter une fois incorporé, tu sais ce que ça signifie pour eux?

Jacques jette dans le jardin d'un air excédé son mégot, qui libère une étincelle en heurtant le tronc du lilas.

– Je sais, dit-il d'un ton sec. Ils auraient été déportés dans le Grand Reich et tu ne les aurais peut-être jamais revus.

– Tu peux me taxer de lâcheté, je m'en moque. Dans ma situation, tu agirais comme moi.

– Crois-tu? Mes parents sont des cons de bourgeois. D'ailleurs tous les bourgeois de cette ville sont des cons. Tous ou presque font partie de la Légion ou sont des collabos. A la Libération, nous leur demanderons des comptes et nous ne serons pas tendres. Nous avons commencé et nous continuerons. Ils font dans leur froc, ces salauds.

– Je suis au courant. Vous faites du bon travail.

Les attentats au plastic contre l'Office de placement franco-allemand où travaille Laure, c'est lui; les bombes déposées au siège de la Milice, faubourg du Moustier, chez un commerçant de la rue Fraîche, chez le pharmacien de la rue Mary-Lafon, la veille, c'est encore lui et son équipe de saboteurs; l'assassinat d'un agent de la Gestapo dont le corps a été retrouvé dans le Tescou, c'est toujours Jacques. Les groupes du Mouvement Ouvrier International (le M.O.I.), ceux du P.A.N. (la Phalange antinazie), ont rejoint les F.T.P. dans la nature, autour de Montauban; lui est resté. La nuit est son domaine. Il ignore le couvre-feu et les patrouilles ne l'impressionnent guère.

Laure a confiance en Hans : elle lui a tout avoué, ou presque, de ses activités clandestines. Elle dit affectueusement :

– Écoute, Hansi, je sais que nous pouvons compter sur toi. Moi, j'en suis convaincue, mais Jacques et ceux de notre réseau ne le sont pas tout à fait, peut-être parce qu'ils te connaissent moins bien que moi et qu'ils se méfient de ton uniforme. Alors, dis-nous comment tu t'es trouvé embarqué dans la division « Das Reich ».

– Je ne suis pas seul dans ce cas, dit Hans. Nous sommes des milliers à avoir subi l'incorporation forcée.

– Le moment venu, dit Jacques, ta période d'instruction terminée, tu n'hésiteras pas à te battre contre nous.

– Je ne sais pas ce que je ferai, je ne le sais vraiment pas, Jacques.

– Moi, je sais. Tu feras comme les copains.

– Cesse de le harceler, dit Laure. Hansi, continue.

Hans Angelmann, lycéen, faisait partie d'un groupe intitulé « La Main noire », qui avait acquis une certaine réputation.

Ce groupe de lycéens exaltés se livrait à des provocations, à des attentats et à des sabotages sans observer la moindre règle de prudence. Au début, ils défilaient dans les rues, au nez et à la barbe des Allemands, en chantant : *Vous n'aurez pas l'Alsace et la Lorraine* et *La Marseillaise.* C'était un jeu. Les attentats devaient venir ensuite, avec la collecte des renseignements qu'ils transmettaient au consulat britannique en Suisse en franchissant clandestinement la frontière.

Ce qui devait arriver arriva : Hans et quelques autres de ses acolytes se firent pincer, des bombes de fabrication artisanale et des tracts dans leurs poches.

Les portes du camp de Schirmeck s'ouvrirent devant ces réfractaires à la germanisation. La garde de ce camp, situé à une cinquantaine de kilomètres de Strasbourg, était confiée à des SS chargés de procéder à des stages de « désintoxication ». C'était un camp « de sécurité et de rééducation ». Pas question d'y jouer les fortes têtes : à la moindre incartade, le commandant Karl Buck, un féroce unijambiste, imposait aux prisonniers des punitions terribles : effectuer des exercices dangereux, des marches forcées avec vingt-cinq kilos de bagages sur le dos, ramper dans la boue... A ceux qui flanchaient, il montrait du bout de sa schlague la prison, le bunker d'où les malheureux ressortaient dans un état voisin de l'agonie.

Buck avait une manie de sadique : il ne tolérait pas de voir les détenus déambuler d'une allure normale; ils devaient, où qu'ils aillent, quoi qu'ils fassent, courir. Sa schlague claquait sèchement contre sa botte. Il criait :

– *Schnell! Schnell! Marsch! Marsch!*

Quelques mois de ce régime avaient suffi à briser l'esprit de résistance du petit groupe des réfractaires alsaciens et à leur faire omprendre que la guerre n'était pas un jeu.

– Je me demandais parfois, dit Hans, alors que je sentais mon cœur près d'éclater, si je n'aurais pas dû suivre les conseils de Baumer.

– Qui était Baumer? demande Laure.

– Un chef de quartier, notre « blockleiter », personnage mielleux, mouchard patenté au service du gauleiter Wagner. Il s'était pris pour ma famille d'une amitié qu'elle n'encourageait guère. Il avait aidé mon père et ma mère à se réinstaller dans notre appartement, au retour de notre migration dans le Périgord. Il poussait le dévouement jusqu'à nous procurer des tickets de rationnement lorsque nous n'arrivions pas à joindre les deux bouts. Il visait deux buts, le salaud : séduire ma mère qui lui plaisait car c'est encore une belle femme, et moi qu'il souhaitait incorporer aux Jeunesses hitlériennes. J'avais quinze ans et j'étais crédule. Baumer m'offrait des glaces à trente pfennigs, m'emmenait voir des films de propagande et des défilés de Hitlerjugends sur la place Adolf-Hitler, anciennement place De-Broglie, ou sur la place Kléber que les Allemands ont rebaptisée du nom du prétendu « martyr » nazi, Karl Roos. Il me fit rencontrer des membres des Jeunesses hitlériennes, m'invitant à constater leur mine réjouie, leur allure martiale, l'air de contentement de soi qui me paraissait à l'époque le comble du bonheur. Il me faisait lire, dans le *Strassburger Neuste Nachrichten* des articles sur les camps de J. H., véritables paradis, creuset de la jeunesse qui avait pour mission, disait-il, d'assurer l'insertion de l'Alsace, vieille terre germanique, dans le Grand Reich, « maintenir bien haut – c'étaient les mots qu'il employait – l'étendard de la foi hitlérienne » et donner le signal d'un combat impitoyable contre les communistes, les juifs et les ploutocrates anglo-saxons.

– Tu dis : Baumer? demande Jacques. Nous vérifierons.

– Ça vous sera facile. Il était encore en fonction au début de cette année.

Le jour commence à décroître. Il fait flamber dans une belle coulée de lave rousse le lilas et les herbes folles où végètent quelques rosiers redevenus sauvages. Hans regarde sa montre, sursaute.

– Il me reste peu de temps, dit-il. Le Hauptsturmführer Otto Dickmann m'a fait promettre de ne pas m'attarder.

– Alors sois bref, dit Jacques Moreau. Tu te noies dans des détails sans importance.

– Peut-être pourrions-nous nous retrouver demain? suggère Laure.

– Non, dit fermement Jacques. Mon opinion doit être faite sur Angelmann ce soir même. Nous ne sommes pas là pour assister à une conférence. Raconte. Après Schirmeck...

– J'étais brisé. Je ne croyais plus en rien. J'étais pareil à une bête dont on aurait pu exiger n'importe quoi. On m'aurait envoyé sur le front de l'Est, comme certains détenus, sans que je proteste. On a sans doute jugé que j'étais trop jeune, trop frêle, peut-être suspect... Je me suis retrouvé devant un conseil de révision sans savoir ce qui m'arrivait. A un centimètre près, j'avais la taille requise. Bon pour le service! Le tampon « SS » a marqué mon livret militaire. J'ai encore dans la tête le bruit de ce tampon et dans l'œil le sourire narquois de l'Untersturmführer chargé de surveiller les opérations. La suite est sans importance : l'entraînement au camp de Souges, près de Bordeaux, au milieu des marécages à moustiques, le cantonnement dans les rangs de la Panzerdivision « Das Reich », régiment « Der Führer », près du village de Pujols-sur-Ciron, puis Valence-d'Agen et enfin Montauban.

– Qui commande le régiment « Der Führer »?

– Le Standartenführer Sylvester Stadler, sous l'autorité du Brigadeführer Heinz Bernard Lammerding. J'ai été incorporé de force au troisième bataillon commandé par le major Otto Dickmann.

– Quel est ton grade?

– Tu le vois : Sturmmann, l'équivalent de caporal.

– Tu as pris très vite du galon!

– C'est ainsi. Je n'ai rien fait pour mériter ce grade, mais j'ai traversé correctement les épreuves de l'instruction.

– Un parfait SS! lance ironiquement Jacques en allumant une autre cigarette. Quel effet ça te fait de te retrouver entre deux terroristes?

– Ne reviens pas là-dessus! dit sévèrement Laure. Tu sais très bien les conditions de notre rencontre. Il venait au Soldatenheim [1] où je travaillais alors, et moi...

– Et toi, coupe Jacques, tu as joué les Mata-Hari. Un peu simplette, votre histoire.

– Elle est véridique, dit Laure. Quelque chose s'est passé immédiatement entre nous.

– Elle dit la vérité, ajoute Hans. Nous nous sommes regardés. Elle m'a questionné d'un air indifférent puis s'est montrée intéressée en constatant que j'étais un Alsacien soi-disant « volontaire », mais en fait incorporé de force.

– J'ai voulu en savoir davantage sur lui, dit Laure. Après mon service, nous nous sommes retrouvés dans un bistrot de la place Nationale et nous avons bavardé. A notre troisième entrevue je lui ai proposé de déserter et de nous rejoindre. Tu sais les raisons de son refus, mais tu sais aussi qu'il a proposé de nous aider. N'oublie pas qu'il risque sa peau.

– Ouais..., fait Jacques. Ce rapport que tu nous as communiqué verbalement sur la situation de la division est intéressant, mais ce que nous voulons c'est savoir ce qui sera décidé lorsque le débarquement dont on parle de plus en plus aura lieu. Que va faire la « Das Reich » ?

– Je pense qu'elle recevra l'ordre de l'O.K.W. de se porter en renfort de toute urgence sur le point de débarquement, où qu'il ait lieu.

– Qu'est-ce que l'O.K.W. ? demande Laure.

– L'Oberkommando de la Wehrmacht, autrement dit le Grand Quartier Général allemand, répond Hans.

– Comment se déplacera-t-elle ? Par fer ? demande Jacques.

– Je ne pense pas, dit Hans. Presque toutes les lignes sont coupées et il y a des sabotages tous les jours. Elle devra certainement prendre la route, mais les blindés peuvent difficilement rouler sur de longues distances.

– Quelles sont les réserves en carburant ?

– Elles sont nettement insuffisantes. Les terroristes ont fait sauter de nombreux dépôts et le réapprovisionnement se fait mal.

– Et les véhicules blindés ? Sont-ils en état ?

– Le commandement attend des pièces détachées et des

1. Foyer du Soldat.

moteurs de rechange. S'ils n'arrivent pas, c'est la catastrophe.

– As-tu rencontré le général Lammerding?

– Pas plus tard qu'avant-hier, dans la villa où il a installé ses services, près de Montauban.

– Comment est-il?

– Nerveux. Tendu. Irritable. Il sent lui aussi la proximité du débarquement.

– Excellent. J'aimerais en savoir davantage. Tâche de te procurer d'autres informations, plus précises. Nous comptons sur toi. Tu sais ce qui se produira, le jour « J », si la division doit prendre la direction du nord? Elle devra traverser des zones infestées de « bandes », comme disent les Allemands, à moins qu'elle suive la bordure atlantique. Dans le premier cas, nous devons envisager des opérations destinées à ralentir sa marche. Il y aura de véritables combats, une guerre impitoyable de part et d'autre. Dès que tu connaîtras l'ordre de marche, préviens Laure. Elle sait où me trouver. Maintenant, tu peux partir.

La main de Jacques Moreau sur l'épaule de Hans Angelmann... Un geste qui efface toute trace de suspicion, ouvre la porte à la camaraderie, peut-être à une véritable amitié. Mais Hans sait que Moreau n'a pas d'amis, pas d'amours, qu'il est seul au milieu d'un réseau de complicités qui excluent toute affection. Dur et pur.

– Pardonne-moi ma brutalité et ma franchise, dit Jacques, mais j'ai appris à me méfier même des évidences. Si j'avais surpris dans tes réponses la moindre trace d'invraisemblance, le moindre mensonge, la moindre omission suspecte, tu ne serais pas sorti vivant de cette maison. Laure sait que je ne plaisante pas et que j'ai toujours un revolver sur moi. On aurait trouvé ton cadavre dans le Tescou ou le Tarn, comme celui de cet agent de la Gestapo à qui notre commando a réglé son compte. Je crois que tu es un véritable patriote.

– Je te remercie, dit Hans.

Il se lève, décroche de la patère son calot et son ceinturon, embrasse Laure.

– Hansi, dit Laure, j'ai confiance en toi et je t'aime.

DIMANCHE 4 JUIN 1944

EUGÈNE SOULARUE
Grolejac en Périgord.

« Qu'est-ce qu'ils foutent, à Londres, ces planqués? songe Eugène Soularue. Ils attendent tranquillement, en buvant leur " ouiski " et en fumant leurs blondes, que Staline flanque la pile aux Boches. Alors ils interviendront, les milords, juste pour tirer les marrons du feu. Et de Gaulle, ce grand pendu, qu'est-ce qu'il attend pour se faire parachuter au lieu de prononcer des discours à la radio? Pirouli... Pirouli... Boum... boum... boum... boum... Ici, Londres. Les Français parlent aux Français... Les discours, on en a marre. Ce qu'il faut, c'est des actes! »

Eugène se détend, allonge ses longues jambes au soleil, tend la main vers son absinthe, mais le verre est trop loin de lui. Angèle, la petite serveuse de Mme Jardel, patronne de l'hôtel du Pont, a déplacé la table pour balayer et ne l'a pas remise en place. Rapprocher son siège? Eugène ne s'en sent pas le courage. Il n'a de volonté pour rien, aujourd'hui. Il passe son temps à somnoler, à regarder ce pêcheur, au milieu de la Dordogne, bouffé par le brasillement du soleil, à observer le passage des habitants du Port, sur la route, à lorgner Angèle qui va et qui vient sur la terrasse, son balai à la main. On dit qu'elle couche facilement. Sa chambre est là-haut, dans les combles; on peut passer par-derrière l'hôtel. Il doit y faire chaud à crever en cette saison. Eugène ferme les yeux, essaie d'imaginer mais se cantonne dans le flou. Angèle entre de son pas fatigué, les mains à plat sur les cuisses pour s'aider à monter les dernières marches. Elle est en sueur; la robe légère, sous laquelle elle est presque nue, colle à sa peau, se mouille sous les seins d'une auréole grise. Elle tire sa fermeture Éclair, enlève sa robe d'un geste rapide, en se tortillant, comme il a vu faire au cinéma, du temps qu'il était à Paris. Nue, elle s'abat sur le lit et elle attend. Qui? Angèle est une fille de Sarlat; elle a, dit-on, le sang chaud.

Eugène se sent ému dans son bas-ventre comme au temps où, poinçonneur au métropolitain, ligne Auteuil-Nation, station Odéon, il regardait aller et venir sous son nez les plus beaux culs de Paris.

Il faudrait bien qu'il finisse de la boire, cette absinthe, macarel! Elle va être tiède.

– Angèle!

– Monsieur Soularue?

– Rapproche-moi cette table, petite. Tu l'as déplacée tout à l'heure en balayant et je ne peux plus atteindre mon verre.

– Vous voulez que je vous fasse boire, tant que j'y suis?

La petite insolente! Eugène fait claquer sa main sur ses fesses. Elle sent bon, la garce. Quand elle passe près de lui, il en prend plein les narines : du *sui generis* et du « Soir de Paris ».

– Voulez-vous cesser, monsieur Soularue? La patronne nous regarde!

Les autres, les jeunes, elle les appelle par leur prénom. Lui, c'est « monsieur Soularue ». Il est vrai qu'il impose, avec son faciès de vieux César qui aurait survécu aux ides de mars et aurait sombré dans les délices d'une retraite pompéienne. Il est pour tous « le Parisien ». Il a gardé de ses origines une pointe d'accent du Périgord qui se mêle étrangement à des fioritures parigotes, ce qui lui concède une sorte de prestige. Il ne viendrait à personne l'idée de lui taper sur le ventre, à lui qui a vécu à Paris, qui a vu de près le président Lebrun, des ministres, des ambassadeurs défilant sur les Champs-Élysées. Et des femmes, tant de jolies femmes : des stars et des putains à millionnaires.

– Pourquoi tu m'appelles pas Eugène?

– Oh! Monsieur Soularue, j'oserais jamais.

Elle a rougi! Lui, Eugène Soularue, ce podagre, ce ventripotent, il a fait rougir cette jeunesse. Elle aurait pu l'envoyer promener, comme ce gars du maquis, l'autre jour, qui la serrait de trop près et voulait l'impressionner avec sa mitraillette – un gars du groupe « Soleil ». Eh bien, non!

Il avale ce qui reste d'absinthe.

– Tu m'en porteras une autre, tiens. J'ai une de ces soifs!

Dans l'ombre de la salle, des hommes jouent à la belote. Deux gars du groupe « Victor », qui ont posé mitraillette et blouson sur le dossier de leur chaise, et deux autres qu'il ne voit pas. Une rumeur faite de cris d'annonce, d'éclats de rire, de protestations indignées, éclate jusque sur la terrasse. La partie de cartes de « Marius »...

DIMANCHE 4 JUIN 1944

La campagne, aux alentours du Port de Grolejac, sous le pont suspendu, paraît vide. La chaleur interdit le travail dans les champs. Sous l'épaule de roche abrupte qui supporte l'église et le château dissimulés derrière un brouillard de verdures sombres, les vieilles demeures du Port se tassent sur leur torpeur de fin de matinée, avant l'heure de la soupe dont on respire les premiers effluves, mêlés à ceux de la « bacade » des porcs. Une image parfaite de paix et d'opulence. Y a-t-il, dans ce monde en proie à la guerre, une représentation aussi parfaite du bonheur? Il suffit d'ouvrir les yeux, de regarder, de refermer lentement les paupières, de mesurer par la pensée la vacuité de la journée où rien ne presse, pour se sentir inondé de béatitude, dans une fragrance anisée.

La Dordogne, qui coule à quelques pas, sous le pont suspendu, souligne d'un gros trait noir cette image de géorgiques. Au milieu du fleuve, le pêcheur est toujours là, sur sa barque, immobile, une image d'éternité.

Un univers protégé, hors du monde. Il fait bon s'imaginer que si la guerre surgissait – Dieu sait pourquoi! – elle se heurterait à des frontières invisibles qui lui interdiraient le passage sur ces terres. Le bon Dieu a fait de ces chefs-d'œuvre que tous les diables de la terre ne pourraient détruire.

« Qu'il se décide, le grand Charles! songe Eugène Soularue. Qu'il débarque avec ses Angliches et ses Amerloques! Qu'on voie enfin le cul des Boches. Je ne serai pas le dernier, moi, Soularue Eugène, ancien du Chemin-des-Dames, croix de guerre, à leur tirer dessus avec mon Lebel de la guerre de 14, que j'ai enterré dans le fumier. » Il est vrai qu'ils sont discrets, ces « Feldgrau »; on en voit passer de temps en temps, par petits groupes motorisés, entre Sarlat et Gourdon, mais ils ne s'arrêtent jamais. Toujours pressés, comme s'ils avaient aux fesses les maquisards des groupes « Soleil » et « Victor ».

– Qu'on me donne quelques kilos de plastic. Je fais sauter le pont et nous les prenons comme des rats!

Voilà cc quc, la veillc, Soularuc a dit au mairc « insurrcctionnel » de Grolejac, Marcel Vidal, un jeune du groupe « Soleil ».

– Je sais où tu le caches, ton plastic, Vidal : là-haut, dans ta propriété de Giroux. Si les Boches s'annoncent sur la route de Gourdon, tu me le donnes et je te fais un beau feu d'artifice!

– Couillon! a répondu Vidal. C'est pas avec quelques kilos de plastic que tu pourrais faire sauter ce pont. Il est en ciment armé, tu sais. C'est moi qui l'ai construit en 30. Il faudrait un bombardement aérien pour le faire sauter. Et encore, on devrait viser juste.

– Alors, quoi! Il faudrait les laisser passer, les « Feldgrau »?

– On verra ce qu'on peut faire si ça arrive. Nous avons des armes. Si tu veux te battre, tu ne seras pas de trop, bien que je te voie mal avec une mitraillette dans les mains, foutu comme tu l'es. Mais on n'en est pas là. Attendons le débarquement. Même s'il a lieu, rien ne dit que les Boches passeront par Grolejac. Qu'est-ce qu'ils viendraient foutre ici?

– A cause du pont, tiens! Tu crois pas qu'ils vont prendre nos barques pour passer la Dordogne!

Vidal a pris Soularue par le bras.

– Viens boire un coup chez Jardel plutôt que de raconter tes conneries.

Il faisait un temps comparable à celui de ce jour : une chaleur épaisse, avec de légers friselis de vent dans les ramures profondes des noyeraies, comme si la terre respirait dans son sommeil diurne. Eugène s'est assis lourdement, en tirant sur ses bretelles, à sa place favorite, sous le parasol marqué « Dubonnet ».

– Si les Boches rappliquent, a dit Vidal, nous les attendrons de pied ferme et nous leur interdirons le passage du pont, histoire de les retarder. Ne souhaite pas que ça se produise, Eugène, tu le regretterais. Des gars des maquis « Soleil », « Victor », et les Corréziens de la compagnie « As de cœur » de l'Armée Secrète les ont vus à l'œuvre. Macarel! C'est pas de la dentelle! Si nous pouvons arriver à la fin de l'occupation sans nous servir de nos armes, c'est pas moi qui m'en plaindrai. Le pays est calme. Nous avons toujours mangé du pain blanc et nous ne manquons pour ainsi dire de rien. Toute la commune est aux mains de la Résistance. Alors, ne tentons pas le diable!

Vidal s'est retourné vers le comptoir.

– Angèle! Deux absinthes, celle de la réserve de la patronne. Et de l'eau fraîche, s'il te plaît!

DIMANCHE 4 JUIN 1944

ABBÉ JEAN ESPINASSE
Aumônier du lycée. Tulle.

A peine poussée la porte du 18, quai de Rigny, l'odeur de l'humidité filtrant des rochers situés derrière la maison vous prend aux narines : une odeur de crypte. Ce vaste immeuble badigeonné d'un vieux crépi grisâtre est coiffé d'un toit à la Mansart. C'est tout en haut que l'abbé doit monter : quatre étages d'un escalier sombre, étroit, parcimonieusement éclairé par la clarté de fond de mer que filtrent les vitres opaques aux reflets verts. La maison est bâtie tout contre la falaise. Au quatrième étage, on est de plain-pied, en franchissant une passerelle métallique, avec un jardinet que surplombe une tour ronde. Lierre et scolopendres cascadent le long de la roche à vif, pareille à une chair écorchée.

Presque toute la ville est ainsi, bâtie en balcons successifs, de chaque côté de cet interminable couloir : la vallée de la Corrèze, collée à la pierre nue, avec ici et là d'impressionnantes volées d'escaliers étroits et de ruelles abruptes. Par endroits, autour de ce nid de fantômes qu'est le noyau médiéval du Trech, surgissent des champignons de tours et de clochers. La cathédrale et le cloître occupent le centre de cette cité-serpent en train de digérer un passé trop lourd pour elle, qu'elle ne parvient à évacuer ni par le haut ni par le bas. Tandis que Brive, sa voisine, s'est épanouie dans sa plaine, Tulle s'est accrochée à ses pentes, est montée en graine, livrant à l'industrie son seul espace vaste et plan : le quartier de Souilhac où s'est installée depuis des siècles une élèbre manufacture d'armes qui fut « royale » et qui, aujourd'hui, travaille pour l'armée allemande.

L'abbé Jean Espinasse s'arrête pour souffler; il donne un coup d'œil à la porte de l'appartement qui abrite la famille de son frère, Georges, médecin vétérinaire, prisonnier de guerre évadé et en situation irrégulière. Jean a dit à son frère, pas plus tard que la veille :

– Prends garde, Georges! Pas d'imprudences. Ne te montre pas en ville. Ça grouille de miliciens et d'agents de la Gestapo, sans compter les groupes mobiles de réserve et les gardes mobiles. S'il t'arrivait malheur, que deviendrait ta famille?

Curieuse, cette impression, sensible surtout lorsque l'on descend, de cheminer à la verticale le long d'un puits. A Tulle, c'est ainsi : il faut toujours monter ou descendre. On part du rez-de-chaussée, on escalade plusieurs étages et on se retrouve à un autre rez-de-chaussée donnant sur une autre rue.

La chaleur s'est amassée dans l'appartement : quatre pièces sous les combles. Ce mois de juin laisse présager un été torride. La Corrèze, qui coule parallèlement au quai de Rigny, passé le pont de la Barrière, commence à montrer ses os. C'est dimanche : les lavandières qui peuplent ses rives la semaine, avec leur « banche », leur battoir et leur charretou ruisselant de linge, sont absentes.

L'abbé ouvre la fenêtre de son bureau après avoir dégrafé le col de sa soutane et libéré ses pieds des gros souliers noirs. Il se laisse tomber dans un fauteuil, les bras ballants de chaque côté des accoudoirs. Cette escalade l'a épuisé – il n'a jamais été d'une santé florissante. Ce qu'il lui faudrait, ce sont des vacances, de vraies vacances, et il n'a pas pris un jour de repos depuis... depuis des années. S'il s'éloigne de Tulle, l'été venu, c'est pour diriger des camps de jeunes. Ses vingt-cinq heures de cours par semaine, sans compter les préparations, le fatiguent. Cet après-midi encore, il a eu une longue discussion avec l'évêque, Mgr Aimable Chassaigne, sur un sujet qui lui est cher et qu'il défend avec ardeur, envers et contre tous : la mixité des cours d'instruction religieuse. Les autres cours du lycée sont mixtes; celui-ci s'est ancré dans la ségrégation. Pourquoi ?

L'abbé laisse un sourire flotter sur ses lèvres minces. Il n'a pas attendu la conclusion de ces interminables palabres et l'autorisation de l'évêque. Il vient de lui révéler, avec humilité mais conviction, qu'il n'a pas respecté ses consignes et que ses cours sont ouverts à tous. L'évêque a haussé les épaules avec indulgence et lui a donné sa bénédiction. Une petite victoire acquise sans éclats.

Ce dimanche, la ville est calme.

Sur la colline, de l'autre côté de la vallée, le soleil illumine le monument aux morts, la façade de l'École normale de garçons, fait ruisseler un miel de lumière blonde sur les verdures qui éclaboussent les coulées de roche, où se blottissent les rossignols. Le murmure de la Corrèze est sensible entre deux vagues de rumeurs : voitures et camions militaires qui passent en trombe, chargés de territoriaux qui viennent de patrouiller dans les environs ou d'inspecter les barrages : des Allemands, des Géorgiens. Ceux qui chantent sont les Géorgiens. Ces colosses aux mines patibulaires, les gens de Tulle en ont peur. On dit qu'ils montent à cheval comme dans les cirques et qu'ils s'enivrent avec tout ce qui leur tombe entre les mains : eau de Cologne ou alcool à brûler. Lorsque les filles les croisent dans la rue, elles blêmissent et changent de trottoir. Quand ils chantent dans les bistrots en mangeant leurs oignons crus, c'est beau à pleurer, mais cela donne des frissons, comme dans les films de terreur.

La ville baigne dans son calme dominical, mais ce n'est qu'une illusion : les partisans F.T.P. descendus des collines d'alentour, commencent à rôder dans les bois qui enserrent la ville. Les bruits de débarquement, démentis par les journaux et la radio, se précisent. Si la nouvelle se confirme, il faut s'attendre au pire : par exemple, à l'attaque de la ville par les maquisards. « Ce serait une folie, songe l'abbé Espinasse, bien que les garnisons allemandes, composées d'adolescents et de vieux " kroumirs ", ne soient pas très combatives. Il serait plus prudent d'investir la ville sans l'attaquer, obtenir une reddition. Sentant venir l'orage, les Boches sont sur le qui-vive. »

Le bureau Empire, plaqué de bronze, étale sous ses mains une plage paisible et familière. Du courrier en retard... des livres : Bernanos, Mauriac (le cher Mauriac !), Péguy et cette source de vie et de foi : *Dieu ou rien*, œuvre du père Sertillanges, dominicain, directeur de la *Revue des Jeunes*... Au milieu, une liasse de feuilles vierges, comme un appel. L'abbé pose dessus sa main aux longs doigts minces et songe : « Un jour, plus tard, je raconterai ce que j'ai vécu : mon enfance, ma foi, mes luttes, mes espoirs, mon apostolat de prêtre, l'existence dans le petit et le grand séminaire, à Allassac, à Brive, et peut-être les événements qui se préparent. Plus tard, lorsque la guerre sera finie. Peut-être [1]... » Un chrétien a toujours le sentiment que sa vie ne fait que commencer...

1. Il a écrit effectivement un ouvrage important, *Prêtre en Corrèze*, paru en 1979 aux éditions Robert Laffont, collection « Vécu ».

Elles sont longues, les journées, à Tulle. Surtout le dimanche.

Levé à six heures tous les matins, l'abbé dit la messe à Saint-Jean, l'église de sa paroisse familiale, puis il va prendre son petit déjeuner chez ses parents, au restaurant Espinasse. Les cours au lycée commencent à neuf heures. A midi, sa femme de ménage (il n'a pas de gouvernante) vient lui porter son déjeuner. La fatigue n'est sensible que plus tard, le soir, quand il retourne à son « pigeonnier ».

Son regard s'attarde sur les murs et les cloisons. Un grand crucifix de bronze, fixé sur une croix de bois brut, cadeau des guides de Brive, que lui a remis la cheftaine, fille d'Edmond Michelet, cet ami malchanceux qui a disparu dans l'espace et la nuit du Grand Reich; des eaux-fortes de Desbois représentant les églises d'Aubazine et de Rocamadour; sur le secrétaire Empire trône le chef de sainte Fortunade – Fortunata – petite sainte rurale qui s'endormit un jour dans son pays d'Agenais et dont les reliques gisent à l'ombre des châtaigneraies corréziennes. Cette effigie pétrie de sérénité, de silence, de secrets, semble remonter comme une bulle d'air irisée d'un passé de légende. Lorsque le présent se fait rude ou sordide, l'homme s'invente des légendes; elles lui sont aussi nécessaires que l'air ou le pain.

Par-delà la plage paisible du bureau, le visage de Fortunata rayonne d'un éclat sourd au-dessus des piles de dossiers et de livres; elle proclame que la vraie vie est dans le grand songe intérieur, dans le laboratoire où s'élaborent les rêves de l'humanité qui projettent l'homme hors de ses réalités quotidiennes pour le faire accéder à un univers confus, foisonnant, à l'image des campagnes d'ici, où l'on peut se perdre mais où l'on finit toujours par retrouver dans le champ de son regard une église ou une ferme.

La vue de Jean Espinasse se brouille. Ses paupières rougies se ferment sur des prunelles de sable. Lentement, il se laisse sombrer dans une somnolence sur laquelle plane le sourire serein de Fortunata.

Soudain, l'abbé s'éveille en sursaut.

Des coups de feu viennent d'éclater en rafales dans les collines.

La guerre. Elle ne se laisse pas oublier. Elle est présente partout, jusque dans le silence du dimanche, jusque dans la sérénité de la nuit. Il suffit de tendre l'oreille pour entendre gronder son sommeil lointain, percevoir ses soubresauts. La paix, dans cette ville, n'est jamais qu'apparente; elle est en sursis; elle s'accroche encore à des banalités quotidiennes mais tout l'incline vers sa fin. Cette nuit peut-être, peut-être demain, sûrement dans les jours qui viennent, elle sombrera dans le gouffre où, en ces temps d'apocalypse, tout finira par sombrer. La paix, on la respire encore autour du visage de Fortunata, mais, l'abbé le sait bien, ce n'est qu'une illusion.

JEAN-JACQUES CHAPOU (commandant « Kléber »)

P.C. des F.T.P., environs de Clergoux (Corrèze).

La lampe à pétrole papillote au-dessus de la table encore chargée des restes du dîner.

Louis Godefroy (commandant « Rivière » dans la clandestinité), ancien employé sanitaire, engagé dans les brigades internationales durant la guerre d'Espagne, aux côtés de Malraux, se lève, étire sa taille courtaude pour régler le manchon de la lampe, qui fait rayonner dans la pièce de la ferme une lueur bleuâtre. Autour de lui, assis sur des bancs, ses compagnons somnolent, épuisés.

Annie [1], agent de liaison de Jean-Jacques Chapou (commandant « Kléber ») et sa compagne, semble la moins éprouvée, malgré ses yeux cernés de rouge et la marbrure de ses joues potelées; assise en face de Chapou, elle brise distraitement entre ses doigts des coquilles terreuses de noix sèches; de temps en temps son regard croise celui de son compagnon et elle sourit en songeant que l'heure est tardive et qu'ils devraient déjà être couchés dans le grand lit de campagne à rideaux de cretonne rouge, sous le

1. L'amie de Chapou vit encore à l'heure où nous écrivons. C'est la raison pour laquelle nous avons changé son prénom.

chapelet aux gros grains noirs, que les anciens propriétaires ont suspendu au mur bosselé, chaulé à la diable.

Ils n'en finissent pas de relancer la discussion. On a l'impression qu'ils ont tout dit; les yeux se ferment, et puis ça repart...

Caulet (« Laurent »), chef départemental du Front National, dont dépendent les F.T.P., vice-président du Comité départemental de Libération, arrache du bout des doigts un morceau de mie à la tourte de pain blanc et se verse un verre de piquette.

– Je vous rappelle, dit-il avec son calme habituel, que, conformément aux ordres supérieurs, nous devons prendre une décision ce soir. Vous connaissez mon point de vue : attaquer Tulle. Nous n'avons que trop tardé.

– Ce n'est pas une décision que nous pouvons prendre à la légère, dit Chapou. Une garnison de deux cent quatre-vingts hommes, ça ne s'enlève pas comme une barricade. Nos effectifs ne sont pas au complet, tu le sais. Une opération prématurée tournerait à la catastrophe. Attendons pour mettre en place notre dispositif d'attaque d'avoir des nouvelles des hommes du sous-secteur « A » que commande Lanot. On n'attaque pas une ville comme Tulle avec un contingent de cent cinquante hommes mal entraînés et mal armés.

Après les attaques massives des forces allemandes aux alentours de Combressol, en haute Corrèze, et du côté de Champ-de-Brach, en moyenne Corrèze, les forces des F.T.P., démantibulées, dispersées, ont du mal à se regrouper et à se réorganiser.

– Ces troupes ne seront pas prêtes à attaquer à la date prévue, dit Chapou.

– Elles le seront, dit Caulet. Un lieutenant de Lanot me l'a affirmé.

– Une telle affirmation ne me suffit pas. Il me faut des certitudes.

Les deux chefs de l'insurrection se toisent du regard. La lumière de la lampe à pétrole accentue leurs disparités. Il n'est secret pour personne qu'ils ne s'aiment guère; ils sont différents dans leur apparence physique mais aussi dans leur caractère et leur comportement; ils se heurtent sur les moindres détails et un arbitrage est presque toujours nécessaire pour les départager.

Tous deux occupent des fonctions importantes.

Chapou est l'homme de l'insurrection mémorable de Cajarc, en

Quercy. Il portait alors le nom de guerre de « Philippe »; c'était le pur héros des maquis du Lot, le personnage auréolé de légende de l'Armée Secrète. Il lui avait suffi de dire à ses troupes : « J'ai choisi l'action immédiate et l'engagement au parti communiste; nous quittons donc l'A.S. pour les F.T.P. », pour que tous suivent comme un seul homme.

Peu après l'affaire de Cajarc, il était nommé commissaire aux opérations en Corrèze, département plus sensible que le Lot.

Chapou est comme un livre ouvert; chacun peut y puiser les réponses aux questions qu'il se pose sur ce professeur révoqué par le gouvernement de Vichy.

Plus taciturne, plus mystérieux, Robert Caulet ne se laisse pas aisément surprendre. Chapou est un militaire, plus communiste de bouche que de cœur; Caulet est une sorte de commissaire politique du P.C., du genre « qui-s'en-tient-aux-ordres ». Professeur de dessin au lycée de Tulle, il mène depuis des mois une action souterraine. Il parle peu : il agit. Ce personnage grisâtre, effacé malgré ses allures de don Juan blasé, semble avoir une fois pour toutes marqué des bornes infranchissables entre sa personnalité civile et sa propre existence d'homme d'action. Son sang-froid est légendaire.

Caulet triture la mie de pain entre ses doigts délicats aux extrémités marquées de traces d'encre de Chine.

– C'est le 1er juin, comme nous l'avions prévu, que nous aurions dû agir, dit-il. Le moment était favorable. Toute la Corrèze était prête à se soulever avec nous. Souvenez-vous de cette nuit sur les hauteurs de Malangle...

– Je me souviens, dit Godefroy, commissaire aux opérations. Quel feu d'artifice, mes amis!

Dans la nuit épaisse, sur toute l'étendue de la vallée proche de Tulle, ce n'étaient qu'incendies, explosions, fusillades. Une fête nocturne digne d'une Saint-Jean d'été d'avant-guerre, lorsque les feux rituels brûlaient dans tous les villages. Une nuit fantastique. Ils en avaient tous les larmes aux yeux : Chapou, Caulet, Godefroy, Odru, Roger Lescure (« Murat [1] »), « André » et Annie, dans l'ombre de Chapou, accrochée à son bras...

1. Devenu par la suite compagnon de la Libération.

– Nous n'étions pas prêts, répète Chapou. Vous aviez reçu des ordres du Comité central du parti communiste, soit, mais ils viennent de si haut et de si loin qu'ils ne peuvent tenir compte des réalités locales.

– Le Parti ne se trompe jamais, dit Caulet. Je regrette d'avoir à te le rappeler.

Il se lève, enjambe le banc de bois, reste un instant à cheval, méditatif, puis s'avance lourdement vers la fenêtre dominant un petit vallon baigné de nuit sous les vagues des châtaigneraies crêtées d'un liséré de lune. Le ruisseau qui murmure en contrebas semble faire l'amour avec une bâtisse écrasée : un moulin qui a repris du service depuis la guerre et les restrictions, où le maquis vient s'approvisionner en farine.

– Bientôt minuit, soupire Annie. Je vais me coucher.

Elle est plutôt petite, un peu boulotte dans la jupe à fleurs qui flotte autour d'elle, très femme malgré des apparences d'énergie masculine; elle accompagne ses propos de gestes vifs. Annie a une passion pour la conduite automobile; agent de liaison, elle utilise souvent la « traction » affectée à Chapou. Ils se querellent parfois au sujet de sa tenue : elle refuse le port du pantalon qui la rendrait plus libre de ses mouvements et lui donnerait l'air plus viril.

– N'insiste pas, dit-elle. Je suis femme et je m'habille comme doit s'habiller une femme.

Caulet revient vers la table.

– L'ennui avec toi, Chapou, dit-il, c'est que tu es perpétuellement en conflit avec toi-même, que tu balances sans cesse entre tes opinions sincères et celles que tu affiches. Tu étais socialiste S.F.I.O. et membre de l'Armée Secrète; tu es devenu franc-tireur partisan et membre du P.C., par réaction, dis-tu, contre l'attentisme de l'Armée Secrète. Et voilà que tu prônes à ton tour l'attentisme! Veux-tu mon avis? Tu n'es pas vraiment, tu ne seras sans doute jamais un vrai communiste, car tu te laisses trop influencer par tes états d'âme.

– Je ne te permets pas de mettre en cause mes convictions et de porter des jugements sur mon caractère! s'écrie Chapou en se levant. Ce n'est pas se remettre en question que de réfléchir aux conséquences de ses décisions, et celle que nous devons prendre est d'une extrême gravité!

Godefroy se lève à son tour, proteste :

– Je vous en conjure, cessez de vous quereller. Vous avez mieux à faire. Annie, avant de te coucher, porte-nous une autre bouteille.

– Nous avons assez bu ce soir, dit Caulet. D'ailleurs cette piquette me donne des aigreurs d'estomac. Je maintiens que Chapou n'est pas l'homme de la situation. J'aurais dû m'en douter : un professeur de grec et de latin fait rarement un bon militaire. Ton goût de l'analyse et de la synthèse, ton sens critique toujours prêt à contester les consignes et les ordres, ton intelligence même sont autant d'obstacles à ta mission et à tes responsabilités.

Caulet songe, sans le dire : « Tu es devenu un personnage encombrant et dangereux pour le Parti », mais exprimer brutalement cette idée risquerait de déclencher un conflit ouvert entre les deux hommes. Le commandant « Kléber » est un impulsif, toujours en train d'agiter son panache, de se poser en héros mythique de la Résistance, d'astiquer son auréole.

– Toi-même, *monsieur* Caulet, dit Annie avec un sourire ironique, n'es-tu pas professeur de dessin? C'est une situation qui n'est pas davantage compatible en apparence avec la politique et la guerre...

– Sans doute, *mademoiselle,* riposte Caulet, aigre-doux, mais j'ai fait mes classes au parti communiste. J'étais bon élève et j'ai appris ce par quoi vous auriez dû commencer votre instruction de résistance : la discipline.

Il se retourne brusquement, fait face à Chapou qui vient à son tour de quitter la table. Il considère d'un œil narquois cet homme de haute taille et de belle allure, sanglé dans un blouson de cuir marqué d'une étoile rouge à cinq branches, des pantalons d'officier gainés de guêtres, portant au ceinturon le revolver qui ne le quitte jamais. Le regard profond de Chapou, entre les oreilles légèrement décollées, fixe son interlocuteur.

Caulet déteste Chapou depuis leurs premiers contacts. Il a deviné en lui la brebis galeuse. Chapou est parvenu à composer avec Godefroy, jamais avec Caulet. Le commissaire aux opérations et le commissaire politique ont creusé leurs positions face à face et se livrent, en permanence, une sournoise guerre de tranchées.

Frottant de sa main droite son visage carré et sanguin, Godefroy s'interpose pour éviter qu'ils en viennent aux mains. Le temps qui passe et accroît les tensions risque de les faire passer de l'irritation à la colère et de la colère à la violence.

Godefroy se souvient. Il y a deux jours, au cœur de la châtaigneraie du Roquet, près de Chanac, la décision a été prise à l'unanimité d'attaquer Tulle le 6 juin au lieu du 1er. Une décision de principe. Il y avait là Chapou et quelques camarades. Godefroy avait fait état de l'impatience des gens de Tulle de voir la Résistance passer à l'action. Un gars rencontré dans un bistrot ne le lui avait pas envoyé dire. Ses propos lui sonnaient encore dans l'oreille :

– Alors, qu'est-ce que vous attendez pour attaquer cette vermine verte de peur? Les G.M.R. et les gardes mobiles sont nombreux, mais ils en ont marre et ne résisteront guère. Les « vert-de-gris » n'en mènent pas large. La Gestapo et la Milice seront vite mises à la raison! Tous les Tullistes attendent votre action et vous donneraient un bon coup de main!

Godefroy a prévenu ses camarades au cours de la réunion de Chanac : toute la population était au courant de l'éventualité d'une opération d'encerclement que les Allemands – eux surtout! – ne pouvaient ignorer. Il ne fallait pas compter sur un effet de surprise mais ne pas trop tarder non plus à agir.

– Écoute, Caulet, dit Godefroy, conciliant, tu sais que je ne rechigne jamais ou presque à me soumettre aux consignes de nos supérieurs qui ont une vue plus générale des événements, mais je dois convenir que Chapou n'a pas tort. Une journée de plus nous serait utile pour mieux préparer une opération de cette importance. D'ici là, peut-être aurons-nous des nouvelles de nos camarades de la haute Corrèze.

– Toi aussi, Godefroy, soupire Caulet. Tu remets tout en question. Il était prévu que nous serions les premiers en France à donner le signal de l'insurrection en attaquant une préfecture et à assurer le prestige de notre organisation et du Parti. Nous risquons d'être pris de vitesse. Peut-être par les Brivistes...

– Les Brivistes ne bougeront pas, dit Chapou. Chez eux, c'est l'Armée Secrète qui mène le jeu. Il court là-bas des rumeurs sur une division blindée de SS concentrée dans la région de Montauban, qui pourrait, si le débarquement s'opère dans le nord du pays, traverser Brive et Tulle pour se porter en renfort.

– Rumeurs non confirmées! dit sèchement Caulet.

– Et que dis-tu, ajoute Chapou, des unités allemandes qui occupent le centre du pays : les colonnes Jesser et Brenner, les Tartares de Vlassov? Nous risquons de les voir surgir sur nos arrières. Tu connais mon point de vue : il faut éliminer le plus possible d'ennemis en évitant de sacrifier inutilement les nôtres et d'attirer des représailles sur la population.

– *Vous* raisonnez comme les gens de l'A.S., monsieur le professeur, dit ironiquement Caulet, mais ce sont des scrupules qui ne *vous* gênaient guère lorsque vous avez attaqué Cajarc!

– Cajarc n'est pas Tulle! riposte Chapou. C'était une simple démonstration de force dont la population n'a pas souffert, et nous n'avons pas perdu un seul homme!

Cajarc en Quercy, le 10 avril...

Le souvenir de cette journée passe en rafale dans la mémoire de Jean-Jacques Chapou, qui n'était encore que « Philippe », chef des maquis A.S.-M.U.R. du Lot. La troupe s'était présentée par surprise, avait occupé les points stratégiques de la bourgade et les locaux administratifs, passant par les armes trois collaborateurs notoires, défilant toutes bannières déployées devant le monument aux morts. Cajarc, ville libérée, pavoisait et hurlait sa joie. « Philippe » avait poussé le défi jusqu'à téléphoner, au nom du maire, au siège de la Gestapo, à Toulouse, en demandant l'envoi d'une force armée contre les terroristes! Lorsque le détachement s'était présenté, il avait été accueilli par une salve nourrie et avait dû se replier avec des pertes. Un de ces exploits légendaires dont se nourrit la mythologie populaire... Quelques semaines après ce coup d'éclat, « Philippe » devenait « Kléber ».

– C'est vrai, dit Caulet. Cajarc n'est pas Tulle, mais on doit toujours mettre la barre plus haut. Dois-je te rappeler les directives du Comité national militaire communiste, transmises à nos services par Limoges? Préparer un soulèvement national, seul moyen d'autodéfense. Vous qui manifestez un tel souci pour la sécurité des populations civiles, savez-vous ce qui se produira lorsque les Alliés débarqueront, s'ils débarquent? Nous assisterons à l'emprisonnement, à la déportation, au massacre de milliers de civils! Croyez-moi, la sagesse consiste à porter notre action sur Tulle, et sans tarder. Nous n'avons que faire de chefs timorés comme toi, Chapou. Je n'arrive pas à comprendre pourquoi tu as quitté l'A.S. Tu y étais parfaitement à ta place!

– Tu fais passer tes ambitions politiques avant les considérations militaires! riposte Chapou. Tu es prêt à tout pour que le Parti prenne le pouvoir en France à la suite de l'insurrection.

– Voilà des propos qui pourraient te coûter cher s'ils sortaient de cette maison, mais je me montrerai discret. Je te rappelle simplement les propos de ton grand homme, de Gaulle : « *La libération nationale est inséparable de l'insurrection nationale.* »

– Certes, dit Chapou. Mais pas à n'importe quel prix!

Penché à la fenêtre, Caulet sonde la nuit des grands étangs, le silence tendu comme une draperie funèbre sur la campagne.

– Je m'incline, dit-il. Nous retarderons donc l'attaque de vingt-quatre heures, puisque Godefroy semble être d'accord avec toi, mais c'est le dernier délai. Maintenant, allons nous coucher. Nous n'aurons pas de nouvelles de Lanot ce soir.

Il ajouta :

– Annie, débarrasse la table, je te prie. Je n'aime pas le désordre.

2.

CES LOINTAINS NUAGES

Lundi 5 juin 1944

BRIGADEFÜHRER HEINZ BERNARD LAMMERDING
Une villa de Montauban.

29 Dloin, la villa de la banlieue montalbanaise ressemble, avec la multitude de ses antennes, à un hérisson endormi au milieu d'un jardin. De l'étage, on aperçoit la ville toute rose, ses hauts murs de brique buvant le soleil de juin au-dessus des verdures sombres bordant le Tarn.

Ce matin, le Brigadeführer Lammerding est de mauvaise humeur. La journée sera torride et il n'aime pas la chaleur; les rapports sur les opérations de reconnaissance destinées à repérer les dépôts d'armes issus des parachutages sont décevants : les officiers reviennent de ces expéditions comme d'une promenade; pourtant ils ont eu lieu, ces parachutages, et se multiplient même d'une manière inquiétante, mais les containers disparaissent comme par miracle; enfin, il n'a aucune nouvelle du matériel destiné à équiper ou à rééquiper les éléments de la division blindée « Das Reich » qu'il commande depuis le 1er janvier dernier, à la suite du général Krüger qui s'est subitement éteint, miné par les épreuves de ses campagnes en Russie.

Heinz Bernard Lammerding n'a jamais été un foudre de guerre, encore moins un héros, bien qu'il n'ait jamais lâché pied au combat, si ce n'est contraint et forcé par les marées sauvages d'hommes et de matériel sorties des terres d'Ukraine, autour de Kharkov. Il est avant tout un technicien, un homme du génie – ce que les Français appellent avec une nuance de mépris un « sapeur ».

Le Kommandeur fait le tour de son bureau, jette un regard appuyé, en passant devant la glace murale, à cette haute silhouette un peu empâtée par la quarantaine et la bonne chère, à ce visage aux traits lourds, griffé d'un coup de sabre, à la chevelure blonde et plate, aux yeux d'un bleu brumeux.

Il revient à son bureau, décroche le combiné.

– Werner! A-t-on des nouvelles du major Helmut Kämpfe?

– Aucune, Herr General! Dois-je lui rappeler votre rendez-vous?

– Inutile, Werner. Il ne va plus tarder.

Comme son général, Kämpfe a le souci de l'exactitude. De toute manière, cette entrevue n'a rien d'urgent. Lammerding souhaite simplement s'entretenir de la situation générale avec le héros de la campagne de Russie que toute l'armée vénère et dont les avis lui sont précieux. Il a, de plus, une singulière prescience des événements.

Le général allume une cigarette Ibar pour tromper son impatience, se renverse dans son fauteuil, laisse son regard flotter sur la carte d'état-major qui embrasse la région autour de Montauban, constellée de cartons colorés indiquant les endroits supposés de concentrations de bandes terroristes. Sa pendule de bureau marque onze heures cinq. Helmut a cinq minutes de retard; ce n'est pas dans ses habitudes: il a dû être retenu malgré lui. Peut-être par une de ces créatures qui assiègent son domicile.

Il y a un mois, Kämpfe était assis dans ce fauteuil, en face, le haut de sa vareuse discrètement dégrafé à cause de la chaleur, une coupe de champagne à la main.

C'était à l'occasion de la réception donnée par le général pour fêter l'attribution, au titre de chevalier, de la glorieuse « Ritterkreuz » récompensant son action sur le front russe. Il avait fallu dégager deux pièces de la vaste demeure bourgeoise pour loger tous les invités. C'est Helmut Kämpfe, lui-même titulaire de cette distinction, qui avait rappelé la carrière longue et glorieuse du Kommandeur. Une carrière qui prend ses racines à l'aube du national-socialisme. En fait, le métier des armes n'a jamais beaucoup tenté cet ingénieur diplômé en construction civile; il a fallu toute l'insistance et l'amitié de Heinrich Himmler pour le persuader de s'intégrer à la SS. Le chef suprême, après le Führer, de la Schutz Staffel (SS), lui avait confié:

– Nous avons besoin de techniciens de votre valeur. De grands projets sont en train de mûrir. Il serait aberrant, mon cher Heinz Bernard, de vous voir entrer dans la Wehrmacht, cette armée qui a peu évolué depuis la guerre de 14, composée d'hommes du passé, de vieux officiers traditionalistes et fatigués. Nous représentons, nous, les forces de l'avenir. Cette guerre, c'est nous qui la gagnerons. Nous sommes les enfants chéris du Führer et nous nous devons à lui corps et âme. Rejoignez nos rangs. Vous ne le regretterez pas.

Ce que le chef suprême de la Schutz Staffel n'avait pas ajouté, c'est que les premiers éléments de la SS ne brillaient guère par leur quotient intellectuel et moral et que la moindre occasion d'introduire dans leurs rangs des gens de compétence et de valeur reconnues devait être saisie au vol. Les chefs de la Wehrmacht haïssaient Himmler et ne perdaient aucune occasion de lui faucher l'herbe sous le pied; la réciproque allait de soi...

Lammerding n'avait, à vrai dire, qu'une confiance limitée dans le chef des SS, esprit faible, instable, complexé, utopique. Son projet d'empire industriel, d'un « Konzern » économique, dont la Schutz Staffel aurait la maîtrise, était un rêve grandiose mais inconsistant auquel pourtant le Führer devait, plus tard, accorder crédit. Dans la Wehrmacht on disait de Himmler qu'il était « l'homme le plus sinistre du Troisième Reich ».

Lammerding avait suivi les conseils de Himmler.

Au début des années 30, il avait abandonné sa carrière d'ingénieur pour prendre du service dans les organisations hitlériennes. Il s'était engagé, après un séjour dans les Sections d'Assaut, à l'École du Génie de Hoxter, qui formait les troupes de choc du régime et dont il était un des fondateurs. Puis il avait accepté de servir jusqu'à l'âge de quarante-cinq ans, dans les troupes permanentes de la SS. Chef de bataillon des Pionniers à Leisnig, commandant instructeur à l'École des Cadres de Brunswick, il était, au début de la guerre, capitaine du Génie dans les Waffen SS et avait fait la campagne de France à la direction d'une division de « Totenkopf » qui portaient comme insigne la tête de mort. Ensuite, durant deux années, il avait été affecté à l'état-major divisionnaire des Werfügungstruppen. On le retrouvait en 43 chef d'état-major du général von der Bach-Zelevski, sur le front russe, avec une mission dans laquelle il devait exceller : la chasse et la répression des partisans, qu'il avait fait pendre ou fusiller par milliers; sa signature figurait sur les affiches annonçant de féroces mesures de représailles : destruction par le fer et le feu de localités entières, pendaisons de civils et de partisans. On le disait « impitoyable ».

Le soir de la réception, on avait fait monter des caves de la villa des caisses de champagne et on avait bu jusqu'au milieu de la nuit en évoquant des souvenirs de campagne et en chantant *Lily Marlène, Bouquet d'étoiles* et le *Horst Wessel Lied.*

Ç'avait été une nuit inoubliable.

Le téléphone grésille.

– Le major Kämpfe est arrivé, dit Werner.

– Faites-le entrer, dit le général.

Lammerding se lève, rectifie machinalement la position du cadre où figure une photo de famille, range symétriquement son stylo, de manière qu'il soit parallèle au bloc de papier à l'en-tête de la division.

– Entrez, Helmut!

– Pardonnez-moi, Brigadeführer, dit le major en saluant. Je suis outrageusement en retard.

– Ne vous excusez pas, pour cinq petites minutes. Une de vos conquêtes, je suppose...

– Il est vrai, comme disent les Français, qu'on ne prête qu'aux riches, mais c'est simplement ma logeuse, avec laquelle j'ai eu une discussion. Je ne me serais pas laissé retarder par Vénus en personne.

– Votre logeuse?

– Une querelle sans importance. Elle prétend que nous nous conduisons de moins en moins correctement, que nous « souillons son intérieur » (c'est l'expression qu'elle a employée), sous prétexte que nous nous servons de son piano à queue comme d'un bar, alors que j'y avais simplement déposé un verre de bière. C'est une vieille demoiselle un peu maniaque.

– Asseyez-vous et remettez-vous. Cette altercation semble vous avoir affecté plus que vous ne le dites.

Kämpfe s'installe avec son indolence de grand fauve (il mesure près de deux mètres) dans le fauteuil qui fait vis-à-vis au bureau.

Le héros de Stalingrad, de Jitomir, de Koursk, l'idole de l'armée allemande... Ses moindres gestes ont une allure aristocratique et semblent étudiés pour mettre en valeur sa grâce virile et sa puissance. Lentement, il ôte ses lunettes noires, croise les jambes, sort de sa vareuse un boîtier en or, cadeau d'une actrice allemande de la U.F.A., allume une cigarette avec un briquet marqué de ses initiales.

– Il est vrai que cette querelle m'a été pénible, dit-il. J'aimais bien cette vieille personne, malgré ses manies, et voilà que nous sommes presque devenus des ennemis. Comme disent les Français, elle m'a « servi mon paquet ».

– Serait-elle jalouse des belles dames que vous emmenez dans votre appartement? dit Lammerding avec un sourire complice.

– Non, Brigadeführer. Vous connaissez ma discrétion. Elle nous reproche simplement de mal nous conduire avec la population. Elle regrette les premières troupes qui ont cantonné dans la ville : ces jeunes recrues, tchèques, polonaises, avec lesquelles les Montalbanais, dit-elle, entretenaient des rapports courtois. Ils étaient, paraît-il, plus *corrects* que nous. Elle nous reproche notamment ce qu'elle appelle nos « pillages » : ces porcs, ces lapins, ces volailles que nos hommes ramènent de leurs expéditions. Elle n'a de sympathie que pour notre jeune cuisinier de Cologne qui pleure dans son giron en lui parlant des bombardements que subit sa ville. La vieille folle! Savez-vous ce qu'elle m'a dit? Les Alliés vont nous attaquer en franchissant les Pyrénées et en débarquant sur les côtes de la Méditerranée! Cela devient chez elle une idée fixe.

– Une résistante?

– A sa manière. Elle souhaite nous voir partir le plus tôt possible. Je lui ai répondu que nous ne tarderions guère, mais qu'elle nous regretterait lorsque les bolcheviques des F.T.P. viendront lui demander des comptes. Elle a souvent des audiences chez monseigneur Théas, ce personnage plus que suspect, que la Gestapo surveille jour et nuit.

– Je suis au courant, dit Lammerding. L'évêque a nettement pris position contre nous lorsque nous avons interdit la baignade du Theil aux gens de couleur et lorsque nous avons procédé à la rafle des Juifs.

– Je m'en souviens. Il a fait lire dans tout le diocèse un

manifeste dénonçant cette opération salutaire. Il est entouré de prêtres qui sont autant de résistants actifs. J'ai appris qu'il entretient des rapports étroits avec le pasteur Dautheville-Guibal que nous soupçonnons d'héberger des Juifs et des terroristes.

– J'ai là des dossiers qui suffiraient à le faire interner, mais je n'en userai pas, car je tiens à ce que l'ordre règne dans cette ville. Une ville pourrie! Tous ces attentats... Que fait la Gestapo?

– Elle attend son heure, et cette heure ne saurait tarder.

Lammerding décroche le combiné.

– Un café, Helmut? Cela vous remettra de vos émotions.

– Volontiers.

– Werner, faites-nous porter deux cafés, et du bon.

Le Kommandeur se renverse dans son fauteuil, mains croisées sous le menton, jambes allongées sous le bureau.

– Ce débarquement dont on parle avec de plus en plus d'insistance, vous y croyez, Helmut? C'est un peu pour vous demander votre point de vue que je vous ai demandé de venir jusqu'à moi. Vous savez combien j'ajoute foi à vos avis.

– C'est une question de jours. La saison est favorable. Mais nous n'avons aucune information précise. Nous ignorons même à quel endroit il aura lieu : Pas-de-Calais ou Normandie. Ce qui est certain, c'est qu'il est imminent. Lorsque l'opération se déclenchera, que fera notre unité?

– Je l'ignore, mais je m'en tiendrai aux ordres, bien entendu. L'O.K.W. nous ordonnera sans doute de rejoindre d'urgence le front du débarquement, soit par le centre de la France, soit par la zone atlantique. Pour tout vous dire, je suis inquiet. Nous ne sommes pas prêts pour cette aventure. Notre vieille division n'est plus ce qu'elle était. Les Ivan l'ont démantelée à Kharkov et, depuis, elle n'est plus que l'ombre d'elle-même alors qu'on la considérait comme le fleuron de l'armée allemande, le fer de lance de notre action offensive. On nous avait même désignés, souvenez-vous, pour être les premiers à débarquer en Angleterre! Quelle dérision! Nous conservons une puissance de feu exceptionnelle, mais nos troupes, Helmut, nos troupes... Des fonds de tiroir! L'instruction des jeunes recrues est à peine terminée. Comment se conduiront-ils au feu? Quand je vois ces gamins de dix-sept ans, ces cadres aigris et fatigués par la campagne de

Russie, je me dis que notre avenir ne se présente pas sous un jour très glorieux.

On a apporté les cafés. L'arôme puissant et chaleureux baigne la pièce.

– Si nous perdons cette guerre, dit Helmut, deux choses me manqueront, entre autres : le goût du vrai café et celui des cigarettes blondes. Cela peut paraître futile, mais le bonheur est fait de ces modestes satisfactions.

– Les femmes aussi, Helmut?

– Les femmes surtout, Herr General...

Le silence qui suit, le général et le major le savourent voluptueusement, chacun replié sur soi-même comme si les affaires du monde marquaient une pause salutaire. Le ventilateur bourdonne doucement sur un secrétaire. L'été entre à pleines fenêtres, avec ses odeurs sèches, ses perspectives lumineuses, ses images de sommeil et d'éternité.

Le Kommandeur repose sa tasse, caresse la photo de sa famille du regard.

– J'ai préparé, dit-il, un rapport à l'intention du 58ᵉ Corps d'Armée. Un rapport tactique guère réjouissant que je vous communiquerai dès que je l'aurai complété. J'insiste sur le fait que nous risquons de rencontrer les pires difficultés pour rejoindre le front du débarquement. Savez-vous qu'une grande partie de nos blindés sont pratiquement hors de service, que nous n'avons aucune nouvelle des moteurs et des pièces de rechange, que notre réserve de carburant baisse à vue d'œil et n'est pas renouvelée? Nous devrons prendre la route car les sabotages se multiplient sur les voies ferrées. Faire accomplir des centaines de kilomètres à ces mastodontes que sont nos Panther est une gageure! De plus, à supposer, ce qui semble évident, que nous ayons à nous porter vers les côtes de la Manche ou de la mer du Nord, nous aurons à traverser des régions infestées de terroristes. Ils ne parviendront pas à bloquer notre élan, mais ils le freineront à coup sûr et nous arriverons avec un retard important sur la ligne de feu.

– Laisserons-nous des troupes à Montauban et dans la région?

– Certes! Nous ne pouvons courir le risque de voir nos arrières occupés par les communistes et livrés à l'insurrection. Nous garderons sur place l'armée Vlassov, cantonnée à la caserne

Pomponne. Ce sont des gens peu sûrs, mais nous n'avons pas le choix. Nous laisserons également sur place des territoriaux de la Wehrmacht, mais je n'ai guère confiance dans leur pouvoir combatif. Combien de temps pourront-ils contenir une résistance qui semble particulièrement active?

– A ce propos, dit Kämpfe, la Gestapo a arrêté ce matin un lycéen, un nommé Jacques Moreau, qu'elle est en train d'interroger à sa manière, au faubourg de Moustier. Il parlera. C'est, paraît-il, un élément très dur de la Résistance, un communiste, ancien du M.O.I., que l'on soupçonne de nombreux attentats. Il a été pris en train de distribuer des publications clandestines: *L'Étoile du Quercy, Le Paysan du Sud-Ouest* et *La Terre.*

– Vous me l'apprenez, dit Lammerding. C'est une bonne prise. Un lycéen, dites-vous? Intéressant...

Helmut Kämpfe écrase sa deuxième cigarette dans le cendrier, adresse au général un regard de commisération marqué d'une pointe d'ironie. Enfermé dans sa villa, au milieu de ses dossiers et d'un modeste service administratif somnolent, le brave Heinz Bernard ignore pratiquement tout de ce qui se passe dans sa circonscription. C'est tout juste si l'on daigne l'informer des événements, qu'il n'apprend qu'avec retard. Un bon technicien, soit; un général SS, sûrement pas. Les sympathies de Himmler, ses choix en matière d'hommes ne sont pas toujours très heureux.

Comme chaque jour, Lammerding fera une brève apparition à son état-major divisionnaire, quai Montmurat, puis il reviendra déjeuner dans sa petite salle à manger en écoutant Radio Toulouse National.

LAURENT KLEIN
Oradour-sur-Glane.

Hier, dimanche, le bourg a vécu d'une vie intense.

De ma fenêtre donnant sur la rue centrale, près du carrefour d'où partent les artères qui mènent au champ de foire d'une part, à l'église de l'autre, j'ai observé cette agitation de fourmis à laquelle Lucienne me reproche de ne pas me mêler. Les gens de Limoges ont débarqué par familles entières; au restaurant Mallard, on mange bien et sans tickets : pain blanc et vin à volonté. Le soir, des pêcheurs remontaient de la Glane, commentant leurs exploits avec le curieux accent de Limoges. Tout à l'heure ou demain, je trouverai sur la berge des bouteilles abandonnées, des papiers gras, des boîtes de conserve vides.

Je ne suis pas descendu dans le bourg de toute la journée. Moins par paresse que parce que la foule m'est de plus en plus importune. Une phobie que je cultive depuis le temps où mon père m'entraînait à mon corps défendant sur les stades, déconcerté en constatant que je feuilletais mon livre de poèmes au lieu de m'abandonner à l'exaltation collective. D'une foule, je suis passé à une autre : celle qui s'amassait sur les places de Lorraine pour écouter les prophètes du Grand Reich lancer l'anathème sur les « démocraties judéo-capitalistes » et les « barbares bolcheviques ». Même foule, même rituel, même exaltation de petits groupes que, fort heureusement, le grand nombre ne suivait pas. Les images d'actualités projetées dans les salles de cinéma de Limoges montrent parfois de ces scènes de rassemblement sur les immenses forums du Reich. Ces démonstrations d'hystérie collective, cette marée de rats suivant la flûte du magicien diabolique qui les entraîne vers l'anéantissement me donnent la nausée : c'est la bêtise brute, le mal à l'état pur, la résurgence d'un rituel d'autodestruction qui remonte aux origines du monde animal et jette sur les grèves des populations suicidaires surgies des lointains de l'océan ou des continents.

Je ne manifeste aucune acrimonie contre ces gens qui, hier, promenaient leur ventre repu dans les rues du village, sur un air d'accordéon. D'ailleurs, ils ne sont pas vraiment une foule et ne constituent pas un danger pour l'humanité. Le malaise que me procure le spectacle de leurs déambulations satisfaites est d'autre nature : il naît de leur désinvolture, de leur inconscience, un hiatus douloureux; ils marquent trop ostensiblement, et sans en avoir le sentiment profond, leur distance avec les événements qui bouleversent le monde; leur recherche de l'oubli est une provocation.

Je me retiens de me pencher sur la rue et de leur crier à tous :

– Provocateurs! Vous êtes des provocateurs!

Je crois que j'aurais été capable de cette réaction.

– Tu n'en aurais pas été capable, dit Lucienne, mais le provocateur, en l'occurrence, c'était toi. Ton geste aurait été absurde. Ces braves gens ne l'auraient pas compris.

Le rire de Lucienne...

– Je te vois penché à ta fenêtre pour tenter de rendre ces gens honteux de leur bonne chère! Que cherches-tu, dis-moi? Quelle cause souhaites-tu défendre? Ces braves gens sont venus chercher ici une journée de paix et de bien-être. Je les ai observés; ils semblaient heureux. Tu as vu ces enfants en train de jouer les équilibristes sur les rails de tramway? Tu as entendu ces filles qui chantaient et jouaient à la marelle dans la poussière? C'est cela que tu as du mal à accepter : ces quelques moments de bonheur. Pourquoi?

Je m'allonge sur mon lit, ma main gauche sous la nuque, les yeux perdus dans les voliges grises de poussière du plafond, amer, prêt à renier tout ce que j'ai dit, à condamner ces idées absurdes.

– Je dois être malade. Ce que je dis n'a pas de sens.

– Tu es malade de solitude et d'ennui. Tu aurais dû suivre ton ami « Roger » lorsqu'il t'a proposé d'entrer dans la Résistance. Ce qui te manque, c'est la conviction suffisante pour t'accrocher à une cause et la défendre au risque de ta vie. Cela seul pourrait donner un sens à ton existence.

– Tu as raison, comme toujours. Je suis en train de m'enliser, lentement mais sûrement. Il n'y a que toi qui puisse me maintenir à la surface, me faire prendre conscience des réalités. Sans toi je ne serais qu'une épave.

Il y a quelques jours, au retour d'une partie de pêche solitaire sur la Glane, j'ai pleuré ridiculement sur son épaule. Oui, moi, Laurent Klein, j'ai pleuré. J'ai connu cet enchaînement irrésistible qui mène d'une légère humidité de la prunelle au sanglot, cette chute vertigineuse dans l'humiliation. Lucienne ne m'a ni repoussé ni méprisé; elle a rejeté les molles excuses qui me montaient aux lèvres, haussé les épaules en écoutant le rire amer et les injures sarcastiques que je m'adressais à moi-même: « Femmelette... Vieille tante... Tu as bonne mine! » Elle m'a caressé le visage, a murmuré :

– Je t'aime, Laurent, mais tu es malade de doute. Tu doutes de celui que tu es et de celui que tu aimerais être. Cela te donne l'impression de ne plus exister, mais tu existes puisque je t'aime.

Elle s'est assise près de moi, au bord du lit. Ma main vient caresser sa nuque lisse et chaude.

– Sans toi, dis-je, je me laisserais glisser dans l'indifférence satisfaite que je reproche à cette foule endimanchée. Il faut que je me reprenne, que je sorte de ma coquille. Bon Dieu! j'ai fait cette putain de guerre et sans avoir fait figure de héros je m'y suis bien conduit.

Je m'assieds à côté d'elle.

– Tu as raison, le doute me tue, mais je me sens aussi enfermé dans un double piège. Cette mutilation me donne parfois le sentiment d'être libéré de toute obligation de me sacrifier de nouveau et, d'autre part, je m'endors dans la paix de ce village où je goûte une sorte de retraite lénifiante. Il est temps que je me réveille!

Debout, je me mets à tourner en rond.

– Tu comprends, il faut que je me libère de ces pièges et de cette équivoque, que j'accepte un nouveau combat. J'ai besoin de sentir autour de moi des amis, des camarades, un groupe dont je sois solidaire. Ici, on me tolère mais on ne m'aime pas. Il est vrai que je n'aime pas beaucoup ces gens non plus...

– Tu as parlé de deux pièges. Tu oublies le troisième. Moi, Lucienne. Essaie de comprendre: je n'ai jamais rien fait de sérieux pour t'aider à t'extraire de ta coquille d'indifférence; je la referme même, égoïstement, chaque fois que nous nous revoyons. J'ai peur de te perdre, Laurent. Il meurt tant de jeunes hommes dans les maquis...

– Tu fais erreur. Tu m'as sauvé, au contraire. Sans toi, j'aurais sombré complètement. Si j'ai encore l'impression d'être un homme, rattaché à d'autres hommes, à un village, au monde entier, c'est grâce à toi.

Je fais quelques pas vers la fenêtre. Les jardins, entre ma demeure et l'église, bourdonnent d'abeilles et de guêpes dans la chaleur molle de la soirée. Des lignes sombres de forêts soulignent les crêtes des collines feutrées d'un soleil roux. De lointains hameaux s'étagent dans cette paix virgilienne; je les nomme par la pensée : Maférat, Le Breuil, Le Repaire...

– Lucienne, ma chérie, il faut que tu m'aides à me libérer.

Agenouillé contre elle, mon bras autour de sa taille, je dis d'un ton ferme :

– C'est décidé : je partirai demain.

Elle sursaute.

– Pour aller où?

– Les centres de Résistance ne sont pas loin : dans les forêts autour de Saint-Junien et de Rochechouart, près de Bellac et d'Ambazac... Il y en a partout dans les environs d'Oradour. Je vois souvent passer leurs camionnettes à gazogène sur le pont, tandis que je pêche dans la Glane. Je vais partir. Je passerai aux endroits où ils se ravitaillent. On me dira où je peux les trouver.

Soudain, elle se renverse en arrière, éclate de rire.

– Je te vois allant de ferme en ferme : « Pardon, messieurs et dames, vous ne connaîtriez pas l'adresse du maquis le plus proche? Je veux entrer dans la Résistance pour défendre ma patrie... » « Bien sûr, jeune homme, nous ferons la commission. On vous écrira... »

Elle rit longuement, s'essuie les yeux d'un revers de poignet, hoquette deux ou trois fois, puis prend un air apitoyé pour me dire :

– Mon pauvre Laurent! Tu as laissé passer une occasion inespérée lorsque « Roger » est venu te solliciter. On n'entre pas dans la Résistance comme au cinéma, avec un ticket!

– Tu connais des gens, toi! Il y a des Israélites, des Espagnols, et des Lorrains en grand nombre dans le bourg. Il est probable que certains appartiennent à un réseau. Demande-leur une entrevue pour moi.

– J'en connais, c'est vrai. Des gens discrets mais efficaces, qui accepteraient de t'aider.

– Alors, fais-le.

– Non, Laurent, je ne peux pas.

– Pourquoi?

Lucienne détourne la tête, refuse de répondre, se mord les lèvres.

– Tu n'as pas confiance en moi? dis-je. Tu crois que je me fais une idée romantique de la Résistance? Tu crains que mon infirmité me rende inapte à une action clandestine?

– Ce n'est pas ça, tu le sais! Tu rendrais beaucoup de services à la Résistance, mais je te le répète : j'ai peur de te perdre. J'ai besoin de toi comme tu as besoin de moi. J'ai tant rêvé du jour où, cette guerre terminée, nous reviendrons au pays ensemble.

Je réprime mal le mouvement d'irritation qui m'anime. Lucienne a raison : elle est bel et bien un des éléments, et pas le moindre, du piège qui s'est refermé sur moi.

Elle reprend, en attirant ma tête contre sa poitrine :

– Il y a autre chose que tu ignores, dont je n'ai pas pu et pas voulu te parler : je fais moi-même partie de la Résistance, avec quelques-uns de mes collègues. Mes actions n'ont rien d'héroïque. Je me contente de transmettre des messages au P.C. de Guingouin, dans les monts de Blond, trois ou quatre fois par mois.

– Ainsi, ces promenades à bicyclette, le jeudi...

Elle hoche la tête. En moi, l'irritation se fait plus vive.

– Lucienne! Tu n'as pas confiance en moi!

– Ce n'est pas ça! Tu es courageux mais imprudent. Je me souviens de ce que tu m'as raconté de ta « drôle de guerre ». Tu n'es pas un héros mais tu cherches à te conformer à cette image. Si je t'avais tenu informé de mes activités, tu n'aurais eu de cesse de vouloir m'imiter et tu aurais commis des imprudences. D'ailleurs tu as payé chèrement le droit d'être un simple témoin des événements.

– Tu en as trop dit! Maintenant je te demande impérativement de m'aider à rencontrer des gens de la Résistance. Si tu refuses, je...

– C'est bon... dit-elle avec lassitude. Je te mettrai en rapport directement avec le chef de notre groupe. Il se fait nommer « Pierre ». Mais promets-moi de ne pas faire le fanfaron.

– Tu te souviens de ce que « Roger » m'a demandé? Son groupe a besoin d'instructeurs et j'ai une certaine expérience de la guerre. Quant à me battre, c'est une autre affaire.

Le soir n'en finit pas de mourir. Le soleil disparu, une lumière dorée baigne encore le ciel et les collines, fait sourdre une clarté phosphorescente des châtaigneraies et des prairies. Des appels lointains montent d'une ferme baignée dans une lumière de paradis.

Lucienne partie, je l'imagine, le front penché, dans le faisceau étroit de sa lampe, sur les devoirs des petits Lorrains de sa classe, les cheveux dénoués sur ses épaules après la toilette du soir, suçant la pointe de son crayon rouge. C'est ainsi que je la surprends parfois, à l'occasion de visites inopinées, quand l'envie de la prendre dans mes bras est plus violente que toutes ses exhortations à la prudence. « Je t'avais interdit... Si mes logeurs nous surprenaient... Ils ne t'ont pas vu monter, au moins? »

Ce soir, je me sens bien dans ma peau. Une impression enivrante s'épanouit en moi : j'ai largué des tonnes d'anxiété, de complexes, de malentendus pour me trouver confronté à un personnage que je n'ai plus honte de regarder en face, qui a cessé de se dérober derrière des faux-fuyants, des prétextes inconsistants. Je me sens tel que j'étais sur la ligne de feu, après la « drôle de guerre » et l'hiver sinistre passé à lire, à fumer, à jouer aux cartes. Le printemps venu, la guerre, la vraie guerre avait éclaté. Je me souviens : avant l'assaut, je sentais derrière moi le souffle de mes hommes prêts à bondir hors des abris. C'est ce soir-là, dégringolant dans un chemin creux, au milieu d'un tonnerre d'artillerie, que j'ai été blessé. J'ai porté devant mes yeux mon avant-bras droit auquel pendait une main désarticulée de marionnette gantée de rouge.

Je me sens baigné d'une heureuse fatigue.

Tout à l'heure, sur mon vieux lit en forme de navire, Lucienne et moi nous avons fait l'amour avec une force, une application, une tendresse que nous n'avions jamais connues.

RENÉ JUGIE (commandant « Gao »)
Brive. Dans la nuit.

Maître Émile Baillely réprime mal un mouvement de surprise, puis d'animosité. Après avoir chaussé ses grosses lunettes, il ouvre à demi la porte donnant sur la rue.

– Vous, « Gao » ! Je vous avais pourtant prévenu ! Le moins possible de visites à domicile. Vous savez l'heure qu'il est ? Le couvre-feu, vous vous en moquez ?

René Jugie hausse les épaules. Les patrouilles allemandes sont rares et il a de bonnes jambes de rugbyman en cas de surprise. D'ailleurs la ville baigne dans l'ombre et l'ombre est le domaine des clandestins ; les casse-cou de son acabit, les « vrais de vrai », y sont aussi à l'aise que des chats sur une gouttière.

– C'est important, dit « Gao » en entrant. Sinon, vous pensez bien que je ne vous aurais pas dérangé si tard. Rassurez-vous, je serai bref.

– J'y compte bien ! dit Baillely. J'allais me coucher.

Il emploie la vieille formule limousine :

– Achevez d'entrer.

« Gao » est déjà dans le hall. Il respire l'odeur rassurante des paperasses administratives, de la cire, du tabac. La vieille maison bourgeoise de l'avoué, située près du cinéma Rex et de la Banque de France, somnole sous les platanes du boulevard, dans un silence de nécropole.

Baillely précède « Gao » jusqu'à son cabinet où veille une lampe à abat-jour vert. Des reliures de cuir fauve luisent derrière les vitres de la bibliothèque – Code civil et Dalloz.

Émile Baillely (colonel « Bonnet » dans la clandestinité), chef départemental du groupe « Combat » et des Mouvements Unis de la Résistance de la Corrèze (M.U.R.), prend place dans le fauteuil de ses ancêtres, sous le tableau de chasse traditionnel, les mains croisées sur le tapis vert. C'est un petit homme mince, aux yeux d'un bleu délavé, à l'allure de gentleman-farmer, un peu « talon-rouge », comme on disait dans son entourage – sa mère était d'origine noble. Serré dans son veston fait d'un gros tissu à rayures, avec, été comme hiver, un petit gilet de même étoffe, il fait très guindé. En toutes circonstances il garde un calme olympien et parle de la même voix unie.

Baillely rallume la cigarette qu'il avait commencé à fumer, tend le paquet à Jugie.

– Merci, dit Jugie. Vous savez bien que je ne fume pas, maître.

– C'est vrai. Pardonnez-moi. Je vous écoute.

Responsable du réseau des Forces Françaises Combattantes

« Kasanga »-M.U.R. et chef des services de renseignement et des groupes francs de la Corrèze, Jugie est l'antithèse de Baillely : il ne tient pas en place. Au mépris de toute prudence mais avec une solide réputation de protégé de la baraka qu'il appelle la « Providence », en bon chrétien qu'il est, il recherche l'action comme d'autres le plaisir. Cet ancien employé d'une importante maison de commerce de Brive a trouvé dans la Résistance son chemin de Damas. Sa vivacité d'esprit, sa mémoire prodigieuse (il extrait mentalement, en quelques secondes, des racines cubiques de nombres de neuf chiffres), évitent que son courage le fasse tomber dans des souricières.

– Les F.T.P. s'apprêtent à attaquer Tulle! lâche-t-il.

– Je m'en doutais, dit Baillely en tirant une bouffée de son fume-cigarette. Ces gens sont fous et n'ont aucune idée des conséquences de leurs actes. J'ai là de nombreux courriers que vous m'avez adressés ces jours derniers. Il semble donc que vos inquiétudes soient fondées. Avez-vous d'autres précisions?

– D'une extrême gravité! dit sombrement « Gao ». Les F.T.P. souhaitent également mener une action contre Brive.

– Alors c'est qu'ils sont plus fous encore que je ne le pensais.

Jugie raconte qu'il a rencontré récemment Robert Caulet, en compagnie de Jean Labrunie (« Brive » dans la clandestinité).

– J'ai encore les paroles de Caulet en mémoire, dit Jugie. Il m'a affirmé qu'il avait donné ordre à ses troupes d'attaquer dans la nuit du 30 au 31 mai, les hôtels de l'Étoile et du Terminus [1], le commissariat de police, l'hôtel des postes, la sous-préfecture, la mairie... Il souhaite que l'Armée Secrète se joigne à eux, car notre armement est supérieur au leur, et ils le savent.

– Qu'avez-vous répondu?

– J'ai dit à Caulet que nous avions reçu d'Alger et de Londres des ordres formels de n'attaquer qu'en rase campagne, sur les ponts de la Dordogne, et de procéder aux coupures des lignes ferroviaires prévues par le « Plan Vert », dès réception des messages.

– Je connais d'avance la réponse de Caulet, dit Baillely avec un mince sourire : le Parti n'a pas d'ordres à recevoir de Londres et d'Alger; lui, Caulet, n'obéit qu'à ses chefs hiérarchiques.

1. Sièges des autorités allemandes (colonel Boehmer et général Ottenbacher).

– C'est exactement ce qu'il m'a dit. Il a ajouté qu'il ne croyait pas à un débarquement allié en France.

– L'état-major interallié de la région R5 vient de nous informer d'avoir à nous tenir en état permanent d'alerte. Il y a donc anguille sous roche. Que Caulet y croie ou non, le débarquement aura lieu, et si vous voulez mon avis, « Gao », il est imminent.

– Caulet m'a demandé avec insistance de décider les chefs de l'Armée Secrète à passer avec les F.T.P. à l'action directe, maquis et « légaux [1] », pour attaquer Brive. Bien entendu, j'ai répondu que c'était hors de question et que nous nous en tiendrions aux ordres.

– Et vous avez bien fait ! Une attaque de Brive se solderait par un échec catastrophique et la population devrait subir des représailles.

– Aux dernières nouvelles, dit « Gao », les F.T.P. ont abandonné leur projet. « Pierre » a ordonné à Caulet de renoncer à attaquer Brive. Pour Tulle, la décision est irrévocable. Ce pourrait être pour demain. Imaginez la suite : la division allemande cantonnée à Montauban remontera vers les lieux de débarquement en traversant notre région. La population tulliste risque de faire les frais de cette folie.

Baillely s'enfonce dans son fauteuil comme si une tonne de fatalité pesait soudain sur lui. Cette division allemande de SS, c'est la tristement célèbre « Das Reich ». Après des mois de combats sur le front russe où elle a été cruellement éprouvée, elle refait ses forces dans le Midi.

– La « Das Reich », dit Baillely entre deux quintes de toux, j'ai entendu parler d'elle par nos amis anglais. En plus de sa puissance de feu, qui est colossale, elle a une triste réputation : elle est spécialisée dans les représailles. Je ne vous en dis pas plus...

Plusieurs agents du réseau « Kasanga » infiltrés ont eu connaissance, ces jours derniers, de renseignements émanant du commandement allemand cantonné à Brive. Selon le général Ottenbacher et le colonel Boehmer, la division « Das Reich » aurait pour mission de « ratisser » les sanctuaires clandestins de ce qu'ils

1. Clandestins qui ont gardé leurs activités civiles.

appellent la « Petite Russie » et d'exercer des représailles, avec prises d'otages dans la population.

– Résumons-nous, dit Baillely. La collaboration avec les F.T.P. pour une attaque commune de Brive est écartée, et les communistes eux-mêmes y auraient renoncé. Ceux que vous appelez dans vos courriers des « égarés » se sont rendus à nos raisons.

– En apparence seulement, maître. Il faut d'urgence convoquer au monastère de Saint-Antoine une réunion du Comité Départemental de Libération [1] afin d'éclaircir la situation une fois pour toutes. En fait, les chefs F.T.P. : Cance, Caulet et Chapou notamment, sont plus inquiets qu'ils ne le laissent paraître. Sans notre soutien en hommes, en cadres, en matériel, leur tentative est vouée à l'échec.

– D'accord pour cette réunion à Saint-Antoine! dit Baillely en se levant. Nous pourrions la prévoir pour le 8 juin, à dix-sept heures. Les pères seront informés. Ce sont des amis sûrs. Faites le nécessaire pour convoquer les membres du C.D.L.

– Je m'en occuperai cette nuit même, dit « Gao ».

– Croyez-vous, dit Baillely, à l'imminence du débarquement? Partagez-vous mes convictions?

– Nous n'en savons rien, ou si peu de chose. Ce qui est certain, c'est que les événements se précipitent et que les Boches sont de plus en plus nerveux : autant de signes révélateurs. Quelque chose me dit que la semaine ne s'achèvera pas sans que nous ayons une surprise. Serons-nous prêts?

– Nous le sommes déjà, dit Baillely.

JEAN ESPINASSE
Tulle. Fin de soirée.

Il doit se passer des choses étranges dans cette ville et aux alentours. Ce qui est plus singulier encore, c'est qu'en fait il

1. Le Comité Départemental de Libération (C.D.L.), présidé par Émile Baillely, était composé des M.U.R.-A.S., F.N., F.T.P., S.F.I.O., P.C., R.S., D.C., C.G.T.

semble qu'il ne se passe rien. Tulle est en attente de quelque chose. De quel événement? D'une nouvelle rafle, comme aux temps où les Nord-Africains de Bony et Lafont, ces deux truands de grande volée, anciens taulards, sévissaient en Corrèze dans le sillage du sinistre Maurice Herbin, de jour et de nuit, terrorisant la population? De l'imminence d'un bombardement par l'aviation allemande venue de Clermont-Ferrand, sur les positions des maquis établis dans les collines? D'une attaque des F.T.P.? Une voiture radio est passée tout à l'heure, et repassée il y a quelques instants, pour transmettre des consignes à la population : « *En cas de bataille ou de fusillade, les volets des fenêtres devront être fermés et les habitants devront demeurer à l'abri dans leurs maisons...* »

En regardant ces rues et ces places désertes, l'abbé Espinasse se dit qu'un grondement profond et sourd va monter des entrailles de la terre, qu'un séisme va ouvrir la ville en deux en suivant le sillon de la rivière.

Son dernier cours achevé, l'aumônier a regagné son domicile, sa serviette noire sous le bras, intrigué par ce silence de crypte, ces volets mi-clos derrière lesquels il semblait que tout un quartier l'observait, cette vacuité sinistre des rues que même les patrouilles allemandes des Feldgendarmes semblaient avoir renoncé à parcourir.

En traversant le pont de la Barrière proche de son domicile du quai de Rigny, il n'a pu réprimer un frisson d'angoisse : le ronronnement lointain d'un camion à gazogène prenait les dimensions d'un grondement tellurique et le caractère d'une menace.

Alors il a pressé le pas.

Tulle, ville morte...

Accoudé à la balustrade de sa fenêtre donnant sur la rivière, l'abbé respire un air qui commence à tiédir après une journée torride. Le ronronnement du camion s'est étouffé, mais c'est maintenant un air de musique qu'il entend : cela semble venir de l'appartement de Me Jacques-Louis Bourdelle, qui demeure dans un immeuble du quai, proche du sien.

Bourdelle est un jeune homme de vingt-trois ans dont les parents sont décédés. Il a créé son cabinet d'avocat en 1941. Il est un peu artiste, un peu écrivain. Malgré une certaine désinvolture, qui n'est peut-être qu'un masque, il anime un cercle littéraire, dirige un groupe de scouts; il a créé un mouvement de jeunes qui a ouvert en Corrèze quatre chantiers de forestage. D'aucuns présument que ces activités lui permettent de soustraire aux Allemands des Juifs ou des réfractaires au Service du Travail Obligatoire (S.T.O.)...

« Bourdelle doit savoir ce qui se passe, songe l'abbé. Il faut que je le voie. »

Il redescend l'escalier qui commence à s'enténébrer. Parvenu dans le hall d'entrée, il se planque contre le mur en voyant des silhouettes se profiler derrière les vitres dépolies. Il respire : ce ne sont que des Tullistes requis par les Allemands pour garder, de nuit, les voies ferrées. Comme chaque soir à la même heure, ils déambulent par petits groupes, la musette du casse-croûte dans le dos, le brassard au bras. Ils passeront la nuit à dormir dans un wagon placé sur une voie de garage, ne se réveillant que pour casser la croûte, boire un coup de rouge, battre la carte ou saluer un copain du maquis qui passe par là. Ils ne surveillent rien car il n'y a rien à surveiller – si les maquisards veulent faire péter le plastic, ils ne demanderont pas leur avis.

– Eh bien, dit joyeusement l'abbé. Voilà des gens qui ne s'en font pas...

– Entrez, monsieur l'aumônier, dit Bourdelle, un sourire esquissé sous la petite moustache raide. Pourquoi, selon vous, devrions-nous nous faire du souci? La ville est d'un calme...

– Mais, cher ami, c'est justement ce qui m'inquiète.

– Vous voulez parler du calme qui précède la tempête? Ce n'est pas impossible, mais c'est une raison de plus pour profiter des derniers moments de paix qui nous restent. S'il fallait s'inquiéter chaque fois qu'éclatent des fusillades, comme cette nuit, et s'inquiéter également quand elles cessent, nous n'en finirions pas de vivre dans les transes.

Il le prend par le bras, l'attire vers le phonographe.

– Écoutez plutôt cette musique, monsieur l'abbé. *Nuages*, de Django Reinhardt. Un tempo bouleversant, ne trouvez-vous pas?

– Je l'entendais de chez moi, dit l'aumônier.

– Henri! dit l'avocat à son ami Gladi, mélomane comme lui et grand amateur de jazz, plus doucement, je te prie. Monsieur l'abbé, c'est ce bruit qui vous a incommodé et qui vous amène chez moi?

– Ce serait plutôt le silence qui l'entoure. Vous ne le trouvez pas insolite. On dirait que quelque chose se prépare.

Après avoir tendu le paquet de Camels de parachutage à l'abbé Espinasse qui refuse d'un signe de tête, l'avocat allume une cigarette, se laisse tomber dans un fauteuil de cuir et montre l'autre fauteuil au visiteur.

L'abbé Espinasse s'assied sur le bord du siège, le buste légèrement en avant, signe qu'il attend une réponse à son observation.

– Henri, dit Bourdelle, mets un gospel sur le plateau. Vous allez sûrement aimer cette musique, monsieur l'aumônier. Ces disques sont introuvables de nos jours et j'y tiens comme à la prunelle de mes yeux. En les écoutant, il m'arrive de tout oublier de mes soucis, professionnels ou autres. Une sorte de drogue...

Il bâille discrètement, tire une longue bouffée de sa cigarette et, la tête renversée sur le dossier, suit l'évolution des volutes.

– Si Tulle est si calme, dit-il, la raison en est simple : nous sommes entièrement investis par les troupes F.T.P. de Caulet et de Chapou. S'il vous prenait envie de quitter la ville, vous rencontreriez d'abord les barrages de la gendarmerie, puis, à deux cents mètres environ, ceux des maquisards. Toutes les routes sont interdites : on ne peut ni entrer ni sortir. Je n'aime guère cette impression d'être prisonnier, d'attendre que le ciel nous tombe sur la tête, ce qui n'est pas une image. J'ai tenté de téléphoner tout à l'heure à un collègue de Brive : les lignes sont coupées, sauf en direction de Limoges et de Vichy. Il n'y a plus d'électricité et donc pas de nouvelles à la radio. Quant aux Allemands, ils se terrent dans leurs cantonnements.

– Je n'en ai vu qu'un seul sur mon trajet entre le Lycée et mon domicile, dit l'abbé. Et il semblait pressé de retrouver les siens. Qu'est-ce que ça signifie, selon vous?

Bourdelle fredonne l'air du gospel, fait claquer ses doigts en balançant sa main. Il ne semble pas pressé de répondre.

– Ça signifie, monsieur l'aumônier, qu'ils ont la frousse, la trouille, la pétoche, comme on dit vulgairement. Vous savez, les territoriaux ne sont pas des héros. Mais vous avez raison, il y autre chose. Pour tout dire, il semble que nous vivions une veillée d'armes. Ça sent l'orage...

Les doigts se remettent à claquer en cadence.

– Écoutez cette voix de femme, monsieur l'aumônier! C'est le chant qui monte de toutes les chiourmes, de tous les camps, de toutes les prisons du monde. Un cri de détresse qui n'en finit pas de mourir, qui renaît sans cesse...

– Tu devrais noter ça sur tes carnets, dit Gladi. C'est très beau.

– Je ne déteste pas cette musique, dit l'abbé, mais pardonnez-moi, je dois me retirer.

– Des copies à corriger?

– Non. En raison des événements tous les établissements scolaires sont fermés.

– Alors vous avez tout votre temps. Restez encore un peu. Une partie de bridge nous détendra.

– Je vous remercie, dit l'aumônier, mais moi, vous savez, les jeux de hasard...

Le voilà de nouveau dans la rue, pas plus avancé qu'à l'aller, avec les mêmes questions qui lui passent dans la tête. Quel « orage » – c'est le mot que Bourdelle a employé tout à l'heure – se prépare?

L'abbé repart vers son domicile, accompagné par la lumineuse harmonie du violon de Stéphane Grappelli : une danse sur un fil, dans les étoiles.

A peine a-t-il fait quelques pas, des crépitements d'armes lourdes éclatent au loin, ricochent contre le mur des immeubles, s'épanouissent en bouquets sonores dans le ciel. Les combats reprennent aux portes de la ville et, paradoxalement, il en ressent une impression de soulagement, comme si tout, soudain, rentrait dans l'ordre et que les choses retrouvassent leur vérité. Rien n'est pire, parfois, que le mystère.

« C'est une réflexion absurde, songe l'abbé Espinasse. Des hommes sont peut-être en train de se faire tuer, et moi je nourris des idées incongrues... »

La fusillade allait durer toute la nuit.

LUNDI 5 JUIN 1944

LAURE NOVAK/HANS ANGELMANN
Montauban. Fin d'après-midi.

La petite rue de la Mandoune, pavée de galets, avec un ruisseau au milieu, abreuvoir pour chiens et rats, file droit entre les murs de brique, rongés par les intempéries, des remises et des taudis qui s'entassent les uns sur les autres et menacent de s'écrouler jusqu'aux rives de la Garrigue. La rue de La-Molle, aussi sordide, aussi étroite, précède la rue du Jeu-de-Paume qui s'élargit un peu, s'aère, respire mieux.

« Qui donc peut bien habiter ces quartiers pouilleux? songe Hans. Sûrement des clandestins, des terroristes, des Juifs qui ont échappé aux rafles. » C'est ce que disent les services de la Sicherheitsdienst, que les Français appellent la Gestapo. Ils ont fouillé, avec l'aide des Miliciens, ces quartiers de misère et de liberté qui dominent un fouillis de jardins plus ou moins sauvages et cascadent jusqu'au ruisseau de la Garrigue où les femmes vont laver leur linge et font retentir leur caquet et leurs coups de battoir jusqu'aux remparts de la cité.

Laure a raconté à Hans l'origine de cette aimable appellation : la Mandoune.

Le moulin du sieur Mandou occupait, dans les siècles précédents, la rive gauche, en amont du Tarn. Il était marié à une femme légère que les clients appelaient bien sûr « La Mandoune ». Lorsque des galants lui rendaient visite, alors que l'époux trimait autour des meules, ils empruntaient, pour rejoindre le lit de la belle meunière, le même sentier cheminant à travers l'oseraie, comme on va au café boire un canon. Le nom de la meunière est resté attaché à cet endroit.

Hans n'a pas un regard pour les escaliers qui dévalent vers des écrans de verdure lumineuse, pour les chats qu'il caresse d'habitude en passant, pour les amples lingeries haillonneuses de la chiffonnière qui habite un galetas voisin. Il marche à grands pas, se retourne parfois dans la crainte qu'il a d'être suivi et que la maison de Laure soit surveillée. « Si elle ne l'est pas, songe-t-il, cela ne saurait tarder. »

Il frappe à la porte selon le code convenu, attend. Pas de réponse. Le cœur affolé, il cogne de nouveau, plus fort, appelle, la bouche contre la serrure.

– C'est moi, Hans! Ouvre vite!

Elle ouvre avec précaution.

– Toi? A cette heure-ci?

– J'ai raconté au sergent Boos que j'avais oublié mon portefeuille au Soldatenheim. Il m'a demandé de ne pas m'attarder. Tu vois, j'ai couru et je suis en nage.

Il ajoute d'une voix blanche:

– Je crains d'avoir été suivi. Tu ne peux plus rester là. On peut venir t'arrêter d'un moment à l'autre. Jacques...

– Quoi, Jacques?

– Il a été pris cette nuit, en ville, par une patrouille. Il paraît qu'il s'apprêtait à faire sauter le Soldatenheim. Interpellé par la police, il a tenté de fuir mais il a été rattrapé. Il avait des pains de plastic plein les poches.

– Je l'avais prévenu! gémit Laure, les mains sur son visage. Il était trop imprudent. On aurait dit qu'il cherchait ce qui lui est arrivé. Le mythe du héros l'a toujours obsédé.

Elle s'est assise à sa table de travail sans ôter ses mains de son visage.

– Je l'ai prévenu moi aussi, dit Hans, qu'il menait des opérations suicidaires et qu'un jour ou l'autre...

– Comment as-tu appris son arrestation?

– Par une conversation que j'ai surprise entre le major Dickmann et l'Unterscharführer Boos, cet Alsacien volontaire, ce dur qui s'est battu sur le front russe. Dickmann parlait d'un « beau coup de filet ». Je ne sais pas pourquoi, j'ai tout de suite pensé à Jacques, peut-être à cause de notre conversation d'hier. J'ai pris Boos à part et lui ai demandé qui avait été pris dans ce « coup de filet ». C'était bien Jacques. Boos, qui ne m'aime guère et qui se méfie de moi comme de presque tous les incorporés involontaires, a ajouté avec un sourire ironique: « Un de tes amis, peut-être... » Il avait dû constater une trace d'émotion sur mon visage.

– Où est-il? Que vont-ils en faire?

– Ils ont dû le conduire à la prison Beausoleil. Son domicile a été fouillé. Je suis passé devant tout à l'heure: il était gardé par deux miliciens. Tu imagines les conséquences s'ils découvrent ton nom sur des documents...

– Jacques n'écrivait aucun nom. Il les avait tous dans sa tête.

– Et si la Gestapo réussissait à le faire parler?

– Impossible. Je le connais.

– Il tiendra le coup un jour ou deux, puis il flanchera, et la Gestapo ne sera pas tendre pour lui. Il a été pris en flagrant délit de sabotage. On a trouvé chez lui des tracts, des exemplaires de publications clandestines, sa machine à polycopier...

Le petit visage pommelé de Laure semble soudain s'être rétréci. Elle fixe un point de la vallée, suit du regard le jeu d'un merle sur le mur du jardin, s'essuie nerveusement les yeux d'un revers de poignet.

– C'est fini, dit-elle. Je ne le verrai plus. Ils vont le pendre ou le fusiller. En ce moment ces salauds doivent être en train de le torturer, mais je sais qu'il ne parlera pas.

Hans dresse l'oreille, se dirige vers la petite fenêtre qui donne sur la rue du Jeu-de-Paume, écarte le volet intérieur découpé dans un emballage de caisse de chocolat, le referme brusquement.

– Ils arrivent! dit-il. Un groupe de la Milice et de la Gestapo. Il faut filer. Où sont tes documents?

Laure reste immobile, comme figée sur place.

– Déguerpis si tu veux. Moi, je reste. Tout m'est égal à présent.

– Je ne te laisserai pas.

Il lui saisit la main. Elle résiste, mais finit par céder. De toute manière, ils la retrouveront, où qu'elle se cache. Ses rapports avec Jacques Moreau étaient trop connus. Toute la bourgeoisie collaborationniste de Montauban est au courant et ne leur a pas pardonné leurs provocations et leurs menaces. Dans cette ville, tout le monde connaît tout le monde.

– Réveille-toi, bon Dieu! Où as-tu caché tes documents?

Elle fait un signe vers le plafond.

– Planqués entre deux planches. Il faudrait qu'ils démolissent cette baraque pour les découvrir.

Elle ajoute vivement :

– Il ne faut pas qu'ils te trouvent ici. Ce serait le conseil de guerre et le peloton d'exécution. Suis-moi.

Laure a prévu depuis longtemps cette éventualité et s'y est préparée. Elle prend Hans par la main. Ils contournent un buisson de rosiers sauvages, escaladent une murette à demi écroulée, atterrissent dans un carré d'oseille, plongent dans les hautes herbes, dévalent à travers des amas de verdures vers un édicule démantibulé dont la porte s'orne d'un cœur évidé dans la masse : un cabinet d'aisances désaffecté. Assis sur le siège vermoulu, ils attendent, le souffle coupé. De petits carrés de papier jauni, découpés dans *La Croix du Tarn-et-Garonne,* journal « collabo », pendent à une pointe.

– Laissons la porte entrebâillée, souffle Laure. Si ces salauds descendent jusqu'ici nous pourrons sortir sans nous faire remarquer et rejoindre, en rampant, la Garrigue. Après tu seras sauvé. Il te sera facile de rejoindre l'autre versant en passant sous le pont.

– Je préfère que nous restions ensemble.

– Tu sais que c'est impossible et, de toute manière, nous serions séparés. Je figure sur la liste des suspects. A l'Office de placement on se méfie de moi. Le mieux que j'aie à faire est de rejoindre ma mère, près de Valence-d'Agen, et peut-être mon père qui est quelque part dans la nature avec une unité de partisans, des anciens du M.O.I. Pardonne-moi mon hésitation de tout à l'heure. En apprenant l'arrestation de Jacques, j'ai eu un réflexe stupide.

– Qu'était-il pour toi? Un simple camarade de la clandestinité ou davantage?

– Avant que je te connaisse nous nous retrouvions souvent chez lui. Nous avons couché ensemble trois ou quatre fois, par connivence plus que par amour. Pour ce qui est du sexe, il n'est pas très doué. Jacques est l'homme d'une seule passion : l'action militante, et elle le dévore. Les militants sincères sont rarement des amants passionnés ou des étalons. La plupart du temps nous nous contentions de nous embrasser et de nous caresser. En pleine nuit, il lui arrivait de se lever brusquement, de s'asseoir à son bureau pour rédiger le texte d'un tract ou un article pour *L'Étincelle.* Il m'abandonnait, moite de désir. Toi, au contraire, je sens que tu m'aimerais comme un homme.

– Tais-toi! Regarde!

L'homme s'est avancé. Un milicien. Tranquille, les mains dans le dos. Il porte le blouson bleu et le béret, une mitraillette en travers de la poitrine. A pas lents, il arpente la murette, pousse du pied une pierre branlante qui dévale la pente jusqu'à la porte de l'édicule.

– Il va nous repérer, dit Laure dans un souffle.

Le milicien saute dans le jardinet en contrebas, semble chercher dans l'herbe des traces de passage, tourne en rond, se met tranquillement à pisser contre un poirier mort, se réajuste, repart.

– Je crois que nous sommes sauvés, dit Laure.

Elle prend la tête de Hans entre ses mains, l'embrasse frénétiquement.

– Je t'aime, Hansi! Ah! comme je t'aime... Il ne faut plus que nous nous quittions. Déserte! Viens vivre avec moi.

Il s'éloigne d'elle. Elle sait bien que c'est impossible.

– Plus tard, dit-il, je te jure que nous nous retrouverons.

Il y pense depuis plusieurs jours sans le lui avouer. La guerre finie, s'ils en réchappent, il viendra vivre avec elle dans cette ville qu'il a appris à aimer. L'Alsace lui est devenue étrangère; il a l'impression de l'avoir quittée depuis vingt ans. Elle n'est plus dans son souvenir qu'une image de carte postale ancienne.

– Non, dit-elle, aujourd'hui. Tout de suite.

– Chut! fait Hans. Ils reviennent.

Trois miliciens accompagnés d'un civil se sont rapprochés de la murette et sondent le paysage avec attention, en faisant des gestes. Durant un moment qui semble interminable, ils restent immobiles puis font demi-tour.

– L'alerte est passée, dit Hans. Attendons encore un peu. Fais bien attention lorsque tu remonteras chez toi. Attends la nuit. Il se peut qu'ils aient laissé un factionnaire à ta porte. Si je peux, je reviendrai ce soir, en passant par la Garrigue.

– Non, dit Laure. C'est trop risqué. Mieux vaut attendre un jour ou deux.

Ils s'embrassent, se caressent à n'en plus finir.

– Lorsque tu reviendras chez moi, dit Laure, nous ferons l'amour.

MARCEL VIDAL
Maire « insurrectionnel » de Grolejac.

Ils ont envie de se battre ? Pas tellement au fond. Il leur plairait de troquer le manche du brabant pour la crosse du Lebel ou de la mitraillette Sten, mais ils regretteraient vite leurs outils quotidiens – la main a du mal à se familiariser avec certaines formes et certains contacts inhabituels. Ils ne détestent pas donner de la gueule et se chamailler mais, pour la « riflette », c'est autre chose.

Vidal est allé faire un tour au Port ce matin.

Dans la plaine que la route traverse en ligne droite sous les noyers, le maïs, la vigne et le tabac donnent des idées de bonheur. Vidal se dit que c'est l'un des plus beaux étés qu'il ait jamais connus, malgré la sécheresse, mais il pense chaque année la même chose. Il y a cette joie du regard, ce plaisir de sentir la camionnette barbouillée aux couleurs de la France et portant la croix de Lorraine sur ses portières, ronronner doucement. Vidal peut rouler pour son plaisir ou pour assumer de petites missions clandestines : la réserve d'essence qu'il a planquée dans sa propriété de Giroux est loin d'être épuisée.

L'inspection de ses chantiers de construction terminée (ça ne marche pas très fort actuellement, et pour cause), Marcel Vidal éprouve des démangeaisons au bout des doigts ; rien qu'à respirer l'odeur de la rivière, il lui semble sentir dans sa paume la rondeur de la gaule – elle est là, derrière, au milieu des sacs de farine qu'il est allé chercher au moulin de Vitrac et qu'il livrera dans l'après-midi, après la sieste, aux groupes de « Soleil » et de « Victor ».

S'il allait tremper du fil dans l'eau ? Quelques minutes seulement. Juste pour se sentir tapi comme dans un lit à l'avant de sa barque, entre le frais de l'eau et la fournaise du ciel. Les asticots de la veille n'ont peut-être pas eu le temps de « tourner ». Après, il ira prendre l'apéro chez Jardel, en compagnie de cette vieille ganache de Soularue. Avant la soupe, il se rendra à la mairie pour liquider quelques affaires concernant les cartes de ravitaillement.

Vidal arrête sa voiture sous un noyer, cherche sa canne à pêche, son panier d'osier tapissé intérieurement d'orties sèches, la boîte de pastilles Valda où les asticots frémissent encore.

LUNDI 5 JUIN 1944

Au sortir de l'ombre, le soleil lui plombe la nuque malgré le large chapeau de paille. Il s'engage dans le couloir incandescent de la ruelle, entre les maisons de pierre jaune, où l'été coule comme un fleuve de lave. Une gloire d'iris éclate en alléluia au pied des demeures fermées sur leur fraîcheur. La Dordogne est au fond du chemin, animée d'un beau courant lisse et vertigincux. Il y a toujours, au milieu, ce pêcheur qu'il ne connaît pas, qui doit venir de l'autre rive ou d'un patelin voisin et passe ses journées dans sa barque, son visage dissimulé sous le large chapeau.

« Et si c'était un espion », songe Vidal. Un espion, quelle idée? Il y a peu de chose à espionner à Grolejac, pas plus, pas moins que dans les communes des environs, entre Gourdon et Sarlat.

Vidal, lui, se contente de pêcher dans sa barque maintenue aux saules du rivage par une chaîne fermée avec un cadenas. Il devine qu'il ne prendra rien aujourd'hui, tout au plus un peu de « blanc » : ablettes ou gardons pour le chat. Le brochet, ce sera pour une autre fois. Ce qu'il apprécie, c'est cette amitié de l'eau, cette présence de la rivière qui glisse sous lui, ce bruit de lèvres mouillées contre le rebord, ce clapotis sur la rive où viennent boire les abeilles, cette image d'un génie protecteur : le pont qu'il a construit en 30 et qui est l'orgueil de la commune.

Ce pont, il ne faudrait pas que Victor, du groupe « Victor », et René Cousteillier, du groupe « Soleil », se mettent dans l'idée de le faire sauter. Quelle absurdité! D'ailleurs il faudrait plus de plastic et de dynamite qu'on pourrait en trouver à dix kilomètres à la ronde.

Victor, il en fait son affaire; Cousteillier, c'est autre chose. Ce jeune gars vient de loin, du Midi à ce qu'on prétend. Il est arrivé il y a tout juste un an et un mois dans la région; il avait alors dix-neuf ans et se disait envoyé par le parti communiste clandestin. Tout de suite, rien qu'à le voir et à l'entendre, on avait su qu'il faudrait compter avec lui. Son affectation aux F.T.P. date d'environ un mois; aujourd'hui, il commande à une trentaine de gars qu'il a galvanisés et qui lui obéissent au doigt et à l'œil. Leur P.C. est installé à Belvès. Vidal, lui, fait partie du groupe « Soleil », à titre de « légal ».

« Soleil » exerce une sorte de fascination sur ceux qui l'approchent. Il a le sens de l'organisation, de ses responsabilités et de la liberté. Affilié au parti communiste et agissant au nom des F.T.P., il se proclame néanmoins « indépendant », comme Georges Guingouin en Limousin. Il est aussi, sans doute, un peu « anar » sur les bords. On le voit rarement, mais c'est toujours pour des choses importantes : un pylône ou des voies de chemin de fer à plastiquer. Vidal et quelques autres aimeraient en savoir plus long sur ce mystérieux personnage, mais il semble prendre plaisir à jouer sur l'équivoque de ses origines, brouiller les pistes, se retrancher derrière l'aura du héros ténébreux qui attend l'heure de la consécration. Ce dont on est certain, c'est que « Soleil » est un pur.

Avec Victor, c'est une autre chanson. On boit le coup avec lui, on lui raconte sa dernière partie de fesses, on le contredit, on l'engueule quand on n'est pas d'accord avec lui. Autant « Soleil » est sobre, taciturne, flegmatique, autant Victor est gourmand, jovial et emporté. En revanche, il supporte mal que l'on conteste ses dons de stratège, qu'il n'a fait qu'exercer, pour le moment, devant un verre d'absinthe ou au cours d'une partie de jacquet.

« Soleil », songe Vidal, il me tarde de le voir à l'œuvre. Puis il se dit que c'est une idée absurde : le voir à l'œuvre, cela signifie que les Allemands seront là avec leurs blindés et leurs tubes; cela veut dire que le comité insurrectionnel risque de décréter, malgré son avis à lui, le maire, de faire sauter le pont! Ils n'oseront pas. Ce serait une manœuvre inutile et dangereuse. Le village et le Port subiraient les représailles des Allemands.

Avec son armature puissante, ses câbles de fer enrobés de béton, le pont de Grolejac est bâti pour l'éternité. Le détruire serait un acte de vandalisme, d'iconoclastie : il y a quelque chose de sacré dans cet ouvrage d'art qu'est un pont; il constitue un acte de confiance de l'homme en son avenir, un geste vers d'autres habitants d'autres rives, un signe de civilisation, le trophée dédié à une victoire sur les forces naturelles.

Toujours ancré en plein courant, comme s'il y avait élu domicile, le pêcheur solitaire vient de lever une belle prise : une perche géante qui lâche dans le soleil ses reflets d'arc-en-ciel. Il bouge à peine, réamorce, laisse le fil aller dans le courant.

« Si les Allemands rappliquent, songe Vidal, il restera là, indifférent. Les balles siffleront au-dessus de sa tête et autour de lui, et il ne bougera pas plus qu'une souche. Ou alors il leur demandera de faire moins de bruit... »

FELDMARECHAL VON KLUGE
(Rapport au Führer en date du 5 juin.)

« ... On signale une forte augmentation de l'activité des mouvements de Résistance dans le sud de la France, surtout dans les régions de Clermont-Ferrand et de Limoges.

« Des groupes de résistants sont en action près de Tulle et dans les montagnes du Massif central. Une puissante action des terroristes se développe dans le département de la Corrèze. Des attaques sont en cours contre les chemins de fer, les localités peu ou mal protégées, les centres administratifs. On signale le pillage des camps de travailleurs français, des vols de véhicules automobiles et de carburant, la libération d'un train de prisonniers, des attaques à main armée contre les transports publics.

« Fin mai, on notait un dangereux accroissement de la Résistance sur le plateau central.

« Le 2 juin, on a vu pour la première fois six cents terroristes résolus entrer dans Figeac...

« Des nouvelles annonçant la formation de bandes, sous le commandement de l'Armée Secrète, pourvu d'un armement lourd et de munitions, ont obligé le Haut Commandement de la Wehrmacht et de la Militärbefehlshaber en France à prendre des mesures pour faire face à ce coup de poignard dans le dos pour notre défense côtière...

« Plus l'heure de l'invasion approche, plus ces forces de résistance, qui étaient à l'origine partie nationaliste, partie communiste, réclament une attention accrue de notre part... [1] »

---

1. In *Maquis de Corrèze.*

3.

« CE MATIN, EN NORMANDIE... »

Mardi 6 juin 1944

BRIGADEFÜHRER HEINZ BERNARD LAMMERDING
Quartier général de Montauban. 8 heures du matin.

Le rapport du chef de bataillon Tetsch. Enfin!

C'est une feuille simple, tapée à la hâte, avec des fautes d'orthographe ou de frappe à chaque ligne. Werner vient de la déposer sur son bureau, avec une tasse de café fumant.

Un détachement de mille cinq cents soldats du 1er bataillon du 2e régiment blindé, cantonné à Caussade, a effectué une opération de représailles contre une petite ville du Quercy : Montpezat, à la suite d'un accrochage avec une bande au cours d'une séance d'exercice dans les parages.

Tetsch souligne qu'on a procédé à l'exécution de quatre terroristes et à la destruction par le feu de seize maisons, sans que les forces allemandes aient à déplorer la moindre victime. Bien... Bien... Néanmoins, plus de quarante morts allemands et une centaine de véhicules détruits par les bandes durant le seul mois de mai, dans le secteur où cantonne la « Das Reich », c'est un chiffre énorme par rapport aux résultats obtenus : quelques containers ayant échappé aux opérations de parachutage alliées récupérés dans les bois, l'exécution de quelques poignées de terroristes, des prisonniers conduits à la caserne Doumerc avant de prendre la direction du Grand Reich...

« Si le débarquement allié tarde trop, songe le général, il faudra appliquer la suggestion du Haut Commandement : déporter tous les hommes valides du Quercy en âge de porter les armes. Mais qui sait si les femmes, à leur tour... »

Lammerding revient à la date du rapport : 2 mai! Cela fait plus d'un mois que cet événement de Montpezat a eu lieu, et c'est aujourd'hui seulement que Tetsch lui remet son rapport! Voilà qui mérite une sanction exemplaire.

Le Kommandeur décroche le combiné.

– Werner! Convoquez immédiatement le chef de bataillon Tetsch dans mon bureau pour neuf heures trente.

– Il est en permission, Herr General!

Le relâchement est de jour en jour plus sensible dans la division. Les ordres et les consignes ne sont plus respectés à la lettre, à peine dans leur esprit; les documents s'égarent sans que l'on puisse découvrir les responsables; les soldats négligent de saluer leurs supérieurs dans les rues et les lieux publics... La raison de ce laxisme, le général la connaît parfaitement : l'instruction interrompue pour des opérations intempestives de ratissage ou de représailles. Il faut y ajouter l'atmosphère lénifiante de cette contrée, ces deux mois de « vacances » au milieu de campagnes en apparence paisibles, cet été torride qui incite à la somnolence et à l'inaction, la trop grande liberté laissée aux hommes de troupe d'aller baguenauder dans la ville, nouer des relations avec les habitants, se baigner dans le Tarn...

Le général savoure son café à petites gorgées, détend ses longues jambes sous le bureau, se laisse aller à la rêverie en regardant la photo de famille placée sur son bureau. Il n'est que huit heures et rien ne presse. Le calendrier indique la date du 6 juin et l'agenda porte seulement trois rendez-vous. La journée sera calme et sans histoire.

Soudain, la sonnerie du téléphone tire le Kommandeur de sa torpeur. Werner lui annonce le major Otto Weidinger, pour une communication urgente. Lammerding écoute, blêmit, renverse sa tasse de café en s'arrachant à son fauteuil. Il hurle dans le combiné :

– Mais enfin, Otto, soyez plus clair! De quelle nouvelle voulez-vous parler?

– On ne vous a donc pas prévenu, Herr General? C'est stupéfiant! Alors je vous annonce que des troupes alliées ont débarqué ce matin sur les côtes de Normandie!

– Veuillez répéter, Otto!

Weidinger s'impatiente au bout du fil.

– Vous avez très bien entendu, Herr General : les Anglo-Américains ont débarqué. On vous attend avec impatience au Quartier Général.

– Allons, allons, Otto ! Ne vous affolez pas ! C'est sûrement une fausse nouvelle. Déjà, hier...

– Cette fois-ci, aucun doute n'est permis. Toutes les dépêches que nous recevons le confirment. Nous avons été informés directement par le major Schradel, second du Generalleutnant von Brodowski [1].

– C'est scandaleux ! hurle Lammerding. Je suis toujours le dernier informé. Vous aurez des comptes à me rendre, vous et les autres officiers du Q.G. ! Tous des incapables !

Un déclic au bout du fil. Excédé, Weidinger a raccroché.

– Messieurs, dit Lammerding, la situation est grave, mais elle a le mérite d'être claire. Dès que la nouvelle du débarquement m'est parvenue – et vous savez dans quelles conditions inadmissibles – je suis entré en contact avec von Brodowski. Il m'a affirmé que les ordres de marche de la division pour monter vers la Normandie nous parviendront dès demain. Nous devrons être à Limoges dans deux jours au plus tard.

L'Obersturmführer de chars Fritz Langangke, ancien du front de l'Est, et le commandant des unités de chars Otto Pohl échangent un regard dubitatif.

– Brigadeführer, dit Langangke, vous avez reçu mon rapport concernant la situation du réseau ferroviaire. Ces jours derniers, les sabotages ont redoublé d'intensité au point qu'il nous est impossible d'effectuer un trajet de plus de cinquante kilomètres sans être bloqués et subir de ce fait des retards considérables.

– Vous ne m'apprenez rien ! dit le général avec une pointe de nervosité. C'est pourquoi nous partirons par la route.

– C'est pratiquement impossible ! dit Pohl. Près de soixante pour cent de nos chars ne sont pas en état, ainsi que trente pour cent de nos Schutzen-Panzerwagen (S.P.W.) [2]. On attend toujours

1. Von Brodowski commandait l'état-major de liaison 588, à Clermont-Ferrand.

2. Véhicules de transport de troupes à chenilles et à roues, comparables aux half-tracks anglo-saxons.

les pièces de rechange. Si les ordres de von Brodowski et de l'O.K.W. se confirment, nous ne pourrons faire voyager nos engins lourds et l'ensemble de la division dans des conditions normales. La ligne de feu doit s'établir à sept cents kilomètres de notre point de départ et vous savez que les plus rapides de nos engins blindés se déplacent à moins de cinquante kilomètres heure de moyenne. De plus, par les grandes chaleurs que nous connaissons, nos Panzer risqueront la panne à tout moment.

– Pourquoi ne pas embarquer nos blindés sur des plates-formes et les faire voyager par convois ferroviaires en suivant la ligne de l'océan? Les sabotages y sont beaucoup moins intenses.

– Von Brodowski estime que nous devons passer par Limoges et suivre la nationale 20 pour une opération de ratissage des bandes. Je ne vous cache pas que c'est une contrée extrêmement dangereuse. Nous l'appelons la « Petite Russie », je vous le rappelle, et ce n'est pas sans raison... Passé Limoges, il nous sera plus aisé d'organiser un convoi ferroviaire en direction de la Normandie. Les sabotages sont moins fréquents. Mais d'ici là...

– Il restera le problème de l'alimentation en carburant, observe Otto Pohl. Nous avons subi beaucoup de dégâts à la suite des actions de la Résistance. D'autre part, les nombreuses opérations de ratissage que nous avons menées ces dernières semaines ont fait fondre nos réserves. Si de nouvelles livraisons de carburant ne nous sont pas assurées, comment pourrons-nous sérieusement prendre la route?

Lammerding a un mouvement de lassitude.

– Nous attendons toujours les camions-citernes, dit-il. Pour le moment, c'est le convoi invisible!

L'Obersturmbannführer Sylvester Stadler, commandant le régiment de grenadiers blindés SS « Der Führer », est inquiet, pour sa part, de la pénurie des moyens de transport de troupes. Il propose une solution énergique : la réquisition des véhicules privés.

Lammerding a un mince sourire.

– Dans son principe, c'est une idée intéressante, dit-il, mais, dans les faits, elle est irréalisable. Les terroristes nous ont devancés et lorsque nos agents de réquisition se présenteront, ils ne trouveront que des brouettes et des chars à bancs. Voitures et camions auront mystérieusement disparu. Vous n'ignorez pas que les régions que nous allons traverser sont presque toutes en état insurrectionnel et aux mains des bandits, que les garnisons sont assiégées, comme c'est le cas à Tulle.

Il ouvre son dossier, le feuillette, en retire une page.

– Voici, messieurs, copie du texte que j'ai adressé au commandant du 58ᵉ corps d'armée : « *La paralysie des positions allemandes est scandaleuse. Faute d'une répression brutale et déterminée, la situation dans cette région* (je parle de celle que nous allons traverser) *finira par constituer une menace dont les proportions n'ont pu encore être évaluées. Un nouvel État communiste est en train d'y naître, un État qui gouverne sans opposition et qui coordonne ses attaques. La mission d'éliminer ce danger doit être transférée aux divisions régionales. Depuis cinq ans qu'elles sont en guerre, les divisions de Panzer sont trop bonnes pour cela. Nous sommes d'ailleurs convaincus que les garnisons locales sont très capables de maintenir l'ordre, à condition d'être sévèrement invitées à se ressaisir, d'obtenir des moyens de transport suffisants et d'être commandées avec énergie. Leur isolement actuel est une invite au terrorisme. Des mesures spécifiques indispensables ont déjà été signalées par la division...* »

Lammerding repose lentement le feuillet dans le dossier qu'il referme.

– Vous constatez, messieurs, que j'ai tout prévu, malgré les retards ou les omissions dans les informations, imputables à des négligences de sous-officiers, qui seront sanctionnées.

Il parcourt l'assistance d'un regard lourd de menace, fait claquer le plat de la main sur le dossier.

– Je le répète : nous passerons à travers cette région pourrie sans trop de grabuge, à condition d'exercer, au cas où des attaques se produiraient contre nos unités, une répression brutale et déterminée. Dois-je vous rappeler la consigne du Haut Commandement, en date du 16 septembre 1941 : « *Toute pitié, toute mansuétude de la part de nos troupes seraient considérées comme autant de marques de faiblesse et constitueraient pour nous un danger...* »

Lammerding se lève, vient s'appuyer sur le devant de son bureau.

– Messieurs, des consignes plus précises vous seront transmises d'ici quelques heures. En attendant, dites-vous bien que je ne tolérerai aucune faiblesse à l'égard des terroristes et de la population complice de ces derniers pour des actes d'hostilité contre nos troupes. Certains d'entre vous ont l'expérience de la guerre et de la répression dans notre combat sur le front russe. La « Petite Russie » que nous allons traverser apprendra à nous connaître et à nous redouter.

Le major Otto Weidinger débouche dans le bureau du général, le visage maussade, les épaules voûtées. Il a passé l'après-midi à inspecter les différentes unités de la « Das Reich » réparties sur divers points du secteur, à bord de sa Volkswagen décapotable. C'est la pagaïe! Langangke et Pohl avaient raison : les chars ne pourront pas tous prendre la route. De toutes parts le vent est au pessimisme.

– A-t-on des nouvelles du débarquement? demande Lammerding.

– Elles ne sont pas fameuses, Herr General. La 1re armée américaine du général Bradley et la 2e armée britannique du général Dempsey ont réussi à prendre pied et à s'accrocher. Les Alliés ont débarqué des milliers de soldats, près de neuf mille chars lourds, des véhicules divers et environ quinze cents tonnes de matériel et d'armement. Les Britanniques occupent déjà un espace de vingt-cinq kilomètres de largeur sur dix de profondeur entre le Pays de Ryes et l'Orne, tandis que les unités américaines se sont installées au sud-est de la presqu'île du Cotentin. Le reste n'est que confusion. Je vous ai apporté une carte de la région...

– Ainsi, dit amèrement Lammerding, notre fameux mur de l'Atlantique n'était pas plus infranchissable que la ligne Maginot des Français!

– Rien n'est perdu, dit Weidinger. Nous avons des forces suffisantes pour rejeter les Alliés à la mer, l'effet de surprise passé.

– Je crains que ce soit impossible, Otto. Les Alliés ont dû mesurer leurs chances au plus juste et estimé les forces que nous pouvons leur opposer.

– J'ai rencontré Langangke en venant ici, dit Weidinger. Il est très pessimiste. Il m'a dit : « C'est le commencement de la fin. »

– Je n'en suis pas surpris! dit Lammerding avec humeur. Langangke est un excellent officier, très compétent dans sa partie, comme il l'a montré en Russie, mais il n'a pas la confiance chevillée au corps, comme c'est le devoir de tout SS. On dit qu'il fait volontiers preuve de faiblesse et même d'une certaine complaisance pour l'ennemi. Il faudra le surveiller et me tenir au courant. La Schutz Staffel n'est pas la Wehrmacht. Nous ne sommes pas une armée ordinaire.

Il ajoute :

– Et la population? Comment a-t-elle pris la nouvelle du débarquement?

– Avec une certaine sérénité, semble-t-il. Nous n'irons pas cependant jusqu'à dire qu'elle déplore cette opération et se réjouirait de voir les Alliés rejetés à la mer. Nous devrons redoubler d'attention et de prudence.

– Vous avez raison, Otto. Les consignes sont plus que jamais valables : aucune faiblesse de notre part envers les terroristes ou leurs complices! Faites doubler les patrouilles et les gardes. Consignez toutes les unités dans leurs cantonnements. Cette pagaïe dont vous parliez, il faut qu'elle cesse.

– Je me suis permis de donner les ordres dont vous parlez, Brigadeführer...

LAURENT KLEIN
Oradour-sur-Glane.

Lucienne m'a apporté ce matin le quotidien de la Haute-Vienne : *L'Appel du Centre*, plié pour mettre en valeur un article qu'elle a entouré au crayon rouge :

« CURIEUSE ERREUR : *New York : Par suite d'une erreur, le service américain d'information a diffusé l'annonce officielle par le général Eisenhower du débarquement allié en France. Il s'agissait d'une erreur d'un employé.* »

– Ça ne te paraît pas singulier? dit-elle d'une voix où perçait une pointe d'émotion ou de joie.

– Pas le moins du monde! Ce n'est pas la première fois que la nouvelle d'un débarquement est annoncée puis démentie.

Elle a posé ses mains sur mes épaules, m'a regardé intensément, une larme au coin de l'œil.

– Oui, mais, cette fois-ci, la nouvelle ne sera pas démentie, parce que le débarquement a bel et bien eu lieu.

– Que dis-tu?

– Ce matin, les Alliés ont débarqué en Normandie et ont réussi leur opération. Tout le monde est au courant, sauf toi. Pourtant ces bruits de voix auraient dû te réveiller.

J'ai prétexté une mauvaise nuit : l'asthme, la chaleur. Elle a haussé les épaules, ouvert la fenêtre, poussé les volets.

La rumeur du bourg a pénétré dans ma chambre avec une vague de soleil tiède. Ces cris, ces chants, ces rires, Lucienne semblait y baigner. Mal réveillé, je me suis approché à mon tour, nu dans le caleçon ridicule qui me tombe aux genoux, persuadé que c'est une fausse nouvelle qui suscite cet enthousiasme. Cette foule d'un jour de fête semblait attendre l'harmonie municipale dans la sonnaille du tramway départemental. Ces excités n'allaient tout de même pas faire partir des pétards! J'ai regardé couler sous ma fenêtre ce fleuve joyeux et trépidant. En face, à la terrasse du bistrot, des hommes brandissaient des canons de rouge.

Abasourdi, je me suis laissé tomber sur une chaise.

– C'est tout l'effet que ça te fait! dit Lucienne. Mais bon Dieu, réveille-toi! Tu ne comprends pas? Ils ont débarqué. La radio l'a annoncé!

Je me suis contenté de la regarder, secoué de frissons, incapable de tenir en place. Le pendentif que je lui ai offert pour Noël faisait une petite tache d'or liquide, mouvante, à la naissance des seins. Ce bijou, ma mère me l'a confié lors de mon départ : il représente un oiseau aux ailes déployées.

Tout à coup, stupidement, j'ai eu envie d'elle, toute chaude du soleil de la matinée, moite d'émotion et de bonheur, mais j'ai compris ce que ce désir, en un tel moment, pouvait avoir d'incongru.

C'est vrai, je n'avais rien à dire. J'étais dans un état voisin de l'hébétude d'après boire, trop bouleversé pour pouvoir articuler la moindre phrase. Une émotion trop intense refoule parfois les paroles. Je ne ressentais qu'une sorte de dépression insondable ; je plongeais vertigineusement dans un non-être, une bonne mort, celle que ressentent, dit-on, les gens qui se vident de leur sang.

J'ai serré mon stylo dans ma main et ce simple contact d'un objet familier a contribué à me réinsérer dans la réalité, à retrouver mes assises.

Je me suis levé lentement et j'ai pris Lucienne dans mes bras. Je l'ai embrassée dans le cou, sur la nuque. Les larmes me sont venues brusquement, sans que rien les annonçât. Fixant du regard la campagne profonde découpée par la fenêtre, j'ai songé : « Chaque fois que je retrouverai ce paysage, vu sous cet angle, avec cette lumière, je ressentirai la même émotion que ce matin ; il faudra qu'il en soit ainsi ; j'aurai besoin de ce repère auquel le souvenir d'un moment intense de ma vie restera attaché... » C'est pourtant une image banale : une moitié de poirier envahi de lichen, un toit verdâtre, une ligne de bois sombres au-dessus d'une prairie dorée. J'ai ordonné ces images dans ma tête comme pour les emporter dans un long voyage et je leur ai trouvé une beauté sublime.

J'ai dit à Lucienne, entre deux soupirs mouillés :

– Pardonne-moi, je suis ridicule.

– Non, dit Lucienne. Ce que tu ressens, je l'ai ressenti moi-même.

Je l'ai écartée un peu de moi et j'ai vu qu'elle pleurait aussi. Elle m'a dit, ses mains nouées sur ma nuque :

– Tout va changer maintenant, tu verras. Même si la guerre ne se termine pas dans les jours ou les semaines qui viennent, nous vivrons autrement, toi, moi, les autres. Nous apercevons la lumière au bout du tunnel.

Elle a ajouté avec vivacité :

– Allons ! prépare-toi ! Tu n'as pas le droit de rester seul aujourd'hui, de t'enfermer entre ces quatre murs, comme notre vieux curé qui a fini de dire ses prières pour le Maréchal et qui ne sort pas de son presbytère.

Tandis que je procédais à ma toilette elle a préparé mon déjeuner, sans cesser de rire, de parler de la joie qui baignait le bourg : les drapeaux sortant aux fenêtres, les hommes qui s'embrassaient en essuyant leurs moustaches humides, les femmes réservées (« on dit tant de bêtises à la radio! »), les petits Lorrains qui ont quartier libre et qui déambulent en se tenant par la main, le maire, son écharpe en bandoulière, barbiche au vent, qui trinque avec ses administrés, la Viva grand sport Renault qui fonce à travers la foule en faisant hurler son avertisseur...

– Prépare-toi, dit Lucienne, et suis-moi. C'est beau comme un 14 Juillet...

La main dans la main, nous sommes descendus nous mêler à la foule. Luce, de la Grande-Métairie, l'élève préférée de Lucienne, est venue nous rejoindre. C'est un petit bout de femme, jolie et facétieuse, fille de sujets lorrains. Tous trois nous avons erré sans but, ballottés par cette joie populaire qui éclaboussait les rues et les places, se mêlait à la rumeur des cloches : celles de l'église et celle du tramway.

A la terrasse du café Durtol où je vais parfois boire une bière, nous avons été accueillis par des acclamations, comme si l'on n'attendait que nous pour que la fête soit réussie.

– Approchez, les amoureux! C'est le patron qui régale!

Des hommes que je connais à peine ont embrassé Lucienne et m'ont serré la main en hurlant : « Vive la Lorraine! » Une femme m'a sauté au cou. J'ai protesté lorsqu'on m'a mis une absinthe sous le nez :

– Je suis sobre et je viens tout juste de déjeuner...

– Aujourd'hui, monsieur Klein, dit Durtol, il faut tout oublier, même la sobriété. C'est moi qui régale. Profitez-en! La prochaine tournée ce sera pour l'armistice.

Toutes les chaises étant occupées, nous sommes restés debout, Lucienne et moi, pour vider notre verre. Luce a commandé une limonade. Je n'ai pas quitté Lucienne des yeux; le bonheur lui va bien; il lui met du rose aux joues et de la vivacité dans le regard. Elle se penchait vers moi, me glissait à l'oreille : « Je suis heureuse, Laurent, si heureuse. Et je t'aime. Si tu savais comme je t'aime! »

Le maire, le docteur Dufourneau, a posé sa main sur mon épaule, a insisté pour que je boive un troisième verre; j'ai refusé. Il puait l'anis. Il m'a dit en me secouant :

– Vous allez bientôt retourner chez vous, Klein. Les Boches vont être balayés!

Je connais bien le docteur Dufourneau. Il m'honore de sa sympathie depuis que je l'ai fait appeler en pleine nuit, à la suite d'une crise d'asthme aiguë, due au pollen; il m'a reproché de fumer trop de « saloperies » et m'a ordonné des inhalations d'eucalyptus.

– Vous, Klein, vous êtes un drôle de type! Il faut des événements comme celui-ci pour que l'ours que vous êtes consente à quitter sa tanière!

Il a embrassé Lucienne, gravement, puis il a dit, en se laissant servir une autre absinthe :

– Mes enfants, je suis heureux pour vous. Vive la France!

L'épicier Joffre a entonné : « Vous n'aurez pas l'Alsace et la Lorraine » puis a réclamé un discours du maire.

Le maire a écarté les bras comme pour accueillir toute la population sur son sein généreux.

– Je suis trop heureux et un peu ivre pour pérorer, mes amis! Tout ce que je puis dire c'est que nous vivons une grande date de notre histoire et que la paix est proche. La Providence a voulu que nous traversions cette guerre sans trop souffrir dans notre chair, sinon dans nos cœurs. Je pense en disant cela à nos chers prisonniers et à ceux qui nous ont quittés pour aller se battre dans les rangs de la Résistance...

Il a poursuivi sur ce ton durant un quart d'heure, interrompu par des applaudissements et des chants patriotiques. Ivre d'émotion et d'absinthe, je sentais par moments la terre se dérober sous mes pieds.

– Il faut que je rentre, ai-je dit à Lucienne. Je suis ivre. Tu sais que je supporte mal l'alcool, le matin suivant.

– Je t'accompagne. Je suis libre. Les écoles sont fermées et les épreuves du certificat d'études sont annulées.

Elle a congédié Luce et m'a raccompagné à mon domicile en me tenant par le bras. J'ai vomi, puis nous nous sommes allongés, nus, sur mon lit, volets clos. Sur la table, des abeilles ou des guêpes vrombissaient autour d'une tache de confiture.

Nous nous sommes enlacés, mais nous n'avons pas fait l'amour. Nous en aurions été incapables, Lucienne, malgré les apparences, étant aussi ivre que moi. Nous nous sommes contentés de somnoler dans la chaleur de la matinée. Vers midi, nous avons été réveillés par un gars de la fanfare qui sonnait d'un clairon datant de la dernière guerre.

Je me suis levé doucement pour ne pas réveiller Lucienne et j'ai préparé une omelette aux fines herbes.

La paix, la vraie paix, c'est ici que je la trouve : au bord de la Glane.

Je suis un piètre pêcheur. Quelques goujons, une ou deux truites les jours de chance suffisent à mon plaisir et à ma subsistance.

Au cours de ces parties de pêche, j'emporte toujours un livre. Aujourd'hui, c'est le *Werther* de Goethe, publié dans la collection des « Classiques pour tous » des éditions Hatier, que je lisais alors que je préparais mon baccalauréat. Le papier est grisâtre, l'impression imprécise et la couverture a revêtu une patine jaunâtre parsemée de taches huileuses, mais ce livre m'est cher; il est de ceux qui vous collent à la mémoire et à la peau toute une vie.

Pourquoi, aujourd'hui, Goethe, et pourquoi *Werther*? Je suppose qu'il y avait, dans le geste en apparence machinal de prendre un livre, un choix implicite dicté, sinon par une volonté étrangère à la mienne, du moins par une connivence secrète entre moi et l'événement de cette journée. Dans le geste de ma main tendue vers le « rayon des vieilleries », comme dit Lucienne, se manifestait une intention d'exorcisme : le besoin informulé de redécouvrir des espaces temporels, ceux d'une jeunesse livrée à la suavité d'une Allemagne romantique, amoureuse de la nature libre, ennemie de la violence, et, ainsi, de jeter un défi à la guerre.

J'ai parlé de connivence. Elle est amère. L'ivresse passée, j'ai pris du champ avec mes premières émotions, réintégré la coquille des inquiétudes, des angoisses, du pessimisme où je macère depuis des mois. Je me détachais peu à peu de Lucienne qui, elle, consommait allègrement la nouvelle du jour, comme si l'Allemagne venait de perdre la guerre.

Je l'ai regardée partir, tenant Luce par la main. Je suis un peu jaloux de cette enfant à laquelle Lucienne voue beaucoup d'intérêt et d'affection. Lorsque je m'insurge contre ces rapports, elle proteste.

– J'aime Luce comme ma propre fille si j'en avais une, et s'il m'en naît une, je souhaite qu'elle lui ressemble.

Luce est blonde, d'une joliesse de poupée. Trop jolie peut-être à mon goût. La perfection physique ou intellectuelle chez les êtres m'indispose; elle me coupe de cette part d'eux-mêmes à laquelle j'aimerais accéder; la brèche, je ne la trouve pas. L'amour comme l'amitié cherchent leur voie à travers des imperfections, des contradictions ou des complémentarités. Les chemins difficiles font les étapes heureuses.

Il est des phrases de *Werther* que je ne me lasse pas de relire. Elles sont soulignées au crayon et annotées en marge de commentaires naïfs. Celle-ci, par exemple, qui me tombe sous les yeux :

« *Je me trouve bien ici. La solitude dans ce paradis terrestre est un baume pour mon cœur; il se sent ranimé, réchauffé par les charmes de la saison. Pas une baie, pas un arbre qui ne soit un bouquet de fleurs; on voudrait être papillon pour nager dans cette mer de parfums et pouvoir y trouver toute sa nourriture...* »

J'ai relu trois fois ces quelques lignes, puis mon regard s'est reporté, paupières mi-closes, sur les eaux de la Glane, qui semblent peintes par Monet, et sur les berges, œuvre de Corot qui, dit-on, aimait les rivières de ce pays.

Soudain, mes vieux malaises ont resurgi. Le paradis, c'est ici; il déploie autour de moi ses fastes et ses magies, mais je me dis qu'il n'est pas de paradis qui ne soit menacé dans la mesure où il constitue un défi. J'en viens à me dire que tout est illusoire dans ce décor. Ce pays fait semblant d'ignorer la guerre, mais je crains que la guerre ne l'ait pas oublié, que la partie de cache-cache finisse tragiquement. Une idée absurde? Je le souhaite, mais je ne peux me retenir de penser que la guerre est en train de rôder autour de lui, qu'elle se rapproche par cercles concentriques, animée d'une force centripète incoercible, qu'elle fondra sur lui comme la foudre lorsque le moment sera venu.

Le livre me tombe des mains et la pêche m'indiffère – d'ailleurs les eaux sont trop basses du fait de la canicule. Une envie stupide m'obsède : me lever, jeter mon livre et ma gaule à l'eau, courir vers le village, le traverser d'un bout à l'autre et, prophète de malheur, annoncer les horreurs de l'apocalypse. J'ai envie de m'engager dans l'action, de prendre les armes, de me poster aux frontières du paradis et d'attendre, le doigt sur la gâchette, l'arrivée des monstres d'Armageddon.

Demain, je dois rencontrer « Pierre ». Je vais entrer dans une nouvelle existence. Ma décision est prise et je m'y tiendrai.

JEAN-JACQUES CHAPOU

P.C. du maquis aux environs de Tulle. Le matin.

C'est André Vialle (« Barraud ») qui apporta la nouvelle au P.C. de Saint-Bonnet-Avalouze, tôt dans la matinée, frémissant d'excitation. Chapou et lui se connaissaient bien : Vialle était membre du réseau C.O.P.A., chargé des parachutages.

– Mes camarades, dit-il avec des graviers dans la voix, nous vivons une grande journée. J'ai entendu ce matin, à la radio de Londres, une nouvelle de première importance : l'annonce que le débarquement avait eu lieu en Normandie. Puis il y a eu ce message que j'attendais avec impatience : « *Dans la forêt normande est un lieu-dit...* » Vous savez ce que ça signifie?

Chapou, que la joie transfigurait, prit Vialle par les épaules, le regarda droit dans les yeux :

– Tu as bien entendu, au moins? Ce n'est pas une fausse nouvelle?

– J'ai bien entendu, dit Vialle. Ce message annonce l'ouverture d'un nouveau front en Europe. J'avais tous mes esprits et j'étais parfaitement réveillé. Ordre nous sera donné incessamment de déclencher les plans Vert et Tortue : coupures de voies ferrées, attaque des convois routiers allemands vers la Normandie, sabotage des ponts de la Dordogne...

Chapou tournait en rond dans la pièce.

– Deux ans que nous attendions cette nouvelle! Deux ans, camarades. A partir d'aujourd'hui, tout va changer.

– Le plan Vert, le plan Tortue, dit Odru, il y a belle lurette que nous les avons appliqués sans attendre les consignes de Londres, mais à partir d'aujourd'hui nos actions vont s'intensifier. Il reste à espérer que les Alliés maintiendront leurs têtes de pont et que des armes et du matériel nous tomberont du ciel, sinon...

– Nous en aurons besoin, dit Vialle. La plupart de nos unités sont sous-équipées.

Annie venait de rejoindre le groupe; elle pleura sur l'épaule de Chapou.

– Va dans l'enclos, lui dit Chapou. Tu y trouveras Faucher et Godefroy en train de réparer le moteur de la Simca. Annonce-leur la nouvelle et demande-leur de nous rejoindre tout de suite. Réunion du comité militaire.

Faucher et Godefroy, qui étaient revenus avec Odru d'une mission auprès des commandants de sous-sections, arrivèrent peu après en s'essuyant les mains à de vieux chiffons. Tous s'embrassèrent avec émotion avant de prendre place autour de la lourde table de campagne. Annie apporta une bouteille de piquette qu'elle avait mise à rafraîchir dans le puits, suspendue à une ficelle. Elle fit le service en s'essuyant les yeux.

– A défaut de champagne... dit Chapou en levant son verre. Le premier vin de la liberté, camarades.

– Tu vas un peu vite, dit Odru.

– Ne trouvez-vous pas étrange, dit Godefroy, que la date du débarquement coïncide, à un jour près, avec celle de notre attaque de Tulle?

– Simple coïncidence, dit Odru. Je ne suis pas superstitieux, et ce n'est pas pour faciliter notre opération que les Alliés ont décidé de débarquer...

– Moi, dit Godefroy, j'y vois un signe : celui du succès de nos actions à venir.

Il vida son verre d'un trait, le remplit de nouveau avant d'ajouter :

– Bien entendu, cette nouvelle ne change rien à nos plans.

– Au contraire, dit Odru. Nos hommes seront plus décidés encore. J'imagine que les Fritz doivent être dans leurs petits souliers. Nous devons profiter de leur désarroi et ne pas leur laisser de répit. Ils ont entendu le tonnerre; ils vont recevoir la foudre!

Il y eut un silence. Tous avaient les yeux fixés sur Chapou qui faisait tourner son verre entre ses mains d'un air absorbé.

– Eh bien! dit Godefroy, tu ne dis rien? Si tu n'es pas d'accord, donne-nous tes raisons.

– Vous savez bien que je suis d'accord, dit Chapou, mais aussi que tout n'est pas joué. Au cours de la nuit du 4 juin j'ai reçu une note de Lanot, de son P.C. de haute Corrèze. Il cherchait à recoller les morceaux de son bataillon tactique que les Allemands ont dispersé, et je sais qu'il n'a toujours pas réussi. Toi, Odru, toi, Faucher, qui revenez de son secteur, vous ne pouvez pas l'ignorer. Sans ce bataillon, l'opération sur Tulle devient une aventure dangereuse. Mon avis est qu'il faut retarder cette attaque d'une journée.

La veille, il avait noté sur son carnet : « *Les raisons invoquées par moi sont que la précipitation risque de faire échouer une opération préparée trop hâtivement.* »

– Tu plaisantes! dit Odru. Si c'est la situation du bataillon de la haute Corrèze qui te tracasse, tu as tort. La 236ᵉ compagnie est sur le point de prendre la route : près d'une centaine de combattants avec, en plus, une unité d'une quarantaine de mineurs de charbon venus de Messeix.

– Quand as-tu rencontré Lanot pour la dernière fois? demanda Chapou.

– Ce matin même, aux obsèques de Vialat, au cimetière de Combressol. Lanot a fait un discours et il avait encore des traces de larmes sur les joues. La 236ᵉ compagnie et le groupe des mineurs arriveront ce soir dans les environs de Tulle, par camions, à l'endroit qui leur a été assigné : le bourg de Saint-Pardoux-le-Neuf. De là, ils feront mouvement vers Naves. Lanot est un homme de parole. Je ne permets pas qu'on doute de lui.

– Je ne conteste pas sa parole! dit durement Chapou. C'est vrai, Lanot est un homme d'honneur, mais ce n'est pas d'honneur qu'il s'agit. Tant que je ne verrai pas ses hommes aux portes de Tulle...

– Saint Thomas! dit Odru d'un ton sarcastique.

– D'autre part, ajouta Chapou, nos « légaux » de Tulle, lorsqu'ils auront confirmation de la nouvelle du débarquement, risquent d'être tentés, en tablant sur la panique des Allemands, de retourner dans leur famille pour fêter l'événement et régler leur compte aux forces gouvernementales. Il faudra les en dissuader. Des actions désordonnées risquent de faire échouer notre opération.

– Chapou a raison, dit Godefroy. Je fais prévenir les responsables par nos agents de liaison.

– Comment se comporte le 2e bataillon commandé par Dupuy? demanda Chapou.

– Aucun problème, dit Godefroy. Les troupes de Dupuy sont gonflées à bloc, et lui aussi...

Élie Dupuy revenait d'Allassac, commune proche de Brive, située sur la ligne de chemin de fer de Paris. La 235e compagnie de son 2e bataillon avait procédé à l'attaque d'un train, après avoir contraint les gendarmes de la localité, sous la menace des bazookas, à livrer leurs armes.

Le train attendu était escorté par des soldats allemands logés dans un wagon, qu'il avait fallu attaquer au bazooka. Après une brève résistance, les Allemands s'étaient débandés à travers bois, laissant les voyageurs dans les wagons. Drôles de voyageurs! Une centaine de jeunes, requis par le Service du Travail Obligatoire pour aller travailler dans les usines du Grand Reich. Parmi eux, un Allemand réfractaire : Gerhard Léo, qui s'était fait pincer pour propagande antinazie et avait gagné le maquis.

Au soir de cet exploit, revenu à sa base de départ, Élie Dupuy avait reçu la visite de Godefroy qui avait écouté avec intérêt son récit.

– C'est un bel exploit, dit le commissaire aux opérations, mais nous attendons mieux encore de toi et de tes hommes. Nous préparons une opération de grande envergure dans le cadre de l'insurrection nationale qui approche. Nous allons prendre Tulle et donner ainsi le signal que d'autres attendent.

Élie Dupuy avait eu un mouvement de surprise. Tulle! C'était un gros morceau.

– Je t'en parlerai plus longuement dès que nous serons seuls, avait murmuré Godefroy.

Ils avaient attendu patiemment que le vieux couple de paysans qui hébergeait le P.C. du bataillon ait regagné sa chambre. Godefroy avait étalé sur la table couverte d'une toile cirée râpée un plan de la ville, où les points stratégiques étaient indiqués par des marques de couleurs [1].

– La base de ton bataillon sera ici, au nord de la ville, à la

1. Voir en annexe le plan de Tulle.

Croix-de-Bar. Des agents de liaison tullistes vous mèneront dans la nuit à proximité des objectifs.

Le gros index de Godefroy tomba sur le plan.

– Ton unité devra procéder à l'encerclement de la partie nord-ouest de la ville et à l'attaque de la garnison allemande qui s'est installée à l'École Normale d'Institutrices, non loin de la Préfecture. Si l'attaque réussit, nous installerons le P.C. régional à la mairie, en face, de l'autre côté de la Corrèze.

– Quels seront les objectifs des autres unités?

– Deux compagnies du bataillon du sous-secteur « A », de Charpentier, attaqueront au nord, dans les parages de la route de Clermont-Ferrand. Les hommes du sous-secteur « C », commandés par « Jean », se tiendront au sud-est, aux alentours du monument aux morts, avec mission de bombarder la caserne du Champ-de-Mars.

– Il reste une petite garnison allemande à Souilhac, dit Dupuy. Elle peut être dangereuse.

– Avec quelques unités de faible importance, nous la maîtriserons facilement. C'est ton bataillon qui aura la tâche la plus difficile, mais nous avons confiance en toi et en tes hommes.

– Nous ferons l'impossible, commissaire. Nos hommes ne demandent qu'à se battre.

Godefroy replia lentement le plan de la ville, le glissa dans sa vareuse.

– J'allais oublier, dit-il. Votre mot de passe sera « Turenne ». Il te sera confirmé par un agent de liaison.

Dupuy, qui habitait un village proche de celui qui porte le nom de Turenne, en basse Corrèze, répondit avec un sourire.

– C'est un nom qui me plaît...

– Quels sont les effectifs dont disposera Dupuy? demanda Chapou.

– Une centaine d'hommes environ, répondit Godefroy. Ils sont équipés d'un bazooka antichar d'une efficacité douteuse contre un édifice aussi massif, d'un lance-grenades de 50, de cinq à six fusils-mitrailleurs, ainsi que d'armes individuelles : fusils, pistolets, automatiques...

– C'est peu, soupira Odru.

– C'est très peu, ajouta Chapou, d'autant que nous ne disposons d'aucun dispositif de transmission autre que nos agents de liaison. Je vous rappelle que la garnison allemande compte deux cents hommes exercés au combat, bien armés et parfaitement retranchés. Et nous devons compter avec les forces de l'ordre : miliciens, gardes mobiles et groupes mobiles de réserve. Tout n'est pas joué, mes amis...

– J'ai confiance dans la combativité des hommes de Dupuy, dit Godefroy. Ce sont des durs. A Allassac, ils ont montré qu'ils n'ont pas froid aux yeux.

– Quoi qu'il en soit, dit Odru, il vaut mieux renoncer à nos états d'âme. Les consignes ont été transmises par nos agents de liaison et la noria des camions chargés du transport des troupes a débuté.

Il ajouta à voix basse :

– Si j'étais chrétien, j'ajouterais : « Que Dieu nous garde ! »

P.C. des environs de Tulle.
Le soir.

Jean Vialat... Ils ont tué Jean Vialat. On a retrouvé son corps dans la forêt, non loin de sa maison de Combressol, dans le nord de la Corrèze, sur le grand plateau central.

Cet homme de près de soixante ans était taillé pour la lutte, et indestructible. Lorsqu'il parlait avec ses amis de la Résistance de son action de militant politique, syndicaliste et paysan, on devinait, derrière l'intransigeance et parfois la violence de ses propos, une énorme tendresse pour l'humanité.

Vialat était entré dans la Résistance avec les F.T.P., comme un boxeur monte sur le ring, avec de l'agressivité jusqu'au bout des ongles. Jean Vialat : lieutenant « Vincent »...

Ils étaient plusieurs centaines, les Boches, lorsqu'ils ont investi le P.C. de la Résistance, près de Combressol. Une meute déchaînée qui emplissait la nuit de ses hurlements. Les maquisards qui avaient trouvé asile dans le bourg étaient parvenus, sauf un, à prendre le large.

– C'est Vialat qui les a alertés, bien sûr, dit Chapou.

– C'est lui, dit Georges Marrane, un des rescapés, opticien de son état. Lui seul pouvait prendre un tel risque. Il est vrai qu'un de ses fils se trouvait au P.C. du groupe. Vialat s'est fait arrêter. Sa femme m'a raconté qu'il a tenu tête à ses agresseurs, criant qu'il était soldat français et qu'il avait gagné une médaille à la guerre de 14. Les Boches se sont mis à plusieurs pour le maîtriser, après avoir arraché et piétiné la médaille qu'il leur brandissait sous le nez. Une centaine de Boches l'ont escorté jusqu'au camion. Il criait encore qu'il se battait pour son pays, en soldat, et qu'il emmerdait le Führer.

Ils ont conduit le prisonnier à deux cents mètres de la maison, en plein bois, et l'ont torturé pour le faire parler. Il n'a sans doute rien dit et c'est pourquoi ils l'ont abattu.

– L'un de ses fils l'a retrouvé peu après, poursuit Georges Marrane. Sur le moment il ne l'a pas reconnu, car il était dissimulé sous une brassée de fougères et avait le visage recouvert de mouches.

Vialat était méconnaissable; il portait des traces de coups et de brûlures sur tout le corps. On lui avait entaillé les joues à coups de poignard ou de baïonnette et on lui avait tranché le bout de la langue. Détail horrible: l'œil droit avait été énucléé et les tortionnaires avaient brûlé le fond de l'orbite avec une cigarette, alors que la victime était encore vivante, ce qui devait être confirmé par l'autopsie.

Non, Jean Vialat n'avait pas parlé. Il devait regarder avec mépris les brutes en train d'ouvrir leurs boîtes de conserve et casser la croûte en rigolant, tandis qu'on le torturait. Les petits gars du maquis, son fils parmi eux, étaient sauvés. Lui pouvait bien mourir. Quelle importance?

– Les salauds! s'exclama Chapou. Je l'aimais bien, le père Vialat. Un foutu caractère, mais un homme de cœur et un fameux soldat.

– Nous le vengerons, n'est-ce pas? dit Georges Marrane.

– Je te le promets. Maintenant, laisse-moi.

Chapou tente de retrouver le fil de son travail: ce rapport relatif à la réunion qui s'est tenue la veille, ici même, avec comme objet l'attaque de Tulle. Il rédige quelques lignes, puis sa main se paralyse, sa vue se brouille, et soudain il lui semble voir surgir entre lui et la feuille le visage torturé de Jean Vialat.

Il fait nuit encore. Combien de temps a-t-il dormi? Deux

heures, peut-être trois. En bas, les hommes de garde discutent sous le gros ormeau qui ombrage le perron.

Chapou se lève, fait chauffer le fond d'une casserole de café sur le butane. Plus de sucre. Tant pis. La lampe à pétrole à la main, il se dirige vers la chambre voisine où Annie dort encore. La masure arthritique craque de tous ses aîtres sous son pas qu'il s'efforce pourtant d'alléger. Elle dort à la place qu'il a quittée une heure avant, dans sa chaleur, dans son odeur à lui, le nez dans l'oreiller qu'elle ceinture de ses bras potelés. Il abaisse la lampe, écarte délicatement la chevelure qui boucle sur la nuque fine, laisse courir ses lèvres sur la petite verrue qui se cache là.

Une main sur les yeux, elle se retourne.

– Tu es déjà levé? Il fait encore nuit. Reviens te coucher. J'ai froid.

Elle lui tend ses bras nus. Il pose la lampe sur le plancher, se laisse envelopper d'une onde de chaleur, de sommeil, d'odeur d'aube sauvage.

– Fais-moi l'amour, dit-elle. J'ai envie.

– Je n'ai pas le cœur à ça. Les Boches ont tué Jean Vialat après l'avoir torturé. Cette idée m'obsède. Tu l'avais rencontré il y a quelques jours, tu te souviens?

– Je me souviens, soupire Annie. Un drôle de bonhomme! Je t'avais prévenu : trop violent, trop agressif. Il devait finir comme ça.

Elle serre l'oreiller entre ses bras et se retourne en soupirant.

Chapou se rassied à la grosse table de ferme. Il doit terminer ce rapport, mettre à jour ses notes personnelles, écrire à sa femme, Yvonne, institutrice dans le Lot. Ensuite...

Ensuite ce seront les missions à bord de la « traction », à travers la campagne, au nord de Tulle : Chanac, Clergoux, Lamazière-Basse... Il roulera à vive allure, avec un souverain mépris de la prudence comme à son habitude, pour rencontrer au plus vite les commandants des bataillons chargés de procéder à l'investissement de la ville.

L'amertume du café (plus orge que café) lui tapisse la gorge et lui soulève le cœur. Il n'a pas envie de faire l'amour avec Annie ni de travailler ni de dormir. Il évolue seul, perdu dans cette nuit végétale, comme dans une marge singulière de la vie où la seule tentation est celle de l'oubli. L'oubli? Il est impossible quand on se nomme Jean-Jacques Chapou, commandant « Kléber », que des milliers d'hommes à travers la région comptent sur lui pour assurer le succès de l'insurrection.

Parfois la même impression de lassitude et de doute le terrasse en pleine journée.

Hier, par exemple.

C'était dans le « marabout » dressé au cœur d'une châtaigneraie proche de Chanac, au nord de Tulle, où il avait réuni quelques chefs de compagnie. Il s'était promis de communiquer à ces hommes, qui ne sont pas des soldats de métier, une confiance et une ardeur que lui-même ne ressentait qu'imparfaitement, lui, Chapou, chez qui les flambées d'enthousiasme étaient suivies de dépressions intenses. Les hommes, heureusement, attribuent ces faiblesses passagères à la fatigue et au surmenage. Seuls peut-être ses amis les plus proches : Godefroy, Odru, Magnac, Annie, bien sûr, ne se laissent pas berner par ses boutades, ses plaisanteries, ses éclats de rire sonores (« Ton rire, ô Kléber... », écrivait Victor Hugo), qui sonnent faux à certains moments.

Parfois Godefroy le rabroue sèchement. Cet homme robuste, sanguin, impulsif, lui crie :

– La responsabilité! Tu en fais toute une affaire. Tu n'es pas seul à la supporter, ni moi ni Odru! Nous avons des ordres et nous devons les exécuter au mieux! Si le Grouchy du sous-secteur « A » n'arrive pas à l'heure dite, nous aurons devant nous Blücher, mais ce ne sera pas comme à Waterloo! Nous battrons Blücher!

« Il faut que je me dégourdisse les jambes! » se dit Chapou.

La nuit est belle. Au passage, il salue les sentinelles, distribue ce qui lui reste de cigarettes en descendant le chemin qui mène au moulin.

Seule la petitc rivière semble vivante sous ce grands corps léthargique. Il passerait des heures à regarder couler cette eau inépuisable malgré la sécheresse. Le chemin longeant le bief disparaît sous les noisetiers, gratte son échine aux arêtes de schiste d'où coule, entre bruyère et genêts, une odeur miellée.

Ce chemin, il l'a suivi en plein jour, la semaine passée, en compagnie d'Annie; ils se tenaient par la main, s'arrêtaient pour s'embrasser. Elle paraissait soucieuse et il connaissait les motifs de cet état. Que feraient-ils, la guerre finie? Rejoindrait-il sa femme, Yvonne, épouse irréprochable? Quand elle le questionnait, il répondait évasivement : il fallait laisser le temps faire son œuvre, les événements extérieurs décider à leur place. Il lui disait : « Entre Yvonne et moi, ce n'est plus comme avant, mais quels griefs invoquer pour justifier un divorce? » Annie devinait qu'il reviendrait à son épouse; il répugnait à faire souffrir injustement des êtres proches, à se moquer de la légitimité. Entre elle et lui elle sentait s'élever et se durcir une muraille de moralité, de convenances, de générosités qu'il hésitait à faire éclater, qu'il n'abolirait sans doute jamais, alors que pour elle cet obstacle n'existait pas.

Elle s'était arrêtée au bord d'un champ de seigle presque mûr, avait tranché quelques tiges à la base d'un coup d'ongle, expliquant :

– Tu coupes sept tiges. Tu en fais une gerbe que tu lies d'un brin d'herbe. Ainsi tu auras du bonheur et de l'argent toute l'année...

HANS ANGELMANN
Montauban.

– Les premiers éléments de la division prendront la route demain, dit Hans. Dans deux heures, tous les cantonnements seront consignés, y compris le mien. Laure, c'est ma dernière visite.

La confusion qui sévit dans la « Das Reich » depuis l'annonce du débarquement, l'alternance des ordres et des contre-ordres pourraient lui permettre de faire une entorse aux consignes sans trop de risque, mais il ne veut pas se donner et donner à Laure de faux espoirs. D'ailleurs, que ce soit aujourd'hui ou demain, leur séparation est inéluctable.

Il ajoute en triturant son calot entre ses mains fébriles, moites de sueur :

– Nous nous écrirons, si tu veux bien.

– A quoi bon? dit-elle. Je vais partir moi aussi. Dès que j'ai appris que les Alliés avaient débarqué en Normandie, j'ai pris contact avec un camarade de mon père, un « légal » qui vit à Montauban, ancien du M.O.I. et ami de ma famille. Il a promis de m'aider. Demain, avant le jour, j'aurai quitté cette masure pour une destination inconnue. Je n'y reviendrai plus, à supposer que je survive aux épreuves qui m'attendent. Les Allemands laisseront des troupes dans la région pour des opérations de ratissage et de représailles. Ils vont nous mener la vie dure.

– Je suis persuadé que nous nous reverrons. Cette guerre tire à sa fin. Dès que possible, je déserterai. D'autres l'ont fait, des Alsaciens comme moi. J'attendrai le moment favorable. Je ne puis imaginer que nous ne nous revoyions jamais. C'est impossible, Laure, je t'aime trop, je...

Elle le fait asseoir, embrasse ses yeux brûlants.

– Voilà le courageux soldat de l'invincible division « Das Reich » qui pleure! dit-elle en le bousculant. Regarde! Est-ce que je pleure, moi? Pourtant cette séparation me peine plus que tu ne le penses, mais j'ai juré que, de toute la durée de cette guerre, aucune larme ne sortirait de mes yeux. Quand on a la volonté, c'est facile.

Elle se dirige vers la fenêtre donnant sur la rue du Jeu-de-Paume, la scrute en soulevant un morceau de carton.

– Tu es sûr de n'être pas suivi?

– Parfaitement sûr. Je suis arrivé chez toi par la rive de la Garrigue et par les jardins. Il était impossible qu'on me file sans que je m'en aperçoive.

Laure ferme la porte à clé, pousse la targette, tire les rideaux de toile à sac sur la fenêtre. Toute la pièce, soudain, sent l'amour. Laure s'agenouille près de Hans.

– Tu te souviens de ce que je t'ai dit hier? Je te désire toujours autant, et même davantage. Les émotions intenses me donnent envie de faire l'amour. Tu veux bien, maintenant? Ce sera la première et peut-être la dernière fois.

Il se lève, le feu au visage, commence à se déshabiller. Une fois nu, il fait une toilette sommaire dans la cuvette.

– Tu es beau, dit-elle en le caressant. C'est cette dernière image que je garderai de toi. Tu sais, je n'ai connu que peu de garçons et Jacques était un piètre amant, sans tendresse. Toi, Hansi, tu es comme du bon pain blanc qui sort du four. Approche, que je te respire.

Il approche du lit, pas très glorieux.

– Je vais te faire un aveu, dit-il. Tu es la première et j'ai peur.

– Ne crains rien. Regarde-moi. Tu me trouves à ton goût? Est-ce que je suis digne du Sturmmann Hans Angelmann, futur héros des batailles de Normandie?

Il n'aime pas ce ton narquois. Il n'aime pas qu'elle parle; il aurait préféré un long silence, comme dans les films muets où les approches entre amants n'en finissent pas, avec, peut-être, une lointaine musique romantique. Il n'aime pas que Laure ressemble à celle de tous les jours; elle aurait dû s'inventer un autre personnage.

Les mains plaquées sur le bas de son ventre, comme durant le conseil de révision, il s'agenouille au bord du matelas jeté à même le plancher, encombré de coussins de couleurs variées – une manie de Laure. Il n'a pas vraiment envie de faire l'amour et pourtant il le sent bouillonner en lui. Il aurait préféré s'allonger près d'elle, la caresser, rester une heure ou deux à l'explorer, à la découvrir dans les moindres détails de son corps, à l'imprimer dans son regard et sa mémoire.

– Tu n'as pas envie de faire l'amour, dit-elle. C'est normal, la première fois. Caresse-moi avec tes mains, avec ta bouche. Peu à peu tu auras envie de me prendre, tu verras.

Il n'imaginait pas que la peau d'une femme pût être aussi douce, aussi complexe dans sa texture, ses odeurs, sa chaleur – fraîche ici et brûlante là, tantôt neige, tantôt sable chaud. Il se dit qu'il ne faut pas qu'il meure dans cette guerre, qu'il y a tant et tant de corps de femmes à découvrir, à caresser, à pénétrer.

Laure gémit, se cambre, se retourne, laisse les lèvres de Hans et sa langue glisser le long du dos, dans le creux des hanches, pénétrer le sillon humide entre les cuisses et les fesses, à cet endroit où le corps de la femme amorce son épanouissement vertical, développe la somptuosité de ses formes.

Elle se retourne vers lui, brusquement, le souffle haletant, les lèvres entrouvertes, les pommettes soudain avivées, ses mains sur les hanches de Hans.

– Pourquoi avons-nous attendu si longtemps pour nous aimer? dit-elle. Tu étais là, immobile, muet, à me regarder comme si j'étais un mannequin dans une vitrine. Nous aurions pu connaître des semaines de bonheur. Chaque jour, je me disais : aujourd'hui il va peut-être se décider, au moins, à m'embrasser avec passion, et moi je ferai le reste. Et rien! Bonjour, bonsoir, la bise sur les joues. Un hors-d'œuvre sans suite... J'en venais presque à penser que seuls les garçons t'intéressaient.

– Je n'ai pas dix-huit ans, Laure, et les filles me font peur. Et puis il y avait Jacques...

Irritée, elle secoue la tête et dit froidement :

– Jacques... Jacques... Ne parlons plus de lui, tu veux? Ne pensons qu'à nous. Pénètre-moi, maintenant. Fais doucement. Tâche de te retenir le plus possible. Là... Je te sens bien. Tu es en moi. Doucement...

– Ne parle plus, gémit-il. Je t'en prie.

– Nous allons jouir ensemble, Hans. Je le sens. Je le veux. Il le faut. Ce sera le signe que nous nous retrouverons plus tard.

La plaisir passé, Hans s'allonge auprès de Laure, les reins encore parcourus de frissons, agités par les ultimes mouvements de l'amour.

– C'est bien, mon chéri, dit-elle. Je suis heureuse. Maintenant je ne veux plus te perdre. Où que nous soyons, nous nous retrouverons, la guerre finie. Nous devrons désormais prendre soin de nous, ne pas nous exposer inutilement au danger, être égoïstes.

– Tu m'écriras sous un faux nom. Tu as mon adresse. Les lettres suivront. Tu trouveras mon courrier à moi à l'adresse que tu m'indiqueras. Dès que j'aurai déserté nous nous rejoindrons.

Ils gardent le silence quelques instants, somnolent dans la chaleur qui accable la colline de la Mandoune où crissent les cigales. Soudain Hans se dresse sur ses coudes.

– Quelqu'un, dit-il... Dans la rue...

– La voisine qui part en ville.

– Non! ce sont de gros souliers. Je connais bien ce bruit.

Il se lève précipitamment, se rhabille, glisse un regard sous le rideau. Ces blousons, ces bérets, ces mitraillettes...

– C'est la Milice! dit-il. Habille-toi vite.

A peine a-t-elle commencé de se rhabiller, des coups résonnent contre la porte. Une voix crie :

– Ouvrez! Nous savons que vous êtes là. Ouvrez ou nous enfonçons la porte!

– File, puisque tu es prêt, dit-elle. Tu risques plus que moi. N'oublie pas ton calot. Adieu! Souviens-toi de ce que nous nous sommes promis.

– Je ne veux pas te laisser seule. Finis de t'habiller et suis-moi.

– Non. Je dirai que j'étais en train de faire la sieste.

De nouveau des coups à la porte, une voix menaçante.

– Je compte jusqu'à trois!

Elle regarde disparaître Hans. Il se glisse sous le vieux poirier, escalade le mur, plonge dans les salades du voisin. Il est sauvé. A elle, maintenant. Elle enfile sa robe, ouvre en se frottant les yeux la porte donnant sur la rue.

– Vous m'avez réveillée, dit-elle. Je faisais la sieste au retour de l'Office de placement. Qu'est-ce que vous me voulez?

– Tu étais seule?

– Vous voyez bien!

– La porte du jardin était fermée il y a une minute et maintenant elle est ouverte. Nous avons vu bouger la lumière à travers la fenêtre. Les gars, fouillez le jardin! Toi, regarde dans le grenier!

Le chef – un gros avec des lunettes sur un nez mince et rouge – s'approche du lit, s'agenouille, flaire les draps, désigne une tache suspecte.

– Salope! Tu n'étais pas seule! Tu viens de faire l'amour! Avec qui?

– Je me suis masturbée, dit-elle. C'est mon droit, non?

Elle chancelle sous la gifle, s'appuie à la table, se jure qu'elle ne dira rien. Ils auront beau la maltraiter, la torturer, le nom de Hans Angelmann ne sortira pas de ses lèvres. Il est pourtant en elle comme un écho d'orgue dans une église et la presse de toute part, mais elle ne le prononcera pas.

– Tu te moques de nous, traînée! C'était un soldat allemand, hein? Nous sommes bien renseignés, tu sais. Tu le confessais sur l'oreiller, tu jouais les Mata-Hari et lui, ce con, il te renseignait! Son nom!

Une autre gifle, plus violente que la première, la jette à terre. Elle sent une fade odeur de sang dans sa bouche et sa tête bourdonne comme une ruche en folie. Elle se répète : « Surtout ne pas parler. Pas un mot ! » Elle supporte les coups de pied qui lui déchirent le cuir chevelu, les coups de crosse qui lui défoncent les côtes. « Ne pas parler. Ne pas crier. Songer à Hans, intensément. » Il doit être loin à présent; elle l'imagine en train de marcher d'une allure tranquille en direction du Tarn et de son cantonnement : celui du régiment de Panzergrenadier « Der Führer », 3e compagnie, commandée par le Sturmbannführer Otto Dickmann.

– Nous n'avons rien trouvé, chef! Pas la moindre trace de fuite dans le jardin.

– Et le grenier?

– Rien.

– Les meubles? Le bureau?

– Des livres et des journaux, c'est tout.

– Putain, elle est forte, cette fille, dit le chef. Une communiste de la pire espèce. Elle va nous donner du fil à retordre.

Ce qu'ils vont lui faire, elle l'ignore. Aucun des camarades de la cellule ou du réseau qui sont tombés entre les pattes de la Milice et de la Gestapo n'a pu raconter ce qui lui est arrivé et les traitements qu'il a subis, car aucun n'est revenu.

Elle sait maintenant qu'elle ne reverra jamais Hans Angelmann.

– Tape-lui dans les couilles! dit Knug. Ça lui rafraîchira la mémoire.

L'Unterscharführer Georges-René Boos, Alsacien volontaire, se gratte la joue. Ce n'est pas l'envie qui lui manque de dérouiller ce petit baiseur, cette mauvaise tête.

– Ferme ta gueule! dit-il. C'est pas dans nos manières. Va plutôt prévenir le major au bureau de la compagnie. Exécution!

Il se retourne vers Angelmann, s'approche de lui, fait mine de le renifler.

– Tu sens la putain, mon salaud! Tu viens de baiser, hein? C'est pour ça que tu es en retard. Un jour comme celui-ci, ça risque de te coûter cher. Tu sais ce que j'ai pensé quand j'ai vu que tu manquais à l'appel? Que tu avais déserté. Tu en es capable.

Hans déteste Boos : grande gueule et sale type. Volontaire dans les SS dès octobre 42, il a commencé par abjurer sa foi religieuse et se déclarer, à la mode hitlérienne, « croyant en Dieu ». Ce baroudeur a fait des étincelles sur le front de l'Est; il en a ramené la médaille d'assaut, la médaille d'argent des chauffeurs, la médaille de Russie et la croix de fer de deuxième classe. On le déteste mais on le respecte, d'autant qu'il impose par son physique de lutteur.

Les rangs s'écartent devant le major Dickmann. Il s'approche du coupable en hurlant :

– *Stillgestanden, Schwein*[1] !

Hans, qui se tenait au garde-à-vous sans attendre cette injonction, se dit que le major est déjà ivre. Les mains dans le dos, Dickmann tourne en dansant autour de lui, continue à le traiter de « porc », de « petite tête de Français » et de « branleur ». Immobile, muet, Hans songe que, du haut du peuplier dominant le mur d'enceinte de la caserne, il pourrait apercevoir le pont qui enjambe le vallon de la Mandoune et peut-être la maison de Laure. Les injures dont on l'accable, le traitement qu'on va lui infliger, il s'en moque; il est encore tout chaud d'amour et d'émotion, avec une petite boule d'angoisse au creux du ventre lorsqu'il s'interroge sur les tortures que ces brutes de miliciens sont peut-être en train de faire subir à Laure.

– Belle graine de conquérant! grince Dickmann. Une demi-heure de retard alors que nous allons prendre la route. La discipline...

– Dix minutes seulement, major, rectifie Hans.

– Ferme ta grande gueule! hurle Boos, et réponds seulement quand on te questionne.

– Une demi-heure de retard! poursuit Dickmann. A cause d'une putain, sans doute. Qu'est-ce que tu dis de ça, Boos? Qu'est-ce qu'on devrait faire à cet apprenti baiseur qui a tout juste du duvet au menton?

– L'expédier chez les Popov, major!

– Bien répondu, sergent Boos! S'il ne tenait qu'à moi il n'y

1. Garde-à-vous, cochon!

aurait pas un de ces Alsaciens de merde, requis d'office, qui resterait en France où on n'aurait jamais dû les envoyer. Ils se croient en vacances! Ils se font des amis dans la population! Ils prennent des contacts pour entrer dans la Résistance, et un beau jour, salut la compagnie! L'oiseau s'est envolé...

– Major, proteste doucement Boos, les Alsaciens sont de bons sujets du Reich. Ce ne sont pas des « Untermenschen », des sous-hommes, comme les Ivan, ni des « Allemands de récupération » comme disent nos détracteurs, et beaucoup d'entre nous ont signé la fiche de « Volksdeutscher » qui atteste de leurs origines allemandes.

– Je ne parle pas pour toi, camarade. Toi, tu es un vrai Allemand né par hasard dans cette Alsace merdeuse. Je parle de tous ces morpions qu'il a fallu arracher aux bras de papa et maman pour leur apprendre leur devoir de patriote. Toi, Daul, toi, Weber, toi, Pfeufer, finies les vacances et les parties de trou du cul! Mes agneaux, il va falloir apprendre à devenir des loups et à mordre. Comptez sur moi pour faire votre éducation face aux bandes qui vont nous coller aux fesses.

Dickmann semble avoir renoncé à faire de Hans Angelmann un bouc émissaire. Sa fureur, il la retourne contre les hommes de la 3e compagnie. Il passe de l'un à l'autre, leur crache au visage :

– Vous entendez, bande de rats! Autant oublier tout de suite vos putains françaises, vos parties fines chez l'habitant, vos balades en ville! C'est la guerre, vous entendez? La guerre! Vous la ferez en vrais soldats ou je ne m'appelle plus Otto Dickmann. Vous savez ce qui vous attend dans les jours qui viennent? Ceux qui m'ont accompagné dans ce patelin de merde, Frayssinet-le-Gélat, savent de quoi je parle. Je vous rappelle que nous avons farci aux pruneaux quinze cochons de terroristes et leurs complices, il y a un mois. Alors, avis : au premier geste de pitié, à la première larme que vous verserez sur la mort d'un de ces salauds qui nous tirent dans le dos, je vous fais éclater la gueule. Compris?

Il se tourne vers Boos.

– Alors, sergent, qu'est-ce qu'on fait de ce merdeux? Étant donné les circonstances, impossible de l'envoyer chez les Popov ni de le coller au gnouf. Le mieux est de passer l'éponge mais de l'avoir à l'œil. Nous nous contenterons de lui faire répéter à haute voix, et en allemand, le serment des SS. Je t'écoute, corniaud!

– *Meine Ehre heisst Trene*[1], ânonne Hans.

– Pardonnez-moi, major, dit Boos, mais je vous trouve bien indulgent pour une faute aussi grave. Puis-je me permettre de suggérer qu'on lui fasse faire quelques tours de piste avec un bon lest sur le cul. Vingt-cinq kilos, par exemple...

– Excellente idée! s'exclame Dickmann. Ça lui rappellera le camp de Schirmeck et les douceurs de papa Buck.

ABBÉ JEAN ESPINASSE
Tulle. Le matin.

Avant sa messe de huit heures, l'abbé Espinasse, aumônier du lycée, a capté la radio anglaise. C'est à travers un nuage de borborygmes et de moulin à musique qu'il a appris la nouvelle du débarquement : « *Ce matin, à l'aube...* » Il tente de se souvenir des propos exacts du journaliste, mais les mots, bousculés par l'émotion, se dérobent comme des sauterelles. Toujours est-il que, ce matin, à l'aube, les Alliés ont pris pied sur les côtes de Normandie.

Il avale une dernière gorgée de café d'orge, se dirige d'un pas hésitant vers la fenêtre, résistant à l'envie de crier la nouvelle à toute la ville, mais la ville, volets clos, semble encore endormie. Seules quelques rares lavandières agenouillées sur leur « banchou » caquettent près du pont de la Barrière. Il semble pourtant invraisemblable que le séisme qui ébranle en ce moment les plages de la Manche ne se traduise pas par quelque frisson dans l'air. La Providence ne pourrait-elle faire que les rumeurs selon lesquelles la ville doit être attaquée par les forces de la Résistance s'éloignent pour se fondre dans l'atmosphère de ce bel été?

1. Mon honneur s'appelle fidélité.

Au retour de la messe à Saint-Jean, l'abbé croise le docteur de Chammard en train de promener ses dobermans; ils se saluent de loin. Les murs crient leurs slogans en grandes lettres et en couleurs violentes : l'un d'eux représente un militaire allemand proclamant, l'index pointé, que c'est un devoir que de s'engager dans la Waffen-SS.

Soudain, l'abbé se trouve face à face avec Me Bourdelle.

– Alors, monsieur l'aumônier, dit l'avocat, vous connaissez la nouvelle?

– Je l'ai apprise il y a une heure à peine par la radio de Londres et j'en suis encore bouleversé. C'est arrivé, enfin!

Suivi de sa chienne Follette, Bourdelle prend l'abbé par le bras et l'invite à faire quelques pas en sa compagnie.

– Comme la ville est calme, dit Bourdelle. Tout ce que Tulle compte de « légaux » est parti dans les collines. Quelques-uns de vos élèves ont fait de même, semble-t-il. Vous voilà donc en vacances. On se croirait un dimanche! Ces magasins fermés, ces rues presque désertes... Un des événements les plus importants de cette guerre vient de se produire et rien ne bouge. Il est vrai qu'avec un Allemand ou un G.M.R. pour dix habitants il serait risqué de défiler dans les rues en criant : « Victoire aux Alliés! » ou « Vive de Gaulle! »

L'abbé Espinasse n'a jamais partagé l'opinion de certains Tullistes persuadés que Me Jacques-Louis Bourdelle est un « pétainiste ». Récemment il a eu un entretien avec lui à la sortie d'une messe dominicale, sous le porche de la cathédrale. Bourdelle lui a avoué que, s'il gardait son calme, s'il continuait à mener une vie professionnelle en apparence exempte de toutes préoccupations patriotiques, c'est qu'il attendait les consignes de l'Armée Secrète et qu'il agirait le moment venu.

Bourdelle attend que Follette ait pissé, pour reprendre :

– Ces ordres de mon organisation, je ne vous cache pas que je les attends avec impatience. L'annonce du débarquement va sûrement changer le cours des événements. J'ai appris que nos amis brivistes commencent à s'agiter autour de Baillely, qu'ils tiennent réunion sur réunion de manière à être prêts à l'action lorsque parviendra le signal de Londres. Cela ne devrait plus tarder. En attendant, que faire sinon continuer à vivre, à plaider de rares affaires, à observer surtout? Je prends des notes pour le livre que j'écrirai peut-être quand le cauchemar se sera éloigné. J'ai toujours eu la manie de consigner mes impressions et mes observations sur des carnets [1]...

– Ce n'est pas mon cas. D'ailleurs, mon Dieu, qu'est-ce qu'un humble prêtre comme moi pourrait avoir à raconter?

– Puisque vous êtes en vacances, raccompagnez-moi jusqu'à mon domicile. Nous y écouterons de la musique noire américaine. Cela nous fera passer le temps d'une manière agréable.

– Je vous remercie, maître, mais j'ai envie d'être seul. Seul avec mes livres. Il est rare que je n'y trouve pas une réponse aux questions que je me pose. Et Dieu m'est témoin qu'aujourd'hui elles affluent...

PIERRE TROUILLÉ, PRÉFET
Tulle.

Pourquoi ce coup de téléphone du président du gouvernement de Vichy, Pierre Laval? Pourquoi, alors que l'invasion est en train de grignoter les côtes normandes et menace le Grand Reich, se préoccupe-t-il du sort d'un modeste chef-lieu?

Les mains jointes sous le menton, le préfet Pierre Trouillé réfléchit.

De toute évidence, l'insurrection qui se prépare semble inquiéter le président Laval. Il a déjà téléphoné, deux jours avant, pour avoir des nouvelles... de Limoges! Réponse du préfet : « Tulle est investie par les forces de la Résistance, mais je n'ai aucune nouvelle de ce qui se passe dans la capitale régionale. Les communications sont difficiles. »

Au cours de ce bref entretien, le président du gouvernement paraissait « maussade ». C'est l'adjectif que le préfet a noté sur les carnets qu'il tient au jour le jour [2].

---

1. Le colonel Rémy en a tiré la matière des *Balcons de Tulle.* Me Bourdelle a publié ses souvenirs sous le titre *Départs* (Rougerie, édit.).
2. Publiés sous le titre : *Journal d'un préfet sous l'occupation* (Gallimard, édit.).

Ces carnets, il les a toujours à portée de la main, dans un tiroir de son bureau. Pierre Trouillé les ouvre, note à la date du 6 juin, avec le souci de demeurer fidèle à la lettre de leur entretien :

« *Vichy m'appelle à l'instant.* " *On vous passe le président du gouvernement.* " *Bigre! Le jour même où commence le choc formidable des armées en Normandie, M. Laval se préoccupe d'une guérilla et du sort d'un petit chef-lieu de département du Centre? C'est beaucoup d'honneur...* »

Le préfet suspend sa plume, tâche de retrouver dans sa mémoire les termes exacts de la conversation :

« – *Alors, Trouillé, quoi de neuf depuis avant-hier?*

– *L'étreinte s'est resserrée, monsieur le président. Le maquis a commencé le harcèlement des troupes du maintien de l'ordre. Nous attendons l'attaque d'un instant à l'autre.*

– *Je vois que la situation est grave. Trouillé, je vous sais courageux. Vous l'avez montré à Saint-Malo et à Brest; vous le montrerez à Tulle. Je vous serre la main. Bonne chance. Adieu, Trouillé.*

– *Monsieur le président, je vous jure que je ferai tout mon devoir de préfet et de Français...* »

Le préfet aurait pu ajouter : «... et de résistant». Depuis qu'il s'est installé en Corrèze où il a remplacé cet autre préfet courageux et ami de la Résistance, Bernard Lecornu, il maintient des contacts quasi permanents avec les responsables des mouvements de Libération. Rôle difficile à tenir, exercice permanent de corde raide.

Il ajoute sur son carnet :

« *Sur ces paroles d'ironique emphase, l'entretien prend fin. Pour Vichy, je suis donc mort et enterré.* »

L'entrevue qui devait suivre de peu, dans le cabinet du préfet, n'était pas de nature à le rassurer sur l'évolution des événements, sans pourtant ébranler sa magnifique assurance.

La délégation qui lui avait demandé audience était composée d'un colosse, sorte de bœuf au regard pesant, le major Fitchen [1], de deux officiers de la garnison territoriale de la Wehrmacht, du commandant Coulomb, responsable de la garnison locale des

1. Dans ses carnets, le préfet, sans le nommer, l'appelle l' « Armoire à glace » ou le « Poussat ».

Forces du Maintien de l'Ordre (M.O.) et d'un personnage bien connu du préfet : le Leutnant Walter Schmald, un des officiers de la Gestapo.

Dès le début de l'entretien, le préfet comprit qu'il aurait affaire à forte partie. C'est Walter Schmald, que l'on appelait en ville de son prénom, moins par familiarité que pour la facilité de l'élocution, qui en prit l'initiative. C'était un homme d'apparence distinguée, blond, yeux bleus, légèrement voûté, sûr de lui, avec une pointe de fourberie dans le regard.

– Monsieur le préfet, dit Walter, vous connaissez la situation aussi bien, sinon mieux, que nous. Nous allons vivre des heures d'une gravité exceptionnelle. Si nous n'y faisons pas face avec détermination, nous risquons de voir se déclencher une insurrection et s'instaurer dans cette région un État bolchevique. Ce n'est ni notre intérêt ni le vôtre. Suis-je assez clair?

Walter parlait un français sans accent. Le préfet opina d'un hochement de tête. Plus que les propos de Walter, le regard insistant du colosse l'indisposait. Les représentants des forces territoriales et du M.O. paraissaient être dans leurs petits souliers.

Walter ajouta :

– Nous sommes en liaison par radio avec nos camarades des régions voisines. Avant trois jours, des renforts viendront nous dégager. Il faut que nous tenions jusque-là. Divisées, nos forces sont vulnérables; unies, elles peuvent résister longtemps.

Tandis que Walter parlait, des responsables du Maintien de l'Ordre avaient pénétré dans le bureau du préfet : deux miliciens galonnés qui se tinrent debout derrière la délégation, immobiles et muets. Cette présence, le préfet la jugeait opportune, car les buts de la délégation commençaient à lui apparaître clairement : obtenir l'union sacrée entre les forces d'occupation et celles du maintien de l'ordre. Une demande identique avait été formulée quelques semaines avant par Bony et Lafont, chefs de la « Phalange Africaine », qui, avec deux cent cinquante Maghrébins, avaient terrorisé la région jusqu'à la fin du mois de mai. Pierre Trouillé se dit qu'il allait devoir formuler de même une réponse négative et s'efforça de maîtriser son irritation.

– Je ne suis ici, dit-il d'une voix posée, que le modeste représentant du gouvernement. Les directives que j'ai reçues à ce sujet des autorités supérieures sont formelles : ces deux forces doivent rester dissociées.

– Je sais ce dont vous parlez, dit Walter, excédé : la circulaire dite de Bousquet.

– Exactement, dit le préfet, et elle n'a pas été abrogée. Je vous rappelle donc, impérativement, la séparation obligatoire des forces françaises et allemandes dans la lutte contre les terroristes. Une récente instruction signée de Darnand, chef de la Milice, qui institue la répression armée contre les parachutistes ennemis, ne la contredit en aucune façon. Si vous pensez que les conditions exceptionnelles que nous allons connaître justifient une dérogation, rien ne vous empêche de demander de nouvelles consignes à Vichy. Il reste encore trois lignes sur vingt-six pour téléphoner avec l'extérieur...

Une vive discussion s'engagea entre les Allemands. Le préfet, enfoncé dans son fauteuil, y assista, imperturbable. Il savait qu'ils ne pourraient rien obtenir et devraient se contenter de proférer des menaces.

– J'espère, monsieur le préfet, dit Walter en se levant, que vous n'aurez pas à regretter votre refus. Nous allons prendre nos dispositions et renforcer nos positions de l'École Normale de Filles.

Les Forces du Maintien de l'Ordre comptaient environ cinq cents hommes à Tulle, principalement des groupes mobiles de réserve (G.M.R.), que, dans la population, on appelait des « Géemerde », et les G.M. (gardes mobiles). Dans l'esprit du préfet, les maintenir dissociées des forces d'occupation permettrait à ces éléments, peu fiables au gré des Allemands, de rompre le combat et, partant, d'affaiblir d'autant la garnison commandée par le capitaine Reichmann.

« Ce qui m'inquiète surtout, songeait le préfet, c'est l'annonce par cette canaille de Schmald de l'arrivée de renforts. Il n'avait pas l'air de bluffer... »

Et l'air prit soudain, dans son bureau déserté, une odeur d'orage.

MARDI 6 JUIN 1944

STURMMANN HANS ANGELMANN
Montauban. Carnets.

« *Pourquoi n'ai-je rien avoué à Laure? Jacques: je ne me méfiais pas de lui, et d'ailleurs il se doutait bien que j'avais participé à des opérations de représailles contre les bandes, que je n'étais pas, moi, le Sturmmann SS, l'agneau terrorisé au milieu des loups, que je m'étais fait dents et griffes sur les maquisards. Oui, il le savait, mais il ne m'a jamais manifesté la moindre acrimonie persuadé sans doute, à juste titre, que je n'avais exercé ces brutalités qu'à contrecœur et sous la menace, et que je n'attendais que le moment favorable pour déserter. Il aurait pu m'abattre; il ne l'a pas fait. La veille de son arrestation, sans doute après l'expédition de la troisième compagnie de Dickmann en Quercy, qui s'est soldée par des atrocités, a-t-il voulu en avoir le cœur net?*

« *Il n'a rien dit à Laure; elle me l'aurait rapporté, franche et directe comme elle l'est. Si elle l'avait appris, elle m'aurait certainement condamné sa porte et j'en aurais été ulcéré. Dans cette immense solitude de la troupe, dans cette promiscuité qu'on appelle par euphémisme « camaraderie », elle était mon havre de paix, mon amie, ma confidente. Je la portais en moi jour et nuit; lorsque je la retrouvais, lasse de sa journée de travail à l'Office ou de ses activités clandestines, je sentais fondre ma gêne et ma honte; je me dépouillais de cet uniforme qui me collait à la peau, de cette glu de misère morale à laquelle je ne puis m'habituer.*

« *Peut-être aurais-je dû tout lui avouer, lui confier que cette main qui pressait sa nuque lorsque je l'embrassais avait tué des partisans, que cette voix qui glissait entre son cou et son oreille des mots tendres avait hurlé des injures et des menaces contre les tireurs embusqués au revers des collines, que cette bouche qui pressait la sienne avait entonné des hymnes guerriers.*

« *L'idée que nous sommes séparés, peut-être à jamais, avec entre nous ce mensonge par omission, me torture. Songer qu'elle est peut-être morte sans avoir appris que je suis un tueur, que j'ai obéi sans les discuter aux ordres de Boos et de Dickmann, qu'elle a emporté dans la mort une image de moi qui ne me ressemble pas, voilà mon tourment de chaque heure, malgré les multiples soucis qui m'assaillent et les préparatifs de départ qui ne nous laissent pas un moment de répit.*

« Oui, moi, Sturmmann Angelmann, de nationalité française, enrôlé de force dans la Schutz Staffel, moi qui, il y a un an, achevais mon année scolaire, j'ai appris les petits métiers du crime. On m'a enseigné, comme s'il s'agissait d'un jouet, le maniement du Mauser K98, le montage et le démontage du HG 42, le lancement de la grenade à plâtre avant les exercices de tir réel. Je suis parti à l'assaut en chantant. J'ai vu des hommes tomber autour de moi, j'ai incendié des demeures de paysans, j'ai vu pendre et j'ai aidé à pendre des hommes et des femmes. Lorsqu'on me servait du vin ou de cette terrible eau-de-vie que les gens du pays appellent gnôle, j'ai trinqué, j'ai bu, et j'ai ri avec les autres.

« Le spectacle de la vieille femme que j'ai aidé à pendre à Frayssinet-le-Gélat, petit village du Quercy, au nord-ouest de Cahors, avec deux autres de mes hommes, tandis que treize partisans ou otages étaient passés par les armes, même ce spectacle m'est moins pénible que celui auquel j'ai participé il y a quelques jours (le 30 mai, exactement), à Eysses où l'on avait emprisonné des résistants.

« Cette maison centrale proche de Villeneuve-sur-Lot passait pour être la mieux gardée de France. L'administration pénitentiaire française y avait interné quinze cents condamnés. Mécontents de leurs conditions de détention, ils s'étaient révoltés à la mi-février de cette année, avaient transformé des bâtiments en place forte et envisageaient une évasion massive.

« Leur tentative ayant avorté, le chef de la Milice vichyste, Darnand, leur avait rendu visite et promis qu'aucunes représailles ne seraient exercées. Manquant à sa promesse, il avait fait fusiller douze prisonniers et remis les autres détenus au bon vouloir des Allemands, par crainte d'une nouvelle révolte et peut-être d'un débarquement des Alliés qui aurait fait de ce conglomérat de réfractaires un dangereux foyer d'insurrection. Les prisonniers se donnaient eux-mêmes un nom redoutable : le « Bataillon d'Eysses ».

« La décision de transférer les prisonniers dans un camp de concentration en Allemagne n'avait pas tardé. Elle fut exécutée sans délai.

« C'est le 1er bataillon SS du major Dickmann qui fut désigné pour encadrer l'opération d'embarquement. J'en faisais partie.

« Un contingent d'insurgés fut entassé dans des camions en direction de la gare de Penne-d'Agenais, distante de la centrale de sept kilomètres; le reste des prisonniers devait suivre à pied, au pas de course.

« J'ai encore dans l'oreille les chants révolutionnaires qu'ils entonnaient, avec des rires de défi, malgré les coups de crosse et de bottes qui les accablaient. Sous l'œil de l'Unterscharführer Boos, je dus m'exécuter, mais en faisant en sorte d'amortir les coups que je portais aux " terroristes ".

« – Courage, les gars, vous en reviendrez! dis-je à deux hommes qui se tenaient par la main et qui paraissaient être frères.

« – Alsacien? me dit l'un d'eux.

« Je hochai la tête tout en faisant semblant de les frapper avec la crosse de mon Mauser.

« – Nous sommes des Lorrains, me dit l'autre.

« – Bonne chance! Tâchez de foutre le camp avant d'arriver en Allemagne sinon vous êtes foutus. Weiter! Schweinkopf! [1]

« J'étais bouleversé par l'image de liberté bafouée que me communiquait cette masse d'hommes marchant au pas de charge sur la route poussiéreuse, dans le chaud soleil de l'après-midi. Jamais je n'ai ressenti comme en cet instant une telle impression de manichéisme, comparable à celle que nous proposent les westerns auxquels j'assistais dans mon cinéma favori de Strasbourg, l'Eden-Théâtre proche de la gare. Ils étaient les bons et nous étions les méchants. Je n'étais nullement réconforté par les sentiments que je manifestais et qui ne devaient pas leur être d'un grand secours. Je jouais un rôle équivoque qui m'écœurait.

« Dans le Kubelwagen [2] de Boos, mon Mauser en travers des genoux, je remontais la file des malheureux qui couraient en trébuchant, s'arrêtaient, tombaient sur les genoux, pliés en deux, le souffle coupé, repartaient en titubant sous les coups et les menaces.

« – Dickmann devrait faire ralentir l'allure, dis-je à Boos. Ces gars ne tiendront pas le coup jusqu'à la gare.

---

1. Plus vite, têtes de cochons!
2. Sorte de jeep.

« – Ta gueule, bleusaille! dit Boos. C'est le plus beau marathon que j'aie jamais vu. Tu veux parier qu'ils font les sept kilomètres dans l'heure?

« Il se pencha à la portière, lâcha quelques injures en bon français : " Magnez-vous le train! Vous avez du vermicelle dans les pattes! "

« Un coup de frein brutal nous projeta en avant. Un homme venait de s'abattre à quelques mètres de la voiture, le visage contre terre, les bras en croix.

« – Angelmann, dit Boos, achève ce type! Il est foutu...

« – Il va se relever et repartir, dis-je. Laisse-lui cette chance. Tu peux passer par le bas-côté.

« – C'est un vieux, dit Boos. Inapte pour le marathon. File-lui un pruneau dans la nuque, vite fait!

« Je sautai sur la route, les jambes flageolantes, m'approchai du vieil homme qui ne bougeait pas. Sous la menace de mon arme, j'écartai les prisonniers qui s'approchaient pour lui porter secours. Cet homme devait être mort, sans doute d'un arrêt du cœur, et la balle que j'allais lui loger dans le crâne serait superflue. Sans conviction, je tâchais de me conforter dans cette idée. Je ne distinguais de lui que la masse opulente des cheveux blancs qui bouclaient sur sa nuque tannée de paysan[1].

« J'approchai le canon du Mauser de la tête et appuyai sur la détente. L'homme eut un sursaut terrible qui le souleva de terre. Pris de vertige, je regardai le crâne fracassé d'où jaillissaient sang et cervelle.

« – Eh bien, bonhomme, dit Boos lorsque je remontai dans le véhicule, tu vois comme c'est simple. Maintenant, en route!

« Il ne fit pas un détour pour éviter le corps. Je porte encore dans ma mémoire le bond du véhicule écrasant le prisonnier.

« Au retour à Montauban, quartier libre. J'en profitai pour rejoindre Laure et aller avec elle au café. En la quittant, le soir venu, je la serrai très fort contre moi, mais je ne la sentais pas, comme si mon corps était devenu insensible.

« Suis-je un monstre? Il me semble parfois qu'entre l'adolescent timide et réservé que j'étais et le soudard que je suis devenu s'est

1. Il s'appelait Huergas : un travailleur espagnol.

creusé un abîme insondable. En fait un espace infinitésimal sépare la normalité de la monstruosité; celle-ci n'a pas de limite et la surenchère y est courante. Mon prof de philosophie, le bon Ernest Muller, dont j'étais l'élève favori – il ressemblait à l'oncle Gottfried, dans le Jean-Christophe *de Romain Rolland, avec son crâne chauve et oblong – aurait trouvé là un riche sujet de dissertation à nous proposer, s'il n'avait été une des premières victimes des rafles nazies.*

« *La présence de Laure me réconciliait lentement mais sûrement avec moi-même. Le monstre voyait en sa présence ses écailles tomber une à une et le lycéen réapparaissait sous son regard...* »

– Fais gaffe, Angelmann! dit Daul. Les pieux de tes gars sont pas au carré. Si Boos rapplique, c'est toi qui l'auras dans l'os. Et les paquetages, t'as vu la gueule qu'ils ont?

Il ajouta, avec une claque amicale à l'épaule :

– Surveille un peu la tenue de tes hommes, sinon t'auras des ennuis avec ce con.

Puis, plus bas :

– Tu la reverras, va, ta nénette... Dis-lui bonjour de ma part.

« *Les vétérans de la SS, retour du front de l'Est avec leur gueule féroce, leurs mines de dogues et leurs médailles ont une expression pour parler de ce pays où ils se refont une santé : ils sont " heureux comme Dieu en France ".*

« *J'aime moi aussi cette contrée. J'y ai connu des heures paisibles et heureuses, si j'excepte les expéditions contre les terroristes. Le printemps y mûrit plus vite que dans nos terres d'Alsace. On y respire des vents fous et des pollens puissants. Je la quitte à regret.*

« *Demain, à l'aube, nous partons pour la " Petite Russie ".*

« *Dieu me garde et garde Laure...* »

BRIGADEFÜHRER HEINZ BERNARD LAMMERDING
Montauban. Q.G. de la division « Das Reich ». 18 h 30.

« Se hâter lentement... » La consigne n'est pas explicite; il convient de lire entre les lignes : l'Oberbefehlshaber commandant le groupe d'armées cantonné dans le nord de la France, le feld maréchal von Rundstedt, a suffisamment de divisions pour faire face à l'invasion et la contenir.

– Tâchez de comprendre, dit Heinz Bernard Lammerding. Si l'O.K.W. avait souhaité notre présence dans les plus brefs délais sur le front de Normandie, elle nous aurait donné l'ordre de remonter vers le nord en suivant le littoral atlantique où la Résistance est moins active que dans le Centre et les communications ferroviaires plus faciles, ainsi que nous le confirmait tout à l'heure le lieutenant Fritz Langangke. Ainsi, nous aurions pu, en embarquant nos chars lourds sur des plates-formes, gagner la ligne de feu en trois ou quatre jours.

Le major Helmut Kämpfe craque une allumette contre sa botte, allume sa cigarette avec, à travers la fumée, un regard sans complaisance pour le général : ce brave Heinz Bernard a pris du ventre; son visage, balafré au-dessus de la lèvre supérieure gauche, est devenu bouffi – la bonne nourriture, sans doute, et le « farniente ». A-t-il une maîtresse en ville? Kämpfe s'est souvent interrogé à ce sujet sans aboutir à une certitude.

Par la fenêtre du bureau de l'Institut Jean-Calvin, ancienne faculté protestante, transformé en quartier général depuis le mois d'avril, se dessine un défilé incessant de camions chargés de soldats, de Kubelwagen, de véhicules blindés, les Schwerer Panzerpähwagen à la curieuse silhouette d'insectes à antennes, de chars lourds du type Panther, de canons, le tout au milieu d'un ballet de motocyclettes et de side-cars. Le quai Montmurat, lieu d'ordinaire paisible, ouvert sur l'horizon du Tarn et de la plaine, en face de la gare, est aujourd'hui en proie à la fièvre des grands départs.

Le major Kämpfe se souvient de ce que sa logeuse lui a raconté de l'arrivée des troupes d'occupation, en novembre 42. Un jour grisâtre. A quinze heures, quand les premiers éléments avaient fait leur apparition, quai Montmurat justement, il faisait presque nuit. La vieille dame lui a décrit avec un reste d'émotion dans la voix l'arrivée des véhicules au capot recouvert du drapeau rouge à croix gammée, le silence de la ville, les volets clos, les trottoirs et les chaussées déserts...

– Si je comprends bien, dit Helmut Kämpfe, notre mission consistera moins à rejoindre d'urgence le front de Normandie qu'à assurer les arrières des divisions qui seront engagées et de préserver le territoire de l'insurrection?

– Exactement, Helmut! Le Haut Commandement ne veut pas d'une insurrection nationale sur nos arrières. Souvenez-vous des propos du Führer : « *Nous ne devons pas céder un pouce de notre empire!* » Souvenez-vous aussi de ce qu'a dit le général de Gaulle, il y a deux ans : « *La libération nationale ne peut être séparée de l'insurrection nationale.* » Il y a trois mois, à Alger, il a fait une déclaration qui va dans le même sens : « *Il est impossible de contester que l'action de la Résistance, appuyée au moment voulu par l'insurrection nationale contre l'ennemi, pèsera très lourd sur la situation stratégique* »... Ce sont, à peu près, les propos qu'il a tenus, si j'ai bonne mémoire, et il y a des choses que je n'oublie pas. Insurrection... Insurrection... Helmut, la menace se précise. Les rapports que je reçois, les communications téléphoniques répètent à peu près tous le même refrain : les bandes ont commencé à investir des villes aussi importantes que Périgueux, Brive, Tulle... Tulle surtout, où l'attaque des terroristes semble imminente. Limoges aussi, où un certain Georges Guingouin rassemble ses forces. Nous ne pouvons permettre aux terroristes de renouveler, sur une plus grande échelle, partout dans le centre du pays, ce qui s'est produit à Cajarc, sous les ordres de ce bandit communiste, Chanou ou Chapou...

– Chapou, Kommandeur. Nom de guerre à l'époque : « Philippe ». Aujourd'hui on dit qu'il a changé de surnom. C'est lui que le parti communiste clandestin aurait chargé de diriger l'attaque de Tulle. Il est insaisissable, abrité par les forêts corréziennes et la complicité de la population mieux qu'il ne le serait dans la sylve amazonienne.

Le général fait claquer sa main sur un dossier.

– Eh bien, mon cher Helmut, nous montrerons aux Guingouin et autres Chapou de quoi nous sommes capables. J'ai procédé tout à l'heure à une inspection des premières unités revenues en début d'après-midi de leurs cantonnements dans les environs de Montauban. Le moral semble excellent. Ces soldats, vous le savez, sont pour la plupart de jeunes recrues, certains des adolescents. Leur instruction a trop souvent été contrariée par des expéditions punitives et des opérations de ratissage, mais je suis persuadé que, le moment venu, ils affronteront le feu avec détermination et courage. J'aime qu'un sang neuf réveille et stimule notre vieille division. J'ai confiance en eux, d'autant qu'ils sont encadrés par des vétérans du front de l'Est. Ils saluent très correctement, leur tenue est impeccable et ils chantent avec beaucoup d'enthousiasme nos vieux chants guerriers. Cela me plaît.

Le général se lève, va fermer la fenêtre donnant sur le quai Montmurat.

– On ne s'entend plus, Helmut! Ces chars lourds font un bruit d'enfer.

Le major Kämpfe bâille discrètement derrière sa main. Ce brave Heinz Bernard se laisse volontiers aller aux banalités.

– Puis-je me retirer, Kommandeur? Je dois communiquer les dernières consignes à mon 3ᵉ bataillon du régiment « Der Führer » avant son départ.

– Je vous rappelle que vous prenez la route demain à cinq heures trente précises.

Il ajoute en posant sa main sur l'épaule du major :

– Pardonnez-moi d'avoir pris sur votre temps, Helmut, mais vous savez combien la présence, les suggestions, les conseils, voire les critiques d'un héros tel que vous me sont précieux. Bonne chance, mon ami!

Il est près de dix-neuf heures et le téléphone ne cesse de sonner dans le secrétariat, mêlé aux bruits des bottes qui ébranlent l'escalier.

– Werner, dit le général, avez-vous enfin la traduction du discours de De Gaulle?

– Je vous l'apporte tout de suite, Brigadeführer.

Les services de renseignements allemands affirment que le torchon brûle, à Londres, d'une part entre le général félon et Churchill, le « gangster », ainsi que le nomme de Gaulle, et, d'autre part, entre de Gaulle et le général Kœnig, à propos de problèmes de stratégie, notamment pour ce qui concerne les rapports avec les résistants français.

« Nous les mettrons tous d'accord, songe avec jubilation Lammerding, lorsque, l'invasion rejetée à la mer, nous prendrons pied sur le sol anglais. Nous serons les premiers, nous, les vétérans de la SS, à débarquer et à prendre la direction de Londres. Le Führer nous l'a promis... »

– Merci, Werner, dit Lammerding.

Le texte traduit est bref :

« *La bataille suprême est engagée. Bien entendu, c'est la bataille de France et c'est la bataille de la France. Où qu'ils soient, quels qu'ils soient, les Français ont le devoir simple et sacré de combattre l'ennemi par tous les moyens dont ils disposent. Les consignes données par le gouvernement français et par les chefs français qu'il a qualifiés pour le faire doivent être exactement suivies. Derrière le nuage lourd de notre sang et de nos larmes, voici que reparaît le soleil de notre grandeur...* »

Voilà qui est clair. Plus question d'attentisme pour la Résistance : elle va attaquer partout, l'Armée Secrète aussi bien que les F.T.P.

« De Gaulle et moi sommes d'accord au moins sur un point, se dit Lammerding : ce sera une lutte sans pitié... »

JEAN-JACQUES CHAPOU
Tulle. Nuit du 6 au 7 juin.

– Je n'aime pas te voir partir seule en pleine nuit, dit Chapou, surtout en voiture. Alors, écoute bien : si tu tombes sur un barrage des forces de l'ordre, stoppe immédiatement la voiture et cours te cacher dans les bois. Ne fais usage de ton arme qu'en cas d'extrême nécessité.

Annie se colle contre lui, l'embrasse à pleine bouche.

– Tu me répètes chaque fois la même chanson, mon chéri. Je

commence à connaître mon rôle d'agent de liaison. Je serai de retour dès que possible.

Il la regarde s'éloigner dans la nuit, monter dans la « traction », sa jupe déployée autour d'elle. Elle fait un signe de la main par la portière, puis un discret appel de phare. Le moteur hurle, grogne, cale, ses batteries à bout de forces. La « traction » s'arrache au chemin de terre.

« La guerre finie, se dit Chapou, il faudra que je rende hommage à nos agents de liaison, hommes et femmes, à leur abnégation, à leur courage, à leur esprit d'initiative. Sans eux, nous mènerions une guerre d'aveugles et de sourds. »

Apparemment, tout est prêt pour l'attaque du lendemain. A l'heure qu'il est, entre vingt-deux et vingt-trois heures, les unités ont dû se mettre en place selon les instructions. Chapou retourne à sa table de travail, diminue un peu la lumière de la lampe à pétrole. En grignotant sans faim un reste de pain et de jambon, il relit le rapport [1] du chef d'état-major Magnac (« Jean-Paul »), un collègue, instituteur en Corrèze :

« *A chaque sous-secteur est fixé un objectif et chaque bataillon a reçu un ordre de mission détaillé, avec itinéraire, objectif, horaire et plan de feu. Les unités du sous-secteur " B " ont pour mission de réduire l'École normale de filles, le lycée de garçons (secteur nord et nord-ouest de la ville). Au sous-secteur " A " sont dévolus l'hôtel Saint-Martin, la gendarmerie, l'immeuble Pradoux, éventuellement la Préfecture (secteur nord et nord-est). Le sous-secteur " C " a la caserne du Champ-de-Mars, l'hôtel Moderne, l'hôtel La Trémollière, le carrefour de la gare, l'hôtel Dufayet, l'école de Souilhac, la Manufacture d'Armes (secteur est et sud-est).*

« *Des barrages de protection tenus par des unités statiques, moins bien entraînées et moins bien armées, ont été placés sur toutes les routes convergeant vers Tulle : nationale 89 au nord-est et sud-ouest de Tulle, nationale 120 au nord-ouest et au sud-est, nationales 140 et 678, ainsi que les routes secondaires donnant accès au chef-lieu.*

« *A l'hôpital, un service de secours se tiendra prêt à recevoir nos blessés.*

1. In : *Maquis de Corrèze.*

« *Toutes les unités participant à l'attaque doivent être à proximité de leurs objectifs avant le lever du jour. Le service " B " (sécurité) doit s'emparer de la poste et couper les liaisons téléphoniques. L'équipe est composée de Séverin et Léonard, assistés d'ouvriers et d'employés des P.T.T., Laurent notamment.*

« *L'heure " H " n'est pas fixée. Le signal d'ouverture du feu sera donné par le bataillon Jean (Robillard, dit " Dix-de-der "), en position dans le secteur de l'École normale d'instituteurs (monument aux morts), avenue du Colonel-Monteil, par un coup de bazooka tiré contre la caserne du Champ-de-Mars...* »

« Voilà du bon travail », songe Chapou. Magnac est un homme précieux. Depuis peu il assume un poste important : il commande le 3e bataillon F.T.P.

Dormir. Deux heures, trois heures seulement de sommeil lui seraient nécessaires, car la journée qui vient sera éprouvante, mais Chapou est trop préoccupé pour fermer l'œil. Son esprit passe par des alternances d'exaltation et de doute; il envie ses amis, Godefroy, Odru, Vialle, Magnac, leur calme imperturbable, leur confiance sans faille; il admire même le flegme de Caulet qui l'observe d'un œil narquois chaque fois qu'une dépression s'inscrit sur son visage; Caulet est un vrai communiste et le doute est pour lui une faute inexpiable.

Élie Dupuy (« Lucien ») replie lentement la carte, parcourt du regard les commandants d'unités rassemblés autour de lui, qui, demain, devront attaquer sous ses ordres. C'est un homme de petite taille, râblé, très vif, au regard froid : un vrai militaire.

– Avez-vous bien retenu les consignes, camarades?

Roussel (« Jules »), Guérin (« Jo »), Baldous (« Bébert ») hochent la tête.

– A quelle heure exactement attaquerons-nous? demande Roussel.

– Nous n'avons aucune précision à ce sujet, dit Dupuy. Tout ce que je puis vous dire, camarades, c'est qu'un tir de bazooka contre la caserne du Champ-de-Mars donnera le signal.

Dupuy consulte sa montre : il est près de minuit.

– Maintenant, dit-il, allez vous reposer. Vous en avez besoin. Il faudra être debout à trois heures.

– Dormir... dit Guérin. Faudrait pouvoir...

Un vent tiède fait vaciller la flamme de la lampe à pétrole. Resté seul dans la pièce, lumière éteinte, Dupuy sort, s'assied au pied d'un châtaignier qui embaume. L'herbe est encore tiède et douce comme une peau de bête. Dessous, la terre semble vivante, parcourue d'une palpitation de sommeil. « *Une nuit d'Idumée...* » Dans quel livre de poèmes Dupuy a-t-il lu ce fragment de vers : « *Il fait une nuit d'Idumée* », qui vient de temps à autre surnager dans sa mémoire?

Autour de lui, les hommes, répartis par compagnies, dorment à même le sol. La nuit est assez claire pour qu'on puisse distinguer leurs groupes. Parmi tous ces jeunes qui affronteront pour la première fois le feu en bataille rangée, quelques vétérans de l'armée républicaine espagnole, les plus ardents au combat, les plus désintéressés; ils n'ont rien à défendre que leur liberté et celle de leur pays d'accueil, mais ils se battront jusqu'à la limite de leurs forces, avec le sentiment de poursuivre le même combat qu'en Espagne, quelques années auparavant.

Il n'est pas une nuit, lorsqu'on veille, qui ressemble à une autre. Celle-ci est parcourue d'un souffle de liberté et de poignantes images de bonheur. Une veillée d'armes a toujours quelque chose de magique : les destins s'y élaborent lentement, s'y précisent, s'y exaltent, commencent leur danse de vie ou de mort, se donnent des fêtes d'espoir; les vieilles peurs, les menues lâchetés, les dérobades s'estompent et s'annulent; il ne reste qu'un immense élan d'espérance.

« C'est beau comme une nuit de Noël », songe Élie Dupuy avant de plonger dans le sommeil.

4.

« LES VERS DE TERRE DEVIENNENT BRAVES... »

Mercredi 7 juin 1944

BRIGADEFÜHRER HEINZ BERNARD LAMMERDING
Montauban. 11 heures. Dans sa villa.

Ordres... Contrordres... On n'en sort pas! Le bureau du général, dans sa villa proche de Montauban, est devenu un véritable mur des lamentations. Les officiers s'y succèdent, commentent ou critiquent les consignes, protestant avec véhémence, comme Stückler, chef d'état-major de la « Das Reich », qui ne décolère pas.

– Mais enfin, Herr General, que se passe-t-il? Langangke est resté une quinzaine de jours à étudier le réseau des chemins de fer dans les moindres détails. Il serait difficile, certes, mais non impossible comme nous le redoutions, de faire voyager nos blindés et notre armement lourd par la voie ferrée. Tout le monde, ici, semblait d'accord, et voilà que nous arrive cette note du 58e corps d'armée signée du général Krueger : c'est « nein »! Nous devrons effectuer le trajet par la route. Pardonnez-moi, mais c'est une idée insensée. On ne lutte pas contre quelques poignées de partisans avec un matériel comme le nôtre! Des blindés, des canons d'assaut contre des brigands. A-t-on jamais vu cela?

Le général réprime mal un geste de lassitude. Il a mal dormi et son ordonnance lui a servi son troisième café de la matinée.

– Vous prêchez un convaincu, Albert. On n'utilise pas un canon pour détruire un nid de frelons. Cela, je le sais mieux que vous, mais on ne peut aller contre les ordres. J'ai tenté de protester, mais je me suis heurté chaque fois au même « nein » catégorique. Le Haut Commandement souhaite que nous procédions à une démonstration de force. Même si la puissance de feu énorme de notre division se révèle superflue contre les bandes, du moins les incitera-t-elle, de même que la population complice, à la prudence. C'est en quelque sorte une manœuvre de dissuasion que l'on nous demande d'entreprendre dans les régions que nous allons traverser.

– Je maintiens que c'est une absurdité! Nous allons gaspiller notre temps, notre carburant, notre matériel et même nos effectifs pour une parade militaire, alors qu'en Normandie von Rundstedt cède chaque jour du terrain. Les nouvelles ne sont pas fameuses. On a besoin de nous, là-haut...

Albert Stückler, l'éternel mécontent... Lammerding a l'habitude de ses sempiternelles jérémiades. Il a rarement perçu sur ce visage de moine dominicain l'ombre d'une joie. Officier compétent? Tous en conviennent. Mais « mauvais coucheur », comme disent les Français, qui ne cache jamais ses opinions et ne mâche pas ses mots. A l'origine de cette humeur acariâtre, une vocation manquée : Stückler aurait aimé devenir pilote de guerre; faute de moyens financiers, dit-on, il avait dû se rabattre sur les rampants. Muté à l'état-major de la Panzerdivision « Das Reich » (une belle promotion!), il y est devenu célèbre par ses colères homériques – on en rit... mais pas devant lui.

Albert Stückler ayant tourné les talons, Lammerding commande un quatrième café; celui lui donnera des palpitations, mais qu'importe!

Le général garde en mémoire la note qu'il a adressée à l'état-major du 58e corps d'armée chargé, depuis Clermont-Ferrand, sur les opérations dans le sud-ouest de la France. Elle est franche et sans ambages. Elle est d'ailleurs là, dans ce dossier. Il la retire d'une liasse, la relit :

« *Je regrette l'emploi de nos troupes de choc SS à la poursuite des bandits communistes... Nous devenons une vulgaire unité de combat contre les bandes terroristes, alors que notre caractère et notre mentalité ne se prêtent nullement à ce genre de guerre. Nous avons des unités préparées spécialement à ce genre d'opérations...* »

Il a ajouté que la guérilla contre ces minables rassemblements retarderait et compromettrait la formation des recrues, ces adolescents qui ignorent tout de la guerre et l'affronteront dans de mauvaises conditions, le moment venu de participer aux grands combats contre les forces alliées.

Au major Stückler a succédé, dans le P.C. de la villa, le major Otto Weidinger, officier au Q.G. du régiment « Der Führer », une des plus belles unités de la « Das Reich », sous les ordres du Standartenführer Sylvester Stadler. C'est un bel homme à prestance aristocratique bien qu'il soit fils d'un employé des postes. Très jeune – il n'a pas trente ans – Weidinger passe pour être très épris de sa femme, Annelise, fille d'un pharmacien, épousée six ans auparavant. Il est promis à une belle carrière; le général s'en est fait un ami.

Weidinger présente un bref rapport, tandis que le général racle au fond de sa tasse un reste de sucre.

– Ainsi, dit Lammerding, tout se déroule, à peu de chose près, selon nos prévisions? Nous allons vivre de rudes journées, mon cher Otto, mais tout sera en place pour notre départ, demain. Rappelez-moi l'heure précise.

– Je vous ai adressé ce matin un message ultra-secret, Herr General. Je vous le rappelle. Voici le double.

Il tire de sa sacoche de cuir un feuillet, le lit :

– « *2 SS Panzerdivision* « *Das Reich* ». *La/Nr/44 geh. Div. Gef. St. Le 8.6.44 4.00 heures* ». Est-ce clair, Brigadeführer?

– Très clair, dit Lammerding.

– L'ordre du commandant du 58e corps d'armée a été transmis aux responsables de nos unités avec votre accord, et notamment au régiment « Der Führer », qui doit, si j'ai bien compris, prendre la tête de la division.

– Exact, Otto.

Lammerding salive. Une rasade d'armagnac ferait bien passer ce café. Il en a d'excellent dans sa cave : quelques bouteilles qui lui restent après la fête de la « Ritterkreuz ». Weidinger poursuit :

– J'ai appris que, malgré vos démarches, le commandement du 58e corps d'armée persiste à vouloir faire accomplir à nos blindés un marathon de plus de sept cents kilomètres.

– L'ordre est irrévocable.

– Incompréhensible! lâche Weidinger. Quant à la réquisition des véhicules privés, ce que nous redoutions est arrivé. Dès l'annonce du débarquement, ils se sont évanouis dans la nature ou sont curieusement tombés en panne et irréparables. Nous avions pourtant prévenu le général Krueger qu'il fallait opérer d'urgence des réquisitions préventives.

– Nous l'avons fait, mais trop timidement, après l'ordre du général Krueger de restituer tout véhicule réquisitionné, sans se soucier de l'insuffisance de nos moyens de transport.

– Un comble! dit Weidinger, frémissant de colère.

– C'est mon avis. En revanche, il faut se dire que l'armée allemande, et notamment ses unités de la Schutz Staffel, est si puissante qu'aucun obstacle ne pourra l'arrêter dans son trajet vers la Normandie. Demain nous prendrons la route comme nous l'avons prévu. A l'heure qu'il est, tous nos véhicules ont fait le plein et nous ne manquerons pas de carburant comme nous le redoutions. Si certains de nos véhicules de transport tombent en panne ou sont détruits, n'hésitez pas à effectuer des réquisitions. Je vous couvrirai le cas échéant.

– A combien se montent nos effectifs?

– Quinze mille trois cents hommes. Nous laisserons sur place le deuxième bataillon de notre régiment, le moins efficace, et nous amputerons en contrepartie le régiment « Deutschland » de son 1er bataillon, en qui nous avons pleine confiance. Le major Wisliceny disposera ainsi d'une unité d'environ six cents hommes qui relèvera du Q.G. de Toulouse. Je n'ai pas caché au major qu'il aura fort à faire avec les bandes communistes qui vont tenter, après notre départ, de s'emparer de certaines localités importantes de la région.

Lammerding se lève pour donner congé.

– J'ai reçu, dit-il, un rapport sur l'état d'esprit de la population locale. Elle semble très réservée depuis l'annonce du débarquement. Certains habitants vont nous voir partir avec regret car nous faisions, comme on dit, « marcher le commerce » et parce que nous avons été corrects jusqu'au bout, à part quelques bavures inévitables. N'est-ce pas votre avis, Otto?

– Certes, Kommandeur! répond Weidinger avec un mince sourire. Les femmes surtout. Du moins certaines d'entre elles :

j'en ai vu qui décoraient de guirlandes de fleurs et de verdure nos blindés et nos camions et, sans se cacher, offraient des cadeaux à des soldats. Si la guerre ne tourne pas à notre avantage, elles auront des comptes à rendre à la Résistance.

Il ajoute :

– A propos de la Résistance, je viens d'avoir un entretien avec un agent de la Sicherheitsdienst [1]. La Milice a procédé hier à l'arrestation d'une jeune femme française, employée au Soldatenheim puis à l'Office de placement franco-allemand : une certaine Laure Novak. Elle opérait dans la Résistance, en relation avec un étudiant qui a été confié à la Sicherheitsdienst de Toulouse : un nommé Morel ou Moreau. Cette femme est une redoutable communiste, efficace et habile. Nous savons qu'elle recevait chez elle un jeune soldat du régiment « Der Führer » dont elle devait tirer des renseignements. La Sicherheitsdienst a pris l'affaire en mains mais n'a pu découvrir l'identité de ce soldat. Cela ne devrait pas tarder. Vous connaissez ses méthodes d'investigation?

Lammerding fit la grimace.

– Si je les connais... Elles dérangent le soldat que je suis, mais comment nier qu'elles soient efficaces?

Weidinger parti, Lammerding se fit servir un verre d'armagnac par son ordonnance. Il le faisait chauffer au creux de sa main avec une légère rotation pour flatter ses narines, lorsque le téléphone sonna. C'était le général Gleininger, commandant la Kreiss-Kommandantur de Limoges.

Ce matin, à l'aube, plusieurs bataillons de F.T.P. avaient attaqué Tulle, préfecture de la Corrèze. Depuis la veille, Guéret, préfecture de la Creuse, était aux mains des partisans.

Avant même le départ de la division « Das Reich » les ennuis commençaient.

1. Gestapo.

JEAN-JACQUES CHAPOU
Tulle. 5 heures du matin.

L'aube a mis longtemps à se lever.

Une brume mêlée à une filasse de pluie baigne la vallée. Aucune lumière ne scintille dans le sillon où la cité, de part et d'autre de la Corrèze, tasse ses carapaces grisâtres; aucun bruit n'en monte. Cette pénombre, ce silence de mort ont quelque chose de magique. Au cœur de l'été l'air a l'odeur d'un vieux printemps malade.

De l'endroit où il a installé son poste, près du monument aux morts qui domine les quartiers du sud-est, à l'entrée de la ville, comme l'effigie d'un saint patron, le commissaire aux effectifs André Odru sonde l'opacité de la brume, tel un capitaine repérant les écueils. De temps à autre, machinalement, il essuie ses lunettes embuées, triture nerveusement son mouchoir humide entre ses mains.

Odru est inquiet et a de bonnes raisons de l'être : son agent de liaison, José Pons, vient de lui apprendre que le bataillon de la haute Corrèze n'a toujours pas rejoint ses positions. Le commandant Lanot lui avait pourtant donné sa parole qu'il serait au rendez-vous à l'heure prévue.

Bien avant le lever du jour, un commando dirigé par Chapou s'est rendu maître sans coup férir de l'hôtel de ville, situé au centre de la cité, sur la rive gauche de la Corrèze, et y a installé son P.C. opérationnel. Odru donne l'ordre de lui apporter la nouvelle de la défection du bataillon Lanot et de lui rapporter les consignes. Pons enfourche de nouveau sa bicyclette et disparaît dans la descente. Odru n'a même pas eu le temps de voir son visage sous le rebord du béret lourd de pluie, mais il a entendu sa respiration précipitée due au raidillon. Ces agents de liaison sont des héros à leur manière, toujours prêts pour les missions les plus dangereuses, toujours sûrs d'eux. Comme Annie.

– Le signal ne va plus tarder, chef, dit une voix d'homme près de lui.

Jean, commandant du secteur « C », s'approche d'Odru, sa Sten en bandoulière, le béret sur les yeux, le blouson de cuir hérité des Chantiers de Jeunesse verni par la pluie.

– Ça ne va pas tarder, répond en écho le commissaire. Ce qui m'inquiète, c'est que la partie nord de la ville ne soit pas couverte par Lanot. Il doit être en route, mais comment en être certain? Nous n'avons ni téléphone ni radio et les G.M.R. tiennent solidement les barrages. Cette foutue Corrèze, si elle est propice aux embuscades, ne vous avantage pas pour les liaisons à longue distance. Nous attaquons cette ville dans les mêmes conditions que l'auraient fait les guerriers de Vercingétorix!

Odru fait craquer une allumette, consulte sa montre.

– Encore cinq minutes. Prépare ton bazooka, mesure bien tes tangentes et fais gaffe qu'il n'y ait pas de curieux derrière : il se ferait brûler la gueule. Comment te sens-tu?

– La trouille me tord les boyaux, dit Jean.

– Si tu crois que tu es le seul...

Odru se précipite vers le monument aux morts en jurant. C'est bien ce qu'il redoutait : une fusillade vient d'éclater sur l'autre versant de la vallée, vers la Croix-de-Bar, le secteur tenu par Élie Dupuy, avec des éclairs d'orage dans la pénombre.

– Merde! s'écrie Odru, il ne manquait plus que ça...

– Qu'est-ce qui se passe? dit Chapou. Ce n'est pourtant pas l'heure fixée pour l'attaque. D'où peut bien venir cette fusillade?

– Des environs de la Croix-de-Bar, dit Godefroy. Dupuy doit avoir des ennuis avec un barrage de G.M.R. Je suppose que, dans la nuit, avec le temps qu'il fait, il a dû manquer le rendez-vous avec le « légal » chargé de le guider vers ses positions.

La riposte ne s'est pas fait attendre. De la placette située aux abords de l'hôtel de ville on aperçoit, montant de la caserne du Champ-de-Mars, les fusées d'alerte lancées par les occupants.

– Quelle guigne! dit Godefroy. Tout s'en mêle. L'effet de surprise est éventé. Que faisons-nous?

– Rien de changé, dit Chapou. De toute manière, il est trop tard pour modifier notre plan d'attaque.

– Combien de temps nous reste-t-il?

– Deux minutes, dit Chapou.

Le cœur qui bat. La sueur qui perle aux tempes, mêlée à la pluie fine de l'aube. Le vide qui se creuse vertigineusement dans l'estomac. Où se trouve Annie? Chapou n'a jamais autant souhaité sa présence. Elle devrait être revenue, de même que les autres agents de liaison. Et aucun n'est là. Si : José Pons. Il déboule de la descente, freine à mort dans une flaque humide en zigzaguant.

– Des nouvelles? dit Godefroy.

– Pas fameuses, dit Pons. Le bataillon Lanot n'est toujours pas en position.

– Putain de putain! s'exclame Godefroy. C'est la tuile.

– Tant pis, dit Chapou. Nous ne pouvons plus reculer. Fais passer la consigne à Odru.

Une minute encore. Le demi-jour semble se contracter sur cet espace de temps infinitésimal. Une corde tendue, comme au cinéma, qui se rompt fil à fil, avec au bout un gars qui va choir dans un torrent en furie.

Soudain éclate la détonation sèche d'une torpille de bazooka; une gerbe de feu jaillit contre le mur de la caserne.

Aussitôt, la fête sinistre se déclenche : des fusillades éclatent de toute part au-dessus de la ville morte.

Éveillé en sursaut, le préfet Pierre Trouillé dressa l'oreille.

L'aube déchirée paraissait soudain devenue folle. Il se leva, se dirigea vers la fenêtre de sa chambre. Le petit jour maussade s'illuminait, au-dessus du Trech et des quartiers de la rive gauche, d'éclairs sauvages. Il ouvrit la fenêtre, reçut au visage l'odeur et la bruine du matin. Mitraillettes, fusils-mitrailleurs, fusils, mortiers, grenades, bazookas s'en donnaient à cœur joie. La détonation qui l'avait éveillé était, semblait-il, celle d'un bazooka. Des bazookas au lieu de canons contre la caserne du Champ-de-Mars, cet énorme édifice, ce Léviathan échoué dans une anse de la rivière, quelle dérision!

Le tumulte s'intensifiait, répercuté par les échos de la vallée. On devait se battre également aux entrées de la ville, au niveau des barrages.

« D'abord faire un brin de toilette, se dit le préfet. Ensuite, nous aviserons... »

Ce n'est que vers six heures, après plusieurs tentatives infructueuses, que le préfet parvint à joindre au standard le chef des transmissions de la Préfecture, Boudot, qui avait tenté de son côté, en pure perte, d'avoir des nouvelles des forces du M.O.

– Leur téléphone est muet, monsieur le préfet. Ils ont fichu le camp. Impossible de savoir où ils se trouvent. Les rues sont désertes.

A peine avait-il pris son petit déjeuner, le préfet aperçut des silhouettes de militaires (une cinquantaine environ), en tenue kaki, en train de traverser en courant le parc de la Préfecture. Une fois dans l'hôtel, ils se regroupaient dans les cuisines : des gardes mobiles qui semblaient pris de panique.

– Que faites-vous là ? demanda le préfet. Vous ne comptez tout de même pas transformer la Préfecture en camp retranché ?

Un gradé s'avança en saluant.

– Veuillez nous pardonner, monsieur le préfet. Nous tenions les barricades, mais nous avons été débordés et contraints de décrocher pour éviter de nous faire massacrer. Nous ne faisons que passer. Notre intention, en nous réfugiant ici, était d'échapper aux terroristes, mais nous allons nous replier sur l'état-major du M.O., si nous y parvenons.

– J'ignore où il s'est replié, dit sèchement le préfet. Le téléphone ne répond plus.

A peine les G.M. avaient-ils pris le large, le préfet était alerté par les gémissements de la cuisinière. Les bougres! Ils n'étaient pas repartie les mains vides. En prévision sans doute d'une longue odyssée, ils avaient raflé toutes les victuailles qu'ils avaient trouvées...

– Touché! s'écrie Odru.

L'obus de mortier, parti du monument aux morts, a percuté le toit de la caserne, qui commence à brûler. De part et d'autre, la fusillade s'intensifie. Des gerbes de feu jaillissent des fenêtres de la caserne où se sont retranchées les forces de Vichy : G.M., G.M.R. et Milice. On tire sans discontinuer. Entreprises par Caulet, les négociations en vue d'une reddition des assiégés ont échoué.

Odru, très excité, passe d'un poste à l'autre, aide à débloquer une mitraillette qui vient de s'enrayer, règle un tir de mortier ou de bazooka, prodigue des conseils d'économie : la plupart des combattants n'ont qu'une notion sommaire du maniement des armes et gaspillent les munitions.

– Ça va, les gars? demande Odru.

– Ça pourrait aller mieux, répond un jeune lieutenant. Pourquoi ces salauds ne se rendent pas? Ils savent qu'ils sont foutus et qu'ils vont griller comme des poulets s'ils n'amènent pas le drapeau blanc. Et ils répondent à nos sommations en nous canardant. Ça fait mal au ventre de tirer sur des Français, chef!

– Il faudrait pouvoir donner l'assaut, répond Odru, mais ça ferait un massacre car vous vous trouveriez sous le feu du bataillon Dupuy, venu du versant opposé. Avez-vous encore des munitions?

– Il y a beaucoup de gaspillage.

– Et le moral?

– Nous tiendrons jusqu'à ce que ces fumiers se rendent.

Installés depuis cinq heures du matin dans la salle du conseil municipal, Jean-Jacques Chapou et Louis Godefroy tournent en rond, incapables de rester immobiles. Chapou est très pâle, une lueur d'inquiétude dans l'œil; il a négligé de se raser, et cette ombre sur ses joues lui donne l'air plus sinistre encore.

– Le moral de nos troupes, dit Magnac, n'est pas au beau fixe. Notre ami Albert Faucher a été tué. Robillard et le lieutenant soviétique Boguinski, embusqués près de l'hôtel de ville et qui devraient donner l'assaut, sont cloués sur place.

– Rien ne va comme nous l'avions prévu! s'écrie Chapou. Nos agents de liaison font ce qu'ils peuvent mais ils ne sont guère efficaces et notre armement n'est pas adapté au siège d'un édifice de cette importance.

– Comment se comportent les autres secteurs? demande Godefroy en s'efforçant de conserver son calme.

– Une bonne nouvelle : le détachement Brochet a fait des prisonniers dans le quartier de la gare, répond Magnac. Le groupe scolaire et la Manufacture d'Armes où s'est retranché le gros de la garnison allemande sont sous le feu de nos armes. Le lieutenant « Maurice » a essuyé un terrible tir de Minnen et de canon 37 mais il a éliminé un poste de bazooka à la « Manu ». Un poste de mitrailleuse a été balayé par le lieutenant Boisvert, qui commande la 234ᵉ compagnie. Il a eu un homme tué : le sergent Delbos...

Sans s'asseoir, Chapou jette rapidement quelques notes sur une feuille.

– Quoi encore, Magnac? dit-il.

– « Maurice » manque de munitions. Il réclame une compagnie de renfort avec des mortiers Piat et des bazookas. Une bonne nouvelle : j'ai rencontré un gars du bataillon Lanot, sous-secteur « A », au pont de chemin de fer de Roussoles, mais incapable de dire où se trouve son unité.

– Et ton secteur?

– Nous avons besoin de renforts nous aussi. Les Allemands sont puissamment retranchés à la Manu et à l'école de Souilhac.

– Des renforts... Des munitions... proteste Godefroy. Où veux-tu que nous en trouvions?

– Nous ferons donc de notre mieux, dit tristement Magnac.

– Le mieux que nous ayons à faire, dit Chapou, c'est de donner l'ordre de cesser le feu pour nous réorganiser et voir exactement où nous en sommes.

Il retient la question qui lui brûle les lèvres, puis il la lâche au moment où Magnac va quitter la salle.

– Est-ce que tu sais où est Annie?

– Je l'ignore, dit Magnac.

De sa fenêtre donnant sur le parc, le préfet Pierre Trouillé regardait le ciel s'éclaircir au-dessus de la colline. Une accalmie était intervenue; les attaquants devaient dénombrer leurs pertes. Le préfet songeait à ce que le chef de la Gestapo lui avait annoncé la veille : « Nous attendons des renforts d'ici trois jours... » Si ce triste sire disait vrai? Si l'une des divisions du groupe d'armées « G » cantonnées dans le Sud-Ouest passait par Tulle en remontant vers la Normandie? Pierre Trouillé ne put contenir un frisson qui l'ébranla de la tête aux pieds. Il avait relaté cet entretien à Letourneur, chef du S.T.O., dont le visage avait pris soudain une teinte grisâtre.

Profitant d'un répit, le préfet jeta quelques notes sur son carnet : des repères pour le livre qu'il écrirait peut-être plus tard. Tout y sera noté de ce qu'il aura vu, entendu, ressenti, en témoin lucide et sans passion. Ses choix idéologiques sont faits depuis longtemps, et Vichy n'entretient pas d'illusion à son sujet : comme son prédécesseur, Bernard Lecornu, il est suspect, mais on le sait honnête, habile et compétent; un bon commis de l'État mais aussi un homme, avec un cœur et un esprit qui ne fonctionnent pas comme une mécanique administrative.

L'attaque des F.T.P. ne semblait pas avoir le mordant qu'on en attendait, mais la situation des forces de l'ordre, composées d'environ sept cents hommes, n'était guère favorable : la caserne du Champ-de-Mars où elles avaient trouvé refuge était en flammes.

Pierre Trouillé écrivit sur son carnet :

« *Les unités se reforment. Les troupes du M.O. mettent mes bureaux en état de défense. La fusillade reprend, mais par à-coups. Une sortie furieuse a libéré les gardes de la caserne du Champ-de-Mars qui ont pu rejoindre leurs camarades...* »

Ordre de Vaugelas, chef de la Milice régionale, installé à Limoges : repli sur cette ville dès que possible. Au téléphone, Vaugelas a dit au préfet : « Votre sort est lié au nôtre. » Le préfet a protesté puis refusé de suivre le mouvement de repli. Un déclic dans le combiné : la Préfecture était coupée du monde.

Jean-Paul Magnac ouvre des yeux ronds.

Ça, par exemple! D'où sortent-ils, ceux-là? Un char à bancs tracté par un bourricot s'est avancé gentiment en direction de la ville. Sur la banquette, une vieille paysanne en noir et un jeune garçon.

– Halte! s'écrie Magnac. Où vas-tu, mémé?

– Où veux-tu que j'aille? En ville, pardi! C'est jour de certificat d'études. Le petit doit se présenter à l'école de Souilhac. Laisse-nous passer!

– Pas question! Retourne d'où tu viens, et vite!

– *Per moun arme* [1]! jure la vieille. Et pourquoi ça? C'est pas toi qui lui feras passer son certificat, au petit! Laisse-nous passer ou tu reçois un coup de fouet par la gueule!

– Range-toi sur le bord de la route, mémé, et fais pas d'histoires. Nous sommes en guerre. Je vais t'expliquer.

– Je le sais qu'on est en guerre! Mais c'est pas ça qui...

Elle n'achève pas sa phrase. Une rafale de mitrailleuse crépite contre un mur voisin. Sans ajouter un mot, la mémé fait faire

1. Juron patois : « Par mon âme! »

demi-tour à son attelage et repart d'où elle est venue, à une allure telle que le char de Ben Hur aurait eu du mal à la suivre.

« Décidément, songe Pierre Trouillé, cette journée est pleine d'imprévus. »

Les troupes du Maintien de l'Ordre ont obtenu des F.T.P. un répit de quelques heures afin de se retirer vers Limoges. Le préfet a assisté à un entretien entre le colonel Coulomb et deux jeunes officiers du maquis : brassard blanc et galons dorés. Le colonel arguait de son honneur de soldat; les F.T.P. de leur intention de ne pas faire de quartiers. Le préfet avait mis tout le monde d'accord : Coulomb pourrait rejoindre Limoges avec ceux de ses hommes qui souhaitaient se retirer, les autres resteraient et pourraient prendre part à la lutte aux côtés des partisans.

Le départ des troupes du M.O. se fit dans une lamentable confusion. Les hommes se bousculaient pour grimper dans les camions. Partout des drapeaux blancs et des visages crispés par la peur.

– Colonel Coulomb, dit le préfet, alors que les moteurs tournaient, je vous souhaite bonne chance, mais je vous préviens que vous risquez d'être attaqué en cours de route par l'aviation allemande.

Il montra l'appareil qui tournait au-dessus de la ville en rasant les toitures et ajouta :

– Voici une lettre pour le préfet de région. Je lui explique pourquoi je tiens à rester à mon poste.

Ce silence d'une ville, plus angoissant que celui de la campagne, Tulle y baigne depuis une heure déjà. Un avion allemand est passé, a fait quelques tours avant de repartir. Depuis, le silence du ciel se superpose à celui de la vallée. On doit être en train de ramasser les morts et les blessés, de recenser les armes et les munitions en prévision d'un nouveau déchaînement de fureur meurtrière.

Après la pluie du petit matin, le soleil est revenu. Dans une prairie, au-dessus de l'immeuble qu'habite l'abbé Espinasse, des enfants cueillent des cerises, rient et chantent. Il n'y a que les séismes pour empêcher les gens de rire et de chanter, mais eux aussi on les oublie vite. Il y a moins d'une heure, l'abbé Espinasse suivait de l'œil les projectiles qui passaient comme des étoiles filantes au-dessus de sa tête : les F.T.P. attaquaient l'École Normale de Filles située au nord-est de la ville, que les Allemands avaient réquisitionnée pour la transformer en bunker. Un beau feu d'artifice ! Dans sa mansarde du quatrième étage, l'abbé était aux premières loges !

Le quai de Rigny est parfaitement désert, comme le dimanche. L'abbé se demande ce que fait en ce moment son ami Jacques-Louis Bourdelle. Écoute-t-il des disques avec Henri Gladi et quelques amis ? Joue-t-il au bridge ? Rédige-t-il ses impressions sur les événements du jour, les plus importants de l'histoire de Tulle depuis les exploits du capitaine Lamaurie, au temps où parpaillots et catholiques s'étripaient à l'ombre de la croix ? Ou bien est-il allé demander des directives à un responsable de la Résistance et prendre ensuite contact avec ses amis de l'A.S. pour leur transmettre ses instructions ?

Et s'il descendait faire un tour en ville ? Après tout, il se pourrait qu'on souhaite son ministère. D'ailleurs il a besoin de pain et de diverses autres denrées. Il épluche une liasse de tickets d'alimentation, les fourre dans sa serviette noire et plonge dans l'escalier-puits.

Sur le pont de la Barrière, il croise une patrouille allemande qui ne lui adresse pas un regard. Deux cents mètres plus loin, des francs-tireurs, leur Sten accrochée à la poitrine, surveillent un immeuble suspect. Cette paix œcuménique ne présage rien de bon. Une simple rencontre fortuite et les combats risquent de reprendre. Des gens passent en rasant les murs, évitant – ce qui, paraît-il, est dangereux – de garder les mains dans les poches. Partout ce ne sont que vitrines aux rideaux baissés, fenêtres closes avec juste un interstice entre les persiennes, de quoi observer les mouvements de la rue. Sur le rideau du boulanger, un écriteau : « Plus de pain ».

L'air sent la poudre et la fumée : une épaisse colonne noire monte de la toiture de la caserne qui semble désertée par ses défenseurs. Une tache de sang macule le trottoir ; un peu plus loin des douilles sont éparses dans le caniveau. Du sang. Encore et encore !

Surpris par un piétinement de troupeau, l'abbé se retourne : une religieuse de l'orphelinat Sainte-Marie précède ses collègues et le groupe des pensionnaires.

– Vous ne devriez pas rester là, monsieur l'abbé, dit-elle. Nous partons chacune avec notre petit bagage, et nous ne sommes pas les seules. Beaucoup de gens quittent Tulle. Les combats vont reprendre et on annonce que des avions allemands vont nous bombarder. Suivez-nous!

– Je dois rester, ma sœur. On peut avoir besoin de moi. Que Dieu vous assiste!

Il remonte l'avenue Jean-Jaurès, va se recueillir quelques instants dans sa chère église Saint-Jean, face au pont Charles-Lachaud. Elle est déserte.

En face, de l'autre côté de la Corrèze, l'hôtel de ville est occupé par les F.T.P. qui y ont installé leur quartier général : tout l'état-major; sans doute aussi Caulet, ce professeur de dessin du lycée, agent communiste, que l'aumônier connaît bien.

Hardiment, l'abbé Espinasse franchit le pont, s'avance vers le groupe commandé par un jeune lieutenant du maquis.

– Que se passe-t-il? demande l'abbé. Pourquoi les combats ont-ils cessé?

– C'est l'armistice, monsieur l'abbé, mais il sera bref : quatre heures, le temps de permettre aux forces du Maintien de l'Ordre de décamper vers Limoges où leurs chefs les appellent. Le préfet est intervenu pour que cesse ce combat fratricide. Lorsqu'il reprendra, ce sera contre les Allemands.

Des hommes en tenues militaires disparates viennent de surgir.

– Vos chefs, sans doute? demande l'abbé.

Le lieutenant les nomme un à un : le grand qui ne reste pas en place, c'est « Kléber »; l'homme rouge de visage, c'est « Rivière », un de ses adjoints; celui qui essuie ses lunettes est « André » Odru, commissaire aux effectifs; près de lui, « Laurent »; cette jeune femme un peu boulotte, c'est un agent de liaison, « Annie »...

– Si vous avez besoin de mes services, dit l'abbé, vous me trouverez au 18 quai de Rigny, quatrième étage, sous les toits.

– Nous vous ferons peut-être signe, dit l'officier. Demain, la journée sera chaude. Si vous tenez à exercer votre ministère, vous aurez du pain sur la planche.

LAURENT KLEIN
Oradour.

« Pierre » n'est pas venu. Je l'ai attendu toute la matinée, en compagnie de Lucienne, frémissante comme moi d'impatience. Peu avant midi, j'ai dit à ma compagne :

– Il ne viendra pas. Il doit se méfier de moi, s'imaginer je ne sais quoi.

– Non! a protesté Lucienne. Tu te fais des idées. Il n'est pas dans ses habitudes d'oublier les rendez-vous. Il a dû avoir un empêchement sérieux. Je vais me renseigner. Son P.C. n'est pas loin d'ici. Déjeune en m'attendant. Moi, je n'ai pas faim.

Je n'avais pas faim non plus. Malgré ma terrible crise d'asthme de la nuit passée, j'ai allumé une pipe et j'ai commencé à lire un nouveau chapitre de *Jean-Christophe,* de Romain Rolland. Aujourd'hui, je suis incapable de lire correctement. Mon attention est ailleurs, sur la route où Lucienne pédale, jupes relevées sur ses cuisses, l'oiseau d'or se balançant au-dessus du guidon. La voir rouler à bicyclette est un plaisir sans cesse nouveau. Nous partons souvent ensemble, le jeudi, le dimanche, parfois dans la soirée, alors que le crépuscule allonge ses ombres sur le bocage. Je regarde un peu le paysage et beaucoup Lucienne. Tout son corps est en mouvement, surtout lorsque nous abordons les côtes : une parfaite et splendide mécanique de chair, d'os, de muscles, de nerfs dont chaque élément participe à l'effort et puise au plaisir qu'il élabore. J'aimerais que son enveloppe charnelle ait la transparence d'un flacon de cristal pour étudier le jeu subtil qui l'anime, du mouvement rotatif des chevilles au balancement de la nuque.

Une heure après son départ, Lucienne était de retour.

– « Pierre » ne viendra pas, dit-elle. Son groupe a fait mouvement vers Limoges. On parle d'une attaque par les troupes de Guingouin. De plus, les partisans ont pris Guéret.

Je sursautai.

– Guéret! Ça, c'est une nouvelle... Raconte.

L'événement remontait à la veille.

Dans la matinée du 6 juin, à l'annonce du débarquement,

la quasi-totalité des élèves de l'École des Gardes de Guéret [1] avait passé avec armes et bagages au maquis. Il n'avait fallu ensuite que quelques heures pour neutraliser la garnison allemande. Soucieux de rétablir au plus tôt la légalité républicaine, les F.F.I. [2] avaient prié le préfet Vasserot, licencié par Vichy, de reprendre ses fonctions, ce qu'il avait fait sans hésitation.

– Guéret libéré! Te rends-tu compte, Laurent? Imagine l'ambiance qui doit régner en ville, à cent kilomètres seulement d'ici! On doit danser dans les rues, sortir les drapeaux tricolores, faire des feux de joie, jouer de l'accordéon sur les places!

Elle me sauta au cou, m'embrassa frénétiquement sur les lèvres.

– Ce n'est pas tout! dit-elle joyeusement. J'ai appris également que, hier matin, quarante-trois G.M.R. de Limoges, et de nombreux gendarmes ont demandé à s'intégrer à l'Armée Secrète placée sous le commandement de « Hervé [3] ». La garnison allemande n'a pas bronché. Les troupes de Guingouin cernent la ville. En Corrèze, ça bouge. Les F.T.P. sont sur le point d'attaquer Tulle et peut-être Brive. Presque toute la Dordogne et le Lot sont en état d'insurrection...

J'interrompis d'un geste son enthousiasme.

– Tout ça est trop beau, dis-je. Les Allemands ont encore d'importantes unités dans la région. Tu te souviens de ce que « Pierre » t'a dit des troupes de la Wehrmacht et de la brigade Jesser, cantonnées à Montluçon? Et Montluçon est à combien de kilomètres de Guéret? Une cinquantaine. A l'heure qu'il est, les Fritz doivent se mettre en route. Je ne donnerais pas cher de la peau de ce pauvre Vasserot et des maquisards qui se sont lancés dans cette aventure. Cette action était trop précipitée.

Nous nous sommes disputés. Elle m'a traité de « vieille pantoufle », de « prophète de malheur », de « défaitiste ». J'ai répondu qu'elle n'était qu'une petite conne, qu'elle croyait aux miracles et qu'elle n'allait pas tarder à déchanter. Puis nous nous sommes réconciliés. Nos querelles, qui sont fréquentes, souvent violentes, ne durent guère. Lucienne a fini par convenir que

1. Camouflage de Saint-Cyr et de Saumur.
2. Forces Françaises de l'Intérieur groupant A.S. et F.T.P.
3. René Vaujour, chef départemental de l'A.S. et des Mouvements Unis de la Résistance en Corrèze (M.U.R.).

j'avais peut-être raison, puis, brusquement elle a décrété qu'elle avait faim.

– Il me reste du poulet, dis-je. Nous le mangerons froid, avec de la moutarde.

Elle a fouillé dans mon placard à provisions et brandi une boîte de pâté de foie.

– Et ça! dit-elle. Tu le gardais pour toi, égoïste!

Nous avons dévoré tout ce qui restait de nourriture, en plus de la boîte de pâté. Quand nous avons eu terminé, elle m'a dit à l'oreille :

– Et maintenant, si nous faisions l'amour?

Il n'y aura pas de certificat d'études cette année; les écoles du bourg ont fermé. La plupart des enfants, les petits Lorrains comme les autres, sont restés chez eux, à Oradour et dans les fermes des environs; quelques-uns se rassemblent dans les cours de récréation où fonctionne une garderie; Lucienne en accueille quelques-uns : ils tournent en rond dans la cour et sous le préau, mais le cœur n'y est pas, une récréation n'étant concevable qu'entre deux séances de travail. La petite Luce, dont Lucienne s'est fait une amie, reste assise sur les marches de la classe, à lire des « illustrés ».

La chaleur est intense. il n'y a pas eu, dit-on, d'année aussi sèche depuis plus de cent ans.

Lucienne est revenue vers quatre heures. Elle tenait Luce d'une main et le journal de l'autre. Lucienne et Luce... Elles ressemblent à deux sœurs.

« Tu t'attaches trop à cette gamine, lui ai-je dit. Le jour où la guerre finira et où vous devrez vous séparer, ça fera un drame. » « Et si nous ne nous séparions pas? m'a répondu Lucienne avec cet air de défi qu'elle prend parfois pour affirmer des vérités qu'elle sait sujettes à caution. Nous pourrions nous retrouver en Lorraine. Elle pourrait poursuivre ses études au lycée de Nancy, puis à la faculté? »

Lucienne rêve, et moi je suis un peu jaloux de Luce.

– Il fait bon, chez toi, a-t-elle dit en entrant. Dehors, c'est la fournaise. Nous ne ferons pas de promenade à bicyclette, ce soir : il fait trop chaud et je suis fatiguée.

Elle se met à rire brusquement en s'asseyant au bord du lit; elle déplie le journal *L'Appel du Centre.*

– Lis ça! dit-elle en me tenant la feuille. C'est paru ce matin.

Une nouvelle entre les autres. A Croisille-sur-Briance, non loin d'Oradour, une course cycliste a été interrompue par des « hors-la-loi » qui ont pris les vélos des coureurs et sont partis avec!

– C'est bien fait pour ces imbéciles! dis-je. Organiser des courses cyclistes par les temps présents, c'est de la provocation.

Cette feuille tout entière sent le mensonge, la dissimulation, la parade. Je lis, étalées sur sept colonnes, les dernières nouvelles de Normandie :

« Aux premières heures du jour, hier, les Anglo-Américains ont amorcé une tentative de débarquement sur la côte normande. Le chef de l'État et le chef du gouvernement ont lancé de pathétiques appels au pays. »

J'apprends aussi que des mesures draconiennes ont été prises pour maintenir l'ordre : circulation des véhicules prohibée entre vingt et une heures et cinq heures du matin... Communications téléphoniques et télégraphiques interdites... En revanche, les consommateurs des catégories E, J 1, J 2 et V pourront percevoir leur ration de 125 grammes de confiture; on pourra également toucher des rations de biscuits caséinés. Comble de chance, on distribuera des citrons pour les catégories E, J 1 (500 grammes), J 2 et V (250 grammes).

– Des citrons! dis-je. Tu te rends compte, Luce? Tu te souviens du goût que ça peut avoir?

– J'aime pas les citrons! dit Luce avec une grimace. Je préfère les oranges. J'en ai mangé une, mais il y a si longtemps que je ne m'en rappelle pas.

– Je ne m'en *souviens* pas, rectifie Lucienne. Tu le copieras cinquante fois.

– Tu peux toujours courir! dit Luce. L'école est fermée.

Je reprends *L'Appel du Centre,* dont la lecture est décidément divertissante, et déclame avec emphase le premier alinéa du feuilleton : *Équivoques,* « grand roman d'aventures et d'amour », prends l'accent pointu pour lire les « Idées spirituelles » de Joël Roch, sur la manière de récupérer les vieux vêtements, la chronique de Raymond d'Etivaud sur « la bonne et la mauvaise musique », le billet de « Monsieur Dimanche » sur Talleyrand...

– Si tu es sage, dis-je à Luce, nous irons au cinéma, à Limoges, dimanche. Qu'est-ce que tu préfères : *Lumière dans la nuit,* ou *Monsieur la Souris,* avec Raimu. Attends! Je peux te proposer aussi *Nuits de Vienne* ou encore *Jeunes filles dans la nuit...*

– Ce film est interdit aux mineurs, dit Lucienne.

– Il est probable que nous resterons ici, dis-je en bâillant. On doit crever de chaleur dans les salles de cinéma. Et pour voir des navets, merci bien! Nous irons plutôt flâner sur le bord de la Glane.

Luce saisit la balle au bond.

– C'est ça! Allons pique-niquer à bicyclette à Dieulidou. Tu me porteras sur le cadre et je tiendrai le guidon. Lucienne se chargera des provisions. En revenant, tu nous paieras des limonades à la saccharine chez Mme Desvignes!

– Accordé! dis-je. Nous pourrons même nous baigner dans l'étang si l'eau n'est pas trop froide.

JEAN-JACQUES CHAPOU
Tulle. Le soir.

Au cours de l'après-midi, le commandant Chapou a fait parvenir aux différentes unités participant à l'attaque de Tulle une note se terminant par ces mots : *« Soldats, sous-officiers, officiers F.T.P., la patrie reconnaissante lève aujourd'hui la tête. Nous ne la décevrons pas! »*

Chapou a songé, en rédigeant ce texte lapidaire aux vers du poète latino-américain Zabele : *« Là où vit Lampiao – Les vers de terre deviennent braves – Le singe livre bataille au jaguar – Les moutons ne se laissent plus faire... »*

Magnac est entré vers vingt et une heures dans la grande salle où siège l'état-major. Il s'est laissé tomber sur une chaise, le dos rond, les mains ballant entre les genoux, accablé de fatigue, son regard fixant le parquet comme s'il cherchait à y déceler des traces de poussière. Chapou, lui, malgré la barbe qui lui ombrait le menton, semblait parfaitement détendu, contrairement à son habitude – il est vrai qu'Annie était revenue.

– Est-ce que ma note a été transmise à toutes les unités? demande Chapou.

– Ta « proclamation »? répond ironiquement Magnac. Oui, elle l'a été, mon général.

– La réaction des hommes?

– Difficile à analyser. Ils sont tous très fatigués. Nous avons eu des morts et de nombreux blessés. On est en train de faire le bilan. Alors, les belles paroles, les élans patriotiques...

– Il était bon de féliciter nos gars, de les réconforter, de leur donner confiance.

– Et la population, demande Odru, comment se comporte-t-elle?

– Elle a accueilli nos camarades en libérateurs et les a copieusement ravitaillés. Pour employer ton style, « Kléber », on peut dire que le cœur de Tulle bat à l'unisson du nôtre.

Magnac vient de parcourir la cité. Tout est calme : une soirée comme les autres, avec la joie en plus, des drapeaux aux fenêtres, des chansons, *La Marseillaise* à chaque carrefour... Des groupes de maquisards se baladent encore, l'arme à la bretelle; d'autres fêtent la libération en famille.

– Nous devrions connaître une nuit sans histoire, ajoute Magnac.

Il donne quelques précisions quant au bilan de la journée : après la contre-attaque violente mais vaine qu'ils ont tentée contre la gare, les Fritz sont réduits à la défensive; détail curieux : ils n'ont pas essayé de porter secours aux forces vichystes. Du côté des partisans, le bilan n'est guère réjouissant : les gars manquent d'entraînement, commettent des imprudences dont ils sont les premières victimes, gaspillent les munitions. Le bilan des pertes n'a pas encore été établi.

– L'armement dont nous disposons est insuffisant et inadapté, dit « André » Odru. Des torpilles de bazookas contre des bâtiments de cette importance! Quant à ces saloperies de grenades fumigènes, elles explosent souvent à la sortie du tube. Résultat : deux blessés dont le commandant Dupuy, qui a reçu un éclat dans la tête, ce qui l'a rendu sourd et l'a obligé a abandonner son commandement au profit de Roussel. Il est allé se faire soigner chez un toubib de Saint-Mexant.

– Putain! s'exclame Godefroy, si les responsables de l'Armée Secrète avaient accepté de se joindre à nous avec leur armement lourd, nous n'en serions pas là. Qu'est-ce qu'ils attendent, nom de Dieu?

– Ne soyez pas pessimistes! dit Odru. Malgré quelques désillusions, la situation semble toujours à notre avantage. Demain la garnison allemande rendra les armes.

– Je suis de l'avis d'Odru, dit Chapou. La situation est difficile mais pas désespérée. Nous avons nos troupes bien en main. Demain nous leur fournirons de nouvelles munitions et des renforts. Nous ne devrons pas laisser de répit à l'ennemi qui considérerait cela comme une preuve de faiblesse ou d'impuissance. Magnac, il faut que tous nos hommes aient regagné leur unité pour attaquer de nouveau dès le lever du jour.

– Je vais faire passer la consigne aux chefs des unités, dit Magnac en se levant avec effort. Ensuite j'irai dormir un peu, avec votre permission. Bonne nuit, camarades [1]!

1. Selon les documents que nous a fournis le commandant Élie Dupuy, mais contestés par l'A.S., cette décision aurait été remise en cause par un ordre émanant du commandement régional des F.T.P. Compte tenu de l'infériorité des forces attaquantes, il était impossible de prendre la ville; il fallait décrocher. L'agent de liaison chargé de la transmission de cet ordre n'aurait pu arriver, on ignore pourquoi, jusqu'au commandant Dupuy qui, le lendemain, reprenait l'attaque avec son seul bataillon. Selon des documents inédits d'Élie Dupuy, il faisait, le 8 juin, « ce que trois bataillons n'auraient pu faire ».

5.

S'IL RESTE DIX JUSTES A GOMORRHE...

Jeudi 8 juin 1944

HANS ANGELMANN
Montauban. Le matin.

Le monstre déplie lentement ses circonvolutions dans un bruit infernal. La masse agglutinée autour de la ville se défait lentement. Depuis quatre heures du matin, la tête glisse lentement sur la route nationale, en direction de Caussade; tout le corps suit, déployé en une ligne unique qui dévore la chaussée brûlante et laboure l'asphalte. La division en aura pour trois ou quatre jours avant que les derniers éléments aient quitté leur cantonnement.

Pour assister au départ, rares sont les spectateurs : ils ont poussé timidement leurs fenêtres et leurs persiennes; certains sont plantés sur les trottoirs, les mains dans les poches, immobiles et muets.

Il est à peine dix heures du matin et déjà la chaleur plombe le paysage. Une odeur d'huile brûlante flotte sur la colonne, mêlée à la senteur des foins épais. Entre les troncs des platanes se déploient des horizons paisibles, des quadrilatères de champs et de prairies dorées, étalés à l'infini, semés de fermes aux toitures de tuiles rosâtres, avec d'étranges pigeonniers taillés en biseau. Les paysans se cantonnent sur le pas de porte des fermes ou des granges; ceux qui sont dans les champs se tiennent prudemment loin du convoi – ils sont là, pourtant, malgré la peur qui doit leur nouer le ventre, prêts à battre en retraite, à la moindre alerte, dans les bois voisins.

– Ces péquenauds, dit Sturmmann Borsch, l'envie me démange de leur envoyer une rafale de ma Schmeisser [1], histoire de les voir se carapater.

– C'est pas le moment! dit l'Unterscharführer Boos. Attendons les ordres. Ici, le pays est calme. Rien à craindre des bandes. Après Cahors, en revanche, on risque de déguster sec. T'entends, camarade Angelmann? T'as pas fini de mouiller ta layette...

Hans somnole à l'arrière du Kübelwagen, près du Grenadierschütze Jules Bernard, alsacien comme les autres occupants de la voiture : un garçon que sa corpulence a fait surnommer « Bibendum », ou « Bib ». « Bib » transpire abondamment dans sa tenue de camouflage. Hans, « Bib » : une paire de copains, depuis leur incorporation. Hans s'est pris de sympathie pour ce garçon placide, dépourvu d'esprit de zèle, respectueux, en revanche, des ordres et des consignes, par crainte de se retrouver au « bunker » ou d'écoper d'une corvée de chiottes.

« Bib » est intarissable lorsqu'il parle de son quartier de la « Petite France », à Colmar : maisons fleuries de géraniums, canaux, minuscules boutiques, avec l'épicerie paternelle au milieu – un paradis dont le souvenir lui arrache les larmes quand il a bu. Pour s'endormir, au milieu de la chambrée bruyante, ce couche-tôt a une méthode infaillible : il établit des factures fictives : « Pour madame Moser, deux paquets de nouilles, tant... Pour mademoiselle Bernheim, deux bottes de radis et un quart de beurre, tant... Total, tant... »

Borsch, lui, est un drôle de type.

Ancien des Jeunesses hitlériennes dès l'invasion allemande, il a été chargé de prononcer, au nom de ses camarades, un speech lors de la visite à Ribeauvillé du gauleiter Wagner, tandis qu'une gamine enrubannée comme une boîte de bonbons lui offrait des fleurs. Il porte sur la poitrine, à même la peau, un pendentif en acier qu'il a fabriqué lui-même dans l'atelier de mécanique de son père, une « araignée » – la croix gammée. Borsch est le chouchou du sergent Boos. Volontaire pour le front de l'Est, il a été jugé inapte parce que malingre. La mort dans l'âme, ce héros raté s'est retrouvé au camp de Souges, près de Bordeaux, puis à Montauban, sans pour autant abandonner son rêve : massacrer des Ivan

1. Mitraillette de fabrication allemande.

et décrocher des médailles, croix de fer et autres breloques, comme son idole, Boos. S'il a gagné du galon, c'est du fait de la protection du sergent et de la médiocrité générale des recrues arrachées à l'Alsace. Il se donne volontiers des airs supérieurs, surtout vis-à-vis du Sturmmann Angelmann qu'il déteste pour son manque de zèle et jalouse pour son intelligence et son instruction.

Ils roulent depuis le matin à l'aube.

La chaleur est montée très vite sur l'immense colonne qui s'étire dans le grondement des moteurs et des chenilles, l'odeur suffocante de l'huile brûlée. Sous les casques la sueur ruisselle, baigne les visages des hommes qui luttent contre le sommeil, la fatigue, l'obsession de la panne.

Borsch, qui conduit le Kübelwagen, distribue des coups d'avertisseur et des saluts de la main aux équipages des chars lourds Panther en panne sur le bord de la route : moteurs qui fument, huile à renouveler, chenilles déglinguées à remplacer... Son ambition, en se portant volontaire pour le front russe, était de revêtir l'uniforme noir à parements roses des tankistes et casser de la ferraille soviétique dans les plaines d'Ukraine.

– T'as pas mangé assez de soupe, mon gars, lui répond Boos, lorsqu'il se laisse aller à ses nostalgies. T'aurais tort de le regretter, d'ailleurs. Moi, ces mecs, je les envie pas. Un blindé, c'est un cercueil ambulant. J'en ai vu flamber des dizaines, dans la poche de Tcherkessk et sur le Dniepr, avec les gars à l'intérieur. Le char, c'est aveugle et sourd. Les tankistes ne voient et n'entendent rien. Trop d'angles morts dans leurs organes de visée. Trop de bruit dans ce tas de ferraille. Trop de chaleur aussi : de quoi crever. Paraît que ça peut rendre dingue. Ajoute à ça les réactions de ces mastodontes : trente secondes à une tourelle pour effectuer un tour complet sur elle-même! Tu as le temps de recevoir une torpille de bazooka ou une grenade Gammon, cette vacherie qui t'envoie un blindé en l'air comme un vulgaire char à bancs. En marche, impossible de tirer précis! S'il veut viser juste, le pilote doit stopper...

Borsch l'écoute, bouche bée. Au chapitre des blindés, l'Unterscharführer Boos est intarissable. Il connaît par cœur le poids, les mensurations, les performances et les défauts de ces monstres.

Qu'on ne lui parle pas du Tigre! Il est dépassé de loin par le Panther, avec sa mitrailleuse sous tourelle ajoutée à celle du capot, sa protection avant épaisse de quatre-vingts millimètres, son canon de 75 plus léger que le 88 du Tigre, sa vitesse accrue de huit kilomètres à l'heure et son poids allégé de dix tonnes!

– Tu peux les regarder, dit-il à Borsch. Des merveilles! Quelle ligne à côté du Tigre! Je connais que deux chars qui puissent s'aligner en face de lui : le T34 soviétique, mais c'est un affreux tas de ferraille sorti des usines sibériennes, et leur KW85, mal foutu, avec une trop faible pression au sol mais qui est une véritable citadelle ambulante.

Borsch, lui, en pince pour le char du type Ferdinand. Il en rêve tout haut.

– D'accord, Borsch, mais je préfère son autre appellation, qui lui convient mieux : l'Éléphant. Tu parles d'un mastard! Je l'ai vu à l'œuvre pour la première fois sur le front de l'Est, en juillet dernier, alors que ça chauffait sur toute la ligne de feu. Soixante-huit tonnes, sept mètres de long, six cents chevaux... Putain! Il pouvait traverser un village russe sans emprunter la rue centrale...

– Ouais... fait « Bib » en bâillant, mais tu pourrais l'appeler aussi l'Escargot. Trente kilomètres sur route et douze sur terrain. Minable! Système de chenilles lamentable. Dans un combat rapproché il fait pas le poids face au T34. Il lui faudrait des années pour traverser la Sibérie...

– Ta gueule « Bibendum »! râle Borsch. T'y entends rien, connard!

– C'est l'avis du général Guderian, dit « Bib », pas le mien...

Le moteur du Kübelwagen commence à chauffer sérieusement. On roule trop lentement, dans la chaleur atroce et la puanteur de l'huile surchauffée.

Hans ouvre un œil, regarde, au-dessus de sa tête, défiler une interminable voûte de cathédrale verte, mouchetée de jaune par les feuilles mortes de chaleur. Une fois de plus, il ressent cette impression poignante d'être à son corps défendant solidaire d'une bête apocalyptique qui progresse avec une lenteur hallucinante, déployant ses anneaux à travers les campagnes somnolentes de cette fin de printemps torride. Il se sent prisonnier, comme les quinze mille hommes de la « Das Reich », de cette masse de ferrailles ambulantes (plus de mille quatre cents véhicules de toute sorte, bariolés comme des couleuvres, portant sur leurs flancs des insignes, des noms de provinces et de villes allemandes). Il joue dans sa mémoire avec cette image de bonheur et de liberté : Laure. Il ne lui reste rien d'elle : pas le moindre objet, pas une lettre, pas la plus modeste présence matérielle attestant son souvenir, rien, si ce n'est un tourbillon d'images douces et brûlantes et cette angoisse qui sourd de ses tripes lorsqu'il s'interroge sur son sort. Il la connaît trop bien pour savoir qu'elle ne parlera pas, que pas un nom de complice ne sortira de ses lèvres, du moins pas avant le délai de quarante-huit heures implicitement accordé à tout résistant pris par la Milice ou la Gestapo. Son nom à lui, Hans, elle ne le prononcera jamais.

Il n'a aucune peine à imaginer les traitements qui ont dû lui être infligés. Des victimes des tortionnaires, il en a vu plusieurs dans l'immeuble du faubourg du Moustier où la Gestapo a installé ses services et ses salles de torture; il a entendu leurs cris; il a vu couler leurs larmes de sang.

Chaque fois que ces images atroces remontent à sa mémoire, il serre les dents et songe : « Je n'ai plus le droit de continuer à vivre sous cet uniforme, à porter ces insignes barbares! Dès que possible, je déserterai. Je te le promets, Laure, je te le jure! Ce sera peut-être en Limousin, peut-être en Normandie, mais je mettrai mon projet à exécution, parce que je te le dois, par fidélité à ta mémoire... »

Dans sa tête, il s'entretient avec Laure, il lui écrit, il lui affirme que tout n'est pas fini entre eux, que, la tempête apaisée, ils se retrouveront, qu'ils sauront, par des signes mystérieux, s'ils sont vivants. Parfois des remords l'assaillent : pourquoi, le jour de l'arrestation de Laure, n'a-t-il pas fait front au lieu de fuir, de la laisser seule? Il esquisse un scénario : avec son revolver de 6 mm il tient tête aux miliciens, tue l'un d'eux, saute sur sa mitraillette, balaie d'une rafale ce qui reste de cette vermine, puis, en compagnie de Laure, il gagne la campagne et prend le maquis.

– Du cinoche! dit-il tout haut.

– Mes cerises! Regardez comme elles sont belles!

La fille, très brune, teint mat – une jolie paysanne – s'est approchée de la voiture immobilisée par la panne d'un Panther.

– J'aime pas ça! dit Boos. Il y a peut-être une saloperie de grenade dans ce panier.

– Tu rigoles! dit Borsch. Elle a pas une gueule de terroriste, la môme. Et puis c'est vrai qu'elles sont chouettes, ses cerises. Peut-être les dernières que nous mangerons.

– Déconne pas! dit Boos. Tu vas nous porter la poisse.

– Combien tu les vends? demande Borsch.

– Vingt francs le kilo. Moins cher que sur le marché de Montauban et elles sont toutes fraîches. Je les ai cueillies il y a moins d'une heure.

– Adjugé! dit Borsch. Je prends tout le panier. C'est moi qui régale, les gars!

– Presse-toi! dit Boos. On redémarre.

Borsch embraye, repart au ralenti. Il ne doit pas laisser s'allonger la distance réglementaire de cent mètres prévue entre les véhicules qui précèdent le Kübelwagen et ceux qui le suivent (une mesure préventive pour l'éventualité d'une attaque des avions ennemis). Il fouille dans la poche de sa vareuse, glisse un billet dans la main de la fille, sans quitter de l'œil le panier. La fille vide le contenu dans les casques que lui tendent les soldats.

– Tu veux pas faire un brin de route avec nous? lui lance Borsch. Le sergent te prendra sur ses genoux.

– Va demander l'autorisation à mes parents! dit la fille. Venez plutôt m'aider à cueillir les cerises. Elles pourrissent sur l'arbre!

– Ton prénom! lance Borsch.

– Jeanne. On m'appelle Jeannette.

– Alors, adieu, Jeannette! Et bonne chance!

Boos déborde de bonne humeur. Il plaisante avec ses coéquipiers, salue l'équipage d'un camion S.P.W. en panne de moteur sur le bord de la route, et le voilà reparti dans ses considérations sur les engins motorisés, sa marotte :

– Les moteurs Daimler-Benz valent rien. De la merde! Qu'est-ce qu'on attend pour les remplacer par des Man? Ça, c'est de la mécanique.

Il projette des noyaux de cerise sur les motocyclistes qui font la navette tout au long de la colonne, fredonne quelques mesures de *Waldeslust* : « *J'ignore le nom de mon père – Ma mère ne m'aime pas beaucoup – Mais je refuse de mourir si jeune...* »

– Putain! dit-il, vous vous rendez compte, les gars? Il faudra trois jours à toutes nos unités pour quitter la région! Ça fera une colonne de plus de deux cents kilomètres de long lorsque nous atteindrons Limoges, et nous couvrirons une zone de plus de soixante kilomètres de large à partir de Cahors. Les communistes n'ont qu'à bien se tenir. On va leur mener la vie dure!

– Il y a peu de communistes dans le secteur, dit Angelmann, histoire de dire quelque chose. Ils sont installés plus au nord, en Limousin. Ceux que nous risquons de rencontrer, jusqu'à Brive, sont des combattants de l'Armée Secrète et des groupes Vény.

– Tous dans le même panier! dit Boos. Des bandits!

– Bien renseigné, le petit Angelmann... ironise Borsch. D'où tu tiens ces renseignements, puceau?

– Je ne fais que répéter ce qu'on raconte partout, dit Angelmann.

Jusqu'à Cahors, la colonne gardait sa cohésion; elle devait ensuite se déployer en trois branches : l'une continuant à progresser en direction de Brive et de Limoges; la deuxième prenant la direction de Figeac et de Tulle; la dernière, celle à laquelle appartenait le groupe du major Dickmann, devant prendre la route de Gourdon. Ces deux derniers tronçons avaient pour tâche des opérations de ratissage destinées à contenir la pression des bandes terroristes et à impressionner la population; elles devaient retrouver la première sur l'axe principal : la nationale 20, plus au nord, à Souillac puis à Limoges.

Passé Caussade, l'allure de la colonne se trouva ralentie.

De nombreux engins blindés devaient quitter la route défoncée par les chenilles et se rabattre sur le bas-côté pour réparer leurs avaries. On voyait sortir par les tourelles des tankistes à demi nus, le visage congestionné, luisants de sueur, au bord de l'épuisement. Les équipes d'entretien devaient intervenir inlassablement pour vérifier ou changer les chenilles, réparer les moteurs qui chauffaient à la limite de l'éclatement. Pour éviter les inconvénients d'une alimentation de carburant en route, on avait installé à l'arrière des tourelles des containers – une mesure qui aurait eu des conséquences dramatiques en cas d'attaque aérienne.

L'itinéraire de plaine cessait après Caussade. On entrait ensuite dans une contrée vallonnée.

Ici et là, des cadavres de partisans et de civils gisaient sur le bord de la route; des maisons éventrées au canon achevaient de se consumer. Des enfants pleuraient, assis sous un chêne.

Dès lors, tout était possible.

JEAN-JACQUES CHAPOU
Tulle. Matin.

La nuit a été moins calme que Magnac ne l'avait prévu.

En se glissant comme des fantômes dans les ruelles, des soldats allemands et des membres de la Gestapo, désertant leur quartier général de l'hôtel Saint-Martin, accompagnés de leurs prisonniers, se sont regroupés, au nombre de deux cents à l'École Normale de Filles située dans les parages de la Préfecture. Avant l'aube, ils ont mis des armes automatiques en batterie dans l'édifice et ses environs immédiats.

La position était franchement défavorable : une demi-cuvette d'où toute sortie serait périlleuse. Les assiégés disposaient en revanche d'un matériel important, sans commune mesure avec celui des attaquants, qui ne pouvaient mettre en ligne qu'un bataillon d'une centaine d'hommes et la 236e compagnie de la haute Corrèze, enfin parvenue à ses positions avec un lance-grenades, quelques F.M. et des mitraillettes Sten.

Le jour venait de se lever. Il était cinq heures lorsque les premières fusillades déchirèrent le calme du petit matin.

Ils étaient là : Roche, Torrès, Baudot, rassemblés dans la salle du standard téléphonique de la Préfecture, après avoir traversé, au milieu d'un tir nourri d'armes automatiques, le secteur de combat de l'École Normale.

JEUDI 8 JUIN 1944

Pierre Trouillé avait mal dormi.

Dès quatre heures du matin, le cœur battant, le souffle suspendu, il s'était senti comme au bord d'un gouffre dans lequel la ville entière semblait sur le point de basculer d'un instant à l'autre. Une attente insupportable.

Une heure plus tard, les premiers coups de feu éclataient. « Plus nourris que la veille et tout proches », songea le préfet.

Il prit très vite conscience du danger : l'École Normale, proche de la Préfecture, semblait se trouver dans l'axe des tirs entre les F.T.P. campés au-dessus du parc préfectoral et les défenseurs du bastion. Des projectiles passaient en sifflant, éclataient contre les murs : balles et torpilles.

Vers sept heures, Torrès a téléphoné.

– Nous sommes au standard, monsieur le préfet. Essayez de nous rejoindre, mais prenez garde. C'est dangereux!

A peine avait-il mis le nez dehors, le préfet faillit rebrousser chemin : un projectile venait d'éclater à une dizaine de mètres, criblant le mur d'éclats autour de lui. Il déboula de la terrasse, parcourut au pas de course l'espace du glacis séparant l'hôtel des bureaux. Les Allemands avaient dû repérer son uniforme car les tirs de balles se faisaient plus précis autour de lui.

A peine était-il arrivé dans son cabinet, deux poignes robustes le plaquaient au sol.

– Excusez-moi, monsieur le préfet, dit Torrès, mais l'endroit est malsain. Regardez : votre cabinet est criblé de projectiles, de même que la salle du standard. Installons-nous dans ce coin; c'est un angle mort. Nous y serons en sécurité.

Il fallut ramper pour aller chercher des sièges dans la pièce voisine.

– Il faut, dit le préfet, que j'appelle ma femme, pour lui recommander la prudence, surtout pour notre fille, Madeleine. Vous savez combien elle est turbulente? Je n'aimerais pas qu'elle aille s'amuser dans le parc selon son habitude.

– Qu'allons-nous faire? dit Roche.

– Rien, dit Pierre Trouillé. Il n'y a rien d'autre à faire que d'attendre les nouvelles.

Il sursauta et s'aplatit contre le mur : une balle venait de faire éclater une vitre, à quelques pas de lui.

Le commandant Dupuy mit sa main en visière, inspecta de l'œil le bâtiment de l'École Normale et hocha gravement la tête.

– L'ennemi a fait une erreur, dit-il. Il s'est replié sur une position défavorable : une demi-cuvette d'où il pourra difficilement se retirer. En revanche soldats et officiers sont nombreux et fortement armés. Si nous voulons venir à bout de ce bastion, nous devrons y mettre le feu, comme pour la caserne du Champ-de-Mars.

Soigné avec compétence et célérité, Élie Dupuy a regagné son poste au début de la matinée, la tête enveloppée d'un pansement, alors que le combat était déjà engagé. Deux détails le surprennent : les défenseurs ne mettent pas beaucoup de cœur à la riposte et, de l'autre côté de la ville, les Allemands occupant la « Manu » ne bronchent pas.

– Qui sont ces gens? dit-il en montrant un groupe.

– Des hommes de la 236e compagnie de la haute Corrèze, répond le sous-officier qui vient de l'accueillir. Ils sont arrivés dans la nuit et sont déjà en position.

– Et les autres bataillons?

– Pas de nouvelles, dit le sous-officier. A croire qu'ils ont décroché...

– Invraisemblable! s'écria Chapou. Qui a commandé le tir malgré l'ordre de décrochage?

Odru se gratta le menton.

– J'ignore ce qui se passe, dit-il, mais ce que je crois, c'est que l'agent de liaison qui devait transmettre l'ordre du commandement régional à Dupuy s'est fait descendre [1]. Tout naturellement, le 2e bataillon a repris ce matin l'attaque contre l'École Normale où les Allemands ont massé des hommes et des munitions durant la nuit, si j'en crois nos informateurs.

– Les hommes de Dupuy se battront seuls, dit Chapou. Nous ne pourrons rien faire pour eux.

– Ils se battront bien, dit Odru. Ils devraient avoir délogé les Allemands avant ce soir...

Les premières sommations eurent lieu aux environs de quinze

1. C'est la version des F.T.P. (Élie Dupuy).

heures. Les Allemands y répondirent par un tir nourri. Dupuy jugea que le moment était venu de mettre son projet à exécution. Quelques balles traçantes de F.M., un tir bien ajusté, et la toiture de l'École se mit à brûler. La fusillade ralentit du côté des défenseurs. La reddition n'était plus maintenant qu'une question d'heures.

– Mes amis, dit le préfet, je commence à avoir faim. Voilà six heures que nous attendons je ne sais quoi. Vous connaissez mon solide appétit. Alors, passons à table!

Ils échangèrent un regard de stupéfaction lorsque le préfet, du ton le plus naturel du monde, demanda à sa cuisinière, Jeannette, si le déjeuner était prêt.

– La table est mise, mes amis! dit-il, radieux. Vous êtes mes invités.

– Mais, monsieur le préfet, nous allons nous faire canarder si nous sortons d'ici!

– Vous préférez mourir d'inanition? Libre à vous. Moi, je pars. Haut les cœurs!

Il fallut, une fois de plus, jouer aux soldats, emprunter des itinéraires insolites et compliqués, affronter le tir des Allemands ou des partisans avant de s'asseoir, les jambes coupées par l'émotion, devant un repas copieux.

Ils avaient à peine fini de déjeuner, Letourneur se présentait, porteur de quelques nouvelles. Les F.T.P. piétinaient, se contentant d'arroser le bastion de projectiles, sans se décider à passer à l'attaque, leur puissance de feu étant insuffisante pour neutraliser l'ennemi.

– Que fait l'Armée Secrète? demanda le préfet. Son matériel permettrait de liquider la situation plus rapidement.

– Elle a envoyé des émissaires afin de se rendre compte de l'état des forces, dit Letourneur.

– Essayez donc d'entrer en contact avec les chefs des F.T.P., dit le préfet avec un mouvement d'humeur, et faites-leur comprendre qu'il vaut mieux interrompre le combat. Je crains que des renforts allemands fassent irruption. Ce serait la catastrophe...

L'incendie fait rage. La toiture de l'École Normale n'est plus maintenant qu'un énorme brasier. Des fenêtres et des ouvrages avancés, les défenseurs tiraillent encore, mais sans conviction semble-t-il. Des colonnes de fumée noire montent vers le ciel où elles s'épanouissent, faisant pleuvoir une lente averse de cendres sur le quartier. Les Allemands ont eu le tort de recouvrir la toiture de matelas et de paillasses pour neutraliser les torpilles et projectiles divers. Un tir nourri de fusils mitrailleurs a suffi pour que le sinistre se propage à vive allure dans la charpente et les étages supérieurs.

– L'incendie a gagné le deuxième étage, constate le commandant Dupuy. C'est le commencement de la fin. Les Allemands vont sans doute tenter une sortie massive. Il faut que nos hommes se tiennent prêts à les cueillir, s'ils n'ont pas le drapeau blanc.

– Je pense aux prisonniers de la Gestapo, dit Taurisson. Ils risquent de brûler vifs.

A peine a-t-il achevé, des cris retentissent dans une ruelle voisine :

– Ne tirez pas! Nous sommes des prisonniers!

Un groupe d'hommes vient de se ruer sur une petite place, en contrebas de l'École, en brandissant un drapeau blanc. Parmi eux, un nommé Cauty, résistant capturé par la Gestapo. Encore haletant, il explique :

– Nous étions quatre, enfermés dans les mansardes, prêts à griller comme des rats. Nous avions beau frapper, appeler, personne ne répondait. Nous avons réussi à forcer la serrure tandis que les balles crépitaient autour de nous et que l'escalier commençait à brûler. En bas, nous avons trouvé des Allemands pris de panique, et d'autres prisonniers, parmi lesquels deux femmes. Après nous être concertés, nous avons décidé de tenter le tout pour le tout et de filer. Il était temps! Les gaz lacrymogènes nous brûlaient les yeux et la gorge. Nous avons profité de ce que les Allemands préparaient une sortie à la grenade...

Il ajoute en essuyant son visage baigné de sueur :

– Sans mon frère, je crois que vos gars nous auraient descendus. Lorsqu'il m'a aperçu, d'une fenêtre voisine, il s'est mis à crier pour faire cesser le tir.

Un jeune lieutenant vient de faire irruption dans le P.C. de Dupuy.

– Mon commandant, venez vite! Les Allemands se rendent!

Ils sont une cinquantaine, mains en l'air, désarmés, groupés derrière une jeune fille qui brandit un mouchoir blanc. Dupuy reconnait une résistante que la Gestapo a arrêtée peu de temps avant : Louise Boucheteil, une jeune paysanne, agent de liaison de la Résitance. Dupuy ordonne un cessez-le-feu.

– Ces salauds m'ont torturée, dit Louise Boucheteil, mais je n'ai pas parlé.

Dupuy tourne brusquement la tête : un roulement de fusillade vient d'éclater vers la rue du Fouret.

– Prenez garde! dit Louise Boucheteil, tous les Fritz ne sont pas sortis derrière moi. Il en reste à l'intérieur : des coriaces...

Un nouveau groupe d'Allemands s'avance, précédé d'un soldat portant un drapeau blanc. Les partisans, baissant leurs mitraillettes, s'avancent vers eux pour vérifier qu'ils ne portent pas d'armes. Ils en sont à quelques mètres lorsqu'un tir nourri éclate au-dessus d'eux, en haut de la pente. D'autres Allemands, les « coriaces » dont parlait Louise Boucheteil, ont ouvert le feu. Croyant à une ruse, les F.T.P. ripostent, et c'est le massacre. Fauchés à bout portant, les Allemands qui se constituaient prisonniers s'effondrent, tandis que les irréductibles, sortant de leur cachette, s'avancent hardiment dans la rue, face à leurs ennemis. Ils sont une cinquantaine. Pris sous le feu des armes automatiques, ils se replient, abandonnant sur le terrain leurs morts et leurs blessés.

– Écœurant! dit Claude Plas. J'en suis encore bouleversé.

– Que vous arrive-t-il? dit Dupuy.

Habitant du quartier, Plas avait assisté, de son domicile, à toutes les phases du siège. Vers dix-sept heures, le combat s'achevant, il s'était hasardé à sortir de chez lui pour descendre jusqu'au Trech. Un spectacle hallucinant l'attendait : la rue était littéralement tapissée de cadavres allemands criblés de balles.

– Ce qui m'arrive, dit Plas, frémissant d'indignation, je vais vous le dire : j'ai vu des habitants du quartier fouiller les poches des cadavres. Heureusement, j'ai pu me mettre en rapport avec un de vos sous-officiers. Il a fait cesser ce scandale.

– Que voulez-vous, soupira Dupuy. Thénardier, pas mort...

Letourneur tendit au préfet une note hâtivement rédigée : le bilan de la bataille de l'École Normale : « une vraie bataille », ajouta-t-il.

– C'est vrai, dit le préfet, et une bataille d'un genre nouveau, où le faible devient le fort parce qu'il a l'espoir et l'enthousiasme et que l'ennemi n'a plus son moral de vainqueur...

Le préfet eut un sursaut de surprise. Les Allemands avaient perdu entre quarante et cinquante soldats. Certains avaient disparu...

– Et du côté des partisans?

– C'est difficile à croire, dit Letourneur, mais je le tiens de Dupuy : un seul homme a été tué, d'une balle perdue... En revanche, les Allemands ont exécuté dix-huit gardes-voies, malgré leurs brassards. Le responsable de ce massacre serait le commandant de la garnison, le capitaine Reichmann.

– Les pauvres types... soupira le préfet. Quelle absurdité! Les Allemands exécutent ceux qui sont chargés de les protéger. Décidément, c'est une guerre bien étrange.

– J'ai reçu, poursuivit Letourneur, divers témoignages contradictoires concernant la façon dont ont été traités les cadavres allemands de l'École Normale. Suivant une rumeur largement diffusée, des hommes et des femmes ne se sont pas contentés de fouiller leurs vareuses; ils les ont injuriés et même en auraient mutilé certains qui avaient dans la bouche leurs testicules arrachés. Mais voilà... aucun de ceux qui me rapportaient ces faits, et que j'ai personnellement questionnés n'ont été témoins de ces mutilations. En revanche, j'ai obtenu des témoignages directs dont les plus précieux sont ceux du chanoine Mangematin et de maître Bourdelle. Selon le premier, supérieur du Séminaire comme vous le savez, aucune exaction de cette sorte ne se serait produite, et cela grâce à l'intervention des partisans.

– Saurons-nous jamais la vérité? soupira le préfet.

Letourneur poursuivit :

– Autre témoignage, celui de Bourdelle. Il portait un brassard de la Croix-Rouge et était accompagné de deux jeunes gens. Il m'a affirmé qu'alors qu'il passait devant l'École Normale, vers seize heures, il a vu une trentaine de cadavres, dont plusieurs avaient le visage déchiqueté par des éclats de grenades, et dont certains avaient été déchaussés...

Peu après, Bourdelle avait vu, sur une terrasse de villa, dans le quartier du Pra Lemouzi, quelques grands blessés allemands gardés par des F.T.P. qui avaient du mal à écarter des furies qui les insultaient.

– Des « furies », dit Letourneur. C'est le mot que Bourdelle a employé. Il s'est retrouvé une heure plus tard près de l'École Normale, et a vu des civils qui crachaient sur les cadavres en les traitant d' « assassins ».

– C'est regrettable, dit le préfet.

– Il faut dire que les Tullistes venaient d'apprendre l'exécution des gardes-voies. Bourdelle affirme que les F.T.P. présents s'efforçaient de calmer les plus exaltés. Je lui ai parlé des mutilations et il s'est indigné. Il est persuadé que cette rumeur est destinée à discréditer la Résistance, et les F.T.P. en particulier.

Letourneur écarta les bras, soupira :

– Qui croire? Bourdelle n'ignore certainement pas qu'il y a eu quelques « erreurs ». Il s'est lui-même interposé pour protéger M. Chichard, menacé pour avoir déclaré que tous les Allemands qui s'étaient rendus auraient dû être traités comme des prisonniers de guerre. Bourdelle les a amadoués en exaltant leur héroïsme et leur victoire. Il leur a dit : « Cette victoire, fêtons-la en faisant couler le vin et non le sang. » Une belle phrase, monsieur le préfet...

Le visage de Letourneur se contracta. Il ajouta :

– Nous avons malheureusement une triste certitude : neuf Allemands ont été amenés sous le mur du cimetière et fusillés. Des femmes crachaient sur eux de leur fenêtre...

– Et dans le secteur de la Manufacture? demanda le préfet.

– La garnison n'a pas bronché.

– L'hôpital! dit soudain le préfet. Il faut nous y rendre tout de suite. Nous passerons par l'École Normale.

Des cadavres jonchaient encore les rues, allongés dans toutes les positions. Autour d'eux, des brancardiers, séminaristes pour la plupart, s'activaient autour des morts et des blessés, arrachant ces derniers à la vindicte de certains partisans qui menaçaient de les achever. Dans la rue du Fouret, les cadavres s'amoncelaient inextricablement. Autour des tranchées et des postes de tir extérieurs, l'espace était jonché de casques, de lambeaux de vêtements, d'objets divers.

Le préfet redescendit à pas lents. Un camion de partisans venait, en manœuvrant, d'écraser quelques corps. Le préfet observa que la plupart des Allemands étaient pieds nus, les partisans leur ayant ôté leurs bottes. Des papiers, des photos s'éparpillaient autour des cadavres.

L'hôpital était tout proche de la Préfecture. Le préfet s'y rendit à pied, salué militairement par les partisans qui patrouillaient.

Une odeur puissante montait des salles où les blessés s'entassaient avec des cris et des gémissements. On avait installé dans un petit bâtiment voisin les cadavres des gardes-voies, dont certains avaient encore leur parapluie à la main.

– Il était temps que vous arriviez, monsieur le préfet, dit le commandant Bousquet, médecin-chef. Nous sommes débordés et assaillis de réclamations. Notre personnel est affolé. Votre présence va le rassurer.

– Vous, au moins, dit le préfet, vous gardez votre calme. Je vous en félicite.

Accompagné du directeur, M. Condet, le préfet parcourut une première salle où l'on avait installé les partisans blessés, au nombre d'une trentaine, leurs uniformes entassés sur des chaises. Le préfet les fit, par mesure de sécurité, remplacer par des chemises de l'établissement.

Les vingt-cinq prisonniers allemands, soignés de la même manière que les francs-tireurs, se trouvaient dans la salle voisine.

Le préfet allait se retirer lorsqu'un bruit de voix le fit se retourner. Il se trouva nez à nez avec un grand diable d'officier F.T.P., rouge de colère, qui brandissait son revolver.

– Que voulez-vous faire? demanda le préfet.

– Tuer tous ces salauds! Ils ont achevé mes hommes et mes camarades.

Le préfet le repoussa et, le prenant par le revers de sa vareuse, lui souffla au visage :

– En tant que préfet et qu'officier, je vous l'interdis! Votre colère ne doit pas vous pousser à copier les méthodes de l'ennemi. Vous prétendez faire partie d'une armée régulière? Alors, prouvez-le!

L'officier parut se vider de sa colère. Il replaça en soupirant son arme dans son étui, s'essuya le visage avec son mouchoir.

– Vous avez raison, dit-il. Pardonnez-moi. En quoi puis-je vous être utile? Je puis mettre à la disposition de l'hôpital l'ambulance de mon unité. Il doit y avoir d'autres blessés à ramener.

– Votre aide ne sera pas superflue, dit le préfet. Je vous en remercie.

Lorsque l'officier se fut retiré, un blessé allemand s'inquiéta du sort qui leur serait réservé à lui et à ses camarades.

– Ne craignez rien, dit le préfet. Vous êtes sous la protection de la nation. Seuls les criminels de guerre auront des comptes à rendre à la justice.

Les Allemands se redressèrent pour saluer.

A l'intérieur, d'autres témoignages de sympathie attendaient le préfet : des francs-tireurs sales, hirsutes, dépenaillés, venus proposer leurs services. L'un d'eux s'approcha du préfet, il était mal rasé, le visage gras de sueur et sentait fort.

– Je suis médecin et combattant, dit-il, mais je ne suis pas communiste. Si j'ai choisi de me battre avec les F.T.P., c'est parce que c'est chez eux que j'ai trouvé le plus d'ardeur et de camaraderie.

« Voici des paroles, songea le préfet, que je noterai ce soir dans mes tablettes. Mais saurai-je me souvenir de tout? »

A peine Pierre Trouillé avait-il commencé à mettre de l'ordre dans son cabinet, un officier F.T.P. se faisait annoncer. Le préfet vit entrer un homme de taille moyenne, râblé, l'air décidé, dont la tête était enveloppée d'un pansement taché de sang.

– Je me présente, dit le visiteur. Je suis Élie Dupuy, « Lucien » dans la Résistance. Je commande le 2e bataillon qui a attaqué les Allemands repliés dans l'École Normale et les a forcés à se rendre.

Bien que le ton sec irritât le préfet, Pierre Trouillé ne put cacher son sentiment :

– Compliments, dit-il, vous avez fait du bon travail, alors que vous étiez notoirement en état d'infériorité. Si les Allemands réfugiés dans l'École s'étaient déployés en ligne, vous n'auriez pas pesé lourd! Vous avez en quelque sorte inventé une nouvelle guerre...

Dupuy sourit.

– Nous étions décidés à monter à l'assaut du ciel, dit-il.

Il ajouta :

– Nous avons des choses importantes à nous dire, monsieur le préfet. Tout d'abord, vous n'oubliez pas que la libération de Tulle est due à nos seuls partisans F.T.P.?

Le préfet sourit. Comment aurait-il pu l'ignorer? Dupuy dressa un tableau sommaire de la situation et fit état des pertes : celles des partisans et celles de l'ennemi.

– Tout n'est pas terminé, dit le préfet. Que faites-vous du gros de la garnison allemande? Elle ne s'est pas rendue, que je sache?

– Demain, elle aura mis bas les armes, sinon nous la réduirons par une attaque en règle. Nos hommes sont encore pleins d'ardeur et de courage.

Il ajouta en se levant :

– C'est d'administration que je suis venu m'entretenir avec vous, dit-il. Elle doit se poursuivre sans hiatus, mais ce n'est pas mon affaire. Vous savez qu'à Guéret, libérée depuis hier, les partisans ont réinstallé le préfet Vasserot à son poste. Nous souhaitons que vous restiez au vôtre. Votre sympathie pour la Résistance est bien connue.

– Votre confiance m'honore.

– Vous conserverez donc la direction de l'administration préfectorale, sous le contrôle d'un comité civil.

Le préfet sursauta.

– Voulez-vous dire que vous allez installer ici un comité chargé de contrôler mes actes?

– Dans quelques jours l'organisation du Parti prendra des dispositions plus précises.

Le préfet se leva brusquement.

– Je ne puis accepter cette restriction! dit-il d'un ton sec. Vous me faites confiance et je reste. Sinon, je me retire et me considère comme votre prisonnier. Tout ce que je puis accepter, c'est un système de liaison.

Dupuy eut un mince sourire.

– Allons, monsieur le préfet, ne vous emportez pas! Nous avons de bonnes raisons de penser que vous êtes un bon patriote. Vous resterez donc maître de vos services et nous ne vous importunerons pas dans vos fonctions. L'essentiel est que nous ayons libéré cette ville. Demain, ce sera le tour de Brive et la Corrèze entière suivra.

– Votre optimisme me fait chaud au cœur, mais je ne puis le partager. Je crains fort que la garnison de Tulle ne reçoive des renforts d'ici peu.

Dupuy sourit de nouveau.

– Rassurez-vous, monsieur le préfet. D'ici peu, vous ne verrez plus un Boche en Corrèze.

Un groupe s'est formé autour de Francesco Molinari. Des gars de la 239e compagnie qu'il commandait lors de l'attaque de l'hôtel Moderne, siège de la Kommandantur. Quelques hommes d'autres compagnies sont là aussi. Parmi eux, le petit Deleuze, « Gavroche », un adolescent d'une quinzaine d'années qui n'a pas froid aux yeux et qui rend des services aux partisans.

Le bras de Francesco se pose familièrement sur l'épaule de « Gavroche » comme s'il s'adressait uniquement à lui, alors qu'ils sont une dizaine à faire cercle autour de lui pour écouter ce grand bavard.

– Tu te souviens, petit, t'étais là quand Faucher s'est fait étendre sur le pont que nous traversions pour approcher la caserne. T'y étais, hein, et t'as tout vu?

Fils d'antifascistes italiens réfugiés en France, expulsé de notre pays pour menées syndicalistes et politiques, Francesco a gardé une pointe d'accent de ses origines.

– Ouais! dit fièrement « Gavroche », j'y étais.

– J'ai dit à Faucher : « Couche-toi ». Il s'est couché. Je lui ai dit : « Il était temps, vieux! Maintenant, écarte-toi un peu, tu pèses sur mes jambes... » Il a rien répondu; il était mort. Putain de guerre! Une partie de la compagnie me rejoint sur le pont. Je fais installer deux bazookas en face de la caserne qui flambait. Tu te souviens, « Gavroche »? Ce qu'on pouvait rigoler en voyant les G.M.R. se jeter par les fenêtres avec un matelas sur le ventre pour amortir le choc, les cons!

– Ouais, chef, c'était marrant!

Tandis que la bataille faisait rage autour de la caserne, Francesco avait reçu de « Kléber » l'ordre d'occuper l'hôtel Moderne d'où les occupants tiraient sur les partisans. Francesco était parti avec cinq gars.

– Y avait Kaki, André, Péri, Lyon, et qui encore?

– « Fend-l'air », chef. Moi, j'étais pas avec vous, mais je vous ai vus partir. On aurait dit que vous alliez aux champignons.

– Trop dangereux pour toi, fiston. Du cinoche, mais en vrai. On se pointe devant l'hôtel. Je balance deux grenades dans l'entrée. Tous les six, on fonce dans le bar en nous abritant derrière les tables renversées. Pas un chat! Nous traversons en trombe, nous poussons la porte du fond. Y avait là deux policiers, des Français. Nous les désarmons. Ils faisaient dans leur froc. Jusqu'ici c'est facile. Tu suis, fiston?

– Ouais! dit « Gavroche ». Et après?

– Pendant qu'André garnit les chargeurs des pistolets-mitrailleurs, je pique une bouteille derrière le comptoir, et glou... et glou... J'ai à peine commencé à boire, la bouteille me pète dans la gueule. Mauvais, je me retourne. Le coup est parti de l'escalier qui monte à l'étage. Entre les barreaux de la rampe, qu'est-ce que je vois? une belle paire de bottes allemandes. Il me les faut, que je me dis. Le Fritz était pas de cet avis. Bagarre! Il me file un coup de grenade à manche sur la tronche. Je le prends par les jambes. « Fais gaffe! crie Kaki, la grenade... » A quelques mètres de nous, elle commence à fumer. Kaki et les autres, on plonge au moment où cette vacherie explose. Eh bien, fiston, pas une égratignure!

– Et après? dit « Gavroche ».

– Après? Comme un seul homme, on repart à l'assaut par l'escalier. J'ouvre une porte d'un coup de pied, je vois un mec en face de moi. Je tire! Merde! C'était moi dans une glace. Faut-y être con? C'est bien la première fois que Francesco a fait peur à Molinari. Nous ouvrons toutes les portes à coups de pied, comme dans les westerns. Pas trace de Fritz! Ils étaient sortis par la porte de derrière. La gueule qu'on faisait! Bilan : un macchabée et une paire de bottes. La prise de la Kommandantur, je m'en souviendrai! Et maintenant, qui c'est qui paie à boire? C'est la Libération, les gars. Faut fêter ça!

Une fête... Toute la population est dans les rues. Le soir descend sur une ville fiévreuse, balayée par un vent de folie. En remontant le quartier du Trech, l'abbé Espinasse lève les yeux vers le clocher de la cathédrale. C'est de là-haut que son ami, l'abbé Lair, émettait pour le réseau « Alliance ». Il avait chassé les chauves-souris et les pigeons, dégagé un espace des déjections qui souillaient le parquet vermoulu et installé là un poste émetteur pour correspondre avec Londres. Ces techniques lui étaient familières : il avait été, pendant la guerre, spécialiste en radiogonométrie. Le réseau « Alliance » avait en lui un de ses agents les plus compétents et les plus sûrs.

« Un des plus imprudents aussi, songe l'abbé Espinasse. Il enseignait le catéchisme avec des tracts plein les poches, sans se soucier des voitures allemandes de repérage qui tournaient autour de la cathédrale. Un vrai boy-scout! »

L'abbé Charles Lair a été arrêté l'année passée par la Gestapo qui n'eut aucune peine à le confondre. Aujourd'hui il ne sera pas là pour entendre sonner les cloches de la liberté. Il est Dieu sait où [1]!

Des voitures du maquis, portant l'inscription F.T.P. badigeonnée sur leurs flancs, pavoisées de drapeaux rouges, des jeunes gars accrochés aux ailes, mitraillette au poing, foncent à travers la ville. Des filles se précipitent vers elles en brandissant des fleurs. Dans l'une de ces voitures s'est installé le commissaire « Laurent » Caulet, descendu de son domicile, situé rue des Portes-Chanac, l'allure flegmatique.

On crie « Vive la France! », on chante la *Marseillaise.* Un air de printemps souffle sur la cité, un printemps sauvage, surgi de terre comme un geyser de feu qui éclabousse tout, répand des pollens incandescents dans la vallée, dissipe les dernières fumées d'angoisse.

L'image de la liberté et de la paix, ce pourrait être cette vieille dame qui nettoie à grande eau devant sa porte où un homme – maquisard ou Allemand? – a répandu son sang; elle arrête les francs-tireurs pour leur proposer un verre de cassis. L'image de la guerre en train de s'éloigner, ce peut être ce ruisseau d'eau rosâtre, de plus en plus claire, qui coule dans le caniveau et disparaît dans une bouche d'égout.

L'abbé passe d'un groupe à l'autre, serre des mains qui se tendent vers lui, étreint des élèves de son cours, se laisse gagner, malgré la fatigue de l'après-midi, passé à prendre soin des morts et des blessés, à l'exubérance de la soirée, la plus douce, la plus belle, la plus exaltante qu'il ait jamais connue.

1. Il a été fusillé par les Allemands.

– Grande journée, monsieur l'abbé! s'écrie l'épicier du Trech. On les a eus, hein! Comme en 18...

L'abbé salue et passe. Il songe à ces blessés allemands rassemblés à l'hôpital, à ces cadavres aux têtes éclatées, aux ventres crevés (parfois des jeunes, parfois des vétérans), à cette angoisse diffuse des fins de drame, qui crispe les visages.

Une paix n'est jamais tout à fait belle. Le bonheur qui se construit sur des cadavres et des ruines n'est jamais tout à fait le bonheur. Les séquelles de la guerre pourrissent les victoires. Le vin doit paraître amer que l'on boit quand les armes se sont tues, mais, ce soir, les armes semblent prêtes à se réveiller. Quelque chose dans l'air proclame la précarité de la victoire et de cette liberté nouvelle.

De retour à son domicile, l'abbé Espinasse rencontre Jacques-Louis Bourdelle, radieux. Le jeune avocat a rencontré des représentants de l'Armée Secrète venus se rendre compte de la situation à l'issue des premiers combats et proposer une livraison de matériel pour la suite des événements. Il parle d'abondance, un peu ivre de ses propres mots, de son propre enthousiasme. L'A.S. se décide enfin à agir; il va rejoindre un camp dans les environs de Tulle, et se battre, il va...

L'abbé posa sa main sur son bras, l'interrompt.

– Écoutez... Vous n'entendez rien? On dirait un roulement de tonnerre et pourtant le temps est parfaitement clair. Les combats auraient-ils repris?

Bourdelle tend l'oreille, hoche gravement la tête.

– Ce n'est pas l'orage, dit-il d'une voix blanche. Ce sont les renforts allemands qui approchent...

A la fin de l'après-midi, lorsque Chapou s'est présenté à l'hôtel de ville, il a constaté que le commandant Élie Dupuy a déjà mis le bâtiment en état de défense. Un F.M. prend en enfilade la rue Félix-Vidalin; des sentinelles montent la garde dans les parages. Chapou trouve Dupuy installé dans la salle du conseil municipal, penché sur des cartes et des documents divers, dans l'attente des agents de liaison chargés de préciser l'emplacement des embuscades dressées autour de la cité.

– Les renforts allemands arrivent, dit Dupuy, le visage crispé. Le préfet était bien informé. Vous entendez cette rumeur, ces coups de feu? Ils sont aux portes de Tulle. Si seulement nous connaissions l'importance de la colonne...

– Baldous est parti aux renseignements, mais, d'ores et déjà, nous savons que les Allemands qui arrivent font partie d'une division blindée. On a aperçu des chars lourds du type Panther.

– Nos barrages ne tiendront pas contre eux. Il faut donner l'ordre de repli général si nous ne voulons pas être responsables d'un massacre.

Baldous revient quelques minutes plus tard, affolé, livide.

– Ils sont là! crie-t-il de loin. Des chars, des voitures blindées! Ils canardent dans tous les sens! J'ai vu un jeune gars qui tirait sur eux au F.M. se faire laminer par les chenilles. Si seulement nous avions des grenades Gammon!

Des gerbes d'appels montent du sud de la ville :

– Décrochez, les gars! Vite! Ils arrivent! Foutez le camp, nom de Dieu!

Les fusées éclairantes lâchées par les blindés font un feu d'enfer terrifiant dans un ciel encore coloré d'un reste de jour. Toute la ville, travaillée par un séisme brutal, semble sur le point d'exploser. Aux alentours de l'hôtel de ville, les partisans tirent encore, à travers la pénombre, au jugé, sur des masses monstrueuses qui se profilent à l'horizon et d'où partent des gerbes de feu.

– Nous ne pouvons plus rester là, dit Chapou. Dupuy, ordonnez le repli général vers les collines. Je resterai quant à moi dans les parages. Le cas échéant, vous me trouverez au Marquisat.

L'agent de liaison Rauch surgit, saute de sa bicyclette, affolé, hurle :

– « Kléber »! Où est « Kléber »?

– Me voici, dit Chapou.

– Je reviens du pont de la Barrière. Un groupe de cinq de nos hommes y ont mis un bazooka en batterie. Ils ont bousillé un side et une automitrailleuse, mais derrière il y a les blindés. Des dizaines. L'avenue Victor-Hugo en est pleine. Mission remplie.

– C'est bien, dit Chapou. Et maintenant, file vers les collines avec les autres!

– Nous voulions une fête, dit Annie, amère. Eh bien, nous l'avons! Mais ce n'est pas celle que nous attendions.

La fatigue a creusé ses traits. De tout le jour, elle n'a cessé de courir la ville pour transmettre les ordres, traversant avec courage les zones de feu. Elle a assisté à la sortie des Allemands lors de l'incendie de l'École Normale; elle porte encore des traces charbonneuses sur les joues et du sang sur sa jupe : elle a aidé à transporter et à soigner des maquisards blessés.

– J'ai préparé un petit repas, dit-elle. Une omelette au jambon comme vous l'aimez. Les paysans de la ferme voisine m'ont donné un peu de bouillon que j'ai fait réchauffer. Mangez. Moi, je n'ai pas faim. Toutes ces horreurs que j'ai vues...

Ils s'attablent tous les quatre en silence : Chapou, Caulet, Odru et Godefroy. La table – des planches soutenues par des piquets plantés en terre – a été dressée en plein air, au flanc d'une prairie en pente, près d'une cabane de bois qui servira de refuge pour la nuit, avec de la paille en guise de lit. Tout en mangeant, ils contemplent en silence le spectacle fantastique qui se déroule dans la vallée : fusées éclairantes et tirs de canons qui esquissent dans la nuit un décor d'opéra wagnérien.

– Quelle misère! soupire Chapou. Tant de sacrifices, de sang, de courage gaspillés... Notre liberté et notre victoire auront été de courte durée. Je pourrais vivre cent ans, c'est une déception que je n'oublierai pas.

– La guerre est ainsi, dit Odru en tranchant d'un coup de fourchette un morceau d'omelette. Elle n'est pas faite que de victoires et la liberté est longue et difficile à reconquérir.

– Il nous reste un espoir, dit Godefroy : que cette colonne soit venue simplement débloquer la garnison allemande et qu'elle file ensuite sur Clermont.

– C'est possible, dit Chapou, mais je n'y crois guère. Dès qu'ils se seront rendu compte de la situation, qu'ils auront fait le compte de leurs pertes, les Fritz n'auront qu'une idée en tête : se venger!

JEUDI 8 JUIN 1944

JEAN ET JACQUELINE BOURDARIAS
Tulle.

– Tu es devenu fou! dit Jacqueline. Tu ne te rends pas compte du danger que tu viens d'affronter?

Derrière les verres épais de ses lunettes, Jean l'enveloppa d'un regard tendre. Elle était belle : longue, mince, l'allure sportive, le front très dégagé. C'est vrai, il n'aurait jamais dû tenter cette aventure. Jacqueline a raison; qu'elle soit Jacqueline ou « Édith » (son nom de résistante), elle est toujours la prudence personnifiée.

Quelques jours auparavant, alors qu'il se trouvait dans les parages de Saint-Augustin, sur le plateau des grands étangs de la moyenne Corrèze, le lieutenant de l'Armée Secrète Jean Bourdarias (« Maes »), avait été terrassé par une crise d'appendicite. Enfourchant son vélo malgré la douleur et la fièvre, il était allé se faire opérer à Brive, à plus de soixante kilomètres de là, par des routes où il croisait tantôt des groupes de partisans, tantôt des patrouilles allemandes. L'opération, dans une clinique de Brive, avait failli mal tourner, mais Jean avait très vite repris du poil de la bête. Il avait un peu maigri (il était déjà maigre comme « un cent de clous », ainsi qu'il aimait à le dire), mais il semblait rayonner d'un bonheur de vivre retrouvé en regardant sa fiancée plantée sur le quai de la gare de Tulle où elle était venue l'attendre.

– Je t'aime, dit-il à voix basse, et je n'ai pas cessé de penser à toi durant cette aventure. Je crois que je n'aurais pas tenu le coup si je n'avais pas eu l'espoir de te retrouver. J'ai vu la mort de près, tu sais. Maintenant que nous sommes réunis, je me sens parfaitement bien dans ma peau.

– Je t'aime, dit-elle, mais j'ai eu très peur. Tu connais les nouvelles?

– Le débarquement? Oui. Je l'ai appris à la clinique.

– Bien sûr, dit Jacqueline, mais aussi ce qui se prépare à Tulle. Les F.T.P. s'apprêtent à attaquer la ville. Ils ont installé partout des barrages. Le mieux est que tu retournes à Saint-Augustin, chez tes grands-parents. Tu as besoin d'une bonne convalescence.

– C'était mon intention. Je vais prendre le prochain autobus de la S.T.A.P.O. [1].

– Il n'y a plus de transports routiers au départ de Tulle, à cause des barrages. Nous allons demander à l'abbé Guillaume Monéger de nous héberger en attendant que les événements se précisent. Donne-moi ta valise. Tu es trop faible pour la porter. Elle est lourde. Qu'as-tu mis dedans?

Il se gratta le menton d'un air embarrassé.

– Ma brosse à dents, une savonnette, un peu de linge de corps, quelques pansements...

– Et quoi encore?

– Du plastic, des cordons et des détonateurs. Tout ça nous vient du ciel.

– Tu es encore plus fou que je ne pensais, dit Jacqueline. Donnons-nous le bras.

– Comme deux amoureux... dit Jean.

L'abbé Monéger habitait le presbytère de la rue de Barrière, paroisse de Saint-Jean, au centre de la ville, sur la rive droite de la Corrèze.

En apercevant Jean et Jacqueline, son visage massif s'éclaira d'un large sourire.

– Ça, par exemple! Vous, mes enfants!

Il fronça ses gros sourcils, montra la valise du doigt.

– Voilà un bagage qui ne me paraît guère catholique.

– Il ne l'est pas du tout, dit Jean. Avec ce qu'il contient on pourrait faire un beau feu d'artifice.

– Hum! fit l'abbé en grattant son menton ombré de barbe. Il faut donc trouver une cachette. Installez-vous chez moi, vous y serez en sécurité. Une cachette... Une cachette... J'ai ce qu'il faut! Suivez-moi.

Jean et Jacqueline suivirent l'abbé qui venait d'allumer une bougie et les précédait vers les sous-sols du presbytère. Une excavation en forme de puits s'ouvrait au milieu de la cave; l'abbé y déposa la valise après que Jean en eut retiré son nécessaire de toilette et les pansements.

– Et maintenant, dit Jean, il faut que je parte. Saint-Augustin

1. Compagnie de transport.

n'est pas loin. A pied, j'en ai pour trois ou quatre heures.

– C'est une imprudence, dit Jacqueline. Reste ici pour la nuit.

– Je dois regagner mon groupe. Le lieutenant « Périgord » m'attend. Je lui ai promis de ne pas m'attarder en route à cueillir les marguerites...

Jean s'engagea sur le chemin de Vimbelle, au fond d'une vallée verte et froide, toute suintante de sources et de ruisseaux, entre des collines escarpées. Il se heurta bientôt à un barrage de F.T.P. et tenta de négocier sa sortie. Impossible! Les ordres étaient formels : personne ne pouvait entrer ou sortir de Tulle. Les mains sur son bas-ventre qui commençait à le torturer, les tempes moites de sueur, il revint sur ses pas.

– Vous allez passer la nuit chez moi tous les deux, dit l'abbé. Nous aviserons demain, suivant le cours que prendront les événements.

Le matin du 7 juin, le roulement d'une fusillade éveilla les deux fiancés qui avaient dormi dans des chambres séparées. Les F.T.P. passaient à l'attaque.

– Ils commettent une erreur monumentale! dit Jean. Hier, tandis que je prenais livraison du matériel, à Brive, j'ai appris qu'une division allemande installée à Montauban allait faire mouvement en direction de la Normandie et qu'elle passerait vraisemblablement par Tulle. Les représailles, lorsqu'elle arrivera, risquent d'être terribles. Les Allemands voudront venger leurs morts. Caulet a été prévenu de ce risque par nos amis; il n'en a pas tenu compte. Je vais voir ce qui se passe en ville.

– Je t'accompagne, dit Jacqueline.

– Non. Je préfère être seul. Il y a trop de risques.

– Tu oublies que j'ai des responsabilités dans le service social départemental et que les risques font partie de ma mission!

– Soit, soupira Jean. Suis-moi.

Quai de la République, des cadavres de soldats allemands gisaient sur la chaussée. Ils en trouvèrent d'autres au pont Choisinet, en direction de la cathédrale, leurs casques et leurs armes épars dans le caniveau. L'air sentait l'odeur des batailles : poudre et fumée. Des partisans passaient, leur mitraillette au poing, le dos rond, se plaquant au sol à chaque rafale d'armes automatiques qui partait de certains immeubles.

– Qu'est-ce que vous faites là, les amoureux? dit l'un d'eux. Vous allez vous faire canarder. Planquez-vous!

– Vous ne redoutez pas, dit Jean, que des renforts allemands arrivent?

– Ça m'étonnerait! dit le partisan. D'ailleurs on s'en fout : on a de quoi les recevoir...

La soirée était belle et fraîche, pleine d'odeurs de prairies sèches et de chants de grillons. Au-dessus de la caserne du Champ-de-Mars, qui achevait de brûler, montaient des fumerolles qui ressemblaient à des feux d'herbes.

– Avez-vous décidé de la date de votre mariage? dit l'abbé Moneger. Ça fait longtemps que vous êtes fiancés.

– Nous nous sommes fait une promesse, dit Jean. Nous nous marierons à Brive lorsque Edmond Michelet sera de retour de déportation. Il reviendra, je le sens. Quelque chose me dit qu'il est toujours vivant.

Jean sursauta en s'éveillant. Le bon gros visage de l'abbé était penché vers lui; son haleine sentait le café d'orge du petit déjeuner.

– Il faut que je parte, dit l'abbé. J'ai à dire ma messe à Saint-Jean. Vous deux, ne bougez pas d'ici. Je serai de retour dès que possible.

La matinée se passa dans une attente crispée.

Les fusillades avaient repris; elles paraissaient concentrées dans les parages de l'École Normale de Filles, non loin de la Préfecture. Postés à la fenêtre donnant sur le quai, se tenant par la taille, les deux fiancés observaient fiévreusement la ville. Il n'y avait d'animation que du côté de la mairie, sur l'autre rive de la Corrèze où, selon les informations glanées par l'abbé, le principal commissaire aux opérations, Jean-Jacques Chapou, avait installé son P.C.

– Je suis très inquiète, dit Jacqueline. Ces renforts allemands dont tu parles ne devraient pas tarder à arriver et il y a déjà beaucoup de morts du côté ennemi.

– Si mes informations sont bonnes, dit Jean, il semble que ces renforts appartiennent à la Panzerdivision « Das Reich » et à son régiment « Der Führer » qui a fait ses preuves lors d'une féroce bataille de chars, l'été dernier, dans le saillant de Koursk. Ce ne sont pas des enfants de chœur. Le pire est à redouter.

L'abbé revint en fin de matinée avec des nouvelles toutes récentes.

Les Allemands tenaient toujours l'École Normale où un important contingent s'était regroupé, malgré l'incendie qui dévorait la toiture et les étages supérieurs.

– Il semble, dit l'abbé, que les maquisards ne fassent pas preuve de beaucoup de mordant, mais la bataille fait rage. Ici, mes enfants, le quartier est calme. Là-bas, c'est l'enfer. Je viens de m'entretenir avec mon collègue de Saint-Jean, l'abbé Espinasse. Nous tenterons d'éviter les mutilations de soldats allemands. Par simple souci d'humanité, mais aussi parce que cela risquerait de coûter cher à la population.

– Il faut absolument que je sorte, dit Jean. Des contacts à prendre avec nos amis de l'Armée Secrète.

– Tu auras du mal à les joindre, dit l'abbé. Toutes les maisons sont fermées. Sois prudent.

– J'opérerai sur la pointe des pieds, dit Jean.

Jean Bourdarias passa une partie de l'après-midi à tirer les sonnettes. Vainement.

Les amis de l'A.S. n'étaient pas de la « fête ».

STURMMANN HANS ANGELMANN

En campagne. L'après-midi.

Il semble qu'on se batte en tête de la colonne : un bruit d'orage, lointain, monte, lourd et diffus, de l'horizon incandescent. Le causse montre ses vieux os blanchis sous la croûte verte de la végétation – « de vrais nids de partisans, songe Angelmann. La “ Petite Russie ” n'est pas loin. Les choses sérieuses vont commencer... »

– Voilà Dickmann qui rapplique! dit Boos. Qu'est-ce qu'il peut bien nous vouloir?

– Il semble très excité, dit Borsch. Il a dû picoler sec.

La Volkswagen du major Dickmann, qui roulait à environ deux cents mètres, a stoppé. Il en est descendu avec de grands gestes et des signaux des bras en direction des véhicules qu'il précède. Il arrive en titubant vers le Kübelwagen, sa vareuse ouverte jusqu'au ceinturon, l'œil pétillant de colère sous la visière cassée de la casquette rabattue sur le front.

– Qu'est-ce qui se passe? demande Boos.

– Les bandes commencent à attaquer, dit le major. Nous sommes en train de régler leur compte à ces enfoirés. Dans un quart d'heure tout devrait être terminé.

– Arrêt buffet! crie Boos. « Bib », sors la porcelaine et l'argenterie!

– Merde! dit « Bib », en plein soleil... On va crever!

– On pourrait s'installer sous cet arbre, dit Angelmann. Qu'en pensez-vous, chef?

– Pas réglementaire! dit le major, mais allez-y, les gars. Et rappelez-vous : un quart d'heure. Pas plus.

Tandis qu'ils s'installent, l'ambulance de l'infirmerie passe en trombe, soulevant la poussière des bas-côtés. Les estafettes motocyclistes foncent dans un bruit infernal. Sur le paysage brûlé le tir des armes automatiques éparpille ses échos.

– Ça chie, les gars! dit Borsch. Je préfère être ici qu'à l'avant.

– T'auras ta part, dit Boos. Après Cahors, j'ai l'impression que ça sera notre fête.

Jambes allongées sur le bord du fossé, Angelmann déballe ses victuailles. S'il n'a pas très faim, la chaleur lui sèche la gorge, mais il préfère garder pour la route ce qui reste d'eau dans son bidon.

– Charmant pique-nique! dit Boos. Il manque que du pinard. « Bib », il t'en reste pas un peu pour les copains?

– Du pinard? dit « Bib ». J'en ai plus une goutte.

– Fais pas le con! dit Borsch. Il t'en reste un bidon. Tu nous en files une gorgée à chacun, à défaut de champagne.

De mauvaise grâce, « Bib » débouche son bidon, le tend à Boos qui absorbe une gorgée et la recrache.

– Elle est tiède, ta vinasse! Tu peux te la garder. Et dégueulasse, par-dessus le marché.

– Moi, je trouve pas, dit Hans.

Les haies bourdonnent d'abeilles et de mouches. Une mésange perchée sur une branche d'aubépine commente le spectacle insolite de cette partie de campagne. Hans l'observe en mâchant une bidoche de conserve qui fleure une vague odeur de graisse à bottes. Il se souvient de son pique-nique avec Laure, il y a un mois, sur le bord du Tarn, près de la baignade : les soldats en maillot de bain les regardaient avec envie; Laure avait bu beaucoup de vin; un peu ivre elle riait sans raison.

– Eh! Ho! Angelmann! Tu rêves à ta gonzesse! dit Borsch. T'es pas bavard aujourd'hui. Les autres jours non plus, d'ailleurs.

Il ajoute à voix basse, avec un regard en coin :

– T'aurais pas des idées de te tirer, non?

– Tu es fou! répond Hans en haussant les épaules. J'aime pas la chaleur, c'est tout.

– Pauvre con! dit Boos. T'aurais connu l'hiver russe, tu parlerais pas comme ça. Moi, depuis que je suis revenu de cette vacherie, je me sens comme un lézard au moindre rayon de soleil.

Il parle, il parle, Boos. Il raconte les chenilles des blindés qui patinent sur la glaise gelée faute de crampons, les appareils optiques givrés et inutilisables, le feu qu'il faut allumer sous les carters des chars pour permettre aux moteurs de démarrer, le carburant qui durcit faute d'antigel, l'huile qui se solidifie, les vêtements insuffisants pour des températures de moins quarante (il n'avait, quant à lui, au début, qu'un pantalon de treillis!), les extrémités des membres qui gèlent...

– Si t'avais vu les « bleus »! Ils arrivaient tout farauds, visage découvert, et tu voyais leur nez qui commençait à blanchir...

Il ajoute en se laissant couler dans l'herbe :

– Putain! ce que je peux aimer le soleil... Je suis si bien que ça me fait bander. La fille aux cerises, tout à l'heure, Jeannette, je l'aurais bien baisée. Je me vois assez bien gendre dans la ferme de ses parents, en train de tailler la vigne, de sulfater le tabac, de sarcler le maïs. Si un jour je reviens dans le coin...

– Rêve pas trop, dit « Bib ». C'est pas bon pour le moral.

– Écoutez-le, ce puceau! dit Boos. Pour lui, y a que la

bouffe qui compte. Je parie que t'as jamais baisé une fille.

« Bib » hausse les épaules. Ces plaisanteries ne le touchent guère. Il a ouvert une boîte de foie gras et commence à étaler la chair onctueuse sur la tartine. Part à deux avec Angelmann, son copain, le seul à ne pas se moquer de lui. Angelmann remercie d'un sourire.

– Non mais, regarde ces deux lopettes! dit Borsch. Et les camarades, alors?

– Allez baiser si ça vous chante, dit « Bib ». Nous, comme vous dites, y a que la bouffe qui nous intéresse. Pas vrai, Hans?

– La vache! dit Borsch.

Une bouffée d'air brûlant s'échappe de la prairie surchauffée, passe comme une molle écharpe sur le groupe. Les occupants des autres véhicules, qui ont eux aussi marqué un arrêt, somnolent, torse nu, la casquette ou le casque sur les yeux. La mésange a cessé son ramage et laissé place à un geai qui proteste à sa manière contre ces importuns. En aval de la colonne, le silence est rétabli. Une ambulance passe à fond de train avec son chargement de morts et de blessés.

« Bientôt, songe Hans, ce sera peut-être notre tour... »

Le sergent Boos vient de déplier une carte sur ses genoux. La progression de la division n'est pas une mince affaire. Elle doit avancer en trois groupements distincts, comme l'a prescrit le major Stückler, chef d'état-major divisionnaire, la veille du départ.

La Panzer SS roule en premier avec une partie de l'état-major. Le général Lammerding se trouve en tête du régiment d'artillerie et d'une partie du régiment du génie. A Caussade, une fraction s'est détachée pour faire office de flanc-garde droite. Tandis que le gros de la division poursuivra sa progression vers Brive, le 1er bataillon du régiment « Der Führer », commandé par Dickmann, sera détaché en flanc-garde gauche, peu après Cahors, en direction de Gourdon : une région infestée de maquisards qui ont dû recevoir pour mission de défendre ou de faire sauter les ponts sur la Dordogne. Le pays est en état d'insurrection; il faut s'attendre à des coups de main sérieux. Ces gens sont fous! On n'arrête pas avec des fusils de la guerre de 14 une machine de guerre aussi puissante que la « Das Reich »!

JEUDI 8 JUIN 1944

Alors que le régiment « Der Führer » s'apprêtait à reprendre la route, le major Dickmann a dit à Boos :

– Nous allons en baver, les gars! Jusqu'à Limoges nous devrons nous attendre à dérouiller. Après, du Limousin en Normandie, ça sera plus facile. Peu de chose à craindre des terroristes.

La Normandie... Les nouvelles ne sont pas fameuses. Le Führer a beau tonner : « Chaque soldat doit se battre et tomber à l'endroit où il se trouve », les Anglo-Américains s'accrochent à leurs têtes de pont et pénètrent profondément dans le dispositif de défense de l'armée allemande. La Wehrmacht a déjà perdu plus de cent cinquante chars lourds; les morts se comptent par milliers et dix mille hommes sont tombés aux mains de l'ennemi. Le Quartier Général réclame un appui aérien qu'il ne peut obtenir.

Sur le front de l'Est, c'est la trêve, mais elle est illusoire. La formidable puissance des Soviétiques se prépare pour une nouvelle offensive.

– Le quart d'heure est passé, les gars! annonce Dickmann. Faut y aller. N'oubliez pas de mettre vos casques. Vous n'êtes pas à un pique-nique, bordel!

Déjà les moteurs commencent à vrombir, les ordres à claquer. Le grondement des blindés emplit l'air brûlant.

Lentement, au-dessus du ruban de bitume gluant, laminé par les chenilles, l'horizon incandescent dévore de nouveau la colonne.

MARCEL VIDAL
Grolejac.

Une petite cabane dans les pins, sur les hauteurs voisines du village : la Palombière. Les chasseurs y viennent à la saison tirer l'oiseau.

Victor, chef du groupe « Victor », intégré à l'Armée Secrète sous le commandement de « Hervé » Vaujour et du lieutenant-colonel « Georges » Guédin, chef des formations clandestines A.S. Corrèze, est arrivé le premier; le nez en l'air, le mégot aux lèvres, il semble guetter un vol de palombes. Peinte aux insignes des F.T.P., la camionnette à gazogène de Marcel Vidal, maire insurrectionnel de Grolejac, s'essouffle dans la pente, louvoie entre les creux et les bosses du chemin. Si cette vieille mécanique poussive pouvait parler, elle en raconterait des équipées nocturnes pour aller faire sauter des pylônes électriques et des voies de chemin de fer, des opérations de ravitaillement de groupes de maquisards, des retours joyeux de mission avec un bon casse-croûte dans l'estomac.

Vidal saute de sa voiture, cherche une pierre pour caler la roue arrière car les freins de la guimbarde sont déficients. Il est accompagné de Marcel Malatray, le boucher du village, un colosse au visage brun, sous une barbe de trois jours, peu loquace mais toujours prêt pour les missions dangereuses.

– Mon pauvre Vidal, dit Victor, aujourd'hui c'est pas sur les palombes qu'il faudra tirer. Tu connais la nouvelle?

– Je suis au courant, dit Vidal. « Ils » arrivent. A l'heure qu'il est, la colonne doit se rapprocher de Gourdon. J'ai reçu un coup de téléphone tout à l'heure.

– Le pont sur la Germaine? dit Victor. Tu l'as fait sauter?

– Mission accomplie, mais c'est pas ça qui empêchera les Boches de passer. Ça peut que les énerver.

– Et le barrage?

– Il est en place à cinq cents mètres du bourg, comme prévu. Ça valait mieux que de l'installer à l'entrée du village. Les Boches auraient tué tout le monde et foutu le feu aux maisons. En ma qualité de maire insurrectionnel...

– Je sais, dit Victor. Tu as bien fait. De même tu as eu raison de proposer Malatray comme chef des opérations. Il n'est ni d'un côté ni de l'autre: pas plus « Soleil » que « Victor ». Bon! Maintenant on va boire un coup.

La lumière du matin baigne la cabane. Le litre de vin est sur la table avec les verres qu'on a oublié de rincer depuis le dernier rendez-vous à ce P.C. rustique. Des douilles de cartouches jonchent encore le sol de terre battue et la couche de fougères sèches pour la sieste.

– C'est du bon, dit Victor. Et bien frais. Il vient de ma propriété.

– Meilleur que le mien, dit Malatray. Trop de « baco » dans mes vignes.

Vidal se poste devant une des étroites ouvertures de la Palombière. A la limite du Lot et de la Dordogne, l'œil embrasse un paysage doucement vallonné aux approches du fleuve. Ce matin ne ressemble pas aux autres : ceux de l'affût. Le paysage sécrète de l'inquiétude, distille une confuse impression de cauchemar mal effacé par le réveil.

– Nous allons recevoir les renforts prévus, dit Victor. Des hommes de la 1re compagnie A.S. corrézienne de « Rémy » (Richelet), sous les ordres de Gerrand. Ils sont une vingtaine et ont déjà pris position. Nous disposons quant à nous de neuf hommes sous le commandement de Malatray. Ils sont également installés sur leurs positions, avec un bon casse-croûte pour les faire patienter. Les Boches devraient arriver à proximité du village vers cinq heures. D'après les renseignements de nos « légaux » de Gourdon, c'est le premier bataillon du 4e Panzer-grenadier « Der Führer » qui va se pointer.

– Un bataillon! soupire Vidal. Macarel! ça impressionne. On risque pas de leur faire beaucoup de mal avec nos pétoires.

Pour toute arme, Vidal possède un revolver que les autorités d'occupation lui ont fourni au titre de maire pour se défendre contre les terroristes, et un fusil Lebel de la guerre de 14, du temps où il faisait son service militaire dans les chasseurs alpins. Chaque homme a à sa disposition un fusil à culasse mobile et deux grenades. Un seul fusil-mitrailleur pour tout le groupe : celui de Gerrand, mais il est en de bonnes mains.

– C'est pas avec ça que nous pourrons les obliger à nous montrer leur cul, dit Malatray, mais nous tiendrons le coup. Ça, je vous le promets. Nos gars sont gonflés à bloc.

– Pas question de mettre les Boches en déroute! dit Victor. Nous voulons simplement les chatouiller et leur faire perdre si possible une heure ou deux. Si, sur le chemin de la Normandie, d'autres groupes de résistants obtiennent le même résultat, c'est des journées qu'ils perdront à se battre contre les paysans que nous sommes. D'ici là, les Alliés auront gagné du terrain. C'est ce que m'a dit Guédin, et il sait de quoi il parle.

L'attente se poursuit, interminable.

Des hommes dorment à l'abri des noyers; d'autres battent la carte sur des caisses d'emballage, derrière les arbres abattus en travers de la chaussée. Une estafette à vélo fait la navette entre le barrage et le P.C. que Victor a installé à l'hôtel du Pont.

Marcel Vidal s'est posté un peu en avant, sur le tertre dominant un champ de maïs; il semble écouter les cigales qui s'en donnent à cœur joie dans le bosquet de chênes surplombant la route; immobile, il observe la chaussée déserte; de temps à autre, il porte le goulot de la bouteille à ses lèvres comme on sonne du clairon, histoire de se rafraîchir le gosier et de se donner du cœur au ventre.

Vers seize heures une mince silhouette se dessine sur la route : une femme qui pédale allègrement malgré la chaleur, en se dandinant sous l'effort. Vidal reconnaît la fille d'un paysan dont la ferme se trouve au bord de la Germaine. Elle s'arrête, appuie sa bicyclette contre un arbre, court vers Vidal.

– Mon père m'envoie te prévenir que les Boches sont pas loin. Il te fait dire comme ça que vous les aurez sur le cul dans moins d'une demi-heure et que ce que vous avez fait au pont ou rien, c'est la même chose. C'est vrai : je viens d'y passer à vélo.

– Merci, petite, dit Vidal. Va dire à ton père que c'est pas notre cul que nous leur montrerons, aux Boches, et qu'il aurait bien fait de déterrer son fusil de chasse pour venir nous rejoindre. Toi, reste pas dans la ferme. Tes parents non plus. Foutez le camp dans les bois et revenez que demain.

Il se sent l'âme d'un héros, Vidal. D'un héros et d'un chef. De temps en temps, pour éprouver son autorité en l'absence de Malatray, il jette un coup de gueule du haut de son perchoir :

– Cauquil, éteins ta cigarette, macarel! Tu vas nous faire repérer. Neyrat, cesse de boire comme un trou si tu veux viser juste! Toi, Madelbos, garde ton fusil à portée de la main!

L'attente lui est moins pénible que pour les autres; il est pétri de patience et d'une confiance inébranlable dans sa mission. Un monument de sérénité que rien ne saurait entamer.

Le coup de feu a claqué sec, répercuté par la falaise où se dresse le château. Il est parti du poste installé sur une éminence surplombant la route, avec un gars chargé de l'observation et de l'alerte.

Ce ne sont pas les blindés allemands qui apparaissent, mais la camionnette de boucher du chef Malatray, qui vient de surgir d'un chemin pour apporter des vivres aux combattants. Le véhicule à gazogène avance d'une allure paisible en direction du barrage quand soudain une rafale éclate. De la camionnette brutalement stoppée, on voit descendre Malatray; il est seul : son chauffeur a été tué net.

– A vos armes, les gars! crie Vidal.

Les hommes bondissent à leur poste et, au signal, commencent à tirer. Sous le feu du fusil-mitrailleur du chef Gerrand, posté sur une éminence, le premier véhicule de la colonne s'immobilise. Des soldats en tenue de camouflage en descendent et se mettent, sur les bords de la route, en position de tir. L'un d'eux s'abat et boule sur la chaussée. Dissimulé derrière une stérée de rondins, Malatray tente de faire front; atteint d'une balle, il s'écroule dans le fossé.

D'autres soldats allemands sont venus se joindre aux premiers attaquants. Ils prennent position à l'abri des arbres et des talus, se dispersent sur les bas-côtés de la route, en direction du moulin, afin de tenter de prendre le barrage à revers.

Vidal descend de son perchoir.

– Cessez le feu! crie-t-il. Repli général vers le pont!

C'est la débandade. En longeant les maisons du village, les maquisards galopent en direction de la Dordogne sous le feu des armes automatiques dont les projectiles ricochent sur les murs. Occupé à réparer une voiture, le garagiste Lacombe s'effondre, blessé à mort.

– Cauquil! crie Neyrat. Va voir ce qui se passe au P.C. Dis à Vidal que les Boches sont là!

– Si tu crois qu'il le sait pas... dit Cauquil.

Il lâche son Lebel, porte la main à son ventre et tombe sur les genoux.

Les soldats allemands sont tout proches. Vidal se dit qu'il n'y a rien d'autre à faire que tenter de sauver sa peau.

Il oblique vers un chemin qui plonge dans un champ de maïs, court jusqu'à une porcherie désaffectée, s'y jette et attend, le souffle coupé. Une longue minute passe, sans autre bruit que le crissement des cigales dans un chêne, puis il entend, la peur au ventre, des voix brutales et le sifflement des bottes dans les herbes. Debout derrière la porte, collé au mur, il se dit qu'il ne lui reste plus qu'à attendre la mort et qu'elle ne saurait tarder. Il serre son Lebel contre lui, le doigt sur la gâchette, prêt à descendre un Boche ou deux s'ils lui en laissent le temps.

Ouverte violemment d'un coup de botte, la porte le heurte de plein fouet. Par un interstice, il aperçoit un soldat en train de dégoupiller une grenade à manche et de crier un ordre qu'il ne comprend pas. L'engin roule au milieu de la porcherie, éclate dans un bruit de tonnerre. Protégé par le lourd battant de bois, Vidal en est quitte pour une commotion brutale; pas un éclat ne l'a touché. Un miracle. Les jambes molles, il se laisse glisser à terre, son arme entre les genoux et l'attente reprend, insupportable. Il songe : « Ceux qui défendent le pont vont se faire massacrer, c'est sûr. Et moi je suis là, planqué, sans pouvoir rien faire... »

Le barrage a sauté en quelques minutes. Les véhicules allemands ont repris leur marche inexorable en direction du pont, tirant aux armes automatiques et aux canons sur les gars du maquis et sur les civils. Atteint de plein fouet par un obus, l'hôtel du Pont commence à brûler; les occupants qui s'échappent par toutes les issues sont abattus. Seule Mme Jardel échappera au massacre; elle est absente.

Le silence s'appesantit. Une cigale, interrompue dans sa petite musique d'été, la reprend de plus belle dans le chêne proche de la ferme.

Marcel Vidal, avec précaution, s'extrait de sa cachette, les tempes bourdonnantes, les jambes flageolantes, l'odeur de la poudre dans les narines. Le paysage bascule autour de lui et il est obligé de s'appuyer au mur pour ne pas s'effondrer. Autour, rien ne bouge. Combien de temps est-il resté là, immobile, à demi conscient, comme égaré dans un cauchemar? Il ne saurait le préciser. Entre les noyers qui la bordent, la route est déserte. Une épaisse fumée monte au-dessus de la Dordogne, se répand sur le village du Port. Il avance vers la route en sautant d'un noyer à un autre. Sur le revers du talus, un cadavre : un gars de « Rémy », dont il ne connaît pas le nom. Un autre corps gît à quelque pas, la tête éclatée, la cervelle répandue dans l'herbe, méconnaissable.

Des Allemands, plus de trace : ils doivent avoir poursuivi leur route en direction de Carsac ou de Sarlat. Vidal avance dans l'odeur de l'incendie et pousse un soupir de soulagement : les Allemands ont incendié l'hôtel, mais, pris sans doute par le temps, ont épargné le village.

Vidal s'avance jusqu'au pont. Tout est calme. Au milieu de la Dordogne, la barque est toujours ancrée en plein courant. Elle est vide.

Un homme s'avance vers lui, le visage défait.

– Tu es vivant, Dieu merci, dit Victor, mais nous avons eu des pertes sérieuses. Cinq maquisards et cinq civils abattus. Je viens de faire le recensement. Mais toi, où étais-tu passé?

Vidal raconte la porcherie : un miracle.

– Toi et moi, nous revenons de loin, dit pensivement Victor.

Il fait un large geste du bras autour de lui, s'essuie les yeux.

– Tous ces morts pour quoi? Pour un retard d'une demi-heure. Quelle connerie!

– C'est ça, la guerre, dit Vidal.

Ils avaient découvert, sur la berge de la Dordogne, au milieu de la végétation sauvage, un amoncellement de matériaux datant de l'époque récente où l'on avait procédé à l'élargissement du pont qui enjambe le fleuve, entre Rouffilhac de Carlux sur la rive droite et Saint-Julien-de-Lampon. C'était une petite unité de l'Armée Secrète faisant partie du groupe « As de Cœur » et du corps franc G.A.O., commandé par l'aspirant Guy Cramont. Installés à Rouffilhac depuis la veille avec leurs bazookas et leurs armes automatiques, ils avaient couché dans le village; le lendemain matin, ils avaient installé un poste puissamment retranché au carrefour du pont, face à l'auberge Marty.

« La Chignole », un maçon du pays, qui avait troqué la truelle pour la mitraillette, avait fait le tour des civils en demandant des volontaires. Tous les gens du village avaient aidé à transporter la vieille ferraille, les pierres, les blocs de béton et les troncs d'arbres, poussant la brouette ou le char à bancs, en face du pont. Les femmes et les enfants n'étaient pas restés inactifs. Chacun avait porté sa pierre pour édifier le retranchement.

L'auberge Marty était occupée par des réfugiés qui portaient de drôles de noms à consonance étrangère : Zilzeff... Oleochnovitch... Pouchliakoff... On les appelait « les Russes » et on les aimait bien. Ces gens, des femmes en grande majorité, attendaient la fin de la guerre dans une sorte de paix, et les partisans plaisantaient gentiment avec elles.

La construction du barrage achevée, ce fut comme une Saint-Jean. Pour un peu on aurait allumé un feu de joie pour danser autour. Comme la chaleur était intense, on allait de temps à autre se désaltérer à l'auberge d'une bière ou d'une limonade. « Rémy » Richelet, chef maquisard de la Corrèze A.S., militaire de carrière, accompagné de trois tireurs de F.M., « Tom » Ferré, « Jim » Narboux et le « Parisien », n'était pas le dernier à plaisanter. L'allure insurrectionnelle que prenait cette guerre était loin de lui déplaire. Cela lui rappelait ce qu'il avait appris de la Commune de Paris et des barricades.

La chaleur commençait à décroître lorsque la tête de la colonne allemande arriva à proximité du village, venant non du pont où on l'attendait, mais de la route de Sarlat. Les choses sérieuses allaient commencer. Des bruits avaient couru, peu avant, qu'il y avait eu une bataille à Grolejac, à quelques kilomètres, de l'autre côté du fleuve, dans le courant de l'après-midi.

Les pensionnaires de l'auberge avaient refusé de se replier dans les bois comme « Rémy » les y invitait; elles tenaient, abritées dans l'établissement, à assister aux exploits des maquisards.

Le premier tir de F.M., parti du retranchement, avait blessé à mort un motocycliste arrivant en éclaireur. Ce fut, de part et d'autre, le signal d'un feu nourri. Atteinte de plein fouet par une torpille de bazooka tirée par « Pierrot » Pistouley, une première voiture allemande libéra sur les bas-côtés une nuée de SS en uniforme noir. Deux autres tirs des maquisards immobilisèrent des chars.

Comme à Grolejac, le barrage n'offrit, malgré sa puissance, qu'un obstacle dérisoire aux assaillants. Les partisans ayant décroché vers un château dominant le fleuve, les Allemands firent stopper quelques véhicules, tandis que le gros de la troupe prenait la route riveraine vers Souillac.

Un officier SS qui paraissait être le chef du détachement se présenta à l'auberge en hurlant des menaces, son pistolet à la main. Il demanda à voir la patronne.

– Moi, dit-il, major Dickmann, commandant unité. Nous perquisitionner chez vous.

– Ça ne servirait à rien, répondit avec flegme Mme Marty. Tous mes pensionnaires sont là.

– Faites sortir tout de suite! Terroristes! hurla Dickmann.

– Des terroristes, mes pensionnaires? protesta Mme Marty. Vous plaisantez, major. Ce sont des réfugiées.

– Taisez-vous, vieille mégère! cria Dickmann en lui collant le canon de son revolver sur la tempe. Nous, vérifier!

– Vous ne me faites pas peur! dit Mme Marty.

Dickmann fit appeler le sergent Boos et lui ordonna de fouiller l'auberge.

– Vérification d'identité, hurla Boos! Faites sortir les gens qui pourraient se cacher dans ce repaire de terroristes.

C'est le major lui-même qui procéda au contrôle. Il riait, se tapait sur les cuisses. Non seulement ces suspects étaient des terroristes, mais également des youpins!

– Tous bons Français, n'est-ce pas? ironisa-t-il.

– Les Français vous emmerdent! risposta Mme Marty.

– Vraiment! fit Dickmann, hors de lui. Réponse injures tout de suite!

Il se tourna vers les hommes qui venaient d'entrer, leur cria en allemand :

– Borsch, Angelmann, faites regrouper tout ce beau monde au fond de ce bordel, sans oublier la mère maquerelle, et tirez dans le tas!

– Vous voulez tous les massacrer? protesta Angelmann. Il n'y a que des femmes et des enfants...

– Non seulement vous allez les abattre, mais en faire une grillade. Apportez des bidons d'essence, vite! Exécution!

– Je proteste, major! cria Angelmann. Ne comptez pas sur moi pour faire ce travail. Ce sont des innocents!

– Les youpins ne sont jamais innocents! Si tu refuses, d'autres se feront un plaisir de te remplacer. Tout ce que tu y gagneras, c'est le conseil de guerre. Refus d'obéissance, tu connais le tarif?

Retour de son inspection, les poches bourrées de bijoux, Boos fit claquer sa main sur l'épaule d'Angelmann.

– Alors, mon mignon, dit-il, tu as encore des états d'âme? Je vais te montrer comment nous procédions chez les Ivan. C'est d'ailleurs la même racaille.

Il ajouta en hurlant, à l'adresse des réfugiés :

– Tous au fond de la salle! Allez! Vite!

Cinq hommes désignés par le major Dickmann s'engouffrèrent dans l'auberge. Quelques minutes plus tard des salves de mitraillettes et de Mauser crépitaient au milieu des supplications et des hurlements.

– Eh bien, tu vois! dit Boss à Angelmann. C'est pas plus difficile que ça! N'oublie pas que cette vermine terroriste a blessé plusieurs de nos camarades et tué un motocycliste. Maintenant, tu vas arroser d'essence ce tas de merde et y mettre le feu. Je te préviens que si tu refuses, je te descends.

Malgré la panique qu'il sentait monter en lui, Angelmann s'exécuta. Il compta seize cadavres criblés de balles. Il vida trois bidons d'essence avant d'y mettre le feu.

– Maintenant, dit le major Dickmann, foutons le camp. Rien ne pue autant que le juif grillé [1].

ÉMILE BAILLELY
Brive. 17 heures.

Baillely fronça les sourcils, ses yeux glauques traversés d'une expression de colère mal contenue. D'un air réprobateur, il

1. Seule la petite Irène Pouchliakoff, sept ans, échappa, par miracle, au massacre. A quelques pas de là, enfoui dans la fosse d'aisances jusqu'au visage, le bassin percé de deux balles, André Blanchard, figure légendaire des corps francs G.A.O., ne fut libéré de cette position inconfortable que trois heures plus tard.

regardait tour à tour Caulet et le revolver que ce dernier venait de poser sur la table, à portée de la main. Il n'aimait pas ces manières.

– Si vous n'êtes pas rassuré... dit-il en montrant l'arme.

Caulet eut un mince sourire.

– Détrompez-vous. J'ai pleinement confiance en vous, sinon mes camarades et moi ne serions pas ici. Cette arme est lourde et me gênait. C'est pourquoi... Mais si la vue d'un revolver vous impressionne, je peux le rengainer.

Sous l'ironie glacée du propos, le visage de Baillely se figea. Il introduisit lentement une Camel de parachutage dans son fume-cigarette et choisit de ne pas riposter à l'insolence feutrée. L'enjeu (une réunion du Comité départemental de Libération : le « gouvernement » de la Corrèze) était trop important pour risquer de le compromettre par un excès de susceptibilité. Il n'aimait pas Caulet que certains considéraient comme un don Juan manqué et que d'autres comparaient à un serpent : calme, impassible, jusqu'au moment où...

Depuis une dizaine de jours, Caulet insistait auprès de Jugie, représentant de Baillely, pour que l'A.S., et en particulier les corps francs G.A.O., participe à l'insurrection qui devait, selon lui, libérer la Corrèze des garnisons allemandes.

– Nous avons reçu des consignes précises de Londres et d'Alger, répondit Jugie. Nous devrons attaquer en rase campagne, notamment sur les ponts de la Dordogne, et procéder aux coupures ferroviaires prévues par le Plan Vert. C'est tout. Dans l'attente des messages qui donneront le signal, nous ne bougerons pas. Les Alliés ne vont plus tarder à débarquer. Alors nous agirons.

– Les Alliés ne débarqueront jamais en France, répliquait Caulet, et moi je n'ai d'ordres à recevoir ni de Londres ni d'Alger, mais seulement de mes supérieurs. Nous nous plaignons tous de ne pas recevoir suffisamment de matériel et d'armes parachutés. Si nous attaquons, tous unis, vos amis accéléreront les livraisons.

Un dialogue de sourds.

Le 30 mai, Émile Baillely avait reçu de René Jugie un courrier qui lui avait mis des sueurs aux tempes : il l'informait que, selon les renseignements émanant d'un agent secret, qui le tenait lui-même du général Ottenbacher, un corps de blindés stationné à Montauban avait reçu pour mission, en cas d'attaque contre les garnisons allemandes, d'opérer des représailles. Ottenbacher, qui allait être remplacé par le colonel Boehmer à la tête de la garnison allemande de Brive, semblait être au courant des projets des F.T.P. d'attaquer Tulle et Brive. Jugie avait convaincu Raoul Soustre, un adjoint de Caulet, de surseoir au mouvement insurrectionnel et de faire entendre raison à ce dernier. Soustre y était parvenu, mais Caulet tenait à son projet et au respect des ordres émanant du P.C. clandestin. L'intervention *in extremis* de René Cance évita les attaques prévues par les F.T.P. pour la nuit du 31 mai au 1er juin.

« Et maintenant, se dit Baillely, il va falloir jouer serré. »

Les Pères de Saint-Antoine : Georges Lugans, Léon et Paulin Bédrune, religieux franciscains, membres de la Résistance, n'avaient fait aucune difficulté pour ouvrir leur monastère, situé à un kilomètre au sud de Brive, sur la nationale 20, à des conférences clandestines et à des dépôts d'armes. Durant les réunions, ils montaient la garde dans les jardins.

La réunion du C.D.L. se tenait dans une pièce sombre et discrète rattachée à la chapelle de pèlerinage, à deux pas du parvis planté de platanes, au pied d'une ancienne carrière. En cas d'alerte il était facile de se disperser dans le vaste parc où serpentait le chemin de croix du calvaire du haut duquel on dominait Brive dans sa vallée. Ce jardin de monastère, lieu truffé de grottes suintantes de sources, éclairé par la lumière des cierges témoignant de la ferveur populaire pour saint Antoine, dégageait un charme désuet, une délicate odeur de paradis terrestre.

Le dernier message de Jugie à Baillely datait du matin. Il était laconique :

« *Lorin est venu me trouver à mon P.C. à 9 heures et m'a déclaré, affolé, que des blindés ennemis se dirigeaient vers notre région pour l'opération* " *ratissage* ". *Les premiers éléments sont attendus à Brive pour 14 heures. Le renseignement semble sérieux. Lorin m'a déclaré le tenir du général Ottenbacher et du colonel Boehmer, qui sont actuellement à l'hôtel Terminus, siège de la*

Kommandantur. D'autre part, le milicien Thomine a déclaré à " Louisette[1] *" que Tulle allait payer très cher ce qu'il a appelé la " petite plaisanterie des terroristes tullois ". Par ailleurs, Guy I, " Chocho " et " Pointer*[2] *" confirment l'arrivée imminente d'une forte colonne allemande.* »

Quelques minutes avant la réunion de Saint-Antoine, par un message plus bref encore, Jugie alertait de nouveau Baillely : « *" Pierre*[3] *" vient de me faire savoir que les compagnies " Rémy ", " Désiré ", " Bernard " et " Gilbert*[4] *" sont engagées au sud du secteur, contre des éléments blindés portant l'inscription " Das Reich ". Il semble que cette colonne sera vers 18 heures à Brive car nos troupes ne peuvent tenir longtemps devant des chars lourds. J'espère que vous ferez entendre raison à Caulet et à ses amis avant qu'il ne soit trop tard. A tout à l'heure.* »

– En ma qualité de président, dit Baillely, je dois vous prévenir que la division « Das Reich » avance en direction de Brive. Elle devait y arriver en début d'après-midi, mais les hommes de la brigade A.S.-M.U.R. Corrèze l'ont accrochée en divers endroits de la route nationale et ralenti sa progression. Il semble donc évident qu'il faille renoncer au projet d'attaquer Brive.

– Ce n'est pas mon avis, dit Caulet. Tout est prêt pour déclencher l'insurrection. Il suffit de donner l'ordre immédiatement. Ce qui a réussi à Tulle doit pouvoir réussir à Brive. Je vous rappelle, maître, que nos troupes ont libéré la préfecture sans votre appui. Les éléments de la garnison encore retranchés à la Manufacture d'Armes seront liquidés demain.

– Attaquer Brive serait une pure folie! s'exclama Baillely. Qu'en pensez-vous, messieurs?

Les participants s'interrogèrent du regard. Il y avait près de Baillely un personnage qui semblait très lié à l'avoué : Bernède[5], représentant le délégué militaire régional de la R5, Déchelette (il

---

1. Louise Bonnet de Boysset, agent de la Résistance, infiltrée au Terminus.
2. Guy Bonjour, Pierre Chaumeil, André Girard.
3. Me Paul Bernard.
4. Richelet, Mercier, Barthes, Chambon.
5. Claude Raynal.

ressemblait à Baillely comme un frère jumeau); Jean Labrunie, représentant le parti radical-socialiste affilié à l'A.S., bel homme à fines moustaches, vif et disert [1], Frédéric Malaure, ingénieur des Arts et Métiers à l'allure de gentleman-farmer écossais, roux de cheveux et de poil, qui représentait le parti socialiste [2]; un cégétiste, Gaillard; un représentant du P.C., Martel, et Robert Caulet, Front National et F.T.P.

– Une folie... soupira Caulet. Mais la guerre elle-même n'est-elle pas une folie? Il faut savoir être plus fou qu'elle, à l'occasion. C'est alors que la folie peut rejoindre la raison. Vous parlez d'une opération de ratissage de la colonne allemande qui serait, dites-vous, la « Das Reich »? Je pense plutôt qu'elle traversera Brive sans s'arrêter car elle doit être attendue en Normandie où les Allemands sont en train de battre en retraite. Il serait absurde de leur part d'envoyer une unité de chars lourds affronter quelques poignées de francs-tireurs. Mon avis est que nous devons laisser passer la vague et nous préparer dès maintenant à lancer l'ordre d'insurrection.

– Ensemble, ajouta Martel, nous pouvons réaliser par une opération sans bavures, les grands desseins que nous mûrissons depuis longtemps.

– Vos desseins à vous, dit froidement Malaure, nous les connaissons. Nous savons que les ordres qui vous parviennent sont d'inspiration purement politique. Vous visez à la mainmise communiste sur Tulle, Brive et toute la Corrèze, en attendant de l'étendre à toute la région R5. C'est une lutte de parti que vous menez et non une guerre de patriotes. Nous savons bien, nous, où nous conduirait une insurrection dont vous auriez la maîtrise.

Sans se départir de son flegme, Caulet répliqua :

– Je vous demande de retirer ces propos calomnieux, et je vous prie, maître, de faire entendre raison à ce personnage. Le fait est là : Brive est à notre portée. Nous pouvons faire en sorte qu'elle soit demain, après Tulle, une ville libre. Allons-nous laisser passer cette occasion?

---

1. Futur maire de Brive.
2. Il imprima, le 17 juin 1940, le premier tract d'Edmond Michelet.

Tendu dès le début de la réunion, l'entretien s'envenima rapidement, malgré la volonté de Baillely d'arriver à une entente qui lui paraissait de plus en plus difficile à obtenir.

On en était là lorsque Jean Labrunie se leva lentement, tendit l'oreille.

– Mes camarades, dit-il, je crois qu'il serait prudent d'abréger notre séance. Entendez-vous ce bruit?

Tous se levèrent pour se porter vers les fenêtres.

– On dirait, constata Labrunie, le bruit d'une toiture en train de s'effondrer.

– C'est peut-être un orage qui approche, dit Martel.

– En fait d'orage, dit Malaure, je crois plutôt que ce que nous redoutions est arrivé. Les Boches sont là! Il faut filer tout de suite!

– Nous nous reverrons dès que possible pour reprendre cet entretien, dit Baillely.

Labrunie descendit à bicyclette la pente raide qui mène à la route nationale. Derrière les hautes grilles du portail d'entrée il aperçut des chars lourds, des camions bondés de soldats, un ballet de motocyclistes et de side-cars, qui défilaient dans un grondement de tonnerre. Sur l'un des Panther, Labrunie lut une inscription qui lui fit froid dans le dos : « Dantzig ». Sans perdre son sang-froid, il traversa la route à bicyclette, se mit à pédaler parallèlement à la colonne, puis se laissa glisser sur la descente qui mène à la ville. Les soldats le regardaient passer d'un air morne sous leur casque empanaché de fougères.

Sur le capot d'un Kubelwagen les Allemands avaient attaché le corps d'un maquisard, sanglant, écartelé [1].

1. Il s'agit d'un maquisard de l'A.S. : Ernest Koncskri, fait prisonnier au combat de Noailles quelques instants auparavant, achevé à Donzenac, où il fut enterré près de ses dix-huit camarades tués au combat de La Besse, près de Sainte-Féréole, le 15 novembre 1943.

MAJOR HEINRICH WULF
Entre Brive et Tulle, vers 22 heures.

La colonne blindée s'engagea dans la vallée à la nuit tombante.

Au sortir de la ville, c'est un monde étrange qui se refermait sur elle, lentement, insidieusement, comme pour l'absorber. Inconsciemment, les conducteurs des véhicules de tête du bataillon d'éclaireurs ralentissaient leur allure. La route étroite qui longeait la voie ferrée et la rivière semblait parfois buter contre une falaise de granit, parfois s'enfoncer dans un tunnel dont on ne voyait pas le bout.

Les hommes, qui somnolaient au départ de Brive, dressaient l'oreille, fouillaient du regard les épaisses frondaisons qui dévalaient les flancs des collines escarpées. Le doigt sur la détente, prêts à faire feu, ils ne discernaient pas, dans cette épaisseur végétale d'où suintait la peur, le moindre mouvement. La forêt était immobile, figée dans la fraîcheur du soir et le silence, sans un souffle de vent. Seuls bougeaient, au creux du sillon gigantesque, la Corrèze presque à sec et, au bas des pentes, des cascades dont le grondement des véhicules blindés empêchaient de percevoir le murmure.

Ce qui aurait dû évoquer une paix virgilienne donnait des idées de terreur. Ces auberges, ces villages haut perchés, ces manufactures endormies dans les bras de la rivière, et, tout là-haut, cette église et cette tour en ruine devenaient le décor sinistre d'un drame dont le lever de rideau se faisait attendre.

Les hommes songeaient, tassés sur leur angoisse : « Il n'est pas possible que nous atteignions Tulle sans qu'on nous attaque. Des partisans doivent nous attendre. Peut-être au-dessus de cette falaise. Peut-être dans cette avancée de forêt... » Dans l'ombre qui épaississait de minute en minute et se resserrait autour de la colonne, ils imaginaient la pluie de grenades, la grande illumination tragique des mitraillettes et des bazookas, la fête de feu et de sang, l'horreur.

« Ce serait trop beau, songeait le major Heinrich Wulf, commandant du détachement, si nous ne subissions pas une embuscade avant Tulle. Les partisans doivent nous attendre près de la ville. » Debout à l'avant de sa limousine il scrutait l'horizon bouché, les pentes que feutrait une ultime lueur de jour. Rien. Il sursautait parfois lorsque éclatait un coup de feu, mais l'écho dispersait vite cet orage dérisoire. Des soldats pris de peur tiraient sur des ombres.

Comme surgie d'un autre temps, la vallée sauvage semblait désertée par les hommes. Jusqu'à Brive, la division avait subi de nombreuses attaques. A Souillac, à Cressensac, à Noailles on avait perdu des hommes, du matériel, un temps précieux. Brive, où l'on avait observé une halte, frémissait comme un volcan travaillé par les prémices d'un séisme, au passage des panzers. Au départ de Brive, passé la bourgade de Malemort, la colonne de reconnaissance de Heinrich Wulf s'était engagée dans ce coupe-gorge qui rappelait au major les promenades du soir, en compagnie de sa fiancée, sur les sinistres landes de son pays natal, Lunebourg.

La troupe se détendait au fur et à mesure que l'on approchait de Tulle. Des nuages grisâtres floconnaient au bas des collines, pareils, songeait Wulf, à ceux que dégageaient les villages incendiés, sur les immensités de l'Ukraine.

– Halte! cria le major.

La colonne s'immobilisa dans un grincement de freins. De la voiture suivante surgit l'adjudant-chef « Hascha » Kurtz, accompagné d'un jeune Alsacien au visage de fille : Sadi Schneid.

– Que se passe-t-il? demanda Kurtz. Vous avez repéré une embuscade?

– Je n'ai rien repéré de tel, dit Wulf, maussade. Nous aurions dû être déjà attaqués par les bandes entre Brive et Tulle, car le terrain leur est propice. Ce qui m'inquiète, « Hascha », ce sont ces fumées au-dessus de la ville. Je crains une grosse surprise. Si les terroristes ont reçu des armes lourdes et qu'ils tiennent encore les entrées de la ville, nous risquons un accrochage sérieux.

– Nous avons de quoi riposter, dit Kurtz.

Le bataillon commandé par le major Wulf comptait une centaine de véhicules semi-chenillés – des camions S.P.W. principalement – et environ cinq cents hommes; il s'y ajoutait un détachement de véhicules blindés : de quoi tenir tête aux bandits et balayer les groupes de téméraires qui auraient tenté de s'opposer à la progression de la colonne.

– Si je suis inquiet, ajouta Wulf, c'est que nos hommes sont fourbus et que nous avons subi des pertes sérieuses depuis notre départ. Tulle n'est pas Cressensac. Imagine que les terroristes s'installent dans les maisons pour résister. Je crois savoir qu'ils disposent de bazookas et peut-être de grenades Gammon : de quoi mener la vie dure à nos blindés. J'aimerais que nous entrions dans cette ville avant que la nuit soit tombée. Dis à nos hommes de se tenir prêts à toute éventualité, le doigt sur la gâchette. Fais passer le mot, mais pas d'affolement !

Sans forcer l'allure, la colonne reprit sa route dans le grondement des moteurs et des chenilles. Elle parcourut une ligne droite avant de pénétrer dans le quartier précédant la Manufacture d'Armes. La ville semblait morte : portes et volets clos, rideaux de boutiques baissés. Elle allait s'engager dans la direction de la gare lorsqu'une fusillade éclata.

– Halte ! hurla Wulf. Moteurs coupés !

Accompagné de Schneid, « Hascha » Kurtz rejoignit le commandant. Courbés en deux, longeant les murs, leur mitraillette sur le ventre, ils s'avancèrent dans un silence hallucinant. « L'ennemi a dû décrocher », se dit Wulf. Revenu à son Kübelwagen, il donna l'ordre de reprendre la progression, fit déployer quelques compagnies motorisées dans les voies adjacentes, jusque sur les hauteurs où les bandes avaient dû battre en retraite. La fusillade ayant repris de plus belle, les camions S.P.W. de tête ripostèrent avec leurs canons de 75 mm et leurs mortiers, mais c'est comme s'ils tiraient sur un décor d'opéra.

Le soldat s'avançait en faisant des gestes désordonnés au milieu de la route. C'était un sous-officier en uniforme feldgrau. Mal rasé, privé de son casque, il paraissait affolé. Après avoir repris son souffle, il raconta d'une voix précipitée qu'il appartenait à la garnison de la Wehrmacht cantonnée à la Manufacture d'Armes et dans l'école voisine, que bloquaient les terroristes. Dès qu'il avait entendu approcher la colonne, il s'était échappé pour aller à sa rencontre.

– Je vais vous guider, dit le sous-officier, mais prenez garde : il y a encore des tireurs embusqués.

De l'école transformée en fortin partaient des salves d'armes automatiques et de Mausers, en direction d'une maison d'où opérait un tireur isolé.

– Faites cesser ce vacarme, cria Wulf, et ne parlez pas tous à la fois! Qui commande ici?

Un officier se présenta :

– Capitaine Reichmann, commandant la 7e compagnie du 95e régiment de sécurité. A vos ordres!

Wulf toisa le nouvel arrivant. Un vieillard, à en juger par ses joues hérissées de poils blancs, son dos voûté, son allure flageolante; il paraissait ému au point de ne pouvoir articuler trois phrases correctement, d'autant que, derrière lui, ses sous-officiers continuaient de parler avec animation.

Wulf éleva le ton en s'efforçant de maîtriser sa colère.

– Si je comprends bien, vous êtes bloqués ici, sans nouvelles du reste de la garnison qui résiste au nord-est de la ville?

– Qui résistait, corrigea Reichmann. Les terroristes ont mis le feu aux bâtiments et Dieu sait ce que nos hommes sont devenus. Nous n'avons pas de radio.

– Vous auriez pu utiliser des agents de liaison, observa « Hascha ».

Pour toute réponse, Reichmann se contenta de hausser les épaules. Derrière lui, un sergent protesta :

– La ville tout entière est aux mains des bandits. Toute communication est impossible.

– Pauvres types! maugréa Wulf. Elle est belle, notre grande Wehrmacht...

Il s'éloigna en fulminant des injures, laissant les gens de la garnison pétrifiés de honte. Une fois seul en compagnie de Kurtz, il poursuivit, le visage congestionné de colère :

– Cette garnison? Un ramassis de vieux cons et de gamins inexpérimentés. Ils tremblent tous dans leurs culottes parce qu'une poignée de bandits a menacé de leur faire péter des grenades dans la gueule! Tu as vu leur mine, « Hascha »? Quelle pitié! Dire que le Haut Commandement compte sur ces lopettes pour maintenir l'ordre sur le territoire! Et nous, « Hascha », que faisons-nous ici au lieu de nous battre sur le front de Normandie? Nous délivrons des larves qui se sont enterrées!

Des roulements d'armes automatiques tonnaient sur les hauteurs. Le major Albert Stückler, premier officier d'état-major de Lammerding, se tourna vers les Sturmbannführer Kowatch et Wulf avec lesquels il s'entretenait de la situation.

– Prenez ces jumelles et regardez, dit-il. On distingue encore, malgré la nuit, des bandits en train d'opérer sur les collines. Kowatch, je vous confie le soin de nettoyer la ville de cette vermine. Envoyez des détachements sur toutes les routes, sur tous les chemins. Ils y passeront la nuit s'il le faut, mais je veux un nettoyage complet.

– Nos hommes sont fatigués, objecta Wulf. Ils se sont battus, et...

– Ne discutez pas les ordres. Il y va de notre sécurité. Vos hommes se reposeront demain. Nous avons établi un P.C. provisoire dans la villa de M. Tintignac. Demain nous nous installerons à l'hôtel Moderne où nous serons plus à l'aise pour diriger les opérations de représailles. Allons, ne perdez pas de temps!

De retour au milieu de ses sous-officiers, Wulf leur annonça les ordres de Stückler.

– Les hommes qui resteront en ville, dit-il, offriront aux Tullistes le plus beau feu d'artifice qu'ils aient jamais vu pour leur 14 Juillet. Ce sera le couronnement de la fête!

La ville n'était pas totalement purgée des forces F.T.P. Des balles parties on ne savait d'où ricochaient sur le blindage des camions et des chars. Des nids de mitrailleuses subsistaient au fond des ruelles, des escaliers publics, des cours profondes et obscures. Il fallait arrêter les véhicules, décrocher les Pak 75 tractés et ouvrir le feu dans la pénombre.

– Drôle de ville! dit Sadi Schneid. S'il faut la nettoyer maison par maison, nous en avons pour un mois.

Une balle miaula près de lui.

– Planque-toi, connard d'Alsacien! dit Otto Brunner. Tu vas...

Otto n'acheva pas sa phrase. Une balle, entrée dans un œil, l'avait tué sur le coup.

– Merde! dit Schneid. Ils l'ont tué, les salauds!

Il vida son chargeur dans la direction d'où était parti le coup de feu en hurlant des injures. Otto était son copain. Il alerta le « sani », mais il était trop tard. Otto ne reverrait jamais l'Allemagne. Schneid rechargea sa mitraillette, tira vers une maison sur le balcon de laquelle il avait vu bouger une ombre, s'écria :

– Je l'ai eu!

Une silhouette confuse battit des bras et bascula dans le vide. Schneid se rapprocha, gémit :

– Putain! J'ai tué une femme.

Il laissa tomber sa Schmeisser à ses pieds et se mit à sangloter. Autour de lui, se déclenchait une fête orageuse : canons, mortiers, grenades, lance-flammes répandaient des lueurs fulgurantes dans un décor d'apocalypse. Les projectiles éclataient sur les façades, crevaient les persiennes, répandaient des nuages de fumée. Une demi-heure plus tard, le silence était retombé sur la ville. Le silence et l'ombre.

Une main se posa sur l'épaule de Sadi Schneid.

– Tu es blessé, camarade? demanda « Hascha » Kurtz.

– Non, major. J'ai perdu Otto Brunner et j'ai tué une femme.

– Je regrette, pour Brunner. Mais la femme, ça fait une terroriste de moins. Console-toi! Nous avons réussi tout à l'heure un coup magistral. Un bandit nous tirait dessus avec un bazooka, seul, au milieu de la rue. Il a touché une de nos voitures, mais nous l'avons écrabouillé sous nos chenilles. Regarde-le, il n'est pas plus épais qu'une feuille de papier à cigarette...

Kurtz tendit une bouteille à Schneid.

– Je viens de trouver ça dans une cave. Du cognac! Tu te rends compte? Allez, bois un coup, *Aufstehen, Franzosenkopf*[1]!

1. Debout, tête de Français.

6.

« ET L'ASTRE DEVINT NOIR... »

Vendredi 9 juin 1944

LAURENT KLEIN
Oradour. Matin.

Ce matin, j'ai eu beaucoup de chance. Malgré la sécheresse persistante, la Glane conserve quelques filets d'eau et des trous sous les souches, où l'on pêche truites, goujons et tous les « blancs », menu fretin qui, pour moi, constitue un régal.

Du coup, je suis allé inviter Lucienne. Comme Luce lui tenait compagnie, je l'ai conviée à se joindre à nous avec la permission de ses parents qui, avant leur repli sur le Limousin, habitaient non loin de mon domicile, en Lorraine.

Nous nous sommes un peu querellés, Lucienne et moi; elle prétendait qu'il fallait vider cette « pescaille »; je soutenais que c'était du temps perdu et une opération trop délicate. C'est Luce qui a tranché avec son autorité habituelle : elle refusait de manger du poisson non vidé car « c'était plein de microbes ».

– Je ne comprends pas, dit-elle en croquant la friture : vous n'arrêtez pas de vous chamailler et pourtant vous êtes inséparables.

– C'est ça, l'amour, dit Lucienne. Nous aurions le même âge, le même caractère, les mêmes goûts, il y a longtemps que nous nous serions séparés. Je déteste qu'on soit toujours de mon avis : ça rend toute discussion impossible.

Luce, cessant de manger, nous regarda l'un et l'autre comme si nous essayions de l'entraîner sur la voie d'un mystère insondable. Je tentai de peaufiner la démonstration de Lucienne, d'un ton pédant.

– En toute chose, l'agrément est dans le contraste, que ce soit entre l'ombre et la lumière, le grand et le petit, le jeune et le vieux. Ce qui est vrai pour les individus l'est aussi pour les races humaines. Si l'humanité est si passionnante à observer, c'est qu'elle est composée de gens de nature, de mœurs et de couleur de peau différentes. Imagine une humanité où tous les gens auraient la même apparence, adoreraient le même dieu ou n'en adoreraient aucun, vivraient de la même façon. Est-ce que ça te tenterait?

– Oui... Non... Je ne sais pas. En tout cas, il n'y aurait ni guerres ni révolutions.

– Elle t'a cloué le bec, hein? dit Lucienne. Ça c'est de la logique! Qu'avez-vous à répondre, monsieur le professeur?

– Que l'humanité est encore dans son enfance, dans son âge ingrat, et qu'on a la sottise de considérer les guerres comme des accidents naturels dus à son âge. Mais un jour viendra où...

– Vous nous assommez, monsieur le pédago! dit Lucienne en bâillant. Gardez vos démonstrations pour vos élèves. Il ne faut pas oublier que Luce est à l'âge du certificat d'études et qu'elle aurait été certainement la première du canton si les événements ne l'avaient pas empêchée de passer les épreuves. Mais elle n'est pas à même d'assimiler ce genre d'élucubrations.

Hier, Luce a pleuré en apprenant que le « certif » n'aurait pas lieu. Elle s'y était préparée avec le soin et le sérieux d'un chevalier la veille de son adoubement. Nous n'aurions pas dû faire allusion à cet examen. Une grosse larme s'est formée au coin de sa paupière. Lucienne l'a embrassée.

– Ce n'est que partie remise, va...

A peine leur repas achevé, elles sont parties. Lucienne avait promis d'aider ses collègues, les grandes élèves et quelques dames du village à fleurir l'église pour la cérémonie de première communion qui aura lieu dimanche. Elles ont fait le tour des jardins, rapporté des brassées de fleurs et de verdure.

– Ce n'est pas pour faire plaisir à cette vieille baderne de curé, m'a dit Lucienne, mais pour que l'église soit belle. L'abbé Capel nous horripile avec ses sermons sur la « relève », l'obligation du S.T.O., l'obéissance au Maréchal, la correction exemplaire des Allemands, le banditisme et le terrorisme des partisans. Un jour « Pierre » et ses F.T.P. lui cloueront le bec.

VENDREDI 9 JUIN 1944

Pour passer le temps, je suis allé boire une absinthe au café Durtol. J'y ai rencontré le professeur d'université Fourré, qui m'a tenu compagnie. Il est « replié » avec sa famille dans un château proche du bourg, où il nous a invités à plusieurs reprises, Lucienne et moi.

Lorsque Fourré a débarqué de sa torpédo à gazogène, j'étais en train de parcourir *L'Appel du Centre* que le tramway livre dans la matinée. Les titres concernant la bataille de Normandie rétrécissent chaque jour, honteusement. Je lis :

« *La bataille de Normandie croît en violence... Tentative américaine dans la région de Granville et Coutances... Lutte farouche dans la région de Saint-Malo. Deux mille morts à Vire...* »

Je tourne la page. Les informations régionales nous apprennent que « *tous les carburants, lubrifiants liquides et solides, existant dans les dépôts, postes de distribution et chez les particuliers, sont saisis dès maintenant. Ils ne pourront être remis qu'à l'armée allemande... Toute circulation automobile est dès à présent interdite...* » C'est signé : « Von Brodowski. »

La page suivante me propose quelques titres affriolants : la Société archéologique de Limoges a visité l'ancien collège de Jésuites; une distribution exceptionnelle de pâtes alimentaires va avoir lieu; on trouve dans le commerce « quelques moules » aux halles de Limoges, et beaucoup de légumes...

– Les nouvelles sont bonnes? demande Fourré.

– Ni pires ni meilleures que d'habitude. Je vous informe, monsieur le professeur, que vous êtes en infraction vis-à-vis des autorités d'occupation. La circulation des véhicules à moteur est interdite.

Je lui montre le communiqué. Il sourit.

– Il y a tant de choses qui sont interdites partout... sauf ici! C'est jour sans alcool, mon cher confrère, et pourtant vous buvez une absinthe qui, par ailleurs, est interdite, au lieu de vous contenter d'un goudron ou d'un P.S.A. [1].

Je commande pour lui une autre absinthe et l'invite à prendre place en face de moi. Dans la salle, autour d'un litre de rouge du

1. Pernod sans alcool. Le goudron est une variété d'apéritif, genre Claquesin.

pays, le boulanger Bourroux a retrouvé ses partenaires de manille : le tambour de ville Delapierre, le garde champêtre Cayroux et un clandestin, ancien prisonnier de guerre, qui a joué la fille de l'air, Dussour. Ils font du bruit comme trente.

Le professeur Fourré me dit, en faisant couler un filet d'eau sur le morceau de sucre posé sur la cuillère :

– J'ai parcouru moi aussi cette feuille de chou. Il y a au moins un événement qu'elle passe sous silence : la reprise de Guéret par les Allemands. Elle n'avait d'ailleurs pas annoncé la prise de la ville par les maquisards. Dites donc, ça n'a pas traîné ! J'ai appris que les Boches ont effectué hier matin un raid aérien sur la ville et qu'ils ont lâché des bombes avant d'envoyer des éléments de la 121ᵉ division d'infanterie de la Wehrmacht et de la 76ᵉ brigade Jesser, cantonnées à Montluçon. Les F.F.I. ont repoussé l'attaque avec des pertes sérieuses des deux côtés. Ce matin, après un mitraillage du centre par les avions, les Boches ont repris l'attaque. A midi, c'en était fini de l'insurrection. Guéret n'aura connu qu'une journée et une nuit de liberté. Quelle tristesse !

Je me propose de lui demander d'où lui viennent des informations aussi précises, quand il ajoute :

– C'est le maire qui m'a appris la nouvelle. Il la tient lui-même des maquisards de Georges Guingouin qui sont passés dans le bourg. Il paraît que Tulle s'est également libérée grâce aux F.T.P. mais qu'une division de SS venue de Montauban a surgi dans la ville hier soir avec des éléments blindés. Comme ils ont eu des pertes sérieuses, le pire est à redouter.

– Et Limoges ?

– Guingouin tient tête à l'organisation communiste clandestine et refuse de passer à l'attaque. Il a raison de n'en faire qu'à sa tête.

Il cherche sa pipe, me tend sa blague à tabac en vessie de porc, son briquet bricolé dans une douille de la guerre de 14.

– Si le cœur vous en dit... En attendant la distribution de demain, je fume ce tabac « sauvage » qu'on m'apporte du Quercy. C'est du raide, mais il est meilleur que cette saloperie qui vous esquinte les voies respiratoires.

Il ajoute, jovialement :

– Bientôt, mon cher collègue, nous fumerons du tabac blond de Virginie !

Il allonge ses jambes gainées d'un vieux treillis kaki et chaussées de brodequins terreux, bourre à son tour sa pipe, aspire avec volupté les premières bouffées dont il regarde se dissiper sous le vieux parasol « Dubonnet » les volutes bleuâtres.

Il avale une gorgée d'absinthe et me dit :

– Depuis que je suis installé au château avec ma famille, j'ai acquis une certaine notion du bonheur. Toute ambition s'est estompée au plan professionnel. Je lis peu, j'écris moins encore. Ma vie est redevenue celle d'un propriétaire terrien, et ça me plaît. A croire que je porte mon hérédité à fleur de peau. Quand des élèves m'écrivent, je fais le mort. Je me demande si je ne finirai pas mes jours en Limousin. J'en ai parlé à ma femme et à mes enfants. Tous sont d'accord.

– La profession nous reprendra, la guerre finie.

– La guerre? Pour moi, elle n'a jamais commencé. Elle se fait loin de nous, à des années-lumière. J'ai parfois l'impression que c'est un roman à épisodes qui se déroule dans un autre temps, dans d'autres lieux, et qui ne nous concerne pas.

– Méfiez-vous, cher collègue, dis-je : Guéret n'est pas loin d'Oradour...

BRIGADEFÜHRER HEINZ BERNARD LAMMERDING
Uzerche. Le matin.

– Le rapport que j'ai à vous présenter, dit le général, est long. Je vais donc le résumer le plus brièvement possible.

Il s'arrête contre la fenêtre de la demeure où il a passé la nuit : celle du tanneur Henri Laporte, située près du magasin, en bordure de la nationale 20, qui, passé Brive, conduit à Limoges et à Paris. L'état-major divisionnaire vient de s'y installer. Des perspectives de châteaux et de maisons nobles bâtis en pierres sombres se développent de toutes parts. Sur les deux rives de la Vézère s'étagent des bâtisses, les locaux de la tannerie Laporte, des jardins, des champs et des prés jaunis par la sécheresse.

– En préambule, dit-il en se retournant, les mains dans le dos, je dois faire amende honorable. Il y a quelques semaines, je ne partageais pas l'avis du Haut Commandement concernant l'opportunité de maintenir au sud de la Loire des forces offensives importantes destinées à assurer l'ordre et la sécurité et de garder au Grand Reich la moindre parcelle de territoire conquis par nos armes, comme l'exige notre bien-aimé Führer. Mon avis était que nous devions foncer vers le front de débarquement, où qu'il se produise, et y masser toute notre puissance de feu. Je n'ai pas tardé à revenir sur cette opinion erronée. Je suis désormais convaincu que nous devons au contraire poursuivre et accentuer notre combat contre les bandes.

Le général prend une note sur son bureau, poursuit :

– Mon communiqué au 58ᵉ corps d'armée est assez explicite. J'y préconisais des actions plus intensives, ainsi que des opérations psychologiques à l'intention de la population afin de l'amener, par la persuasion si possible, la menace ou la répression au besoin, à se détacher de ceux qui ne visent qu'à l'instauration d'un état communiste et à l'anéantissement des valeurs occidentales. Je proposais l'arrestation de cinq mille hommes dans la région comprise entre Cahors, Aurillac et Tulle, leur déportation en Allemagne, la libération d'un membre de la famille ou d'un prisonnier contre des dénonciations, la pendaison de trois terroristes pour tout Allemand blessé, de dix pour tout Allemand tué [1].

Lammerding repose le feuillet sur son bureau avant de poursuivre :

– Je dois dire que le commandement du groupe d'armée « G », dont nous relevons, a donné son accord chaleureux à ces propositions. Notre 2ᵉ Panzer SS a été placée sous les ordres du général Lutch, commandant le 6ᵉ corps de réserve afin de faciliter les opérations dans notre secteur.

Il s'interrompt pour réclamer un verre d'eau que l'ordonnance lui apporte aussitôt; l'eau est tiède et le général fait la grimace avant de poursuivre, en agaçant de la pointe de l'ongle la balafre au-dessus de sa lèvre.

1. Arguments développés par Lammerding dans un rapport du 5 juin 1944 (la veille du débarquement!) au 58ᵉ Corps. Cette lettre est citée intégralement dans *la Voix de la Résistance*, d'août 1969.

– J'avoue que mon avis, qui correspond à celui du Haut Commandement, peut à première vue paraître contestable. Certains d'entre vous pensent que les divisions Panzer sont trop puissantes pour la mission qui leur a été confiée, et que nous aurions mieux notre place en Normandie. Ce sont des observations intéressantes et qui honorent ceux qui les émettent, mais ne sauraient remettre en question la mission qui nous a été confiée. Il y a plus grave : la situation de nos forces, telle que je l'expose dans ce rapport.

Le rapport dont il donne un résumé est accablant. Il présente divers griefs : manque de moyens de transport adéquats, distances trop longues à parcourir avec des engins blindés, terrain défavorable à la progression des chars, absence de mesures préparatoires d'ordre opérationnel ou de ravitaillement qui affaiblissent la puissance de la division, aléas à prévoir pour le ravitaillement en carburant par un convoi qualifié d'« invisible », manque de pièces de rechange pour les chars...

– Je fournis dans ce rapport, poursuit le général, deux chiffres éloquents : soixante pour cent des chars sont en mauvais état de marche, ainsi que trente pour cent des engins de traction. Vous avez été impressionnés comme moi, messieurs, par le spectacle de nos engins lourds abandonnés au revers des talus faute de pouvoir être remis en état. Stückler, ce sont bien les chiffres que vous m'avez communiqués?

– Exact, Brigadeführer! J'ai pris moi-même soin de les vérifier.

– Vous êtes également d'accord sur le fait que les réparations demanderaient quatre jours, à supposer que les pièces que nous réclamons à cor et à cris nous parviennent dans l'immédiat?

– Parfaitement! répond le premier officier d'état-major. Ces pièces de rechange ne nous ont toujours pas été envoyées.

Lammerding avale une gorgée d'eau et reprend :

– Dans ce même rapport, messieurs, je souligne la situation des garnisons de la Wehrmacht dans notre secteur. Leur paralysie est *scandaleuse* – c'est le mot que j'emploie. Enfermées dans leurs Kommandanturs et leurs casernes, derrière les sacs de sable, elles se contentent d'attendre une attaque des bandes. Vous avez constaté comme moi qu'à Brive la situation est lamentable. Ces gens ont peur! S'ils ne se ressaisissent pas, nous verrons s'étendre l'insurrection communiste! Les garnisons ont pourtant pour mission de répondre aux menaces et aux attaques des terroristes par une répression brutale et déterminée.

Lammerding saute deux feuillets et continue :

– Je vous donne lecture, *in extenso,* de mes conclusions : « *Étant donné la situation d'ensemble, la division demande expressément :* primo, *que les avant-postes allemands ne soient plus totalement isolés;* secundo, *que l'on nous fournisse les pièces de rechange nécessaires au mouvement vers la Normandie;* tertio, *que l'on tienne compte des difficultés particulières de la division dans sa phase actuelle de remise en état, ainsi que de ses problèmes d'équipement et de fournitures pour les instructions opérationnelles à venir.* »

Lammerding replie avec soin son document et parcourt l'assistance du regard.

– Des observations, messieurs?

Ernst Krag, commandant le bataillon d'artillerie d'assaut, bel homme à l'allure conquérante, lève la main.

– Vous ne parlez pas, Herr General, des pertes en vies humaines que nous avons subies depuis notre départ de Montauban.

– Mon cher Krag, répond le général, le commandement du 58e corps d'armée l'apprendra bien assez tôt. Elles sont lourdes, semble-t-il. A combien se montent-elles, Stückler?

– Environ une centaine d'hommes en deux jours, ainsi que de nombreux blessés. Nous n'en avons pas le compte exact.

– Je vais faire mettre ce rapport au propre, dit Lammerding, et c'est vous qui le remettrez au Generalleutnant Fritz von Brodowski, à Clermont-Ferrand, où je vous invite à vous y rendre dès la fin de cet entretien. Vous donnerez à l'état-major les compléments d'information nécessaires.

L'humeur était morose.

Mélomane passionné, Krag regrettait la musique de piano dont l'abreuvait son logeur, un médecin de Montauban; son corps d'artillerie avait été complété hâtivement par des contingents d'infanterie en cours d'instruction, dont les maladresses et l'incompétence irritaient ce baroudeur. Un autre officier, le commandant d'artillerie Karl Kreutz, gardait la nostalgie du castelet de la région montalbanaise où il avait installé ses services, mais surtout de son foyer berlinois écrasé sous les bombes, ce qui avait obligé sa famille à se réfugier en Silésie; il pestait contre le manque d'entraînement de nombreux éléments de son unité, qu'il stigmatisait avec un répertoire d'injures illimité. Les autres officiers d'état-major se tenaient sur la réserve et somnolaient sur les notes qu'ils avaient rédigées.

Stückler avait reçu des rapports concernant la colonne du 2e régiment « Der Führer » qui avait bifurqué en flanc-garde en direction de Figeac et de Tulle, tandis que le 1er régiment, commandé par Otto Dickmann, bifurquait à l'ouest de la route nationale, pour s'enfoncer dans le Périgord.

Le parcours que cette colonne avait effectué au cœur du causse quercynois avait débuté par un coup de tonnerre. Un hameau du causse de Gramat, Gabaudet, avait été cerné. Dix partisans, dont une jeune fille, avaient été tués au cours de cette attaque et vingt-quatre autres embarqués en direction de l'Allemagne, mais, singulièrement, relâchés peu après, leur nombre gênant la marche de la colonne...

Le matin de ce vendredi, peu après l'aube, les premiers éléments de cette même colonne, se dirigeant vers Tulle, s'étaient heurtés à une trentaine de partisans de l'Armée Secrète de la Corrèze défendant un pont sur la Cère, près de la petite ville de Bretenoux. Il avait fallu un bombardement au mortier et trois heures de combat impitoyable pour que les blindés puissent passer, au milieu d'un éparpillement de dix-huit corps de maquisards de la compagnie A.S. Désiré-Mercier et dans l'épaisse fumée des incendies montant des maisons éventrées.

Roulant vers Beaulieu-sur-Dordogne, cette même colonne s'était affrontée, à proximité du pont enjambant la rivière, à un autre détachement de l'Armée Secrète, qui avait laissé trois morts sur le terrain. Peu avant Tulle, aux Quatre-Routes d'Albussac, le village avait été détruit en entier à coups de grenades incendiaires.

La nuit tombait lorsque, crachant le feu, les éléments d'éclaireurs du major Heinrich Wulf avaient fait leur entrée dans la préfecture de la Corrèze, rejetant les forces de la Résistance dans les collines et délivrant la garnison bloquée dans une usine et une école, à l'entrée sud-ouest de la ville.

D'autres rapports concernaient la progression, en Dordogne, du 1er bataillon du régiment « Der Führer » commandé par Otto Dickmann. Il avait eu à affronter les terroristes en plusieurs points, notamment à Grolejac et à Rouffilhac, avant de retrouver à Souillac, après un crochet dû à une erreur d'orientation, le gros de la division.

Du temps perdu, des pertes en vies humaines, des véhicules hors d'usage... Cette journée se traduisait par un triste bilan.

– Notre chance, dit Stückler, est que les terroristes ne savent pas construire des barrages efficaces : ils se contentent d'abattre des arbres en travers de la route, d'y traîner des matériaux hétéroclites, autant d'obstacles dérisoires pour nos blindés. De plus, il leur manque l'expérience de la guérilla. Ils s'abritent mal, gaspillent leurs munitions et n'ont aucun moyen de communiquer entre eux, sinon par des agents de liaison qui sont souvent des femmes.

Sur l'axe principal de la division, des accrochages sérieux mais sans gravité s'étaient produits, à la limite du Lot et de la Corrèze.

La veille, le colonel Sylvester Stadler, commandant le régiment « Der Führer », avait été pris à partie alors qu'il se tenait à la tête de la colonne, à proximité de Cressensac, par un groupe de l'Armée Secrète de la Corrèze, qui avait ouvert le feu et avait mis hors de combat plusieurs soldats. En moins d'une minute, les camions de troupes qui suivaient la voiture d'état-major s'étaient vidés de leurs occupants qui, plongeant sur les bas-côtés, tiraillaient sur des ombres fuyantes, en attendant que les chars du bataillon de Heinrich Wulf, fonçant à plein gaz par l'artère centrale, leur aient frayé la voie.

Stadler était en train de se concentrer dans le village avec ses officiers, dans l'intention de raser l'agglomération et de procéder à des exécutions, lorsqu'il avait vu s'avancer un civil qui, s'étant présenté poliment – il était alsacien, se nommait Joseph Frentzel et était de confession protestante – lui dit en langue allemande :

– Êtes-vous catholique ou protestant, mon colonel?

– Protestant, répondit Stadler d'un ton rogue. Mais pourquoi me demandez-vous cela?

– Parce que, lui répondit Frentzel, un passage des Écritures me revient à l'esprit : « *S'il y avait dix justes seulement dans la ville de Gomorrhe, je l'épargnerais...* » Vous trouveriez plus de dix justes dans cette cité, mon colonel. Alors, pourquoi ne pas l'épargner?

Sylvester Stadler haussa les épaules, sourit et s'entretint un moment avec ses officiers. Puis il fit un signe de la main à Frentzel et donna l'ordre du départ.

Un autre accrochage s'était produit plus loin, peu avant Brive, près du village de Noailles. Un groupe d'A.S., avec une folle témérité, avait tenté de s'opposer aux panzers. Là encore, du temps perdu! Pour parcourir une soixantaine de kilomètres, la colonne avait mis trois heures de plus qu'il n'eût été nécessaire.

Cette nuit-là, les habitants de Brive eurent un sommeil difficile. Du couchant à l'aube, interminable, le flot de la division ruissela dans un fracas de tonnerre à travers une ville plongée dans l'ombre et la peur, alors que les corps francs continuaient à saboter les voies ferrées au nord de la ville, afin de paralyser le trafic vers Limoges.

PIERRE TROUILLÉ
Tulle. Le matin.

Pierre Trouillé ferme les yeux, tâtonne de la main derrière lui pour trouver un point d'appui contre le mur.

Il n'est plus le préfet de la Corrèze, mais un homme comme un autre, un pauvre type qu'on va fusiller. Son uniforme ne le protège pas; face à ces huit bidasses en vert-de-gris qui manipulent les culasses de leurs armes d'un air indifférent, il a perdu tout prestige. Le prestige a changé de camp : il est dans ces armes braquées vers lui, dans ces regards qui le fixent sans haine et sans pitié, dans le geste suspendu du sous-officier, dont la chute lui sera fatale.

Un bref instant, mais qui lui a paru durer une heure, Pierre Trouillé s'est dit qu'il valait mieux laisser faire les choses, qu'on ne peut résister à la fatalité des événements lorsqu'ils s'abattent sur vous avec une telle brutalité, lorsque l'on n'est qu'un petit fonctionnaire d'un minable État dirigé par une ombre de gouvernement : autant dire rien.

Tout est allé trop vite depuis hier soir. Les chars allemands se sont arrêtés à cent mètres des grilles de la Préfecture et se sont mis à faire feu sur les bâtiments. Il a dû, accompagné de sa femme et de sa fille, traverser plusieurs pièces pour trouver un angle hors d'atteinte des projectiles après avoir mis à l'abri la vache qu'il avait achetée, pour son lait, et qui paissait dans le parc.

A l'aube, après une nuit traversée de cauchemars, avaient retenti des bruits de bottes, des appels, des hurlements, partout à la fois, à croire que mille soldats allemands s'étaient donné rendez-vous dans l'hôtel pour une ardente fête d'apocalypse.

Ce matin aussi, tout est allé trop vite. Les Allemands ont jeté à ses pieds, avec des injures et des menaces, des armes découvertes dans les bureaux : des brassées de fusils et de mitraillettes, ainsi que des caisses de grenades et de balles.

Des soldats criaient :

– Vous, terroriste! Vous, *kaputt*!

Il a eu beau protester, affirmer que les terroristes étaient déjà partis depuis la veille, que lui-même, Pierre Trouillé, préfet de la Corrèze, n'était que le représentant du gouvernement ami du Grand Reich, que ces armes avaient été abandonnées là par les M.O., ils n'entendaient rien, ne voulaient rien entendre.

– Terroriste! Vous, terroriste!

Ils avaient plein les poches de bijoux et de bibelots qu'ils avaient raflés au cours de leur visite. Leurs uniformes portaient à leurs revers la tête de mort des « Totenkopf », les insignes des SS, et, sur les manchettes, l'inscription « Das Reich » ou « Der Führer ». Pierre Trouillé savait qu'on ne discute pas avec ces gens-là. Pourtant il s'est mis à crier :

– Je ne suis pas un terroriste! Terroristes, partis! Je suis général! Général!

Ils ont répliqué par des coups de crosse.

Quand un sous-officier au visage de mauvais ange est arrivé pour faire ranger ses huit hommes en peloton, Pierre Trouillé a crié de nouveau qu'il était général, puis il a cessé de crier parce qu'il comprenait que cela ne servait à rien. Il y a eu en lui un silence profond comme un gouffre et, au fond de ce silence, soudain, comme un élan de volonté, un désir violent de faire front à l'injustice et à la mort. De nouveau il s'est mis à hurler :

– *Ich, General! Ich, General!* Est-ce que quelqu'un d'entre vous parle français?

Un jeune SS s'est avancé. Il a dit :

– Moi, je parle.

Le préfet lui a expliqué d'une voix brisée par l'émotion :

– Dites à votre chef que je suis le représentant du gouvernement. Un général. Lui n'est qu'un sous-officier. Qu'on aille chercher un officier. *Offizier*, vous entendez? *Offizier!*

Derrière lui, Pierre Trouillé a trouvé l'appui du mur. Il sent le sol se dérober sous lui, son cœur battre follement dans sa poitrine. Les yeux fermés, il entend une voix âpre l'injurier de nouveau, le traiter de « complice des terroristes ». L'officier qu'on est allé chercher a un regard bizarre : un œil de brochet. Oui, c'est cela, un œil de brochet – il le notera sur ses tablettes, s'il en réchappe. Il va falloir se défendre de nouveau, discuter en pesant chaque mot pour éviter un lapsus qui pourrait être fatal, être bref. Il répond qu'il n'est pas complice des terroristes puisqu'il a sauvé la vie à vingt-cinq soldats allemands blessés. Ils sont à l'hôpital; on peut les voir, demander leur témoignage. L'officier secoue la tête.

– *Nein! Nein!* Pas blessés allemands. Tous *kaputt!*

– Eh bien, allons les voir ensemble, dit Pierre Trouillé.

– Je vous suis, dit l'officier.

Il se retourne brusquement.

– Qui est cet homme qui court derrière nous?

C'est le père Neyrat, le concierge de la Préfecture. Il apporte le képi du préfet, le lui pose sur la tête, rectifie la tenue du « patron ». Pierre Trouillé se retourne. Là-haut, derrière une fenêtre, sa femme et sa fille le regardent s'éloigner.

Elles doivent se dire qu'elles ne le reverront plus.

L' « œil de brochet » fronça les sourcils, se gratta le menton : le général-préfet avait dit vrai; les blessés allemands étaient bien là, soignés avec diligence. En reconnaissant le préfet qui les avait sauvés la veille, ils lui tendaient la main, lui souriaient, racontaient les circonstances de leur sauvetage.

– Nous sommes convaincus, dit un officier. Nous allons vous mener auprès du colonel. Il désire vous parler. Mais auparavant, montrez-moi la salle où sont soignés les terroristes.

Le préfet se sentit pris d'un vertige.

– Je vous répète qu'il n'y a plus de terroristes. Les blessés ont été évacués en dehors de la ville par leurs camarades. Il n'y a ici que des civils. Si vous désirez leur rendre visite...

– Inutile, dit l'officier. Je vous crois.

« Correct et froid »... Ce sont les épithètes qui vinrent à l'esprit du préfet lorsqu'il vit se dresser en face de lui la haute silhouette du Sturmbannführer SS Kowatch. L'état-major s'était installé à l'entrée sud-ouest de la ville, dans une maison particulière de modeste apparence. Une femme terrorisée, Mlle Tintignac, dont la main tremblait, servait du café.

– En voulez-vous une tasse? demanda le major. C'est du vrai...

Le préfet refusa d'un signe de tête.

– Asseyez-vous, au moins, et pardonnez-moi de vous recevoir dans un cadre aussi modeste. C'est la guerre et nous devons nous accommoder des circonstances. Monsieur le préfet, notre état-major a apprécié votre attitude envers nos blessés. J'ai appris également qu'un médecin avait accueilli chez lui et soigné un de nos soldats. Nous tiendrons compte de ces actes lorsque nous aurons à organiser des représailles. Elles sont inévitables, je ne vous le cache pas.

Un frisson courut dans le dos de Pierre Trouillé. Il songea à ces files d'hommes qui descendaient le long de la Corrèze en direction de la gare. Il se dit qu'une déportation massive de plusieurs milliers d'otages devait s'organiser.

– Vous comptez vous venger sur la population? dit le préfet. Elle est innocente et elle a même montré de bonnes intentions à l'égard de vos troupes. Les partisans ont surgi des bois et y sont retournés dès l'arrivée de la colonne.

– Oui... Oui... Je comprends, dit Kowatch avec des hochements de tête répétés, les yeux mi-clos.

– Alors épargnerez-vous la population, major?

– Elle le sera, monsieur le préfet. Les traces des combats doivent disparaître et le commerce reprendre. Nous y tenons beaucoup.

– Il faut donc libérer les éléments indispensables à la reprise des activités, parmi les gens que vous avez arrêtés.

– Nous allons nous en occuper. Quant à vous, attendez nos instructions à la Préfecture. Quatre de nos officiers vous raccompagneront à pied, car nous n'avons pas de voiture. Veuillez nous pardonner.

Ce n'est qu'une fois dans la rue que le préfet s'inquiéta du soudain changement d'opinion du major pour ce qui concernait les représailles. Y en aurait-il ou pas?

Le soir, il écrivit :

« *Nous partons, escortés de quatre échantillons magnifiques de la race élue, regard glacé, masque impénétrable. La grande avenue qui, de la gare, traverse la ville, a pris une physionomie de place forte : des chars Panther et des automitrailleuses la bordent sur un côté, se touchant presque. Leurs équipages sont au complet, comme pour une revue. Et nous passons au milieu de la chaussée, dominés par la taille immense de nos quatre gardiens, automates risibles et effrayants, qui, le bras tendu alternativement à l'horizontale puis ramené à la poitrine, répondent au salut figé de leurs SS...* »

L'abbé Mazaud semble affolé. C'est un jeune prêtre ordonné la veille par Mgr Chassaigne, alors que les balles sifflaient autour d'eux et que la terre tremblait sous leurs pieds. L'après-midi, après que les combats de l'École Normale eurent cessé, il s'était porté volontaire pour soigner les blessés et avait mal supporté les quolibets et les injures de la populace.

– Je viens de croiser mon collègue Jean Espinasse, dit-il à l'abbé Monéger, d'une voix qui maîtrisait mal son émotion. Il se trouvait dans une file d'hommes qui descendaient vers la gare, encadrés par des soldats allemands. Il portait sur son bras sa pélerine noire, son bréviaire d'une main et, de l'autre, un sac contenant des victuailles que sa mère lui avait remises [1]. J'ai pu

---

1. Les parents de l'abbé Espinasse tenaient un restaurant qui servait de P.C. au grand résistant qu'était Marcel Brigouleix.

lui parler. Il est parvenu à sauver son frère, ancien prisonnier de guerre évadé, qui habite à l'étage inférieur de sa demeure du quai de Rigny. Qui sait ce qui va lui arriver? Un simple emprisonnement, la déportation en Allemagne, la mort peut-être...

– Nous allons tenter de le faire libérer en faisant intervenir notre évêque, dit Monéger. Jean Espinasse est favorable à la Résistance mais ce n'est pas un terroriste.

– Les Allemands ont déporté l'abbé Lair, dit tristement Mazaud. Ils ne respectent rien.

– L'abbé Lair, dit Guillaume Monéger, a été très imprudent. Voulez-vous une tasse de café?

– Merci, dit Mazaud. Je suis suffisamment énervé.

– Celui-ci ne vous énervera pas. C'est du café d'orge.

En buvant à petits coups le breuvage sucré à la saccharine, Mazaud raconte qu'il revient du Trech. Les Allemands étaient en train de disposer des fûts géants de carburant devant les maisons, comme s'ils voulaient mettre le feu au quartier. Ils chassaient hors de leur domicile tous les hommes, de seize à soixante ans, quels qu'ils soient. Des femmes se lamentaient aux fenêtres et sur le pas des portes.

– Ce qui m'a surtout frappé, dit le jeune prêtre, ce ne sont pas ces files interminables de chars lourds, de camions à chenilles chargés de soldats impassibles comme à la parade ni ces officiers au regard glacé qui accompagnaient le préfet, mais le troupeau des hommes qui marchaient tête basse en se dirigeant vers la gare. Et puis aussi tous ces morts qu'on n'avait pas eu le temps de conduire à la morgue. Lorsque j'ai croisé le préfet, il criait à ceux qui l'imploraient : « Courage! Nous allons intervenir et plaider pour qu'on vous relâche! » Il paraissait accablé de fatigue et de détresse. Sa tenue était négligée.

– Finissez votre café et partez vite, dit Monéger. Écoutez ces bruits de bottes et ces clameurs! Je cache ici même un jeune résistant et sa fiancée. Il ne faut pas que les Allemands les trouvent. Sortez par-derrière, mais n'ayez pas l'air de fuir. Votre brassard de la Croix-Rouge vous protégera.

Mazaud s'est à peine éloigné que les Allemands cognent à coups de crosse contre la porte. Un sergent à la mine patibulaire, accompagné de trois soldats porteurs de sacs emplis de bibelots et de victuailles, se tient raide sur le seuil. Dans un mauvais français, il demande :

– Il y a des hommes ici?

– Il y a moi, répond l'abbé.

– Seul?

– Seul avec Dieu. Voulez-vous visiter la maison?

– *Nein!* Inutile. *Auf wiedersehen!* Au revoir, mon père.

La porte refermée, l'abbé Monéger reste quelques instants immobile, le cœur battant la chamade, une jubilation intense dans tout le corps. Il monte l'escalier quatre à quatre jusqu'au grenier, s'arrêtant de temps à autre pour souffler. Ses protégés sont là, la main dans la main, assis sur un coffre. « Les fiancés du maquis », songe l'abbé.

– Ils sont partis sans faire d'histoire, dit-il, mais ils peuvent revenir. Jean, il faut absolument que vous quittiez cette ville. Vous passerez derrière la maison. Jacqueline vous servira d'éclaireur. Une fois sur les hauteurs, vous ne risquerez plus rien. C'est le domaine des maquisards.

Jean fit une centaine de mètres, précédé de sa fiancée. Ils avançaient prudemment en se dissimulant derrière les buissons et les murs. Un groupe d'hommes qui fuyaient eux aussi dans les collines se joignit à eux; ils ne savaient pas où ils allaient et regardaient les arbres et les prairies qui se déroulaient à l'horizon comme un havre de paix.

– Ne vous montrez pas trop, les amoureux, dit l'un d'eux. Les Allemands ne sont pas loin et ils font feu sur tout ce qui bouge. Avec les jumelles ils repèrent vite les fuyards.

Un lointain crépitement d'armes automatiques lui donna raison. Près de Jean, un homme poussa un cri et se plia en deux, une balle dans le bras.

– Jacqueline, dit Jean, ne va pas plus loin. Retourne en ville. Tu y seras en sécurité. Ici, c'est plus dangereux que l'abbé le disait.

– Non, dit Jacqueline, je préfère rester avec toi. Il me semble que, si nous sommes ensemble, nous ne risquons rien.

– Ce n'est pas ta place. Je vais tâcher d'entrer en contact dès que possible avec mes camarades de la Résistance. Je te donnerai de mes nouvelles à la première occasion.

Ils s'étreignirent longuement dans l'odeur de miel d'un vieux cerisier bourdonnant d'abeilles. Des balles perdues crépitèrent dans les branches, éparpillant une volée de moineaux. L'épreuve de la solitude recommençait pour eux, menaçante, pleine d'aléas et de pièges. Tous deux luttaient contre la même obsession.

– Rassure-toi, dit Jean, nous nous aimons tant qu'il ne peut rien nous arriver.

Le préfet Pierre Trouillé se lève, marche à pas lents à travers son cabinet, gratte distraitement du bout de l'ongle la blessure laissée dans le mur par l'impact d'une balle, repousse du pied vers la plinthe de minuscules gravats. Il se sent prisonnier. Le Sturmbannführer Kowatch lui a intimé l'ordre de ne pas quitter la Préfecture et il obéit. Il attend. Tout en faisant les cent pas, il relit le texte d'un appel destiné à la population, qui doit être diffusé par haut-parleur :

« *Habitants de Tulle,*

« *Vous avez suivi mes instructions et conservé pendant les dures journées que vient de traverser notre cité un calme parfait.* (Il raie « parfait » et met à la place « exemplaire ».) *Je vous en remercie profondément.* (Il biffe ce dernier mot.)

« *Cette attitude et la sauvegarde des militaires allemands blessés ont été les deux éléments qui m'ont permis d'obtenir du commandement allemand l'assurance que la vie normale allait reprendre dans la journée...* »

La vie normale...

Comment une ville dont tous les éléments actifs, tous les hommes ont été arrêtés et seront peut-être déportés, pourrait-elle vivre « normalement »?

Avant de quitter la Préfecture pour se rendre à la « Manu » et tenter de faire libérer des otages, le secrétaire général Maurice Roche [1] a rassuré le préfet : il était persuadé que les prisonniers seraient relâchés après vérification de leur identité. Kowatch n'avait-il pas promis qu'il n'y aurait pas de représailles? Le major n'avait pas tardé à changer d'avis.

Le préfet poursuit sa lecture :

« *Je vous prie de satisfaire les demandes de logement et de*

1. Maurice Roche a eu, dans l'affaire de Tulle, un rôle capital.

cantonnement de militaires qui vous seront présentées, selon le régime habituel aux installations de troupes de passage. Les magasins devront rouvrir sans délai. Le couvre-feu est fixé à 20 h 45 (il ajoute en marge : “ *rigoureusement* ”).

« *L'administration française continue sa mission, en particulier pour les mesures de ravitaillement et de santé publique.* »

Bien. Rien à reprendre : pas un mot de trop ou de moins. Sec, mais net. Administratif. Aucune allusion aux F.T.P., ce qui pourrait irriter les Allemands, mais laisser planer l'impression que la ville vient d'être victime d'une catastrophe, comme si quelque comète géante lui était tombée dessus.

Le préfet appelle une secrétaire et lui demande de taper ce texte destiné à la voiture radio qui doit le diffuser dans toute la ville. Puis il reprend ses audiences.

La salle d'attente qui précède le cabinet est comble. Des gens viennent réclamer la libération d'un parent ou d'un ami, des informateurs souhaitent faire part de leurs observations, des officiers de police... Un homme pressé leur passe devant le nez : Torrès. Le secrétaire vient de traverser le parc comme un météore. En entrant, il s'éponge le front et se laisse tomber dans un fauteuil, l'air accablé.

– Eh bien, Torrès, dit le préfet, que se passe-t-il?

– J'arrive de la « Manu », dit Torrès, haletant. Environ trois mille cinq cents ouvriers et employés ont été libérés en raison de leur âge ou de leurs incapacités. Roche a pu obtenir également la libération de quatre cents agents de l'État, commerçants en alimentation et ouvriers du bâtiment. Ça ne lui a pas été facile, malgré sa connaissance de la langue allemande. Quant aux autres prisonniers, aucune certitude. Les jeunes pourraient être déportés. J'ai assisté à une opération singulière : les Allemands ont rangé les effectifs restants en groupes dont ils modifient sans cesse les composantes.

– Qui donc est chargé de cette opération?

– Le responsable de la Gestapo : Walter Schmald. Vous le connaissez?

– Mon Dieu, si je le connais! soupire le préfet.

Walter Schmald avait survécu miraculeusement à l'incendie de l'École Normale. Blotti dans un angle mort, au fond d'une des salles les moins exposées, il avait été contraint de déguerpir pour n'être pas brûlé ou asphyxié et avait trouvé refuge dans la cave d'une maison voisine jusqu'à l'arrivée des chars de la division « Das Reich ». Il était le seul rescapé de l'équipe de tortionnaires de l'hôtel Saint-Martin. Ivre de peur et de souffrance, Becker, un de ses acolytes, qui l'avait accompagné dans sa retraite, s'était tiré sous ses yeux une balle dans la tête de crainte de brûler vif ou de tomber aux mains des terroristes.

Avant les événements qui avaient ébranlé Tulle, celui qu'on appelait Walter avait assez belle allure : haute taille, yeux bleus, cheveux blonds; il était légèrement voûté, mais non bossu comme certains le prétendaient. Le type parfait du glaçon-menthe à la germanique.

Installé à Tulle depuis cinq mois avec le grade d'Untersturmführer, adjoint au chef des services de la Sicherheitsdienst, le Hauptsturmführer Korten, Walter connaissait parfaitement la ville où il régnait en maître. Particulièrement informé, il frappait à coup sûr et sans pitié. Il avait observé d'un œil critique les sinistres exploits de la bande de Nord-Africains de Bony et Lafont, et avait vu décamper sans regret ces trublions pillards et sadiques. Walter, lui, était partisan de l'ordre et de la méthode. Il agissait discrètement mais efficacement, en parfait fonctionnaire de la répression qu'il avait exercée avec célérité sur le front de l'Est.

Le personnage que le préfet avait croisé en sortant de l'hôpital en compagnie de l'officier venu visiter les blessés allemands ne ressemblait en rien, dans sa tenue et son comportement, à celui qu'il avait reçu dans son cabinet quelques jours avant : il était tassé sur lui-même, paraissait réellement affligé d'une gibbosité; hâve, mal rasé, l'œil torve, des traces de cendre sur le visage, une capote effrangée et maculée de terre jetée sur les épaules, des chaussettes vertes tire-bouchonnant sur les chevilles, il tirait nerveusement sur sa cigarette comme si c'eût été celle du condamné à mort.

Le salut que l'officier allemand venait d'échanger avec le préfet avait semblé à Schmald de mauvais augure. Il se disait que l'état-major allait se laisser berner, sous prétexte que des praticiens et des infirmiers avaient sauvé des blessés allemands. Lui, Walter, il savait que la population, dans sa grande majorité, était plus ou moins complice des terroristes, qu'elle les avait accueillis à bras ouverts. Il avait appris aussi qu'on avait mutilé des cadavres.

A peine libre, un des premiers soins du chef de la Gestapo avait été de téléphoner à l'état-major de liaison 588, à Clermont-Ferrand pour demander un entretien au Generalleutnant Fritz von Brodowski, mais il n'avait pu obtenir que son second, le major Schradel : il lui avait relaté par le menu les événements dont il avait été le témoin et dont il avait failli être la victime. Y aurait-il des représailles? Réponse affirmative de Schradel. Le H.V.S. 588 n'était-il pas spécialisé dans le recensement des informations sur la Résistance et dans le combat contre les bandes? Un officier d'état-major du général Lammerding, à qui il avait posé la même question, s'était montré plus évasif.

– J'ai besoin de précisions, lui dit Walter. Savez-vous où je peux trouver le Brigadeführer?

– Nous l'ignorons. Aux dernières nouvelles, il se trouvait à la tête d'une unité d'artillerie, à Uzerche, avec le commandant Karl Kreutz, pour une inspection des chars.

Walter fulminait : pourquoi Lammerding ne se trouvait-il pas là où se déroulaient les événements les plus importants? Qu'allait-il faire d'urgent à Uzerche? Pourquoi cet intérêt soudain pour l'état des engins à chenilles de l'artillerie?

Il se dit qu'il devait rencontrer sans plus attendre l'officier d'état-major Kowatch. Il finit par le découvrir en fin de matinée, en train de boire une bouteille de bordeaux en compagnie de quelques-uns de ses officiers, parmi lesquels Sylvester Stadler, commandant la Panzergrenadier du régiment « Der Führer », un des proches du général.

Il savait qu'il faisait mauvaise impression avec sa tenue négligée, mais il s'en moquait. Il s'en excusa malgré tout, ajoutant avec arrogance qu'il était surpris du calme qui régnait en ville. Il avait entendu la voiture radio de la Préfecture demander que la vie reprenne son cours normal. Qu'est-ce que ça signifiait? Allait-on quitter Tulle sans exercer de représailles? Que faisait-on des lois de la guerre?

Glacial, les yeux mi-clos, le major Kowatch lui répondit :

– Je vous rappelle que vous parlez au représentant de l'état-major, seul habilité à prendre des décisions de cette importance!

Walter blêmit, mais se reprit aussitôt. Redressant sa taille, rajustant la capote qui avait glissé de son épaule, il dit :

– Je n'ignore pas qui vous êtes et quels sont vos pouvoirs, major, mais je m'inquiète de la suite que vous semblez vouloir donner aux événements que nous venons de vivre. Si vous écoutez les belles paroles de Trouillé, ce complice de la Résistance, il ne tardera pas à vous embobiner. Connaissez-vous le chiffre exact de nos pertes? Je vous les rappelle : quarante soldats tués au combat ou assassinés, soixante-neuf disparus et de nombreux blessés! Cela vous laisserait-il indifférent?

– Je ne vous permets pas ces sarcasmes, Schmald! Je devrais vous faire jeter dehors en vous priant d'aller faire votre toilette et de changer de tenue!

– J'ai mieux à faire, dit Walter avec un mince sourire. Je connais parfaitement Tulle et sa population et je pourrais vous être d'un grand secours au cas où vous souhaiteriez ordonner des représailles. Mais l'avez-vous seulement envisagé?

– Il y aura des représailles. Nous étions justement en train d'en examiner les modalités quand vous êtes entré.

– Vous allez faire déporter des otages?

– Certains le seront. Quant aux autres, nous avons l'intention de les pendre et de jeter leurs corps dans la rivière. Cela vous convient-il?

– Combien en pendrez-vous?

– Nous l'ignorons encore, mais je vous assure que vous aurez tout lieu d'être satisfait.

Lorsque Walter se fut retiré, Kowatch se dirigea vers la fenêtre et respira à pleins poumons. Walter avait laissé dans la pièce une odeur de cendre et de mort.

Lorsque le major Kowatch pénétra dans le cabinet du préfet, il croisa l'évêque de Tulle, Mgr Chassaigne, qui en sortait. Le prélat venait de proposer au préfet de le considérer comme otage, afin d'éviter des représailles; le préfet lui avait dit qu'il formulerait pour son compte la même proposition.

La mine sombre et préoccupée, Kowatch prit place dans un fauteuil, en face du préfet, croisa ses jambes, les décroisa, sortit une cigarette Ibar de son boîtier, la porta à ses lèvres et la replaça sans l'allumer.

– J'ai d'importantes nouvelles à vous communiquer, dit-il, l'œil sur la pointe de ses bottes. Reconnaissant des soins que vous avez donnés à nos blessés, le Haut Commandement, à qui j'en ai référé, renonce aux sanctions envisagées : l'incendie de la ville et l'exécution par fusillade de tous les hommes valides.

– A la bonne heure ! s'exclama le préfet. Voilà une bonne nouvelle !

Le major eut un mouvement d'épaules excédé.

– Ne vous réjouissez pas trop vite, dit-il. Vous comprenez bien que le Haut Commandement ne peut sans réagir laisser passer l'insulte faite à notre drapeau. C'est pourquoi nous allons pendre cent vingt complices de la Résistance, c'est-à-dire le double du nombre de nos camarades assassinés par les terroristes. Leurs corps seront jetés dans la rivière. C'est une dure loi, je vous l'accorde, mais c'est celle de la guerre.

Très pâle, le préfet se leva, les mains accrochées au rebord de son bureau.

– C'est une mesure contraire aux usages internationaux ! s'écria-t-il. Une injustice ! Vous savez pertinemment que les responsables ont quitté Tulle dès votre arrivée. Vous allez pendre des innocents, alors que ce matin vous m'avez annoncé qu'il n'y aurait pas de représailles. Puisqu'il vous faut des otages, prenez-moi, prenez l'évêque de Tulle, que sais-je encore ! D'autres se porteront volontaires, je vous en donne ma parole !

Kowatch secoua la tête avec un mince sourire, sortit de nouveau la cigarette de son boîtier et l'alluma d'une main qui ne tremblait pas.

– J'apprécie votre geste, monsieur le préfet. Il est... « grandiose », mais inutile. Je me suis battu en Russie, vous savez, et nous avons pendu là-bas, de sang-froid, des dizaines de milliers d'hommes et de femmes. Pour nous, c'est la routine...

Il consulta sa montre-bracelet, soupira :

– De toute manière, il est trop tard pour revenir sur cette décision. Les exécutions ont déjà commencé.

– Je demande que l'on y sursoie sur-le-champ ! s'écria le préfet. Il faut que je rencontre votre supérieur, le général Lammerding. Est-il à Tulle ?

Kowatch eut un geste évasif.

– Peut-être. Peut-être pas. Il était ce matin à Uzerche. Dans ce pays accidenté, vous savez combien il est difficile de communiquer par radio.

– Il faut qu'il donne l'ordre d'arrêter immédiatement les exécutions, vous m'entendez? Si je le lui demande, il le fera. Je suis le représentant du gouvernement, et...

– Cela me surprendrait. J'ai en mémoire une de ses notes adressée le 5 juin au 58e Panzer Korps. Elle est d'une parfaite clarté : il demande que trois terroristes soient pendus pour tout Allemand blessé, et dix pour tout Allemand tué. Et je ne parle pas des ordres de l'O.K.W. concernant les exécutions massives de partisans...

Il ajouta avec un sourire, les yeux mi-clos :

– Vous voyez, monsieur le préfet, qu'à Tulle nous sommes loin du compte. Vous devriez vous en réjouir...

Le préfet blêmit. Les affiches tirées précipitamment étaient encore grasses d'encre. Le chef de cabinet venait de les déposer sur son bureau. Elles sortaient tout juste des presses de l'imprimerie Orfeuil.

– Voilà qui confirme nos craintes, dit Roche. La décision des Allemands est irrévocable. Ce Kowatch qui se fait passer pour le chef de l'état-major n'est en fait qu'un troisième sous-fifre, mais il n'a pas perdu de temps. Lisez donc cette affiche, monsieur le préfet, et vous constaterez qu'elle ne comporte pas de signature précise, contrairement aux habitudes des Allemands.

« *Citoyens de Tulle,*

« *Quarante soldats allemands ont été assassinés de la façon la plus abominable par des bandes communistes. La population paisible a subi la terreur. Les autorités militaires ne désirent que l'ordre et la tranquillité. La population loyale de la ville le désire également. La façon affreuse et lâche avec laquelle les soldats allemands ont été tués prouve que les éléments du communisme destructeur sont à l'œuvre. Il est fort regrettable qu'il y ait aussi des agents de police et des gendarmes français qui, en abandonnant leur poste, n'ont pas suivi la consigne donnée et ont fait cause commune avec les communistes.*

« *Pour les maquis et ceux qui les aident, il n'y a qu'une peine, le supplice de la pendaison. Ils ne connaissent pas le combat ouvert.*

VENDREDI 9 JUIN 1944

Ils n'ont pas le sentiment de l'honneur. Quarante soldats allemands ont été assassinés par le maquis, cent vingt maquisards ou leurs complices seront pendus. Leurs corps seront jetés dans le fleuve.

« *A l'avenir, pour chaque soldat allemand qui sera blessé, trois maquis seront pendus; pour chaque soldat qui sera assassiné, dix maquis ou un nombre égal de leurs complices seront pendus également.*

« *J'exige la collaboration loyale de la population civile pour combattre efficacement l'ennemi commun, les bandes communistes.*

« *Tulle, le 9 juin 1944.* »

« *Le général commandant les troupes allemandes.* »

BRIGADEFÜHRER HEINZ BERNARD LAMMERDING
Uzerche. Après-midi.

– On les embarque? demanda Raymond Monteil, ancien des corps francs G.A.O. passé aux F.T.P. par idéologie.

– Moi, dit Chauvignat, je préfère pas. Ces deux gonzesses ont une drôle de dégaine.

Jules Magne était de l'avis de Monteil. Peut-être qu'en laissant monter dans la fourgonnette ces deux auto-stoppeuses pourrait-on en tirer des informations. S'ils trouvaient leur comportement suspect, ils pourraient toujours les balancer aux chefs.

– Adjugé! dit Monteil. On les embarque.

Les freins de la fourgonnette Citroën déglinguée, barbouillée d'inscriptions et d'insignes F.T.P. qui les amenait, tôt dans la matinée, de la sortie nord-ouest de Tulle vers un cantonnement proche d'Uzerche, stoppèrent le véhicule dans un gémissement strident.

– Vous allez en direction d'Uzerche? interrogea l'une des filles, belle brune de type italien. Vous pouvez nous emmener?

– Monte à côté du chauffeur, dit Jules d'un air rogue. Faut

nous excuser, c'est pas une torpédo grand sport. Ta copine montera derrière. Je vous préviens, les sièges sont rembourrés avec des noyaux de pêche.

– Vous êtes gentils, dit l'« Italienne ». Je m'appelle Jeanne. Jeannette si vous préférez. Ma copine, c'est Francine.

Elle regarda longuement les armes, le brassard de Monteil, le conducteur, la grenade qui roulait entre les pieds.

– Ces salauds de Boches ont réoccupé la ville, dit-elle. Dommage : l'insurrection était sur le point de réussir.

– Vous en faites pas, dit Monteil en faisant ronfler le moteur, on reviendra, et cette fois ils pèseront pas lourd, les « Frisés ».

– C'est vrai que le siège est dur! s'exclama Francine, mais tant pis, on va pas loin.

Elle s'amusa à déployer comme un jeu de cartes quelques insignes et « colliers de chiens » prélevés sur la Feldgendarmerie, que Chauvignat avait retirés fièrement de son blouson.

– Des trophées de guerre, les nénettes. Avec ça je pourrais avoir une médaille.

– Intéressant... murmura Jeannette.

Deux bonnes filles sans malice.

Elles racontèrent qu'elles allaient se reposer chez des parents, à Uzerche. Le bruit avait couru que les Allemands avaient l'intention de mettre le feu à Tulle et de massacrer la population. Jeannette essuya une larme; son père avait été pris dans la rafle du matin et sa mère avait refusé de quitter son domicile.

La route s'enfonçait dans une profonde hêtraie. Entre les fûts droits et lisses s'étendaient des horizons encore noyés de brume, des croupes roussies par l'été, des landes à perte de vue.

– C'est beau, la Corrèze, dit Monteil. Dommage qu'il y ait cette putain de guerre. Tu vois ce bois, près de Lagraulière? C'est la forêt de Blanquefort. A la saison, tu y ramasses des champignons à pleins paniers. Des cèpes énormes.

– Oui, dit Jeannette, ce que c'est joli!

Elle bâilla avec discrétion mais ne repoussa pas la main qui prenait son genou pour le pommeau du changement de vitesse. Monteil n'avait pas touché une fille depuis des mois; celle-ci était très belle, sentait bon et paraissait peu farouche.

– On pourrait se revoir, dit-il.

– Pourquoi pas? dit l' « Italienne ». On sera pas loin les uns des autres et c'est pas le temps qui nous manquera.

– Nous pourrions presque nous dire bonjour de nos fenêtres, plaisanta Monteil. Nous sommes nous aussi en vacances, si on peut dire.

Elle voulut en savoir davantage, mais le conducteur semblait brusquement frappé de mutisme et commençait à se demander si ces deux imbéciles, là, derrière, n'allaient pas se livrer à des confidences dangereuses avec cette fille, Francine, qui posait trop de questions et riait vulgairement. Après Seilhac, il se demanda s'il ne vaudrait pas mieux les larguer, mais cette « Italienne » lui plaisait; elle paraissait moins sotte que sa copine, plus discrète aussi; il aimait ce genre de beautés pulpeuses et sombres qui lui rappelaient une de ses passions de cinéma, la Mexicaine Cathy Jurado, vedette de westerns.

– Ramasse cette grenade et donne-la-moi! dit-il sèchement. Ça peut être dangereux de jouer du pied avec cette baballe.

Elle lui tendit l'engin qu'il glissa dans sa poche en sifflotant un air de Tino Rossi. Ils traversèrent un petit village.

– Les Noaillettes! annonça Chauvignat avec le ton d'un chef de gare. Nous ne sommes plus qu'à quatre ou cinq kilomètres d'Uzerche et nous n'avons pas fait de mauvaises rencontres. Touchons du bois!

– Trop tard! dit Jeannette. Regardez ce qui vient en face...

– Merde! Les Boches! cria Monteil. Attention, les gars, je vire sec. Cramponnez-vous!

Il tenta de manœuvrer dans l'entrée d'une prairie mais la voiture s'engagea dans le fossé et s'arrêta. Ils n'eurent pas le temps de se servir de leurs armes, la patrouille de SS était déjà sur eux : une dizaine de soldats qui les tenaient en respect au bout de leur Schmeisser.

– *Alle! Raus!* criait le sergent. *Hände hoch! Weiter*[1]!

– Voilà! Voilà! On arrive, dit Jules. Y a pas le feu, merde?

– Ferme ta gueule! dit Monteil.

Il demanda à parler au sergent, lui expliqua que les filles qu'ils avaient prises à bord étaient des civiles qui faisaient de l'auto-stop.

1. Tous dehors! Les mains en l'air! Vite!

– Innocentes! Vous comprenez? Elles sont innocentes!

Jeannette se mit à rire.

– Te fatigue pas, mon joli! Je suis plus innocente encore que tu le crois. Mon nom est Liliane Antonioli et, si ça te dit quelque chose, je suis la petite amie de Walter Schmald, le chef de la Gestapo de Tulle. Francine était la maîtresse de son adjoint, Beck, qui s'est tiré une balle dans la tête dans l'École Normale que tes petits copains ont incendiée.

– Deux salopes! cracha Monteil. Je commençais à avoir des soupçons.

– Tu souhaitais me revoir? dit l'« Italienne ». Eh bien, je resterai avec toi jusqu'à la fin de tes jours. Ça ne sera pas long. Tu seras pendu dans quelques heures. C'est bien triste, mais, que veux-tu, c'est la guerre, cette « putain de guerre », comme tu dis...

Uzerche ressemblait à un terrain de manœuvres. Divers véhicules lourds, des Kubelwagen, des camions, des Opel-Blitz, étaient stationnés le long de la route nationale qui traverse le bourg. La patrouille s'arrêta devant un magasin de maroquinerie. Sur le trottoir, le Brigadeführer Heinz Bernard Lammerding, les mains dans le dos, son képi sur les yeux, discutait avec un officier.

– Merde! dit Chauvignat, une grosse huile.

– Un général, précisa Monteil.

– Notre compte est bon, soupira Jules.

L'« Italienne » avait sauté la première du camion de patrouille pour aller se présenter au général et lui raconter comment elle et sa copine avaient mis la main sur les trois maquisards. Le visage de Lammerding s'épanouit sous la visière du képi. Il joua du bout des doigts avec la « Ritterkreuz » qu'il portait sous les revers de sa vareuse. Il semblait d'excellente humeur.

La fille du tanneur Henri Laporte lui ayant demandé ce qu'il comptait faire des trois hommes, il répondit sur un ton badin :

– Aujourd'hui prisonniers, demain libres. Compris?

Il se fit présenter les trois jeunes gens, leur fit délier les poignets, leur posa quelques questions brèves, sans acrimonie, en dessinant du bout de sa botte des graffiti mystérieux sur le trottoir, devant la pharmacie. Puis, à la surprise des témoins, il offrit des cigarettes aux trois hommes.

– Merci, général, dit Monteil, mais nous avons plutôt faim. Nous n'avons rien mangé depuis hier soir.

– Vos désirs sont des ordres! dit ironiquement le général. Mme Henri Laporte se fera un plaisir de vous préparer un petit repas. Ensuite nous verrons ce que nous pouvons faire de vous.

– Je n'aime pas ces simagrées, dit Chauvignat dans le dos de Jules. Ça sent le dernier repas d'un condamné à mort.

– Tu te faisais des illusions? dit Monteil.

– Messieurs, dit Lammerding en regardant sa montre, mon devoir m'appelle. Nous nous reverrons. Bon appétit, comme vous dites en France.

Il toucha de l'index, en souriant, le bord de sa visière.

Il est inutile d'observer longtemps la scène pour constater qu'ils ont banqueté toute la nuit. Le premier étage de l'hôtel Moderne à Tulle, où le major Kowatch a installé le P.C. de l'état-major pue l'alcool, le tabac et les filles.

– Qu'est-ce que c'est que ce lupanar? s'exclame le général. Où est le major Kowatch? Appelez-le tout de suite et nettoyez-moi cette porcherie!

Les officiers et sous-officiers rompent le garde-à-vous et jettent des ordres d'un ton sec. En quelques minutes, les bouteilles de champagne, de vin et de cognac, les reliefs de la bamboche ont disparu, et les machines à écrire recommencent timidement à crépiter. Lammerding est de mauvais poil; ça se devine à sa manière de faire claquer ses mains dans son dos et de se mordiller les lèvres.

Près de la porte d'entrée, un civil maigre, pâle, effacé, attend, assis, un papier à la main.

– Que voulez-vous encore, Lajugie? hurle Kowatch, du fond de la pièce voisine.

Lajugie, ingénieur départemental des Ponts et Chaussées, s'est levé timidement.

– Si vous souhaitez que la vie reprenne, monsieur l'officier, dit-il, d'autres libérations de prisonniers sont nécessaires.

– Nous en avons libéré des centaines et il vous en faut encore, et encore! Foutez-moi la paix! Vous n'obtiendrez pas une libération de plus!

– Permettez-moi d'insister. J'ai là une liste d'employés nécessaires à la bonne marche de mon administration. Durant ces deux dernières journées, les dégâts ont été importants. Nous devons les réparer d'urgence, et...

– Voyez ça avec mon adjoint dans la chambre d'à côté et ensuite videz les lieux, vous entendez?

Ivre, Kowatch porte des verres à la main et marche d'une manière grotesque, raide, le képi sur l'oreille. En apercevant le général, il s'arrête brusquement, comme s'il venait de buter sur un obstacle. Après s'être débarrassé de ses verres, il rectifie l'équilibre de son képi et salue maladroitement.

– Qu'est-ce que c'est que ce merdier, major! hurle le général. Êtes-vous chargé d'occuper cette ville ou de la piller? De vous battre ou de vous vautrer dans l'orgie?

– Pardonnez-moi, Brigadeführer, mais nous avions besoin d'un peu de détente après la première étape et nos accrochages avec les bandes. Vous savez dans quel état nous avons trouvé la ville et sa garnison?

– Je suis au courant depuis hier soir, répond sèchement Lammerding. Il paraît qu'en mon absence vous avez pris des décisions graves.

– Nous avons tenté vainement de vous joindre, mais ni la radio ni le téléphone ne fonctionnent en direction d'Uzerche.

Lèvres pincées, contenant mal l'insolence qui lui vient aux lèvres, Kowatch songe : « Qu'allait-il faire à Uzerche? N'importe quel officier aurait pu le remplacer et vérifier les engins d'artillerie. Kurtz était présent, d'ailleurs. Alors, pourquoi? » Il a fallu que lui, Kowatch, se débrouille avec Stückler!

Comme s'il avait suivi la pensée de son subordonné, Lammerding déclare d'un ton sans réplique :

– Ma présence à Uzerche, auprès de notre régiment d'artillerie, était nécessaire. Je vous rappelle que nous avons reçu avant notre départ de Montauban un nouveau matériel d'artillerie de 70,05 et de 150 tracté sur châssis de tank. Du matériel d'une conception peu familière à nos hommes. C'est moi qui possède les notices que je n'ai pas eu le temps, étant donné l'urgence de notre départ, de communiquer aux sous-officiers. Une inspection, après cette longue route, était indispensable. Ce n'est pas, croyez-moi, un travail de routine...

Il s'assied, ajoute :

– Veuillez me préciser les dispositions importantes que vous avez prises avec Stückler.

– Notre première idée a été de ne pas montrer de sévérité excessive envers la population, étant donné les soins donnés à nos blessés, mais il fallait faire un exemple. Nous avons arrêté cinq mille otages, des hommes entre dix-huit et soixante ans, en état de porter les armes. Il conviendrait d'en pendre une centaine au minimum. Lorsque le préfet a appris la nouvelle, il a réagi violemment et m'a accusé de manquer à la parole donnée.

– Votre parole? Que lui aviez-vous promis? demande Lammerding en fronçant les sourcils.

Kowatch baisse les yeux, l'air confus.

– Stückler et moi lui avions promis, étant donné les bonnes dispositions apparentes de la population et son attitude propre, que nous ferions preuve de clémence, mais nous avons par la suite découvert les atrocités commises par les terroristes, les cadavres de soldats fusillés près du cimetière et de l'école incendiée, et nous avons dû revenir sur notre parole. C'est alors que j'ai eu l'idée de faire imprimer une affiche à l'intention de la population, afin d'annoncer que des représailles auraient lieu. Le texte est prêt. Le voici, Herr General. Je viens de le faire traduire en français avant de l'envoyer à l'imprimeur...

Lammerding parcourt le texte en allemand, rectifie quelques termes, manifestant son approbation par de petits grognements et par des hochements de tête.

– Ça devrait aller, dit-il. On ne pourra pas nous accuser d'avoir eu la main lourde. Les quotas que nous avions déterminés pour exercer des représailles sont loin d'être atteints, mais cette ville mérite des circonstances atténuantes. Après tout, les bandits qui ont fait le coup sont loin et nous allons certainement pendre une majorité d'innocents, même pas des complices. Mais il faut faire un exemple, et nous prémunir ainsi contre un retour en force des terroristes.

Il tend la traduction française à Kowatch.

– Reportez les corrections sur le texte français et trouvez un imprimeur. Surtout, que mon nom ne figure pas sur ce document. Mettez simplement, en guise de signature : « Le général commandant les troupes allemandes. »

– C'est contraire à l'usage!

– Faites ce que je vous dis. C'est un ordre!

Lammerding ajoute en sortant un document de sa vareuse:

– Pour venir d'Uzerche à Tulle j'ai été obligé de faire un détour par Brive afin d'éviter les mauvaises rencontres. La région de Seilhac est infestée de bandes. J'ai eu tout loisir de rédiger l'ordre du jour de la division pour demain. Faites-le taper à la machine et diffuser à tous les officiers d'état-major divisionnaire. Jusqu'à nouvel ordre, le P.C. de la division sera ici, à l'hôtel Moderne.

Il consulte sa montre-bracelet.

– A quelle heure avez-vous décidé de commencer les exécutions?

– Vers dix-sept heures. Y assisterez-vous?

– Je ne pense pas. Du moins pas jusqu'au bout. Une centaine d'hommes à pendre, ce n'est pas une petite affaire, mais il reste encore beaucoup de travail à Uzerche. Le nouveau système de chenillage est très compliqué.

Liliane Antonioli s'avança en souriant vers le général Lammerding.

– Des nouvelles de Tulle, général?

– L'ordre est rétabli, dit Lammerding en s'inclinant légèrement. Nous allons passer aux représailles. Il y aura une centaine de pendus.

– Avez-vous des nouvelles de Walter Schmald?

– Il est vivant, rassurez-vous, et en excellente santé. C'est à lui que nous avons confié le tri des otages. Il excellera, m'a-t-on dit, dans cette tâche. Et ici, où en est-on?

– Vos officiers ont procédé à l'interrogatoire des trois prisonniers, mais ils n'en ont rien tiré. Qu'allez-vous en faire? Les pendre, eux aussi?

– Un seul d'entre eux sera pendu: le «collectionneur» des colliers de la Feldgendarmerie, comme vous dites, le dénommé Chauvignat. La passion des collections est dangereuse parfois. Les deux autres seront déportés en Allemagne [1]. On ne saurait être plus

1. Il était quinze heures trente. Chauvignat était le premier pendu de cette sinistre journée. Raymond Monteil et Jules Magne, déportés à Dachau, ne sont pas revenus. C'est Edmond Michelet qui, quelques jours avant la libération du camp, ferma les yeux de Monteil.

clément dans les circonstances actuelles, ne trouvez-vous pas? Mais je suis dans un bon jour, ma chère. Il est vrai aussi que ce sont presque des adolescents. Aucun d'eux n'a vingt ans.

Les mains de nouveau attachées dans le dos, Monteil et Magne assistèrent, sans proférer une parole, à l'exécution de Chauvignat. Le condamné n'eut pas une plainte, pas un mot de supplication. Il cria : « Vive la France » d'une voix étranglée, tenta de chanter *La Marseillaise,* mais sa voix s'enraya lorsqu'il monta à l'échelle appuyée au pylône électrique.

Le moment d'émotion passé, les deux filles, qui paraissaient surexcitées, s'amusèrent à faire tourner le pendu au bout de sa corde, en présence d'une vingtaine d'Uzerchois horrifiés, requis de force par les SS.

– Et maintenant, dit le général en faisant claquer ses talons, pardonnez-moi de prendre congé si rapidement. Il faut que je retourne à Tulle où m'attend une tâche difficile. Merci de votre concours. *Ach!* Si toutes les femmes de ce pays vous ressemblaient...

AUGUSTE SOULIER
Tulle. 7 heures [1].

La côte de Poissac vient mourir là, dans un chaos plaisant de pavillons et de jardinets. La campagne est toute proche : la vague vert tendre des châtaigneraies s'épanouit à une centaine de mètres, se boursoufle, prête à déborder au-dessus des dernières demeures.

Auguste s'est levé de bonne heure, ce matin. Il va s'asseoir à la petite table de jardin installée sur la terrasse dominant le potager organisé comme une table de logarithmes par son père, ainsi qu'il le fait chaque matin pour réviser ses cours. Élève de la classe de

1. D'après *Le Drame de Tulle,* d'Antoine Soulier, et divers autres documents.

mathématiques spéciales de Louis-le-Grand, il est revenu à Tulle début juin, les concours ayant été supprimés.

Assis sur son lit, l'oreille aux aguets, le souffle suspendu, il écoute un grondement de moteurs qui s'irritent en escaladant la rampe de la rue des Fontaines. Les appels rauques des Allemands, les coups frappés aux portes des maisons voisines retentissent dans le silence de la matinée. La veille, son père, instituteur laïque, est allé s'informer de ce qui se passait en ville et des raisons de cet orage de fer qui avait éclaté et qui se prolongeait depuis des heures sans discontinuer. Il est revenu blême, essoufflé d'avoir couru, une main sur son cœur qui s'affolait.

– Les Boches... Ils sont revenus... Ils attaquent...

Malgré la chaleur, par précaution, on a fermé portes, fenêtres et persiennes.

Auguste s'est endormi en songeant : « Ils ne viendront pas jusque-là, le quartier est trop calme. »

Ils sont là.

Antoine Soulier s'est levé pour aller ouvrir la porte donnant sur la côte de Poissac. Il a eu un haut-le-corps en voyant défiler les monstres de métal bariolés de couleurs vert et marron, d'inscriptions et d'insignes, et se répandre cette nuée de SS en tenue de camouflage, au visage barbouillé de suie, coiffés du casque d'acier orné de fougères, papillonnant autour des maisons voisines.

Sans un mot, un sous-officier bondit, revolver au poing, pour visiter la demeure des Soulier. Un autre s'avancera, mitraillette pointée.

– Combien d'hommes ici?

– Deux : mon fils et moi.

– Quel âge, le fils?

– Vingt ans. Il est étudiant en mathématiques.

– Qu'il vienne! Commandant veut voir « *papiers* ».

Dans sa cuisine où elle a commencé à préparer du café, Mme Soulier s'affole, proteste : emmener son fils alors qu'il n'a pas déjeuné!

– Pas besoin déjeuner, dit le sous-officier. Retour dans demi-heure.

Auguste s'habille sans hâte. Ces gens font leur métier de soldats; leur énervement est normal, après ce qui s'est passé la veille. Il se débarbouille, se peigne devant la glace. Les Allemands aiment que l'on soit « correct ».

– Je vais t'accompagner, dit le père.

– As-tu tous tes papiers? demande la mère. Et tes lunettes? Je parie que tu les as encore oubliées.

– Non, maman. Elles sont dans ma poche.

Elle embrasse son fils, l'accompagne jusqu'en bas de la rue.

– Sois prudent, mon petit. Antoine, tu veilleras sur lui.

– Ne t'inquiète pas, maman. Quand on a vingt ans comme moi, on veut vivre.

Avec l'assentiment d'un soldat plus jeune que son fils – dix-sept à dix-huit ans – le père accompagne Auguste. A peu de distance de leur demeure, un vieil Espagnol que le père Soulier connaît bien sanglote, le visage tourné vers le mur qu'il frappe du poing en gémissant :

– Ils ont pris des échelles, des escabeaux, des cordes! Ils vont pendre des otages!

– Je connais cet homme, dit Antoine. Il est un peu dérangé. La guerre d'Espagne... Aujourd'hui, on ne pend plus les gens comme au Moyen Age. Tu te souviens, Auguste? Villon...

– « *Frères humains qui après nous vivrez...* », murmure Auguste. Je me souviens, papa.

Au fur et à mesure qu'ils progressent vers la Manufacture, la foule devient de plus en plus dense. Du coup, la belle matinée chaude, amicale, favorable à la réflexion et au travail sur la terrasse, devient menaçante, chargée d'effluves de peur, malgré cet air d'accordéon qui monte d'un bistrot, le Tivoli, où des sous-officiers sont attablés en compagnie d'une fille un peu folle qui fume une cigarette, envoie la fumée au visage des hommes et passe d'un genou à l'autre.

– Cette garce, dit Antoine Soulier, je la connais : c'est Paulette Geissler, la secrétaire et l'interprète de Brenner, le directeur de la « Manu », ce gros homme bourgeonnant qui ressemble à un vigneron.

– Je les ai déjà vus ensemble, dit Auguste en essuyant ses lunettes.

– Une drôle de femme, dit Antoine : une sorte de Walkyrie laide et boutonneuse. Elle a vécu une vingtaine d'années à Paris.

Certains prétendent même qu'elle a du sang bleu dans les veines mais il n'y paraît pas. Regarde comme elle se conduit!

– Comme une fille de joie, dit Auguste.

Antoine Soulier a rencontré Paulette Geissler quelques mois auparavant, au temps des représailles que la division Brenner exerçait dans les campagnes environnantes. Elle jouait à l'écuyère au milieu d'une prairie des bords de la Corrèze, près d'un moulin. Elle montait avec une grâce sauvage et virile sous la garde de quelques soldats allongés dans les pâquerettes, leur Schmeisser sur le ventre. C'était un jeudi matin, de bonne heure. Antoine Soulier avait congé. Il avait regardé de loin, non sans un plaisir trouble, cette image de beauté.

Un autre souvenir lui revenait à la mémoire. Il avait croisé la cavalière quelque temps après, alors qu'elle revenait en ville, portant une brassée de lilas. Des mots qu'il ressassait depuis leur première rencontre tournaient dans sa tête : « Une tendre et terrible amazone... » En fait ce n'était qu'une vulgaire putain. Ses amours avec son directeur – et quelques autres sans doute – elle les abritait dans une guinguette des bords de la Corrèze, à quelques kilomètres de la ville.

Une putain... Une chienne... On l'appelait la « Chienne ».

On aurait dit une fête.

Diffusée par un haut-parleur, la musique de l'accordéon flottait au-dessus des milliers de têtes du troupeau qui s'acheminait tristement vers la cour de la « Manu », entre deux haies de soldats. Par moments, la « Chienne » quittait la terrasse du Tivoli, se dirigeait vers un groupe de prisonniers, en choisissait quelques-uns auxquels elle rendait la liberté. Puis elle revenait boire, fumer, danser, se laisser peloter par les sous-officiers.

Antoine Soulier s'arrêta soudain, suffoqué.

– Même les prêtres! Ils prennent même des prêtres en otage!

Il venait de reconnaître, au milieu d'une colonne, l'abbé Jean Espinasse, aumônier du lycée Edmond-Perrier. Il s'entretenait avec le chef de la Gestapo, Walter Schmald qui, en dépit de la chaleur, portait, jetée sur ses épaules, une capote vert-de-gris délavée et effrangée. Ils discutaient, semblait-il, avec vivacité, mais on ne pouvait rien saisir de leurs propos en raison de la distance, du tumulte que faisait le pick-up, des beuglements et des rires des SS qui venaient de pousser devant eux, sur le pourtour de la cour, des groupes de gars des Chantiers de Jeunesse en vert forestier qu'ils obligeaient à mettre un genou en terre et les mains sur la nuque.

Antoine Soulier n'aimait pas le tour que prenaient les événements.

Les vérifications d'identité auraient pu se faire à domicile; elles n'étaient qu'un faux prétexte pour rassembler des otages. Mais alors, à quoi rimait ce tri que la « Chienne » et Walter Schmald opéraient au gré, semblait-il, de leur fantaisie? Les propos convulsifs du vieil Espagnol lui revinrent en mémoire : il avait parlé d'échelles, d'escabeaux, de cordes – oui, de cordes! Le père Soulier venait d'apercevoir des SS en train de tresser des ficelles, d'autres occupés à installer des échafaudages de maçon contre les maisons. Des bruits couraient sur l'éventualité de déportations en masse vers les camps d'Allemagne ou pour le travail obligatoire : le S.T.O.

Il se reprochait de n'avoir pas insisté, la veille, lorsqu'il avait incité son fils à quitter Tulle pour aller se réfugier dans la campagne. Auguste avait refusé, arguant qu'il était plus en sécurité en ville. Il avait ajouté qu'il n'avait rien à redouter, du fait qu'il était en règle; d'ailleurs il tenait à rester chez ses parents, au milieu de ses livres et de ses cahiers de cours.

Auguste avait mal supporté la suppression autoritaire par les forces d'occupation du concours des Grandes Écoles qui lui ouvrait une belle carrière administrative. Il avait passé avec succès le concours des Mines avec, comme sujet, cette phrase de Bergson : « *Il faut agir en homme de pensée et penser en homme d'action.* » Soudain il se trouvait confronté à un événement qui rendait dérisoire cette belle philosophie et en tirait un son creux. Penser... Agir... Ces mots étaient dépourvus de sens. Auguste ne se souvenait même plus du développement qu'il avait donné à ce concept fallacieux.

Lorsqu'on les obligea à se séparer – Auguste dans un groupe, Antoine dans un autre – le garçon ne se sentait habité que par un vide incommensurable, incapable de faire front par la pensée aux événements et de les maîtriser par l'action.

Assis par terre, l'un en face de l'autre, séparés par les évolutions de Walter et des soldats, ils ne se quittaient pas des yeux. Il y avait entre le père et le fils comme un fil invisible, tendu à craquer mais que rien ne semblait pouvoir rompre.

ABBÉ JEAN ESPINASSE

Tulle. 9 heures.

– Age? demanda le sous-officier.

– Trente-sept ans, répondit Jean Espinasse.

Le militaire avait détaillé des pieds à la tête le prêtre en soutane tandis que les SS perquisitionnaient dans l'appartement de son frère, Georges, s'attardant devant la vitrine aux bibelots et l'argenterie contenue dans le buffet.

– Vous, l'abbé, suivez-nous. *Schnell, bitte!* dit le sous-officier.

L'abbé poussa un soupir de soulagement. Son frère, prisonnier évadé, ne serait pas inquiété – il s'était retiré dans une pièce, au fond de l'appartement, avec sa famille.

Sa pèlerine sur le bras, son bréviaire à la main, l'abbé se joignit au troupeau des otages qui, par l'avenue Victor-Hugo, se dirigeait vers la gare ou la Manufacture d'Armes. Il songeait : « Après tout, c'est très bien ainsi. Me voilà traité comme ceux qui ont pris des risques pour libérer cette ville. Sauf que, moi, le prêtre, je ne laisse pas de femme et d'enfant. Mon sort est entre les mains du Seigneur. » Il se sentait détendu. A ceux qui lui confiaient leurs inquiétudes, il répondait qu'ils devaient garder confiance, que les Allemands ne pouvaient exercer de représailles sur une telle masse d'otages, que les autorités avaient d'ailleurs prévu, ainsi que l'annonçait la voiture haut-parleur, que la vie allait reprendre...

La ville semblait dévastée par une tornade. Ce n'étaient partout que magasins éventrés et pillés, vitres brisées, portes enfoncées, murs criblés d'impacts de balles. Un cadavre recouvert d'une couverture gisait encore sur le trottoir; un peu plus loin, un cercueil ouvert semblait échoué en marge du flot humain qui se dirigeait vers un estuaire inconnu.

– *Bitte!* Souvenir! *Danke!*

Lorsqu'un sous-officier déclencha l'obturateur de son appareil, l'abbé haussa les épaules et sourit avec indulgence.

C'était peut-être la dernière photo qui témoignerait de son existence terrestre.

Les parages de la « Manu » sont bloqués par des chars lourds. Vêtus de noir, les tankistes regardent, du haut de leurs engins, passer la triste cohorte. Impassibles, beaux, étranges, ils semblent venir d'un autre monde : une légion d'anges exterminateurs. Les femmes qui apportent des vivres et des vêtements aux prisonniers sont repoussées impitoyablement et menacées : « *Raus!* » Celles qui protestent, ils les mettent en joue, font claquer la culasse de leurs armes automatiques et de leurs Mausers.

En se dirigeant vers la cour centrale de la « Manu », l'abbé aperçoit Auguste Soulier que l'on est en train de séparer de son père. Un brillant sujet, Auguste; déjà, au lycée, il annonçait une grande carrière; maintenant ce n'est plus qu'un otage parmi les autres.

Assis à l'ombre, sur le bord du trottoir, l'abbé se met à lire son bréviaire pour rompre l'ennui d'une attente interminable, quand une silhouette se dessine devant lui, à contre-jour : une sorte d'épouvantail sorti d'un champ de patates.

– Un prêtre, ici? s'étonne Walter.

– Cela vous surprend? Serais-je le seul religieux au milieu du troupeau? Vous savez que cette ville compte une trentaine d'ecclésiastiques, prêtres ou séminaristes? Ferais-je figure d'élu? Aurais-je cette chance?

– Ce doit être une erreur, grogne Walter.

Il peigne d'une main fatiguée sa chevelure blonde, colorée de roux, longue et tirée en arrière comme par un coup de vent. Une lumière malicieuse crépite dans son regard d'un bleu délavé.

– Au fait, dit-il, vous n'étiez pas au combat de l'École Normale?

– Pourquoi y aurais-je été? Je suis resté tranquillement chez moi, sans prendre part aux événements.

Walter hausse les épaules, l'air bougon, gratte sa joue mal rasée.

– Pardonnez-moi de m'être mal exprimé. J'étais de ce combat, moi, et je suis un des rares survivants du massacre. Tous les officiers allemands se sont suicidés. Nous étions presque tous des Rhénans catholiques et nous aurions bien aimé avoir un prêtre pour nous assister. Regardez mes mains : j'ai failli brûler vif.

Walter montre la chair tavelée de brûlures purulentes. Il ressemble à un diable qui se serait roussi le cuir aux flammes de son enfer. Il ajoute à voix basse, tête baissée :

– J'ai assisté au suicide de mon camarade Beck. Il ne pouvait accepter l'idée de mourir par le feu et s'est fait sauter la cervelle avant que je puisse intervenir. Votre présence l'aurait peut-être sauvé.

– Peut-être, dit l'abbé, mais comment aurais-je pu le savoir?

Dans le chaud soleil de la matinée – on approche de midi – le tri se poursuit sous la direction de celui que les uns appellent déjà le « Chacal », d'autres le « Bossu ». Walter passe lentement d'un groupe à l'autre, suivi d'un soldat qui note ses décisions : grâce ou condamnation, au petit bonheur...

– Vous, là-bas, comment se fait-il que vous soyez si mal rasé?

– Vos hommes m'ont arrêté avant que j'aie pu faire ma toilette.

– Dites plutôt que vous êtes du maquis. Groupe de gauche! Et vous, montrez vos souliers. Tiens... Tiens... Il y a des traces de boue!

– Je n'ai pas eu le temps de les cirer. Tout s'est passé si vite.

– Passez à gauche!

– Mais, monsieur...

– Vous êtes sourd? Je répète : à gauche!

– Et toi, le gamin, tu ne peux pas te lever?

Un coup de pied de l'homme aux chaussettes vertes envoie le « gamin » dans le caniveau. Il s'était abrité de la chaleur contre le tronc d'un arbre.

– Ton âge?

– Dix-huit ans, monsieur.

– Tu appartenais à quelle compagnie du maquis?

– Je n'étais pas dans le maquis, je le jure.

– Tu mens! A gauche!

La terreur.

Paulette Geissler, sur les instances de Brenner, a fait libérer une trentaine d'otages appartenant à la « Manu » : un regard ou un simple geste a suffi. Le groupe de gauche s'effritant, il a fallu puiser dans la « réserve » de droite, composée de plusieurs centaines d'hommes moites d'angoisse et qui baissent les yeux pour ne pas attirer l'attention du « Chacal ».

– Qui vous a permis de fumer? dit Walter. Jetez cette cigarette, et à gauche, vite!

– Toi, tu es espagnol! Ça se voit à ton teint.

– Je suis français, monsieur, mon nom est Henri Gladi.

– Naturalisé, sans doute. A gauche!

– Non, je suis français de naissance.

D'un ton calme, Jacques-Louis Bourdelle intervient :

– Permettez-lui de vous présenter sa carte d'identité.

Gladi la cherche fiévreusement, la trouve, mais Walter, qui s'impatiente, le saisit par le bras. Bourdelle prend la carte, la tend à Walter.

– Vous voyez bien qu'il est français : il est né à Toulouse!

« Le Chacal » n'aime pas être contredit.

– Ce sont de faux papiers! dit-il. Suivez-moi!

Il entraîne Gladi. D'une bourrade, il renvoie dans le groupe de droite le jeune avocat qui les suivait et qui murmure :

– Nous nous étions fait une promesse : celle de rester ensemble quoi qu'il advienne.

Autant s'adresser à un mur. Walter est persuadé que ce sont des terroristes qui ont mutilé volontairement certains cadavres allemands, et plus spécialement des Espagnols. Ne passent-ils pas pour être habiles à jouer du couteau? Il se tourne vers son secrétaire.

– A combien se montent les effectifs de gauche?

– A soixante-dix, Obersturmführer.

– Il nous en faut cent vingt. Nous ne sommes pas au bout du compte!

Il repart en sens inverse après avoir jeté un regard de chien battu au major Kowatch qui vient de le rappeler à l'ordre sévèrement :

– Si nous vous avons confié cette mission, c'est que nous pensions que vous connaissiez Tulle mieux que quiconque. Cette opération traîne en longueur. J'exige que le tri soit terminé à midi et que nous ayons nos cent vingt otages.

« Il est facile de comprendre que des représailles sont prévues et organisées », songea l'abbé Espinasse.

Il n'avait rien observé encore du drame qui se préparait. Il n'avait pas vu ces échafaudages, ces échelles, ces escabeaux que l'on transportait, ces cordes que l'on accrochait aux balcons et aux réverbères. Il avait assisté, perplexe, au sinistre ballet des otages que les SS faisaient passer d'un groupe à l'autre sans ménagement. Il s'était interrogé sur le sens de l'examen méticuleux et apparemment absurde que Walter faisait subir aux prisonniers, les jugeant sur leur mine, leur allure, leurs mains, leurs vêtements, leurs chaussures – surtout leurs chaussures. Il avait suivi d'un œil inquiet les discussions véhémentes entre le général Bouty, chef de la délégation spéciale (maire) de Tulle, Vogel, directeur de l'usine de la Marque, Torrès, représentant le préfet consigné dans son cabinet. Il frémit en supposant qu'il se préparait une déportation massive à destination de l'Allemagne.

La chaleur était montée de quelques degrés. Oppressante, elle stagnait entre les bâtiments de la « Manu ». La musique obsédante d'un accordéon dominait le murmure des otages qui commençaient à subir les atteintes de la soif et de la faim.

Soudain, l'abbé se remémora une formule latine apprise au séminaire en prévision du jour où il pourrait être donné à un prêtre de se porter au-devant de personnes en danger, en risquant eux-mêmes leur vie : « *Etiam periculo mortis* » (« Même au péril de la vie »).

Il se sent mieux, soudain, comme si, au milieu de cette confusion, de cette absurdité, de cette tragédie, un chemin de lumière venait de se dessiner sous ses pas.

Il fait chaud comme dans un four. La chaleur cogne contre les murs des bâtiments marqués de chiffres : « 53... 55... », se répercute contre le sol où le bitume, par endroits, commence à se liquéfier. Autour de l'abbé, les hommes ont faim et soif; ils songent à celles qui les attendent derrière la barrière de chars des

SS, porteuses de nourriture, de boisson et d'espoir. Ils sont six cents environ après un premier tri; entassés dans les moindres coins d'ombre, ils somnolent, la tête sur leurs genoux repliés, rêvant du petit coin de liberté où s'épanouissait leur vie.

L'abbé Espinasse a reconnu Jacques-Louis Bourdelle, seul, sans son ami Henri Gladi [1]. L'avocat lui explique les conditions de son arrestation :

– Nous étions quatre lorsque nous avons été pris à mon domicile, au cours de la rafle. Nous nous étions promis d'affronter cette épreuve tous ensemble. Il y a quelques instants, Henri Gladi a été placé par Walter dans le groupe de gauche malgré mes protestations. Je n'ai pu le suivre.

Maintenant Jacques-Louis Bourdelle est seul, désemparé. Assis sur le rebord du trottoir, il note sur le carnet posé sur son genou quelques détails des scènes qui se déroulent sous ses yeux : la présence de l'avoué Jacques Girard encore vêtu de son pyjama sous un veston de ville – sa femme est sur le point d'accoucher – ... le mouvement des groupes de prisonniers... les affres du tri... les réflexions des Allemands : « Vous avez faim? Vous voulez du pain? Alors donnez-nous des tickets! »...

Il note encore, de son écriture nerveuse, la scène entre le général Bouty, qui a demandé la libération de prisonniers nécessaires à la reprise des activités urbaines et un officier qui lui a répondu : « N'oubliez pas les employés des Pompes funèbres! Ils vont avoir du travail... »

Bourdelle se tourne de nouveau vers l'abbé Espinasse.

– Je ne vous demande pas si vous avez une idée sur ce qu'on va faire de nous. Vous n'en savez sans doute pas plus long que moi, mais je présume qu'il n'y a rien de bon à attendre de ce qui se mijote.

– C'est vrai, dit l'abbé. Je crois seulement que je ferais bien de me préparer à exercer mon ministère. Apparemment, je suis le seul prêtre dans cette foule d'otages. Il va me falloir beaucoup de courage...

L'abbé ajoute :

– Peut-on savoir ce que vous écrivez sur ce carnet? Vos impressions, vos observations? Vous avez toujours dans l'idée

1. Henri Gladi a été pendu.

de l'écrire, ce livre de souvenirs dont vous m'avez parlé?

Bourdelle a un sourire de défi.

– Plus que jamais, dit-il.

Il rouvre son carnet sur le dernier feuillet, le tend à l'abbé Espinasse. Il a écrit :

« *Il est midi, et le soleil brille, blanc dans le ciel, brûlant la chair et les yeux...* » Puis : « *Il est près de treize heures. Le soleil est maintenant à son zénith. Il semble que l'astre soit devenu noir...* »

– C'est étrange, dit-il en prenant sa tête dans ses mains. Pourquoi ai-je écrit cette dernière phrase, ces derniers mots : « *L'astre... noir...* »?

Le silence. L'attente. Elle se poursuit, interminable, obsédante, dans la chaleur qui semble sourdre de toute part. Le bruit léger, lointain, qui se dégage de cette épaisseur de laves brûlantes, c'est celui que font la Céronne et la Corrèze mêlant leurs eaux dans un même lit, sous les hautes collines sombres plaquées de falaises de granit – un bruit de sommeil et d'été dans la torpeur de la sieste.

Les Allemands, sauf quelques sentinelles, se sont retirés pour aller déjeuner.

Antoine et Auguste Soulier n'ont pas bougé d'un pouce et ne se sont pas quittés des yeux par-dessus l'espace incandescent. De temps à autre, ils échangent un sourire et un signe de la main. Ils songent l'un à l'épouse, l'autre à la mère qui attend derrière la barrière des chars avec son panier à provisions. Ils savent qu'elle ne repartira pas avant de les avoir revus, qu'elle dormira sur place si c'est nécessaire.

Par moments, l'esprit d'Auguste dérive vers l'équation de son cours; il la reconstruit, élément par élément, comme un jeu de mécano, mais ses idées se brouillent et il avance avec peine dans cette construction complexe qui semble le narguer. Il pourrait en venir aisément à bout s'il avait l'esprit tranquille, mais il ne se fait plus d'illusion : il n'en aura pas le temps.

Le père est dans le groupe de droite; le fils dans celui de gauche.

Auguste se lève, son pardessus sur la tête pour se protéger du soleil. Il compte lentement les otages de son groupe. Ils sont soixante. Un autre groupe de même importance, a déjà été constitué.

15 à 16 heures

Son « Ausweiss » à la main, Lajugie, ingénieur en chef des Ponts et Chaussées, s'avance, seul, entre les deux groupes, silhouette fragile dans un bain de lumière éblouissante. Il titube sous le coup de l'émotion car il vient de passer devant les premiers pendus. Son idée fixe est de rencontrer Walter avant qu'il ne soit trop tard, pour lui demander de libérer son adjoint, Roussarie, qui se trouvait dans le groupe de gauche. Il a tenté en vain de convaincre l'un des gardiens, mais il a déjà le sentiment que sa démarche est vouée à l'échec, sans cesser pourtant de se dire qu'il n'a pas le droit de renoncer à la mener à son terme.

Des odeurs de cuisine viennent du bâtiment dans lequel l'ingénieur pénètre en exhibant son laissez-passer. Walter est assis à une petite table, en train de partager une omelette avec un Feldgendarme. Le serveur – un Français – apporte un troisième verre sans en avoir reçu l'ordre, mais Walter ne daigne pas faire servir du vin au visiteur auquel il adresse un regard de chien que l'on dérange alors qu'il est en train de ronger un os.

– Pardonnez-moi, dit Lajugie, mais j'ai une requête pressante à formuler. Pierre Roussarie, ingénieur des Travaux Publics à la Préfecture, a été arrêté et figure dans le groupe de gauche. Outre qu'il n'a rien à se reprocher, il est nécessaire à la bonne marche de notre service. Je vous demande instamment de le faire libérer.

– Un innocent, bien sûr! grogna Walter. Encore un! Croyez-vous que je l'ignore? Tous les otages, à quelques exceptions près, sont innocents. Si j'accédais à votre requête, mon cher Lajugie, il faudrait un autre innocent pour le remplacer. C'est impossible! En revanche, je suis prêt à examiner la liste du personnel de vos services. S'il y en a qui doivent être libérés, ils le seront.

– Combien a-t-on prévu d'exécutions?

– Rien n'est encore fixé, mais vous ne tarderez pas à le savoir.

Lajugie s'assied à la table voisine pour rédiger sa liste. Il s'arrête de temps à autre, insiste :

– Roussarie n'a jamais eu la moindre activité dans la Résistance. C'est un père de famille exemplaire. Nous avons besoin de lui.

Walter soupire, hausse les épaules, grommelle :

– Nous verrons. Je ne peux rien vous promettre.

– On pourrait le faire sortir du groupe discrètement, sous un prétexte quelconque.

Walter avale un verre de vin sans répondre, frotte le dos de sa main brûlée, jette un coup d'œil distrait sur la liste que l'ingénieur a déposée devant lui.

– Je vais examiner votre proposition, dit-il. Maintenant, veuillez m'excuser, mais la « grosse opération » doit se poursuivre.

Il ajoute en se levant :

– Croyez-moi, Lajugie, je préférerais être à votre place qu'à la mienne.

Le visage aigu du chef de bataillon Heinrich Wulf semble assombri par la colère. L'ordre émanant du major Kowatch l'a sur le moment laissé sans voix. Soudain, il a explosé.

– « Hascha », j'ai l'impression que le major se moque de nous! Nous sommes des soldats, pas des bourreaux. C'est à la Feldgendarmerie de faire ce travail répugnant, pas à nous! Nous ne sommes pas chez les Ivan!

– Je suis bien de votre avis, dit « Hascha » Kurtz, mais il vous est difficile de refuser, et d'ailleurs il est trop tard. Il y aura cent vingt pendus. Faisons appel à des volontaires.

– Des volontaires... C'est une bonne idée. Demandez-les dans la compagnie des pionniers et venez me rendre compte.

– Sadi Schneid, dit « Hascha » Kurtz, suis-moi. Tu donneras l'exemple.

Les pionniers se font tirer l'oreille. Ils sont seulement quatre à s'avancer d'un pas hésitant et à observer un garde-à-vous un peu mou.

– C'est tout! bougonne Kurtz. Il me faut vingt gars décidés. Vous avez des couilles, oui ou merde?

Personne ne bouge.

– C'est pas du travail pour nous, dit un vétéran en train de cirer ses bottes avec de longs jets de salive.

– Bande de pédés! explose Kurtz. Vous avez déjà oublié les

quarante camarades qui ont été tués et mutilés avec la complicité de la population? Sadi, toi qui as aidé à ramener les cadavres, dis un peu dans quel état ils étaient!

– Pas beaux à voir, dit Schneid. Coupés en deux, les couilles entre les dents, la tête écrasée...

– Alors, vous vous décidez, bande de pleutres! hurle Kurtz. Il me faut vingt gars, et pas de la graine de mauviette.

Quatre autres soldats s'avancent.

– Nous allons procéder à des désignations d'office, soupire Kurtz, congestionné.

Il désigne un jeune Alsacien, ami de Sadi, Pierre, qui recule épouvanté.

– Je vous en prie, Hauptscharführer, pas moi! Vous ne pouvez pas me demander ça!

Il s'assied sur une caisse de munitions, les mains sur les yeux, salué par l'adjudant-chef d'un méprisant *Franzosen Kopfe.* La « petite tête de Français » gémit, mais ne bouge pas.

– Si tu refuses de passer le collier aux otages, dit Kurtz, tu seras quand même de l'escorte. C'est un ordre. Il me faut encore treize gars. Toi... toi... toi...

Il a enfin rassemblé ses vingt « volontaires » lorsque le vétéran, un nommé Friedrich, se lève et crie :

– Vous êtes des salauds! Tous des salauds!

– Toi, dit Kurtz en le désignant d'un index menaçant, tu auras de mes nouvelles!

Les jeunes des Chantiers de Jeunesse encadrèrent les cent vingt otages conduits par l'abbé Jean Espinasse. Le cortège lamentable marqua une halte devant la salle d'attente de la Manufacture où se tenait un groupe composé du général Bouty, chef de la délégation spéciale de Tulle, du major Kowatch, de personnalités civiles et militaires.

L'abbé interpella le général Bouty :

– Puisque ces innocents vont mourir, dit-il, demandez pour moi l'autorisation de leur offrir le secours de mon ministère, je vous prie.

Le général Bouty déféra la demande au major Kowatch qui prit une mine renfrognée et demanda à réfléchir.

– Le temps presse, mon général, insista l'abbé. Voulez-vous

rappeler au major que la Convention de Genève autorise les ministres du culte à intervenir en de telles situations?

Le maire traduisit dans la langue allemande qu'il maîtrisait à la perfection.

– Soit, répondit Kowatch, je permets, mais à condition que ce soit bref.

L'abbé ne put réprimer l'insolence qui lui montait aux lèvres :

– Dites-lui que mon intention n'est pas de faire des discours!

– Je préfère ne pas traduire, dit le maire.

– Je vous le demande instamment, mon général.

Sous la visière du képi, le visage du géant se crispa. Pour toute réponse, il se contenta de tourner les talons.

Quelle force, soudain, quelle sensation d'invulnérabilité habitait l'aumônier du lycée? Il se sentait investi d'une puissance spirituelle si intense qu'il se devinait capable de tenir tête aux bourreaux sans ressentir le moindre frémissement de peur. Il se répétait : « C'est la Providence qui m'a aiguillé vers cette mission, qui m'a ordonné d'apporter le secours de mon réconfort à ces innocents. Je suis le ministre du Seigneur, fort de sa force et de ma conviction. La colère que je ressens me permet d'accomplir de sang-froid une mission à laquelle je n'étais pas préparé et que, sans elle, je serais incapable de mener à bien. »

Un fragment de texte sacré lui revint brusquement en mémoire, un verset du Psaume 75 : « *Les colères de l'homme te glorifient quand tu recueilles les survivants de ces colères...* »

Ils étaient là, une dizaine, troupeau pitoyable encadré par les SS tenant leur mitraillette braquée sur eux. Une dizaine d'hommes hébétés, parqués dans la petite cour des « Écuries », emprisonnés dans un cercle d'angoisse qui se resserrait sur eux, les faisait se presser les uns contre les autres comme des moutons devant l'orage. Dix hommes encore dans l'ignorance du sort qui leur était réservé et qui, depuis des heures, avaient épuisé toutes les hypothèses, passant de l'espoir au désespoir sans pouvoir s'arrêter à une certitude.

En voyant l'abbé Espinasse s'approcher d'eux, ils redressèrent la tête. Cette mince et haute silhouette noire qui se détachait sur l'incandescence des murs, que venait-elle leur annoncer? Certains y virent la promesse d'une libération, d'autres la nouvelle de leur mort prochaine. La gorge contractée, serrant les poings, ils écoutèrent le prêtre qui leur parlait d'une voix douce, qui leur disait :

– Mes amis, vous allez paraître devant Dieu. Il y a parmi vous des catholiques, des croyants. Le moment est venu de recommander votre âme au Père qui va vous recevoir. Faites un acte de contrition pour toutes vos fautes. Je vous donne l'absolution.

Au bruit des sanglots mal étouffés se mêlait la voix de deux Algériens qui protestaient qu'ils étaient de bons Français et qui se demandaient ce qu'ils faisaient là. Des innocents...

– Je le regrette profondément, dit le prêtre, mais l'ordre des exécutions est donné. Je ne puis rien pour vous, mais seulement pour vos âmes, quelle que soit votre confession.

Le prêtre traça au-dessus du troupeau le signe de l'absolution et, sans cesser de prier, accompagna les condamnés.

Arrivés à l'entrée de la rue du Pont-Neuf, les otages auxquels on avait lié les mains marquèrent un recul en voyant les cordes qui pendaient aux balcons et aux réverbères, et les SS qui attendaient le premier groupe en plaisantant. A la terrasse du Tivoli la musique nasillarde du pick-up avait repris, et la « Chienne » était là de nouveau, fumant cigarette sur cigarette, buvant dans les verres des officiers, riant et plaisantant avec eux.

Les mains liées dans le dos, les condamnés s'avancèrent, poussés à coups de crosse vers leurs bourreaux. Certains portaient encore sous le bras un morceau de pain ou un vêtement qu'ils laissèrent tomber à terre.

Kowatch venait de quitter les lieux du drame pour une destination inconnue. Le bourreau, Otto Hoff, commençait à manifester son impatience : les instruments du supplice étaient en place depuis longtemps et ses soldats « volontaires », ainsi que les jeunes des Chantiers, qui formaient une haie à proximité, ruisselaient de sueur. Il se décida et hurla :

– Tout le groupe, avancez! Toi d'abord!

L'homme qu'il venait de désigner leva les yeux, posa le pied sur le premier échelon, le retira, tourna vers ses bourreaux un regard chargé d'angoisse.

– *Scheisse! Schnell, Schwein*[1]! beugla Otto Hoff.

Un coup de crosse dans les reins arracha une plainte au condamné. Il monta lentement, se laissa sans un mot de protestation passer la corde au cou par un soldat qui se tenait sur une autre échelle en face de lui. Il ouvrit la bouche comme s'il voulait crier ou appeler, mais sa voix resta bloquée dans sa gorge. D'un coup de pied, Hoff fit basculer l'échelle. Quelques soubresauts animèrent la victime qui s'immobilisa presque aussitôt dans le mouvement pendulaire de la corde.

– Au suivant! hurla Otto Hoff.

A dix reprises, la même scène se reproduisit. La mort, ou du moins la perte de conscience était brutale et la victime s'immobilisait presque instantanément. Un seul otage du premier groupe se débattit au bout de la corde et le soldat chargé de l'exécution dut le frapper violemment pour hâter sa fin.

Lorsque le dixième condamné du groupe fut exécuté, l'abbé Espinasse vit s'avancer un autre groupe qui marchait vers le lieu du supplice avec une oppressante lenteur. Il donna l'absolution aux otages et les accompagna jusqu'au lieu des exécutions. L'un des condamnés ayant marqué un mouvement de recul en présence du spectacle qui se présentait à ses yeux, un SS brisa sur ses reins la crosse de son Mauser en l'injuriant. Un autre prisonnier, la corde qui lui était destinée s'étant rompue, dégringola sur le trottoir; un SS l'acheva d'un coup de feu dans la nuque.

Une fusillade venait d'éclater près du pont sur la Corrèze lorsque le troisième groupe de dix otages se présenta. Un rugbyman bien connu à Tulle, François Theillé, étant parvenu à s'arracher à son groupe, s'était précipité dans le lit de la rivière, presque à sec. Une salve l'avait achevé. Son cadavre gisait sur une petite plage de gravier où l'abbé Espinasse le rejoignit peu après pour constater qu'il était mort.

Tiré de sa somnolence par des ordres rauques, Auguste Soulier se lève, laisse son pardessus glisser à terre; il sait que, désormais, il n'en aura plus besoin. Il lui a suffi de voir apparaître l'abbé Espinasse pour comprendre quel sort est réservé aux membres de

1. Merde! Grouille-toi, espèce de cochon!

son groupe. D'ailleurs les mimiques d'un jeune SS de trois à quatre ans son cadet, visage d'enfant sous le casque trop grand pour lui, sont suffisamment explicites.

Derrière ses lunettes son regard s'embue. Il s'essuie les yeux du revers de la main. « Je n'aurai jamais la solution de mon problème », songe-t-il. Partir avec dans la tête cette inconnue qui le harcèle lui est insupportable. Il s'était pourtant trouvé confronté à des équations plus complexes. Pourquoi celle-ci l'obsède-t-elle à ce point? Machinalement, son cerveau réenregistre les données préliminaires, mais soudain tout l'édifice vacille. Le fils de l'instituteur laïque reçoit l'absolution qu'il n'avait pas sollicitée, lui qui ne croit ni à Dieu ni au Diable, qui a voué sa vie aux mathématiques.

Son seul espoir est de revoir son père une dernière fois. Un spasme d'angoisse se noue dans sa gorge et un vertige le fait chanceler : peut-être cette chaleur qui semble s'alourdir avec les heures, ou la privation de nourriture, lui qui a un solide appétit...

Après avoir essuyé ses lunettes, Auguste cherche son père. Il a disparu. Les Allemands l'auraient-ils, lui aussi, conduit au supplice? L'officier qui les a arrêtés lui a pourtant dit : « Non, vous trop vieux ». D'ailleurs il se trouvait dans le « bon groupe ». Il lui a semblé, durant une brève somnolence, qu'on criait son prénom, mais il n'y avait pas prêté attention. Et maintenant la place où était son père est vide. Sa présence lui aurait été une consolation et un encouragement. Il a dû, la mort dans l'âme, rejoindre son épouse et attendre avec elle, contre tout espoir, derrière la barrière des blindés, qu'un miracle se produise, qui lui rendrait son fils.

Avant de partir, Auguste se retourne une dernière fois, scrute désespérément les rangs des civils encore parqués plus haut, sur un trottoir de la voie d'accès à la « Manu ». Il est seul; il sera seul jusqu'à la fin.

Son ami Yves Boissier, élève des Beaux-Arts, qui, près de lui, fume sa dernière pipe, lui dit :

– Si c'est ton père que tu cherches, c'est inutile. Il est parti avec un groupe qui a été libéré il y a quelques instants, alors que tu somnolais. Il t'a appelé, mais tu n'as pas répondu.

Boissier fume tranquillement sa pipe car on a oublié de lui lier les mains dans le dos comme aux autres. Il ne l'a retirée de sa bouche que lorsque l'abbé Espinasse a donné sa bénédiction au groupe. Il poursuit :

– Tu te fais du mal inutilement. Songe plutôt à notre partie de bridge de la semaine dernière. Tu avais une chance fantastique, mon salaud!

Il lui tend sa pipe.

– Si tu veux tirer une bouffée...

Auguste secoue la tête. Il n'aime pas le tabac qui diminue les facultés de la mémoire, et il tient à la sienne, qui est prodigieuse. Prodigieuse? Comment se fait-il alors qu'il n'arrive pas à reconstruire son équation? Les chiffres, les signes s'effacent comme du sable sur une plaque de verre dans un souffle de vent.

– Ça va être notre tour, dit Boissier. Courage, mon vieux! J'aurais bien aimé finir cette pipe. Je vais en faire cadeau à ce jeune bidasse qui a une bonne gueule.

Il tend sa pipe au soldat qui le regarde, bouche bée, se laisse en plaisantant lier les mains dans le dos, monte avec un sourire crispé les échelons, sous le balcon d'où pend le nœud coulant, tend sa tête au bourreau.

– Nous nous reverrons peut-être dans l'autre monde! s'écrie-t-il, et nous aurons l'éternité pour bridger et faire l'amour. Salut, mon pote!

« Maintenant, songe Auguste Soulier, c'est mon tour. »

Il repousse le soldat qui l'aidait à monter, titube, s'appuie de l'épaule contre le montant de l'échelle, se retourne au risque de dégringoler. La « Chienne » est là, à quelques pas de lui, le poing dans le creux de sa hanche, lâchant des bouffées de cigarette en direction des pendus, plaisantant d'une voix rauque.

– Salope! crie Auguste. Putain!

Tandis qu'on lui passe le nœud coulant autour du cou, il a le temps de voir, de l'autre côté de la rue, le cadavre suspendu à un crochet de la boucherie paternelle de son ami Jean-François et d'entendre les cris de la mère derrière les persiennes closes. Jean-François Vieillefond n'avait pas dix-huit ans.

Auguste crie le nom de son ami une fois, deux fois, puis le monde bascule autour de lui et se déchire dans un éclair fulgurant.

Le message était bref. Avant de le glisser dans son bréviaire avec les précédents, l'abbé Espinasse lut : « *Au revoir, ma chérie, mes petits et toute ma famille que j'aimais tant. Appelle celui qui doit naître Charles ou Marie. Je pars pour être pendu. Au revoir, mon amour, mes chéris. – Charles.* »

– Je remettrai ce message à votre épouse, dit l'abbé, et je lui dirai que vous êtes mort courageusement.

Il recueillait un autre message qu'un otage lui confiait, lorsqu'une voix brutale éclata dans son dos. Il se retourna. Un Unterscharführer le toisait, pointant sur lui sa Schmeisser, hurlant en langue allemande des mots que l'abbé était impuissant à comprendre.

– J'ai l'autorisation du major Kowatch! dit-il. J'exerce mon ministère en vertu de la Convention de Genève, qui...

Le canon de la mitraillette appuyé brutalement contre sa poitrine le suffoqua, tandis que, de son bras libre, le SS lui faisait comprendre qu'il devait décamper.

– Monsieur l'abbé, dit un chef d'équipe des Chantiers, n'insistez pas. On ne peut pas discuter avec ces brutes. Il est sur le point de vous abattre. Vous avez vu sa mine?

– Je dois rester. Je fais mon devoir de prêtre et personne ne m'en empêchera!

– Alors évitez de faire le signe de la croix. Ça n'a pas l'air de lui plaire.

– Soit! Mais je reste.

Walter Schmald surgit alors que le SS continuait à aboyer des injures et des menaces. L'abbé lui ayant confié ses inquiétudes, Walter haussa les épaules.

– Mieux vaut ne pas lui tenir tête. Suivez-moi.

Il précéda l'abbé jusque devant la salle d'attente de la « Manu ».

– Ne bougez pas d'ici, dit-il, et vous pourrez exercer votre ministère sans être inquiété. Je vais faire conduire les autres groupes jusqu'ici. Si vous avez des ennuis, appelez-moi. Je ne serai jamais très loin. D'ailleurs les exécutions tirent à leur fin. On est en train de tresser les dernières cordes. Celles que nous avions préparées étaient en quantité insuffisante...

Marcel Demeaux... L'abbé le connaissait bien. Ce professeur de philosophie du lycée Edmond-Perrier était, au plan idéologique, un adversaire, marxiste bon teint, débatteur redoutable, qui refusait pourtant avec dédain les discussions et les débats auxquels l'aumônier le conviait.

Bouleversé, l'abbé Espinasse vit Demeaux se précipiter vers lui en larmes, l'embrasser, lui crier, d'une voix entrecoupée de sanglots :

– Que va-t-il nous arriver, monsieur l'aumônier?

– Mon pauvre ami, il n'y a pas d'alternative : vous allez mourir comme les autres. Je ne puis vous en dire plus, mais je puis vous rassurer : votre fin sera brève.

Avec une pointe d'agacement, Demeaux rétorqua :

– Je sais que je vais mourir. Nous le savons tous. Ce que je souhaite apprendre c'est ce qui va se passer... après.

– Dois-je comprendre que vous me demandez, à moi, ce que vous allez devenir après votre mort?

– C'est cela, dit Demeaux.

L'abbé soupira. Il aurait fallu des heures pour faire comprendre au professeur de philosophie ce qui se passe derrière le rideau noir, lui montrer la lumineuse présence à laquelle il allait être confronté, lui, l'irréductible sceptique, mais le temps pressait et, au-dehors, les SS s'impatientaient. Moloch réclamait son contingent de chair vivante.

– Je connais bien vos opinions philosophiques, monsieur le professeur, dit l'abbé. Moi, je ne puis vous donner que mon témoignage de chrétien. Dans quelques instants, vous allez paraître devant Dieu et vous le connaîtrez ainsi avant moi et mieux que moi.

Un jeune ouvrier interrompit le dialogue. Tourné vers ses camarades d'infortune, il dit d'une voix forte :

– Pas la peine de faire les malins, les gars. Nous sommes foutus, mais, comme nous sommes chrétiens, nous allons nous agenouiller et faire notre prière.

L'abbé ne quittait pas de l'œil Marcel Demeaux. Le professeur promena son regard autour de lui, et, brusquement, fléchit les genoux et inclina la tête.

Puis, sur un ordre rauque des SS, les otages se relevèrent pour marcher au supplice.

Le mouvement se précipitait, si rapide que le prêtre avait du mal à accomplir son office. Tous les condamnés, sans exception, acceptèrent la bénédiction suprême. Certains manifestaient le désir de s'entretenir avec lui, de lui confier une lettre ou une mission, de lui remettre des objets.

Tandis que les jeunes des Chantiers tressaient de nouvelles cordes, Walter, qui paraissait plus détendu que dans la matinée, s'approcha du prêtre.

– Vous l'ignorez certainement, dit-il, mais, dans ma jeunesse, en Belgique, j'ai failli entrer en religion. J'ai été élevé dans un collège tenu par des religieux. C'est là que j'ai appris le français.

– Vous le parlez sans accent.

– C'est ce qu'on me dit souvent. Cela m'a permis d'entrer plus facilement au service de la Gestapo.

– Et surtout de ne pas partir pour le front de l'Est, n'est-ce pas ?

Walter eut un mince sourire.

– Vous êtes très perspicace, monsieur l'abbé.

Malgré le sentiment d'une relative « complicité » entre lui et Walter (ce mot revenait comme un leitmotiv obsédant à son esprit), le prêtre ne pouvait résister au désir de sonder plus profondément ce personnage énigmatique, ce chrétien qui devait, en cet instant précis, affronter un rude débat avec sa conscience, mais il convenait tout d'abord d'essayer de sauver des otages en profitant des bonnes dispositions de son interlocuteur.

– Écoutez, dit l'abbé Espinasse, au nom de ce Dieu que nous vénérons, je vous conjure d'accorder la grâce à ceux qui restent.

Walter secoua la tête.

– Un chiffre a été fixé par les autorités supérieures, et ce sont les SS qui exécutent les ordres. Moi je n'ai pour mission que de faire le choix des victimes.

– Le général qui commande la division « Das Reich » ne sera pas là pour faire le compte des pendus.

– Non, dit songeusement Walter. Lammerding est reparti je ne sais où.

– Alors renoncez de votre propre initiative à poursuivre ces exécutions. Ces gens, à part les deux maquisards que vous avez identifiés, sont des innocents. Vous le savez, et vous savez aussi que vous êtes complice d'une monstrueuse injustice dont vous aurez à rendre compte devant Dieu.

– Innocents! Innocents! dit Walter avec colère. Savez-vous ce que j'ai répondu quand on m'a demandé de repérer parmi les otages ceux qui étaient susceptibles d'avoir participé à l'attaque de Tulle? Que tous les habitants adultes de cette ville étaient des résistants ou des complices des terroristes. Tous ou presque! Dans le troupeau que les SS ont rassemblé ici, il devait bien y avoir quelques « collabos », comme vous dites. Il y avait même un gars qui prétendait être un permissionnaire de la Légion des Volontaires Français contre le bolchevisme, mais il a fait preuve de tellement d'arrogance que je ne l'ai pas cru. Il se balance maintenant au bout d'une corde.

– Les vrais maquisards sont dans les collines. Allons, Walter, soyez lucide! Vous savez que la guerre est perdue pour l'Allemagne et que vous aurez des comptes à rendre. Faites cesser ces pendaisons et j'en tiendrai compte dans mon témoignage.

– Ça m'est impossible! Vous oubliez que je suis le lieutenant Walter Schmald et que je dois obéir aux ordres!

Tandis qu'ils parlementaient, un groupe d'otages que l'on s'apprêtait à envoyer sous les balcons de la rue du Pont-Neuf s'était rapproché et, à quelques pas, suivait avidement la discussion, du moins les bribes qui leur parvenaient.

– Ainsi, dit le prêtre, entre votre conscience de chrétien et votre devoir de soldat, vous avez choisi. Je vous plains. Lammerding est reparti, et Kowatch a fait de même. Demain, sans doute, la division aura repris la direction de la Normandie. Qui contrôlera le nombre des cadavres? Personne!

Walter gratta son menton râpeux, balaya le sol de la pointe de sa chaussure. Le prêtre se garda de rompre un silence qu'il devinait prometteur. Une bouffée d'espoir gonflait sa poitrine.

– Ce groupe doit partir, dit Walter d'une voix glacée, sinon les SS pourraient me fusiller pour avoir désobéi aux ordres, et ce serait en pure perte.

Un détail attira soudain l'attention du prêtre. Il venait de constater que le groupe se composait de treize condamnés, alors que les précédents n'en comptaient que dix.

– Il y en a trois de trop, dit-il. Faites-les libérer.

– Soit! soupira Walter avec une pointe d'irritation dans la voix. J'accepte cette nouvelle grâce pour trois hommes.

A peine cette décision avait-elle été prise, les prisonniers entourèrent l'abbé, brandissant des photos de famille, rappelant qu'ils laissaient une femme, des enfants, une fiancée...

– Moi, monsieur l'abbé, moi! moi! moi!

Bouleversé, le prêtre ne put que rétorquer :

– Mes pauvres amis, ce sont les Allemands qui ont décidé ces exécutions. C'est à eux de faire un choix. N'exigez pas cela de moi, ça m'est impossible Tout ce que je puis faire, c'est vous donner l'absolution.

– Faites vite! dit Walter. Ce groupe doit partir tout de suite.

Son office accompli, le prêtre se dirigea vers Walter.

– J'ai une dernière proposition à vous faire, dit-il. Pendez-moi à leur place.

– C'est impossible, dit Walter. Il faut dix hommes.

Venue de très profond en lui, une idée germa dans l'esprit de l'abbé. Il allait dire : « Laissez-moi partir à la place de l'un de ces hommes », mais Walter s'était éloigné sans vouloir rien entendre de plus et l'abbé n'insista pas. Une autre pensée qu'il refoulait le harcelait impitoyablement : « Tu ne peux pas faire ça à ta mère. Elle comprendrait ton sacrifice, mais quelle souffrance serait la sienne! » Il se traita de lâche. Il devinait qu'il faudrait des mois, des années, pour oublier ce geste de sacrifice manqué. Il se dit : « Tu viens de laisser passer l'occasion d'être un héros, d'accéder au martyre. Pourquoi? Pourquoi, Seigneur? »

Tristement, il regarda le groupe qui s'apprêtait à prendre le chemin du supplice, quand un événement insolite attira son attention. Un jeune SS, qui ne faisait pas partie des bourreaux, présentait l'un des condamnés, jeune comme lui, à Walter, afin d'obtenir sa grâce.

– Accordé! bougonna Walter.

Il ajouta à l'intention du prêtre :

– Ce que ce SS vient de me demander n'a rien de surprenant : c'est un Alsacien. Ce condamné était le centième. Il n'y aura donc eu, grâce à ce soldat, grâce surtout à vous, que quatre-vingt-dix-neuf exécutions. A ma connaissance, c'est la première fois, dans toute cette guerre, qu'on a pu arracher par la persuasion des condamnés aux « griffes de la Gestapo », comme disent les Français.

– Je vous remercie, dit l'abbé. Lorsqu'on vous demandera des comptes, n'hésitez pas à faire appel à moi. Je vous promets, où que ce soit, de témoigner en votre faveur.

Walter se retira sans mot dire. Le prêtre regarda l'homme aux chaussettes vertes s'éloigner, plus voûté que jamais, dans la lumière du soir, en frappant du pied devant lui comme s'il voulait balayer quelque obstacle sur son chemin [1].

– *Verboten!* cria l'abbé Espinasse. Je vous l'interdis!

Assis sur le bord du trottoir comme un brocanteur, il était occupé à faire le recensement des objets, des portefeuilles, des lettres que les victimes lui avaient confiés. Le SS s'était approché de lui, sa mitraillette sur le ventre, une lueur de convoitise dans l'œil. Il avait saisi une montre en or et s'apprêtait à la mettre dans sa poche quand le prêtre la lui avait arrachée.

– *Verboten!* Interdit!

Le soldat disparut mais revint quelques minutes plus tard avec un acolyte. Tandis que l'un d'eux mettait le prêtre en joue, l'autre raflait, sur la pèlerine où ils étaient étalés, quelques objets précieux. Le prêtre ne se laissa pas impressionner.

– Vous êtes des voleurs! s'écria-t-il. *Verboten!* Commandant!

Surpris par la vigueur de la résistance, les deux SS échangèrent un regard de désappointement, relâchèrent le magot et se retirèrent piteusement. Le cœur affolé, l'abbé replaça les objets dans sa pèlerine.

La colère de l'abbé Espinasse devait éclater de nouveau un moment plus tard, lorsqu'il se trouva en présence de Maurice Roche, secrétaire général de la Préfecture, venu en uniforme sur les lieux des exécutions, alors que les cadavres gisaient encore le long des trottoirs.

– Comment se fait-il que le préfet ait été absent? demanda-t-il sèchement.

– Il est consigné dans son cabinet, répondit Roche, embarrassé, et il a beaucoup d'affaires sur les bras.

– Croyez-vous qu'il y en ait de plus importantes que celle-ci?

1. Walter Schmald devait être fusillé par la Résistance.

– Si vous le jugez utile, nous pouvons lui demander de venir. Voulez-vous me suivre?

Ils se retrouvèrent peu après devant l'hôtel Moderne, siège de la Kommandantur, en même temps que le préfet.

– Racontez-moi ce qui s'est passé, dit ce dernier. Le général Bouty m'a fait un premier rapport très incomplet.

Tandis qu'ils roulaient vers la rue du Pont-Neuf, l'abbé fit au préfet, d'un ton sec, le récit des événements qu'il venait de vivre. Roche, qui avait assisté aux dépendaisons, parla du bruit mou, atroce, que faisaient les cadavres tombant à la verticale sur la chaussée ou le trottoir, un bruit qu'il garderait dans l'oreille toute sa vie.

Contrairement à ce qu'annonçait l'affiche, les cadavres, par mesure d'hygiène, ne seraient pas jetés dans le « fleuve ». Kowatch imposa comme lieu d'inhumation le dépôt d'ordures de Cueille, à la sortie ouest. Les cadavres seraient arrosés de chaux.

Une noria de camions-bennes avait commencé entre Tulle et Cueille. Des jeunes des Chantiers, sous la surveillance des SS, creusaient les fosses destinées à recevoir les cadavres. Mitraillettes braquées, les soldats tournaient autour du préfet et de sa suite, en grommelant comme des dogues excités.

– Que disent-ils? demanda le préfet.

Roche, qui connaissait parfaitement la langue allemande, traduisit :

– Ils disent que ces bandits qu'on est en train d'ensevelir ne méritent pas les honneurs qu'on leur rend. Leur ton est menaçant. Mieux vaut ne pas s'attarder.

– Nous allons tout de même dire une prière pour ces prétendus « bandits », rétorqua le prêtre.

– C'est risqué, dit Roche, mais faites ce que vous jugez bon.

Les autres otages furent reconduits par les SS, après avoir assisté aux pendaisons. Au nombre de cinq cents, ils passèrent la nuit dans un hangar.

De pair avec Jacques-Louis Bourdelle, Noël Diederichs, scout-routier, prit l'initiative d'une prière en commun. Ayant réuni une quinzaine d'amis, ils se dirigèrent vers un endroit dégagé et se mirent à genoux. Plusieurs dizaines d'otages les rejoignirent pour s'unir dans la prière dialoguée à la mémoire des suppliciés et de leurs familles. Des noms, des visages, des voix passaient dans l'esprit de Bourdelle : Gladi, Boissier, Soulier, ses partenaires de bridge, Boucheteil qui lui tenait souvent lieu de chauffeur et qui lui avait fait cadeau de Follette. Il se prit à dire à haute voix, en parlant à Henri Gladi : « Si j'en réchappe, j'irai voir ta mère et ta fiancée. Je leur dirai que tu n'as pas eu peur et que tu es mort en pensant à elles... »

Le soir de juin tombait insensiblement, avec ses fraîcheurs de source et ses odeurs de bois. Par des espaces entre les arbres bordant les rives, la Corrèze faisait miroiter des éclats lumineux comme des ventres de poissons. Seul le crissement des bêches et des pioches maniées par les jeunes troublaient le silence. Le murmure de la prière que le prêtre disait d'une voix contractée lui succéda. Derrière les jeunes figés au garde-à-vous sur le bord des tombes, le préfet et ceux qui l'accompagnaient, les SS se livraient à des parodies grotesques et dansaient en fredonnant des chansons.

– Maintenant, il faut rentrer, dit le préfet. Nous avons tous besoin de repos.

A la terrasse du Tivoli où les lumières s'étaient allumées, des officiers et des sous-officiers sirotaient leur bière ou leur gnôle et discutaient avec de gros éclats de rire. A l'intérieur, dans une lumière de crypte, la « Chienne » dansait une valse jouée par un accordéon, au bras d'un grand officier tête nue, qui ressemblait à Otto Hoff. Ses cheveux rejetés en arrière, elle tournait comme une folle.

Sur les trottoirs envahis par la nuit, il restait encore une trentaine de cadavres [1].

1. Le calvaire des otages n'était pas terminé. Un nouveau tri était opéré le lendemain, avec Walter et Roche qui obtint d'autres libérations. Ceux qui restaient (entre 300 et 400) furent embarqués dans des camions, sous la menace : « S'il en manque un seul, tous seront fusillés! » Encadrés par des chars, les camions mettront douze heures pour arriver à Limoges, où les otages seront alignés contre un mur sous la menace des mitrailleuses. Après un tri, le dimanche, 150 otages seront déportés; une quarantaine seulement reverront leur pays. Les autres seront libérés, à la suite, semble-t-il, selon J.-L. Bourdelle qui raconte ces événements dans *Départs,* des événements d'Oradour qui auraient donné mauvaise conscience aux SS.

VENDREDI 9 JUIN 1944

JEAN-JACQUES CHAPOU
Saint-Bonnet-Avalouze. Soir du 9 juin.

Pouvoir résister au sommeil; refuser le repos tant que l'on n'a pas tout appris, qu'il reste encore quelque parcelle d'inconnu; se maintenir coûte que coûte aux limites extrêmes de la conscience, dans cette zone infinitésimale où le moindre silence prolongé risque de vous faire basculer dans une somnolence proche du sommeil...

– Si seulement je pouvais boire un bon café, un vrai café, dit Chapou. Pas une de ces lavasses de gland moulu ou d'orge.

– Ne t'énerve pas, dit Annie. Je vais te rouler une cigarette.

Elle sort de sa poche la blague de tabac « sauvage » du Quercy et un rouleur.

– Tu devrais te reposer un peu, dit-elle. Voilà deux nuits que tu n'as pas fermé l'œil. Essaie de dormir. Une heure seulement. Après ça ira mieux.

Il se renverse dans l'herbe, les mains sous la nuque. Le soir de juin coule comme un fleuve d'ambre dans la vallée, au-dessus des toits du moulin. La fraîcheur métallique montant du sol s'infiltre à travers la double épaisseur de couverture.

– Je ne veux pas m'endormir avant d'avoir vu Godefroy, dit Chapou. Il a dû déjà quitter son P.C. de Pompadour. Il sera là d'ici une heure environ s'il n'a pas trouvé d'obstacle. Lui et moi, nous avons des choses importantes à nous dire.

Odru est arrivé il y a une demi-heure environ. Dans le bief du moulin il a fait ses ablutions et un peu de lessive; on entend claquer le linge sur la pierre plate. Quand il est arrivé à Saint-Bonnet, il était en sueur car il avait longuement roulé à bicyclette en pleine chaleur.

– Tu devrais l'imiter et changer de linge, dit Annie en tendant à Chapou la cigarette allumée. Tu sens la transpiration.

– Nous verrons, dit Chapou. Demain, peut-être.

L'avant-veille, en pleine nuit, il a connu l'une des plus intenses émotions de sa vie.

Il roulait dans sa « traction » sur la départementale 10, à vive allure comme à son habitude, lorsque, dans un virage, il s'est trouvé en face de la silhouette monstrueuse d'un char Panther qui avançait, tous feux éteints. Freinant à mort, il a sauté de sa voiture alors que les petites flammes orangées jaillissant d'une mitrailleuse balayaient l'ombre. Il avait dégringolé dans le ravin, passant d'arbre en arbre, boulant sur la pente raide, avant de disparaître sous le couvert d'une forêt. Il s'était arrêté, haletant, lorsqu'il avait été certain de n'être pas poursuivi. C'est alors qu'il avait aperçu, sur la hauteur, une lueur mouvante : sa voiture brûlait. Puis il avait entendu exploser les deux grenades qu'il avait dû y abandonner.

Torse nu, André Odru remonte à pas lents, un paquet de linge humide dans une main, le savon dans l'autre.

– Comme je me sens bien! dit-il. Un bain froid : rien de tel pour vous réconcilier avec cette putain de vie!

– Il m'en faudrait bien davantage, dit Chapou.

Il en est à sa vingtième cigarette environ, depuis le début de l'après-midi. Peut-être davantage. Il ne sait pas. Il ne compte plus. Son palais est sec comme du bois, tapissé d'aphtes; un bouton douloureux s'est formé au bout de sa langue. Au moindre mouvement un peu vif, comme de chasser un moustique, son cœur sursaute et s'affole. D'où lui vient ce besoin impérieux de fumer, plus fort que sa volonté, plus fort que tout, alors que ce tabac lui brûle les muqueuses, bouffe sa mémoire, lui fait bourdonner la cervelle? Il songe sans conviction : « Quand nous serons sortis de ce merdier, je cesserai de fumer. Il me faudra du courage... »

Il se dresse brusquement sur ses coudes en entendant un bruit de feuillages écartés. Ce n'est pas Godefroy mais un agent de liaison. Il ne sait plus qui. Son nom lui échappe.

– Des nouvelles? dit-il.

– Peu de chose, dit l'homme en posant sa bicyclette contre le tronc d'un arbre. Les pendaisons...

– Je suis au courant. Combien?

– On ne sait pas au juste. On parle d'une centaine et de trois cents déportés qui auraient été embarqués dans des camions en direction de Limoges, via Brive. Il semble que quelques-uns des nôtres soient parmi les victimes. On en est sûr pour André Peuch, Pierre Vitalis, et le responsable de la C.G.T., Louis Drulliole. J'ai appris également que les Fritz ont imposé la décharge publique de Cueille comme lieu de sépulture des pendus.

– Les salauds! dit Chapou.

« On parle... », « Il semble... », « On dit que... » Chapou crispe ses poings. Son intention était de descendre à Tulle dans la journée, mais Annie l'en a dissuadé. Ce pauvre fou se serait laissé prendre à la première imprudence. Un vrai gosse...

L'agent de liaison s'assoit près de Chapou en s'essuyant le front sous son béret.

– Tu connais Michel Baluze, celui qu'on appelle « Mammouth »? dit-il. C'est un directeur d'école de la Corrèze. Il est vachement culotté, ce mec. Il était à Brive, à son P.C., quand il a appris que les Fritz opéraient une rafle à Tulle et s'apprêtaient à exercer des représailles. Sa fille était dans cette ville. Il n'a pas hésité. Il a quitté Brive à bicyclette et s'est mis à pédaler comme un fou pour remonter la colonne allemande. Arrivé à la « Manu », il demande un Ausweiss à un Feldgendarme qui le lui refuse mais l'autorise à pénétrer dans la ville. Il s'arrête chez une amie, lui demande d'aller chercher sa fille. Elle la lui ramène aussitôt. Il l'installe sur le cadre de son vélo, et le voilà reparti vers Brive sous le nez des Allemands.

– Fantastique! murmure Chapou. Note, Annie, note tout ça, nous nous en servirons un jour...

La nuit est presque tombée lorsque Godefroy arrive. Il a laissé sa voiture dans un bois, assez éloignée de la route.

– N'allumez pas vos loupiotes, dit-il. J'ai entendu des bruits de moteurs. Les Chleus continuent à patrouiller et tirent tous azimuts. Je viens de voir des cadavres de paysans au bord de la route. C'est un miracle que je sois arrivé ici sain et sauf.

Il s'assied en face de Chapou, à même l'herbe déjà toute suintante de rosée.

– Qu'ont fait les Brivistes? demande Chapou.

– Rien. L'Armée Secrète s'est opposée à toute action.

– Elle a eu raison. Les Brivistes ont ainsi échappé aux représailles. Si nous avions écouté Caulet, ce n'est pas une centaine de victimes que nous aurions à déplorer mais bien davantage. Et dans la région?

– Dans les départements qui relèvent de la R5, la situation insurrectionnelle fait tache d'huile, mais aucune ville importante n'a été prise par les partisans. Lorsque la division « Das Reich » aura quitté la région, les opérations de harcèlement contre les garnisons pourront reprendre. Elle ne restera pas longtemps à Tulle. Pas plus d'une journée ou deux. Sur son trajet vers la Normandie, elle se contentera de renforcer les garnisons territoriales.

– Où en est la situation à Ussel?

– Nos compagnies ont cerné la ville et les Chleus devront se rendre tôt ou tard à nos officiers. La manœuvre d'encerclement de la garnison se poursuit.

– Que fera le 1er régiment de France? Toujours cantonné dans cette ville?

– Il n'a pas bougé mais on parle d'un protocole d'accord élaboré entre le maire, Var, et l'A.S. pour que les Allemands soient sommés de mettre bas les armes et placés sous la protection du 1er régiment de France.

Chapou jette son mégot dans l'herbe, l'écrase du talon.

– Cela s'appelle, dit-il amèrement, tirer les marrons du feu.

Odru essuie ses lunettes voilées de poussière et de traces de sueur.

– Nos petits gars, dit-il, ne se laisseront pas posséder [1].

Il se lève, ajoute :

– Annie, tu as quelque chose à manger? J'ai une de ces fringales!

– Des œufs, du fromage et du pain, c'est tout.

– Ça pourra aller. Et toi, « Kléber », tu as mangé? Tu ne sembles pas au mieux de ta forme.

Chapou se lève à son tour.

– Moi, dit-il, je ne sors plus, je ne mange plus. En revanche, je fume et ça ne me réussit pas. Le moral est au plus bas. Quand je réfléchis, je pense que nous avons fait ce qu'il ne fallait pas et que nous n'avons pas fait ce qu'il fallait. Attaquer Tulle sans tenir compte des avertissements qui nous étaient donnés était une absurdité! C'est comme si nous avions voulu sciemment ignorer que les Allemands recevraient du secours. Tu vois le résultat! S'il y avait eu une bataille à livrer, c'est dans les gorges de la Corrèze,

1. Effectivement, ils ont réagi. La garnison allemande ayant capitulé entre les mains du 1er régiment, les F.T.P. l'ont attaquée. Les Allemands ont repris les armes et ont tué quarante-sept maquisards.

entre Brive et Tulle, qu'elle aurait dû avoir lieu. Le terrain était favorable. Qu'avons-nous fait? Rien! Pas le moindre coup de feu n'a été tiré, pas le moindre barrage dressé pour ralentir l'avance de l'ennemi. Les Allemands se sont contentés de faire des cartons sur des fermes isolées! Pourquoi, nom de Dieu! Pourquoi?

Ils se sont assis tous quatre à la table de campagne, sur les bancs massifs lustrés par des générations de paysans.

– Une autre question me trotte dans la tête, dit Chapou en se versant un verre de piquette. Nos gars ont-ils, oui ou non, commis les atrocités, les mutilations qui ont provoqué la rage des Allemands? Certains m'ont dit : ce sont les Espagnols; d'autres ont accusé la population. Oui ou non, ces atrocités ont-elles eu lieu? Et qui aurait pu les commettre?

– Nous n'en savons rien, dit piteusement Odru, le nez sur son morceau d'omelette. Certains ont vu, d'autres pas.

– Cesse de te torturer les méninges, « Kléber », dit Godefroy. Nous ne saurons peut-être jamais la vérité. Cette affaire en rejoindra d'autres au catalogue des énigmes de l'histoire.

– Mes amis, dit Chapou, ne m'appelez plus « Kléber ». Le général a perdu son panache avec ses illusions et ne le retrouvera sans doute jamais.

Depuis le matin, il est sans force et sans volonté, comme si le cours des événements l'avait rejeté sur une berge inconnue, déserte, ravagée par un ouragan, sans mémoire et sans espoir. Impuissant. Le remords commence à le tarauder insidieusement, à susciter en lui des mouvements d'angoisse impossibles à maîtriser. Il se répète qu'un officier doit combattre à la tête de ses troupes, donner l'exemple, être le premier à braver la mort. C'est ce que lui ont appris les livres d'histoire qu'il a lus dans sa jeunesse. Les généraux de la Révolution : Kléber, Hoche, Marceau, Jourdan n'auraient pas agi comme ils l'ont fait, Godefroy, Caulet, Odru et lui-même. Ils n'auraient pas fui en laissant la population désarmée face à la plus puissante machine de guerre des temps modernes. Le mot de « lâcheté » lui vient à l'esprit, lui monte aux lèvres, l'oppresse, mais il ne le prononce pas. A quoi bon ajouter la honte à la honte?

Odru se sert une autre portion d'omelette.

– Je sais ce que tu penses, dit-il. Nous aurions dû rester à nos postes et résister jusqu'au dernier. Ç'aurait été un geste héroïque, magnifique, mais absurde. Nous aurions été écrasés, exterminés sans que la population bénéficie de notre sacrifice, bien au contraire : les Boches lui auraient fait payer plus cher encore le prix de l'insurrection car ils auraient eu un nombre plus élevé encore de victimes et ils auraient peut-être fait brûler la ville. Nous avons commis la faute d'attaquer prématurément et aveuglément, mais nous avons des excuses : notre défaut de système de liaison et d'information. Cette division, personne ne croyait qu'elle passerait par Tulle. Moi le premier. Nous ignorions jusqu'à son existence. Je suis parmi les responsables de cet échec, mais ce n'est pas ce qui me fera renoncer à la lutte. Quant à toi, qui as été le plus lucide d'entre nous et le plus prudent, tu seras toujours pour nous « Kléber ». C'est un surnom qui te restera attaché pour la vie.

Chapou repousse son assiette, Il n'a pas mangé la moitié de sa portion d'omelette et il ne touchera ni au pain ni au fromage. Il n'a pas faim; seulement un énorme besoin de sommeil et d'oubli.

Distraitement, il écoute Godefroy et Odru s'entretenir d'une nouvelle diffusée la veille à la radio de Londres : le général américain Eisenhower aurait proposé à Hitler de traiter les francs-tireurs comme des soldats appartenant à des troupes régulières. Hitler a dû bien rire en écoutant cette proposition.

– J'ai une autre nouvelle à vous apprendre, dit Godefroy. Vous savez que, depuis le 2 juin, a été créé un état-major F.F.I. régional. Déchelette, délégué du gouvernement provisoire de la République, aura la haute main sur les F.T.P. et sur l'A.S., ce qui nous permettra d'organiser des opérations concertées. Je suis nommé au poste d'adjoint au chef régional des F.F.I. : Rivier.

Annie saisit la bouteille de piquette.

– Voilà une bonne nouvelle, dit-elle. Compliments! Ça s'arrose...

– Prends ton calepin et note, dit Chapou.

– Ça ne peut pas attendre demain? dit Annie. J'ai sommeil.

– Nous en avons pour quelques minutes seulement.

– J'en suis incapable! gémit Annie. Le crayon me tomberait

des mains. D'ailleurs ce n'est pas cette nuit que tu vas transmettre tes instructions aux groupes.

– Refus d'obéissance! lance Odru en plaisantant. Préparez le peloton d'exécution!

– Soit, dit Chapou. Je te fais grâce. Nous attendrons demain.

Annie s'éveilla à l'aube, hésita avant de secouer l'épaule de Chapou qui dormait depuis une heure à peine après une nuit agitée. Elle lui embrassa l'oreille, murmura :

– Excuse-moi de te réveiller, mon chéri, mais c'est ce que tu m'as demandé. Il fait un temps magnifique. Je vais préparer le café au lait et nous irons nous asseoir dans l'herbe pour travailler. Repose-toi encore quelques minutes. Rien ne presse.

Chapou se rendormit. Il se réveilla quelques minutes plus tard en respirant une odeur insolite, se leva en titubant.

– Regarde ce que j'ai préparé pour toi! dit-elle triomphalement.

– Je rêve! dit-il. Du café? Du vrai café?

– C'est une surprise. Je gardais précieusement une poignée de grains dans une petite boîte bien cachée. Ne dis rien aux autres. C'est pour nous deux. Tu veux combien de sucres?

C'était du vrai sucre découpé en petits cubes d'une régularité et d'une blancheur magique. Il n'y a que les femmes pour imaginer de telles fêtes.

Ils déjeunèrent dans une sorte de béatitude puis allèrent s'asseoir dans un coin de prairie tout givré de rosée et tendu de toiles d'araignées en fils d'argent. Le soleil clignotait à travers les feuillages, faisait éclater des gerbes de rayons sur la pente qui descendait vers la route. Annie murmura dans l'oreille de Chapou une chanson qu'elle aimait : « *Chéri, les jardins nous attendent – car ils ont besoin d'amoureux...* »

– Au travail! dit joyeusement Chapou.

– A vos ordres, chef! répondit Annie.

Chapou se recueillit quelques instants, la tête contre ses genoux repliés, puis il commença à dicter, lentement en suçant un brin d'herbe :

« Instructions aux commandants des sous-secteurs et bataillons :

« Après les dernières opérations de Tulle, qui n'ont réussi que partiellement, et après les réactions violentes de l'ennemi et l'arrivée dans notre département de forces allemandes blindées considérables, les mesures ci-dessous indiquées vont être prises :

« Unités tactiques : Les hommes seront regroupés dans leurs cantonnements habituels, à l'exception de ceux qui restent placés en embuscade.

« Les barrages et les embuscades devront tenir normalement contre toutes les arrivées de forces ennemies en camions, side-cars ou voitures légères, afin de leur interdire la libre circulation des routes.

« En cas d'arrivée d'éléments blindés, les barrages devront immédiatement se replier... Dès que les blindés seront passés, reprendre l'embuscade. Les liaisons entre les barrages d'arrêt et les barrages de soutien devront être sévèrement contrôlées...

« Armement : Deux armes peuvent être utilisées contre les voitures blindées et les tanks : les lance-torpilles et les grenades Gammon...

« Conduite à tenir : Laisser s'engager les blindés dans l'embuscade et jeter les grenades Gammon sur eux, de préférence sur le moteur. Se replier immédiatement. Il est nécessaire de veiller à ce que les barrages ne soient pas établis à proximité de maisons ou de fermes, la méthode allemande consistant à tirer au canon sur ces maisons...

« Unités tactiques : Elles continueront l'occupation du territoire. Néanmoins, dans les villes et villages occupés se trouvant sur les principales lignes de communication par où les Allemands circuleront... l'évacuation de la population devra être prévue, et son ravitaillement assuré. Il faut faire le vide devant l'ennemi mais récupérer le terrain dès qu'il sera passé.

« En opération, le 10 juin 1944 : le lieutenant commandant le 3e régiment F.T.P. : Kléber [1]. »

1. In *Maquis de Corrèze.*

VENDREDI 9 JUIN 1944

HANS ANGELMANN
Environs de Limoges. Dans la mi-journée.

– Ta Gretchen, « Bib », tu nous la montres?

Bib manifestait souvent des réticences mais finissait toujours par céder. Il sortait de la poche intérieure de sa vareuse son *Soldbuch,* son livret militaire, et en extrayait avec précaution la photo atrocement coloriée d'une fille aux gros tétons, vêtue d'un maillot de bain deux-pièces, qui semblait sortir d'une vitrine à plaisir des rues chaudes de Hambourg. En fait, Lisa, étudiante en lettres, était issue d'une famille très honorable de Strasbourg, négociants en objets de piété près de la cathédrale. Bib la connaissait depuis deux ans à peine lorsque, requis d'office, il avait été contraint de l'abandonner pour renforcer la grande armée allemande.

Aux autres, Boos et Borsch, il ne faisait que montrer le document, sans cesser de le guetter d'un œil inquiet; en revanche il le confiait volontiers à Angelmann, son copain, et devenait prolixe lorsqu'il contait ses amours. Les autres lui disaient, en se poussant du coude :

– Allons, « Bib », fais pas de manières avec nous! Tu l'as baisée, oui ou merde? Elle était pucelle, ta grosse vache? C'était bon, dis? Allez, raconte...

« Bib » rougissait, arrachait sa photo des mains moites, des regards qui la violaient, la replaçait dans son *Soldbuch.* Il y avait un nom et une adresse au dos et tous, sauf Hans, les avaient recopiés en se disant : « S'il arrive malheur au gros " Bib ", je me ferai un devoir d'aller la consoler, sa gonzesse. » Les salauds!

– Toi, Hans, disait « Bib », tu ne m'as jamais posé ce genre de question. C'est pourquoi je vais te faire un aveu : j'ai fait l'amour plusieurs fois avec Lisa, mais, hum! c'était pas folichon pour elle. Pour tout te dire, j'ai du mal à me retenir, je jouis trop vite. Lisa n'en fait pas une histoire; elle m'a dit qu'à la longue ça me passerait. Tu crois ça, toi?

– C'est très courant, disait Angelmann pour le rassurer. Moi, au début, c'était la même chose.

Le jour où le Sturmmann Borsch a fait mine de lui piquer sa photo, on a évité de peu le drame. Pris d'une de ces colères qui dégénéraient parfois en folie furieuse, « Bib » a menacé de dégoupiller une de ses grenades à manche et de faire sauter le Kübelwagen avec ses occupants.

– Il serait capable de le faire, ce sale con! avait rugi l'Unterscharführer Boos. Rends-lui la photo de sa pute! Qu'il se la foute au cul ou qu'il se branle en la regardant!

Borsch avait rendu la photo en rigolant. Angelmann avait pris le parti de son copain.

– Tâchez de lui foutre la paix, camarades. On ne plaisante pas avec les affaires de cœur.

Ils avaient ricané, avaient traité « Bib » de puceau et de refoulé, mais ce qu'ils pouvaient dire le laissait indifférent. Il échangeait avec Angelmann un regard de connivence qui en disait gros sur leurs secrets. Hans lui parlait de Laure Novak, lui racontait son arrestation, lui confiait ses inquiétudes.

– Tu crois qu'elle t'a dénoncé? disait « Bib ».

– Non. C'est une fille loyale et courageuse. Elle n'a pas parlé, pas plus que Jacques Moreau, sinon on m'aurait déjà arrêté. Qui sait ce qu'elle a pu souffrir entre les mains de la Gestapo... Je sens que je ne la reverrai jamais.

– Tu as raison : elle ne sortira des mains de la Gestapo que pour aller crever dans un camp de déportation, en Allemagne, et ce serait pire. Il vaut mieux que tu l'oublies.

Oublier Laure? Angelmann s'insurgeait contre cette idée, mais il convenait que l'oubli faisait déjà insidieusement son œuvre, qu'une érosion sournoise décapait les contours de Laure. Elle ne vivait plus en lui qu'à travers un réseau de souvenirs de plus en plus flous : la menue monnaie de l'amour. Parfois il la sentait brutalement se détacher de lui, devenir étrangère, voire hostile : c'était lorsqu'il fallait se battre contre d'invisibles ennemis qui tendaient des embuscades à la colonne sur les routes du Périgord puis du Limousin et tiraient dans le dos des soldats. Il songeait que Laure était des leurs, qu'elle aurait pu se trouver parmi eux si elle avait été libre. Alors il se sentait possédé d'une sorte de rage qui n'était pas tout à fait de la haine mais en avait parfois l'apparence.

C'est à Laure que Hans avait songé lorsque le major Dickmann, au cours de l'embuscade de Rouffilhac, en Dordogne, lui avait ordonné de mettre le feu aux cadavres des femmes juives, mais il n'avait cédé à la menace qu'avec un âpre sentiment de remords.

Une heure plus tard environ, à la suite d'un nouvel engagement dans la région de Carlux, sur le chemin qui les ramenait vers le gros de la colonne, Dickmann lui avait dit :

– Tu fais des progrès, petit. Tu te bats maintenant comme un véritable soldat. La guerre t'a dépucelé...

Le compliment lui était resté mot à mot dans la mémoire, avec un goût d'amertume. « Bib » lui aussi s'était bien battu, malgré une période d'instruction moins longue que celle du Sturmmann Angelmann et il n'en revenait pas. Confus, il avoua à Hans :

– Bon Dieu, qu'est-ce qui me prend? Une fois enrôlé de force, je m'étais juré de ne jamais tirer sur un homme, au nom de mes convictions religieuses et de ma haine pour l'Allemagne. Et, à Carlux, qu'est-ce que j'ai fait? J'ai tué un paysan! Pas par accident. J'ai visé, Hans. J'ai visé la poitrine. Il est vrai qu'il avait une sale gueule de terroriste, mais ce n'était peut-être qu'un paysan comme ceux de chez nous.

– Moi, dit Hans, je songeais au motocycliste abattu à Rouffilhac sur sa Zundapp, et au cri qu'il a poussé en tombant. Console-toi! Il meurt tellement d'innocents dans cette guerre... Songe aux bombardements de l'aviation alliée sur les villes allemandes et françaises. Ton paysan n'était peut-être pas un terroriste, mais sûrement un complice du maquis.

Hans s'écoutait parler sans honte. Il avait bien retenu les leçons de Boos et de Dickmann. Il devenait un parfait SS et se répétait qu'un soldat ne se pose pas de questions sur les actes qu'on lui impose, qu'il doit ranger sa conscience, en attendant des jours meilleurs, au plus profond de lui. Avant de quitter l'Alsace pour la France, il s'était fait la même promesse que « Bib »; elle lui paraissait lointaine comme un jeu d'enfance.

L'infirmier du Sani Staffel a recouvert le corps de « Bib » d'une couverture.

La balle du F.M. a littéralement fait éclater le visage, arraché un œil qui pend sur la joue, libéré la cervelle qui s'est répandue sur le col de la vareuse. Sur la route où il vient de bouler, le corps de « Bib » s'est mis à tressauter avant de s'immobiliser, foudroyé. « Bib » n'a pas mis assez d'empressement à traverser la route pour gagner la protection du talus. Il était toujours trop lent dans ses réflexes.

Hans a pris la photo dans le *Soldbuch* et, avec l'accord de Boos, l'a rangée dans ses propres papiers. Ainsi, c'est un peu de la présence de Jules Bernard, dit « Bibendum », son camarade, son ami, qui lui restera. Assis dans l'herbe, à l'endroit où l'on a transporté le cadavre encore frémissant, il a pleuré, insensible aux hurlements, aux ordres, aux mouvements spasmodiques que l'attaque inopinée des terroristes a déclenchés. Il s'est senti triste comme un chien abandonné par son maître, habité d'une seule pensée : disparaître à son tour, se fondre dans cet été torride, se laisser absorber par la solitude. Jamais il n'a connu une amitié aussi vive et confiante, et c'est la guerre qui l'a suscitée. Ils s'étaient promis, la paix revenue, de se revoir, de ne plus se quitter; Hans assisterait aux fiançailles, puis au mariage de Jules et de Lisa; il serait son garçon d'honneur et, déjà, il se voyait sur la photo, au milieu des familles et des amis.

Le corps du Grenadierschütze Jules Bernard, dit « Bib », vient de partir pour l'hôpital de campagne, le H.V.P., sur une civière. Près d'Angelmann, un groupe de SS s'en prend à deux maquisards tombés indemnes entre leurs mains, les frappent à coups de crosse en les couvrant d'injures. La colonne a perdu dans l'engagement cinq hommes et compte plusieurs blessés graves. Les terroristes ont laissé un mort sur le terrain et ces deux prisonniers qu'on s'apprête à fusiller au revers du talus après les avoir interrogés.

– Des volontaires pour le peloton d'exécution! vocifère le major Dickmann. Grouillez-vous, les gars! Huit hommes, vite! *Schnell*!

– Moi, dit Angelmann. Je suis volontaire.

Une petite rivière coule en contrebas, près d'un moulin dont une section vient de massacrer les occupants, y compris le chien. Angelmann, sa mitraillette Schmeisser encore brûlante en travers de la poitrine, s'y rend à pas lents, par un sentier de pêcheur. Il est midi passé. Dickmann a ordonné la halte. Des hommes, nus dans le lit de la rivière, se laissent caresser par le courant et les herbes molles, comme s'ils faisaient l'amour avec elle.

– Rapplique, Angelmann! crie Georges Borsch. Elle est fameuse!

– J'arrive! dit Hans.

Il lui semble qu'un bain dans cette eau fraîche et dorée va dissiper le mauvais vertige qui l'étreint depuis que les deux terroristes se sont effondrés, criblés de balles, en face de lui. Il cède au tropisme qui le pousse. Tandis qu'il se dépouille de ses vêtements, son arme pendue à une branche, bien en évidence, en cas d'alerte, il analyse la lutte implacable que se livrent en lui deux personnages : celui qui, par des fils ténus, le relie encore au souvenir de Laure; celui qui l'incite à se conduire en soldat soucieux de venger ses camarades tombés au cours de l'engagement. Il vient de franchir un seuil invisible; il est en train de devenir un de ces surhommes qui défendaient pied à pied le territoire conquis, à Stalingrad ou à Koursk. Il rêve qu'il devient un héros dans le genre du Hauptsturmführer Helmut Kämpfe, idole de Dickmann dont la voix mue sous l'émotion chaque fois qu'il en parle :

– Que Helmut Kämpfe vous serve d'exemple, espèce de larves! Il a accompli sur le front de l'Est des exploits que vos petites cervelles de bourgeois tarés auraient de la peine à imaginer. Un héros, bande de cancrelats! Il était partout où ça chiait : à Stalingrad, à Jitomir, à Koursk... Sa Ritterkreuz, il l'a pas volée, vous pouvez me croire.

Lorsque le major Dickmann est ivre – et il l'est chaque jour ou presque – il devient lyrique à sa manière. A l'entendre, Helmut Kämpfe baigne dans une transcendance légendaire, s'enveloppe du manteau des héros, s'envole dans les nuées du Walhalla, au milieu des aigles, des orages et des anges de la mort.

Les gars se regardent, se poussent du coude, s'esclaffent.

– Vous pouvez rigoler à votre aise, petits mecs foireux. Vous ne tarderez pas à le voir à l'œuvre en face des Amerlocs!

Vêtu de son linge de corps, Hans pénètre dans le lit de la rivière. Les eaux, basses en cette période de sécheresse, ont ménagé des espaces où le courant s'apaise et semble somnoler au ras des souches.

– A poil! crie Boos. Comment tu feras sécher ton linge tout à l'heure, connard?

Il se renverse en arrière dans le courant, se met à chanter à tue-tête : « *Erika, nous t'aimons...* » Hans plonge nu dans le profond de l'eau, refait surface, chante à son tour, en allemand : « *J'aime le bruit de nos pas...* »

OBERSTURMFÜHRER KARL GERLACH
(officier d'intendance)
Environs de Limoges. Le soir.

Courir... Courir le plus vite possible. Surtout éviter de regarder derrière soi. Foncer droit devant, à travers la forêt noyée par une dernière flambée de crépuscule.

Qu'on le suive ou non ne change rien. Tandis que le camion des maquisards le transportait avec son chauffeur dans cette forêt afin de procéder à leur exécution, Karl Gerlach a eu le temps d'apercevoir dans le fond de la vallée les deux lignes brillantes d'une voie de chemin de fer. Il ne peut s'agir que de la ligne de Limoges. C'est vers elle qu'il se dirige.

L'Obersturmführer a eu également le temps de lire un panneau routier fléché : « Bellac : 6,500 km ». Il doit donc courir dans le sens inverse de la flèche, droit sur Limoges.

Il faut qu'il raconte le spectacle dont il a été témoin, dans l'après-midi, à Oradour-sur-Glane.

L'air commence à fraîchir et Gerlach est en tenue légère : caleçon, maillot de corps, pieds nus. Ses mains, liées dans le dos avec du fil de fer, le gênent dans sa course. En revanche, grâce au reste de jour qui permet de se repérer, il pourra marcher plus aisément et ne pas risquer des chutes. Limoges est loin : une trentaine de kilomètres environ, mais Gerlach est un bon marcheur.

Ce même jour, tôt dans la matinée, au P.C. de l'hôtel de ville de Limoges où il était arrivé quelques heures plus tôt, le Standartenführer Sylvester Stadler, commandant le régiment « Der Führer », faisait le point de la situation avec les officiers d'état-major.

Depuis deux jours la ville était presque complètement isolée par les forces de Guingouin, la garnison coupée du monde. Lorsque les premiers éléments de la colonne du régiment « Der Führer » avaient fait éclater les barrages, ils avaient été accueillis par les territoriaux de la Wehrmacht avec une joie délirante.

– Nous sommes de nouveau maîtres de la ville et des environs, dit Stadler. Bien que la circulation sur les routes soit encore risquée, elle est devenue plus aisée. Les consignes transmises aux chefs de bataillon demeurent valables : nettoyer la région des bandes qui la paralysaient, dégager les réseaux routiers importants, anéantir les résistants et leurs complices. Sturmbannführer Weidinger, avez-vous des nouvelles du 1er bataillon du régiment « Der Führer » ?

– Le Sturmbannführer Otto Dickmann n'a pas donné de nouvelles pour le moment. Nous essayons d'entrer en contact avec lui, mais ce n'est pas facile. Son unité a subi de nombreux accrochages qui lui ont occasionné quelques pertes en hommes et en matériel, et un retard important.

– Dès que vous aurez rétabli le contact, dit Stadler, donnez-lui l'ordre de prendre la direction de l'ouest et d'installer son cantonnement dans la région de Saint-Junien. Le premier bataillon du régiment « Deutschland » prendra position au sud de Limoges. Le Hauptsturmführer Helmut Kämpfe, à la tête du troisième bataillon, se dirige actuellement vers Argenton-sur-Creuse que les bandes ont investi et vers Guéret où l'insurrection bat son plein.

Stadler ajouta, pointant l'index sur la carte d'état-major fixée au mur :

– Obersturmführer Gerlach, vous aurez pour votre part une mission relativement facile, mais importante : assurer le cantonnement de notre détachement d'artillerie sur chenilles. Vous avez carte blanche, mais je vous suggère l'installation au village de Nieul, proche de la route nationale de Limoges à Paris. Quoi qu'il en soit, restez sur vos gardes car la région est dangereuse. Les partisans sont partout et vous savez quel homme redoutable est leur chef, le prétendu « colonel » Georges Guingouin...

Gerlach obtempéra immédiatement. Son ordre de mission en poche, il s'installa dans la voiture de tête, une Volkswagen, rapide et confortable, où un chauffeur l'attendait. Deux Kübelwagen suivaient, occupée chacune par quatre sous-officiers ou hommes de troupe.

Gerlach constata du premier coup d'œil que l'agglomération de Nieul avait une capacité insuffisante. Il parcourut les environs, entre le bourg de Nieul et la petite agglomération d'Oradour-sur-Glane pour trouver de nouvelles possibilités d'installation.

Les deux Kübelwagen de la suite ayant pris du retard, l'Obersturmführer Gerlach s'en inquiéta, craignant qu'elles n'aient pris une fausse direction. Il fit faire demi-tour à sa Volkswagen et, soudain, se trouva en face d'un camion chargé d'hommes en uniforme.

– Arrête-toi! cria Gerlach au chauffeur. Ce sont sûrement des miliciens de Limoges en opération.

A peine la voiture était-elle arrêtée, à quelques pas du camion, des maquisards surgissaient, leurs armes pointées vers les occupants de la Volkswagen en hurlant :

– Haut les mains! Jetez vos armes! Descendez!

Fouillés, frappés au visage chaque fois qu'ils voulaient articuler une parole, les deux hommes furent dépouillés de leur uniforme; on ne leur laissa que leur linge de corps; même leurs chaussettes et leurs bottes leur furent confisquées.

Un partisan qui portait un galon doré à sa manche s'avança vers eux, sa mitraillette sur l'épaule et dit avec un sourire narquois :

– Des SS! C'est une fameuse prise, les gars. *SS alle kaputt*! Tous tués!

Réembarqués à bord de leur véhicule, les deux soldats avaient pris, avec la 2403e compagnie des F.T.P., la direction de Saint-Junien.

– Camarade chauffeur, dit Gerlach, je crois que notre compte est bon. Je ne reverrai plus jamais ma famille et ma ville de Hambourg où je suis né il y a trente ans. J'aurais mieux fait de m'occuper de mon entreprise de maçonnerie plutôt que de prendre du service dans la SS.

– Nous avons une chance de nous en tirer, dit le chauffeur, mais il ne faut pas nous endormir. La discipline est relâchée dans ce groupe. A la première occasion, il faudra leur fausser compagnie. Nous n'avons rien à perdre, Obersturmführer...

Le maquisard qui conduisait la voiture se retourna brusquement et s'écria :

– Fermez vos gueules! Parler, *verboten*! Interdit! Compris?

Dans une flaque d'eau croupie, mais fraîche, trouvée dans un déversoir proche de la voie ferrée, Gerlach baigne ses pieds endoloris. Il a soif, mais il s'abstient de boire. Il paierait très cher pour une chope de bière, un verre d'aquavit et un sandwich, car, depuis le matin, il n'a pour ainsi dire rien mangé ni bu et sa gorge est sèche comme de l'amadou.

Assis sur la pierraille du remblai, il contemple la voie ferrée : deux parallèles lumineuses dans l'épaisseur de la nuit, d'une longueur hallucinante. Il s'engage à tâtons sur le sentier qui longe la voie. La lune, qui ne va plus tarder à paraître, lui permettra de se guider plus aisément. De toute manière, il ne risque pas de se perdre : la gare des Bénédictins, à Limoges, c'est tout droit.

Au jugé, il n'est pas loin d'avoir fait la moitié de la route.

A la première halte, Karl Gerlach et son chauffeur furent présentés à un chef maquisard qui portait un uniforme qui rappelait vaguement celui des miliciens. L'Obersturmführer tenta de parlementer, d'expliquer qu'il n'était qu'un officier d'ordonnance, pas un combattant. Il ajouta qu'il pouvait faire des révélations importantes.

Le chef appela un jeune maquisard qui comprenait l'allemand et traduisit.

– Dites-lui, répliqua le chef, que tous les SS doivent être abattus, combattants ou pas. Amenez-le à Oradour-sur-Glane.

Les deux prisonniers furent hissés dans un camion où étaient déjà installés plusieurs maquisards en armes. Ils roulèrent près d'une demi-heure avant d'arriver à Oradour, dans les premières heures de l'après-midi. Le véhicule traversa une petite rivière, passa devant l'église où des femmes et des enfants entraient, portant des brassées de fleurs, pénétra dans le bourg par l'avenue centrale que longeaient les rails d'un tramway départemental.

– Regarde! dit Gerlach. C'est un nid de terroristes. Ils paraissent tous très excités. Il y a aussi des femmes armées parmi eux.

Les femmes dont parlait Gerlach étaient vêtues de blousons de cuir; leur chevelure dépassait du vieux casque de l'armée française. Les hommes portaient des uniformes dépareillés.

– Ils vont nous fusiller en présence de la population, dit le chauffeur. Nous aurions dû tenter plus tôt de prendre le large. Maintenant, c'est impossible.

On les poussa hors du camion et on leur lia les mains dans le dos, en prenant soin de consolider l'attache avec du fil de fer.

Hostile, la population s'agglomérait autour des deux prisonniers, les injuriant, menaçant de les lyncher, les bousculant.

Les deux Allemands restèrent ainsi près d'une heure, debout au milieu du cercle des curieux, sous la garde de trois ou quatre maquisards qui paraissaient attendre une décision en fumant des Gauloises et en discutant avec les femmes. Gerlach s'interrogeait sur leur sort lorsqu'il vit surgir un tandem monté par deux civils qui, avant de donner le signal du départ, s'entretinrent longuement avec les maquisards et la population.

Précédé du tandem, le camion reprit la route avec ses deux captifs. Au cours d'un bref arrêt, les cyclistes allèrent téléphoner dans un poste public, puis le camion reprit la route, obliqua dans un chemin de campagne en soulevant dans son sillage un nuage de poussière grise. C'est au cours d'une nouvelle halte sur cet interminable trajet que l'on donna à manger aux prisonniers.

– C'est plutôt bon signe, dit Gerlach. On ne nourrit pas des hommes condamnés à être fusillés. J'aurais été moins rassuré s'ils nous avaient offert des cigarettes...

L'étrange manège se poursuivit. Le camion repartit, laissant les prisonniers sur le bord du chemin, sous la garde de trois hommes. Il revint une heure plus tard. Les hommes qui composaient l'escorte paraissaient sombres et tendus – mauvais signe. Le véhicule roula pendant plus d'une heure dans la fraîcheur du soir, avant d'obliquer dans un chemin forestier.

C'est à ce moment que Gerlach avait remarqué le panneau routier et la flèche : « Bellac : 6,500 km ».

– Descendez! dit l'homme au galon doré. Nous sommes arrivés.

La lune est apparue puis s'est mise à jouer à cache-cache derrière des matelas de nuages. Gerlach s'arrête pour reprendre son souffle et laisser se reposer ses pieds sanglants. Nuit totale. Pour se guider dans cette mélasse il n'a que le brillant du rail et la petite bande blafarde du sentier longeant la ligne. Ses bras ramenés dans son dos s'ankylosent et sa poitrine est oppressée par cette position insolite; en revanche, malgré les pieds déchirés, les jambes fonctionnent à merveille et la fatigue de la longue marche est supportable. Il s'arrête environ toutes les demi-heures pour se détendre, s'asseoir, rêvasser à la brasserie de Hambourg où il allait chaque samedi soir s'empiffrer de choucroute, se garnir la panse de bière blonde et caresser les filles aux gros tétons. Hambourg... Hambourg sous les bombes... Lors de sa dernière permission, il ne restait de la brasserie qu'une coquille vide, mais sa demeure à lui, dans la Resedaweg, avait été épargnée. L'est-elle encore aujourd'hui?

A trois cents mètres environ de l'écriteau indiquant la direction de Bellac, au bout du chemin forestier, stationnait un autre camion barbouillé d'inscriptions et de tricolore. A coups de pied, de poing et de crosse, les prisonniers furent propulsés vers un jeune chef du maquis, vêtu d'un uniforme bleu.

Gerlach répéta, comme il l'avait fait dix fois déjà :

– Vous faites erreur. Nous ne sommes pas des combattants. Nous faisons partie de l'intendance. Je puis vous fournir des renseignements...

Le jeune interprète qui avait accompagné les prisonniers depuis leur capture – un Alsacien sûrement – traduisit et plaida leur cause avec conviction.

– Toi, blanc-bec, dit le chef, ferme ta gueule. Je ne t'ai pas demandé ton avis. Ce sont des SS et nous n'avons pas à entendre leur défense. Ils subiront le sort qu'ils ont fait subir aux nôtres. C'est la seule forme de justice que je connaisse, et ce sont eux qui ont donné l'exemple.

Une petite section d'hommes en armes vint chercher les condamnés. Pressentant la suite des événements, le chauffeur refusa d'avancer, se débattit, si bien que les maquisards durent unir leurs forces pour le maîtriser. Profitant de la panique, Gerlach fonça dans la broussaille et se mit à galoper à travers la forêt comme s'il avait aux trousses un troupeau de loups affamés. Lorsqu'il se retourna après une course folle, il perçut au loin un crépitement de mitraillette puis le hurlement du chauffeur.

Une minute plus tard, il était hors d'atteinte, dans une solitude parfaite et un silence de désert.

Limoges. Une ville morte.

Karl Gerlach chemine à travers des faubourgs pouilleux, l'œil et l'oreille aux aguets. La fatigue s'est abattue brutalement sur lui au point qu'il a du mal à mettre un pied devant l'autre.

A quelques mètres devant lui, une lampe de poche vient de s'allumer. Une voix retentit :

– *Halt!*

– Ne tirez pas! crie le rescapé. Je suis l'Obersturmführer Karl Gerlach, officier d'ordonnance de la section d'assaut du régiment « Der Führer ». Je viens d'échapper aux terroristes.

Il demanda qu'on le conduisît immédiatement au P.C. du colonel Stadler.

– Vous! dit Stadler. Que vous est-il arrivé? Pourquoi cette tenue ridicule?

Brièvement, Karl Gerlach relata son odyssée, en insistant sur ce qui s'était passé à Oradour, « véritable nid de maquisards ».

– Vous n'êtes, hélas, pas le seul à avoir été enlevé aujourd'hui, soupira le Standartenführer. Mon ami, le major Helmut Kämpfe, a subi le même sort et nous n'avons pu recueillir aucune information sur son enlèvement. C'est un rude coup pour le moral de la division. Vous savez combien le Hauptsturmführer Kämpfe était aimé et vénéré de tous.

Gerlach chancela sous la nouvelle qui lui paraissait incroyable. Kämpfe, le héros, enlevé par ces bandits! Sans y être invité par son supérieur, le lieutenant Gerlach se laissa tomber dans un fauteuil. Ce qui lui restait de force semblait s'échapper de ses membres. Ses pieds saignaient sur le tapis, mais Stadler ne paraissait pas s'en rendre compte.

– Dès que j'ai appris la nouvelle, hier soir, dit-il, j'ai envoyé le major Weidinger à Tulle pour prendre contact avec le Brigadeführer Lammerding. Nous devons retrouver Kämpfe à tout prix, au besoin en traitant avec les terroristes.

– Je connaissais bien Helmut, dit Gerlach. Je sollicite l'honneur de participer à ses recherches.

– Accordé! dit Stadler. Auparavant, allez vous reposer. Après ce marathon, vous devez à peine tenir sur vos jambes.

Gerlach se cramponna aux bras du fauteuil et grimaça en se levant.

– Attendez! dit Stadler. J'aimerais en connaître plus sur ce « nid de maquisards », comme vous dites. Il s'agit bien d'Oradour-sur-Glane, n'est-ce pas, et non d'Oradour-sur-Vayres?

– Exact, Standartenführer! Il y avait là de nombreux terroristes, parmi lesquels des femmes en tenue de combat. Nous avons été, mon chauffeur et moi, maltraités par la population. Elle semble entièrement acquise aux maquisards.

– Intéressant, murmura Stadler. Très intéressant...

Il déploya une carte de la région, la fit pivoter vers Gerlach, en lui demandant de retracer son itinéraire et d'indiquer l'emplacement de la petite cité. L'index de Gerlach courut sur la carte, suivit la ligne sinueuse de la rivière, s'abattit sur un point.

– C'est ici, dit-il. Oradour-sur-Glane.

– Bien, dit Stadler. C'est un nom à retenir...

HAUPTSTURMFÜHRER HELMUT KÄMPFE

En Limousin.

Sylvester Stadler raccompagna Helmut Kämpfe jusqu'à sa voiture stationnée devant la Kommandantur : une Talbot décapotable qui étincelait de tous ses chromes sous le soleil.

– Vous allez rouler sans chauffeur? s'étonna Stadler.

– Vous savez que je préfère conduire seul. Un plaisir que je me refuse rarement.

– C'est une mission dangereuse qui vous est confiée, Helmut. La contrée où votre bataillon va pénétrer est une des plus infestées par les bandes de cette maudite province.

– J'ai une certaine expérience, dit Kämpfe. Ici, ça ne peut pas être pire que chez Ivan. Avec nos quatre compagnies de six cents hommes au total et des officiers comme Kohs, Manz, Lang et Stickz, je ne risque pas grand-chose. Ce sera une simple promenade militaire et le pays est agréable.

– Ne soyez pas trop confiant. Vous savez que nous avons perdu beaucoup d'hommes depuis Montauban. Nous vous aimons bien, camarade. Je serais désolé qu'il vous arrive malheur.

De la dernière marche de l'hôtel Central où il se tenait, Sylvester Stadler arrivait à peine au niveau de ce géant, type parfait du SS, froid, décontracté, d'une beauté d'ange sous le képi dont la visière lui tombait au ras des yeux. Un seigneur de la guerre. « S'il avait vécu au Japon, songeait Stadler, il aurait été samouraï. »

L'amitié qu'ils se vouaient l'un à l'autre semblait remonter à leurs origines; en fait ils s'étaient connus au temps de la glorieuse avancée des divisions allemandes dans les plaines d'Ukraine. Helmut Kämpfe était alors l'adjoint de Sylvester Stadler. Il s'était rapidement distingué comme volontaire dans le 7e régiment de reconnaissance SS. Sa taille impressionnante (il mesurait près de deux mètres), sa force prodigieuse, sa beauté mâle, son courage, son audace à toute épreuve lui avaient acquis une réputation si solide que Stadler n'avait eu de cesse de se l'attacher. L'amitié avait succédé à la camaraderie alors que les divisions poussaient irrésistiblement leurs éléments de pointe en direction de Moscou, à travers l'automne russe qui embrasait les forêts de bouleaux. Ils avaient pleuré ensemble lorsque la fameuse division sibérienne avait brisé leur élan, les forçant à se replier.

– Un mot encore, dit Stadler. Ne vous exposez pas inutilement. Vous avez trop souvent tendance à vous livrer à des excès de zèle.

Kämpfe éclata de rire. Il enjamba la portière de la Talbot, logea ses jambes immenses sous le tableau de bord, tira le démarreur.

– D'accord, nounou, je n'oublierai pas vos conseils. Salut, Sylvester! *Heil!*

– *Heil!* Helmut. Et bonne chance!

Le moteur rugit et la voiture démarra dans un crissement de pneus. Le Hauptsturmführer Helmut Kämpfe allait retrouver, à l'entrée de la ville, le camion avec lequel il devait rejoindre le gros du bataillon qui l'attendait à Pierre-Buffière.

– Nous allons prendre la direction de Saint-Léonard par la route départementale, dit le major Kämpfe. Ensuite, par la nationale, nous gagnerons Guéret. Faites passer la consigne : tous les hommes doivent être prêts à intervenir à la moindre alerte, le doigt sur la détente. Et des alertes, camarades, nous en aurons sûrement. Les terroristes sont aux abois. La reprise en main de Limoges par le régiment « Der Führer » a dû les enrager. Il faut s'attendre à des coups de main sérieux. Souvenez-vous que nous aurons affaire à des francs-tireurs et que nous ne devons pas faire de prisonniers.

Il promène un regard bleu d'acier sur ses subordonnés.

– Stickz? Kohs? Manz? Lang? Pas de questions? Alors donnez le signal du départ aux quatre compagnies.

Le Hauptsturmführer est sur le point d'annoncer qu'il prendra la tête de la colonne avec sa Talbot, mais il se ravise en se souvenant de l'adjuration de la « nounou » Stadler. C'est un S.P.W. qui ouvrira la voie.

Jusqu'à Saint-Léonard, rien. Pas l'ombre d'un terroriste, pas un coup de feu. La colonne laboure un pays bocager sur lequel le précoce été fait peser un ciel implacable. A bord de sa Talbot, Kämpfe remonte la colonne, salue de la main les chefs de compagnie, se laisse complaisamment admirer, fonce en arrachant des paquets de terre et d'herbe sèche aux bas-côtés, se laisse doubler, le temps de fumer une cigarette, reprend son manège. Cette mécanique fougueuse le ravit, lui donne parfois l'impression de faire l'amour avec une de ces tigresses de Pologne qui ont le feu dans la peau.

Saint-Léonard traversé sans encombre, la colonne, sans s'arrêter, s'engage dans la direction de Guéret.

A neuf kilomètres de Saint-Léonard, première alerte. Le S.P.W. de tête se trouve soudain face à face dans un virage avec un camion de maquisards, suivi d'un second véhicule. Les Allemands et leurs adversaires ouvrent le feu simultanément et sautent hors de leurs véhicules. Suivant leur habitude, les terroristes s'évanouissent dans la nature.

Kämpfe rejoint à toute allure la tête de la colonne et interroge :

– Que se passe-t-il? Avons-nous des pertes? Combien de victimes chez les terroristes?

– Un sous-officier commandant le S.P.W. est mort. Pas un maquisard n'est resté sur le terrain. Ils ont tous réussi à fuir.

– *Mein Gott!* hurle Kämpfe. Voilà une affaire qui commence mal.

– Plus mal encore que vous ne pensez, dit l'Obersturmführer Manz. Les gens qui occupaient ces camions n'étaient pas tous des maquisards. Il y avait des prisonniers allemands parmi eux, des soldats de la Wehrmacht, des fonctionnaires et plusieurs « collabos », comme disent les Français. Ils sont encore là. Deux soldats sont morts et il y a des blessés, parmi lesquels une femme...

– Bande d'abrutis! hurle le Hauptsturmführer. Qu'est-ce qui vous a pris de tirer sur les nôtres?

– Nous ne pouvions pas deviner, dit piteusement Manz. Tout s'est passé si vite...

– Appelez les « sani » tout de suite, et en route!

« Saint-Léonard-Guéret, songea Helmut Kämpfe, cela fait environ une soixantaine de kilomètres. Nous y serons dans une heure, à moins que... »

Le deuxième accrochage se produisit près du village de Combeauvert, au lieu-dit « Le Poteau », à une vingtaine de kilomètres de Guéret : un endroit sinistre, encaissé, entouré de bois touffus, lieu idéal pour une embuscade.

Quatre camionnettes de maquisards, arrivant en sens inverse, stoppèrent net en apercevant le S.P.W. qui roulait en tête de la colonne. Elles étaient chargées de jeunes maquisards, la plupart non armés, venant de Pontarion et se dirigeant vers Janaillat où était installé leur nouveau cantonnement. Cette fois-ci, après une courte fusillade, les maquisards furent capturés; aucun n'était parvenu à s'échapper. Ils étaient vingt-neuf.

– Qu'allons-nous en faire? demanda Sticks.

– Tu as déjà oublié les consignes que j'ai données au départ de la colonne? dit Kämpfe.

– Mais ils sont nombreux et la plupart ne sont pas armés.

– Ça ne change rien à l'affaire. Ils ont été armés ou ils l'auraient été tôt ou tard. Fais-les ranger sur le bord de la route et qu'on les fusille.

Kämpfe fit appeler l'Obersturmführer Manz, lui ordonna de détacher une section de sa 2e compagnie pour aller opérer au village de Janaillat, qui se trouvait à sept kilomètres en direction du nord-ouest.

– Nettoyage par le vide! dit Kämpfe, comme chez les Popov. Ensuite tu nous rejoindras à Guéret. Surtout ne t'attarde pas à lutiner les bergères selon ton habitude. Elles cachent presque toutes des grenades sous leurs jupes.

Quelques minutes plus tard une puissante rafale éclatait dans la gorge, accompagnée, comme autant de points d'orgue, par les coups de grâce.

– Et maintenant, cria Kämpfe, en route, camarades! Dites au commandant du S.P.W. de tête de presser l'allure. Nous n'allons pas cueillir les champignons!

Le bataillon de Helmut Kämpfe était surexcité en atteignant Guéret. Peu après Combeauvert, la colonne avait intercepté un nouveau détachement de sept maquisards. On les avait capturés sans peine et on les avait ramenés au Poteau de Combeauvert pour leur faire subir le même sort que les précédents, au même endroit.

Au fur et à mesure qu'on approchait de la ville, les alertes se faisaient plus nombreuses et plus sévères. Lorsque, passé l'immense forêt de Chabrières, qui domine la ville, apparurent les premières maisons, le major Kämpfe consulta sa montre-bracelet, cadeau d'une belle dame d'Iéna qu'il avait connue dans l'atelier de son père, imprimeur, où il travaillait : elle marquait 17 h 30. Ils auraient dû être arrivés depuis plus d'une heure.

Le Hauptsturmführer eut du mal à dissimuler sa déconvenue en pénétrant dans la cité : elle était occupée par la Wehrmacht depuis la veille à midi. Il avait rêvé d'une bataille et il se contentait d'une parade. Du temps perdu pour rien ou presque rien : une quarantaine de maquisards hors de combat...

Pour impressionner la population encore traumatisée par les événements, il fit patrouiller ses engins lourds à travers la ville et tirer en l'air quelques coups de feu, pestant contre les liaisons radio qui, dans ce pays de collines et de petites montagnes, s'opéraient avec difficulté. Il était parvenu néanmoins à obtenir le Q.G. de Limoges. C'est ainsi qu'il avait appris que, durant sa « promenade » en Creuse, il y avait eu, à Argenton une véritable bataille qui avait coûté la vie à une cinquantaine de terroristes ou de leurs complices.

Le premier soin du Hauptsturmführer avait été de rendre visite au commandant de la garnison territoriale. Elle avait été débloquée par une unité venue de Montluçon, composée d'éléments de la 121e division d'infanterie de la Wehrmacht et de la 76e brigade Jesser. Kämpfe fit appeler le médecin-major du bataillon, le docteur Muller, et lui ordonna de conduire à l'hôpital de Guéret la Française blessée au ventre lors du premier engagement, puis de conduire à Limoges les autres blessés allemands ou « collabos » pris au cours du même accrochage.

– Et vous-même, Hauptsturmführer, dit le médecin-major, qu'allez-vous faire ?

– Repartir dès que possible pour Limoges. Je laisserai à la garnison deux sections, dont une composée de canons motorisés, de manière à ce qu'elle soit en mesure de résister à un retour offensif des bandes. Les terroristes ne semblent pas avoir baissé pavillon.

– Que ferez-vous des gendarmes et des élèves de l'École des Gardes qui avaient rallié la Résistance lors de la première attaque de la ville? Certains sont blessés.

– Nous les ramènerons à Limoges où Stadler décidera de leur sort.

– Comptez-vous exercer des représailles?

– Au commandant de la garnison d'en décider. Moi, je n'ai pas le temps de m'attarder et mes hommes sont fatigués. La nuit va tomber et j'aimerais que nous couchions ce soir à Limoges. Je vais prendre les devants avec ma Talbot. Il me faudra moins d'une heure pour arriver.

– La route est dangereuse, dit Muller. Soyez prudent.

Kämpfe éclata de dire, fit claquer sa main sur l'épaule du médecin.

– Vous parlez comme « nounou » Stadler, dit-il.

JEAN CANOU
Entre Saint-Junien et Guéret. Vers 20 heures.

– Vous avez vu, les gars? dit Jean Canou. C'est tout simple. En... enfantin!

Le chef de groupe bégayait, ce qui mettait ses hommes en joie. Ils lui disaient : « Alors, Jauréguy, tu accouches? » Il s'en foutait. Il était bien dans sa peau, Jean Canou, et, de plus, il aimait bien qu'on l'appelle « Jauréguy », du nom d'un rugbyman célèbre et, comme il pratiquait lui-même dans le club de rugby de Guéret, il se gonflait d'orgueil quand on lui donnait ce surnom prestigieux. Un brave type, Canou, mineur à Puy-la-Vigne, patelin proche de Saint-Léonard. Il n'avait pas inventé la poudre, mais on l'aimait bien.

– Enfantin... Enfantin... dit Bébert, un réfugié lorrain, qui conduisait la voiture. C'est toi qui le dis. Quand on n'a pas l'habitude...

Canou en était, lui, à son dixième plasticage : voies ferrées, pylônes électriques, boutiques de collabos, indistinctement. C'était devenu une routine. Il revenait justement, avec son groupe composé de huit hommes, de faire sauter le pont de Brignac, sur la Vienne, à une vingtaine de kilomètres au nord-nord-est de Limoges. Pourquoi le pont de Brignac où il ne passait, pour ainsi dire, que des charrettes ? Ordre du colonel Guingouin ! Et il n'était pas dans les habitudes de Jean Canou de contester les ordres. On lui aurait dit : « Va faire sauter la gare des Bénédictins, à Limoges », il n'aurait pas marqué une seconde d'hésitation ni émis la moindre objection. Alors, le pont de Brignac...

Il avait réussi à pratiquer dans la chaussée une brèche telle que les blindés de la division « Das Reich » devraient faire intervenir une section du génie et qu'il faudrait au moins une heure pour rétablir la circulation.

Pour rejoindre sa base de Cheissoux, entre Saint-Léonard et Peyrat-le-Château, le petit groupe de F.T.P. de Jean Canou avait emprunté de petites routes de traverse. Le soir paisible sentait bon le foin sec. Canou le respirait à pleins poumons par la portière de la camionnette. Bébert conduisait, silencieux comme à son ordinaire. Derrière, les autres gars chantaient en se passant un canon de rouge.

– Moi, dit Bébert, les plasticages, j'aime pas. J'aurais trop peur que ça me pète dans la gueule. Rien qu'à toucher le plastic, j'ai les jetons.

– Con ! dit Canou. Tu... tu risques rien si tu fais gaffe. Je t'aiii expliqué le système. Tu pétris le... pain de plastic. Tu... tu y plantes le pétard de... cavalerie et tu le colles où... tu veux que ça pète... Tu... tu en places un autre à un mètre plus loin et... et ainsi de suite. Tu relies l'ensemble paaar un cordon biqueford et c'est tout. Fa... facile, non ?

– Ouais ! facile à dire. N'empêche que des gars se sont fait arracher la gueule avec ta « facilité ».

– Couillon ! La prochaine fois je... te montrerai.

– Je préfère rester à faire le guet.

– Tu veux une cigarette ?

Jean Canou tendit son paquet à son camarade.

– Putain! Des Baltos...

– On s'est fait un bu... bureau de tabac la semaine dernière. Moi, j'aime que les blondes. Pour... pour les femmes, c'est la même chose. Si tu as peur qu'elle te pète dans la gueule, je peux te l'allumer.

Ils avaient passé la Joumare, puis franchi un pont, avant d'emprunter la départementale qui joint Le Châtenet à Saint-Léonard. Direction La Bussière et la nationale.

– J'ai l'impression qu'on s'est gouré, dit Bébert en ralentissant.

– Aie pas peur, con, dit Canou. Je connais laaa région comme ma poche. Je pourrais m'y retrouver les... les yeux fermés. Attention! La Bussière. Tourne à gauche. La route de Vernin bifurque... un peu plus loin, à droite.

Ils se retrouvèrent sur la nationale qu'ils remontèrent en direction de Sauviat. Soudain, dans un virage, ils virent s'approcher une voiture isolée.

– Une Talbot! dit Bébert, qui s'y connaissait en automobiles. Putain, c'est de la belle mécanique. J'ai travaillé chez un garagiste avant de prendre le maquis. Je vais lui faire un appel de phares.

– Fais pas le con! s'écria Canou. C'est un... Chleu! En position, les gars! Tous au fossé!

Mitraillette en main, ils s'avancèrent, pliés en deux, le long du bas-côté, vers la voiture qui s'était immobilisée. L'Allemand, qui conduisait seul, n'avait pas bougé et laissait tourner son moteur.

– Haut les mains! cria Canou. Descends et... vite!

Souriant, détendu, le Hauptsturmführer Kämpfe descendit de voiture sans se presser.

– Fouillez-le! ordonna Canou.

– Merde! Il n'a pas d'armes, dit le gars préposé à la fouille.

– Regarde dans la voiture.

– Rien! Un lance-fusées, une carte d'état-major, des papelards... Dis donc, c'est du gros gibier! Quelque chose comme un colonel ou peut-être bien un général. Ce qui est sûr, c'est que c'est un SS.

– Dis donc, grande asperge, demanda Canou, tu... tu parles le français?

– Français? répondit Kämpfe en riant. *Nix* parler.

– Putain, qu'il est grand! dit Canou. Au moins deux mètres. Ça aurait fait un pilier de première dans l'équipe.

– Grouillez-vous, dit Bébert. Qu'est-ce qu'on en fait de notre géant? On le découpe en rondelles?

– Nous... nous allons le conduire à Cheissoux, dit Canou. Le chef décidera. Nous... on se tire. T'entends ces bruits de moteurs? Fou... foutons le camp en vitesse, les gars!

– Et la bagnole, dit Bébert, qu'est-ce qu'on en fait?

– On la laisse où elle est, dit Canou. Tu... tu es le seul à savoir conduire. Dommage, mais tant... tant pis. On va y foutre le feu, tiens...

– Non! protesta Bébert. Ce serait un crime : une si belle mécanique...

– *Halt!* cria l'Untersturmführer Stickz.

La Talbot stationnait sur le côté droit de la route, tous phares allumés, portières ouvertes, le moteur tournant au ralenti. Stickz se dit que le major avait dû aller pisser. Il attendit quelques instants puis, ne le voyant pas revenir, il l'appela, inspecta les deux côtés de la route. La panique commençait à monter en lui, plus précise, plus intense de minute en minute. Il fit descendre une section, ordonna aux hommes de battre la campagne de part et d'autre de la chaussée, puis l'idée lui vint de fouiller la voiture. Il était sûr que Kämpfe avait emporté un lance-fusées et des documents d'état-major; il ne retrouva rien.

– Vite, à Limoges! hurla Stickz.

Il sauta dans la voiture abandonnée, laissant un détachement et un véhicule, avec mission de prévenir le P.C. au cas où l'on retrouverait trace du disparu.

Arrivé à Limoges, il entra en trombe à l'hôtel Central et demanda d'urgence le Standartenführer Stadler.

– Une mauvaise nouvelle, dit-il d'une voix haletante. Les terroristes ont enlevé Helmut Kämpfe.

– Qu'est-ce que vous me chantez là! dit Stadler en chancelant. Vous avez bu, Stykz?

– Non, je vous le jure, c'est la vérité. L'enlèvement a eu lieu il y a une heure environ, près du village de La Bussière, entre Saint-Léonard et Sauviat, au retour de Guéret. Kämpfe roulait en tête de la colonne, à deux ou trois kilomètres des premiers éléments blindés. Nous avons trouvé sa voiture abandonnée sur le bord de la route et il avait disparu. J'ai immédiatement fait procéder à des recherches, mais nous n'avons retrouvé aucune trace.

Stadler se laissa tomber dans son fauteuil, comme foudroyé.

– Kämpfe... Helmut Kämpfe, prisonnier des partisans... Ils ont osé porter leurs sales pattes de paysans sur le héros de Stalingrad! Ils ont osé!

Il se dressa brusquement après avoir frappé du poing sur son bureau, criant :

– *Mein Gott!* Je l'avais pourtant prévenu avant son départ que la région était dangereuse et qu'il devait faire preuve de prudence. Mais la prudence, il l'a toujours ignorée. Il m'a ri au nez, et voilà le résultat!

Il se planta devant la fenêtre, les épaules secouées de sanglots, s'essuya les yeux avec son mouchoir.

– Pardonnez-moi, Stykz, mais je ne parviens pas à me faire à l'idée que Helmut a disparu. Helmut entre les mains de ces brutes! Notre Helmut... Si nous n'intervenons pas immédiatement, ils vont le fusiller!

Il fit appeler d'urgence le major Weidinger, lui ordonna d'annoncer la nouvelle au général Lammerding.

– Nous ne pouvons joindre Tulle ni par radio ni par téléphone, dit Weidinger. Notre matériel n'est pas assez puissant.

– Alors préparez-vous à partir.

– En pleine nuit? Mais Sylvester, je...

– C'est un ordre, Sturmbannführer! hurla Stadler. Soyez parti dans dix minutes et roulez toute la nuit s'il le faut.

En passant près de Weidinger, il lui posa la main sur l'épaule.

– Pardonnez ma brutalité, Otto, dit-il, mais cette nouvelle m'a bouleversé.

– Nous partageons votre peine, dit Weidinger. Nous aimions tous Helmut et nous donnerions notre vie pour le sauver.

Avant minuit, un détachement du 3e bataillon repartit pour La Bussière, accompagné d'un groupe de miliciens qui connaissaient bien le pays. Ils fouillèrent le village, tuèrent deux fermiers, lancèrent des fusées éclairantes, effectuèrent une battue dans les bois des environs. Peine perdue. A l'aube, soldats et miliciens retournèrent à Limoges bredouilles, tête basse, harassés.

De toute la nuit, Sylvester Stadler ne ferma pas l'œil. Il sursautait au moindre bruit de pas, à la moindre voix, bondissait hors de son fauteuil lorsque sonnait le téléphone. Chaque fois qu'il sentait le sommeil le gagner, il se faisait servir un café très fort par son ordonnance. Il accueillit avec des sarcasmes le Hauptsturmführer Weinrauch qui venait de diriger les opérations de recherche et titubait devant lui dans un garde-à-vous indécis. Il appela la Gestapo et la Milice pour envisager de proposer à la Résistance un échange de trente ou quarante prisonniers contre le major Kämpfe.

Négocier? L'idée était bonne. Mais avec qui?

Weidinger arriva sans encombre à Tulle vers minuit. La ville dormait d'un sommeil écrasant. Lammerding travaillait encore, en compagnie d'Albert Stückler, à son P.C. de l'hôtel Moderne. Il l'accueillit fraîchement. Les terroristes avaient enlevé ce cher Helmut? C'était bien regrettable, mais que pouvait-il y faire?

– Poursuivez vos recherches et tenez-moi au courant, dit Lammerding. Et maintenant, laissez-nous, je vous prie. Nous avons à faire. Savez-vous que nous avons pendu une centaine d'hommes hier après-midi, et que nous en avons déporté trois cents autres?

Weidinger chancela; il ignorait la nouvelle.

– Cent otages? Vous dites bien cent, Kommandeur?

– Cela vous surprend? Les terroristes ont tué une quarantaine des nôtres et nous avons plus de soixante disparus. Ils ont mutilé des corps de nos soldats. Aurions-nous été trop sévères selon vous?

– Non, avoua Weidinger. Votre décision est conforme aux ordres du Grand Quartier Général et à vos propres suggestions. Vous êtes même en deçà.

– Dites à Sylvester Stadler que les consignes concernant son régiment sont toujours valables, que l'on retrouve ou non Helmut Kämpfe. Je tiens essentiellement à ce que, lorsque nous quitterons cette région, elle soit littéralement paralysée de terreur et débarrassée de cette vermine de partisans. Nous ne pouvons pas nous permettre de laisser subsister sur nos arrières des foyers d'insurrection.

Weidinger fit prendre du repos aux motocyclistes de son escorte et dormit lui-même quelques heures. A l'aube, il se présentait à Stadler.

– Ordre du Brigadeführer, dit Weidinger : les consignes qu'il a données pour le régiment sont toujours valables. Dois-je vous les rappeler, Standartenführer?

– Je les connais par cœur, maugréa Stadler. Que pense le général de l'affaire qui nous préoccupe?

– Il semble qu'elle lui soit indifférente. Il n'a manifesté aucune émotion et vous prie de mener l'affaire à votre guise. Il a quant à lui d'autres soucis. Il a fait pendre cent otages à Tulle.

Stadler sursauta, se dressa vivement, appuyé des poings au rebord de son bureau.

– Vous dites cent otages, Otto?

– De plus, trois cents déportés ont pris la route de l'Allemagne.

Stadler retomba lourdement dans son fauteuil, se tassa sur lui-même comme une baudruche qui se dégonfle. Les mains croisées sous le menton, il parut s'abîmer dans une réflexion insondable.

– Cent hommes, dit Weidinger, cela peut paraître énorme, mais c'est peu en comparaison des quarante de nos soldats qui...

– Je me fous de ces pendus! hurla Stadler. Il faudrait, pour venger Helmut, pendre deux ou trois mille terroristes si la véritable échelle des valeurs était respectée. C'est Kämpfe qui m'intéresse, Otto. Vous entendez? Kämpfe!

– Oui, Sylvester, je vous comprends. Je suis persuadé que nous le retrouverons. Un officier de sa trempe ne s'évanouit pas aussi facilement dans la nature et dans la nuit.

Il pensait en vérité qu'il devait être déjà mort.

VENDREDI 9 JUIN 1944

LAURENT KLEIN
Oradour. L'après-midi.

Quatre kilomètres par des routes et des chemins de traverse, et on y est. Il faut parfois s'arrêter de pédaler et descendre de vélo car les côtes sont brèves mais raides.

Un étang qui devait servir jadis de réserve à poissons au seigneur du lieu précède le moulin de Dieulidou : c'est un adorable ensemble de bâtiments groupés autour de la Glane, dans un nid de saules et d'ormeaux. Depuis la guerre, le moulin a retrouvé son activité première et les paysans du coin viennent, plus ou moins clandestinement, y faire moudre leurs céréales.

Le meunier est un original. Un de ces personnages un peu sauvages qui ne se donnent qu'à condition qu'il y ait un partage d'amitié sans équivoque. Lui, son amitié, il ne la partage, comme son pain, qu'avec ceux qu'il aime. Avec le reste du monde, il n'a d'autre lien que son copain, le facteur Litaud, qui fait sa tournée à pied; il a toujours pour lui une tranche de pain, un morceau de fromage caillé, un verre de vin ou de cidre.

– On peut s'installer, monsieur Bonneteau?

– Où vous voudrez, les enfants!

Nous prenons place sous un orme, derrière la maison, au bord du bief, et nous déployons la nappe du pique-nique. Tandis que Lucienne et Luce, riant et chantant, mettent le couvert, je vais guetter les couleuvres endormies dans des nids d'herbe sèche. Parfois le vieux sauvage vient nous voir, nous apporte une bouteille de cidre, ajoutant que le vin est « traître » par ces grandes chaleurs. Il accepte une portion de tarte qu'il mâche longuement : il n'a plus le goût, à son âge, dit-il, de se préparer ce genre de douceurs.

Aujourd'hui, à cause de la chaleur, nous avons hésité à nous rendre à Dieulidou puis, devant l'insistance de Luce, nous nous sommes décidés. Lucienne et moi avons préparé une douzaine de « galetous », ces larges crêpes de sarrasin, brunâtres et moelleuses qui, avec du miel ou des rillettes, sont notre régal. Celui de Luce surtout.

J'ai installé la fillette sur le cadre de mon vélo en lui laissant le soin du guidon, et j'ai pédalé, le nez sur sa nuque qui sent le petit-lait.

– Vous ne manquez pas d'audace, nous a dit le père Bonneteau en nous voyant débarquer. Vous ne savez pas que les Boches sont partout? Un conseil : si vous les voyez de loin, planquez-vous. Il paraît qu'ils tiraillent dans tous les sens. Il y a eu un accrochage ce matin, pas loin d'ici. Litaud m'a dit qu'ils se dirigent vers Saint-Junien.

Nous ne nous sommes pas attardés à Dieulidou. Au milieu de l'après-midi, nous étions revenus à Oradour, assez tôt pour assister à un événement insolite. Une camionnette aux couleurs de la Résistance stationnait à quelques pas du Champ de Foire, entourée d'une foule d'où montaient des cris. Des hommes et des femmes portant l'uniforme et coiffés de casques français se mêlaient à la population.

J'appris par le professeur Fourré que les maquisards venaient de capturer un SS et son chauffeur qui risquaient d'être lynchés par les villageois.

Fendant la foule à coups d'épaule, j'ai réussi à me rapprocher des deux prisonniers que les gens d'Oradour commençaient à molester. Vêtus simplement de leur linge de corps, ils étaient pitoyables; on venait tout juste de leur attacher les mains dans le dos avec du fil de fer. En écartant le dernier rang des forcenés, j'interrogeai un jeune chef de maquis et une femme casquée, vêtue d'un blouson de cuir roux, qui portait une mitraillette en travers de la poitrine. Ils me racontèrent brièvement les conditions de la capture des deux prisonniers.

– Le grand type, dit la jeune femme, prétend qu'il est officier d'ordonnance et que son camarade est son chauffeur.

– Ça ne change rien, dit une voix hargneuse dans mon dos. Ce sont des SS et nous allons leur régler leur compte, mais pas ici.

Cette scène m'a bouleversé. Les nerfs à vif, j'évolue entre mon lit et mon buffet, frottant mon moignon contre le tissu de doublure de ma poche de pantalon. Dehors, les gens se sont dispersés; il ne reste plus que le boulanger Bourroux et le garde champêtre Cayroux en train de commenter l'événement du jour, à la limite de l'ombre et de la lumière.

VENDREDI 9 JUIN 1944

Incapable de rester enfermé, j'ai pris sur un rayon de ma « bibliothèque » le *Werther* de Goethe, une feuille de papier et un crayon pour gribouiller ce qui me passe par la tête. Je me suis retrouvé après un cheminement machinal, sous le grand orme, entre la Glane et le moulin, près du pont. J'ai relu un texte que j'apprécie pour l'impression de bonheur paisible qui s'en dégage :

« *Tu connais depuis longtemps ma manière de me loger; tu sais que je choisis des endroits écartés, où je puis m'enivrer de solitude. J'en ai trouvé un ici, qui m'a séduit.*

« *A environ une lieue de la ville est un endroit qu'on appelle Walheim; sa situation près d'une colline est magnifique; lorsque l'on sort du village par le sentier, on découvre d'un coup d'œil toute la vallée. Une bonne femme complaisante, vive encore pour son âge, vend du vin, de la bière et du café, mais ce que je préfère, ce sont deux tilleuls dont les rameaux étendus couvrent la petite place, devant l'église environnée de chaumières et de granges.*

« *Ça n'a pas été sans peine que j'ai trouvé un endroit aussi solitaire et aussi retiré; j'y ai fait porter de la maison de l'hôtesse ma petite table avec une chaise. J'y prends du café en lisant mon Homère...* »

Je ferme les yeux, une buée de bonheur dans tout le corps, bercé par la magie des mots tout simples qui font de la plus banale réalité un hymne au plaisir. Qu'ai-je à envier à Goethe? Sa tasse de café? Sa petite table? Sa bonne hôtesse? J'ai *Werther* sur mes genoux au lieu de *L'Odyssée* et je ne perds pas au change; l'ombre de l'orme remplace celle du tilleul; la fraîcheur de la Glane se substitue à celle qui baigne la vallée d'Allemagne que Goethe contemple au-delà de son livre ouvert. Le bonheur d'Oradour répond à celui de Walheim sauf qu'on y perçoit des rumeurs guerrières alors que l'été allemand était sans mystère et sans danger.

Écrire sur ce bonheur me le rend plus sensible; j'en respire plus intensément les effluves et j'en ressens des frissons à fleur de peau. Pour mieux nous pénétrer de notre état et de notre situation, quels qu'ils soient, nous avons besoin des mots, de la version apparemment artificielle qu'ils donnent de l'événement et de l'ambiance, en fait plus riche et plus dense que la réalité.

La guerre finie – elle aura peut-être passé aux lointains

d'Oradour comme une nuée d'orage – je proposerai à mes élèves du lycée de Strasbourg ce sujet de dissertation. Il me faudra une citation de Goethe; je la trouverai, dussé-je relire l'énorme correspondance avec Eckermann.

J'ai lu et écrit jusqu'à six heures du soir, le dos contre le tronc de l'orme, mon moignon posé sur le feuillet que soulevait le vent venu de la rivière. Pour détendre mes membres engourdis, je suis allé repérer les truites que les eaux basses et la proximité du village raréfient et effarouchent, d'autant que les maquisards ne se privent pas de les pêcher à la grenade. De l'autre côté de la rivière, des enfants cueillaient des iris destinés à décorer l'église; leur image dansait sur un fond de sable doré, d'herbes aquatiques, de renoncules. J'aime cette amitié de l'eau, ces perspectives changeantes, vers l'amont, au-delà du grand pré qui précède le moulin, ces jeux d'ombre et de lumière, ce désordre d'où naît l'harmonie.

Je rencontre Lucienne devant le garage voisin de mon domicile, qui porte sur sa façade l'enseigne en forme de losange de Renault. Elle me dit :

– Nous en avons fini avec la décoration de l'église. L'abbé Capel est aux anges, si j'ose dire, ce qui le change de son habituelle humeur atrabilaire. Il est vrai que Mayer – tu sais, ce séminariste alsacien dont les assiduités à mon égard te rendent jaloux, gros bêta! – nous a beaucoup aidés. Ça sent bon, si tu savais... Tu devrais venir voir.

– Pour me remettre de mes émotions, je préfère aller manger la « bréjaude » chez Delavigne. C'est le jour.

Elle réussit la « bréjaude » comme personne, Mme Delavigne. Avant de m'installer à Oradour j'ignorais jusqu'à l'existence de cette soupe faite de légumes, de beurre et de lard, si épaisse que la cuillère tient droit au milieu de l'assiette. On laisse un peu de bouillon au fond et on y verse le contenu d'un verre de vin : dans le pays on dit : « faire chabrol ». Un plat de pauvre pour lequel je donnerais toutes les sophistications gastronomiques.

– D'accord, dit Lucienne. Va commander.

Mme Delavigne est à ses fourneaux.

– Je n'avais pas le cœur à cuisiner, me dit-elle en essuyant à son tablier la main qu'elle me tend, mais il faut bien maintenir la coutume. Les nouvelles sont alarmantes. Les Boches sont dans le pays. En fin de matinée, ils ont fait un massacre de maquisards. Je ne serais pas étonnée que nous ayons leur visite sans tarder....

Laurent et Lucienne se couchèrent tard à la suite de leur balade à Dieulidou. Après la « bréjaude », ils sirotèrent un mauvais café d'orge à la saccharine, tellement arrosé de gnôle pour le rendre buvable qu'ils étaient un peu ivres.

La soirée dans le restaurant de Mme Delavigne fut occupée par les discussions des clients. Entre le prisonnier de guerre évadé, Dussour, et l'ancien employé du tramway départemental, Delpeyrat, le premier ennemi implacable des nazis, le second laudateur inconditionnel du Maréchal et de la politique de collaboration, l'entretien vira au vinaigre, malgré Mme Delavigne qui s'efforçait de dédramatiser l'escarmouche. De temps en temps, elle s'approchait de Laurent et de Lucienne, leur disait :

– Alors, les amoureux, elle est bonne, ma « bréjaude »? Il manquait peut-être un peu de lard, vous trouvez pas?

– Elle était parfaite, madame Delavigne, répondait poliment Laurent. Nous reviendrons la semaine prochaine.

– Chaque fois que vous voudrez, mes petits. Et vous savez que chez moi, c'est sans tickets. Un peu de « cailladou » pour finir? Il est tout frais de ce matin et bien crémeux.

– C'est le meilleur de toute la région, dit Lucienne.

Mme Delavigne rendit la politesse par un sourire et un coup de torchon machinal sur la toile cirée. Delpeyrat, lui, peut toujours attendre ce genre d'amabilités : un rustre qui n'a de sympathie que pour le maréchal Pétain et le président Pierre Laval; il a porté l'insigne des légionnaires (le « fer à repasser », comme on dit dans la région); pour l'encourager à persévérer, le Maréchal lui a envoyé sa photo dédicacée, que Delpeyrat a placée au-dessus de son lit, dans l'alcôve, face au chromo de l'enfant Jésus. Il est devenu le bras droit de Roby, président de la Légion à Oradour.

Delpeyrat roulait une cigarette. Du tranchant de la main, il balaya l'espace de toile cirée où le fond de la tasse avait laissé des ronds brunâtres, fit tomber les quelques brindilles dans sa blague en vessie de porc qu'il replaça dans sa poche sans la faire circuler.

– Tu pourrais en offrir à tes voisins, grand ladre! s'écria la patronne. Tu vois bien que M. Klein tire la langue!

De mauvaise grâce, Delpeyrat tendit sa blague à Laurent qui la repoussa poliment, malgré l'envie qu'il avait de bourrer sa pipe, vide depuis le matin. Delpeyrat la remit dans sa veste noire.

– Toi, dit-il à Dussour avec un sourire sardonique, t'aimes pas le caporal ordinaire, le « gros gris ». Il te faut des blondes, mon salaud! Bientôt tu fumeras des américaines, va!

– Je fumerai ce que j'aurai envie de fumer! répliqua âprement Dussour. Et va pas t'imaginer que j'irai te porter du tabac à la prison! Tu pourras crever!

– A la prison, moi, milladiou! gronda Delpeyrat. Je voudrais bien savoir pourquoi?

– Tu iras rejoindre les « collabos » du coin, à commencer par le curé. Guingouin te fera pas de cadeau, tu sais!

– En attendant, connard, c'est moi qui fume et c'est toi qui tires la langue.

Mme Delavigne dut intervenir pour ramener l'ordre. Dussour commençait à tournicoter d'un air menaçant autour de son vieil adversaire avec des mimiques agressives.

– Vous allez la boucler tous les deux ou je vous mets dehors, dit-elle. D'ailleurs mon établissement devrait être fermé depuis une heure.

– Avec la pisse d'âne que tu nous sers sous le nom de « café », dit Delpeyrat en léchant sa feuille de Job, il y a belle lurette que ta turne devrait être bouclée, empoisonneuse!

– Vous l'entendez! glapit la patronne. Vous l'entendez, ce jobastre, ce banlève, ce... ce banturle [1]! Moi, une empoisonneuse? Alors tu viens chez moi pour mes beaux yeux, peut-être? A partir de ce soir, je t'interdis d'y remettre les pieds!

– T'en as pas le droit, dit tranquillement le retraité en cherchant son briquet d'amadou, façon guerre de 14. Je paie mes consommations, je fais pas de scandale et tu m'as jamais vu saoul. Toi, en revanche, tu trompes ta clientèle en appelant « café » ce qui n'est qu'une décoction de glands.

1. En langue limousine : des gens pas très malins. Des rustres.

– D'orge grillé, rectifia Dussour.

Une voix puissante monta du fond de la salle où quatre dos ronds semblaient couver leur partie de cartes sous la loupiote à carbure qui émettait des sifflements asthmatiques.

– Alors quoi, putain! jura l'épicier Joffre. Plus moyen de jouer tranquillement. Faut toujours qu'il la ramène, ce con de Delpeyrat!

Sans se départir de son flegme, après avoir pris le temps d'allumer sa cigarette, Delpeyrat répliqua :

– Toi, le vendeur de cornichons avariés, de radis creux et de salades pourries, je t'emmerde!

Le raclement d'une chaise sur le dallage semblait préluder à un règlement de comptes plus direct quand Malard, le patron de l'hôtel-restaurant, stoppa l'élan de l'épicier, qui avait le sang vif, et l'apaisa en quelques mots.

– Laisse-le déconner, ce « maréchaliste », ce « collabo ». La Résistance s'en occupera le moment venu. Porte pas peine!

– Je lui aurai cassé la gueule avant! vociféra Joffre en se rasseyant. J'ai dit : pique!

– C'est ça, dit Delpeyrat. Tu veux me tabasser? Tu sais ce que ça coûte de maltraiter un mutilé de guerre? La prison! Et c'est pas moi qui viendrai te porter des cigarettes!

Par son âge, son flegme, les relations qu'il prétendait à mots couverts avoir « en haut lieu », Delpeyrat sécrétait autour de lui une aura qui le rendait intouchable. C'était un bloc de force avec à l'intérieur un labyrinthe secret. En apparence un monolithe; en fait une mystérieuse termitière. Le chef de la délégation spéciale, le docteur Dufourneau, avait acquis la certitude que le retraité des tramways s'acoquinait avec la Milice, transmettait des rapports à Limoges et à Vichy, et il ne se cachait pas pour l'affirmer. Delpeyrat connaissait ces indiscrétions et s'en foutait : il avait sa conscience pour lui. Sa blessure de guerre (un obus lui avait arraché le pied droit), ses médailles de 14, sa vie sans bavures d'honnête fonctionnaire témoignaient de son patriotisme.

– Vous êtes tous des pignoufs! dit-il en se levant, son mégot aux lèvres. Sauf toi, Lucienne, et toi, Laurent.

Avant qu'ils aient pu manifester leur surprise, Delpeyrat se levait et, avec une surprenante vélocité, plantant sa canne droit devant lui dans la sciure, gagnait la porte qu'il faisait claquer violemment derrière lui.

– Vous voilà devenus amis! ironisa Joffre. Pour un cadeau, c'est un cadeau!

Il était près de onze heures du soir. Laurent avait une terrible envie de fumer, mais sa blague était vide.

– Ne fais pas cette tête! dit Lucienne. Demain sera jour de distribution de tabac. Tu auras ta ration et la mienne, comme d'habitude.

– Il y aura du monde à Oradour, dit Laurent. La patronne va mettre les petits plats dans les grands...

7.

LA MESSE DE CENDRES

Samedi 10 juin 1944

STANDARTENFÜHRER SYLVESTER STADLER

Limoges, hôtel Central. 10 heures.

– Savez-vous les raisons de notre présence ici? demanda à voix basse l'Oberscharführer Kleist, adjoint de Wickers, chef de la Gestapo de Limoges.

– Aucune idée, répondit Pitrud, chef de la Milice.

Trois hommes accompagnaient ce dernier: les miliciens Davoine, Tixier et Thomine. Ils s'interrogèrent du regard. On les avait prévenus une heure avant, par téléphone, de cette réunion, sans leur en donner les motifs.

– Tout ce que nous savons, dit Lombardin, volontaire dans la Waffen SS française, c'est que le Standartenführer Stadler souhaite avoir d'urgence un entretien avec nous.

– Pourquoi Stadler et pas Lammerding? demanda Eugène Patry, l'interprète.

– Le général se trouve encore à Tulle, répondit Lombardin. A la suite des pendaisons, il doit avoir bon nombre d'affaires à régler. Stadler doit compter sur nous pour retrouver le major Helmut Kämpfe, bien qu'il ait d'autres chats à fouetter. Le moral de la troupe est en jeu. Je crains qu'il soit déçu. On pourrait ratisser cette province au peigne fin durant des semaines et des mois sans retrouver la moindre trace. Quant à procéder à un marchandage avec la Résistance, c'est une vue de l'esprit.

– Sait-on jamais? objecta Kleist. Nous venons de lâcher un de nos prisonniers dans la nature afin qu'il prenne contact avec des chefs de la clandestinité et leur propose une transaction.

Lombardin émit un petit rire grinçant à travers une bouffée de cigarette.

– Vous n'en entendrez plus parler, dit-il. Je ne vous croyais pas si naïf, Oberscharführer.

– Détrompez-vous. Il nous a téléphoné hier soir. Il ne perd pas l'espoir d'établir le contact et d'aboutir à une négociation. Nous faisons circuler des voitures à travers la campagne avec des drapeaux blancs, nous interrogeons les paysans, mais, pour le moment, les résultats sont nuls. Ces gens se méfient de nous. Pourtant notre désir est sincère de retrouver Kämpfe, fût-ce au prix d'une humiliation.

Lombardin chercha un cendrier et, n'en trouvant pas, alla fumer debout près de la fenêtre. Une colonne de camions venait de s'immobiliser le long de l'avenue des Bénédictins et formait un chapelet autour de la place Jourdan. On distinguait au bout de l'avenue, à droite, près de la gare, en direction du centre, la silhouette massive de la caserne.

Les mains dans les poches, Davoine s'était rapproché de Lombardin; ils se connaissaient de longue date et s'estimaient mutuellement. Lombardin se demandait parfois ce que Davoine, qui avait devant lui un brillant avenir, venait faire à Limoges. Collaborateur et ami du chef national de la Milice, Darnand, on lui avait confié naguère le poste de secrétaire général au Maintien de l'Ordre et d'inspecteur de la Milice aux questions juives. En quelques années, il était devenu un des personnages importants et redoutés du gouvernement de Vichy. Le problème qui l'obsédait, Lombardin ne l'avait jamais exposé à son ami.

– Ce que je redoute, dit doucement Davoine, c'est que nos amis allemands préparent un coup dans le genre de Tulle. Ils sont sur les dents depuis hier. J'ai vu débarquer tout à l'heure le Sturmbannführer Otto Dickmann, commandant le 3e bataillon du régiment « Der Führer ». En apprenant la nouvelle de l'enlèvement du major, il semblait ivre de colère. Helmut Kämpfe était son idole.

– Vous n'ignorez pas, dit Lombardin, que le major Dickmann est un bon officier mais un ivrogne impénitent.

– Il était furieux pour d'autres raisons : les événements qui se sont déroulés à Saint-Junien, où les Allemands ont perdu deux hommes dans un guet-apens.

– J'ai entendu parler de cette affaire, mais sans autre précision, dit rêveusement Lombardin en consultant sa montre-bracelet.

Le jeudi précédent, des partisans F.T.P. avaient tenté de faire sauter le viaduc de chemin de fer de la ligne de Limoges à Angoulême, qui passe par Saint-Junien. Ils avaient échoué. Le lendemain, dotés d'une quantité plus importante d'explosifs, ils réussissaient leur attentat et provoquaient un déraillement qui interrompait le trafic. Invités à franchir le viaduc à pied, les voyageurs avaient trouvé de l'autre côté un train à leur disposition. Parmi eux, une dizaine de militaires. Les maquisards, qui se tenaient à proximité, avaient ouvert le feu sur leur groupe et abattu deux d'entre eux, tandis que les Allemands donnaient l'alerte.

– Bigre! fit Lombardin. Ça va chauffer dans Landernau...

– Vous ne croyez pas si bien dire. Les terroristes, à la suite de cet exploit, se sont conduits en maîtres dans la ville. Ils se sont installés à la mairie et ont occupé le siège de la Légion Française des Combattants. Leur petite fête insurrectionnelle a été de courte durée. Un détachement de la Wehrmacht est arrivé avec un train spécial conduit par le chef de la Gestapo de Limoges en personne, notre ami Wickers, un dur à cuire! Ce détachement sera relayé d'ici quelques heures par un groupe du régiment de Panzergrenadier « Der Führer » : la fameuse 3e compagnie commandée par ce fou de Dickmann.

– La situation semble se durcir. Des SS à Saint-Junien, ça présage une « grosse opération », comme disent nos amis allemands. Ils vont vraisemblablement organiser une action de représailles assez sanglante. De quelle nature, selon vous?

– Je l'ignore. Je crois qu'ils ont envisagé de brûler la ville et de procéder à des exécutions d'otages. Si Dickmann a carte blanche, ça va être un massacre. J'ai rencontré quelques-uns de ses subalternes, peu après l'arrivée du bataillon à Limoges. Ils montraient les dents. Des fauves...

– Si vous voulez mon avis, dit Lombardin, il auraient tort de mettre à feu et à sang une ville comme Saint-Junien. Une opération importante risquerait de compromettre les négociations avec la Résistance pour la libération de Helmut Kämpfe.

– On voit bien que vous ne connaissez pas Dickmann, dit Davoine d'un ton sinistre.

Sylvester Stadler, flanqué d'Otto Dickmann, entra d'un pas décidé dans le bureau et répondit d'un geste sec au salut de ses collaborateurs français. Il prit place derrière la table placée contre le mur sur lequel était épinglée une carte de la région, constellée de cercles de couleurs variées et d'étiquettes.

A peine assis, Stadler se mit à feuilleter nerveusement une liasse de documents, la repoussa, joignit ses doigts devant lui, sur le sous-main de cuir rouge.

– Messieurs, dit-il, pardonnez mon retard, mais je n'abuserai pas de votre temps.

Il laissa à Patry le soin de traduire ses propos préliminaires et poursuivit, un masque de sévérité sur le visage :

– La situation est grave, ce qui m'amène à vous demander votre concours. Vous connaissez cette région et ses habitants mieux que nous et vos méthodes ont fait leurs preuves. Je compte sur votre collaboration. Si des objections vous viennent à l'esprit, n'hésitez pas à nous les faire connaître. Je n'approuverai pas forcément vos scrupules, mais je ferai l'effort de les comprendre.

Son regard glacé parcourut l'assistance. Il ajouta en se retournant à demi :

– Certains d'entre vous connaissent le Sturmbannführer Otto Dickmann, qui se trouve à ma gauche. Je ne vous le présenterai donc pas. Je rappelle simplement que c'est un brave. Il n'hésiterait pas à donner sa vie, de même que tous les hommes de son bataillon, pour que l'on retrouve vivant le Hauptsturmführer Helmut Kämpfe. Il me l'a affirmé et je sais qu'il dit la vérité. Kämpfe était plus qu'un soldat : c'était un symbole. Malheureusement, les choses ne sont pas si simples. Nous sommes tous concernés par cette affaire, vous, Français, comme nous. C'est l'honneur de l'armée allemande et des forces du Maintien de l'Ordre qui est en jeu.

Il se tourna ensuite vers sa droite.

– Et voici l'Obersturmführer Karl Gerlach, officier d'ordonnance à la section d'assaut du régiment « Der Führer ». Il a été capturé, molesté et a failli être fusillé par les partisans dans une forêt proche de Bellac. Son chauffeur a été abattu; lui a réussi à prendre la fuite, avec un rare esprit de courage et d'opportunité. Il a rejoint Limoges en pleine nuit, à pied, sans chaussures, et m'a conté son aventure. Il va répéter ce récit à votre intention. Soyez bref et concis, Obersturmführer, car le temps presse.

Lorsque le lieutenant Gerlach eut terminé le récit de son odyssée, Stadler intervint de nouveau.

– Vous avez bien noté, messieurs, qu'il y avait à Oradour-sur-Glane un rassemblement de terroristes. Des hommes ET DES FEMMES! Il semble évident que cette bourgade constitue un centre important d'agitation insurrectionnelle. Vous avez noté également que la population est franchement hostile à nos troupes. L'Obersturmführer Gerlach et son chauffeur ont été insultés et frappés à plusieurs reprises et étaient sur le point d'être lynchés. Mais il y a pire, messieurs! Le Sturmbannführer Dickmann va vous révéler en quelques mots les informations qui lui ont été communiquées.

Dickmann s'éclaircit la voix derrière son poing fermé. Il semblait très énervé et mal à l'aise face à cet aréopage qui le considérait d'un air ironique, comme s'il allait se lancer, ainsi que cela lui arrivait parfois, lorsqu'il était pris de boisson, dans un numéro de clown. Il relata son entretien à l'hôtel de la Gare, à Saint-Junien, où il avait installé son P.C., avec deux civils dont il se garda de révéler l'identité : ils venaient le prévenir qu'un « haut fonctionnaire allemand », récemment capturé par les F.T.P., était détenu à Oradour-sur-Glane et qu'il allait être exécuté et son corps brûlé au cours de la journée, sur la place du village.

– Oui, messieurs, s'écria Stadler, sur la place publique, au cours d'une fête, comme au Moyen Age! Vous vous demandez, comme moi, qui peut être ce prétendu « haut fonctionnaire »? Eh bien, mon avis est qu'il ne peut s'agir que du Hauptsturmführer Kämpfe. Notre camarade Dickmann s'est proposé pour aller le délivrer, avec un détachement de son bataillon. C'est une initiative généreuse, dont je le félicite.

Davoine demanda la permission d'intervenir.

– Les partisans, dit-il, ne sont pas ignares au point de confondre un colonel allemand et un fonctionnaire. Cette histoire n'est pas claire. Je ne crois guère à la déclaration de ces civils. D'autre part, de nos jours, en France, même chez les francs-tireurs, on ne brûle plus les gens sur les places publiques. Enfin, il est impossible que le major Kämpfe soit détenu dans un village de l'importance d'Oradour-sur-Glane qui n'a été, selon nos renseignements, qu'un lieu de rassemblement occasionnel de la Résistance. Je m'y suis moi-même rendu assez souvent pour affirmer qu'il ne s'y est jamais rien passé d'important et que cette agglomération est restée à l'écart des mouvements de Résistance. Tout ceci, messieurs, semble relever de la fable.

La déclaration de Davoine fit l'effet d'un coup de tonnerre. Des murmures d'approbation ou de dénégation montaient autour de lui. Stadler se trémoussait sur son fauteuil. Très pâle soudain, le major Dickmann considérait le milicien d'un regard haineux.

– Messieurs, messieurs, dit Stadler, un peu de silence, je vous prie! Avant de vous retrouver dans cette salle j'ai été informé personnellement d'une nouvelle importante : l'attaque des terroristes contre une de nos ambulances et l'exécution de plusieurs de nos blessés. Cela s'est passé PRÈS D'ORADOUR! Il ressort à l'évidence, selon moi, une singulière conjonction entre les affaires Kämpfe et Gerlach. Si nous y ajoutons l'attentat de ce matin, voilà qui désigne à notre vindicte un lieu précis : Oradour!

Il se leva d'un mouvement vif, se planta devant la carte, posa ses doigts réunis sur un cercle rouge, puis il se retourna vers l'assistance, toisant Davoine d'un regard fixe.

– Mon cher Davoine, dit-il, il se peut que vous ayez des doutes pour ce qui concerne les deux informateurs civils du Sturmbannführer Dickmann, mais, pour moi, la cause est entendue. Dickmann vous a affirmé qu'il s'agissait de personnes « dignes de foi ». Mettez-vous en doute sa parole et son jugement?

– Nullement, dit Davoine en se rasseyant, l'air embarrassé par la tournure que prenait l'entretien. Je voulais simplement vous mettre en garde contre l'éventualité d'une erreur. L'affaire est trop grave pour ne pas faire preuve de prudence. Je tenais simplement à émettre des réserves pour le cas – soyons francs! – où vous méditeriez des représailles contre ce village, l'un des plus paisibles, l'un des moins pollués de la province par des éléments de l'insurrection.

– Nous ne pouvons tenir compte de vos réserves, dit Stadler. Elles se basent sur des impressions ou des témoignages fragmentaires. Je le répète : c'est sur Oradour que pèsera le poids de notre vengeance. La population, l'Obersturmführer Karl Gerlach vous l'a confirmé, est moins innocente que vous ne le dites. Si vous n'y avez pas vu de résistants ni de maquisards en armes c'est qu'ils se cachent bien. Cette apparence paisible n'est qu'un paravent. Mais à supposer que cette population soit aussi innocente que vous le prétendez, nous frapperons malgré tout, et d'une manière exemplaire! Avant que notre division se retire pour aller combattre en Normandie, je veux être certain que cette région gardera de nous un souvenir de terreur et d'épouvante. Il faut que Tulle, hier, et Oradour, aujourd'hui, deviennent le symbole de notre volonté de détruire tout ce qui s'opposera à notre marche vers la victoire finale.

Le chef milicien Pitrud leva à son tour la main.

– Quel sera notre rôle dans cette affaire? Qu'attendez-vous de nous?

– Vous ne serez pas directement impliqués, dit Stadler, dans la « grosse opération » que prépare le major Dickmann. Vous qui connaissez le pays mieux que nous, vous l'aiderez de vos suggestions et de vos conseils. Nous comptons également sur vous et nos camarades de la Gestapo, pour continuer les recherches en vue de retrouver le Hauptsturmführer Kämpfe et, si possible, capturer des chefs de la Résistance pour tenter d'effectuer un échange. Nous maintenons la zone de recherches à l'est et au nord-est de Limoges, la zone de représailles étant à l'opposé.

– Vous semblez donc persuadé, Standartenführer, que Kämpfe n'est pas prisonnier à Oradour? dit Davoine.

– Je n'en sais rien! rugit Stadler. Dans cette affaire, si nous voulons réussir notre mission pacificatrice, nous devons considérer comme une preuve toute présomption tant soit peu fondée.

Davoine allait objecter que les représailles contre Oradour risquaient de condamner ce cher Helmut Kämpfe, mais il se retint pour ne pas provoquer un nouvel orage.

Le milicien Thomine intervint à son tour pour demander en quoi consisteraient les représailles. Stadler se renversa dans son fauteuil, les mains croisées sous le menton.

– Nous avons d'abord songé, dit-il, à livrer Saint-Junien aux flammes, mais nous avons abandonné ce projet en raison de l'importance de cette localité, du temps et des moyens que cette opération gigantesque aurait demandé. Pour ce qui est d'Oradour, messieurs, tout ce que je puis vous dire, c'est que le Sturmbannführer Dickmann sera chargé de l'exécution. Il a des motivations suffisantes pour mener cette opération au mieux et dans les moindres délais. Il aura carte blanche!

Davoine et Lombardin échangèrent un regard lourd d'appréhension. Stadler ajouta en se levant :

– Un dernier mot, messieurs : le P.C. de l'opération sera fixé à l'hôtel de la Gare, à Saint-Junien, où une réunion est prévue en fin de matinée entre Dickmann, les responsables de la Gestapo et du Maintien de l'Ordre. Je tiens à ce que cette affaire soit rondement menée et qu'elle soit terminée en fin de journée. Je vous remercie de votre attention.

Le convoi de voitures dans lesquelles avaient pris place les responsables de la Gestapo et de la Milice s'ébranla, précédé d'un camion chargé de soldats de la Wehrmacht et suivi de plusieurs camions de vivres à l'intention du 1er bataillon du régiment « Der Führer » qui cantonnait à Saint-Junien. Dickmann et son chauffeur alsacien, Leber, avaient pris les devants.

Davoine avait demandé à Kleist la permission de prendre place près de lui, à l'arrière de la « traction » à essence qui roulait immédiatement derrière le camion de tête. Kleist avait opiné de mauvaise grâce et prié l'interprète Patry de trouver place dans un autre véhicule.

Après une discrète pluie matinale qui avait rafraîchi l'atmosphère, le soleil venait de refaire son apparition et donnait au paysage bocager une singulière luminosité.

– Pardonnez mon insistance, dit Davoine, mais rien n'est clair dans cette affaire. Je comprends le souci de Stadler de faire un exemple, de quitter cette « Petite Russie » après une opération de dissuasion, mais les motifs invoqués me paraissent fallacieux. Nous savons tous qu'il n'y a jamais eu de quartier général insurrectionnel à Oradour-sur-Glane. Les points de concentration des bandes sont à des lieues de ce village, dans les monts de Blond et dans la forêt de Brigueil notamment. Seule l'affaire Gerlach me semble digne de crédit. La détention de Kämpfe et l'intention des maquisards de le brûler sont des inventions, et l'histoire de cette ambulance attaquée par des terroristes me paraît suspecte. Qu'en pensez-vous, Oberscharführer?

Davoine connaissait bien l'adjoint de Wickers. Kleist était

possédé par l'esprit du mal; il assistait personnellement aux interrogatoires, y participait volontiers, et sa réputation de cruauté envers les captifs était légendaire. En s'adressant à lui, Davoine comptait sur la révélation de vérités non frelatées. Kleist se tourna vers Danoine, montra des dents de chien dans un demi-sourire, posa sa main carrée sur le genou de son interlocuteur.

– Voyons, Davoine, vous êtes bien naïf. Cela me surprend chez un homme comme vous qui ne passe pas pour un tendre, qui a eu la haute main sur le service national du Maintien de l'Ordre. Dois-je vous rappeler qu'on ne fait pas la guerre avec de bons sentiments et que seule compte l'efficacité. Vous et vos miliciens, vous en savez quelque chose. Alors, pourquoi de tels scrupules? Je pourrais accepter des leçons de morale, mais sûrement pas de vous, mon cher.

– Je me suis mal exprimé, soupira Davoine. C'est vrai que je mène la vie dure aux terroristes, mais j'aime savoir où je mets les pieds. A Tulle, les représailles étaient justifiées. Il ne semble pas qu'elles le soient à Oradour. Puisque Stadler nous a mis en partie dans la confidence, j'aimerais savoir pourquoi cette paisible bourgade a été choisie.

Kleist laissa retomber sa main sur la banquette et soupira d'un air excédé.

– La guerre m'a appris, dit-il, à ne pas poser trop de questions et à ne pas manifester mes états d'âme. Je ne suis qu'un exécutant de modeste importance. S'il m'arrive d'avoir des scrupules, j'en réfère non pas à ma conscience mais à mes chefs. La conscience, en état de guerre, est notre pire ennemie. Je l'ai mise en cage en attendant des jours meilleurs.

Il ajouta d'un ton abrupt :

– Croyez-vous en Dieu, Davoine?

– Je suis catholique pratiquant.

– Pardonnez cette question. Si vous prétendez obéir à votre conscience, c'est que vous croyez en Dieu. Moi même j'y croyais, jadis. Aujourd'hui il a rejoint ma conscience dans la cage et ils se tiennent compagnie.

– Des innocents vont payer...

– Vous me fatiguez, soupira Kleist. Les victimes de Tulle étaient pour la plupart innocentes et vous approuvez leur exécution! Alors fichez-moi la paix avec vos scrupules. Il y a chaque jour des centaines, des milliers d'innocents qui meurent sous les bombes des Anglo-Américains, en Allemagne et en France, ce qui, apparemment, ne pose pas de cas de conscience à l'état-major interallié!

Comme le ton montait, le chauffeur s'était retourné, le visage inquiet.

– Occupez-vous de ce qui vous regarde, Ulrich! rugit Kleist en allemand. Vous avez failli nous envoyer dans le fossé!

– Il ne sert à rien de vous mettre dans cet état, dit tranquillement Davoine. Je voulais simplement connaître le sort qui sera réservé à Oradour. Vous le savez, n'est-ce pas?

– Avez-vous une carte de la région dans votre porte-documents?

Davoine lui tendit une carte d'état-major. Kleist sortit son stylo et, d'un geste rageur, fit une croix sur la localité.

– Êtes-vous satisfait? demanda-t-il. Bon! Maintenant, laissez-moi dormir. Je n'ai pas fermé l'œil de la nuit.

Il éclata de rire et se tourna vers le coin opposé à Davoine en étendant ses longues jambes sous le siège avant.

STURMMANN HANS ANGELMANN

Saint-Junien. Environ 11 heures.

Hans en a eu vite assez de ce jeu stupide : le concours de lancer de grenades. Au début, c'était amusant; les péquenots sortaient aux fenêtres, les renfermaient précipitamment, rabattaient les persiennes, s'imaginant que les partisans attaquaient le champ de foire où était installée la 3e compagnie du 1er bataillon du régiment « Der Führer ». Très excité par le jeu, l'Unterscharführer Boos tirait de temps à autre une rafale de Schmeisser dans les tilleuls ou contre les façades closes, riant et gueulant :

– Terroristes! *Tous kaputt!*

L'air sentait la poudre. Au fond de la place, la terre était labourée, et des feuilles détachées par le souffle des grenades continuaient de pleuvoir.

– Sergent, dit Hans. J'ai envie de me dégourdir les jambes et de descendre vers le bas de la ville.

– Permission accordée, mais fais gaffe à pas te faire enlever. Après Kämpfe, ça ferait le deuxième héros que la division perdrait en deux jours.

Hans remercia, salua militairement en faisant claquer ses talons. Par les « ruetes » désertes, il descendit vers la collégiale : une massive construction de pierres rousses, impressionnante mais sévère. La veille, après avoir appris le déraillement du convoi et la mort de deux soldats, Dickmann était comme fou ; il ne cessait de crier qu'il voulait mettre cette « putain de ville » à feu et à sang ; Boos affirmait qu'il l'avait vu pleurer et se cogner la tête contre un mur en apprenant l'enlèvement de Kämpfe. S'ajoutant à la fatigue d'une journée éprouvante (la colonne avait même roulé une partie de la nuit), à la tension permanente, aux alertes dans la région de Rochechouart, ces deux événements l'avaient bouleversé. Et, comme il faisait chaud et qu'il avait bu beaucoup de bière et de gnôle...

– En ma présence, en cinq minutes, avait ajouté Boos, il a vidé une demi-bouteille de blanche, et de la raide. En sortant de l'hôtel de la Gare il tenait à peine debout. Il s'est plongé la tête dans un abreuvoir, comme dans les westerns, et il est reparti en marchant presque droit.

La collégiale est déserte, ouverte à tous les vents. Des statues de saints et de saintes se dressent comme des chandelles à la base des colonnes. Par un escalier étroit et sombre, Hans accède au sommet du clocher, là où Dickmann se trouvait la veille, accompagné de quelques officiers et sous-officiers, parmi lesquels l'Unterscharführer Boos.

– Je n'ai pas cessé de l'observer, dit Boos. Il ne tenait pas en place. Il passait d'un abat-son à un autre en gueulant qu'il fallait foutre le feu à ces nids à cancrelats, passer toute cette population de pouilleux au lance-flammes pour venger son cher Kämpfe dont le seul nom le faisait chialer. Sans l'intervention du Hauptsturmführer Kahn il aurait peut-être donné des ordres en conséquence. Finalement il s'est contenté de réquisitionner une poignée de civils auxquels il a ordonné de creuser des tranchées aux abords de la ville, on se demande bien pourquoi. Si tu veux mon avis, notre Sturmbannführer est un peu malade de la tête.

Autour de la collégiale, la ville semble somnoler, tassée sous ses toitures de tuiles roussâtres. Quelque part dans les aîtres souillés de déjections, un pigeon fait sa cour à sa pigeonne. Il y a un mois, à quelques jours de leur première rencontre, Hans et Laure Novak avaient visité la cathédrale de Montauban et échangé un discret baiser – le premier – sous une colonne du transept, à la hauteur d'un signe de tâcheron gravé dans la pierre. Elle lui avait dit : « J'aimerais te revoir, Hans. Je déteste cet uniforme que tu portes, mais toi, dessous, tu es comme du pain d'épice. » Il avait répondu : « Si tu crois que je le porte par conviction... Je l'arracherais si je le pouvais, mais il me colle à la peau... »

Ils s'étaient revus le soir même, et presque chaque jour ensuite. Hans n'avait pas été surpris ni contrit d'apprendre qu'elle faisait partie des éléments actifs de la Résistance, et il n'avait émis aucune objection lorsqu'elle lui avait demandé s'il souhaitait rencontrer son camarade de clandestinité, Jacques Moreau.

Depuis qu'il a aperçu Wickers, le chef de la Gestapo de Limoges, en fin de matinée, en train de se promener autour de la gare, une image obsède Hans : un face-à-face entre le bourreau et Laure. Le dialogue, il l'imagine sans peine : Wickers : « Nous savons que vous receviez chez vous un soldat de la division « Das Reich », un SS. Il nous faut son nom. » Laure : « Il est passé des soldats allemands, des SS, dans ma rue, mais aucun ne s'est jamais arrêté chez moi, sinon une fois un ivrogne qui sortait en même temps que moi du Soldatenheim et qui m'a suivie, mais je lui ai fermé ma porte au nez ! » Wickers : « Vous avez tort de vous entêter. Des témoins l'ont vu quitter votre domicile. » Laure : « C'est une erreur. Je ne reçois pas ces gens-là chez moi. Une jeune fille seule... » Wickers : « Nous avons les moyens de vous faire avouer, vous savez, mademoiselle... (ce sont toujours les mêmes expressions, les mêmes phrases, les mêmes menaces d'intimidation qu'ils emploient). La semaine passée, nous avons réussi à tirer les vers du nez à un de vos camarades, un nommé Jacques Moreau, que nous traquions depuis longtemps. Nous avons mis le paquet et il a fini par craquer. Alors vous, une faible femme, une gamine presque... Parlez et nous cesserons de vous importuner, sinon... »

Tandis qu'il descend vers la gare par une « ruete », Hans continue à dérouler son film dans sa tête. Des frissons par tout le corps, il imagine la chair tendre de Laure sous les mégots incandescents, les brûlures au fer rouge, sa tête plongée dans une baignoire jusqu'à la limite de l'asphyxie... Laure, cuisses ouvertes, livrée aux sexes monstrueux des soudards... Laure battue... Laure fouettée...

– Tu ne connais pas leur nouvelle invention, à ces sadiques? lui avait « Bib », peu de temps avant de mourir. Ils tirent autant qu'ils peuvent, avec des pinces, sur la langue de leur victime et ils la clouent contre une porte ou un mur. J'ignore comment ils s'y prennent, mais ça doit donner à réfléchir aux pauvres mecs qui leur passent entre les mains.

Derrière les bâtiments de la gare, gardés militairement, se dressent les collines boisées dominant la voie ferrée et la Glane, peu avant son confluent avec la Vienne. Des grues travaillent à remettre locomotive et wagons sur leurs rails; des pionniers du génie réparent les dégâts occasionnés au viaduc.

Devant l'hôtel de la Gare, des voitures et des camions de la Wehrmacht sont stationnés en longue file, sous la garde d'un peloton de SS et de miliciens. Une conférence doit se tenir à l'intérieur, dans la salle du bas. On parle à mots couverts d'une « grosse opération » contre la ville et sa population. Hans tâte la crosse de la Schmeisser qui pend en travers de sa poitrine et ne le quitte plus. Il sait que lorsque l'ordre viendra de tirer contre les civils, il ne marquera aucune hésitation. Il lui suffira de se souvenir de la tête éclatée de « Bib » et de la sale gueule des terroristes à béret de paysan pour annuler toute hésitation et tout remords. Le souvenir de Laure n'insinue aucun malaise dans son esprit; il a beau faire, aucune contradiction ne se manifeste : Laure fait partie d'un autre monde; elle est « en dehors de tout cela »; elle se situe au-delà de la guerre, au-dessus de toutes les misères, les hypocrisies, les lâchetées, les cruautés.

– *Halt!* Où vas-tu mon joli? Tu as perdu ta maman?

Le gros Oberscharführer s'approche, son Mauser braqué, menaçant sous ses airs ironiques.

– Je me promène, répond Hans. J'ai le droit, non? J'ai la permission de l'Unterscharführer Georges Boos.

– *Stillgestanden, bitte!* hurle l'Oberscharführer. On ne t'a pas appris les bonnes manières avec tes supérieurs, Sturmman de merde?

Hans se met mollement au garde-à-vous, salue réglementairement.

– Interdit de se balader! Rejoins ton cantonnement en vitesse si tu veux pas te faire botter le cul. Une opération se prépare, là, derrière, et j'aime mieux te dire que ce sera pas de la rigolade.

– Une opération? Où ça, Oberscharführer?

– A Oradour-sur-Glane, corniaud!

Otto Dickmann paraissait très maître de lui, mais avec, de temps à autre, dans son comportement et dans sa conversation, des accès de nervosité mal réprimés qui en disaient long sur ses tempêtes intérieures. L'entretien se terminant, il sortit son mouchoir, le fit glisser entre sa peau et le col de sa vareuse.

– Résumons-nous, dit-il. La Gestapo et les forces du Maintien de l'Ordre resteront cantonnées à Saint-Junien pour veiller au grain, avec l'appui du détachement de la Wehrmacht qui nous a accompagnés. A la moindre alerte, prévenez le quartier général de Limoges. La « grosse opération » que nous allons entreprendre ne souffrirait pas d'être contrariée par une nouvelle intervention des terroristes sur nos arrières. Et ils sont là, là et là...

Il pointa l'index vers les collines d'alentour.

– A treize heures trente précises, la 3e compagnie du 1er bataillon placé sous mon commandement prendra la route d'Oradour sous la conduite du Hauptsturmführer Kahn. Elle opérera, par mesure de diversion, un crochet vers Saint-Victurnien. Moyens de locomotion : deux S.P.W. et huit camions de troupes précédés d'un motocycliste. Je suivrai dans ma Citroën avec mon chauffeur Leber et mon adjoint Lage. Nous devrions pouvoir nous déployer autour d'Oradour vers quatorze heures. Mission accomplie, l'essentiel de nos éléments sera de retour à Saint-Junien avant la nuit.

En entendant un murmure, il pointa l'index vers l'assistance.

– Obersturmführer Barth, si vous avez une observation à formuler, faites-le à haute voix, je vous prie.

Heinz Barth baissa la tête et ne répondit pas.

Il s'était penché vers son voisin, un sujet alsacien, et lui avait glissé à l'oreille :

– Le sang va couler aujourd'hui, camarade! Nous allons voir enfin de quelle étoffe sont faits les Alsaciens...

LAURENT KLEIN
Oradour. Samedi matin.

Vers midi, Lucienne est allée faire quelques provisions : du pain, de la margarine (les derniers tickets y sont passés), des fruits et des légumes.

– Et ça, c'est pour toi, mon Laurent.

Elle lui fait humer les cubes gris de caporal.

– C'est ma ration. La tienne, il faudra aller la chercher avant midi et faire la queue, bien que tu n'aimes pas ça. J'ai eu du mal à me faire servir chez Joffre. Le bourg est plein de monde. Tu devrais te lever, fainéant.

– Embrasse-moi d'abord.

Il a plu au début de la matinée, mais le soleil est revenu. La chaleur a enveloppé les lèvres et le visage de Lucienne d'une buée légère. En chemin elle a dû entamer la couronne de pain frais – il lui en reste l'odeur dans l'haleine.

– Quel jour sommes-nous?

– Samedi, grand nigaud! Tu as perdu la notion du temps? Tu croyais qu'on était dimanche? De toute manière ça ne change rien pour nous.

Il a un peu honte à se l'avouer : depuis son arrivée à Oradour, le temps a pris des dimensions nouvelles; libéré des structures rigides du collège, il est devenu un océan sans limites où la barque Laurent flotte au gré des vagues et des courants. Fourré, à qui il s'est confié, lui a dit :

– Mon vieux, il faut vous reprendre en mains, sinon vous êtes foutu. Vous devriez faire comme si vos cours devaient reprendre demain.

Le professeur lui a communiqué des documents universitaires, l'a invité à écrire pour en obtenir; il lui a ouvert la bibliothèque qui l'a suivi dans sa retraite et Laurent y a puisé abondamment. Durant des jours il s'est saoulé de lecture et d'écriture, préparant des programmes fictifs, essayant de renouer avec tel ou tel de ses élèves qu'il avait négligé. Puis sont venus la lassitude, l'« à-quoi-bon? », l'indifférence et Fourré n'a pas insisté, d'autant qu'il éprouvait les mêmes sentiments.

– Au moins, lui a-t-il dit, ne laissez pas s'engourdir votre plume. J'ai lu vos communications, naguère. Vous êtes doué. Continuez à vous exprimer sur tout et sur rien. Tenez, moi, hier, j'ai rédigé une dizaine de feuillets sur une pensée de Descartes et je me suis senti de nouveau parfaitement en accord avec moi-même. Nous devons repousser l'impression de devenir des êtres inutiles.

– Mais j'écris, professeur!

Laurent Klein écrivait. Chaque jour ou presque. Il parlait de la vie du village, de la région, de Lucienne et de Luce, du temps qu'il faisait, de ses parties de pêche et de campagne, de ses scrupules obsédants à vivre en dehors de son temps, rivé à son inaction et à ses menus plaisirs; il ruminait ses petites joies comme un bœuf à son ratelier. Ces épanchements lui donnaient l'impression de surnager. Il faisait lire ses feuillets à Lucienne. Elle hochait gravement la tête, l'embrassait, protestait parfois mollement.

– Pourquoi tous ces détails pour une banale scène d'amour? Si quelqu'un lisait ces textes...

– Nos relations ne sont pas banales, Lucienne. Je n'ai jamais connu avec une autre femme ce que j'éprouve avec toi.

– Que comptes-tu faire de ces écrits? Les publier? En faire un roman?

– J'avoue que je n'y ai pas songé, mais après tout, pourquoi pas? Plus tard, la guerre finie...

Lucienne se dresse sur ses coudes.

– Écoute! Tu n'entends rien?

– C'est une abeille ou une guêpe. Rendors-toi.

Une abeille, une guêpe ne font pas ce bruit. Laurent retient son souffle et tend l'oreille: ce sont des bruits de moteurs, des rumeurs de gros bouillons au fond de la marmite de l'été. Des voitures? Non, plutôt des camions ou, peut-être, des engins lourds. Cela vient de la direction de Saint-Junien. Non, plutôt de Limoges. Ça se rapproche insensiblement.

– C'est une colonne allemande, dit-il. J'en suis sûr.

La bouche mi-close, le souffle suspendu, Lucienne écoute. Le médaillon en forme d'oiseau aux ailes déployées se balance entre ses seins et la poitrine de Laurent.

– Tu as raison, dit-elle. C'est sûrement une colonne blindée qui se dirige vers nous. C'est bien la première fois...

– Il fallait que ça arrive, dit Laurent en se levant. Tout était trop calme. On n'échappe pas à la guerre. Elle sait toujours où vous trouver, la garce!

– Qu'allons-nous faire?

– Quitter le bourg au plus vite. Filer dans la campagne avec nos bicyclettes.

– Non, dit Lucienne. Moi, je reste. Je ne peux pas abandonner mes élèves. Ma place est près d'eux.

– Alors je reste aussi, dit Laurent.

STURMMANN HANS ANGELMANN
Oradour. 14 heures.

Après avoir traversé le bourg de bout en bout en suivant la ligne du tramway, le Kübelwagen de Boos s'est immobilisé peu avant l'église. Des gens sortaient sur le pas des portes, la serviette autour du cou.

– Vous avez vu la gueule de ces péquenots? dit Boos. Nous allons leur faire passer le goût du pain, camarades!

– Ils sont tous encore à table, ma parole! dit Borsch. Ils s'empiffrent, les salauds, alors que tant d'autres crèvent de faim. J'ai bien envie de faire un ou deux cartons pour rigoler...

– Patiente un moment, dit Boos. La grande rigolade ne va pas tarder. Hans! « Milou »! Préparez-vous!

La quatrième place arrière du Kübelwagen est occupée par le remplaçant de « Bib » : Émile Meyer, dit « Milou », Grenadierschütze, soldat de deuxième classe ; c'est un Alsacien de dix-neuf ans, timide mais courageux. Il transpire sous la tenue de camouflage jaune et vert, à croire qu'un cent d'oies ont déféqué dessus, et sous le casque enrobé d'un filet et orné de feuillages. Le visage a été barbouillé de suie. « Milou » a reçu le baptême du feu à Roufilhac et s'est bien conduit ; l'Unterscharführer Boos compte le proposer pour le grade d'Oberschütze.

– Les gars, dit le Sturmmann Borsch, vous savez ce que cet abruti de Heinz Barth a dit ce matin au capitaine Lange ? Qu'il allait y avoir du sang et qu'on allait voir comment allaient se comporter les Alsaciens de la 3ᵉ compagnie. Sous-entendu : ils vont sûrement se dégonfler. Vous savez ce que je lui réponds, moi, simple Sturmmann, à cet Obersturmführer de merde ? Que je l'encule gros comme le bras.

Il brandit un bras d'honneur au-dessus du pare-brise.

– Les gars, ajouta-t-il, c'est le moment de montrer à ces enfoirés de juteux que nous, les Alsaciens, nous sommes de vrais Waffen SS.

Les deux S.P.W. qui venaient en tête de la colonne, précédés d'une motocyclette de liaison, ont emprunté le pont sur la Glane pour remonter l'enfilade de maisons du bourg en longeant les rails du tramway. Accompagnés de trois camions et des voitures des officiers et sous-officiers, ils sortent du bourg et poursuivent leur progression pour ne s'arrêter qu'à environ huit cents mètres, sur la route de Confolens. Les vieilles demeures du bourg, empanachées de vigne vierge, de rosiers grimpants et de treille, frémissent sur leur passage.

– Qu'est-ce qui se passe ? dit « Milou ». Nous repartons déjà ?

– Gros malin, dit Borsch, nous allons prendre position et investir cette saloperie de patelin. Prépare la fusée blanche qui doit indiquer que nous sommes arrivés. Les autres véhicules sont en train de prendre place à l'autre sortie du bourg. Tout est en ordre, mon gars. Rien n'est laissé au hasard.

– Dispositif classique, dit Boos. Comme chez les Popov. Regardez bien ce village, mes agneaux. Regardez-le bien. Dans deux ou trois heures, il n'en restera plus rien que des ruines et des macchabées.

« Milou » s'informa du nombre d'habitants que comptait le bourg, et frémit lorsque Boos annonça qu'avec les gens venus en visite pour faire des provisions et chercher les rations de tabac, ça pouvait faire dans les sept cents.

– Souvenez-vous, ajouta-t-il, de la consigne : il ne doit plus rester un seul vivant après l'opération. Ce sera le moment de montrer que vous avez les couilles bien suspendues.

– Et les gosses? dit « Milou ». J'en ai vu quelques-uns sur le pas des portes.

– Pas question d'épargner cette graine de terroristes! Pas plus que les femmes. Alors ouvrez l'œil, camarades! Si vous voyez un petit malin en train de jouer la fille de l'air, tirez-lui dessus sans sommation. Nous sommes couverts. J'ai des ordres précis de Dickmann. Oradour doit être « rayé de la carte ».

Il sauta par-dessus la portière de sa voiture, tira un bidon de sous son siège.

– Et maintenant, les gars, un coup de schnaps! Ça donne du cœur au ventre. A toi, Borsch, c'est gratis!

Borsch but plusieurs rasades, fit passer le bidon aux autres. Hans déglutit une coulée de lave, se força à en avaler une seconde, puis une troisième avant de passer le bidon à « Milou » qui toussa et recracha le tord-boyaux.

– Faut te forcer, camarade! dit Borsch en lui tapant dans le dos. T'en auras besoin.

Le passage, dans la rue centrale, des S.P.W. et des camions n'a suscité dans la population qu'un mouvement de curiosité. Portes et persiennes ouvertes, puis refermées à demi, le village semble de nouveau replié sur lui-même dans la torpeur de l'après-midi. Près de la gare, en bordure de la route, une fillette joue à la marelle et s'apprête, debout sur une jambe, à passer du « paradis » à « l'enfer ».

Les restaurants ont fait le plein. La plupart des convives sont des gens de Limoges venus s'empiffrer sans tickets, se ravitailler en farine, en œufs, en beurre, dans les fermes des environs, pêcher une friture dans la Glane et passer ce début de « semaine anglaise » au vert, dans le bocage. Nombre d'entre eux sont venus par le tramway du matin et repartiront par celui du soir; les plus courageux n'ont pas hésité à prendre la route à vélo.

En fin de matinée, les trente ouvriers espagnols rescapés de la guerre civile, qui travaillent dans les fermes et les petites entreprises de la région ont revêtu leur chemise blanche et leurs pantalons noirs pour se promener en groupes au milieu de la population, sans s'y mêler tout à fait.

Il y avait la queue devant le bureau de tabac où, tous les dix jours, les rations étaient distribuées. Au milieu d'un rassemblement, devant le café Durtol, le docteur Dufourneau pérorait, accompagné d'un de ses délégués, M. Lange. Au restaurant Malard on s'apprêtait à fêter par un banquet le baptême du dernier-né. Le fils Rome célébrait ses fiançailles dans la demeure de ses parents, au terme d'une brève permission qui s'achevait le lendemain. Mme Baritaud avait organisé une petite fête pour ses soixante-huit ans. Au salon de coiffure on faisait la queue jusque sur le trottoir.

Au milieu des cris, des rires, des embrassades, les premiers communiants allaient de maison en maison faire admirer leur costume et leur cierge, prêts pour la cérémonie du lendemain.

Une ombre déambulait en boitillant dans la lumière crue qui inondait l'avenue : le curé Capel, retour de Javerdat; il revenait de dire sa messe, comme chaque jour, abattant à pied les dix kilomètres aller et retour, malgré l'âge et la maladie.

C'était la fête. Presque un dimanche.

Et soudain, au loin, sur la route de Saint-Junien, entre les boqueteaux de chênes, on avait vu se profiler des silhouettes de monstres.

Envie de vomir. La tête lourde, mais lucide. Une chaleur brutale au creux des tripes, comme si s'opérait à l'intérieur une mystérieuse transsubstantiation. Hans Angelmann sent la sueur ruisseler sur son visage, sous cette suie qui le fait ressembler à un nègre. Il a toujours refusé d'ingurgiter ce schnaps du pays, prune ou marc, féroce et destructeur, mais aujourd'hui cela s'imposait car le jour qu'il vit n'est pas comme les autres. Il songe avec un petit rire intérieur : « Le jour des héros! » et il étouffe derrière la crosse de sa Schmeisser le spasme nerveux qui lui monte aux lèvres. Des « héros »? Quel genre d'héroïsme y a-t-il à tirer sur une population sans défense? Il n'aime pas, il n'a jamais aimé l'Unterscharführer Boos; il peut même affirmer qu'il le déteste, cet engagé volontaire, mais il ne peut que s'incliner devant sa manière infaillible de galvaniser ses hommes – une brève allusion aux méthodes employées chez ces pouilleux de Popov et c'est gagné : les camarades le suivraient au bout du monde, se feraient tuer pour lui !

Dans le speech du matin, au départ de la colonne, à Saint-Junien, il mettait en scène une sorte de personnage mythique qui semblait jaillir des nuées orageuses du Walhalla : Helmut Kämpfe.

– A côté de lui, camarades, vous n'êtes que de foutus petits branleurs. Moi qui vous parle, je l'ai vu à l'œuvre en Russie. Il suffisait qu'il se montre, debout à l'avant de sa Mercedes, et les Popov, les Ivan, soldats et partisans merdiques se mettaient à cavaler marche arrière ! Aujourd'hui, mes camarades, nous avons mission de le venger. Nous ne travaillerons pas dans la dentelle. Vous êtes des moutons. Je veux que vous vous conduisiez comme des loups ! Et, ce soir, nous ferons une foutue bringue, c'est moi qui vous le dis. Allons, camarades, en route !

Sous la tenue de camouflage et le poids du barda, le corps transpire affreusement. Une chaleur orageuse s'ajoute à celle de l'alcool qui fait bouillir de la lave dans les veines. « Qui suis-je ? se demande Hans. Qu'est-ce qui se passe en moi ? Quel est ce personnage qui tente de se substituer à moi ? Je suis Hans. Hans Angelmann, étudiant... » Et une autre voix répond : « Tu es Sturmmann Angelmann, 1er bataillon, 2e compagnie. Rectifie la position ! As-tu oublié que tu dois non seulement venger l'idole de la division mais encore ton vieux copain, “ Bib ” ? »

L'opération de déploiement à l'entrée ouest du village se déroule suivant une méthode qui a fait ses preuves. Trois hommes ici ; quatre là-bas. La consigne : obliger hommes, femmes, enfants qui se présenteraient à l'entrée du bourg à y pénétrer. Pas d'exception ! Tous dans la souricière !

– Vous trois, dit l'Unterscharführer Boos en désignant les occupants du Kübelwagen, suivez-moi ! Borsch, reste au volant ! Nous revenons au P.C. du bourg prendre les dernières consignes du major Dickmann. Les camarades de mon groupe, suivez-moi ! Vous allez montrer aux Chleus que les Alsaciens ont autant de couilles qu'eux ! Daul, Elsaesser, Weber, Diedinger, Lohner,

Graff, Giedinger, remontez dans le camion en vitesse et n'en bougez que sur mon ordre!

L'Unterscharführer Boos commande le 3e groupe composé d'une douzaine d'hommes, en majeure partie des Alsaciens, et doté de deux mitrailleuses lourdes MG42 – l'enfant chéri de Boos – une arme qui a fait ses preuves sur le front de l'Est. Il avait dit à Angelmann, un jour où il était en veine de confidences :

– Ça, mon gars, c'est du beau matériel! Ce sont les premières mitrailleuses lourdes à être fabriquées en tôle d'acier emboutie à la presse. La cadence de tir est fantastique. Les Russes peuvent s'aligner avec leur boîtes à camembert et leurs Maxims américaines! Et de plus elles sont belles comme des femmes. Regarde cette ligne!

Il avait embrassé la crosse avec un air voluptueux.

Maintenant les soldats occupent tout le village et ses abords. Oradour est prisonnier d'une nasse aux mailles serrées. La motocyclette de liaison fait la navette entre les deux extrémités du dispositif d'encerclement, et le P.C. que le Sturmbannführer Dickmann a installé dans une modeste demeure de la rue des Bordes. Boos y fait stopper le Kübelwagen, se présente au garde à vous.

– Unterscharführer Georges-René Boos! commandant le 3e groupe. A vos ordres, Sturmbannführer!

– Les ordres seront brefs, dit le major. Les gens des alentours seront rabattus sur le champ de foire pour vérification d'identité. Je ne tolérerai aucune absence! Vieux, malades, infirmes, enfants, tous doivent être présents. Vous prendrez position ici, près de l'église, avec votre groupe. Avez-vous vos hommes bien en main?

– Ils sont prêts à tout! Je leur ai parlé d'une manière très ferme.

– Je vous fais confiance. Souvenez-vous que nous devons avoir terminé le nettoyage de ce nid de terroristes vers dix-sept heures. C'est dire que nous n'avons pas de temps à perdre. Vous serez sous les ordres du Scharführer Nell. Faites du bon travail!

L'Unterscharführer Boos a fait claquer ses talons et amorcé un demi-tour réglementaire, lorsqu'une voix l'interpelle du fond de la salle :

– Un moment, je vous prie!

SAMEDI 10 JUIN 1944

Un Français, homme de petite taille, vêtu d'une vareuse militaire sans insignes ni galons, portant lunettes et brassard blanc, se présente :

– J'appartiens au service photographique de l'armée. J'aimerais prendre une photo de vous, avec votre section. D'accord, major ?

– D'accord, répond Dickmann, mais faites vite !

– C'est pour *Signal* ou pour *Adler* [1] ? demande Boos.

– Peut-être pour les deux, répond le journaliste.

– Rassemblement, camarades ! crie Boos. C'est la gloire !

La mise en place du dispositif est achevée.

Des sentinelles, jambes écartées, immobiles, la Schmeisser ou le Mauser au point, se liquéfient sous le soleil implacable. Le silence, un moment troublé par de lointains échos de fusillades, est retombé brutalement sur le bourg, après que les détachements envoyés pour ratisser les hameaux les plus proches, sous le commandement de l'Obersturmführer Heinz Barth, eurent poussé sur le champ de foire les paysans et leurs familles : un minable troupeau terrorisé, parqué autour du puits public occupant le centre de la place.

Soudain un roulement de tambour se fait entendre à l'entrée ouest du bourg, où trois camions viennent de se resserrer : Delapierre, le tambour de ville, fait sa tournée. Il marche d'un pas hésitant à travers une bourgade qui semble vidée de ses habitants, entre deux haies de sentinelles hiératiques dont on aperçoit à peine, sous le feuillage ornant le casque, le visage noir de suie. La feuille tremble entre ses doigts et, à plusieurs reprises, il laisse échapper ses baguettes; sa voix, qui a perdu sa belle assurance, barytonne dans du coton :

– Avis à la population ! Par ordre des autorités allemandes, toutes les personnes présentes doivent se rendre immédiatement sur le champ de foire pour une vérification d'identité.

Il poursuit son chemin, seul, petite silhouette sombre dans la rue incandescente, son képi sur les yeux; il s'arrête de nouveau à une vingtaine de mètres, déplie sa feuille, fait battre mollement ses baguettes.

– Avis à la population...

---

1. Revues allemandes qui publiaient des reportages sur la guerre.

Boos, sur les ordres de Nell, a fait mettre en batterie, près de l'église, ses MG42 avec deux servants chacune, la poitrine bardée de chargeurs. Pourquoi l'église? Par le portail grand ouvert, on aperçoit l'autel chargé de fleurs, des silhouettes de saints beaux comme des arcs-en-ciel, une lumière de paradis baignant les bases des colonnes. Une ombre passe et repasse à l'intérieur: l'abbé Capel.

– Merde! s'écrie Boos. Qu'est-ce qu'on attend? Les péquenots devraient commencer à rappliquer...

– T'impatiente pas! dit Nell. La fouille des immeubles vient de commencer en haut du bourg.

La rafle bat son plein. Tandis que des camions continuent à déverser leur cargaison de familles paysannes terrorisées autour du puits, les SS passent d'une maison à l'autre, cognant aux portes à coups de pied et de crosse, hurlant:

– Mossieu! *Papier! Alle, raus!* Rassemblement sur la place!

– Que nous voulez-vous? Nous n'avons rien fait de mal! Nous sommes en règle!

L'index du SS se pointe impérieusement vers le champ de foire.

Ils ont cueilli le boulanger Bourroux; il s'avance sans se presser, torse nu, son éternel mégot aux lèvres, mains dans les poches. Mme Bernay, directrice d'école qui, malade, s'était alitée, est poussée dehors en pyjama, son manteau sur les épaules; elle proteste; ils menacent de l'abattre sur place. Delpeyrat, qui faisait la sieste, n'a pas eu le temps de revêtir sa veste noire; comme il progresse trop lentement à leur gré, protestant qu'il est grand mutilé de guerre (« Verdun! Croix de guerre! »), ils le poussent à coups de crosse avec une telle brutalité qu'il s'abat au milieu de la chaussée. En se relevant, il les menace de sa canne et ils répondent en le rouant de coups.

Dietrich, le séminariste lorrain, buvait son café en compagnie de sa sœur quand les Allemands ont frappé à sa porte.

– Une minute! On arrive!

– *Alle, raus! Schnell! Los, los!*

– Laissez-moi au moins prendre mon chapeau!

– *Nein!* Pas le temps! Rassemblement sur la place!

Lorsqu'ils se sont présentés à l'école de garçons, M. Leroux, le directeur, s'apprêtait à faire sortir les élèves par une ruelle voisine du bâtiment, ce qui leur aurait permis de se disperser dans la nature, lorsqu'il vit se dessiner dans la cour de récréation la silhouette d'un sous-officier encadré de quelques SS.

– Vous suivre nous! dit le sous-officier.

– Mais les enfants? protesta M. Leroux. Je ne peux pas les abandonner. Ils doivent passer une visite médicale...

– Eux venir aussi. Friandises, cinéma... Maquis tout près. Enfants à l'église pour sécurité.

Les enfants se sont laissé emmener derrière le maître, encadrés par une dizaine de SS. Ils paraissent confiants, font des signes joyeux aux gens qui descendent vers le champ de foire. Ils ont de drôles de mines, ces soldats, avec leurs visages de carnaval; leurs manières sont un peu rudes, mais ils savent parler aux enfants...

– Où est Roger Godfrin? demande l'instituteur. Je ne le vois plus dans notre groupe.

– Il est parti, m'sieur, dit un élève. Avant de sauter dans la ruelle par-dessus le mur, il m'a dit : « Les Boches, je les connais. Ils vont nous faire du mal. Salut! »

M. Bourges, directeur de l'école des petits Lorrains, et son adjointe, Lucienne Brion, ont pris soin de préparer leurs élèves à la visite des Allemands.

– Ne vous affolez pas. Ils ne vous feront pas de mal à vous. Surtout ne cherchez pas à fuir : ils vous rattraperaient et tireraient sur vous.

Garçons d'un côté, filles de l'autre, ils se sont alignés en rang par deux devant les classes en se tenant par la main.

– *Gut! Gut!* dit le sous-officier. Gentils petits *kindern.* Suivre nous église. Sécurité... Friandises...

M. Bourges, qui parle couramment la langue allemande, demande pourquoi on ne les laisse pas dans leurs classes. Le spectacle des représailles risque de les traumatiser pour toute leur vie.

– Nous craignons une attaque des terroristes, répond un autre sous-officier. Dans l'église ces enfants seront plus en sécurité. Votre école est trop isolée. Les maquisards risquent de s'y retrancher.

– Avec votre permission, je les accompagne. Mon adjointe gardera l'école en mon absence.

– *Nein! Nein!* fit fermement le sous-officier. Elle doit venir elle aussi.

Ils n'ont eu aucune peine à ouvrir la porte qui ne tenait fermée que par un fil de fer. Ils ont visité le rez-de-chaussée, renversé à coups de botte des caisses vides, un casier à bouteilles qui s'est écroulé avec fracas, déplacé un vieux lit Louis-Philippe vermoulu, pour voir si personne ne se cachait derrière.

Lorsque Laurent a compris qu'ils montaient jusqu'au premier étage, il a ouvert la trappe du grenier, retiré l'échelle après l'avoir escaladée et refermé la trappe sans bruit. Il les a entendus tourner longtemps dans la pièce, fouiller dans l'armoire, sous le lit, dans le garde-manger, éparpiller les feuillets et les livres qui jonchaient la table. Par un interstice du plancher, il les a vus boire au goulot une bouteille de vin à peine entamée. C'étaient apparemment de jeunes soldats : sans doute des Alsaciens car ils s'exprimaient tantôt en allemand, tantôt dans un français correct, suivant leur fantaisie.

– Angelmann! dit l'un d'eux, viens voir. Le gars qui vit là est sûrement un écrivain. Tiens, lis ça!

– Pas le temps, « Milou »! dit Angelmann. Le gars a dû foutre le camp par la fenêtre. Il va se faire cueillir par les sentinelles.

Il se penche à la fenêtre qui donne sur le jardin sauvage.

– Il n'a pas eu de peine à se tirer, dit-il, mais il n'ira pas loin.

– Dis donc! s'exclame « Milou », c'est pas un gars qui habite là, mais une fille. Regarde! Une paire de bas! Hummm... Ça sent bon. Respire cette odeur de femelle.

– Tu me dégoûtes, dit Hans. D'ailleurs tu fais erreur. Tu as vu des femmes fumer ces grosses pipes et ce tabac gris? Allez, tirons-nous! *Schnell!*

« Milou » balaie le plafond du regard.

– Ils sont peut-être là-haut, dit-il. Si on montait voir?

– Tu vois bien qu'il n'y a pas d'entrée, couillon!

Ils tirent une rafale de leur Schmeisser dans le plafond et regardent tomber lentement la poussière.

Le Scharführer Nell paraissait très énervé. D'autres enfants arrivaient en colonne par deux, souriants. Il se gratta nerveusement la nuque, appela l'Unterscharführer Boos.

– Tâchez de faire entrer ces mômes dans l'église, Boos.

– Mais elle est presque pleine, Scharführer! protesta Boos.

Il se dirigea vers les petits Lorrains, rejeta son casque en arrière, son sourire éclatant dans son visage de nègre.

– Sont-ils mignons, ces petits! dit-il. Quant à vous, mademoiselle, vous êtes bigrement jolie pour une directrice d'école.

– Pourquoi dites-vous cela? protesta Lucienne Brion. Elles doivent être laides, selon vous? D'ailleurs je ne suis que l'assistante de M. Bourges, le directeur.

– Comment vous appelez-vous?

– Qu'est-ce que ça peut vous faire?

Le visage soudain fermé, Boos passa une main sur sa joue et se mit à hurler:

– Vos papiers, tout de suite! Je vais vous apprendre à parler correctement à un Unterscharführer!

Il arracha les documents des mains de Lucienne Brion et se mit à les feuilleter.

– Vous êtes lorraine, hein? Et moi je suis alsacien. Vous ne nous aimez guère, vous, les Mosellans. Tout ce que vous savez faire en cas de danger, c'est fuir au lieu de nous aider à combattre le communisme et la juiverie.

– Ce n'est pas mon affaire, rétorqua Lucienne avec assurance. Je suis enseignante, pas soldat.

La gifle que lui assena Boos la projeta à trois pas dans la poussière. Il se planta au-dessus d'elle, jambes écartées, le canon de sa mitraillette sur sa poitrine. Il allait presser sur la détente lorsqu'il sentit qu'on le tirait en arrière par le ceinturon. Une voix enfantine criait dans son dos:

– Ne tirez pas, monsieur le soldat! C'est Lucienne. Elle n'a rien fait de mal.

Décontenancé, Boos s'écarta et fit signe à Lucienne de se relever.

– Tu t'appelles comment, toi, petite?

– Luce, monsieur. Je suis une élève de Mlle Brion et nous sommes très copines.

– Eh bien, Luce, tu peux te vanter de lui avoir sauvé la vie à ta maîtresse.

En se retournant vers le Sturmmann Borsch, il dit en allemand, avec un clin d'œil :

– Pas pour longtemps. Dommage, une si jolie fille.

– Et qui n'a pas froid aux yeux. Tu as vu comment elle t'a tenu tête?

– Il y a plein de jolies filles dans ce putain de bled. On devrait nous laisser nous en occuper à notre manière. Je parie qu'elles préféreraient ça plutôt que ce qui les attend, les garces!

Boos précéda les petits Lorrains jusqu'au porche de l'église et jeta un regard à l'intérieur : la nef était presque pleine. Il s'avança au milieu des groupes de femmes et d'enfants debout qui le considéraient d'un regard glacé d'angoisse.

– Un nouvel arrivage! cria-t-il. Faites un peu de place! Poussez-vous! Allons, *schnell!*

Très pâle, mal rasé, l'air bougon comme à son habitude, l'abbé Capel s'avança vers Boos et dit avec véhémence :

– Je vous rappelle que vous êtes dans un lieu saint et que le port d'armes et la violence sont interdits. Pourquoi avez-vous frappé cette femme? C'est une de mes paroissiennes. J'en réponds!

– Ta gueule! cria Boos. File sur la place, et vite!

Il fendit à coups d'épaules les groupes agglutinés. Combien pouvaient-ils être là-dedans? Trois cents? Peut-être davantage? Boos n'aimait pas ces regards; ils le fixaient comme s'il était l'Antéchrist en personne. Des enseignantes se trouvaient parmi l'assistance, au milieu de leurs élèves, ainsi que des mères avec leurs enfants; l'une d'elles avait amené le sien dans un landau.

En se retournant, Boos se heurta au curé qui le suivait pas à pas.

– Qu'est-ce que tu veux encore, curé? Je t'avais dit de filer!

– Tout le monde ici est témoin, répondit l'abbé Capel, que je me suis battu avec les armes de ma foi contre les communistes, contre les Alliés qui écrasent sous leurs bombes les populations civiles, contre les terroristes qui nous pillent. Alors laissez-moi parler à votre chef. Je suis sûr qu'il nous libérera. Ces gens sont innocents!

Sous le coup de crosse qui lui frappa la poitrine, le prêtre se plia en deux, le souffle coupé, avant de se retirer.

– Avis aux amateurs! hurla l'Unterscharführer. Vous êtes tous des terroristes ou leurs complices. Le moment est venu de payer pour vos crimes ou ceux que vous avez aidé à commettre. Et ça va vous coûter cher!

Il quitta l'église au milieu des lamentations et des protestations indignées.

– Tâchez de vous tenir tranquilles, dit-il sur le seuil, avec un mauvais sourire. Nous allons nous occuper de vous!

Et il ferma derrière lui la lourde porte de chêne.

LAURENT KLEIN
Oradour. 15 heures.

Toute la population, quatre à cinq cents personnes, était rassemblée sur le champ de foire. Tous et toutes sauf lui, et peut-être quelques autres aussi malins que lui. De son poste d'observation, derrière le rideau de la fenêtre, il espérait voir apparaître Lucienne. Tant de fois il l'avait vue venir à lui au retour de l'école, tenant Luce par la main, lui portant son cartable depuis la rue des Bordes, traverser le champ de foire, laisser Luce se pencher à la margelle du puits pour tenter d'y saisir son image, qu'il se disait qu'elle allait surgir et lui faire un petit signe de la main.

Il s'en souvenait : Lucienne lui avait annoncé qu'elle allait rejoindre l'école, fermée en principe, mais ouverte spécialement en raison de la visite médicale. Elle lui avait dit :

– Tâche de me comprendre, Laurent. Ma place est auprès de mes élèves.

Ces dernières paroles, Laurent les avait encore dans l'oreille, lointaines comme le murmure de la mer au fond d'un coquillage. Il n'y avait pas d'enfants sur le lieu de rassemblement, il en était certain, ou très peu : des bébés portés par leur mère.

Malgré la distance, il reconnaissait des visages familiers : les épiciers, les boulangers, les hôteliers... Le maire aussi, qui se proposait comme otage, Laurent devait l'apprendre par la suite.

Parmi les prisonniers, des inconnus : des gens de Limoges venus passer la fin de la semaine à Oradour et qui se trouvaient pris dans le piège sans savoir pourquoi ils étaient parqués là et quel serait leur sort. Des femmes pleuraient, des hommes protestaient ; mis en joue par les brutes, ils se taisaient.

Le coup de sifflet lancé par un officier annonça une nouvelle phase de la « grosse opération » : les hommes furent contraints de se ranger d'un côté, les femmes de l'autre avec les enfants. Disposés sur trois rangs, les prisonniers, assis à même le sol, le dos voûté, ressemblaient de plus en plus à un troupeau.

« Et moi, songeait Laurent, moi je suis là, sain et sauf. Libre, d'une certaine manière. Moi, le rescapé... J'aurai traversé cette guerre sans qu'on puisse me coller dans le dos la moindre étiquette : ni collaborateur, ni résistant ni martyr. Je ne suis rien... »

Un sentiment de honte l'obsédait, de jour en jour plus intense. Il avait l'impression d'avoir été rejeté en marge des événements, de n'avoir laissé à cette gueuse, la guerre, qu'un morceau de chair, d'être jusqu'au bout resté installé dans un rôle confortable de spectateur.

Soudain, il se sentit gagner par une angoisse de plus en plus précise. Il se disait : « C'est fini, je ne reverrai pas Lucienne. Elle a été embarquée à son corps défendant dans une aventure dont elle ne sortira pas vivante. » Il revint s'asseoir au bord du lit, considéra d'un œil morne le désordre que les jeunes SS avaient laissé en quittant les lieux : la bouteille de vin renversée sur la table, les papiers dispersés, la petite réserve de vivres pillée, comme si quelque cyclone était passé par là.

Sa main rencontra le bas de Lucienne, abandonné sur la couverture, au milieu du lit. Un seul – les brutes au visage de suie avaient emporté l'autre. Pourquoi ?

Il le prit dans ses mains, le pétrit longuement, le respira et soudain il se mit à pleurer.

– Monsieur le maire, dit le Hauptsturmführer Kahn, il nous faut trente otages. Veuillez nous les désigner.

– Vous me demandez une chose impossible, s'indigna le docteur Dufourneau. Prenez-moi avec ma famille. Cela devrait vous suffire.

Conduit à la mairie, encadré de SS, il revint quelques minutes plus tard, le visage défait. Il marqua un moment d'hésitation en constatant qu'en son absence les SS avaient séparé la foule en deux groupes et, sous la menace de six mitrailleuses lourdes, avaient contraints les prisonniers à s'asseoir sur le trottoir, tournés vers le mur, les femmes et les hommes séparés.

– Interdiction de se retourner! criait de temps à autre un sous-officier. *Verboten!*

Le Hauptsturmführer Kahn, qui avait accompagné le maire, lança d'une voix puissante, dans un mauvais français :

– Nous savons qu'il y a dans ce village des dépôts d'armes clandestins abandonnés par les terroristes. Nous allons perquisitionner dans toutes les maisons. Pendant ce temps, pour faciliter les opérations, les hommes seront rassemblés dans les granges. Ceux qui ont connaissance de ces dépôts sont priés de nous les signaler...

Un homme se détacha du groupe.

– J'ai à mon domicile, dit-il, une carabine de six millimètres. C'est un calibre autorisé par la Préfecture.

Kahn fit le geste de chasser une mouche importune.

– Elle ne nous intéresse pas, votre carabine! dit-il. Revenez vous asseoir.

Il donna ensuite l'ordre d'éloigner les femmes. Leur groupe s'ébranla lentement en direction de l'église, dans un concert de lamentations, d'appels, de sanglots.

– Silence! hurla l'officier. Maintenant, les hommes dans les granges! *Schnell!* Rangez-vous en quatre groupes. Deux iront vers le haut du village, deux vers le bas. Exécution!

– Quand comptez-vous opérer les perquisitions? demanda le maire.

– *Nix* perquisitions! dit le Hauptsturmführer avec un sourire diabolique. Nous avons réfléchi. Pas nécessaire...

Sur un ordre des sous-officiers SS et sous la menace des mitraillettes placées en feux croisés, les hommes pénétrèrent dans la grange Laudy, qui donnait sur le champ de foire. On leur confia le soin de la dégager des deux charrettes qui l'encombraient, puis on les força à se regrouper au fond du bâtiment.

Robin, un jeune homme de vingt-deux ans environ, se plaça

tout au fond, le dos au mur. Malgré la menace des armes automatiques, les mines inquiétantes des soldats qui riaient et plaisantaient sous leur masque de suie, il se sentait protégé par cette épaisseur d'hommes – une trentaine environ – et la rigidité rassurante de la muraille.

– Moi, dit Brissard, le charron, je crois qu'ils craignent une attaque des maquisards. Il paraît qu'ils ont massé des compagnies de F.T.P. entre Oradour et Saint-Junien pour tenter une opération. On nous tient prisonniers pour que nous ne soyons pas tentés de leur prêter main-forte. Tu crois pas, Copaing?

Le pâtissier Copaing, qui avait été arrêté et conduit sur le lieu de rassemblement dans sa tenue de travail – maillot de corps et pantalons blancs, comme son ami boulanger – cracha son mégot dans la poussière et fit glisser son béret au ras des yeux.

– Couillon! Si tu veux mon avis à moi, ils vont nous fusiller.

Mouriéras, le coiffeur, sursauta.

– Tu es fou, pâtissier! A notre époque, on fusille pas les gens comme ça, pour rien. Tu as quelque chose à te reprocher, toi? Moi non. Tu as des armes et des munitions, camouflées dans ton fournil? Moi non plus. Ils veulent nous intimider, c'est tout.

– Pour ça, ils ont réussi, dit Copaing. J'ai les sueurs, pire que devant mon four!

Il y avait un an environ, on avait débarrassé la remise de Laudy, qu'on baptise « grange » dans le pays, pour y installer des tables, des chaises, des lampions et des guirlandes de verdure et de fleurs en papier pour un banquet de première communion. Les guirlandes et les lampions étaient restés longtemps suspendus d'un mur à l'autre, puis les enfants les avaient arrachés pour s'en amuser.

D'autres groupes d'hommes venaient de quitter le champ de foire, encadrés par les SS. Au milieu de ce vaste espace désert, seul restait le grand officier qui s'était entretenu peu de temps auparavant avec le maire. Il tenait à la main un gros revolver dont il vérifiait le mécanisme.

« Il va sûrement s'en servir pour donner le signal, songea Robin, et les soldats vont se mettre à tirer sur nous... »

Il entendait près de lui la respiration précipitée d'un ouvrier espagnol qui sentait la transpiration sous sa chemise auréolée de sueur autour des aisselles.

– C'est comme pendant la guerre d'Espagne, dit l'ouvrier. Ils vont nous fusiller. Ça commence toujours de la même façon.

Robin ne quittait pas de l'œil l'officier qui commandait les opérations pour la grange de Laudy. C'était un nommé Kahn – il avait entendu prononcer son nom, quelques minutes avant leur départ. Il le vit consulter sa montre-bracelet puis attendre quelques secondes avant de lever le bras qui tenait le revolver. Le coup retentit avec un bruit énorme dont les échos se dispersèrent à travers le bourg.

Et soudain ce fut le carnage. Les SS qui occupaient l'entrée de la grange Laudy se mirent à hurler et à tirer dans le groupe. La première rangée de prisonniers s'abattit, couverte aussitôt par la seconde. Robin se jeta à terre, la tête entre ses bras, le nez dans la poussière et le gravier, les oreilles bourdonnantes, le souffle coupé, une douleur fulgurante au coude gauche. Autour de lui des corps s'agitaient spasmodiquement, des voix gémissaient, appelaient au secours, criaient des noms. L'ouvrier espagnol chercha sa main, s'y cramponna.

« Surtout, se dit Robin, ne pas bouger. Faire le mort. »

Lorsque le mitraillage eut cessé, il ouvrit un œil au-dessus de son bras replié contre son visage, aperçut les SS, pistolet au poing, qui se dirigeaient vers les victimes. Il songea que sa dernière heure était venue et, les mâchoires serrées, ferma à demi les yeux. Des coups de feu accompagnés de soubresauts des corps foudroyés tonnèrent autour de lui. De grosses semelles ferrées lui écrasèrent les côtes. Il retint son souffle en voyant passer devant ses yeux le canon d'un pistolet éclaboussé de sang, mais le coup de grâce qu'il attendait ne se produisit pas.

Lorsque les SS se retirèrent, il se sentit fondre de bonheur. Une rassurante odeur de velours – odeur d'homme et de travail – se mêlait à celle du sang et de la poudre. Il perçut quelques plaintes étouffées autour de lui et chercha d'où elles venaient. Sûrement pas de son voisin espagnol dont le visage tourné vers le sien souriait de toutes ses dents gâtées – la balle qui lui avait disloqué le crâne était ressortie par un œil; l'autre était ouvert et le fixait intensément; un filet de sang échappé de ses lèvres se répandait sur le bras de Robin. Il dégagea sa main que le mort tenait toujours dans la sienne.

Les SS, qui s'étaient éloignés, revinrent quelques instants plus tard, riant et plaisantant.

– Nous allons les faire griller comme des cochons! dit l'un d'eux en bon français. Tâchez de rassembler ici tout ce qui peut brûler.

Les soldats ressortirent, revinrent quelques instants plus tard avec des bottes de paille, des brassées de foin, des fagots, des objets de bois de nature diverse et même une vieille échelle disloquée.

« Cette fois, se dit Robin, je n'y coupe pas. Il y a eu deux miracles; il n'y en aura pas un troisième. Je suis foutu... »

A sa grande surprise il perçut autour de lui un bourdon de voix étouffées qui paraissaient venir de très loin dans la pénombre. Il n'était pas le seul rescapé de la fusillade! En ouvrant les yeux à travers la clarté diffuse qui filtrait du monceau de paille qui le recouvrait il vit s'approcher une allumette incandescente puis se dresser une longue flamme claire, à quelques centimètres de sa tête. Une chaleur intense lui brûlait la nuque et il faillit suffoquer dans l'odeur de cheveux roussis que dégageait son corps. A plusieurs reprises, vainement, il tenta de se libérer du poids des cadavres. La chaleur devenait insupportable et il avait de plus en plus de mal à respirer et à se retenir de tousser. Il parvint à soulever la tête et constata que, de nouveau, la remise était vide, pour autant qu'il put en juger à travers le nuage de fumée qui s'épaississait autour de lui. Il sentait des mouvements dans le magma des corps entassés sur lui. Une voix murmura :

– Aidez-moi!

Une autre :

– Ils sont partis. Essayons de nous en sortir.

C'était plus facile à dire qu'à faire. Rien de plus lourd qu'un corps inanimé. Il semblait à Robin qu'ils étaient une dizaine à peser sur lui. Bien qu'il mît toutes ses forces dans ses efforts pour se libérer, il ne parvint, dans un premier temps, qu'à dégager son bras valide, à repousser le corps de l'Espagnol, puis un autre et, au prix d'un effort surhumain, à se dégager entièrement de l'entassement des cadavres dont les cheveux et les vêtements commençaient à brûler. Son mouchoir sur le nez, il parcourut du regard la remise à travers le nuage opaque de fumée. Personne. Les soldats qui passaient au loin dans la rue ne pouvaient soupçonner sa présence.

Il repéra dans le mur qui se dressait derrière lui un orifice ouvrant sur la grange voisine. Il y accéda péniblement, torturé par la blessure de son coude gauche, et se retrouva dans un espace libre de fumée où il put respirer à l'aise. Il eut un hoquet de surprise en constatant que quatre autres rescapés l'y attendaient, qu'il reconnut tout de suite : Baurin, Hébrard, Dutour et Broussier.

– Nous revenons de loin ! dit Hébrard. Des morts vivants. Où es-tu blessé ? Au coude ? Tu t'en tires à bon compte. Plus personne à sauver en bas ?

– Non, dit Robin, je suis le dernier.

– Un miracle que nous soyons là ! dit Dutour. Moi, j'ai reçu quatre balles dans les jambes. Regarde, je pisse le sang de partout.

– Ne restons pas là, dit Hébrard. En attendant de pouvoir sortir, planquons-nous là-bas, au fond.

Il désigna un monceau de fanes de haricots et des bottes de paille suffisamment importants pour les abriter tous les quatre. Ils s'y entassèrent, agglutinés les uns aux autres.

– Fais gaffe, Hébrard, dit Dutour. Tes pieds dépassent !

Quelques minutes s'étaient écoulées lorsque Robin vit se dessiner dans l'orifice qu'ils avaient emprunté la silhouette d'un jeune soldat qui toussait, une main devant son visage noir. Il se dirigea vers la cachette, tira un briquet de sa poche, le battit sans succès à plusieurs reprises, s'énervant et jurant, puis son visage se détendit lorsqu'il vit danser une petite flamme. Accroupi, il alluma en chantonnant la paille et les fanes, et resta un moment dans cette position, à observer les progrès du feu.

– Il est seul, murmura Hébrard à l'oreille de Broussier. Sautons-lui dessus et prenons ses armes.

– Tu es fou ! dit Broussier. Attendons un peu. Il va partir.

Robin se retenait de hurler. Il déplaça lentement ses pieds que les flammes commençaient à lécher.

– Bouge pas ! dit Dutour. Tu vas nous faire repérer.

Broussier venait de surgir à l'air libre.

– Vous pouvez sortir, dit-il. Le Boche est parti. C'est le moment d'en faire autant si nous ne voulons pas brûler vifs. Il y a une issue, là-bas.

Les trois autres rescapés se dressèrent à leur tour, époussetant leurs vêtements qui commençaient à brûler.

– Suivez-moi sans faire de bruit, dit Broussier. Il y a un clapier vide dans la cour. Nous pourrons nous y cacher.

En s'aidant de sa main valide et d'une vieille boîte à conserve, Robin parvint à creuser un espace suffisant pour l'abriter. Il s'y allongea, se recouvrit superficiellement de terre et de crottes séchées, laissant juste dépasser la tête, puis il s'immobilisa, l'oreille aux aguets. Il devait se passer des choses effroyables dans le bourg. Des coups de feu se mêlaient à des crépitements d'armes automatiques, à des explosions de grenades, à des cris de détresse, à des éclats de rire et à des flocons de musique. Des bœufs enfermés dans les étables, beuglaient lamentablement.

– Les fumiers! s'exclama Dutour. Ils font la fête. J'ai envie d'aller voir ce qui se passe.

– Fais pas le con! dit Hébrard. Nous avons tous envie de savoir, mais c'est pas le moment. Nous sommes presque sauvés, c'est ça qui compte.

Les rescapés restèrent environ trois heures dans leur cachette. Ils en furent chassés par un nouveau sinistre, la toiture du clapier ayant pris feu à son tour. Le bourg tout entier semblait être la proie des flammes; une épaisse fumée se répandait dans le ciel, éclairée par les reflets des brasiers géants.

– Les Boches semblent se calmer, dit Broussier. Nous allons pouvoir sortir et gagner la campagne, avec un petit supplément de chance.

– Nous en avons déjà eu plus que notre part, dit Robin.

Un étroit passage s'ouvrait entre les deux murs. Broussier se porta volontaire pour une opération de reconnaissance. Au retour, il dit en s'accroupissant près de ses camarades :

– J'ai poussé jusqu'au champ de foire. Il est désert. Les Boches doivent être repartis. C'est le moment. Dutour, est-ce que tu pourras marcher?

– J'ai perdu beaucoup de sang et je ne sens plus mes jambes.

– Essaie de te tenir debout. Nous t'aiderons. Il faut que nous puissions atteindre le cimetière sans nous faire repérer. Si nous y parvenons, nous sommes sauvés. Robin, comment va ton coude?

– Douloureux, dit Robin, mais c'est pas ça qui m'empêchera de marcher.

Prudemment, ils s'engagèrent en direction du champ de foire, Hébrard et Baurin soutenant Dutour qui menaçait à chaque instant de s'écrouler. La place était déserte. Une affreuse odeur de chair calcinée venait du côté de l'église. Le chemin du cimetière s'ouvrait juste en face. Une fois de plus, Broussier joua les éclaireurs. La voie était libre. Peu après le cimetière, les rescapés s'engagèrent dans un roncier, se retrouvèrent au milieu d'un taillis bien abrité et, au comble du bonheur, ils s'embrassèrent.

– Regardez! dit Robin d'une voix brisée par l'émotion. Regardez ce qui reste du village!

Ils s'avancèrent jusqu'à la lisière. Le bourg n'était qu'une ruine fumante. Des toitures s'effondraient de temps à autre, ici et là, dans un bruit de tonnerre, lâchant des bouquets d'étincelles dans un ciel de suie. Pas le moindre signe de vie, sinon des chiens, des porcs et des volailles qui paraissaient désemparés. Des moteurs de voitures ronronnaient au loin, dans le nid tiède de cette fin d'après-midi.

– L'église! gémit Robin. Ils ont même incendié l'église, les salauds! Une veille de première communion...

– Ils paieront, ces fumiers! dit Baurin. Il faudra bien qu'ils paient pour tous ces crimes. Ceux que j'ai vus à l'œuvre, je les reconnaîtrai malgré leur camouflage. S'il faut un jour témoigner, je ne serai pas le dernier.

Assis dans l'herbe, Dutour geignait doucement. Il voulait descendre dans le bourg. Sa femme, disait-il, devait l'attendre pour le repas du soir. Il fallait qu'il aille « donner aux bêtes » et qu'il capte la radio de Londres...

– Il commence à délirer, dit Broussier. Hébrard veillera sur lui et, à la nuit tombée, essaiera de le ramener chez lui, si sa maison est encore debout. Nous, nous allons nous disperser. Si nous restions ensemble, nous risquerions de nous faire repérer. Je crains qu'il y ait encore des sentinelles aux abords du village. Nous avons tous nos familles à rejoindre. Nous nous retrouverons ici demain, tous quatre. D'accord?

– D'accord, dit doucement Robin. A condition que la chance soit toujours avec nous.

LUCIENNE BRION
Oradour. 14 h 30.

– Il t'a fait mal? demanda Luce.

– Non, dit Lucienne, rassure-toi. Simplement une éraflure au coude, mais j'ai bien cru qu'il allait me tuer. Il se nomme Boos. J'ai entendu un autre soldat qui l'appelait.

Lucienne sursauta. La porte de l'église venait de se refermer sur l'Unterscharführer Boos. Des femmes se mirent à s'agiter, à crier, à sangloter. La directrice de l'école de filles, Mme Bernay, s'efforçait de les rassurer.

– Restez tranquilles. Ne vous affolez surtout pas. Ils ne nous feront aucun mal. Il n'y a là que des femmes et des enfants. Que voulez-vous qu'ils nous fassent? Ils ont voulu simplement nous mettre à l'abri. Asseyez-vous!

Elle louvoya vers Lucienne Brion, lui murmura à l'oreille:

– J'essaie de ne pas le montrer, mais je suis très inquiète. Tous ces préparatifs ne me disent rien qui vaille. Et ces coups de feu à travers la campagne...

– Ils ne vont tout de même pas tuer tout le monde!

– Ils ont fait bien pire en Pologne et en Russie! C'est une amie de la Résistance qui me l'a dit. Des villages entiers ont été rayés de la carte, hommes, femmes, enfants assassinés...

– Parlez plus bas. On pourrait nous entendre et ce serait la panique.

– Avez-vous des nouvelles de votre ami, Laurent Klein?

– Comment en aurais-je? Nous nous sommes quittés alors que les premiers éléments de la colonne allemande pénétraient dans le bourg. Il doit être avec les hommes, là-bas, sur le champ de foire et il doit se poser les mêmes questions que moi.

– Vous vous aimez?

– Nous nous marierons dès que la guerre sera terminée. Nous avons déjà tout prévu: le restaurant et le nombre des invités. Vous serez des nôtres, madame Bernay?

– Avec joie, Lucienne. Vous savez que je vous aime bien, moi aussi.

– Et moi? dit Luce.

– Toi aussi, ma puce. Tu sais bien que nous avons juré de ne plus nous quitter.

Les portes de l'église se rouvrirent pour laisser passer un autre groupe de femmes, conduites par l'Unterscharführer Boos qui faisait le joli cœur.

– Le beau bébé, madame, et comme il vous ressemble! Tu as quel âge, toi? Seize ans? On t'en donnerait dix-huit? Ton fiancé a bien de la chance. Et toi, tu t'appelles comment? Sylvie? J'ai connu une fille qui te ressemblait.

Il se retourna, fit un geste de sa main libre, l'autre tenant sa Schmeisser.

– Hans! Occupe-toi de loger tout le monde. Il y a encore de la place derrière l'autel. Grouille-toi, bordel! Mais non, madame, il ne vous sera fait aucun mal. Mais oui, ma petite dame, votre mari est en sécurité. Vous repartirez assez tôt pour lui préparer sa soupe.

Avec les nouvelles venues, les prisonniers, y compris les enfants des écoles, étaient environ quatre cents. Leurs lamentations, les questions qu'ils se posaient mutuellement pour connaître le sort réservé aux hommes rassemblés sur la place formaient un brouillard sonore étourdissant. Il faisait chaud; les bouquets et les guirlandes de fleurs dégageaient un parfum douceâtre.

– Je n'avais jamais remarqué aussi bien qu'aujourd'hui, dit Mme Bernay, la sculpture de cette console : ce ménétrier limousin qui doit dater du XIIIe ou du XIVe siècle. C'est une très belle œuvre. Quand on la regarde intensément, il semble qu'on entende la musique sortant de l'instrument. Un air de cabrette, voilà qui détendrait l'atmosphère...

Le soldat que Boos avait appelé à la rescousse s'occupait mollement de faire placer les femmes et les enfants de manière à laisser un espace vide au centre de l'église. Il parlait un français impeccable, répondait poliment, aux questions pressantes qu'on lui posait. On eût dit qu'il faisait ranger des spectateurs dans une salle de cinéma. Il semblait pris de boisson, mais peut-être était-ce la fatigue.

– Vous êtes alsacien? demanda Lucienne.

– Oui, de Strasbourg. Vous connaissez?

– Je suis originaire de Metz.

– Je connais aussi Metz. J'y ai de bons amis.

– Pourquoi ces bruits de mitraillage dans le bourg?

– Je l'ignore, madame.

– Que va-t-on faire de nous? Combien de temps allons-nous rester là?

– Je n'en sais rien, madame. Je ne suis pas dans le secret des dieux.

Lucienne poussa un soupir de lassitude en revenant vers Mme Bernay.

– Il ne sait rien. Il n'est pas dans le « secret des dieux ». Ce n'est qu'un simple exécutant.

– Il est beau, dit Mme Bernay, malgré ce maquillage sinistre. On lui donnerait le bon Dieu sans confession.

La porte de l'église se referma avec un bruit retentissant. Elle devait se rouvrir vers seize heures, après une attente interminable. Des femmes qui donnaient le sein à leur bébé s'écartèrent pour laisser passer quatre soldats qui, sous la direction du nommé Hans, portaient une caisse volumineuse d'où sortaient des cordons qu'ils étalèrent sur les dalles après avoir déposé leur charge au milieu de la nef.

Lucienne s'approcha de Hans.

– Qu'est-ce que vous nous apportez là? demanda-t-elle.

– Une boîte à malice, répondit Hans. Une surprise. Ne le répétez pas, il s'agit d'un feu d'artifice destiné à distraire les enfants. Nous allons allumer les mèches. Vous verrez, c'est très amusant.

Changeant de ton, il s'écria :

– Et puis, merde! Foutez-moi la paix avec vos questions! Je fais ce qu'on me demande de faire, moi!

– Je sais, dit Lucienne, vous n'êtes qu'un exécutant!

– C'est le mot qui convient! dit-il avec une expression de rage. Un exécutant!

Sa main tremblait lorsqu'il communiqua aux cordons la flamme de son briquet. Soudain, il paraissait affolé, promenait un regard hébété sur la foule terrorisée qui avait reflué vers les murs. Les quatre cordons allumés, il se retira lentement, à reculons, sans quitter Lucienne du regard, en bredouillant des mots que personne n'entendit.

A peine la porte s'était-elle refermée, une puissante explosion retentit, fit voler en éclat les vitraux les plus proches. La foule se mit à hurler, les enfants à pleurer. Aussitôt, une épaisse fumée se répandit dans l'église, rampant à ras de terre avec la lenteur d'une encre de pieuvre dans un fond marin. Suffoquant, criant qu'on allait les asphyxier, les femmes et les enfants refluaient en groupes compacts le plus loin possible de la machine infernale pour échapper aux émanations, mais bientôt la fumée envahit tout le sanctuaire, flottant comme une brume délétère au-dessus des têtes.

– J'étouffe! dit Luce.

– Mets ton mouchoir sur ta bouche et ton nez, dit Lucienne, et tiens ton visage serré contre mon ventre. Évite de respirer trop fort.

– Cette fois, dit Mme Bernay, il n'y a plus aucun doute. Nous allons tous mourir asphyxiés. Il paraît qu'ils font la même chose en Allemagne, dans les camps de concentration. Ils appellent ça des chambres à gaz. Elles sont réservées aux juifs et aux communistes.

– Évitez de parler, dit Lucienne. Suivez-moi.

Une femme du bourg tentait d'ouvrir la porte de la sacristie dont on n'avait pu venir à bout dans un premier temps. Elle céda enfin. Un groupe s'y rua, se mit à respirer avec force pour expulser les miasmes. Mme Bernay parvint à s'y infiltrer, derrière une femme qui tenait son enfant dans ses bras. Lucienne et Luce durent rester sur le seuil, la porte s'étant refermée brutalement.

– Suis-moi derrière l'autel, dit Lucienne. La fumée est moins épaisse. Respire en collant ta bouche contre la pierre. Je vais essayer de briser le vitrail qui est au-dessus. Ça donnera un peu d'air.

Malgré sa lassitude, les brûlures que le gaz occasionnait à sa gorge et à ses bronches, elle trouva la force nécessaire, en se hissant sur un escabeau, pour lancer contre un vitrail du chevet un des candélabres de l'autel. Déjà ébranlé par l'explosion, le vitrail vola en éclats, mais sans beaucoup de résultats : le nuage de gaz continuait à se dégager à gros bouillons de la caisse éventrée et à se répandre dans l'atmosphère crépusculaire. Des femmes et des enfants étaient étendus sur les dalles, le visage contre la pierre, sans connaissance; d'autres remuaient encore, rampaient en suffoquant et en gémissant, sans force pour crier leur terreur. Des groupes agglutinés sous les vitraux tentaient vainement de se hisser jusqu'à ce filet d'air vierge.

– Attention, cria Lucienne.

Elle se précipita vers Luce, la couvrit de son corps en la plaquant au sol. Des SS avaient surgi brusquement, et, sans un mot, avec des hurlements et des rires sardoniques, ouvrirent le feu. Lucienne se cambra, une balle dans les reins, retomba sans cesser de tenir la petite serrée contre elle. Autour les femmes hurlaient de souffrance et de terreur, divaguaient en tous sens en se bousculant, s'aplatissant sur le sol. Un bébé, la tête à demi arrachée, gisait sur le ventre d'une morte.

– Ma mère! geignait Luce. Où est ma mère?

– Elle ne risque rien, dit Lucienne. Elle a dû rester à la Grande-Métairie. Tu la reverras bientôt.

Elles rampèrent jusqu'au confessionnal où un garçonnet tremblant de peur avait trouvé refuge. Luce se plaça près de lui. Ils se connaissaient et ils s'étreignirent comme frère et sœur.

– Surtout, ne bougez pas, dit Lucienne. Je reste près de vous. Vous ne risquez rien.

Dans la sacristie se déroulait une scène de carnage. Les SS y avaient pénétré et mitraillaient le groupe à bout portant. Une habitante du village, Mme Rouffanche, qui n'avait pas été atteinte par les balles, fit la morte, entre ses deux fillettes fauchées par les rafales. A travers un épais nuage de gaz, elle parvint à se glisser en rampant derrière l'autel; elle observa le vitrail éclaté et se dit qu'elle avait une chance de sortir de cet enfer si elle parvenait à y accéder.

Un autre groupe de SS venait de pénétrer dans l'église, tirant au jugé, jetant des grenades incendiaires et arrosant au lance-flammes les groupes qui s'étaient massés au fond de la nef.

Le tumulte était tel que les hurlements de l'Unterscharführer Boos ne parvenaient pas à ses hommes. Les geysers de feu, la fumée épaisse qui se dégageait encore de la caisse réduite en cendres, les flammes jaunes des mitraillettes qui crépitaient sans relâche, les jets du lance-flammes entretenaient une atmosphère d'apocalypse.

Ses vêtements en feu, atteinte au ventre et à la tête, Lucienne s'écroula sur un tapis de cadavres, à quelques pas de Mme Bernay qui, atteinte elle-même de plusieurs balles, continuait, à genoux, à invectiver les bourreaux. Sous le choc des balles et le souffle d'une grenade, un landau s'était renversé et le bébé avait roulé sur les dalles; un SS le tua d'un coup de talon.

Avant de mourir, Lucienne eut le temps de voir un SS s'approcher du confessionnal, l'ouvrir, balayer l'intérieur d'une rafale de Schmeisser. Le cri de Luce, elle l'entendit distinctement et il multiplia ses échos en elle comme si dix Luce criaient en même temps. Debout sur ses avant-bras, elle essaya de ramper vers le confessionnal mais un corps s'abattit sur elle et ce fut la nuit.

Profitant de la confusion, Mme Rouffanche, qui avait découvert, derrière l'autel, un escabeau servant à allumer les cierges au-dessus du tabernacle, le jugea d'une hauteur suffisante pour lui permettre d'accéder au vitrail brisé. Hardiment, elle décida de tenter sa chance.

Alors qu'elle était engagée à mi-corps dans l'ouverture, elle entendit dans l'église une voix qui l'appelait.

– Aidez-moi à sauver mon bébé, je vous en supplie!

– Je vais sauter. Faites comme moi!

Mme Rouffanche sauta d'une hauteur de trois mètres, roula sur la pente, retourna vers la base du chevet pour y recueillir les deux rescapés. L'opération semblait sur le point de réussir lorsque des coups de feu claquèrent à faible distance. Horrifiée, Mme Rouffanche vit la femme et son enfant s'abattre, blessés à mort. Elle-même reçut une balle qui lui occasionna une blessure légère, mais quatre autres projectiles la blessèrent plus grièvement alors qu'elle courait se mettre à l'abri vers un jardin. Elle sauta un mur, s'aplatit entre deux rangées de petits pois et fit la morte.

Mme Rouffanche devait rester dans cette position jusqu'au lendemain après-midi.

Dans l'église, sous la direction du Hauptsturmführer Kahn, les SS avaient commencé à entasser sur les cadavres des fagots, de la paille, du foin, des chaises, auxquels ils mettaient le feu en jetant des grenades incendiaires et en libérant des jets de lance-flammes. Le sinistre gagna rapidement le plafond de bois et la chaleur devint si intense que les cloches s'abattirent au milieu du brasier et se mirent à fondre sur l'amas des corps calcinés.

Alors qu'il revenait de fouiller les recoins du sanctuaire, l'Unterscharführer Boos vit s'abattre près de lui un de ses supérieurs, l'Obersturmführer Klug qui, ayant reçu un moellon sur la tête, avait perdu connaissance. Boos réclama du secours.

– Daul! Diedinger! Graff! Occupez-vous de lui! Faites-le conduire à Limoges tout de suite!

Boos paraissait dégrisé. Quelques instants auparavant, il avait rencontré Dickmann. Après avoir jeté un regard sur le bûcher, le major lui avait dit d'un air sinistre :

– Les consignes sont de faire disparaître les corps. Tous les corps, vous entendez, Unterscharführer? Il ne faut pas que l'on puisse reconnaître les cendres des chaises de celles des victimes, sinon nous aurions des comptes à rendre.

Boos avait répliqué d'un ton hargneux :

– Il faudra en rendre, de toute manière, Sturmbannführer. Quoi que nous fassions, il restera toujours des traces de cette opération. Nous ferons pour le mieux. C'est un foutu travail de merde que vous nous collez sur le dos! Comment allez-vous expliquer cette hécatombe? En disant que la foudre s'est abattue sur le clocher?

– Boos! avait hurlé Dickmann, vous êtes un imbécile et vous n'avez aucune imagination! Si toutes les maisons du bourg ont explosé et sont maintenant à l'état de ruines, avec des cadavres à l'intérieur, c'est que toutes, vous entendez? toutes dissimulaient des explosifs. La même chose pour l'église! Voilà ce qu'il faudra répondre lorsqu'on vous interrogera. Et on ne manquera pas de le faire, croyez-moi! Notre chance, c'est qu'il ne reste pas un seul témoin pour raconter ce qui s'est passé exactement.

– Vous me demandez de faire un faux témoignage, Sturmbannführer? Que faites-vous de mon honneur de soldat?

– Quand les circonstances l'exigent, il faut s'asseoir dessus.

– Les consignes du Haut Commandement étaient-elles de tuer et de brûler tous les habitants de ce patelin, de le réduire en cendres? Vous avez outrepassé les ordres!

– Je ne vous permets pas...

– Fermez votre grande gueule, Dickmann! Vous êtes le seul responsable! C'est vous qui nous avez entraînés dans ce foutu merdier. Quand on me demandera de témoigner, je vous montrerai du doigt, et je dirai : « C'est lui qui nous a donné les ordres! »

– Je vous invite une nouvelle fois à maîtriser votre langage, Unterscharführer, et mettez-vous au garde-à-vous! Je peux vous faire traduire en Cour martiale et je crois bien que je vais le faire dès demain!

– Vous ne le ferez pas parce que vous craignez la justice et que tout et tous vous accusent. Vous vouliez venger votre ami Kämpfe, hein? Vous étiez fou de rage et gavé de schnaps, ça aussi je pourrai en témoigner et je ne serai pas le seul! Maintenant vous avez cuvé votre alcool et vous êtes en train de vous dire que vous venez d'accomplir une des plus énormes conneries de cette putain de guerre. Vous commencez à vous poser des questions, mais il est trop tard. Vous serez jugé par le tribunal de l'armée et condamné.

Sans laisser à Dickmann le temps de répliquer, Boos salua en faisant claquer ses talons et se retira en gueulant des ordres.

Faire disparaître les cadavres de l'église? Des centaines de cadavres? L'Obersturmführer Heinz Barth, qui avait déclaré qu'il fallait « aller jusqu'au bout », en fut chargé. Cette mesure de représailles qu'il avait souhaitée se bornait, dans son esprit, à l'exécution d'une trentaine de partisans ou de leurs complices – la solution arrêtée à Saint-Junien dans la matinée. Il n'y avait eu à Oradour ni combats ni atrocités qui justifient cette expédition punitive.

Barth, avec l'aide de Boos, forma quelques équipes de volontaires, leur ordonna de retirer des décombres de l'église et des granges du bourg le plus de cadavres possible pour les inhumer. On en jeta quelques-uns dans des fosses creusées à la hâte, que l'on recouvrit de fumier. Des mains, des pieds dépassaient? Qu'importait! On n'avait pas le temps de fignoler! On prenait quand même celui de voler un bijou ou un portefeuille. Souvenirs...

Vers 15 heures, alors que les opérations de représailles n'en étaient qu'à leurs préparatifs, un groupe de cinq cyclistes arrivait à proximité du pont, venant de Limoges, pour traverser le bourg : cinq garçons et une fille, qui pédalaient ardemment, malgré la chaleur. Ils ralentirent en voyant des camions et des soldats campés aux alentours du pont sur la Glane.

C'est l'Obersturmführer Barth qui les intercepta.

– *Halt!* cria-t-il. Où allez-vous?

– Nous venons de Limoges et nous voulons traverser Oradour pour nous rafraîchir. Qu'est-ce qui se passe?

– Vous voulez le savoir? Vous allez vous en rendre compte par vous-mêmes. Laissez vos vélos ici. Nos soldats vont se faire un plaisir de vous accompagner.

Il se tourna vers la jeune fille.

– Mademoiselle, dit-il en saluant, si vous n'avez jamais visité l'église, vous allez le faire sans tarder. Elle est très belle, vous savez...

Après le drame, vers 19 h 30, le tramway départemental, venant de Limoges, arrivait à la station de Puygaillard, à peu de distance du pont sur la Glane. Une vingtaine de passagers l'occupaient, pour la plupart des gens d'Oradour qui venaient de faire leurs emplettes à Limoges. Effarés, ils observaient cette horde aux visages noirs qui occupait les abords du pont, et ces incendies qui faisaient d'Oradour une chaîne de volcans en fusion.

L'Hauptsturmführer Kahn monta à bord, salua poliment, et demanda à vérifier les papiers d'identité.

– Que se passe-t-il? demanda une dame.

– Des choses « très mauvaises », se contenta de dire Kahn avec une grimace. *Papier! Schnell!*

Il fit descendre tous les voyageurs originaires de la commune, qu'un cordon de SS conduisit vers une ferme située à proximité; les autres durent rester dans le tramway sous bonne garde, en attendant de reprendre la direction de Limoges.

Redescendu de la rame, Kahn se demanda ce qu'il allait faire de ce groupe d'hommes et de femmes chargés de paquets, qui semblaient pris de terreur à la vue des mitraillettes et des Mauser braqués sur eux. Les fusiller sur place? Il n'en avait pas reçu l'ordre. Quelques heures auparavant, un autre tramway était passé, avec à bord trois employés chargés de procéder à des essais de traction. Pris de peur, l'un d'eux avait tenté de prendre la fuite; criblé de balles, son corps avait basculé dans la rivière. Vingt personnes, cela demandait réflexion, d'autant que les exécutions semblaient terminées.

Kahn s'entretint avec un autre officier SS. La discussion s'éternisa, tandis que des explosions en chaîne continuaient à retentir dans le bourg.

– Vous avez de la chance, dit un jeune Alsacien qui faisait office d'interprète. On va vous laisser partir.

Le groupe se dispersa dans diverses directions.

– Et vous, dit l'interprète à une jeune fille lourdement chargée de cabas et qui semblait hésiter, qu'attendez-vous?

– C'est que j'habite à trois kilomètres d'ici, dit-elle, et avec mon barda...

– Bien... Bien... Alors prenez une de ces bicyclettes rangées sur le pont. Sa propriétaire n'en aura plus besoin.

Il salua poliment et dit avec un large sourire :

– Et faites bon voyage, mademoiselle...

LAURENT KLEIN
Oradour. 16 heures.

Laurent redescendit prudemment du grenier, les deux SS s'étant retirés. Il fit rapidement le bilan des dégâts. Ses feuillets et ses livres avaient été éparpillés et piétinés, mais il aurait tôt fait de remettre de l'ordre. Le plus urgent était de retrouver Lucienne. Dissimulé derrière le rideau de la fenêtre donnant sur le champ de foire, il sonda vainement du regard le groupe des femmes. Lucienne devait se trouver en compagnie des autres enseignants et des élèves, mais où?

Il prit la décision de sortir. Cette incertitude le rongeait. Il passerait par derrière, longerait le garage Dussour, prendrait par les venelles qui serpentent derrière l'église, traverserait au niveau du garage Bourroux et atteindrait l'école par les jardins.

Il ne tarda pas à se rendre compte de l'absurdité de ce projet. Il y avait des soldats partout. La campagne retentissait de coups de feu, pire qu'aux jours d'ouverture de la chasse, en Lorraine, avant la guerre. On entendait au loin des cris forcenés, des appels déchirants, comme si les SS venaient d'entreprendre une gigantesque chasse à l'homme.

Machinalement, à genoux, il se mit à ramasser les feuillets dispersés et à les remettre en ordre, s'efforçant d'occuper son esprit, d'échapper à son obsession : qu'allait-on faire des femmes que l'on avait séparées des hommes?

Il était occupé à remettre de l'ordre sur la table de travail lorsqu'un coup de feu retentit, tout proche, venu, semblait-il, du champ de foire, accompagné aussitôt de fusillades et de hurlements. Il avait vu passer quelques minutes auparavant des groupes d'hommes que les SS conduisaient comme des troupeaux en divers points du bourg. L'un de ces groupes avait été entassé dans le garage Dussour, proche du domicile occupé par Laurent.

Alors qu'il s'approchait de la fenêtre, persuadé que le coup de feu était un signal, il recula, épouvanté. Des rafales de mitrailleuses lourdes et de mitraillettes éclataient aux quatre coins du bourg, accompagnées par des hurlements d'hommes blessés et des rires de soldats. Dans le garage Dussour, le carnage battait son plein. Debout devant l'entrée, les bras croisés, un grand officier SS, impassible, contemplait le spectacle. Des scènes identiques paraissaient se dérouler dans les parages, en direction de l'église, dans les locaux appartenant à M. Malard, dans la grange Laudy, la remise Beaulieu...

– La Saint-Barthélemy! dit tout haut Laurent. Ils sont en train de refaire la Saint-Barthélemy! Mais pourquoi? Pourquoi?

Il se prit la tête à deux mains, s'assit au bord du lit, réfléchit. Il n'y avait pas de centres de Résistance à plusieurs lieues à la ronde, pas de dépôts d'armes non plus : Lucienne ne le lui aurait pas caché et les gens du village ne savent pas garder ce genre de secrets. Il n'y avait pas eu de crime contre l'armée allemande, simplement la capture de ces deux pauvres bougres qui se disaient de l'intendance.

Un mot lui monta aux lèvres. Il le murmura. Il le cria :

– *Schadenfreude!* Le plaisir de faire du mal!

Il se leva, en proie à une folle angoisse, se mit à tourner en rond, puis il s'arrêta brusquement, conscient que cette agitation risquait de le faire repérer. Il se dit qu'il fallait qu'il vive absolument : pour Lucienne d'abord, pour témoigner ensuite de ce qu'il aurait vu et entendu.

Il ouvrit la fenêtre qui donnait sur le jardinet sauvage et la venelle, écouta, le cœur serré, les bêlements des moutons prisonniers de leur bergerie en feu, le bruit sinistre qui venait de l'église où l'on avait dû enfermer les femmes et les enfants, sans doute pour leur éviter le spectacle de cette tuerie massive. Rien dans la venelle; pas un murmure, pas un bruit de pas; les brutes étaient occupées ailleurs. Il laissa à son cœur le temps de retrouver son rythme normal et se dit qu'il rejoindrait Lucienne dès que les Allemands seraient repartis; il aiderait à dénombrer les cadavres; il se rendrait utile.

Une odeur de brûlé attira son attention. Il revint vers la fenêtre donnant sur la rue centrale, constata avec stupeur que les soldats transportaient des fagots, des bottes de paille, des objets combustibles trouvés dans les maisons avoisinantes, vers les lieux des exécutions.

Pris de terreur, il ouvrit de nouveau la trappe, s'engagea dans le grenier, retira l'échelle, persuadé que les SS allaient de nouveau faire irruption dans sa demeure. Avant de grimper, il glissa entre sa chemise et sa peau les feuillets de son journal.

Son inquiétude était fondée. Les Allemands déménagèrent le débarras du rez-de-chaussée de tout ce qui pouvait brûler mais négligèrent de fouiller le premier étage. Avant de se retirer, ils lâchèrent des grenades incendiaires. Ébranlée de fond en comble la vieille demeure parut sur le point de s'effondrer.

Systématiquement, maison par maison, boutique par boutique, les SS détruisaient toutes les demeures de la cité, peut-être pour effacer les traces de leurs pillages et de leurs crimes. L'incendie, d'abord ponctuel, faisait rage; des flammes sortaient des fenêtres et des portes, des toitures éclataient dans un crépitement obsédant, s'écroulaient dans une gerbe d'étincelles qui montaient haut dans le ciel. Les maisons se creusaient comme des cratères, laissant subsister un masque de façade léché de traces noires.

Laurent songea qu'il serait peut-être l'unique survivant de l'holocauste et qu'il serait ainsi le seul à pouvoir témoigner, ce qui renforça son désir de survivre à tout prix. Cela devint une sorte de rage froide. S'il ne se décidait pas à agir, il allait griller comme un rat dans une nasse. Déjà des fumerolles s'échappaient des interstices du parquet disloqué par les explosions et il sentait une haleine de feu monter autour de ses jambes. Il tenta de se glisser par le vasistas, mais l'issue était trop étroite et son infirmité lui interdisait cette manœuvre.

En glissant un regard par un interstice du plancher il constata que le sinistre avait gagné le premier étage et fait s'effondrer une partie du parquet, déjà vermoulu; son décor familier baignait dans une fumée épaisse; il distinguait à peine le lit et des rideaux de feu se dressaient contre les fenêtres.

C'est pourtant par là qu'il devait fuir s'il ne voulait pas brûler vif.

Il suffoqua en soulevant la trappe, fit descendre l'échelle, trouva un point d'appui pour la base. Parvenu dans sa chambre, il tâtonna pour découvrir des espaces de parquet suffisamment solides. Avançant avec prudence, pied à pied, son mouchoir trempé dans l'eau sur le visage, il arracha les rideaux qui brûlaient et ouvrit la fenêtre donnant sur la venelle. Après avoir constaté qu'il était hors de vue des SS, il enjamba le rebord et se laissa glisser dans un buisson de framboisiers. Un peu étourdi par la chute, il se demanda où il allait diriger ses pas et choisit de prendre la direction de l'église, entre les maisons incandescentes et les hauts murs des jardins.

Un concert de lamentations suivit une grosse explosion. Des cris de terreur le bloquèrent dans son élan. Des bouffées de fumée opaque sortaient à gros flocons par les baies de l'église.

Lucienne... Si elle se trouvait là, il ne pourrait rien pour elle et risquait inutilement sa vie. Se souvenant de la promesse qu'il s'était faite de témoigner, il enfonça la porte d'un jardin potager et, courbé en deux, se glissa sous un tas de sarments dressé contre un mur, ménageant une petite ouverture par laquelle il pourrait guetter la venue des Allemands.

Derrière lui, toutes les maisons du bourg s'écroulaient, une à une, dans le tonnerre des engins incendiaires. Des fumées passaient par vagues, poussées par un vent de fournaise, chargées d'odeurs de chairs grillées. De l'église proche venaient des crépitements d'armes automatiques, des tonnerres de grenades, des hurlements pitoyables.

Il occupait sa cachette depuis moins d'une demi-heure quand il perçut, venant de la venelle voisine, un bruit de poursuite et une rafale d'armes automatiques. Un civil surgit dans le jardin, se rua à travers les rangées de légumes, courant en zigzag, un jeune SS à ses trousses. Il allait enjamber la murette du fond lorsqu'il se cambra, battit l'air de ses bras et s'abattit, cassé en deux, les reins brisés, comme un guignol sur le rebord du châtelet. Le SS passa à deux pas de Laurent; il paraissait ivre et riait, masque de cendres sous le casque qui lui descendait au ras des yeux.

Quelle heure pouvait-il être? Laurent avait l'impression d'avoir dormi une éternité. C'était moins un vrai sommeil qu'une somnolence traversée de cauchemars. Il avait mal par tout son corps et la fraîcheur de la nuit paralysait ses membres. L'ombre était quasi totale sous le ciel brumeux, à peine luminescent, qui permettait tout juste d'apercevoir, dans le lointain, une ligne de collines noires. Il se dégagea lentement du tas de sarments, fit avec précaution quelques pas dans le jardin. Le fuyard abattu était toujours dans la même position; il tenta de reconnaître ses traits mais n'y parvint pas : ce n'était pas un homme du bourg. Dans un vague rougeoiement de brasier, le village se présentait comme une suite de cratères qui, de temps à autre, lorsqu'une toiture cédait, retentissaient d'un bruit de tonnerre.

Laurent, stupéfait, dressa l'oreille. Non, il n'avait pas replongé dans ses rêves. C'était bien un murmure de musique et de chants qui parvenait jusqu'à lui, venant de l'extrémité du village, à l'ouest, non loin de l'arrêt du tramway.

En se glissant comme une ombre le long des murs, il se dirigea vers l'église d'où venaient par bouffées d'atroces odeurs de chair brûlée et dont les ouvertures s'illuminaient encore des restes du brasier. Pas un soldat aux alentours. Il se dirigea vers l'entrée, recula devant la chaleur intense qui régnait à l'intérieur. Tout ce qu'il put distinguer, c'est un monceau de fantômes noirs, aux chairs incandescentes par endroits, qui dégageaient une odeur affreuse. Il n'eut pas une larme, pas un mouvement d'angoisse en se disant que Lucienne était peut-être là, dans ce magma de chairs consumées, dans ce charnier. Lucienne et Luce aussi, peut-être. Il y avait en lui trop de stupeur et trop de haine alternées, une telle puissance d'horreur qu'il n'y avait pas place pour d'autres sentiments. Ce dont il était certain, c'est qu'il se vengerait; il ne savait pas comment, ni quand, mais son heure viendrait.

En longeant les venelles, il parvint jusqu'en haut du village.

De sa demeure il ne restait qu'un chicot à l'intérieur duquel s'enchevêtraient des poutres rougeoyantes. Le long de la rue centrale, toutes les maisons avaient subi le même traitement. Toutes sauf une : celle d'un négociant, M. Lapique, qui tenait boutique de tissus. Elle était illuminée de haut en bas comme pour une fête monstrueuse. Deux sentinelles la gardaient ; ivres, une bouteille entre les jambes, elles chantaient dans la lumière d'une chandelle.

Une idée héroïque traversa l'esprit de Laurent : il s'avançait par-derrière, vers les deux soldats, les assommait, se saisissait de leurs armes, faisait irruption dans la boutique et tirait dans le tas jusqu'à épuisement des chargeurs.

Il haussa les épaules et s'éloigna à travers la campagne.

STURMMANN HANS ANGELMANN
Oradour. 22 heures environ.

Près de sept cents victimes et pas une seule chez les Allemands, à part ce pauvre con de Klug qui, en pénétrant dans l'église pour décharger sa Schmeisser, a reçu sur le crâne un moellon qui lui a presque fait rentrer la tête dans les épaules.

Hans n'en finit pas de pleurer. L'ivresse a déclenché en lui cette crise de larmes, brutale et irrépressible.

– Pauvre lavette! lui dit l'Unterscharführer Boos, ce que tu as vu aujourd'hui n'est qu'une amusette à côté de ce que nous avons fait chez les Popov et les Polaques! Là-bas, c'est par milliers qu'on les brûlait au lance-flammes ou qu'on les pendait, ces sauvages, hommes et femmes!

Daul intervient mollement.

– Ne l'engueule pas. Il s'est défendu comme un lion, notre petit Hans. Il a montré que les Alsaciens ont des couilles.

– Foutez-moi la paix, vous deux! gémit Hans.

Il promène un regard morne sur l'intérieur du magasin de tissus dévasté dont les plus belles pièces ont été embarquées dans des camions, avec le fruit d'autres pillages effectués dans les maisons et les boutiques du bourg. Le coffre a été éventré par une grenade. Sur le paquet jonché de bouteilles vides, une volaille à demi égorgée, ailes écartées, se traîne en perdant son sang. L'Obersturmführer Baier danse, torse nu, enveloppé du nombril aux talons dans un morceau de tissu taillé dans un coupon à fleurs, une bouteille dans chaque main.

– Genari! hurle Boos, cette putain de baraque est triste comme une morgue. Viens nous en pousser une! Pfeffer, où as-tu foutu ton harmonica, bordel?

L'Unterscharführer Genari s'avance en titubant au milieu de la boutique, bras écartés, et se met à chanter d'une voix pâteuse: «*Die Wolken ziehn... Dahin... Dahan...*»

– On reprend en chœur, les gars, hurle Boos: «*Die Wolken ziehn...*»

Il s'arrête au refrain, rouspète.

– Camarades, ça manque de chaleur! Vaut mieux arrêter, Genari. Tu as affaire ce soir à un public de veaux. Qu'est-ce que vous diriez, les gars, d'une petite chansonnette? Par exemple: «*Weldeslust*»: «*Je ne connais pas mon père – Et ma mère ne m'aime pas beaucoup – Mais je ne veux pas mourir si jeune...*»

– Elle est sinistre, ta chansonnette! dit Genari. Et tu parles encore de mourir, comme si c'était pas assez de morts pour aujourd'hui. Ce qu'il nous faut, c'est un chouette air d'accordéon. Graff, où t'as mis ton biniou?

– J'en ai trouvé un dans le bourg, dit Graff. Un Maugein de toute beauté. Le mec qui en jouait doit être au paradis à l'heure qu'il est.

– Alors rapplique avec ton accordéon, dit Boos. Nous allons danser, camarades!

Debout au milieu de la boutique dont les rayons dégoulinent d'étoffes coloriées qui font comme un décor d'opérette printanière, Genari, les bras étendus, rythme avec ses bottes la rengaine célèbre de l'armée allemande:

– «*Marschieren mit ruhig festen Schritt...*»

Tous, les uns après les autres, se lèvent en titubant, se rangent autour de Genari, piétinent lourdement le parquet qui frémit. Ivre mort, Diedinger lâche des rafales de mitraillette sur les lambris, dans ce qui reste de la vitrine aux mannequins, dans le plafond d'où le plâtre tombe comme neige. D'un coup de talon, Borsch écrase la tête de la volaille. Entre deux hoquets de vin, d'alcool et de mangeaille, Diedinger hurle :

– « *Marschieren mit ruhig festen Schritt...* »

Puis il s'écroule sur place et se met à ronfler.

Émile Meyer, dit « Milou », s'est approché de Hans resté seul dans son coin et qui, de toute la soirée, n'a cessé de penser à Laure, comme si cette blessure ancienne venait de se rouvrir.

– Mon père m'a amené à Berlin l'année dernière, dit « Milou ». Nous sommes allés au théâtre. Une soirée fantastique! On y jouait une opérette de Paul Lincke, *Le cavalier de la lune*, avec deux grandes vedettes : Eugen Rex et Lotte Werkmeister. Y avait plein de jolies filles presque à poil sur la scène. Et les décors, et la musique... Putain! C'est autre chose que ces chansons de marche qui me font mal au ventre. Tu aurais entendu ça... « *C'est l'air... l'air de Berlin...* »

– Ta gueule! dit Hans. Laisse-moi seul. J'ai pas envie de parler.

– Je sais ce que tu ressens, Angelmann. Moi aussi j'ai piqué ma crise, tout à l'heure. Tu oublieras, toi aussi. Ce qui est fait est fait. C'est pas toujours joli, la guerre...

– La guerre est dégueulasse. Jamais je pourrai oublier ce que j'ai fait aujourd'hui. Qu'est-ce qui s'est passé, « Milou », qu'est-ce qui nous a pris, putain? J'ai l'impression que quelqu'un d'autre que moi agissait et parlait à ma place. J'aurais pu faire et dire n'importe quoi sans la moindre honte, sans le moindre scrupule. J'ai tué des femmes et des enfants sans ressentir de pitié. Je crois même que j'y ai pris un certain plaisir. Maintenant, j'ai envie de me tuer.

– Dis pas de conneries. Tu as fait comme moi, Hansi : tu t'es contenté de tirer dans les jambes ou en l'air. De toute manière, nous n'y pouvions rien. C'étaient les ordres. Si nous avions refusé ces salauds de Boches nous auraient descendus.

– Plus que jamais j'ai envie de déserter. Dès que possible, à la première occasion, je me tire.

Le bras de « Milou » entoure l'épaule de Hans.

– C'est ce que nous pensons tous, et c'est ce que nous continuerons à penser jusqu'à la fin de la guerre. Maintenant, après ce que nous avons fait, c'est trop tard. Nous sommes devenus les complices de cette bande de sauvages. D'ailleurs nous sommes surveillés, nous deux, toi surtout. Tu as vu la mine de Kahn, de Barth, de Boos pendant les opérations? Ils ne nous quittaient pas de l'œil. Si nous avions flanché, ils nous flinguaient.

– Ça aurait mieux valu.

– Fais gaffe : voilà cette grosse vache de Boos qui rapplique.

L'Unterscharführer Boos s'avance d'une allure parfaitement assurée malgré les deux bouteilles de bordeaux qu'il vient de descendre coup sur coup, à la suite d'un pari avec Diedinger.

– Vous deux, qu'est-ce que vous complotez? Allez, debout! *Aufstehen!* Qu'est-ce qui ne va pas, camarades? On a des remords? Des vapeurs de pucelles? Alors, écoutez, petits cons! Si on vous interroge, vous direz que vous étiez en dehors du coup, aux abords du village. Vous n'avez rien vu et surtout rien fait de mal. Compris?

Il retourne vers les fêtards et se met à hurler en brandissant son parabellum, tirant un coup de feu vers le plafond pour ponctuer chaque fin de phrase.

– Vous entendez, vous tous? Ce qui s'est fait ici, aujourd'hui, vous en avez entendu parler, comme tout le monde, mais vous n'étiez pas dans le coup. Vous, les Alsaciens, vous gardiez les entrées du bourg. Si l'un de vous vend la mèche, je lui troue la peau. Vous savez que l'Unterscharführer Georges-René Boos ne plaisante jamais avec ces choses-là! A Oradour, c'est les autres qui ont fait le coup. Vous voyez ce que je veux dire?

Il s'est exprimé en français afin que les quelques Allemands présents ne puissent le comprendre. Après avoir tiré une dernière balle, il ajoute, plus bas :

– Petits cons! Si vous croyez que je suis fier de moi... Le vrai coupable, c'est Dickmann, ce fou, cet ivrogne! Les ordres viennent du Brigadeführer Heinz Bernard Lammerding, mais Dickmann les a interprétés à sa façon. Il était fou de rage en apprenant la disparition de Kämpfe, et il s'est servi de nous pour le venger. Nous sommes dans le bain, mes camarades, et jusqu'au cou! Si nous ne restons pas solidaires, nous sommes foutus. Croyez-en le vieux Boos : c'est une histoire qui va faire du bruit jusqu'à la chancellerie du Reich. Dickmann passera en cour martiale, c'est sûr, et il le sait, ce dingue! Si vous aviez vu sa gueule quand il est parti pour Nieul! Un cadavre ambulant. Nous, je le répète, nous sommes les pauvres mecs de bidasses qui s'en sont tenus aux ordres qu'il a donnés. Nous n'avons tué personne dans ce foutu bled, vous entendez? Personne! Si l'église et les maisons ont brûlé, c'est qu'elles étaient bourrées d'explosifs entreposés par les terroristes. Compris? Si vous crachez le morceau, si vous reconnaissez avoir tiré sur les otages, vous avez visé les jambes. Mettez-vous bien ça dans le crâne, bande de tordus, si vous voulez sauver votre peau.

– Salaud! hurle Hans. Tu es un vrai salaud, Boos.

Hans chancelle sous la gifle, porte la main à sa Schmeisser, quand « Milou » intervient.

– Faut l'excuser, chef. Il est pas dans son état normal.

– Toi, dit Boos, tu auras de mes nouvelles sous peu. Et toi, « Milou », je t'ai à l'œil. Tâche de bien te tenir.

Le cuistot, qui vient de faire son entrée dans la boutique avec des plats chargés de volailles, de pâtés et de charcuteries, fait diversion. Il est accueilli par des hourras d'enthousiasme.

Daul s'approche de Boos, lui glisse à l'oreille :

– J'ai vu passer une ombre de l'autre côté de la rue. C'est peut-être un civil rescapé. On lui donne la chasse?

– Tu as dû rêver, dit Boos. Des civils, il n'y en a plus, et je ne crois pas à la résurrection des corps. C'est sûrement un clébard. Il y en a plein qui se baladent à la recherche de leur maître. J'en ai tué trois qui me faisaient chier à renifler mes bottes.

– Pas sûr, dit Daul. Tu sais que les partisans ne sont pas loin.

Eclat de rire de Boos.

– Les partisans? Tu me fais rigoler! On les verra plus de longtemps dans la région. Et les sentinelles?

– Elles dormaient, dit Daul. Je viens de leur frictionner les côtes à coups de botte.

– Les gars sont fatigués, dit Boos. Fais-les remplacer. Tu as raison, vieux : on n'est jamais assez prudent.

Dans le fond de la salle, assis sur un comptoir, un Allemand rougeaud et trapu s'est mis à chantonner *Lily Marlène* :

– « *Under der Lantern vor dem grossen Tor...* »

– Ah, non! crie Boos. Chante-nous quelque chose de plus gai! Ma parole, on se croirait à un enterrement...

8.

LES CLOCHES MUETTES

Dimanche 11 juin 1944

LAURENT KLEIN
Environs d'Oradour. 5 heures.

Les cloches d'Oradour ne sonneront pas ce matin, pas plus que celles des autres églises des environs.

L'air de ce dimanche, un peu brumeux, n'est pas tout à fait celui des autres dimanches; il manque ce frisson sonore qui se répandait mollement sur les campagnes et semblait établir un dialogue entre le ciel et la terre; il manque aussi le ronronnement des voitures, les caravanes de cyclistes, les fumées montant droit au-dessus des villages et des hameaux, les odeurs de cuisine qui se répandent dans les champs, les appels des fermières à leurs volailles et à leurs porcs...

Autour d'Oradour, c'est le silence.

Cette fin de printemps est abandonnée à elle-même, privée du concours des hommes. Les hommes? Dans la fraîcheur de l'aube, ils regardent vers Oradour, vers ces dernières lueurs de volcans apaisés, ces ultimes fumées, ces odeurs de crémation, cette dentelure de ruines sombres d'où montent parfois des bouquets d'étincelles lorsqu'une charpente ou un mur finit de s'écrouler. Ils regardent et ne comprennent pas. Les soldats sont passés comme une tornade, aussi stupides, cruels, aveugles qu'un déchaînement de forces naturelles. Que faire devant les dégâts occasionnés par une catastrophe? Chercher les survivants. Ce n'est qu'ensuite qu'on souhaite découvrir les origines du drame. L'esprit de vengeance vient plus tard.

Ils ne savent pas où ils en sont ceux qui, ce matin, à l'aube, entourent le professeur Fourré, sur la berge de la Vergogne, ce petit ruisseau – Rubicon qu'ils hésitent à franchir comme si, de l'autre côté, la réalité allait leur sauter au visage avec la violence d'une mine. Ils se taisent parce qu'ils ont eu toute la nuit pour exprimer leur douleur, leurs craintes, leurs espoirs; les femmes ne pleurent pas parce qu'elles n'ont plus de larmes; les vieux mâchent leur chique d'amertume et songent à des images terribles – dans leur chienne de vie, ils auront connu Verdun et Oradour.

Tous ne sont pas restés là, à attendre Dieu sait quoi.

Dans la soirée, le bruit a couru de village à village que les Allemands avaient dispersé les femmes et les enfants dans la nature pour leur éviter le spectacle de l'holocauste. C'est le professeur Fourré qui a recueilli la nouvelle : la veille, vers dix-neuf heures, il a pris son courage à deux mains, s'est avancé jusqu'à l'entrée du village pour demander aux soldats des nouvelles de ses deux enfants et de leur grand-père; un Alsacien lui a répondu en français qu'ils étaient dans les bois « pour leur sécurité »; le professeur est revenu tête basse, obsédé par la vision des maisons éventrées et le vacarme des toitures en train de s'effondrer.

Toute la nuit, les mères des villages environnants : La Grande-Métairie, Mas-de-Glane, Mas-du-Puy, Laplaud, Orbagnac, La Valade et quelques autres ont battu les buissons, appelant à voix basse de crainte d'attirer l'attention des Allemands. Celles qui ont osé s'approcher du bourg ont entendu à travers l'ombre des rumeurs de musique et de fête; elles ont pensé que ces soldats devaient être des monstres pour chanter et festoyer au milieu des cadavres et des ruines, et pour lâcher des enfants en pleine nuit, en pleine nature, sans tricot et sans nourriture. Elles ont continué leurs recherches dès le lever du jour; maintenant elles retournent à leur domicile en titubant, et elles s'arrêtent tous les dix pas pour regarder le village qui brûle encore.

Les enfants, on a dû les emmener très loin puisqu'ils ne sont pas encore revenus...

– Laurent, dit le professeur Fourré, j'ai deux mots à vous dire. Suivez-moi.

Ils s'éloignent de quelques pas.

– Vous qui êtes resté dans le bourg durant les événements, vous avez dû voir beaucoup de choses et vous pourrez en parler. Vous me devez la vérité, à moi qui suis votre ami. Les Allemands n'ont épargné personne, n'est-ce pas?

– Personne. Il ne reste que quelques rescapés, comme moi : une poignée d'hommes, mais pas une femme, pas un enfant, semble-t-il. A moins d'un miracle... Les Allemands les ont tous brûlés dans l'église.

– Mes deux enfants?

– Je ne peux rien vous dire. Je ne les ai pas vus. En m'approchant de l'église, j'ai aperçu des monceaux de cadavres calcinés. Ensuite j'ai pris la fuite. Que pouvais-je faire d'autre?

Il raconte aussi qu'il a vu de loin des soldats festoyer dans le magasin de tissus de Lapique. Tous paraissaient ivres. Les sentinelles étaient à moitié endormies : il aurait pu voler leurs armes, tirer dans le tas; il ne l'a pas fait car il est trop lâche et, avec cette main qui lui manque...

– Vous n'avez rien à vous reprocher, dit Fourré. Personne ne l'aurait fait. Moi, il faut que je revienne au bourg. J'ai besoin de certitudes.

– Vous avez tort, dit Laurent. C'est un acte prématuré, mais personne ne pourrait vous empêcher de l'accomplir.

– Non, dit Fourré, personne.

Il part seul, de son allure brisée, trébuchant sur les mottes de terre. Tout est calme autour du village. L'odeur de la crémation se fait de plus en plus sensible. En approchant du village, il aperçoit quelques camions, des uniformes. Il poursuit son chemin.

A l'entrée du bourg un soldat l'arrête, sa mitraillette braquée sur lui.

– *Halt!* Qu'est-ce que vous venez chercher ici?

– *Kinder! Wo sind die Kinder?* Où sont les enfants?

L'Allemand fait un geste désinvolte.

– *Alle kaputt!* Tous morts!

Fourré imagine alors un subterfuge.

– *Ich bin Artz!* Je suis médecin. Laissez-moi passer!

– *Ausweiss, bitte?*

Fourré fait signe qu'il n'a pas le laissez-passer demandé. L'Allemand devient menaçant et hurle :

– *Raus!* Foutez le camp!

– Alors, dit Laurent, que s'est-il passé?

– Rien, dit Fourré. Vous aviez raison. Tous les enfants, toutes les femmes ont été tués. Il semble que vous soyez le seul survivant.

– Je suis persuadé au contraire qu'il y en a d'autres. Aimé et Jeannine Reynaud, du village de La Place, sont arrivés en votre absence. Ils ont échappé au massacre en se cachant dans la cour de Dussour. Ils affirment que les Allemands ont tué tous les hommes, même ceux qui étaient étrangers à la commune, mais qu'on a emmené, ils ne savent où, les femmes et les enfants. Moi, je sais : ils étaient dans l'église. J'ai vu leurs corps.

Les nouvelles arrivaient petit à petit. Des navettes s'instauraient de village à village. On partait à bicyclette, à la moindre information, pour prévenir les gens d'alentour. Des rescapés faisaient surface timidement. Après que la 3e compagnie du Hauptsturmführer Kahn, ayant incendié en dernier lieu le magasin de tissus Lapique, eut repris la route avec ses camions chargés de soldats ivres morts et des fruits du pillage, on les vit, éclopés pour la plupart, maculés de sang et de terre, vêtements en lambeaux ou brûlés, surgir des ruines, des taillis, des buissons.

Trois enfants avaient pu se soustraire au massacre, soit que des sentinelles les aient laissés s'échapper, soit qu'ils aient trouvé refuge dans les décombres. De même cet autre rescapé, M. Sernon, qui avait assisté de loin à l'orgie du magasin Lapique et qui, au départ des Allemands, avait dénombré des dizaines de bouteilles de vin ou d'alcool et des traces de stupre dont il se refusa à donner le détail.

– Vous voyez bien que tout le monde n'est pas mort! dit Laurent. Nous serons quelques-uns à témoigner lorsque ces criminels passeront en jugement. Et ils seront jugés et condamnés! Nous remuerons ciel et terre s'il le faut, mais ces monstres paieront pour leurs crimes. C'est cette idée qui me soutient et m'aidera à vivre : témoigner!

– Ne vous faites pas trop d'illusions, mon ami. Ces gens-là prétendront qu'ils n'ont fait qu'exécuter les ordres de leurs supérieurs, et ils expliqueront à leur manière l'incendie du village.

– Excusez ma naïveté, mais je crois encore à la justice.

Les fils du menuisier Baureille avaient échappé à la mort en se cachant sous le plancher de la salle à manger familiale. Un certain Hubert avait trouvé refuge sous un escalier, dans la maison du maire – il était le seul rescapé de sa famille. Le mécanicien Reynaud et sa femme s'étaient dissimulés dans la cour du docteur Dufourneau jusqu'au matin. Un homme avait plongé dans la Glane et avait passé toute la nuit dans l'eau, derrière un bouquet d'iris. Quatre hommes avaient miraculeusement échappé au massacre de la grange Laudy.

Du carnage de l'église, une seule rescapée : Mme Rouffanche. On la vit surgir ce dimanche, vers dix-sept heures, exsangue, rampant entre les rames de petits pois derrière lesquelles elle avait trouvé refuge. Atteinte de sept balles, elle avait perdu connaissance à diverses reprises. Une fois hors de danger, elle avait raconté les conditions de sa fuite. Elle n'avait oublié aucun détail du drame dont elle avait failli être la victime : ils s'étaient inscrits dans sa mémoire comme des brûlures inguérissables.

HENRY BOUTY
Nieul. Samedi.

La nuit tombait à peine. Il pouvait être vingt-deux heures. Des hommes et des femmes travaillaient encore dans les jardins pour profiter de la douceur de la soirée. On aurait peut-être un peu d'orage cette nuit : cela se devinait à une rumeur lointaine qui montait de l'ouest, bizarrement continue. Un bel orage sans grêle, avec une pluie abondante, serait une bénédiction après cette sécheresse.

Henry Bouty, directeur d'école, était en train de remonter son réveil, machinalement, comme tous les soirs. Il s'arrêta et haussa les épaules : à quoi bon? l'école était fermée depuis plusieurs jours en raison des « événements » et de la réquisition des locaux par la troupe. De plus, le lendemain serait un dimanche.

Henry Bouty resta quelques instants à la fenêtre de la chambre qu'il occupait avec son épouse, au-dessus de l'école, à respirer l'air frais de la soirée. C'était une merveilleuse fin de printemps. On parlait beaucoup de la guerre, mais la guerre se faisait loin de là. Des soldats de la division « Das Reich » étaient venus cantonner dans le bourg et les environs quelques jours auparavant, mais ils ne faisaient que passer et ils s'étaient montrés relativement « corrects », bien qu'un peu crispés semblait-il, sans doute en raison de la fatigue du long voyage qu'ils avaient entrepris – ils remontaient vers la Normandie.

Henry Bouty se souvenait avoir fait à ses élèves, avant la fermeture de l'école, un cours sur cette province où les Alliés avaient débarqué, et leur avoir fait entonner un air célèbre : « *Chantons pour passer le temps notre Normandie et son vert printemps...* »

Le directeur d'école allait refermer ses persiennes lorsqu'il entendit un sourd grondement au loin, en direction d'Oradour. L'orage? C'était peu probable : il n'y avait pas le moindre nuage dans le ciel, sauf un liséré de brume ou de fumée en direction d'Oradour, à fleur d'horizon. Le bruit venait sans doute d'un convoi de camions ou d'engins motorisés qui avaient dû partir de Saint-Junien où il s'était produit, disait-on, des événements graves deux jours auparavant; ils allaient retrouver le gros de la colonne en route vers le nord par la route nationale.

Brusquement lui revint en mémoire l'événement de l'après-midi : une pluie de papillons s'était abattue sur le bourg. Entre l'école et le château, les gens, le nez en l'air, regardaient tomber comme neige des morceaux de papier en partie brûlés : des feuilles de catéchisme et de livres scolaires.

D'où cela venait-il? Mystère.

– Viens te coucher! dit Mme Bouty. Il n'y a rien d'autre à faire. L'électricité n'est toujours pas revenue et nous ne pourrons pas lire, sinon à la chandelle.

– Attends! dit Henry Bouty. Viens voir...

Un convoi de camions se rapprochait du bourg. Il en montait des rumeurs d'accordéon et des chants. Quelques minutes plus tard, les véhicules débouchaient sur la place, devant l'école, précédés d'un S.P.W. Les soldats se répandirent aussitôt à travers le bourg, tandis qu'un petit groupe se dirigeait vers le portail de l'école qu'ils ouvrirent avant de se ruer dans la cour.

Un grand officier cognait contre la porte à coups de botte en hurlant.

Henry Bouty descendit précipitamment.

– Qu'y a-t-il? Que voulez-vous?

L'officier, qui paraissait ivre, s'écria :

– Nous voulons de la place. Nous, dormir!

– Combien êtes-vous?

– Cent cinquante « bonshommes »!

Libérés du mobilier scolaire entassé sous le préau et des livres de classe que les parents étaient venus récupérer, les locaux étaient restés vides depuis que le premier contingent y avait établi ses pénates.

– *Gut!* dit l'officier. Autres chambres?

– Il y a celles de mon appartement, dit le directeur, et quelques autres dans le bourg.

Les nouveaux arrivants n'inspiraient guère confiance à Henry Bouty et à son épouse : ils étaient dépenaillés, le visage charbonneux, portaient des traces de sang sur leurs mains et leurs tenues de camouflage.

– Vous conduire nous! ordonna l'officier.

Avant de suivre le directeur, il sortit son revolver et tira contre la persienne que Mme Bouty avait laissée entrouverte.

– *Verboten* ouvrir fenêtre! dit-il d'un ton menaçant.

La « fête » dura toute la nuit.

Des camions entraient dans la cour d'école, débarquaient des animaux vivants, des vivres, des bouteilles. Deux soldats saignèrent un veau sous le préau, tandis que d'autres décapitaient avec leurs poignards des volailles et les regardaient en riant courir dans la cour. Lancées à toute volée contre le mur de l'école et les persiennes, des bouteilles vides explosaient à grand bruit. Après s'en être divertis comme des enfants, de jeunes soldats fracassèrent deux bicyclettes à coups de pied. D'autres dansaient au son de l'accordéon. A l'intérieur des classes, des coups de feu éclatèrent : des soldats faisaient des cartons sur la planisphère et les abat-jour.

– Barth! dit le major Dickmann, j'ai soif. Tâche de me trouver une bouteille de bon vin. Pas de cette saloperie qu'ils fabriquent dans le pays.

– Il y en a sans doute dans les caves, dit Barth. A vos ordres, Sturmbannführer!

Il revenait quelques minutes plus tard, les bras chargés de bouteilles poussiéreuses. Dickmann en déboucha une d'un coup de revolver et la vida en deux ou trois lampées. Du bordeaux, et pas de la bibine. Il en entama une autre, vomit, alla s'asseoir au-dehors, sur une marche de l'escalier menant à la classe des filles.

– Barth, dit-il d'un ton amer, l'alcool, le vin me tuent, et pourtant je ne peux pas m'en passer. *Ach!* Qu'est-ce que j'ai dans la peau? Si ça continue, je ne tarderai pas à en crever. Ça ne sera pas une grosse perte pour la glorieuse armée allemande. Le beau spécimen de la race élue que voilà! Le Sturmbannführer Otto Dickmann, mort au cours d'une crise de delirium tremens et des conséquences de ses conneries... Les conneries, je les accumule, mais aujourd'hui, je me suis surpassé! Qu'en penses-tu, Obersturmführer?

– C'est cette putain de guerre qui en est responsable, dit Barth. Elle nous fait commettre des actes que nous regrettons ensuite.

– Tu es gentil, mais je ne te crois pas. J'ai le mal dans la peau, voilà tout. Je sais que j'en crèverai sans tarder. Une idée comme ça...

Il secoua violemment la tête, lampa une longue rasade de bordeaux.

– L'affaire d'Oradour... dit-il pensivement. Ça va faire un de ces raffuts dans l'état-major divisionnaire, et plus haut encore! – On dira que j'ai outrepassé les ordres, que je suis le seul responsable du massacre. Qu'est-ce que tu crois qui va m'arriver?

Barth mit quelques secondes à répondre.

– A mon avis, c'est la cour martiale. Vous n'y couperez pas, major!

– Merci de ta franchise. C'est ce que je pense aussi. La cour martiale et peut-être le peloton d'exécution. A vrai dire, je ne l'aurai pas volé, mais je m'en fous!

– Nous vous défendrons, Sturmbannführer! Les gens d'Oradour ne seront plus là pour témoigner. Les seuls témoins, c'est nous. On croira la parole des soldats SS de préférence à celle de ces péquenots illettrés et obtus, s'il en reste. J'ai prévenu les hommes. Je leur ai fait la leçon : nous n'avons fait qu'abattre des maquisards et leurs complices. Quant aux femmes et aux enfants, si les combles de l'église n'avaient pas été bourrés d'explosifs, ils seraient encore en vie. Qui pourra prouver le contraire? Il n'y a eu aucun rescapé de l'église.

– C'est bien, Heinz, dit le major d'une voix brouillée en posant sa main sur celle de Barth. Dis-moi, où est le Hauptsturmführer Kahn?

– En train de faire sa toilette au lavabo des enfants. Nous ferions bien de l'imiter. Nous en avons tous besoin.

– De l'eau... murmura Dickmann. De l'eau claire et fraîche. Il en faudrait des tonnes pour effacer ce sang, ces cendres, toute cette merde qui me colle à la peau. Si seulement...

Il serra sa tête entre ses poings comme pour la broyer.

– Si seulement nous avions retrouvé mon cher Helmut! Je crois que j'aurais sacrifié dix mille personnes pour le récupérer. Tu entends, Heinz? Il faudrait des milliers et des milliers de cette foutue vermine française pour venger son enlèvement. Ils n'auraient pas dû toucher à Kämpfe, bordel! Je l'aimais, tu comprends? La passion... Est-ce que tu sais ce qu'est une véritable passion, une grande amitié entre hommes? Il me disait : « Ce que j'aime en toi, Otto, c'est ce brin de folie qui t'habite, parce que je suis moi-même un peu fou. Dans un sens, la folie protège. J'aurais dû mourir cent fois devant Stalingrad, Jitomir et Koursk, et je suis là, vivant! » Il me disait encore : « Les Popov ne m'ont pas eu. Alors ce ne sont pas ces cons de partisans français qui auront ma peau! Ils l'ont eue, Heinz! Ils l'ont eue, et moi, depuis, je suis comme un mort vivant! »

Sur un avis formulé par Barth et Kahn, la plupart des sous-officiers se regroupèrent dans l'une des salles de classe et dormirent côte à côte, les uns sur un matelas, d'autres sur des chaises longues, d'autres enfin à même le sol. Redoutant une réaction de la population ou une attaque des maquisards, ils avaient jugé plus prudent de rester groupés. Dickmann, lui, s'en moquait : il dormit, replié sur lui-même, en chien de fusil, sur l'estrade du maître débarrassée du bureau, sous la carte de France accrochée au mur.

Cette nuit-là, Henry Bouty et son épouse dormirent mal. Un

manège infernal de souliers et de bottes montant et descendant les escaliers, les coups de feu, le concert de voix avinées les maintinrent éveillés.

– Qu'est-ce qu'ils ont bien pu faire pour être dans cet état? dit Henry Bouty.

– Sûrement un mauvais coup, répondit son épouse.

Elle songea brusquement à cette pluie de papiers brûlés qui semblait venir d'Oradour.

La cour d'école : un véritable capharnaüm! Partout des volailles mortes, à demi plumées, des jambons à peine entamés, des bouteilles, des pots de confitures : les reliefs d'une kermesse monstrueuse.

– N'ouvre pas les persiennes, dit Henry Bouty en se levant. Ils sont encore là.

Ils avaient remis les chaises longues repliées à leur place et avaient jeté sur la table une poignée de billets de banque – leurs poches en étaient pleines – et ils les distribuaient à la population avec une largesse suspecte, comme s'ils cherchaient à s'exonérer d'un sentiment de honte. Ils avaient tellement monté et descendu les escaliers avec leurs semelles ferrées que le bord des marches, observa Mme Bouty, en était rongé. Il y avait des traces de vomissure partout.

– Que font-ils? demanda Mme Bouty. Qu'attendent-ils pour décamper?

– Je l'ignore, dit Henry Bouty. Je vais m'en informer auprès de leurs chefs.

– Ne bouge pas! Ça peut être dangereux.

Le S.P.W. et les camions étaient encore stationnés devant l'école. Les soldats malades de vin et de mangeaille somnolaient, installés sur les banquettes comme pour une parade. Ils restèrent ainsi des heures, entre ombre et soleil.

Le S.P.W. démarra; les camions le suivirent et la place fut de nouveau déserte. Il restait aux Allemands une dernière mission à accomplir avant de regagner le gros de la colonne : brûler le château de Morcheval, dans les environs de Nieul.

Lorsque le dernier camion eut disparu, Henry Bouty descendit prudemment dans la cour et se dit qu'il en aurait pour la journée avant d'avoir tout nettoyé et remis en ordre.

DIMANCHE 11 JUIN 1944

Il ramassa une des bicyclettes dont les Allemands s'étaient amusés la veille. Il lut sur la plaque d'immatriculation un nom et celui d'une localité : Oradour-sur-Glane.

LAURENT KLEIN
Oradour. 14 h 30.

Hôtel Malard..., Restaurant Delavigne..., Café de l'Ormeau..., Épicerie Joffre...

Les enseignes sont encore en place, un peu écaillées par l'incendie, comme des étiquettes sur des boîtes vides. A l'intérieur, entre les murs écroulés ou lézardés, s'entassent des monceaux de meubles calcinés, d'objets métalliques déformés par l'intensité des foyers ou l'éclatement des engins incendiaires. Une vie illusoire s'accroche encore à ces vestiges, leur donne un semblant de vie et de fonction utilitaire. Des objets : une machine à coudre, une bicyclette, l'outillage du garagiste ou du boucher, les balances de l'épicier, une pendule morte, semblent surgir d'une époque révolue, arrêtés en cours d'utilisation, comme si le temps s'était brusquement figé. On lit cela parfois, dans les romans d'anticipation : la machine à arrêter le temps, conçue et maniée par un surhomme qui, l'espace d'un éclair, peut faire d'une planète vivante une patate pourrie. Il émane du spectacle de ces ruines une fabuleuse sensation d'irréalité. On ferme les yeux et on se dit : c'est un cauchemar que je suis en train de traverser, mais il va s'effacer, la vie va reprendre son cours, les enfants vont se remettre à chanter dans leur salle de classe, le tambour de ville à battre sa caisse, le tramway à faire sonner sa clochette avant la gare, les voitures à circuler... On rouvre les yeux et le cauchemar est toujours là.

Il faudrait pouvoir jouer avec le temps comme on joue avec sa propre existence, le manipuler, le plier à sa volonté, l'obliger à s'arrêter au bord de l'irrémédiable ou à le prolonger dans les délices, mais l'homme n'est pas le maître du temps et l'inéluctable est son lot : il ne peut faire que ce qui a été ne soit pas, n'ait jamais été. Il est prisonnier de murs qui se rapprochent de lui comme une cage de magicien, jusqu'à l'écrasement de la mort, sans qu'il puisse, comme Samson, s'en délivrer en ébranlant les colonnes du temple.

– Tous ces animaux livrés à eux-mêmes, ces chiens surtout, qui cherchent leur maître, me font pitié, dit le professeur Fourré.

Conscient de l'incongruité de sa réflexion, il ajouta :

– Pardonnez cette idée saugrenue, Laurent, mais la souffrance des bêtes, leur manque de moyens de défense devant l'adversité m'ont toujours bouleversé.

Laurent parut ne pas avoir entendu la réflexion et sa justification. Ces animaux domestiques brûlés dans les étables et les bergeries, ceux qui, vivants, recherchaient leur gîte habituel au milieu des décombres et broutaient du foin à demi brûlé, ce cheval debout près de son maître abattu, ces chiens allongés sur le seuil de ce qui avait été leur demeure, ces volailles, ces lapins qui erraient dans les jardins et les ruines, ces chats qui, guidés par un instinct mystérieux, prenaient le chemin de la maison habitée par M. Georges, située en dehors du bourg et épargnée, le laissaient indifférent.

Au milieu de tant de morts, une seule absence importait à Laurent : celle de Lucienne. Elle emplissait le monde, enveloppait toute chose, posait ses décalques sur les murs. Son image radieuse se superposait à cette épouvante : Lucienne faisant la queue pour quelques grammes de margarine; Lucienne assise sur le bord du trottoir en compagnie de ses petits élèves qui attendaient le tramway; Lucienne marchant et dansant devant lui au retour d'une promenade sur le bord de la Glane; Lucienne brandissant une énorme coulemelle... Lucienne... Lucienne... Lucienne...

Le professeur Fourré, qui avait devancé Laurent, s'arrêta devant une grange et marqua un recul.

– Bon Dieu, Laurent, regardez! Quelle horreur! Combien sont-ils là-dedans? Dix? Vingt? Et cette odeur...

Ils s'étaient d'un commun accord portés volontaires pour faire partie des équipes sanitaires, avec quelques autres rescapés. Ils se placèrent sous la direction d'un médecin des environs, le docteur Balpt, qui venait de retrouver sur les lieux du massacre le chef des Mouvements Unis de la Résistance : Gaston Hyllaire, dit « Léonie », et un journaliste armé d'un appareil photographique : Pierre Poitevin. Ils devaient opérer sans le moindre matériel : ni civières, ni blouses, ni gants, ni masques...

– Il n'y a plus personne à sauver, vous vous en doutez, leur avait dit le médecin. Nous allons simplement tenter de dégager les morts et de les identifier. C'est une tâche rude et éprouvante. Il nous faudra à tous beaucoup de courage.

L'un des équipiers pleurait en montrant, dans la boulangerie Bourroux, les restes d'un enfant découvert dans le fournil, au fond de l'étouffoir – il ressemblait à une poupée de celluloïd démantibulée qui aurait perdu sa tête et la moitié de ses membres. Le cadavre d'une femme, mélangé à divers débris humains, avait été retrouvé dans le puits de la maison Picard. Chaque demeure visitée révélait des découvertes macabres : ici le cadavre calciné d'une mère et de son nourrisson; là un tronc humain; ailleurs une tête...

– Nous avons retrouvé le cadavre de Lapique, le marchand de tissus, dit l'un des équipiers. Les Boches l'ont tué dans son jardin.

Des appels jaillissaient un peu partout :

– Venez m'aider! J'ai découvert un charnier!

– Bon Dieu! Ils sont une dizaine, tous presque entièrement brûlés. Comment les reconnaître?

Dès qu'on tentait de les retirer du magma, les corps se défaisaient. Il fallait les extraire avec précaution, ramasser les moindres parcelles de chair ou d'os brûlés qui se détachaient, tenter de reconstituer des puzzles humains. Au moins savait-on que tous les hommes avaient été tués dans le bourg et presque toutes les femmes et les enfants dans l'église.

Ils travaillaient sous un soleil torride qui accentuait la puanteur des chairs brûlées ou décomposées d'où s'écoulait un liquide fétide. Ils alignaient les corps et les débris humains, les déposaient sur des portes, des persiennes, des draps, parfois à même le sol, avec une étiquette lorsqu'il y avait une présomption quant à l'identité du cadavre. Ils chassaient les chiens qui venaient en gémissant renifler les corps.

– Si les Allemands revenaient, dit le professeur Fourré, que pensez-vous qu'ils feraient en nous voyant?

– Ils reviendront sûrement, dit le docteur Balpt. Aujourd'hui ou demain. Ils ont commencé maladroitement à cacher les preuves de leur crime. Ils voudront achever leur œuvre, mais ils auront beau faire, ils n'y parviendront pas. Quant à nous, que voulez-vous qu'ils nous fassent? Ils ne vont pas ajouter des crimes à ceux qu'ils ont commis! Tout ce qu'ils peuvent faire, c'est nous chasser.

– Il faut que j'aille à l'église, dit Laurent. C'est là, j'en suis sûr, que sont mortes Lucienne et la petite Luce. Les parents de Luce sont venus me trouver ce matin et je n'ai rien pu leur dire. Ils étaient fous de douleur.

– Vous avez tort, dit Fourré. C'est une scène que vous ne supporterez pas. Moi, à votre place, je m'abstiendrais.

Laurent avait mis longtemps à se décider. Il s'était dit que, peut-être, Lucienne était parvenue à prendre la fuite avec Luce, qu'elles étaient peut-être blessées, incapables de bouger, dans un taillis ou un roncier, qu'il pouvait être encore temps de les sauver. Et puis, devant ces monceaux de cadavres épars dans le bourg, tout espoir l'avait peu à peu abandonné, sans qu'il pût se résoudre à abdiquer avant d'avoir obtenu une certitude irréfutable.

– Il le faut, dit Laurent. Je saurai la reconnaître, même si elle n'a plus de visage, même si elle n'est qu'un tas de charbon ou de cendres.

Des équipiers, leur mouchoir noué devant le visage, avaient déjà pénétré dans l'église et tournaient en rond, ne sachant par où commencer.

Autour de la cloche fondue, informe, les morts s'enchevêtraient inextricablement. Aidés par Laurent, ils se mirent à la tâche, extrayant du conglomérat et recomposant tant bien que mal les cadavres. Un enfant dont les SS avaient fait éclater la tête en le précipitant contre un mur gisait entre deux autres petits cadavres presque intacts, que l'on avait retrouvés dans le confessionnal, enlacés, une balle dans la nuque : un garçon que Laurent ne connaissait que pour l'avoir rencontré dans le bourg; une fillette – Luce – qui avait gardé les yeux ouverts, un sourire sur son visage disloqué.

DIMANCHE 11 JUIN 1944

Accroché au bras de Fourré, Laurent se laissa glisser sur les genoux et se mit à sangloter.

– Je vous avais prévenu, dit le professeur. Vous n'auriez pas dû... Retirons-nous à présent. Laissons faire les autres. Nous trouverons à nous employer ailleurs.

– Non! dit Laurent avec une sourde détermination dans la voix. C'est moi qui dois retrouver Lucienne, et personne d'autre. J'ai l'impression qu'elle m'attend.

Il se sentait soudain gonflé par un énorme courage. Aidé de Fourré, il s'attaqua au monceau de cadavres charbonneux qui se dressait près du confessionnal. Lucienne ne devait pas se trouver très loin de Luce. Il reconnut, sous la première couche, le corps de Mme Bernay, la directrice de l'école de filles. Lorsqu'il arriva au niveau des dalles il constata que Lucienne n'était pas là.

Il se relevait, pris d'un vertige, quand quelqu'un lui toucha l'épaule. Fourré. Il pleurait.

– Soyez courageux, Laurent. Je crois bien que c'est elle, là...

Laurent s'approcha, le souffle suspendu, du corps qu'un équipier venait de dégager. C'était apparemment celui d'une jeune femme. Elle portait au cou un pendentif en forme d'oiseau aux ailes déployées.

– C'est elle, dit Laurent. Il n'y a pas de doute. Aidez-moi!

Lorsqu'ils tentèrent de la soulever, elle tomba en cendres.

9.

COMME LA GLACE AU FEU

Lundi 12 juin 1944

STURMMANN HANS ANGELMANN

En route vers la Normandie.

Rien n'aurait pu le contraindre à détacher son regard de ces hautes collines et de ces villages paisibles.

Dans les dernières brumes du matin, le pays semblait s'épanouir comme un massif de fleurs après l'orage. Des fumées traînaient encore sur l'horizon, mais ce n'étaient que des nuages de pluie. Les fumées et les puanteurs d'Oradour lui semblaient à des distances cosmiques : une brume d'images de cauchemar qui attendaient la nuit pour resurgir en pleine lumière, entre de longues insomnies, lui laissant une pesanteur de plomb dans le ventre et dans la tête. Le matin, lorsqu'il s'éveillait, les reins moulus par la route de nuit, effectuée dans un black-out total, elles l'assaillaient, lancinantes, se bousculant dans sa mémoire comme un film fou. « Sa » mémoire? Il en venait à douter que ce fût la sienne qui ait enregistré ces séquences démentes. Avait-il réellement vécu ce dont il lui semblait se souvenir? Cela venait de si loin, lui était tellement étranger, qu'il se disait que la guerre déclenche de singuliers fantasmes, qu'elle avait dû le doter d'une mémoire de substitution qui lui jouait des tours. Une diablerie! Et s'il était en train de devenir fou? Fou comme cet adolescent, un Alsacien de Colmar, qui, repris par ses hallucinations, avait brisé son Mauser contre un mur, arraché ses insignes, son treillis de camouflage, son casque, s'était mis à se débattre contre ses camarades qui voulaient le maîtriser, et à hurler, et à pleurer, couché par terre? Un trouble mouvement de folie comme ceux qui le prenaient, après l'arrestation de Laure, lui arrachaient en pleine nuit des gémissements lorsqu'il l'imaginait aux mains des bourreaux de la Gestapo? Il se disait que Laure était morte deux fois: à Toulouse, sans doute, sous les balles d'un peloton d'exécution et de nouveau en lui qui l'avait trahie. Il l'imaginait dans les campagnes lumineuses de juin; il songeait aux promenades qu'ils auraient pu faire le long de ces petites rivières et de ces chemins creux qui serpentaient dans un paysage d'églogue. Il insufflait à sa compagne une vie artificielle à laquelle il mêlait la sienne avec une joie sauvage et désespérée. Il se disait parfois qu'à la longue il l'oublierait – c'est ce que l'on se dit toujours en pareilles circonstances – mais sa présence se faisait de jour en jour, l'oisiveté aidant, plus oppressante en lui.

On avait chargé les engins blindés sur les plates-formes des trains, après Limoges et, cahin-caha, le convoi s'acheminait vers la Normandie.

La 2e compagnie du Génie avait pris les devants de la colonne. La batterie aérienne, la FLAK, avait suivi, le surlendemain du massacre d'Oradour, accompagnée du troisième bataillon du régiment « Deutschland », de l'état-major divisionnaire. Le régiment « Der Führer » venait ensuite. Les autres unités qui composaient la division prendraient la route ou le train dans les jours qui suivraient.

On entrait de nouveau dans des zones dangereuses.

– Camarades, avait proclamé l'Unterscharführer Boos, ce que nous avons connu depuis Montauban, c'était du gâteau, une promenade militaire avec juste ce qu'il fallait de bagarre pour nous maintenir en forme et tenir tête aux « Ricains ». D'ici peu, vous allez voir se pointer les « Jabo [1] » et vous verrez le bordel!

La décision avait été prise par l'état-major, afin de pallier les risques d'attaques par air: on voyagerait la nuit, tous phares éteints, et on se reposerait le jour sous le couvert des forêts ou avec de bons camouflages.

1. Abréviation pour *Jagdbombers* (chasseurs bombardiers).

Les convois ferroviaires parvenaient à passer, les sabotages étant devenus moins fréquents et de moindre importance que dans la « Petite Russie ». En revanche ils devaient effectuer des arrêts répétés sous les attaques des avions alliés.

Quelques minutes plus tard, Boos tendait une cigarette à Angelmann.

– Tu en as gros sur la patate, mais, si ça peut te consoler, vise un peu la gueule de Dickmann! On dirait qu'il va se flinguer...

Depuis le départ d'Oradour, Dickmann ne dessaoulait pas. Il parlait peu, lui si loquace d'ordinaire, sinon pour transmettre les ordres, paraissait absent sur le siège de sa Volkswagen, évitait tout contact inutile avec ses sous-officiers et ses subordonnés.

Au lendemain du massacre d'Oradour, il s'était présenté au général Lammerding et avait reçu de la part du Brigadeführer une rebuffade qui était passée sur sa tête comme un cyclone et l'avait laissé pantois. Il avait « interprété et outrepassé les ordres »! Lorsque la nouvelle se serait répandue dans le monde – et la radio de Londres avait déjà dû annoncer la nouvelle – on proclamerait que les SS s'étaient conduits comme des barbares, « comme des Huns »! Passe encore que l'on exerce ce genre de représailles dans les steppes de Pologne ou d'Ukraine, mais en France, en Occident!

– Sturmbannführer, voilà une faute qui va vous coûter cher! s'était écrié Lammerding. Vous allez être traduit devant une cour martiale et je réclamerai le jugement le plus sévère! Non seulement vous n'avez pas ramené les otages qui nous auraient permis de négocier un échange avec la Résistance et de récupérer Kämpfe, mais vous avez perpétré et commis un acte ignoble! C'est un crime, Dickmann, et vous en portez l'entière responsabilité!

Il avait ajouté :

– Je veux votre rapport dans les vingt-quatre heures!

Le rapport de marche du régiment « Der Führer » portait une mention identique au rapport que Dickmann présenta au Brigadeführer :

Tard dans l'après-midi du 10 juin, le Sturmbannführer Otto Dickmann rejoignit le régiment et fit le compte rendu suivant : « La compagnie ayant rencontré de la résistance à Oradour et découvert plusieurs cadavres de soldats allemands, a occupé le village et fouillé les maisons. Les soldats ont trouvé des armes et des munitions cachées, mais n'ont malheureusement pas retrouvé le major Helmut Kämpfe. C'est pourquoi le major Dickmann a fait fusiller les hommes du village, identifiés comme des maquisards. Entre-temps, les femmes et les enfants avaient été enfermés dans l'église. Puis le village a été incendié. Dans presque toutes les maisons, les munitions cachées ont explosé. L'incendie s'est soudain propagé à l'église où des munitions avaient été entreposées dans le clocher. Elle a brûlé très vite. Les femmes et les enfants ont péri... »

En lisant ce rapport, le Standartenführer Sylvester Stadler avait confirmé les propos du Brigadeführer Lammerding, ajoutant qu'il ne couvrirait jamais une telle énormité et que Dickmann avait intérêt à préparer un rapport détaillé pour sa défense. Il avait ajouté :

– Vous vous croyez encore en Russie? Un bon conseil : cessez de boire. Vous êtes ivre du matin au soir et vos fonctions en pâtissent. Continuez et je vous mets aux arrêts de rigueur!

Stadler se garda bien d'ajouter que les massacres de Tulle et d'Oradour avaient eu et continueraient d'avoir des conséquences favorables pour l'armée d'occupation. En effet, devant l'importance inattendue des représailles, les responsables de la Résistance avaient renoncé à leurs projets d'attaques des garnisons, notamment à Limoges. Le major Kowatch avait, disait-on, intercepté un message des maquis limousins demandant de surseoir à toute action. Stadler se demandait s'il ne s'agissait pas d'une manœuvre destinée, sinon à disculper cette brute de Dickmann, du moins à atténuer les conséquences de son crime.

Par les routes, la progression nocturne de la division était lente et difficile, malgré la décision prise par l'état-major allié de cesser les attaques par air après vingt-deux heures. Les convois ferroviaires éprouvaient eux aussi de sévères difficultés. De la route on apercevait au loin les grondements et les éclairs sauvages des bombes lâchées par les « Jabo » – Spitfires et Typhons. Les attaques se succédaient à une cadence hallucinante, bloquant les convois, jetant la panique parmi les soldats. Au fur et à mesure qu'on approchait de la Loire, les actions aériennes s'intensifiaient.

Passé la Loire, ce fut l'enfer.

Par une chance miraculeuse, les ponts de Tours et de Saumur, malgré les bombardements, étaient intacts. Les premiers éléments de la division partis en éclaireurs purent ainsi franchir le fleuve sans encombre et foncer droit sur Saint-Lô.

Il fallut attendre une semaine avant d'engager le combat, le temps que toutes les unités fussent regroupées et pussent se joindre au 2ᵉ corps d'armée commandé par le général Hausser, qu'on appelait familièrement « Papa Hausser », parce qu'il avait été à l'origine de la fondation de la « Das Reich ». Il était, avec Joseph Dietrich, dit « Sepp », et Kurt Meyer, qu'on appelait aussi « Panzermeyer », un des généraux les plus populaires de l'armée allemande.

S'ajoutant aux sabotages et aux bombardements, le manque de carburant devenait dramatique. Il avait imposé des retards considérables aux unités qui devaient rejoindre ce secteur des combats, comme la 17ᵉ Panzergrenadier, qui se traînait lamentablement depuis Bayonne, et les 9ᵉ et 10ᵉ Panzer ramenées à la hâte du front de l'Est.

Dans la région de Saint-Lô se déroulaient des combats féroces. Cette place était un nœud routier et un lieu stratégique de première importance. Dès le jour du débarquement, la ville avait subi des bombardements qui l'avaient transformée en champ de ruines. Les Alliés comptaient ainsi éviter que les Allemands puissent y concentrer des forces susceptibles de bloquer leur progression.

Venue de Caen, la division « Das Reich » arrivait à point nommé pour renforcer avec quelques-uns de ses éléments la SS Panzer « Goetz von Berlichingen » et le 6ᵉ régiment parachutiste.

On combattait dans un étrange pays.

Les collines succédaient aux collines, séparées par d'étroites vallées tapissées de marécages dans les fonds. Des clos de prairies entourées de hauts talus, des chemins creux, des bois touffus, des haies épaisses interdisaient une guerre ouverte comme dans la steppe russe. Cette « guerre des haies », comme on la nommait, était un conflit d'aveugles. L'ennemi ne se signalait que par ses tirs.

L'Unterscharführer Boos ne décolérait pas : cette guerre absurde, ce dramatique jeu de cache-cache lui déplaisaient. Les chars ne s'aventuraient guère dans cet enfer vert propice aux traquenards, et l'aviation demeurait impuissante. Il fallait souvent se battre au corps à corps. On faisait quelques mètres pour aller pisser et on tombait sur un Amerloque qui vous trouait la peau. On appelait un camarade, et c'est une rafale de Sten qui répondait.

– A ce train, disait Boos, on sera encore là pour Noël!

Les colis de rations – les « Marketen » – parvenaient à la troupe d'une manière irrégulière. Pour tromper sa peur, on fumait cigares et cigarettes, à l'abri à cause de la fumée et, lorsqu'on jetait la boîte de singe que l'on venait de vider, on se disait que c'était peut-être la dernière que l'on mangerait, et on lui trouvait un goût ineffable.

La compagnie avait touché des blouses de camouflage, les « sacs à os ». Elles étaient disgracieuses mais pratiques. On se baladait avec des casques empanachés de fougères, le visage noir de suie.

Le pessimisme du major Dickmann s'aggravait de jour en jour. Il confia à Boos :

– Nous sommes foutus, camarade! L'isthme de terre que nous sommes chargés de défendre devient intenable et nous n'allons pas tarder à avoir sur le cul des dizaines de milliers d'Amerloques. Ils se battent bien, ces mecs, surtout les vétérans, ceux qui ont fait la guerre du Pacifique. La bleusaille, comme partout, c'est de la merde! J'en ai descendu trois, de ces morveux, qui ne savaient même pas se servir de leurs armes!

Boos, lui, avait une terreur panique de ce qu'il appelait la Kesselfieber, la fièvre de l'encerclement. Ajoutée aux doses de calva qu'il ingurgitait, cette sensation le rendait fou de rage. Il se réveillait en sursaut en pleine nuit, allait inspecter la garde du cantonnement, assiégeait ses supérieurs de questions, se faisait rabrouer sans ménagement. Dickmann lui disait :

– T'as pas compris que nous sommes foutus, connard? Nous perdons près de deux mille hommes par jour! Il est vrai que c'est guère mieux chez les Amerloques, mais ils ont des réserves, eux! Quant à nous laisser encercler, mon cul!

« Milou » et Hans ne se quittaient plus. Ils s'étaient trouvé une passion commune : le cinéma. Cela n'allait pas sans discussions acerbes. « Milou » était un admirateur inconditionnel de Zarha Leander que Hans exécrait, lui préférant Marlène Dietrich. Ils se racontaient leurs films préférés : Hans les américains et « Milou » les français et les allemands; le premier les westerns et le second les films poétiques de Marcel Carné, de Jean Cocteau et d'Ernst Lubitsch (Ah! *L'Ange bleu,* quel chef-d'œuvre ç'aurait été si Zarah avait remplacé Marlène).

Leurs interminables entretiens, la conjonction de certains goûts communs, notamment en matière de filles (ils se racontaient des histoires de bordels où ni l'un ni l'autre n'avait jamais mis les pieds), les amenèrent à mûrir et à préparer un projet de désertion. « Désertion » : le mot choquait Hans et lui paraissait impropre.

– Nous ne « désertons » pas à proprement parler, disait-il, puisque l'armée dans laquelle nous servons n'est pas celle de notre pays. C'est en nous battant aux côtés des Fritz que nous sommes des déserteurs. Cette situation absurde, c'est notre devoir de la renverser. Les circonstances sont favorables. Il suffit de passer d'une haie à une autre pour changer de camp.

Ils choisirent une nuit brumeuse où ils étaient de garde tous les deux, à peu de distance l'un de l'autre. Au coup de sifflet modulé lancé par Hans répondit celui de « Milou ». Ils arrachèrent leurs insignes, posèrent à terre leur casque, leurs armes, leur « sac à os » et se glissèrent en rampant dans l'herbe haute vers le bois situé en face qu'occupait une section de soldats américains – ils avaient fait un raffut fantastique l'après-midi avec leurs armes automatiques et Dickmann se proposait d'aller les déloger à l'aube.

Ils n'étaient plus qu'à quelques pas de la lisière, marquée par un champ de fougères hachées par la mitraille, lorsqu'un grand gaillard se dressa devant eux et les mit en joue.

– Ne tirez pas! cria Hans en anglais. Nous sommes des Français, des Alsaciens!

La sentinelle les fouilla, leur tapa sur l'épaule.

– *OK boys! Welcome!*

Il les confia à un sous-officier qui dormait à quelques pas pour qu'il les conduise au chef de la section.

– Vous n'auriez pas une cigarette? dit Hans. Je n'ai jamais encore fumé une américaine, et ça me fait rêver...

La première bouffée qu'il tira de la blonde, c'est à Laure qu'il la dédia.

STURMBANNFÜHRER OTTO DICKMANN
Falaise (Normandie). Août 1944.

Les « Britisch » n'y allaient pas de main morte. En deux jours, plus de mille bombardiers lourds avaient lâché des milliers de tonnes de bombes sur la poche de Falaise, où s'accrochaient des débris de l'armée allemande : un espace d'une quinzaine de kilomètres de large sur une trentaine de long.

Le vingt-deux août, il était près de minuit lorsque les six cents chars alliés avaient fait mouvement contre ce qui restait des divisions ennemies : environ cent mille hommes encore en état de porter les armes, vestiges hétéroclites d'une quinzaine de divisions composant les 5ᵉ et 7ᵉ armées, et de quelques unités disparates. Dans ce magma, avec une cinquantaine de blindés seulement, quelques charpies de la « Das Reich ».

– Cette fois-ci, dit l'Unterscharführer Boos, c'est la fin, camarades. Nous allons être balayés comme des merdes sèches. Ils ne nous feront pas de cadeau, les salauds! Nous leur en avons fait baver, mais ils vont nous le rendre au centuple. Je viens d'apprendre qu'ils ont foutu notre quartier général en l'air. Nous allons voir les « Polacks » rappliquer sans tarder. Et ils sont gonflés, ces mecs!

La 1ʳᵉ division blindée polonaise du général Maczek était entrée dans la danse avec une féroce ardeur, aux côtés des Américains, des Canadiens et des Britanniques. Maczek était à la tête de la division « Massue » (« Maczuga »), qui portait bien son nom et cognait dur.

Au-dessus des ruines, le ciel était d'un noir de suie, traversé à la base, là où la poix était la plus épaisse, par des lueurs d'incendie et des éclairs d'orage. Il en sortait des êtres de cauchemar, des véhicules déglingués, des chevaux fous. Des blindés tanguaient sur des monceaux de détritus, de gravats et de cadavres, partaient dans tous les sens, pivotaient sur eux-mêmes comme s'ils avaient perdu le nord ou cherchaient une proie insaisissable. L'orage semblait monter de tous les horizons.

Du sommet du clocher de Saint-Lambert, village proche de Falaise, les généraux von Luttwitz et Straube contemplaient, la gorge sèche, cette vision d'épouvante : un champ de ruines qui avait été une aimable bourgade. Pour se frayer un passage, les blindés avaient laminé un tapis de cadavres et de blessés, rejeté dans un ravin des chevaux morts ou agonisants, des véhicules en tous genres qui encombraient la chaussée. Tout l'après-midi, les chars Sherman avaient tenté en pure perte de forcer la résistance acharnée des Allemands qui les cueillaient au Panzerfaust [1].

Un faible espoir subsistait dans cet enfer : les grenadiers de Hausser et les paras de Meindl, qui tentaient de se frayer un passage dans les environs du mont Armel, face aux Polonais de la division « Massue », pour se replier vers Argentan par le couloir de Saint-Lambert à Coudehard.

Boos secoue doucement l'épaule du major Dickmann.

– Sturmbannführer, dit-il, sauf votre respect, c'est pas le moment de faire la sieste. Les Sherman sont à deux cents mètres environ. Que fait-on? On les attend ou on se replie?

Assis sur un moellon, les mains entre les genoux, tête nue, une bouteille de calva à moitié vide à ses pieds, Dickmann semble somnoler, perdu dans un autre monde. Il songe : « Si Helmut Kämpfe était là, nous n'en serions pas où nous en sommes, dans ce putain de merdier où nous allons tous crever! » Il lui arrive parfois, alors qu'il est ivre, de le chercher des yeux, de murmurer son nom, comme s'il allait le voir surgir, debout dans sa Talbot décapotable, avec son rire sonore, son allure de grand fauve, sa voix puissante et cette singulière aura protectrice qui a volé en

1. Tube de fusée antichars.

éclats en Limousin. Helmut Kämpfe : comme à Stalingrad et à Jitomir.

Dickman lève mollement la tête, promène autour de lui le regard de ses yeux injectés de sang que le maquillage à la suie rend hallucinant. Il n'a pas dormi de trois nuits; l'insomnie bourdonne sous son crâne comme une ruche en folie, et cet abruti de sergent qui vient le tirer de sa bienheureuse torpeur!

Boos, un genou à terre, lui parle; sa voix lui parvient à des années-lumière et il ne saisit que quelques mots au hasard : Sherman... Repli... Une main lui secoue l'épaule comme une bourrasque. Il murmure :

– Foutez-moi la paix... Laissez-moi crever...

Le conseil de guerre qui doit le juger a décidé d'ajourner ses assises en raison de la gravité de la situation stratégique, mais ce n'est pas un réconfort : le poids de son crime, le désir du châtiment, Dickmann les porte en lui et ils le dévorent comme un cancer.

Les images qui lui reviennent en mémoire de son « crime » d'Oradour, il ne les repousse pas; il s'en nourrit même, avec l'impression qu'elles vont finir par l'empoisonner. Lorsque leur pression se fait intense et insupportable, il est pris d'un mouvement irrépressible de folie furieuse : il court au danger, néglige les précautions les plus élémentaires – il semble qu'il aille vers sa mort comme vers une délivrance. Jusqu'à ce jour, pas plus à Saint-Lô qu'à Morigny ou ailleurs, il n'a observé la moindre mesure de prudence, en se disant que son ami Kämpfe n'était pas plus prudent que lui. Ses hommes disaient qu'il était devenu fou – il l'était réellement.

Le SS Sturmbannführer Otto Dickmann se dresse lentement, chancelle, s'appuie au mur, se rassied, cherche la bouteille de calva que Boos, d'un coup de pied, vient d'envoyer au diable.

– Alors, dit Boos, que fait-on, sale ivrogne? Tu te décides, oui ou merde?

– Il faut rejoindre papa Hausser! dit le major d'une voix empâtée. Appelle tout de suite le Hauptsturmführer Kahn. Et tâche de respecter le vieux Dickmann, sinon je te fais traduire en conseil de guerre pour insubordination et injure à un supérieur!

Boos hausse les épaules.

– Le Hauptsturmführer Kahn a eu un bras arraché, vous le savez bien. C'était le jour où ces petits cons d'Alsaciens ont foutu le camp. Il a été rapatrié en Allemagne.

Il ajoute :

– Qu'allons-nous faire, Sturmbannführer? Nous ne pouvons plus tenir nos positions en face de la marée de chars qui va déferler sur nous.

– Foutez le camp, tous! Vous chiez dans vos frocs, bande de lavettes! Moi, je reste. Dis à Borsch de me passer son Panzerschreck [1]. On va voir ce qu'on va voir!

– Vous n'allez pas rester seul? C'est de la folie! Nous n'avons plus rien à défendre et nous devons éviter l'encerclement. C'est la consigne.

– La consigne, je m'en torche! Rassemble tes hommes et tirez-vous! Ce sont mes ordres à moi, et si tu ne les fais pas exécuter tout de suite, je te descends!

Il tire son parabellum, le pointe d'une main tremblante sur Boos.

– Exécution, Panzerschreck, vite!

Borsch s'approche, tend son arme au major. Dickmann la lui arrache par la bretelle. Il chancelle : il est lourd, ce putain de Panzerschreck et il se sent vide de force. Il dénoue son ceinturon, y glisse trois torpilles. Il l'aura, son char. Deux, trois, peut-être. Il est ivre mais il saura viser juste. Un champion de tir, Otto Dickmann...

– Prenez au moins votre casque, dit Boos.

– Inutile! Il n'y a pas de soleil aujourd'hui, ironise le major. Salut, camarades! *Heil, Hitler!* On se reverra en enfer.

Il s'éloigne en traînant le tube derrière lui, s'enfonce en titubant dans une glaise gluante mêlée de sang, louvoie au milieu des cadavres, en direction de ce mur de suie et de cendres d'où monte un grondement de marée.

– Il n'ira pas loin, dit un soldat. Il va se faire descendre, ce con!

– Qu'est-ce que ça peut te foutre? dit Borsch. Tu vois bien qu'il en a marre de la vie et comme, par principe, il refuse de se

1. La « terreur des chars », l'équivalent du tube antichars.

suicider, il cherche la mort en se battant. Il est en train de se fabriquer une petite légende. C'est assez chouette, non?

– Vous auriez dû l'en empêcher.

– Cours-lui après si tu en as le courage, mais je te préviens : il n'hésitera pas à te descendre.

Dickmann avance, disparaît derrière un lourd flocon de fumée, trébuche sur une masse humaine informe, laminée par les chenilles des derniers Panzers, se relève et se dirige vers un pan de mur qui allonge une estacade jusqu'au milieu de la chaussée. Il s'y installe, un genou à terre, pose son tube sur un moellon, l'arme et attend.

Quelques minutes plus tard, le Sherman qui ouvre la route à la colonne surgit de la mélasse, lâchant de son canon chauffé au rouge des roquettes qui jaillissent dans une belle flamme orange.

– C'est le moment de nous tirer, camarades! lance Boos. Exécution!

– Attends une minute! dit Borsch en le prenant par le bras. Je te parie qu'il fait un coup au but.

Dickmann laisse s'approcher le monstre qui se dégage avec une lenteur poignante du brouillard de suie. Il cherche posément sa tangente, tire et pousse un hurlement de joie. Le char stoppe net son élan avec un sursaut terrible, son blindage crevé. Par la tourelle, des hommes torse nu sautent à terre. Dickmann, debout, braque sur eux sa Schmeisser, tire plusieurs rafales et soudain s'écroule.

La roquette lâchée par le deuxième char lui a arraché la tête.

10.

DES CENDRES ET DU VENT

Allemagne. Janvier 1971

HEINZ BERNARD LAMMERDING

Düsseldorf. Juin 1953.

Comme chaque fois que le temps change, ses vieilles douleurs le reprennent, lancinantes. Elles entraînent dans leur sillage le cortège des souvenirs : des sortes de fumées opaques flottant au ras du sol et laissant transparaître des silhouettes et des masques. Un carnaval funèbre progressant vers des Walhallas de brume et de suie, traînant leurs charpies sur des champs de soldats morts.

Et lui, Heinz Bernard Lammerding, au milieu.

Il se souvient. Le projectile qui l'a blessé, il ne l'a pas vu venir; il ne subsiste dans sa mémoire qu'un miaulement sauvage, suivi d'une lueur aveuglante, d'une déflagration sismique, puis d'un vide vertigineux qui s'est creusé soudain dans un terreau gorgé de cadavres. Ensuite, plus rien : un espace de temps incommensurable, un tunnel sans limite, puis un jeu trouble de clartés, d'ombres verticales et un concert confus de voix, de plaintes, de ronflements de moteurs emballés. Il a ouvert ses paupières, collées comme celles des momies, regardé longuement battre au-dessus de sa tête, pareille à une mer inversée, la toile du H.V.P., un de ces « sani-staffel », ces hôpitaux de campagne dressés à la sauvette en arrière des zones de combat sur le front de Normandie.

Un gros rocher à figure humaine s'est détaché de la mer agitée par un vent lourd et chargé de puanteurs, s'est penché sur lui. Une voix (celle d'un homme ou d'une femme?) a murmuré :

– Vous êtes sauvé, Brigadeführer, mais vous nous avez fait peur. Nous sommes parvenus à extraire des éclats d'obus. Il vous en restera quelques-uns dans les jambes et les reins, mais cela ne vous empêchera pas de vivre normalement.

Péniblement, il arrive à articuler quelques mots :

– Combien de temps... immobile?

– Quelques semaines. Je ne puis vous en dire plus. Reposez-vous. Nous allons vous faire évacuer vers l'arrière car les combats se rapprochent. Les chars américains sont à moins de vingt kilomètres.

On était en juillet 1944. Mêlée à des débris d'autres unités, la 2e Panzergrenadier division SS « Das Reich », dont Lammerding avait pris le commandement depuis le début de l'année, battait en retraite en direction de la Seine, qu'elle comptait passer aux environs de Rouen.

On s'était battu à Saint-Lô, puis à Falaise : des poches, des pièges dont il fallait s'extraire à tout prix, où, chaque fois, on laissait des milliers de morts et de prisonniers. Il semblait que les armées alliées qui avaient débarqué un mois plus tôt sur les plages de Normandie fussent comme autant de tentacules d'une même énorme pieuvre progressant avec lenteur mais inexorablement.

Chaque ville devenait un Stalingrad en réduction; il fallait se battre maison par maison, étage par étage. La terreur s'était installée dans la campagne; on s'y faisait une guerre d'aveugles derrière les haies et dans les chemins creux. Banalisé, l'héroïsme était devenu une fulgurance de la mort, brève comme un éclair dans l'épaisseur gluante des boues et des fumées.

– Demain il pleuvra, c'est sûr, dit Lammerding. Mes blessures recommencent à me tracasser.

Le ciel de la mi-journée s'est éclairci au-dessus de l'aérodrome de Düsseldorf où grondent les lointains tonnerres des jets. Un vent léger fait frémir les crêtes des hautes haies de clôture qui protègent la villa du quartier nord de la ville, Unterrath, des curieux, des journalistes notamment. Les deux gardes du corps du général, Willy et Ludwig, tous deux anciens SS, sont occupés, l'un à faire sa ronde routinière, ses deux dobermans solidement tenus en laisse, l'autre à tondre le gazon que les pluies abondantes de ce début d'été ont fait pousser dru.

Arrivé au niveau du portail, Willy sonde les profondeurs de la Sperlingstrasse d'où une voiture vient de surgir, roulant au ralenti.

– Nous avons de la visite, dit Martha, la jeune compagne de Heinz Bernard. Une voiture immatriculée en France, je crois bien.

Elle referme à demi les rideaux de la fenêtre donnant sur l'impasse dont la villa occupe le fond, ne laissant que l'espace nécessaire à un regard. Heinz Bernard s'approche à son tour; elle se blottit contre lui, brune et menue.

– C'est bien une voiture d'origine française, dit-elle avec un frisson de colère dans la voix. Que peuvent-ils vouloir encore?

– Nous narguer, comme d'habitude! Prendre des photos ou du moins essayer de me voir, comme si j'étais une star de cinéma ou une bête curieuse. Willy ne leur donnera pas ce plaisir. Ils n'insisteront pas quand il menacera de lâcher les chiens.

Les visites de ce genre sont fréquentes. Willy et Ludwig en ont pris l'habitude. Ces deux compagnons de guerre du Brigadeführer, qui se sont dévoués pour protéger leur chef des curiosités malsaines des revanchards, ont fignolé leur accueil : ils laissent s'approcher les visiteurs, font mine d'ouvrir le portail contre lequel se dressent les deux molosses au poil noir et luisant, et se mettent à gueuler, en français ou en allemand, plus fort que les chiens :

– Il n'y a rien à voir ici! Rien ni personne! Foutez le camp, sinon gare à vos fesses!

Cet accueil fait toujours impression.

En général, ce sont des journalistes; ils prennent pour la plupart leurs photos sans descendre de voiture et décampent marche arrière en arrachant l'asphalte. Un seul, il y a quelques mois, s'est hasardé à braver l'interdit et la menace, prétextant qu'il voulait prendre « une petite photo » du général et obtenir « quelques minutes d'interview » pour on ne savait plus quelle feuille de chou antinazie. Un jeune journaliste sacrément culotté. Un des dobermans a arraché la moitié de la manche de sa veste alors qu'il tendait imprudemment sa carte de presse à Ludwig. Celui-là, on ne le reverra plus!

Martha resserre un peu plus le rideau de la fenêtre.

– Encore des journalistes, dit-elle. Ils ne sont pas descendus de voiture et ont pris leurs photos de leur portière. Maintenant ils s'éloignent. Quelle stupidité! Venir de France pour photographier une villa...

– Maintenant qu'ils savent où je demeure, ils ne me laisseront plus en paix! dit Heinz Bernard. Qu'est-ce qu'ils me veulent, ces cochons de Français? Que j'aille me livrer pieds et poings liés à leurs juges puis à leur bourreau, qu'ils m'exécutent comme ils l'ont fait de mon cher Helmut Kämpfe? L'extradition qu'ils réclament après ma condamnation à mort par contumace, ils l'attendront longtemps! Qu'ai-je à me reprocher, Martha? J'ai fait la guerre en soldat, avec honneur et dignité!

– Gardez votre calme! dit Martha. Nous le savons tous. Les autorités militaires britanniques et américaines partagent notre conviction et ne signeront pas la demande d'extradition que réclament les Français. Personne, jamais, ne pourra prouver que vous avez ordonné les massacres de Tulle et d'Oradour que l'on vous impute. Les vrais responsables sont morts et les témoins ne parleront pas.

– Cette affaire devrait être classée depuis longtemps! dit Lammerding en menaçant de la pointe de sa canne la fenêtre vide. Pourquoi ces *Franzosenköpfe,* ces « sales têtes de Français », s'obstinent-ils contre le vieil homme que je suis? Jamais je n'ai donné l'ordre de commettre ces crimes! C'est Otto Dickmann le coupable, lui seul! Il serait passé à ma demande devant la cour martiale s'il n'était mort avant, en Normandie.

Heinz Bernard Lammerding ne demandait rien d'autre, la guerre finie, la défaite consommée, que de se retirer sous la tente, de ranger définitivement ses armes et ses décorations dans un placard, de prendre soin de cette entreprise de travaux publics que l'ancien ingénieur en construction qu'il était avait fondée à Düsseldorf et qui, très rapidement, sous son impulsion et celle de son fils, était devenue prospère dans une ville à reconstruire.

Se consacrer à des œuvres de paix au lendemain d'une guerre de laquelle il était sorti vivant par miracle, faire de ce monstrueux capharnaüm qu'était une ville écrasée par les bombes alliées une cité vivante, claire, aérée, baignant dans la verdure, était pour lui un nouveau devoir, aussi impératif, aussi exaltant que la conduite d'une unité de panzers.

A la tête de la « Firma Lammerding », il consacrait à sa nouvelle mission tous ses talents d'organisateur et de constructeur, sans perdre de l'œil ses anciens camarades de combat qu'il avait regroupés au sein d'une association.

Sa récompense? Ces menaces perpétuelles d'extradition, de jugements, de mort, qui lui rendaient la vie impossible.

La lettre qu'il a écrite au tribunal militaire français siégeant à Bordeaux pour juger des crimes de guerre, afin d'apporter la preuve de son innocence et demander une mesure de clémence pour les pauvres bougres que la justice française avait ratissés en Allemagne, il aurait dû la garder sous le coude. Ce coup de cœur, cette maladresse insigne, il ne se la pardonne pas. Mal récompensé de sa spontanéité, de sa franchise et de son altruisme, il a été condamné à mort par contumace deux ans auparavant, par le tribunal de Bordeaux. Il aurait dû se faire oublier, laisser le temps accomplir son œuvre, recouvrir d'indifférence ce que les Français appellent ses « crimes de guerre » (lui, Heinz Bernard, un criminel!).

– Vous êtes victime de votre sens de l'honneur, de votre bon cœur et aussi, il faut bien le dire, de votre naïveté, lui a dit Martha.

– *Mein Ehre...* soupire-t-il. Mon honneur de SS...

Maintenant les chiens sont à ses trousses. Ils ne le lâcheront plus.

L'emplacement de sa villa de la Sperlingstrasse, numéro 6, a été pourtant choisi avec soin.

Située à cinq minutes par voiture de l'un des aérodromes les plus fréquentés du monde, dans l'un des quartiers résidentiels les plus calmes du nord de Düsseldorf, elle est surveillée comme un bunker, jour et nuit, par de fidèles compagnons des temps héroïques. Cette situation, au fond d'une impasse, permettrait éventuellement de filer avec le maximum de discrétion vers d'autres cieux : la province du Schleswig-Holstein, par exemple, où Lammerding a de la famille, ou Greiling, en Bavière, où il a acheté une villa. Il ne ne laissera pas piéger. S'il a pu, durant des années, échapper sans trop de dommages aux dangers de la guerre, ce n'est pas pour tomber dans la gueule de ces chiens de Français ou sous les balles d'un terroriste revanchard!

– Reposez-vous maintenant, dit Martha. L'alerte est passée. Comment vous sentez-vous? Vous êtes tout pâle...

– Ce n'est rien, dit-il. Une simple émotion. J'en ai l'habitude. On se passera de moi au bureau, cet après-midi. Une longue sieste me fera du bien.

Il se dirige vers le combiné, forme le numéro 42.43.07 de la « Firma Lammerding », prie la secrétaire de demander à son fils de le prévenir en cas d'urgence.

Martha le couve du regard. Un beau vieillard, avec une onde légère de cheveux d'un blond gris, un regard d'un bleu brumeux, une haute taille à peine voûtée. Sa cicatrice à gauche de la lèvre supérieure donne un certain charme à son sourire – souvenir d'un combat au sabre entre étudiants. Une souveraine autorité émane de lui comme une aura.

Heinz Bernard se rassied dans son fauteuil et allume le poste de radio. La météo annonce de la pluie pour la soirée et le lendemain, mais la plus efficace des météos, pour lui, ce sont ses douleurs qui se réveillent.

– Tâchez d'oublier cette visite et tout le reste, dit Martha. Vous savez que les autorités militaires britanniques de notre zone ont décrété la forclusion pour les demandes d'extradition, sauf s'il est prouvé qu'il y a eu indiscutablement crime de guerre. Personne ne pourra démontrer votre culpabilité et nul ne le souhaite, sauf les Français. Essayez de dormir. Voulez-vous un somnifère?

La doctoresse Martha Lammerding fouille dans un tiroir, tend un cachet à son mari. Depuis quelques jours, Heinz Bernard dort mal : ces coups de téléphone venus de France, en pleine nuit, ces voix sarcastiques et coléreuses qui lui rappellent ses « crimes »...

Jusqu'aux Allemands, ses propres citoyens, qui s'en mêlent – des antinazis, bien sûr. Un journaliste de la *Frankfurter Allgemeine*, en février dernier, a publié un article venimeux lui reprochant de ne pas s'être rendu de son propre chef devant le tribunal militaire de Bordeaux.

Ainsi, tout s'enchaînait. Les rumeurs d'extradition se répandaient comme une traînée de poudre. Contrairement à ce que Martha disait pour le rassurer, les autorités britanniques semblaient soucieuses de réviser leur décret de forclusion. En Angleterre, lors d'une session des Communes, on annonçait que l'ex-général Lammerding était recherché. A Tulle, sur les lieux mêmes des pendaisons, des milliers de personnes défilaient en brandissant des banderoles, le député-maire, Jean Montalat, en tête, pour réclamer l'extradition...

« Un jour prochain, songe Lammerding, ils viendront jusqu'à moi et m'abattront comme un chien. Ils sont capables de tout, ces communistes! »

Dormir... La nuit passée, vers deux heures, « ils » ont encore téléphoné. Au bout du fil, une voix lointaine a crié :

– Assassin!

HEINZ BERNARD LAMMERDING
Greiling (Bavière). Vers l'année 1970.

Est-ce le bout de la route, la fin de la longue errance, de l'interminable et épuisante partie de cache-cache avec les autorités et l'opinion?

La villa occupe le sommet d'une colline dominant le village de Greiling, face à une puissante vague de montagnes où moutonnent les forêts de septembre embuées d'un léger voile bleuâtre. On y accède par un chemin juste assez large pour le passage de la Mercedes 300.

– Ici, vous serez en sécurité, lui a dit Martha. Les gens du village ont reçu la consigne d'ignorer votre présence, du moins pour les visiteurs étrangers et les importuns. Ils ne vous connaissent pas, ils n'ont même jamais entendu parler de vous. « *Nie gehört*! » Pour eux, vous êtes « Herr Doktor Lammerding ».

– Merci, Martha! dit Heinz Bernard. Vous êtes mon ange gardien.

Ils se sont mariés récemment, dans la ville voisine, Bad-Tölz, où Martha exerce sa profession de médecin. Elle est beaucoup plus jeune que lui, menue, brune, attentive.

Martha guide son époux jusqu'à la terrasse, déplie un transat à son intention. Il s'assied, face au village et à la montagne retrouvée, pleine de troupeaux et tintante de clarines. Cette fin d'été a un goût de printemps. Parmi les verdures qui escaladent la pente menant à la villa, les érables déploient leur robe de feu sur un fond d'alpages d'un vert éclatant.

– Ne restez pas trop au soleil, dit Martha. Ce n'est pas bon pour ce dont vous souffrez.

« Un havre de paix », songe Heinz Bernard.

Les deux infarctus qui l'ont terrassé il y a quelques mois ne sont plus qu'un souvenir, mais ses vieilles douleurs se réveillent de temps à autre, surtout lorsque le temps change : des blessures de guerre, d'une guerre qui ne se laisse pas facilement oublier. Il ne se déplace qu'avec une canne. Pour comble, depuis quelques mois, il est attaqué par un mal qui le ronge et l'épuise – un cancer – mais la mort ne lui fait pas peur : elle est déjà en lui; chaque matin il en évalue les progrès, l'écoute, la palpe. Elle est sa compagne noire; il sait que, dans quelques mois, elle aura gagné tout son corps. Lorsqu'il en parle à Martha, elle proteste :

– Allons donc! Vous avez encore de nombreuses années à vivre.

– Je ne vous crois pas.

– Si vous ne me croyez pas, moi qui suis à la fois votre épouse et votre médecin, qui croirez-vous? Vous offrez une remarquable résistance au mal et vous pouvez le vaincre. Votre solide constitution vous y aidera.

Il a beaucoup maigri en quelques mois mais il a gardé son teint discrètement fleuri et cette lumière dans le regard, que parfois la fatigue vient embuer. Si la voix se fait souvent hésitante, les idées sont claires, et intacte cette volonté de vivre qui ne l'a jamais abandonné.

Oui, cette fois c'en est bien fini de cette pérégrination de juif errant, de cette fuite d'une ville à une autre, de Düsseldorf au Schleswig-Holstein, du Schleswig-Holstein à Wissembourg, puis de nouveau, les rumeurs d'extradition s'épuisant, Düsseldorf où son fils dirige l'entreprise à sa place.

Et voilà que, soudain, le feu, que l'on croyait éteint à jamais, a repris.

Travaillée par la presse et les comités des victimes de Tulle et d'Oradour, l'opinion recommençait à flamber. De nouveau, à Tulle, la population défilait dans les rues, sous des pancartes réclamant son extradition : des milliers de fous furieux hurlant son nom ! A la tribune de l'Assemblée nationale, à Paris, le député de la Corrèze, Jean Montalat, avait réclamé une intervention vigoureuse du gouvernement pour que le général soit extradé et que justice soit rendue. Le gouvernement britannique flottait dans une perpétuelle indécision, bien que la date de forclusion pour le jugement des crimes de guerre eût été repoussée.

« Plutôt mourir que de leur donner la joie sadique de me juger et de me jeter en prison pour le restant de mes jours ! » songeait Lammerding. Il allait mourir, il le savait, et mourir, c'était les priver de leur vengeance.

L'affaire du *Die Tat* avait sérieusement ébranlé le moral de l'ancien Brigadeführer de la « Das Reich ».

Un collaborateur de cette feuille antinazie : Werner Sterzenbach, sans doute un Juif, avait osé rappeler fielleusement que l'ex-général avait à trois reprises, depuis 1951, été condamné par des tribunaux militaires français à la peine de mort. Aussitôt, Lammerding avait chargé son avocat d'intenter une plainte en diffamation contre le journal. Le tribunal, jugeant que les pendus de Tulle étaient des « otages » et non des « terroristes », avait débouté le général, le condamnant aux cinq sixièmes des frais, le sixième restant à la charge du journal qui n'avait aucune preuve de la culpabilité du général.

Le scandale avait pris une allure de séisme parmi les groupements d'anciens SS qui paradaient à visage découvert dans la République fédérale.

L'affaire était venue sous la plume du Juif Sterzenbach, ce journaliste véreux, à la suite d'un fait divers sans importance.

Alors que le comité d'organisation du carnaval de Düsseldorf siégeait dans une brasserie de la ville que Lammerding connaissait bien pour y réunir fréquemment les membres de l'association d'anciens chefs SS qu'il présidait, quelqu'un avait lancé dans la salle : « Messieurs, nous avons la visite de notre gauleiter Florian ! » Un membre du comité avait protesté qu'il n'y avait plus de gauleiter à Düsseldorf depuis longtemps ! A peine avait-il achevé, deux gardes du corps de Florian l'avaient jeté violemment dans la rue.

Un autre séisme avait suscité des réactions brutales parmi les anciens compagnons de Lammerding. Le Bundestag avait voté la prolongation du délai de prescription des crimes imputables aux SS jusqu'en 1969. Ce vote scandaleux avait provoqué la démission du ministre de la Justice du gouvernement Adenauer, Ewald Bucher.

Et la traque avait recommencé...

Ici, en Bavière, comme à Düsseldorf, le lieu d'habitation avait été soigneusement choisi, lorsque, quelques années auparavant, le général avait décidé de faire construire cette villa. A quelques centaines de mètres, les Américains avaient installé un modeste terrain d'aviation, lui-même proche du camp occupé par une unité de « bérets verts » des forces d'occupation U.S. En cas d'alerte, les Américains ne refuseraient pas à l'ex-général un appareil afin qu'il disparaisse une nouvelle fois. Ils faisaient preuve d'une louable complaisance. Déjà, dans le secteur de combat où Lammerding avait été capturé à la fin des hostilités, ils l'avaient gardé prisonnier... deux heures!

Ce village de Greiling, qui sent le lait et la bouse fraîche, Lammerding le porte dans son cœur comme l'image de paix et de sérénité dont il avait toujours rêvé pour la fin. Il aime ses fermes à allure de caravansérail, aux lourds balcons de bois sombre fleuri de géraniums, l'opulence qui se manifeste dans l'ampleur des bâtiments, les soins apportés à leur propreté et à leur décoration. On devine, en parcourant la rue qui conduit à la petite église à bulbe vert, le règne d'une sorte d'aristocratie paysanne; on y respire un bonheur d'être, sinon une joie de vivre, dense et profond; on y décèle une discrète mais efficace connivence avec les anciens représentants du régime de l'Ordre qui a précédé le rétablissement de la démocratie rouge de Willy Brandt.

Aujourd'hui, la mort est plus présente que jamais en lui. Il la sent qui prend ses aises dans son corps délabré, qui l'envahit, le gagne cellule par cellule. Il aimerait l'extraire de lui, la regarder en face, lui demander quel répit elle compte lui consentir. Des obsessions puériles dont il ne parle pas à son épouse – elle ne comprendrait pas; elle s'imaginerait qu'il commence à perdre la tête, alors qu'il est plus lucide que jamais.

– Martha, dit-il, faites-moi souvenir de téléphoner à mon ancien chef d'état-major, Otto Weidinger. Je souhaite le rencontrer dès que possible. Je lui dirai que je ne puis pas me déplacer, qu'il quitte pour quelques jours son domicile d'Aalen pour venir me rejoindre. Je le connais. Il le fera. Nous ne nous sommes pas revus depuis l'interview que nous avons accordée à cet historien français, Léopold Gaubusseau, pour son livre sur la région R5 et la Résistance.

Il ajoute, les yeux perdus dans l'immensité ensoleillée :

– C'est à lui que j'ai décidé de confier mon testament sur les événements de France. Il y a longtemps que j'y pense. Cela devient une nécessité impérative. Avant de paraître devant Dieu, je tiens à me justifier auprès des hommes.

HEINZ BERNARD LAMMERDING
Greiling et Bad-Tolz (Bavière). Janvier 1971.

L'ambulance arriva en fin de matinée. C'est à peine si l'on distinguait sa silhouette blanche, sur le petit chemin accédant à la villa, dans le tourbillon de neige grise qui enveloppait le village de Greiling et la colline qui le surplombe. Le clocher à bulbe vert avait sombré dans une masse cotonneuse en mouvement qui ne le laissait entrevoir que par de brèves éclaircies, comme à travers les embruns qui montent d'une mer en furie. Dans le demi-jour sale, des lumières tremblotaient aux fenêtres des maisons voisines.

– Nous avons dû nous tromper de chemin, dit le conducteur de l'ambulance. On nous avait dit : une très belle villa. Celle-ci est cossue mais assez banale.

– Non, dit l'infirmier en chef, c'est bien ici. Le cimetière de voitures est juste derrière. C'est une belle villa, mais il vaut mieux la voir avec le soleil.

Caché en partie par la maison, le cimetière de voitures prenait, sous la neige et dans la bourrasque, l'apparence d'un champ de taupinières géantes et suscitait une étrange impression de détresse.

– Comment s'appelle notre client? demanda un autre infirmier.

– Lammerding. Heinz Bernard Lammerding. Je crois savoir qu'il était général durant la dernière guerre et qu'il commandait, avec le grade de Brigadeführer, la 2e Panzerdivision de Waffen SS « Das Reich ». Ça ne te dit rien? Il est vrai que tu étais trop jeune à l'époque.

– Encore un de ces salauds de nazis! dit le premier infirmier.

– Certains prétendent qu'il a été un héros; d'autres l'accusent de crimes de guerre. En France, dans des patelins dont j'ai oublié le nom, il a fait pendre une centaine de civils. Il en a fait brûler et fusiller sept cents autres, avec des femmes et des enfants, dans une église.

– C'est bien ce que je disais, répéta l'infirmier: un fumier de nazi. S'il ne tenait qu'à moi, il pourrait bien crever... Qu'est-ce qu'il fout ici?

– Il se cache, tiens! Il a été condamné à mort trois fois par contumace, en France. Jusqu'à maintenant on n'a pas pu obtenir son extradition, mais avec les accords qui vont être signés entre les deux pays, il risque d'être jugé, condamné à mort et exécuté.

Le conducteur émit un petit rire, poursuivit:

– Condamné à mort, il l'est, ça c'est sûr, mais pas par les tribunaux. S'il se retrouve par erreur en face du Père Éternel, il aura des comptes à lui rendre, bien qu'il s'agisse d'un grand personnage de l'ancien régime. Une « huile », comme disent les Français.

– Une huile qui sent mauvais, c'est sûr.

Le conducteur de l'ambulance manœuvra pour se rapprocher le plus près possible de la villa. Une lumière venait de s'allumer dans le couloir.

Ils étaient plusieurs à entourer le malade: des hommes au visage grave et froid, aux lèvres serrées, une petite femme brune en qui les infirmiers reconnurent Frau Lammerding, doctoresse à Bad-Tolz – ils la rencontraient parfois dans les couloirs du nouvel hôpital, sous le portrait du Dr Lange. Quant à ces hommes aux mines d'anciens SS, ils venaient d'ailleurs et personne ne les connaissait.

L'un d'eux s'approcha de l'infirmier en chef et lui dit :

– Je vous rappelle que notre malade n'a plus que quelques jours à vivre. Il est donc capital qu'il ne reçoive aucune visite. Vous entendez bien? Aucune! Des journalistes étrangers, ou même des Allemands, demanderont sans doute à prendre des photos. Il faudra les éconduire fermement. Ce transfert se fait sous le sceau du secret. Le séjour à l'hôpital également. Vous connaissez la nature de son mal : un cancer généralisé. Il est dans le coma depuis hier et ne prend plus de nourriture depuis plusieurs jours.

Décharné, grisâtre, le visage du moribond n'était plus qu'une ombre sur l'oreiller. Une cicatrice se détachait au-dessus des lèvres, sur le côté gauche. La bouche scellée paraissait refermée sur des secrets redoutables. La vie semblait l'avoir déserté, aucun signe visible n'attestant qu'il vivait encore. Ses mains longues et pâles, aux ongles racornis, posées de chaque côté du corps, avaient l'aspect du vieil ivoire.

Lammerding ne reprit pas conscience lorsqu'on le transporta sur la civière; pas davantage lorsqu'on effectua son transfert.

– Je vous accompagne dans l'ambulance, dit Frau Lammerding. Ulrich, vous suivrez dans la Mercedes. Nos amis peuvent repartir quand ils le voudront. Dites-leur que mon mari a beaucoup apprécié leur présence et qu'elle aura été sa dernière consolation. Nous nous reverrons pour les obsèques, à Düsseldorf. Je crains que cela ne tarde guère.

– Reposez en paix, mon fils, dit le père Oster. Vous êtes désormais entre les mains de Dieu.

Le prêtre s'éloigna lentement, tête basse, fit signe à l'infirmière qu'elle pouvait entrer.

– Il est à toute extrémité, dit-il, mais j'ai pu lui donner l'extrême onction. C'est un bon catholique. Sa foi est sincère et ses péchés lui seront pardonnés.

– Vous a-t-il parlé? demanda Frau Lammerding.

– Il a remué les lèvres. J'ai pu entendre : « Tulle... Oradour... » Il s'est plaint aussi que des gens le poursuivent de leur haine.

– Ces Français... Ce sont eux qui le harcèlent jusque sur son lit de mort. C'est leur faute s'il en est là. Ils l'ont tué à petit feu, lui, jadis si vivant. Les Français mais aussi les Allemands, ceux qui soutiennent notre maudit gouvernement socialiste!

– Les Allemands, dites-vous?

– Ce qui l'a achevé, c'est le projet d'un accord franco-allemand sur ce qu'ils appellent les « crimes de guerre ». Si cet accord est signé, cela permettrait de faire passer mon mari en jugement dans son propre pays, après qu'il l'aura été en France, par contumace. On ne lui pardonne pas d'avoir infligé de rudes leçons aux terroristes. Ils veulent sa peau, mais ils ne l'auront pas. Mon mari est désormais au-dessus de la justice des hommes, là où personne ne peut plus l'atteindre. Ce sera sa revanche.

Une lumière de neige baigne la chambre numéro 18 de l'hôpital de Bad-Tolz. Par-dessus les rameaux givrés de l'allée d'ormeaux qui coupe le parc en deux se dessinent dans le soleil des ondulations de montagnes enneigées. Une frange de lumière traverse en diagonale le chambranle de la fenêtre.

Prolonger encore quelques minutes cet état de grâce, préserver cette lueur de conscience venue de si loin qu'elle semble magique... Le moribond cligne des yeux pour se prouver qu'il vit encore; il écarte les lèvres, essaie de prononcer quelques mots, mais il n'y parvient qu'avec des efforts qui l'épuisent. Il n'est déjà plus lui-même; il est tout entier dans la main de Dieu, mais c'est celle de la mort qu'il sent se resserrer autour de son corps. Elle a fait son œuvre en lui, dans cette loque amaigrie, débilitée, qui refuse toute nourriture. S'il ne la sent plus bouger comme il y a quelques semaines, c'est qu'elle a pris totalement possession de cette vieille carcasse délabrée.

Ce qui l'attend, il en a conscience : on va tenter de le maintenir en vie artificiellement, durant des jours, mais il sait qu'il ne tardera pas à replonger dans le lit que la mort lui a préparé, dans un coma où il va se dissoudre totalement.

Il parvient péniblement à soulever sa main.

– Il semble que votre mari veuille vous faire signe, dit le père Oster.

– Je suis là, mon ami, dit Martha. Que voulez-vous?

– La fenêtre... Ouvrez-la...

La tempête apaisée, le soleil revenu, l'air s'est radouci. Malgré le regard réprobateur de l'infirmière, Martha s'exécute. Mêlée à une odeur de cuisine, celle de la neige envahit la chambre.

– Votre... main..., murmure Heinz Bernard.

Ils joignent leurs doigts comme aux premiers temps de leur union, comme aux dernières fêtes de Noël qu'ils ont célébrées en famille, dans leur villa de Greiling. *O Tannenbaum!* Le sapin placé contre la fenêtre bouchait l'étendue du monde. On ne voyait que lui et ses petites lumières d'espérance.

Heinz Bernard parvient à sourire et à tourner la tête vers elle.

– Parlez-moi, dit-il. Parlez... Je... je peux... vous entendre...

Elle approche sa bouche de l'oreille du moribond.

– Votre ami, le colonel Weidinger, a téléphoné hier soir d'Aalen. Il donnera la publicité nécessaire à votre testament, comme vous l'en avez prié. Cela permettra de rétablir la vérité sur les événements dont on vous rend responsable.

Elle ajoute :

– Des journalistes français ont de nouveau téléphoné, des gens de *France-Soir*. Je leur ai répondu une nouvelle fois que vous n'étiez pas là mais en traitement dans un autre hôpital. Ils ne tarderont pas à découvrir votre présence ici, mais les consignes sont formelles : la porte de votre chambre restera condamnée.

– Et... l'accord?...

– On en parle toujours dans les journaux de France et d'Allemagne, mais j'ai bon espoir qu'ils n'aboutiront pas. Ce serait une absurdité! Près de trente ans après la signature de l'armistice... La majorité de la presse allemande y est d'ailleurs opposée. *Der Heimkehrer* a écrit que cet accord serait du poison versé dans l'amitié entre les deux pays. De toute manière, Heinz Bernard...

La voix s'est diluée comme un rayon de soleil dans un flocon de brume; elle est devenue un murmure confus, une sorte de musique lointaine, comme le brouillard de sons de la *Siegfried Idyll* de Wagner.

Avant de sombrer de nouveau dans l'inconscience, la main de

Heinz Bernard s'est cramponnée à celle de son épouse. Il songe qu'il tient sa revanche sur cette meute qui l'assaille depuis des années, qui lui téléphone de la lointaine Corrèze pour le traiter d'assassin et menacer de le tuer. Ils n'auront pas sa peau, ils n'auront pas leur vengeance! Comme pour Kowatch, comme pour Dickmann, la mort a été plus forte que la haine : elle leur a raflé leurs victimes sous le nez. Désormais, le seul jugement qu'il puisse redouter est celui de l'Être suprême. S'il rencontre dans l'au-delà les milliers de victimes de Russie, de Yougoslavie, de Tulle et d'Oradour, il ne sera qu'une ombre parmi des ombres, un grain de sable dans le désert. Des mots comme « bourreau », « victime », « bien », « mal », auront perdu leur sens et leur raison d'être. On ne saura plus ce que « justice » veut dire. Il n'y aura plus qu'un grand vide, le néant dans lequel tout se dissout, que le temps qui absorbe tout et ne restitue rien que des cendres et du vent.

Il n'y aura plus que la grande nuit dans laquelle, déjà, Heinz Bernard Lammerding vient de sombrer.

CARTES ET ANNEXES

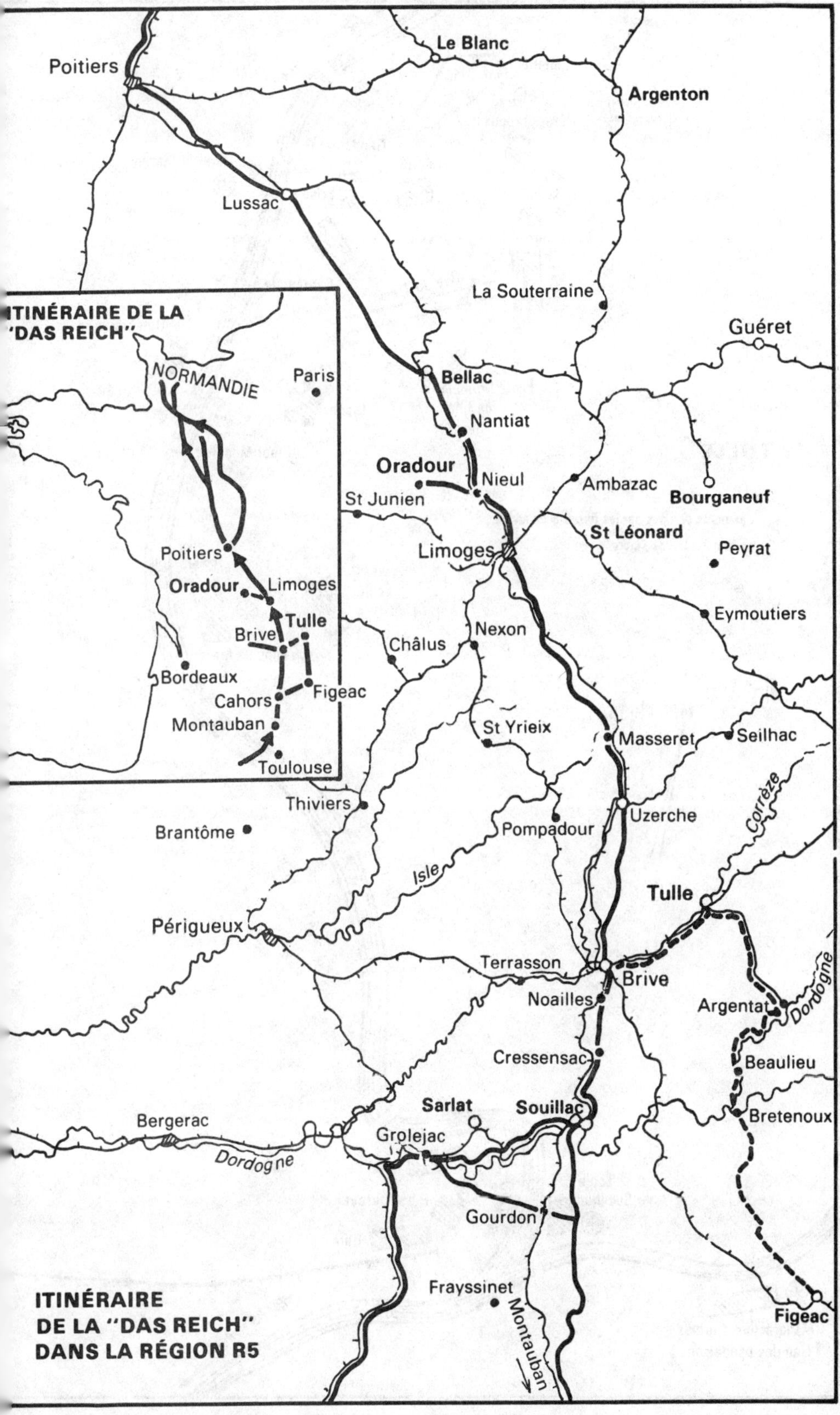

ITINÉRAIRE
DE LA "DAS REICH"
DANS LA RÉGION R5

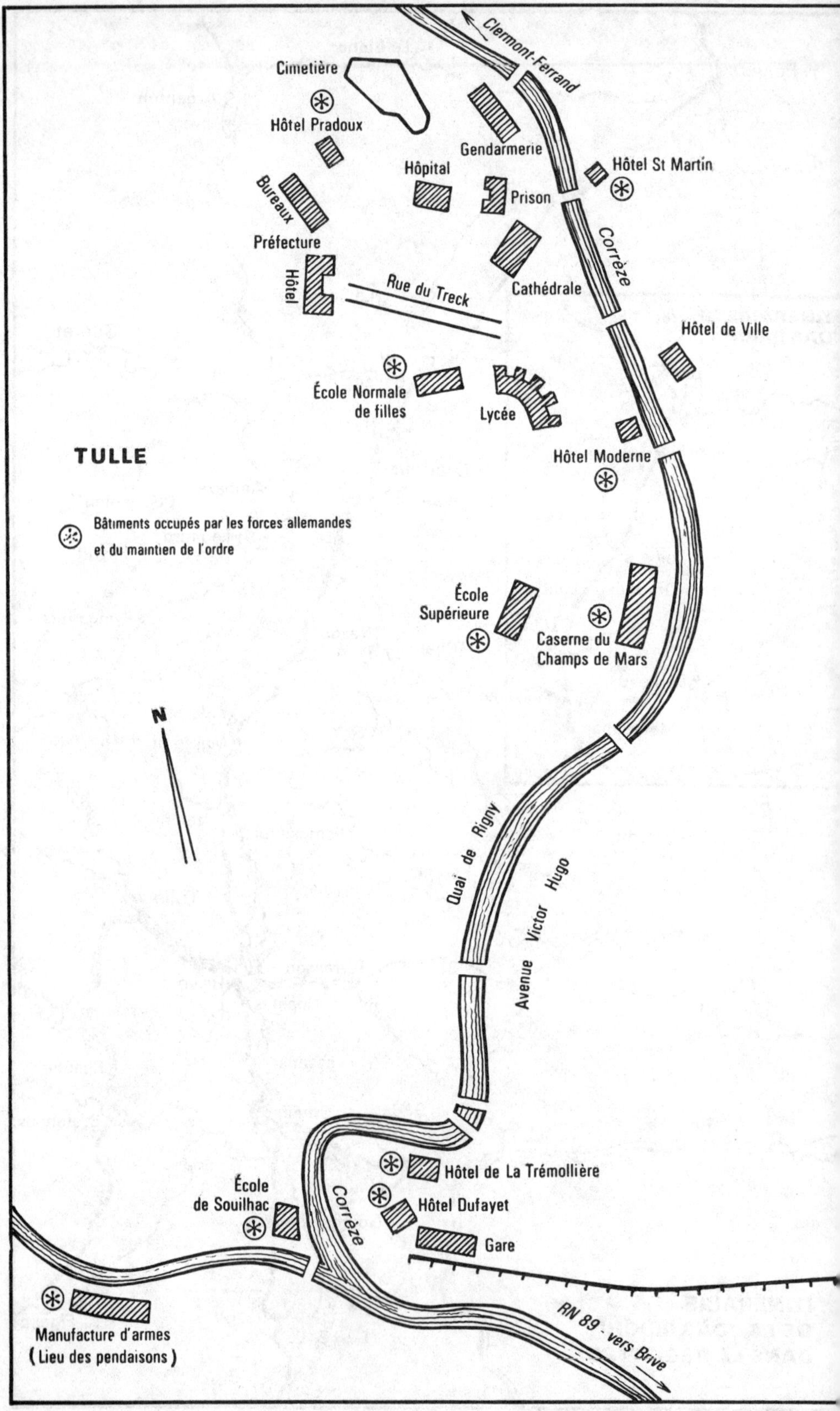

TULLE
Bâtiments occupés par les forces allemandes
et du maintien de l'ordre
N
Clermont-Ferrand
Cimetière
Hôtel Pradoux
Gendarmerie
Hôtel St Martin
Hôpital
Prison
Bureaux
Préfecture
Hôtel
Corrèze
Cathédrale
Rue du Treck
Hôtel de Ville
École Normale
de filles
Lycée
Hôtel Moderne
École
Supérieure
Caserne du
Champs de Mars
Quai de Rigny
Avenue Victor Hugo
Hôtel de La Trémollière
École
de Souilhac
Hôtel Dufayet
Corrèze
Gare
Manufacture d'armes
(Lieu des pendaisons)
RN 89 - vers Brive

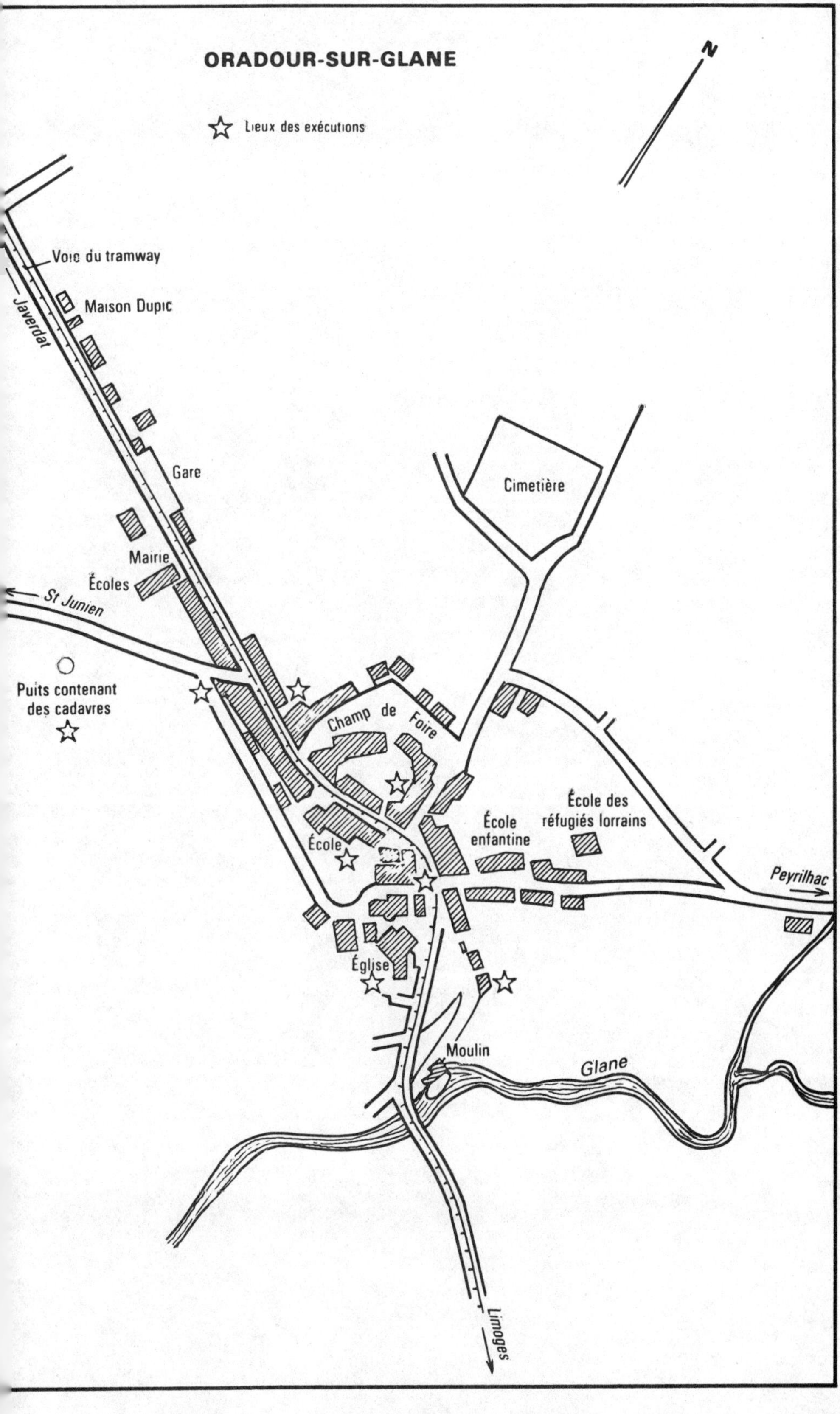
ORADOUR-SUR-GLANE
Lieux des exécutions
Voie du tramway
Maison Dupic
Javerdat
Gare
Cimetière
Mairie
Écoles
St Junien
Puits contenant des cadavres
Champ de Foire
École des réfugiés lorrains
École enfantine
École
Peyrilhac
Église
Moulin
Glane
Limoges
N

1. CORRESPONDANCES DE GRADES

Armée française et SS

Soldat de 2e classe	Grenadierschütze
Soldat de 1re classe	Oberschütze
Caporal	Sturmmann
Caporal-chef	Rottenführer
Sergent	Unterscharführer
Sergent-chef (élève officier)	Junker der Waffen SS
Sergent-chef (rare)	Scharführer
Adjudant (élève officier)	Standarten-Junker
Adjudant	Oberscharführer
Adjudant-chef	Hauptscharführer
Adjudant-chef de compagnie (plus de 12 ans de service)	SS Sturmscharführer
Aspirant	Starten-Oberjunker
Sous-lieutenant	Untersturmführer
Lieutenant	Obersturmführer
Capitaine	Hauptsturmführer
Commandant	Sturmbannführer
Lieutenant-colonel	Obersturmbannführer
Colonel	Standartenführer ou Oberführer
Général de brigade	SS Brigadeführer und Generalmajor
Général de division	SS Gruppenführer und Generalleutnant
Général de corps d'armée	SS Obersgruppenführer und General
Général d'armée	SS Obersgruppenführer und Generaloberst

2. TESTAMENT DU BRIGADEFÜHRER HEINZ BERNARD LAMMERDING (Recueilli par le Sturmbannführer Otto Weidinger)

Le 10 juin 1944, des militaires appartenant à la division « Das Reich » ont commis le massacre d'Oradour-sur-Glane. Plus de vingt-cinq ans après, le souvenir n'en est pas éteint et cela continue de diviser la France et l'Allemagne. C'est la raison pour laquelle je désire préciser ce que je sais et ce que je pense de ces événements.

Auparavant, je tiens à dire que j'approuve catégoriquement une partie des faits, mais j'en désapprouve non moins catégoriquement d'autres.

J'approuve que les militaires du major Dickmann aient exécuté par les armes les hommes d'Oradour, et voici pourquoi :

Toute la population d'Oradour était étroitement liée à la Résistance. Les hommes étaient des maquisards. Nous le savions avec certitude depuis plusieurs jours. Le 9 juin, deux faits le rappelèrent au colonel Stadler, qui commandait le régiment « Der Führer ».

Tout d'abord, le major Kämpfe, chef de bataillon, fut enlevé par les « maquis ». Le soir même, deux civils français vinrent en informer le major Dickmann, du 1er bataillon. Ils lui dirent que les maquisards allaient exécuter son ami et qu'ils allaient le faire en public, le lendemain, à Oradour-sur-Glane.

Quelques heures plus tard, un autre officier de la division venait également voir le major Dickmann : « Ma voiture a été attaquée près d'Oradour-sur-Glane », et le lieutenant Gerlach (l'officier en question), poursuivit : « J'ai été pris à partie par la population de ce village, qui est exclusivement composée de maquisards ou, pour le moins, de complices des maquis. Une partie de la population m'a conduit hors du village avec mon chauffeur. Ce dernier a été exécuté. J'ai pu m'enfuir. »

C'est alors que Dickmann demanda au colonel Stadler l'autorisation de déclencher une opération sur Oradour-sur-Glane.

Je l'ai dit : « J'approuve Dickmann d'avoir fait exécuter les hommes d'Oradour. » Cette déclaration choquera certains Français et certains Allemands. Mais, à cette époque, il était nécessaire de multiplier les exemples afin d'obtenir une certaine sécurité pour les militaires allemands. Laisser se multiplier en paix des foyers de résistance active, comme à Oradour-sur-Glane, équivalait à condamner des milliers de militaires allemands. C'était aussi encourager les embuscades sur la route de la division « Das Reich » et la retarder alors qu'elle avait ordre de se rendre d'urgence en Normandie pour s'opposer à l'avance des troupes alliées qui venaient de débarquer. Il fallait provoquer la terreur chez les maquisards, les priver du soutien de la population civile. Le remède choisi était cruel, mais c'était la guerre, et je ne connais aucune armée au monde qui, dans une situation semblable, eût agi autrement.

Je juge inutile de rappeler que les Conventions de Genève interdisaient formellement les actions des francs-tireurs et prévoyaient que tout franc-tireur serait passé par les armes. Je juge également inutile de rappeler que le général Sperrle, devant l'ampleur grandissante de la Résistance, avait donné des instructions précises pour que des représailles massives soient exercées dans les régions où la population civile s'attaquerait aux militaires allemands.

Encore une fois, c'était une question de vie ou de mort pour l'armée allemande, et j'approuve Dickmann d'avoir fait fusiller les hommes et brûler les maisons où avaient été cachés des maquisards ou qui contenaient des armes et des munitions, conformément aux instructions qu'il avait reçues du général Sperrle.

Mais Dickmann a fait ou laissé brûler dans l'église des centaines de femmes et d'enfants. Et cela, je ne puis l'accepter. Cela, c'est un crime. Je le reconnais. D'ailleurs, quand Dickmann a fait son rapport au général Stadler, le soir, ce dernier n'a pas été satisfait. Il a demandé à Dickmann pourquoi il n'avait pas porté secours aux civils enfermés dans l'église en feu. Les réponses de Dickmann furent imprécises. Le colonel Stadler ordonna alors qu'une enquête soit ouverte. Le lendemain matin, 11 juin, je rejoignais Stadler à l'hôtel Central, à Limoges. Il m'informa des événements d'Oradour et de sa décision de faire passer Dickmann en jugement.

En effet, chaque division de Waffen SS comprenait un tribunal militaire. J'approuvai cette décision et demandai que l'on juge Dickmann aussi rapidement que possible, dès que le tribunal nous aurait rejoints.

Un moment, je songeai à relever immédiatement Dickmann de son commandement. Je ne l'ai pas fait parce que la loi de l'armée allemande ordonne que l'on attende de connaître les résultats de l'enquête avant de prendre une pareille décision.

Le 15 juin, nous arrivions en Normandie. Le 17, le tribunal militaire nous rejoignait à Saint-Lô. Le jour même, Dickmann subissait son premier interrogatoire.

Le soir même, il fallut attaquer des troupes anglaises et canadiennes qui s'étaient infiltrées au sud-ouest de Caen, à Noyers.

Je désignai le 2e bataillon du régiment « Deutschland » et le 1er bataillon du régiment « Der Führer », celui de Dickmann. Sur 1 400 hommes, 900 furent tués, dont le major Dickmann. Certains de mes officiers ont dit qu'il avait cherché la mort. Je ne sais pas si cela est vrai.

De même, je ne sais pas exactement comment cette église d'Oradour-sur-Glane a pris feu. Et je ne sais pas pourquoi personne n'a ouvert la porte à ces femmes et à ces enfants emprisonnés dans le bâtiment en feu. Peut-être Dickmann a-t-il voulu venger la disparition de Kämpfe, qui était son meilleur ami. Mais la douleur ne saurait en aucun cas constituer une excuse.

Je le répète : un crime a été commis à Oradour-sur-Glane.

Maintenant, je vais mourir et j'espère qu'après ma mort Oradour ne séparera plus la France de l'Allemagne.

Dickmann étant mort, il me revenait à moi, son supérieur, de répondre des morts d'Oradour. J'étais d'ailleurs disposé à le faire ; c'était mon honneur de soldat. J'étais disposé à le faire, mais pas en France. Dans ce pays, en effet, les procès de ce genre se sont déroulés dans un climat passionnel et je pense que la justice doit, au contraire, se dérouler dans une atmosphère d'objectivité.

Il est possible que la justice soit rendue par des personnes qui sont à la fois juge et partie. C'est ce qui s'est trop souvent passé dans beaucoup de procès relatifs aux crimes de guerre.

Me demander de me rendre devant un tribunal, c'était me demander de marcher à une mort certaine. Je serais même tenté de dire : à mon propre assassinat.

Or, si l'on veut absolument m'assassiner, ce n'est pas la peine de m'appeler. On peut venir m'assassiner chez moi, à Düsseldorf. Il est facile de me tuer. Je sors en ville, je me rends sur mes chantiers. Je ne mène pas l'existence cloîtrée que l'on dit.

Si encore ma présence au procès de Bordeaux avait pu contribuer à réduire la peine des soldats allemands et alsaciens de la division « Das Reich » qu'on y a jugés, j'y serais allé. J'aurais pris sur moi la faute de mes hommes. Des généraux allemands l'ont fait devant des tribunaux français, américains et allemands, mais jamais leur geste n'a servi. Il y a quand même eu le nombre de condamnations à mort habituel, même quand le général déclarait que c'était lui qui avait expressément ordonné à son subordonné de faire ce qu'on lui reprochait. J'ai plusieurs fois proposé qu'un tribunal soit constitué en Suisse ou dans un pays neutre. J'étais prêt à me rendre devant ce tribunal. J'étais prêt à y être condamné si ma culpabilité avait été démontrée par une véritable enquête. J'ai souvent déclaré qu'à ces conditions j'accepterais de comparaître devant un tribunal, mais la presse n'a jamais publié ma déclaration. Devant ce tribunal, j'aurais également répondu des pendaisons de Tulle, mais, selon moi, à Tulle, il n'y a pas eu crime de guerre, il y a eu simplement acte de guerre.

N'importe quelle armée aurait agi comme l'a fait la division « Das Reich ». En effet, pénétrant dans Tulle le 8 juin 1944, les éclaireurs du capitaine Wulf découvrirent dans l'école cinquante-deux cadavres de militaires allemands. Il s'agissait de territoriaux composant les troupes d'occupation, de blessés en convalescence et du chef local de la Gestapo. Tous avaient été tués à bout portant. Le Dr Priebe, un médecin militaire de la division « Das Reich », le confirma. Le chef de la Gestapo avait son pantalon baissé, plusieurs balles dans le ventre et deux dans la tête.

C'est alors que le capitaine Kowatch estima que des représailles massives devaient être ordonnées. En effet, il y avait eu massacre de militaires allemands par des partisans.

Kowatch essaya de me joindre à Uzerche où j'inspectais les blindés, mais il ne put entrer en contact avec moi ; il ne disposait pas d'installation de radio assez puissante [1]. Il prit donc sur lui de faire saisir quatre cents hommes. Sur ses ordres, une enquête fut ouverte sur chacun d'eux. En effet, il voulait autant que possible châtier ceux qui appartenaient au maquis, et notamment ceux qui

1. Une assertion contestée.

avaient ouvert un feu nourri contre les hommes du capitaine Wulf, les clouant sur place à l'entrée de Tulle.

Après cette enquête, deux cent quatre-vingts hommes furent libérés : ceux qui furent jugés « amicaux » ou « neutres ». Seuls furent conservés cent vingt hommes dont la plupart n'habitaient pas Tulle et dont la présence y était difficilement explicable. Le préfet obtint que vingt et un de ces suspects fussent encore libérés. C'est donc quatre-vingt-dix-neuf hommes que l'avant-garde de la division « Das Reich » commença à exécuter. C'est à cet instant que j'arrivai à Tulle.

Kowatch me fit son rapport et m'expliqua qu'il avait fait imprimer une affiche qu'il avait signée en mon nom. Je lui donnai raison. Toute armée en guerre assaillie par des partisans aurait agi de même. Je fis une simple observation à Kowatch : je lui dis qu'à sa place j'aurais fait fusiller les suspects au lieu de les pendre. Il me répondit que, à son avis, le spectacle des pendaisons frappait plus fort l'imagination de la population.

Je me rendis à l'école et vis les cadavres des soldats de la Wehrmacht. Dans les rues, les pendaisons se poursuivaient. J'aurais pu les faire arrêter; je ne l'ai pas fait. N'importe quel chef de n'importe quelle armée aurait agi de même dans les mêmes circonstances.

On le voit, je ne cherche pas à fuir mes responsabilités. Tout ce que je souhaite, c'est qu'Oradour et Tulle ne séparent jamais la France de l'Allemagne. Ma mort est proche. Elle servira, j'espère, à estomper encore un peu plus les souvenirs qui persistent de la dernière guerre.

Ceci est mon testament.

H. LAMMERDING.

3. ÉTAT DES PERTES HUMAINES (Tulle et Oradour)

TULLE

Allemands

- TUÉS : 69 (Feldgendarmes et militaires du 95e régiment de sécurité).
- DISPARUS : 59.

Français

- PENDUS : 99.
- GARDES-VOIES ASSASSINÉS : 17.
- TUÉS AU COMBAT : 17. Lctourneur a été tué le jour des pendaisons au cours d'un combat entre A.S. et SS.
- DÉPORTÉS : 149. Une quarantaine seulement sont revenus.

Les chiffres concernant les événements de Tulle nous ont été communiqués par M. René Jugie. On peut lire leur développement dans un numéro spécial de *La Voix de la Résistance* d'août 1969, consacré à Lammerding. Les chiffres fournis par Me Bourdelle nous ont été également précieux.

ORADOUR

- PERSONNES DONT LE CORPS A ÉTÉ IDENTIFIÉ : 52.
- PERSONNES PORTÉES OFFICIELLEMENT DISPARUES : 583.
- CONSTRUCTIONS DÉTRUITES : 328.

L'ouvrage officiel, *Oradour-sur-Glane, vision d'épouvante*, de Guy Pauchou, sous-préfet de Rochechouart. Le Dr Pierre Masfrand, conservateur des ruines, nous dit : « *Le nombre des morts d'Oradour ne peut être évalué de façon précise... Il y avait beaucoup de réfugiés et, ce jour-là, beaucoup de personnes étrangères à la localité. Des familles entières ont disparu. L'une d'elles compte 24 victimes... On estime généralement que le chiffre des personnes massacrées n'est pas éloigné du millier.* »

4. ORADOUR : LE CHATIMENT

Le procès de Bordeaux, qui a eu à juger les coupables des massacres d'Oradour, a duré un mois : 12 janvier-13 février 1953. Il a été, dit le Commissaire du gouvernement, un « monument d'incohérences et de complications ». Nous en épargnerons les péripéties à nos lecteurs.

Comme il fallait s'y attendre, les accusés, au nombre de 65, dont 21 seulement comparurent (14 Français incorporés de force, des Alsaciens, se trouvaient parmi eux), semblaient avoir tout oublié : ils se souvenaient d'avoir été dirigés sur Oradour mais ils avaient monté la garde ou tiré en l'air.

Ils avaient eu sept ans pour préparer leur défense.

Le jeudi 12 février, jour du verdict, le tribunal avait à répondre à 690 questions. Il rendit son jugement à 2 heures du matin.

Le sergent Boos, volontaire alsacien, fut condamné à mort; neuf autres accusés furent condamnés aux travaux forcés à titre temporaire; quatre à des peines de prison de moins de huit ans. Parmi les Allemands, l'adjudant-chef Lenz fut condamné à mort; un soldat fut acquitté et cinq autres condamnés à des peines égales ou inférieures à douze ans de prison; un accusé fut acquitté; quarante-deux furent condamnés à mort par contumace. Les peines capitales ne furent pas appliquées et les peines de prison furent réduites ou supprimées. Ce verdict qualifié de « platonique » souleva une tempête dans notre pays.

5. TULLE : TROIS ACCUSÉS

Pour l'affaire des pendaisons, trois accusés passèrent en jugement : le major Heinrich Wulf (dix ans de prison); Otto Hoff (prison à perpétuité); Paulette Geissler (trois ans). En 1952 ils étaient relaxés après quelques mois de prison.

La plupart des vrais coupables d'Oradour et de Tulle sont demeurés introuvables, comme le capitaine Kahn (Oradour); ils sont morts de leur belle mort ou vivent encore, dans l'impunité.

A la suite de ce verdict, la ville de Limoges observa une journée de deuil et Oradour rendit aux autorités sa croix de guerre et sa Légion d'honneur.

6. L'ACTION DE LA RÉSISTANCE

L'efficacité de l'action de la Résistance a été reconnue par les autorités militaires alliées, et notamment le général Eisenhower qui a estimé que cette action était comparable à celle de douze divisions.

Voici une lettre inédite du colonel Buckmaster, chef du réseau célèbre, qui opérait la liaison entre les mouvements de Résistance et les forces alliées. Cette lettre, dont nous donnons des extraits, est adressée, en date du 13 novembre 1969, à M. René Jugie (commandant « Gao »), qui nous l'a communiquée.

« *Vous savez combien l'état-major allié a apprécié l'effort de la Résistance corrézienne qui a joué un rôle des plus importants pour la victoire, en refusant le passage à la division Panzer allemande. Si cette division avait pu atteindre la côte normande avant la stabilisation des forces anglo-américaines, Dieu sait ce qu'aurait été la suite...*

« *La R.A.F., surmenée et insuffisante en nombre pour servir tous les groupes de Résistance, a toujours préféré les opérations pour les groupes de la Corrèze, parce que les pilotes savaient très bien que ceux-ci feraient l'impossible (comme ils le faisaient eux-mêmes) pour réussir les parachutages...* »

« TEL UN COBRA... »

« *La quinzaine de jours de retard imposée à un déplacement qui n'en exigeait que trois peut avoir contribué d'une façon décisive au succès de la mise en place par les Alliés d'une tête de pont en Normandie. Les Allemands furent si malmenés durant leur parcours qu'à leur arrivée sur le front leur agressivité n'était plus celle du départ... La division " Das Reich " était tel un cobra qui, ayant agacé ses crocs contre un bâton agité devant lui, aurait considérablement perdu de sa dose de poison.* »

(Professeur Foot, historien de la S.O.E. (Special Operation Executive, ou Exécutif des Opérations Spéciales). Cité par Max Hastings dans son ouvrage *La Division « Das Reich » et la Résistance*, éditions Pygmalion, Paris).

7. INDEX DES PERSONNAGES IMPORTANTS AYANT EXISTÉ

BAILLELY Émile (colonel Bonnet). Chef départemental en Corrèze du groupe « Combat » et des Mouvements Unis de la Résistance (M.U.R.). Président du Comité départemental de Libération. Armée Secrète.

BOEHMER. Colonel de la Wehrmacht commandant la place de Brive. Succède au colonel Ottenbacher.

BOOS Georges-René. Sous-officier SS de la 3e compagnie du régiment « Der Führer ». Engagé volontaire dans la SS. En opération à Oradour.

BOURDARIAS Jean. « Maes ». Lieutenant de l'A.S. dans la région de Tulle.

BOURDELLE Jacques-Louis. Avocat à Tulle. Membre de l'A.S. Témoin des pendaisons, qu'il a racontées dans *Départs*.

BOUSQUET. Médecin-chef de l'hôpital de Tulle.

BOUTY. Général français. Président de la délégation spéciale (conseil municipal) de Tulle.

BOUTY Henry. Instituteur à Nieul avec son épouse.

BRODOWSKI von. Commandant avec le titre de général d'état-major de liaison 588, à Clermont-Ferrand.

BUCK Karl. Commandant du camp de Schirmeck, en Alsace.

CANCE René. Responsable du Front national et du parti communiste en zone non occupée.

CANOU. Chef d'un groupe de francs-tireurs partisans (F.T.P.) qui captura Helmut Kämpfe.

CAULET Robert. « Laurent ». Chef départemental du Front national. F.T.P. Vice-président du Comité départemental de Libération.

CHAPOU Jean-Jacques. Commandant « Philippe » (A.S. du Lot), puis « Kléber » (F.T.P. Corrèze). Commissaire aux opérations, commandant l'attaque de Tulle. Mort dans une embuscade près de Limoges.

CHASSAIGNE Aimable. Évêque de Tulle.

CONDET. Directeur de l'hôpital de Tulle.

COULOMB. Chef des forces de Maintien de l'Ordre à Tulle.

COUSTEILLIER. Chef F.T.P. de la région de Belvès (Dordogne). « Soleil ».

CRAMONT Guy. Chef d'un groupe A.S. « As de cœur », opérant à Rouffilhac (Dordogne).

DAVOINE. Chef milicien de la région de Limoges.

DICKMANN Otto. Commandant la 3e compagnie du régiment de Panzergrenadier « Der Führer » de la division « Das Reich ». Responsable du massacre d'Oradour. Il a « cherché sa mort » en Normandie.

DUPUY Élie. « Lucien ». Commande le 2e bataillon chargé de l'attaque de l'École Normale de filles, à Tulle.

ESPINASSE Jean. Aumônier des pendus de Tulle. Il a raconté son action dans *Prêtre en Corrèze*, éditions Robert Laffont.

GEISSLER Paulette. Dite la « Chienne ». Assiste aux pendaisons de Tulle. Secrétaire et interprète de Brenner, directeur de la Manufacture d'Armes de Tulle : la « Manu ».

GERLACH Karl. Officier d'intendance de la « Das Reich ». Capturé par les maquisards, puis évadé, il donne les renseignements qui permettront aux Allemands de tenter de justifier les massacres d'Oradour.

GODEFROY Louis. Commandant « Rivière ». Commissaire aux opérations à Tulle. F.T.P.

GUINGOUIN Georges. Commandant F.T.P. de la région de Limoges.

JUGIE René. Commandant « Gao ». Responsable A.S. du réseau des Forces Françaises Combattantes « Kasanga ». Chef du Service de renseignement et des groupes francs de la Corrèze.

KAHN. Officier de la compagnie du régiment « Der Führer » opérant à Oradour. Il donne l'ordre des massacres.

KÄMPFE Helmut. Officier de la « Das Reich », héros de la campagne de Russie. Capturé par le groupe F.T.P. de Canou, ce qui déclenche les massacres d'Oradour.

KLEIST. Adjoint à Wickers, chef de la Gestapo à Limoges.

KOWATCH. Officier d'état-major de la « Das Reich ». Commande les pendaisons de Tulle.

LABRUNIE Jean. « Brive ». Membre du Comité départemental de Libération. Maire de Brive après la guerre.

LAIR Charles. Prêtre à Tulle. Arrêté par la Gestapo pour actes de Résistance. Mort en déportation.

LAJUGIE. Ingénieur en chef des Ponts et Chaussées de la Corrèze. S'active pour éviter des pendaisons.

LAMMERDING Heinz Bernard. Général commandant la division « Das Reich ». Responsable des massacres de Tulle et d'Oradour.

LANGANGKE Fritz. Officier de la « Das Reich » chargé des communications.

LANOT Léon. Commandant du sous-secteur « A » d'Ussel F.T.P.

LETOURNEUR. Chef de cabinet du préfet.

LOMBARDIN. Membre de la SS française. Volontaire. Opère dans la région de Limoges.

MAGNAC Constant. « Jean-Paul ». Chef d'état-major des F.T.P. en Corrèze.

MOLINARO Francesco. Commande à Tulle la 239e compagnie F.T.P. qui attaque l'hôtel Moderne, siège de la Kommandantur.

ODRU André. « André ». Chef F.T.P. dans la région de Tulle. Commissaire aux opérations.

POHL Otto. Commandant d'une unité de blindés de la « Das Reich ».

REICHMANN. Commandant de la garnison territoriale de Tulle.
ROCHE. Secrétaire général de la Préfecture. Il sauve des gens des pendaisons.
ROUFFANCHE Mme. La seule rescapée de l'église d'Oradour, et le seul témoin vivant.

SCHMALD Walter. Chef de la Gestapo à Tulle. Chargé d'effectuer le tri des otages destinés à être pendus. Tué par le maquis.
STADLER Sylvester. Commandant du régiment « Der Führer » de la « Das Reich ».
STÜCKLER Albert. Chef d'état-major de la « Das Reich ».

TORRÈS. Secrétaire à la préfecture de Tulle.
TROUILLÉ Pierre. Préfet de la Corrèze, favorable à la Résistance. Il a publié chez Gallimard *Journal d'un préfet sous l'Occupation*.

VAUGELAS. Chef de la Milice de la région de Limoges.
VIALAT Jean. « Vincent ». Un des chefs F.T.P. en Corrèze. Torturé et tué par les Allemands.
VIALLE André. « Barraud ». Chargé des parachutages, en Corrèze. F.T.P.
VICTOR. « Victor ». Chef A.S. dans la région de Grolejac.
VIDAL Marcel. Maire insurrectionnel de Grolejac. Groupe « Soleil ».

WEIDINGER Otto. Officier du quartier général du régiment « Der Führer ». Ami de Lammerding, il a recueilli son testament (annexe 2).
WICKERS. Chef de la Gestapo à Limoges.
WULF. Officier commandant le détachement de blindés qui débloque Tulle occupée par les F.T.P.

N.B. : *Les noms ou prénoms entre guillemets sont des noms de guerre.*

8. CEUX QUI SONT MORTS

- CAULET est mort noyé près de Marseille, dans la Méditerranée, semble-t-il, dans les années 46-47 (Me Bourdelle).

M. TROUILLÉ, préfet de la Corrèze, est mort en 1985.

M. ROCHE est mort également. L'ex-secrétaire général de la Corrèze est l'auteur de quelques ouvrages littéraires, dont une étude sur Balzac (Me Bourdelle).

- M. LETOURNEUR : On connaît sa fin tragique, au cours d'un combat, le jour des pendaisons, entre Armée Secrète et SS, à Tulle, d'une balle perdue (Me Bourdelle).

9. LE MYSTÈRE CHAPOU

Jean-Jacques Chapou, alias « Philippe », alias « Kléber », n'a pas assisté à la libération de la région R5 par la Résistance, intervenue à la fin de l'été 1944. Il est mort le 16 juillet de cette année-là, dans des circonstances qui étaient, qui sont et qui demeureront peut-être toujours inexpliquées.

Ce jour-là, Chapou était en route, en voiture, en compagnie d'« Annie », en direction de Bourganeuf, en Creuse, où il était appelé par l'organisation des F.T.P. au poste important de C.O.I.R. (Commissaire aux Opérations de l'Inter-Région B pour la Haute-Vienne, la Creuse et l'Indre). Dans l'après-midi, ils tombaient, peu avant Bourganeuf, sur une embuscade tendue par les Allemands. Chapou se tuait d'un coup de revolver pour échapper à ses agresseurs et « Annie », blessée, parvenait à s'échapper. Elle vit encore à l'heure où nous écrivons.

Les récits et les témoignages sur cette affaire sont à mettre au conditionnel, car ils sont contradictoires ou erronés. Une violente polémique a opposé les enfants de Jean-Jacques Chapou, Pierre-Franz et Françoise, aux anciens responsables des F.T.P. Chacun reste sur ses positions ou poursuit son enquête.

Pour en savoir plus, on lira avec intérêt le tirage à part de la revue *Quercy-Recherche* (nos 59-60), B.P. 123, 46005 Cahors, consacré à une enquête approfondie de Pierre Laborie, professeur agrégé d'histoire, chercheur au C.N.R.S., ainsi que le rapport, non publié, de Pierre-Franz Chapou et de Françoise Chapou, 46250 Cazals.

On lira également, dans *Maquis de Corrèze*, le témoignage d'« Annie ».

Il faudrait un nouveau Sherlock Holmes pour dissiper ce mystère.

QUELQUES SOURCES BIBLIOGRAPHIQUES

Voici les principaux ouvrages qui nous ont aidés dans la documentation nécessaire à la rédaction de ce roman.

Pour l'histoire générale de cette période :

- BEAU et GAUBUSSEAU : *R5 : les SS en Limousin, Périgord et Quercy* (Presses de la Cité).
- Jacques DELARUE : *Trafics et crimes sous l'occupation* (Fayard).
- Guy SAJER : *Le soldat oublié* (Robert Laffont).
- Max HASTINGS : *La division Das Reich et la Résistance* (Pygmalion).
- Gérard GUICHETEAU : *La Das Reich au cœur de la France.*

Pour l'affaire de Tulle :

- REMY : *Les balcons de Tulle* (Librairie Académique Perrin).
- Jacques-Louis BOURDELLE : *Départs* (Rougerie, Limoges).
- Pierre TROUILLÉ : *Journal d'un préfet sous l'Occupation* (Gallimard).
- *MAQUIS DE LA CORRÈZE* : Ouvrage collectif (Éditions Sociales).
- A. SOULIER : *Le drame de Tulle* (Tulle).
- Jean ESPINASSE : *Prêtre en Corrèze* (Robert Laffont, collection « Vécu »).

Pour l'affaire d'Oradour :

- PAUCHOU et MASFRAND : *Oradour-sur-Glane, vision d'épouvante* (Limoges).
- Albert HIVERNAUD : *Petite histoire d'Oradour* (Limoges).
- Jens KRUSSE : *Oradour-sur-Glane.*
- Pierre POITEVIN : *Dans l'enfer d'Oradour* (Strasbourg).
- On pourra lire aussi deux romans : Georges MAGNAGE : *Où l'herbe ne pousse plus* (Gallimard), et Sophie BREHEC : *Souviens-toi* (Encre), qui ont trait au drame d'Oradour.

(Pour Oradour, il n'y a rien d'étonnant à ce que les documents soient en nombre moins important que pour Tulle : presque tous les témoins ont été tués; il n'y a pas eu de combat; l'événement n'a duré que quelques heures.)

Périgord, Quercy, Limousin :
- *Ombres et espérances en Quercy* (collectif). (Cahors).
- Georges GUINGOUIN : *Premier maquisard de France* (Limoges).
- Guy PENAUD : *Histoire de la Résistance en Périgord* (Fanlac, Périgueux).

Bataille de Normandie :
- ALBUM MÉMORIAL.
- GOSSET et LECOMTE : *Caen pendant la bataille.*
- John KEEGAN : *Six armées en Normandie* (Albin Michel).

Alsaciens-Lorrains et Luxembourgeois :
- Aimé KNEPPER : *Enrôlé de force, déserteur de la Wehrmacht* (Luxembourg, 1, rue Charles-Martel).
- Armand ZAHNER : *Le soldat honteux* (Salvator, Mulhouse).
- Henri ALLAINMAT : *La nuit des parias* (Presses de la Cité).

Généralités :
- Minutes du Tribunal de Nuremberg.
- Albert SPEER : *L'Empire SS* (Robert Laffont).
- Christian BERNADAC : *L'ordre SS* (France-Empire).
- Otto WEIDINGER : *La division Das Reich.* Une seule traduction française nous est connue : les passages de cette œuvre en trois volumes relatifs à ce qui concerne notamment Tulle et Oradour, qui nous ont été communiqués par l'auteur.
- Eddy BAUER : *La guerre des blindés* (Payot).
- Henri NOGUÈRES : *Histoire de la Résistance en France* (Robert Laffont).
- Henri AMOUROUX : *La grande histoire des Français sous l'occupation* (Robert Laffont).
- Heinz GUDERIAN : *A la tête des Panzers* (Plon).
- Paul CARELL : *La bataille de Koursk* (J'ai lu), 2 vol.

Pour ce qui concerne Montauban :

Nous n'avons pas trouvé d'ouvrage important sur l'occupation de la « Das Reich », mais la bibliothèque municipale est riche en documents divers.

Nous avons également consulté de nombreux journaux, revues et opuscules divers que nous ne pouvons mentionner ici.

MERCI

Nous devons des remerciements tout particuliers à *M. René JUGIE* (commandant « Gao » dans la clandestinité), qui nous a ouvert amicalement sa bibliothèque et ses archives qui sont inépuisables. Nous avons également fait appel au Centre de Documentation Edmond-Michelet, à Brive. Pour l'affaire des « Malgré nous », Aimé Knepper, un Luxembourgeois, nous a beaucoup aidé. Il est pratiquement le seul...

Nous remercions également :

– Me Jacques-Louis BOURDELLE, avocat à la Cour, qui a relu et annoté notre manuscrit, notamment pour l'affaire de Tulle, qu'il a vécue et dont il a failli être victime.
– M. MONTAGNE, président du Comité des Martyrs d'Oradour.
– M. Gaston HYLLAIRE (« Léonie »), Limoges.
– M. François DAVID, Brive, directeur du Centre Edmond-Michelet.
– Me GEOUFFRE DE LA PRADELLE, Paris.
– M. Léopold GAUBUSSEAU, Paris.
– M. Jean LABRUNIE, Brive.
– Père BEDRUNE, Saint-Antoine, Brive.
– Commandant Jean POUGET, Brive.
– Abbé Jean ESPINASSE, Tulle, témoin des pendaisons.
– M. Marcel VIDAL, Grolejac (Dordogne).
– M. Pierre-Franz CHAPOU, Cazals (Lot).
– M. Élie DUPUY, Nespouls-Brive.
– M. André VIALLE, Tulle.
– M. Gustave VERGNOLLES, Rouffilhac (Dordogne).
– Me DUBOIS, Tulle.
– M. MÉNÉGAULT, Tulle.
– Me Jean-Louis AUJOL, Brive-Paris.
– M. Hermann SCHREIBER, Munich, Allemagne.
– Colonel Otto WEIDINGER, Aalen, Allemagne.
– Mme Suzy BOURLIAGUET, Brive.
– Mme RENAUD, Dieulidou, Oradour.
– Mme ROLLET, Montauban.
– Mme FÉRAL, Montauban.
– Mme BOUTY, Nieul, Haute-Vienne.
– Mme JARDEL, Grolejac.

Nous devons en outre une dette de reconnaissance à notre confrère Ladislas de Hoyos, pour ce qui concerne la fin de Lammerding, et à Jacques Gandebeuf, qui a donné dans le quotidien régional *La Montagne* un reportage sur Lammerding à Düsseldorf.

OUVRAGES DE MICHEL PEYRAMAURE

Grand Prix de la Société des Gens de Lettres
et Prix Alexandre-Dumas
pour l'ensemble de son œuvre.

Paradis entre quatre murs (Laffont).
Le Bal des ribauds (Laffont, collection « Couleurs du temps passé »).
Les Lions d'Aquitaine (Laffont) prix Limousin-Périgord).
Divine Cléopâtre (Laffont, collection « Couleurs du temps passé »).
Dieu m'attend à Médina (Laffont, collection « Couleurs du temps passé »).
L'Aigle des deux royaumes (Laffont, collection « Couleurs du temps passé »).
Les Dieux de plume (Presses de la Cité, prix des Vikings).
Les Cendrillons de Monaco (Laffont, collection « L'Amour et la Couronne »).
La Caverne magique (La Fille des grandes plaines) (Laffont, prix de l'Académie du Périgord).
Le Retable (Laffont).
Le Chevalier de Paradis (Casterman, collection « Palme d'or »).
L'Œil arraché (Laffont).
Le Limousin (Solar; Solarama).
L'Auberge de la mort (Pygmalion).
La Passion cathare : *1. Les Fils de l'orgueil* (Laffont).
2. Les Citadelles ardentes (Laffont).
3. La Tête du dragon (Laffont).
La Lumière et la Boue : *1. Quand surgira l'étoile Absinthe* (Laffont, 1980).
2. L'Empire des fous (Laffont, 1980).
3. Les Roses de fer (Laffont, 1981).
L'Orange de Noël (Laffont, 1982).
Le Printemps des pierres (Laffont, 1983).
Les Montagnes du jour (« Les Monédières », 1983). Préface de Daniel Borzeix.
Les Portes de Gergovie (Laffont, 1984).
La Chair et le bronze (Laffont, 1985).
La Porte noire (Laffont, 1986).

POUR LA JEUNESSE

Éd. Robert Laffont (collection « Plein Vent »)

La Vallée des mammouths (Grand Prix des Treize).
Les Colosses de Carthage.
Cordillère interdite.
Nous irons décrocher les nuages.

ÉDITIONS DE LUXE

Amour du Limousin (illustrations de J.-B. Valadié), Plaisir du Livre, Paris. Réédition (1986) aux éditions Fanlac, à Périgueux.
Eves du monde (illustrations de J.-B. Valadié), Art Media, Paris.
Brive, commentaires sur des gravures de Pierre Courtois, éd. R. Moreau, Brive.
La vie en Limousin (texte pour des photos de Pierre Batillot, éd. « Les Monédières »).

Cet ouvrage a été réalisé sur
Système Cameron
par la SOCIÉTÉ NOUVELLE FIRMIN-DIDOT
Mesnil-sur-l'Estrée
pour le compte des Éditions Laffont
le 14 janvier 1987